（第九辑）

文学地理学

主编

曾大兴 夏汉宁
杜雪琴

中国社会科学出版社

图书在版编目(CIP)数据

文学地理学. 第9辑/曾大兴,夏汉宁,杜雪琴主编. —北京：中国社会科学出版社，2021.7

ISBN 978-7-5203-8560-2

Ⅰ.①文… Ⅱ.①曾…②夏…③杜… Ⅲ.①中国文学—地理学—文集 Ⅳ.①I206-53

中国版本图书馆CIP数据核字(2021)第110031号

出 版 人 赵剑英
责任编辑 郭晓鸿
特约编辑 杜若佳
责任校对 师敏革
责任印制 戴 宽

出 版 中国社会科学出版社
社 址 北京鼓楼西大街甲158号
邮 编 100720
网 址 http://www.csspw.cn
发 行 部 010-84083685
门 市 部 010-84029450
经 销 新华书店及其他书店

印 刷 北京明恒达印务有限公司
装 订 廊坊市广阳区广增装订厂
版 次 2021年7月第1版
印 次 2021年7月第1次印刷

开 本 710×1000 1/16
印 张 24
插 页 2
字 数 346千字
定 价 128.00元

目　录

文学地理学理论与方法研究

地理、空间与文学研究

文学景观研究

区域文学地理研究

国际视野

硕博论坛

文学地理学理论与方法研究

文学地理学作家个案研究的思考

杜华平[*]

近几十年快速成长的文学地理学，在作家研究方面重点关注的是从地理分布的角度进行的作家群落研究。这方面取得的成果量很大，有了较好的积累。相比较而言，作家个案的研究有不少是在具体问题方面展开的，但专题而综合的个案研究还比较缺乏。如何既发挥已有的常规作家个案研究的长处，又体现出文学地理学新视野下的新路径、新方法、新高度，是需要作出通盘思考和谋划的。目前这方面的交流尚未开始，本文试图提出这个问题，并作些初步思考。

一　常规作家个案研究的特点与不足

常规的作家个案研究，大多以作家人生经历为中心，研究一个作家的成长、演变过程，探究其心路历程、精神演化以及文学成就、文学特色。这种研究一般比较注重以当时的社会面貌、时代的大趋势为背景，考察特定的作家与时代的关系，看他是怎样感受时代的风云际会，并在时代的大合唱中扮演什么样的角色，以此对他的思想、心理、艺术表现作出研判。譬如钱理群研究鲁迅和周作人，抓住的核心问题就是对象的思想发展道路，所以，他在

* 杜华平，江西师范大学文学院教授。

《周作人论》一书所设置的三编中，第一编题为“‘周作人道路’及其意义”，第三编为“周作人与同时代人”，研究的重要特色是将对象放在时代洪流中来审视和分析①。这样的研究，扣紧了时代的主题，有很强的时代感。又在与同时代作家的横向比较中，更具体地把握了对象的具体特征，纵横结合，得其要领。这种研究，对于那些处于风云际会中心的重要人物，尤其显得重要。

要说明的是，常规的作家个案研究在以“时代感”为重点之时，往往也可能会涉及对象的“空间”背景，譬如钱理群研究周氏兄弟就不忘他们的故乡绍兴，并突出了周作人后来作为“京派”重镇这一要点。当然，钱先生研究周氏兄弟时所持的地域视角是很有限的，倒是现代文学界在研究沈从文时，更多地涉入了“湘西世界”“乡下人立场”“少数民族意识”“苗汉文化冲突”“边缘地区”“巫楚文化”等问题，并将这些具有地理意义的视角作为认识沈从文对人生和人性的思考，对现实和未来的探寻的中心内容和题中应有之义。显然，对于像沈从文这样并非时代“急先锋”，不处于风云际会最中心位置的对象，常规的“更注重由社会历史方面（以至更为直接的社会政治方面）把握生活”的方式②，便暴露出它的不足，即使在认识对象的“现实感”和对时代主题的“使命感”方面，也存在明显的不足。引入地理视角首要目的是使研究更接地气，更贴近对象的基本生存状况，而这样也有利于看清对象与时代的关系。

二　地理学知识系统与地理视角

文学地理学作家个案研究，也即地理视角的作家个案研究，就是特别注重将作家放置于地理和空间的背景上，从“人—地—文”关系上来把握对象。这里有两个要点：第一是地理和空间的视角应是很突出的，作家和地理

---

① 钱理群：《周作人论》，上海人民出版社 1991 年版。

② 赵园：《沈从文构筑的“湘西世界”》，《文学评论》1986 年第 6 期。

或空间的关系成为关注的中心，而不是次要的、附带涉及的点；第二是站在“人—地—文”关系的高度来认识问题、把握对象，而不是个别性的、单向度地理解地理空间的作用，因此，做到了这两点，即使不用“文学地理学”这样的标目，实质上也属于文学地理学作家个案研究。

地理学是很古老的学科，内容很广，分支很多。地形、地貌、地质、水文、气候、交通、聚落等诸多自然地理因素，生态学、环境学、物候学、地名学、历史地理、城市地理、语言地理、经济地理、军事地理、文化地理、人文地理等诸多学科的知识和理论，只要可用来说明作家的生存、情感、精神的，都应该拿来。研究者的地理学知识越丰富，用来观察特定作家的“天眼”就越多，认识就越清楚和到位。不过，文学专业背景的研究者，很难做到对各种地理学知识都了解，事实上也不需要转攻地理学专业博士学位之后再从事文学地理学研究，因为文学地理学研究引入的地理学知识主要是与人的生活关系最深、最密切的方面。

笔者在《地理空间批评的几条路径》一文中将研究所需要的地理关注归纳为六类对象：（1）空间、地理、方位、位置、距离、范围、边界、方向、地点、场所等具体“所在”，区域、地域、世界、太空等大尺度的“所在”；（2）居宅、环境、场景、景观、地形地貌、山川风土等具有空间性、地理性的事物；（3）领地、机构、族群等属于人际环境、社会结构等空间对象；（4）地图和各种能显示距离、位置、空间关系的符号与图式；（5）度量、测绘、行走、游览、流寓、驻扎、占据等空间行为；（6）地理感觉、空间想象、空间建构等因地理、空间而产生的主观感知层面的对象。以上前三类或者属于“所在”，或者为与“所在”相关的事物，或者是既可以看作“所在”又可视为实体事物。关注上述六类对象，形成空间视角，考察人们的空间行为和空间感知，建构空间知识系统，凝练出空间观念与空间理论，据此对自然与社会、人与世界、生活与生存作出解读、分析，作家的个案研究就得以展开①。

---

① 杜华平：《地理空间批评的几条路径》，《青海师范大学学报》2017 年第 4 期。

就操作性而言，现在尚无现成的、成功的研究实例可供参考，但只要站在“人—地—文”关系的高度，立足于空间视角和地理空间问题，根据自己熟悉的地理知识来观察、分析，就有可为。20世纪70年代发展起来的环境心理学更是从人的感知觉、行为等方面重新定义人的生存环境，环境识别、环境记忆、环境适应、场所依恋等概念，逐渐为学界所注意，这些概念也有助于认知人的生存空间。

一般而言，在对所研究的对象基本熟悉后，就可编制该作家的人生地图，梳理好他一生有关地理足迹、地理视野、地理感知等方面的所有材料，组织成若干种有序的形式，在此基础上将文学和地理学等学科的知识和理论综合加以运用，就能取得与常规文学研究所不同的成果。

三　空间生存与“故乡想象”

研究作家的空间生存，有静态和动态两个维度。静态的维度，首要的用于研究作家的“地理出身”①，即他的故乡。故乡几乎是所有人精神、情感的出发点和归宿，每个人在向外发展的时候，总是带着乡音，带着故乡的装扮和泥土气息。在外地打拼到一定的时候，总牵挂着故乡的莼菜羹、鲈鱼脍，惦记着故园窗前的那株梅花，时时打算收拾归乡的行装。不管哪种性格的作家，故乡都是他写作中最重要的题目。

每个作家都以故乡为自己的根，这是共性所在。但是，各人有各自的故乡，每一个故乡都有特定的地理面貌、地理特点，值得以地理的眼光对它进行具体观察和分析。只有做好了这样的工作，才能进而辨识清楚作家身上所烙下的地理印迹是怎样的，烙印的过程、机制又是怎样的。而考察作家故乡所倚赖的材料，除了田野调查、地理文献等相对客观的依据，还要重点利用

① “地理出身”概念是笔者仿人事组织简历术语“政治出身”而提出，指的是因一个人在某个地点出生、成长而使其毕生带着该地方深刻印迹的特点。这个概念最早发表于中国文学地理学会第六届年会提交的论文《文学地理学的多面相与学科融合》，收入《文学地理学》第6辑，中国社会科学出版社2018年版。

作家本人的记录。作家本人的记录有相当的主观性，利用这类材料要加以辨析。朱寿桐先生曾谈及郭沫若本人矢口否认其早期创作中的山水构思与家乡山川景象的关系，宣称基本是对日本九州博多湾的景象描写。但朱先生却从郭氏《月光下》这篇小说发现了一个特别的意象。小说写到战乱中贫病交加的文化人逸鸥在失却爱子之后，忏悔几年前在儿童剧社讲课，误将“江南可采莲，莲叶何田田”解释为“田里种着荷花，一个田又一个田的”[①]。朱先生分析认为：主人公“一个田又一个田”的荷花意象，不是基于海边或平原的九州博多湾，而是基于有着层层梯田的南方高山景象。他说：

> 这种关于“田”的意象，在空间景象方面已经远离了平原地区硕大平展的农田，而深深印刻着南方山区远望如绿色叶片的梯田形貌。这种能够参与文学家意象构思的地理风物往往是深层地沉淀在文学家脑海中的桑梓元素或家乡景致，成熟的文学地理学应能揭示出这种深层的地理因素与作品表层的地理景观描写之间的复杂关系。[②]

可见，作家本人的材料如果用好，不仅可以有效地还原出其故乡有意味的地理要素，而且实际上能呈现出深刻的、作家或许不自知的故乡烙印。

更多的时候，作家与故乡的关系异常复杂。很多人开始意识不到故乡对自己的意义，外出之后，才发现故乡牵动着他的心灵，形塑着他的生命形态。此后，他反过来以“故乡想象”的方式建构着精神上的故乡，将地理故乡转换为“文学故乡”。以当代作家莫言为例，他21岁应征入伍之前对故乡是唯恐去之不远，曾在《我的故乡与我的小说》一文中说：

> 我对那块土地充满了仇恨。它耗干了祖先们的血汗，也正在消耗着我的生命。我们面朝黑土背朝天，付出的是那么多，得到的是那么少。

① 郭沫若：《月光下》，《沫若文集》第5卷，人民文学出版社1957年版，第506页。

② 朱寿桐：《文学地理学必须揭示文学地理的一般规律》，《文学地理学——中国文学地理学第四届年会论文集》，中山大学出版社2015年版，第7页。

> 我们夏天在酷热中挣扎，冬天在严寒中颤栗。一切都看厌了：那些低矮、破旧的茅屋，那些干涸的河流，那些狡黠的村干部……当时我曾幻想：假如有一天我能离开这块土地，我决不会再回来。①

可是当他开始写作后，很快就意识到故乡是他源源不断的精神资源、灵感源泉。他与故乡的关系发生了根本性的变化：“虽然我身在异乡，但我的精神已回到故乡；我的肉体生活在北京，我的灵魂生活在对于故乡的记忆里。”于是，故乡记忆中的那条枯河，那个高高的桥洞，被风一吹，高粱叶片便飒飒作响，“宛若一群张牙舞爪的生灵，对着我扑过来”的情景，甚至“站在一条河流边上，站在一棵大树下，都能使我感到恐惧，至于究竟怕什么，我自己也解释不清楚”的记忆也都活跃起来。而这些带着情感的“记忆”，建构的既是半个世纪的中国乡村社会的一个缩影，更是那个特定的高密东北乡的土地、母亲、神灵、底层民众的综合体。作为作者“一个久远的梦境，是一种伤感的情绪，是一种精神的寄托，也是一个逃避现实的巢穴”，莫言笔下的高密东北乡不再是现实的、客观的，犹如风土志的记载，而只会是作家的故乡想象。

充当着作家“地理出身”的故乡，研究时要着力解决的就是作家与故乡之间多层面的复杂关系。在此之外，有一些作家还有“第二故乡”或其他与之关系密切的重要地方。譬如杜甫之与四川，王安石之与金陵，辛弃疾之与上饶。如果把安史之乱中心地区的全民逃难大潮作为背景，对照杜甫从秦州、同谷到蜀中一路寻求“乐土”的初衷，以及杜甫认真经营成都浣花溪草堂、草堂初成之后在成都闲适生活的情形，具体细致地研究杜甫与蜀中山川、气候、节物的感知，以及越来越强的思归之情②，就可知杜甫与四川的关系，绝不同于王安石之与金陵，也不同于辛弃疾之与上饶，更别于1949年前后入台的众多文士。这些个案互相之间的同异，情形都是复杂的，

① 莫言：《我的故乡与我的小说》，载《当代作家评论》1993年第2期。

② 杜华平：《地理视角的杜诗阅读》，《光明日报》2018年9月18日第13版“文学遗产专栏”。

具体深入地考察，或许从中可以揭示某些带有规律性的理论，这是文学地理学研究应该着力的方向所在。但是，很难想象有什么现成的结论既能解释在蜀中作为寓公的杜甫，又能解释晚年退居于颍州的欧阳修。对个案的具体研究，以及在具体研究中力求寻找规律，都应是文学地理学研究要用心的所在。

四　行游与空间生存

大多数作家一生有较长的行旅、远游经历，为了充分展示作家一生与地理空间的关系，就应该按动态的方式研究其外出行游的有关内容。从这个维度看，就要根据作家是否有一定的行游经历来展开研究。有的人一生基本只在地方社会活动，他的写作只是“地方性写作”，而有的人却被外面世界的精彩所吸引，奔走四方，足迹遍天下，广泛参与社会活动。基本不出游或很少外出的作家，与足迹很广的作家，生活内容、精神空间，必然有狭小和宽广的区别。从文学地理学的角度看，就可以用地理足迹、地理经验、地理视野等概念来审视，从而得到较具体的解释。而通过作家个案的研究，即可提炼出作家的地理视野与其精神空间关系的某些规律性的结论，以便更好地帮助解释文学现象。

沿着这条线索，可以看到：同样的远游，有的人如李白所说：“五岳寻仙不辞远，一生好入名山游。”（《庐山谣寄卢侍御虚舟》）性情所好，主动投身广阔的外在世界。也有的如杜甫所说：“三年奔走空皮骨，信有人间行路难。”（《将赴成都草堂途中有作先寄严郑公五首》其四）“况我飘转无定所，终日戚戚忍羁旅。”（《严氏溪放歌行》）“生涯能几何，常在羁旅中。”（《遣兴五首》其四）被迫的羁旅行役，也让作家远离了故乡，行走在异乡的路上。前一种人自然较易于融入异乡，与异乡建立起较为亲密的关系，这种人把握起来相对容易些。后一种人则较为复杂，一方面为了生存，他必须在异乡寓居，建设和经营一个居住场所；另一方面对故乡的深厚感情，也影响他对异乡的认同，于是，试图栖居与不愿认同两者之间就会很矛盾地纠结起来。这对于作家情感和精神来说，无疑是重要的问题，既需要从细微处作出解释，又需要站在较高的、较宏观的层面作出理论的提升和总结。

这条线索的延伸，还得关注到行旅的距离和范围，考察一个作家走得有多远，其活动的范围有多大，换言之，就是考察一个作家的地理视野、地理经验有多大的拓展。活动空间小的宫廷诗人，其活动范围基本上局限在台阁、宫苑，花间派词人的生活范围基本上停留在花前月下、樽酒清歌，古代大多数女性作家限制在居住地、在与亲人的日常生活范围之内。这样一些作家由于地理视野、地理经验的限制，生活内容方面偏于日常，他们的文学兴趣往往会转移到对艺术形式、艺术技巧等方面，在这方面取得一定的成绩。而有些走得特别远的作家，当其足迹超越了传统文化的边界之后，开拓新的文化资源，将文化曙光照到遐荒之地的任务就自然落到他们的肩上。韩愈谪居潮州和阳山、柳宗元贬至永州和柳州、苏轼被遣惠州和儋州、汤显祖贬任徐闻典史、耶律楚材随成吉思汗西征中亚、纳兰性德随康熙帝到盛京祭祖等，都以“圣贤过化”的力量，使文化的荒漠地区有了高水平的文化，使汉文化的边缘地区迅速进入文化发展的快车道。过去未经文学书写过的边陬进入了文学视野之内，边地的不少自然景观被提升为文学景观，有的成为经典的地理意象。而就他们自己而言，不妨思考一下苏轼所说的“九死南荒吾不恨，兹游奇绝冠平生”（《六月二十日夜渡海》）的话，奇绝的南荒之地，因了苏轼而得到开发。反过来，苏轼自己也因了这奇绝之地而使生命有了新的高度。仅仅从文学本身说，由于生活境遇的改变、情感的历练，他们的文学风貌往往随之而有所差异，意象、语言、形式、风格等都可能产生相当的变化，文学水平也大多得到飞跃式的提升。这几个方面，不同的时期、不同的作家、不同的情由，会有种种不一样的问题需要探究。有的人如汤显祖，因为有数首写澳门的诗作，有力推动了澳门诗词的发展。而元代耶律楚材有《西域河中十咏》写到今日的阿富汗，近代黄遵宪、吕碧城作品中诸如《登巴黎铁塔》《念奴娇·游白琅克冰山》等写欧洲景观，更是传统诗词从未有过的新元素、新气象。这些都还是较为外层的现象，更值得注意的是，当内地作家的足迹踏入文化边缘地区，中国的作家来到异域之后，异质文化之间的碰撞，是否形成“他者”的眼光，超脱于两种文化的胸怀，更是与此关系重大的思考向度。以海外华文文学为例，在改革开放的初期，因为华人在融入异国、异族、异文化的过程多半是一部辛酸的历史，所以，1993 年热映的电视连续剧《北京人在纽约》表现的是华人在无限憧憬中艰辛奋斗和挣扎的心路历程，当时，两种文化的对话尚未真正开始，主人公就已伤了腰，带着满身的创痕之后，仍然要继续面对何去何从的抉择。而近十来年，情况却发生了很大变化。譬如旅德作家刘瑛所写的一批小说，展现给读者的却是华人逐渐找到在德国社会好好生活，慢慢定位自己的身份，细细体察德国文化的感觉。其作品的底子上看不到对母语文化的无情批判或民族沙文主义式的自恋，有的是在平等对话的自信中理性、客观地审视、思考文化的差异，以及由此带来的一系列问题。可见，作家对自身文化和异域文化的心态，与其是否形成“他者”之眼有很大的关系。至于这里还牵涉族群和国家想象、族群文化认同等复杂的问题，以及这些相关的问题背后，都有很多值得细究的因素，是文学地理学研究有意义的课题。

出游、行旅的维度衍生出来的话题，譬如城市和乡村之间的流向，也是一个相当有意思的问题，在传统的农业社会里，对都市的向往，因为与个人政治前途、社会地位相关，往往成为绝大多数士子的基本追求。但是，在后现代语境下，都市居民厌倦了伴随工业文明而来的都市生活，又纷纷涌向乡村，逃到山水之邦。二者在流向上的变化，除了社会因素，还与个人价值观的变化有关。价值观变化的驱动力、变化的机制何在，需要地理学参与解释。而就乡村写作与都市写作的比较看，各自的主题关切、思想诉求、情感表达，也有着根本性的差异，将地理学、社会学、心理学等学科的知识纳入进来、综合起来思考，才会得到更为到位的解读。文学地理学就是以文学、地理学为中心而需要多学科参与，按“学科互涉”的理念展开，生产出新知识的一个领域。乡村文学、都市文学的旧问题，从文学地理学，从作家的地理空间扩展的维度涉入之后，立即就可焕发出新的意蕴。

作家到外面世界行游的方式、交通等涉及的话题也很值得探究。古人骑驴觅诗的掌故，牧童骑牛的图画题材，船上一路饱览山川或者风波遇险、被风所阻被抛掷在水驿的经历，全家老小翻山越岭、一路泥泞的记述，如此等等。一个作家这方面的种种故事，以及其中所牵涉的古今对比，无不趣味盎然，而又内涵丰富，无不与作家的内心世界及其精神成长相关，研究时必能得到很多启示，可提炼出一些有价值的理论。

作家远行维度可研究发挥的方面当然远不止这些，以上只是简单列了一些。总起来说，作家生活、活动空间的广度反映的是其社会实践的空间范围，表征着他的生命广度。不同时代，作家所拥有的活动范围不同。个人的经历、性格也对外出有不同的需要。过去的常规文学研究对这个方面也有所关注，但所侧重的主要是作家在各地的活动内容，对于作家向外行游，以及由此带来的一系列地理空间问题、作家内心问题，一般不作专门考察，文学地理学则是把对这些问题的研究视为中心问题，因此理当对于常规研究有直接的突破。

五　文学本性的新定义：空间生存与空间想象的平衡

根据以上思考，可以对文学地理学作家个案研究及其发展方向作出如下概括。

第一，常规作家个案研究因地理学知识的介入而得到升级，可有更新的面貌。换句话说就是原有的问题，原有的关注点，以文学地理学的眼光重新审视后变得很不一样。举例说，作家的出生地，既是地表上的一个点，也是一个地理现象，作为一个地理问题来研究，是很合适的。文学地理学则用“地理出身”或“地理基因”的概念，从地理审视开始，进入作家的内心，落实到文学精神、文学审美。与既往的研究相比，这样对作家出生地进行研究更为精细。又，作家的生平经历，常规研究往往难以处理那些散乱、无序的点，而文学地理学的研究则可用“人生地理”的概念，在描述作家个体人生轨迹时，可借用凯文·林奇研究“城市意象”五要素说，将作家一生空间轨迹以区域、边界、线路、节点、地标的面貌呈现出来，很直观，进而说明其精神、心理及变化状况就能够更清晰。交游研究也是常规研究常有的题目，文学地理学从“交际地理”的概念进入，将特定作家的“朋友圈”的空间分布、区域性等地理特点作为重点，描述此作家的人际环境，从社会实践、交际实践的角度解释其人际环境及其与精神、个性的关系。这样作出的研究相对于常规研究而言是令人耳目一新的。

第二，文学地理学以地理空间为起点、为焦点，所关注的有很多是新问题，开辟出作家研究的一些新资源。由很多的问题点切入进来，都可有全新的研究视野，譬如从一个作家的地理知识、地理兴趣出发，进入作家的生活与精神世界；或者从分析作家地理视野、地理感知开始，进而阐释其情感特点、个性风格、精神气质或艺术面貌。举杜甫研究为例，有关他的研究成果汗牛充栋，但对他的认识仍有很多缺失、不足。他后半生带着家小漂泊西南、流落两湖，不断做着归乡的计划，却一直依附亲友，滞留他乡。这应该如何解读，现有的认知就不尽如人意。其实，杜甫每次与旧友新知聚谈，都要谈及对方所来的地方与去往的地方，这既反映了杜甫的地理知识丰富、地理兴趣广泛，更流露出他始终寻找适合全家安居之地的心思。从这样细微的地理问题出发扩展开去，我们对杜甫晚年内心的认识，就可以比常规研究要更深入。笔者曾指导多位学生梳理了杜诗中的地理感知资料，研究杜甫两川时期、荆湘时期对自然山川、物产、气候、景观、历史遗迹等的感知及意象建构；借用人文地理学的“地方感”概念，研究杜甫后期地方认同、地方归依的缺失问题，相关的认识都有了一定的推进与突破。这些都是不借助地理视角所难以发现或解释的问题。可以说，文学地理学的引入使作家研究有了新的增长点。

第三，文学地理学对地理、空间的深入关注，与人的基本生存相关涉，就作家研究而言就会比偏重社会历史等方面的常规研究更切己、更接地气，因此研究就应朝着更深细化的方向努力；而文学地理学新视野本身带有较强的理论自觉性，因而强调作家研究的理论探讨性，也是它的特色所在与自觉追求。上文对此已有所涉及，这里还可再作一点展开。先说深细化这一面。可举欧阳修为例。谪为夷陵令期间，欧阳修的内心是怎样的，与在滁州期间有何异同，过去主要是从欧阳修的政治遭际结合他的性格作解读，分析总显得空泛、粗疏，而从地理感知的角度，以一般人的地理感知为参照背景，就可对这两个时期比较得更细微、更切实，从而使人更好地感受到欧翁苦闷中的豁达，遭受政治打击之后的凛然、刚健的气骨。笔者在《地理空间批评的几条路径》一文中已有提及，在该文分析的基础上再扩展一些，这个问题就能较为细致、充实。

再说理论追求这一面。笔者以为作为一个建设中的新兴学科，文学地理学应以鲜明的理论意识引领向前，并且应以对现有的文学理论形成倒逼之势，使之产生较大的发展作为重要追求。在面对人与地理之间的关系时，有些矛盾、复杂的情况很值得探讨，涉及理论的更新。前文已经说到，大多数的人有过远行的经历。如果再进一步，可以说几乎人人都向往从自己生长的有限空间中挣脱出来，奔向远方，感受未知世界的召唤，实现自己价值的提升。这种空间拓展、扩张的要求，属于人的本性，也是文学的根本追求。所以，“诗与远方”常常是连在一起，作为人共有的梦幻、憧憬、遐想，作为对美的追求的象征。许多写到异乡、异域、世外、仙境、梦境，写到远航、梦游、羽化、童话，而显得激情澎湃、浮想联翩，就是这个道理。可是另一方面，归乡、恋土、落叶归根，也是人人都有的情感要求。这种情感要求，也属于人的本性层次。回归故乡的情感，反映的是人对价值回归、身份回归（如前所述，故乡是人的“地理出身”）的深切愿望，从一定意义上说，它比奔向远方更深刻、更永恒，所以，文学家和哲学家几乎都认为返回故乡是一切意义的中心。远行和归乡这两个关乎人的本性和文学本性的相反方向，表现了人性的丰富、文学根本属性的复杂。前文所涉及的走向都市和隐退乡村（与山林）这两端，情况也相近。如果深入研究这相反的两个方向，可以看到：二者与时间的推移、人的成长阶段有密切的关系，人在年轻的时候往往向往远方、期望进入都市，而在年深月久，渐临老境的时候，则盼望归乡、祈求隐退。但是有的人由于种种原因，出生于乡间，没有条件进城和远游，几十年都固守在乡村，其内心一直会有冲出去的热望，一旦外出的条件具备，即使人到中年，乃至垂垂老矣，仍然要坚决出去，哪怕只是短暂的观光也是好的。有这种热望的人很多，甘愿一辈子待在乡村与山林的人也有，但却不多。而在传统社会，一般看来，都市人出城的愿望远远不及农村人进城那么强烈，城里人似乎对乡下人有先天的优越感。但是，正如钱锺书《围城》所说："城外的人想冲进去，城里的人想逃出来。"可见，空间的局限，唤起了对它的挣脱要求。当然，空间的空阔无际，也让人觉得茫然无归，寻找立足点的归依愿望就自然产生。问题的复杂性还在于：一个作家在行动上奔竞于滚滚红尘，在纸上写下的却满是故乡的河声与小鸟的清啭；作品中的"高密东北乡"赢得了诺贝尔文学奖，作者第一想到的却是买一所北京的大房子。人内心的多面性，投影于空间，形成多种空间心理、空间想象，这是一面。另一面，从文学的角度看，文学的本性似乎应该定义为人的空间生存与空间想象之间的平衡。这是已有文学理论没有提出的观点，却是文学地理学应该提出的观点。新兴的文学地理学，理当对文学理论作出自己的贡献。这是一例，是可以作出细致阐述的论题。

现实、历史与超现实：“地理想象”的三种面向

郭　伟　邹建军*

“地理想象”作为文学地理学批评理论的核心概念之一，是“通过想象与虚拟而创造出具有艺术真实性的地理空间，最大限度地开拓了艺术的领域，寄托了作家艺术家的才情与精神”。[①]“地理想象”肇始于作家的地理情结，是作家在丰富的地理经验和地理感知的基础上，逐渐展开的创造性思维活动。如果没有“地理想象”，文学作品中的地理意象建构，乃至地理空间创造，最终都不可能具体实现。作为人类主体对地理客体的认识，地理经验和地理感知在不同作家的地理想象中，所发挥的作用并不相同：或天马行空，凌空蹈虚，无迹可寻；或点石成金，化平凡为神奇；或以地理而发想，或因思想而独辟。在古今中外林林总总的地理想象中，现实的、客观的地理因素的影响也许表现不一，乃至淡化到无。根据作家的艺术创造与现实地理之间的关系，中外文学作品中地理想象的构成，大致可以分为以下三种形态。

* 郭伟，黄冈师范学院文学院副教授，华中师范大学访问学者；邹建军，华中师范大学文学院教授，博士生导师。

① 邹建军：《文学地理学批评的十个关键理论术语》，《内江师范学院学报》2015年第1期。

一　现实的地理想象

所谓现实的地理想象，是指作者对现实地理富于情感的想象性认知。现实的地理空间影像，往往与作家共时存在。不管是否经过作家的记录、富于情感的描写或者想象的升华，地理世界始终是客观的物质存在。对于具有共时性的现实地理存在，作家的想象可以包括以下三种情况。

其一，作家与对象地理有所接触，产生了或多或少的直接地理经验。作家根据特殊的创作意图，融入个性化的情感、思想与观念，由此展开自己的审美想象。汉代司马相如、扬雄的多数大赋作品的地理想象，就属于这种情况。司马相如在《上林赋》中，铺叙当时的皇家园林上林苑的壮丽，以及天子游猎的宏大场面，苑囿、湖泊、山水、宫阙、物产、宴饮等无所不写，极尽夸饰想象之能，寓“讽一”于“劝百”之中。一般作者也许只是陶醉于这种奢华的地理想象，而难以觉察隐含其中的幽微之旨，而司马相如显然不止于“讽一”，更体现了其雄强的创作个性。扬雄在《蜀都赋》中，夸耀蜀郡山水之雄伟，物产之丰饶；在《甘泉赋》中，描摹甘泉宫的壮伟华丽，仿佛神仙所居；在《河东赋》中，极力渲染和颂美大汉的盛世气象。相比于司马相如的作品，讽喻在扬雄的大赋中，几乎完全消失了。同样的夸张想象，折射出两者不同的个性气质和创作心理。

其二，作家与对象地理不发生直接关系，全凭地理认知或其他间接地理经验，进行补充性的想象。据可靠资料，范仲淹在创作《岳阳楼记》之前，并没有去过岳阳楼，而是在贬谪之地——邓州花洲书院，观岳阳楼之图，而撰此千古名篇的。身为学识渊博的儒家士子，他对《尚书·禹贡》《山海经》等中国地理图志并不陌生，对中国诗歌传统中的山水地理有深刻感知，对“尧都”“舜壤”“禹封”之九州大地的山形水势、自然风物，了然于心。所有这些地理知识，对其地理想象都发生了重要的作用。

其三，作家与对象地理没有深入的接触，或依据少量的直接地理经验，或根据间接的异域地理认知，在地理探险和文化交流的双重驱动下产生，我们称之为异域地理想象。《马可·波罗游记》对“小亚美尼亚到大汗上都”“日本群岛、南印度和印度洋的海岸和岛屿”等各地域的描写，虽是根据见闻所写，却夹杂了大量的神话传说、民间故事和感官片面所得，如“大亚美尼亚的中部有一座险峻的大山，据说诺亚方舟就停泊在山上，因此称为方舟山”。作者毕竟不是当地人，其异域文化背景为游记的片段“纪实”，赋予了一种奇异的“想象力的色泽”（华兹华斯语）。主要不是马可·波罗的有意想象，而更多地来自他对他种文化的一种误读。他着意描写中国无穷无尽的财富、巨大的商业城市、良好的交通设施以及华丽的宫殿建筑，不无想象的夸张描写或许有见闻作依据，不过专攻一点而不及其余。就其耸人听闻、诱人入彀的写作策略而言，细节上的小小夸饰和地理书写上的省略或侧重，已足以在读者脑海中，唤起整体性的地理想象。主要不是通过形象的细节描写直接显现，而是一种创造性的“留白”，或者说是一种有意无意的引导过程。这种留白式的、由作者语言暗示而由读者阅读完成的地理想象，也属于我们现有的文学地理学研究范畴。

马可·波罗的异域地理想象，与萨义德1978年在《东方学》一书中提出的“想象的地理”概念不同，它属于文学审美范畴。马可·波罗作为审美和想象的主体，与元朝地理客体之间虽然分属不同的地理文化体系，两者之间仍属于平等的对话关系，有限的误读和想象，并不足以抹杀游记地理的相对真实性。而后者则属于话语权力范畴，是指西方世界对非西方世界的“他者”的想象，是“对他者地方（other places）——包括人和景观、文化和自然的表征，这些表征表达了欲望、幻想和恐惧”。[①] 这当然也是一种误读，不过是一种具有强烈文化偏见的有意误读，是在西方中心主义立场制约下，一种强势话语权力的体现。文学中本有的纯粹“地理基因”，其实早就已经淡化，仅作为强势话语权力压迫的客体，或西方文化价值观的陪衬而存在。

---

① 翁时秀：《“想象的地理”与文学文本的地理学解读——基于知识脉络的一个审视》，《人文地理》2014年第3期。

二　历史的地理想象

历史的地理想象，指对在现实中已消失或变迁，而史上曾存在的地理空间之想象。上溯到人类的亿万年之前，乃至佛教的“一小劫”“一大劫”“尘河沙劫”之前，以宇宙之眼观之，地质的变迁、板块的漂移等现象发生的频率极高，地理空间上的太空移民更是等闲之事。不过，站在人类历史的角度，王朝屡有更迭，人事随时变易，而山河地理则千秋永固。作为人类审美活动的形态之一，历史地理想象当然不可能进入宇宙视角。“历史地理空间”是指城垣园林、亭阁楼台等人造建筑景观，也包括重大历史变迁之前的山形水势、植被土壤等地理存在。苏轼在《凌虚台记》中，对秦汉隋唐那些已经毁灭了的宫殿等人文景观，进行了全面的想象：“其东则秦穆之祈年、橐泉也，其南则汉武之长杨、五柞，而其北则隋之仁寿，唐之九成也。”① 柯勒律治在长诗《忽必烈汗》中，则以自己的方式想象元大都的雄壮豪华，以及亚洲地下暗河的幽深神秘。元大都虽已毁颓殆尽，仅余下一些遗址，诗人仍可以在有限的东方地理经验基础上，产生一种全新的、磅礴的艺术想象。杜牧分明未见秦宫一物，《阿房宫赋》却能穷形尽相，写尽了过去的全部奢华。这种对于历史废墟的具体描写，正是一种典型的历史想象。

中外文学史上所存在的大量历史小说和凭吊遗迹的诗歌，也都有这样的历史地理想象。日本作家井上靖的中国题材小说《敦煌》《楼兰》等，拜伦的长诗《科林斯的浩劫》《锡雍的囚徒》等，都是典型的文学作品。在长诗《科林斯的浩劫》中，拜伦对兵燹之余的现实的科林斯进行了描写：“她岿然不动，昂首屹立，/像一座坚固的堡垒在自由神手里。/任凭旋风怒吼，地震山崩，/她苍白的岩石依旧巍然不动。/她是大地的柱石，国土虽陷，/仍然骄傲地挺立在那座山上，/成为两股潮水的分界标，/山的两侧拍打着紫色的波涛，/两股水流仿佛相遇而愤怒，/却在城脚下逗留和蜷伏。”同时还展

① 《苏轼文集》(全六册)，孔凡礼点校，中华书局1986年版，第350页。

开了丰富的地理想象："科林斯已目睹无数次杀戮，/血流成河，又向地下渗入；/倘若那些血能从大地涌出，赤色的海将以血腥的波浪/把她下面平静的地峡淹没；/若是在这里被杀戮的人，/累累的白骨得以留存至今，/那就会堆过另一座金字塔，/高高耸立在晴朗的天空下，/塔顶亲吻着飘飞的白云，/胜过耸入云端的雅典卫城。"诗人的想象从历史向现实回归，历史地理想象与现实地理想象，在长诗中最终融为一体。当诗人完全浸入穆斯林围攻科林斯硝烟中的时候，纯粹的历史地理想象又随之呈现："在嵌花石板下的地穴中，/是早年死者的坟冢，/石板上刻着他们的姓名，/而今已被血污染得模糊不清。/大理石花纹扩散着奇妙的色彩，/还有隆起的浮雕图案/已被污损、涂抹、磨光，/又被断剑和破盔掩盖上。/地面上到处躺着死人，/寒气逼人的地上有一列列灵棺，/你可以透过幽暗的铁栅栏/借微光看他们堆成一片。/但战神已进入这个地穴——/他们把硫磺宝物密密排列/围城期间这里成了基督徒的主要弹药库。"① 拜伦对科林斯被围之时的地穴想象，在细节上多么的精细、逼真，有尸气、寒气等嗅觉，血污、花纹、微光、图案等视觉，甚至还有触觉的暗示，整个地穴不是机械静止的空间，而是活动的人的空间。在这个逼仄的地理空间中，经过拜伦天才的想象，当年的科林斯首领可能产生的压抑、窒息、悲哀和愤怒等感觉，一一得以全面复活。

当然，"历史地理想象"与所谓的"历史地理学的想象"，具有本质上的差异。"历史地理想象"是一种文学性的想象，其目的不是要还原历史，而是要通过建构空间形象或地理"意象"，对读者发挥审美感染作用。后者描述的是"历史地理学"学科研究的思维创新问题，其"想象"所求乃是历史的真实，在研究中把历史、地理、"地理中的历史"和"历史中的地理"四种要素密切融合而发掘出的无限接近历史真相的真实，体现的是科学之真。虽然两者都是一种创造性的思维，然而文学中的"历史地理想象"兼有审美思维方式和审美境界两重含义，而"历史地理学的想象"主要指

① 陈丛祥主编：《中外经典阅读：他走在美的光彩里》，人民日报出版社2005年版，第61—75页。

创造性的研究思维，其意义更多体现在方法论的运用层面，与文学审美之间没有什么关联性。

三　超现实的地理想象

超现实的地理想象是指作家在文学作品中虚拟未来世界、营造“审美乌托邦”、表现现代人的生存感受。其思维之跳跃大胆、意象之奇异新颖、空间之神秘莫测，实则超越了现实生活的可能性，或大多数人的理性认知范畴。大致可分为三种情形。

其一，科幻小说在虚拟未来某种地理时空时的超时代想象。科幻小说（Science Fiction）用幻想的形式，表现人类在未来世界的物质、精神文化生活和技术远景，交织着科学事实和预见想象。玛丽·雪莱的长篇小说《弗兰肯斯坦》，被认为是世界上第一部科幻小说。法国作家儒勒·凡尔纳被誉为科幻小说之父。他的《海底两万里》描绘人们沿着“太平洋—印度洋—红海—地中海—大西洋—南极海域—大西洋—北冰洋”这条漫长航线，而展开了奇异的海底想象。尼摩船长在荒岛上建造的神秘而坚固的“鹦鹉螺号”潜艇、罕见的海生动植物、装着千百万金银的海底沉船，共同构成了一个奇妙壮观的海底世界。利用海洋来提供能源、连接在金属梯子上的闪电，在作者生活的19世纪70年代，绝对是超时代的想象。其他小说如《神秘岛》《格特兰船长的儿女》等也都充满了超现实的地理想象，特别引人入胜。近些年来在网络上流行的玄幻小说，其主人公大多可以冲出地球，周行三界，炼丹打怪，步步修真，充斥着大量类似现实地理描写的光怪陆离的想象，秘境连接秘境，空间穿越空间。作为新生的文学体裁，玄幻修真小说和作为载体的网络文学，都将是未来文学研究的重要生长点。

其二，现代派作家在书写虚无荒诞的精神世界、创造扭曲变形的文学地理空间而呈现的异化想象。正值两次世界大战前后“上帝死了”、偶像破灭、意义虚无的价值观混乱局面，现代主义文艺思潮开始了由理性的反映论向非理性主体论的美学转向，各领域均呈现出“向内转”的创作倾向。这一时期的许多作家和艺术家，尤其是诗人往往采用象征、暗示，将梦境、幻觉、错觉、下意识、潜意识诉诸色彩、造型或文字，以呈现其苦闷彷徨、叛逆乖张的心理世界。20 世纪相继涌现出象征主义、表现主义、未来主义、超现实主义等一系列以诗歌绘画为中心的文艺流派，他们笔下扭曲变形的地理空间事实上是一种心理投影，是异化感、孤独感、虚无感的地理呈现，如卡夫卡的“城堡”所隐喻的现代困境。T. S. 艾略特之《荒原》更为典型，那些饱满、密集、怪诞的地理意象，如“承受着太阳的鞭打”的“破烂的偶像”、“没有遮荫”的“枯死的树”、“荒凉而空虚”的大海、“并无实体的城”、“种在花园里的尸首”、“倾塌着的城楼”、“在空的水池、干的井里歌唱”的声音等，“荒原”空间正是对 20 世纪虚无堕落的西方精神世界的象征性描写。在法国超现实主义诗人布勒东的《无水银的镜面》中，也有类似的想象：“整个大地露出广阔的微笑，这还不能满足我们，我们需要的是更加辽阔的荒漠，是没有郊区的城市，是已经死掉的海洋。”“肉身的窗户开向心灵，透过窗子我们便看到一片广阔的湖泊。中午，一群金色的带着芍药花香的蜻蜓落在湖面上。这是一株什么树？上头竟有这许多动物相互窥视？几个世纪以来，我们一直在给它敬酒，它的喉咙比枯草还要干渴，灰烬在里面堆积成山。我们依旧笑了起来，但没有望远镜是无法长久观测的。任何人都可以从这条血色犹新的画廊中走过，这里陈列着我们的罪恶。画虽精美，然而所有的画都被灰暗的色调笼罩。”① 生动逼真的地理想象，其实只是一种心灵书写。树的上头，“动物相互窥视”，乃“他者即地狱”（萨特语）的诗的注释。“灰烬在里面堆积成山”，暗示了现代人普遍存在的空虚心灵。与前两者描写精神世界的整体危机不同，阿波利奈尔的《景观》更侧重抒发作者对时代未来的感知，其中还融入了复杂的私人爱情体验：“花园从阳光冥想的高地滑降/又冲到变幻莫测的云霄之上/戴面具的未来燃着穿越穹苍//我的女友哟我们听候你的意愿//真不敢看天庭化装舞会的假面//欲

① 梁珮贞：《法国超现实主义诗歌选译》，《国外文学》1986 年第 3 期。

念希望之神何时能染蓝天边//在我们大气之外竖起一座舞台/那是绿色扎米尔空手造就出来/依山出现了一座海上城市/太阳又来照耀海城的广场/倦飞的白鸽休栖在屋顶上/一群斯芬克斯缓缓回巢穴/那里终生飘荡着牧人之歌/上方舞台用牢固之火建成/如同虚空用以果腹的星辰。"① 诗人的内心是相当矛盾的，也是十分复杂的，他对未来既有"海上城市""太阳广场""白鸽休栖""牧人之歌"的明朗想象，又充满着骚动不安，如"变幻莫测的云霄""戴面具的未来""天庭化装舞会的假面""脑袋双膝双肘失灵的咒符"等词语暗示，甚至还有更加惊恐的表达，如"鲜亮的新动物非人的优伶/正向被驯服的人发号施令/再看这大地/全被撕裂啊已被江河补织"。从"一群斯芬克斯缓缓回巢穴"的平静坦然，到"看我是否最终被吞噬成为腹中之馐"的无奈等待，"斯芬克斯"作为命运意象贯穿全篇。"命运"意象与地理想象巧妙地融合在一起，随着诗人的内心变化而呈现出奇幻的空间体验。

其三，诗人为创造自足的艺术世界或"审美乌托邦"而表现的纯粹地理想象。每一位诗人或艺术家对神圣的理想世界，都有自我的独特信念以及对信念的个性化想象。理想世界的核心是每个人的理想生活，而理想生活除体现为政治、社会想象外，还经常通过特殊的地理空间想象得以呈现。想象是诗人的天赋，在地理想象中"更新世界的美丽形象"是诗人的本质，由此，诗人可以达到一种少有的"宇宙性的健康"②。这种超现实的理想的地理想象，作为"宇宙性梦想的正常方向是：沿着这方向可以感知的宇宙被改变成为美的宇宙"，进而"获得美的统一"③。不过，每位营建审美乌托邦的诗人，对宇宙本质或真理均有独特的信念和理解方式，对诗歌价值的认知也存在差异，故其对理想地理空间的想象和创造，呈现出不同形态。第一类诗人重视宇宙的整体和谐，主张以"诗性思维"理解人地关系，向往一切

① ［法］阿波利奈尔：《烧酒与爱情》，李玉民译，安徽文艺出版社 1992 年版，第 52—53 页。

② ［法］加斯东·巴什拉：《梦想的诗学》，刘自强译，生活·读书·新知三联书店 1996 年版，第 224 页。

③ 同上书，第 229—230 页。

有情无情之间的交流与共鸣，认为在“美的宇宙”中，生命始终循环：“湖是天然的水彩画大师”[①]，“水是世界最初的目光”[②]，风可以通过山上的某些“咽喉”说话，“水黑沉沉地睡在池塘里，火睡在灰烬下，世界的所有空气睡在芬芳的香气中”。在这类诗人的地理想象，即所谓“宇宙的梦想中，没有任何东西是没有生气的，世界和梦想者都不是没有生气的。一切都生活在隐秘中”，“一切都在诚恳地说话”。与其说这是地理想象，不如说是在自己的文学世界中“聆听并重复这些言语”，因为“诗人的声音是世界的声音”[③]，“在想象的虚构的宇宙生活中，不同的世界时常相互接触，相互补充。一个世界的梦想呼唤着另一个世界的梦想”[④]。听觉的世界、味觉的世界、触觉的世界、视觉的世界、嗅觉的世界，乃至飞鸟的天空、游鱼的居所、草丛的蛐蛐，不同世界的地理想象共同构成了诗人梦想的宇宙。这些诗人的地理想象，不仅试图打通康德所谓“物自体”之间的壁垒，而且时常穿行于神话、历史与现实之间。时空轨迹和万物界限在其笔下逐渐消融，形成无数唯美而纯粹的世界，例如印度吠陀经典中的自然歌赞、叶芝的《茵纳斯弗利岛》、布莱克的《天真之歌》等。第二类诗人拥有虔诚的宗教信仰，致力于创造在道德上纯粹和完美的真善空间，并视其为美的化身，如：基督徒诗人但丁关于“地狱、炼狱、天堂”的空间想象、艾略特的《荒原》“复活”想象、里尔克的《杜伊诺哀歌》等。魏晋南北朝时期的“游仙诗”钟情长生，描写海外仙山、神仙洞府，道德色彩虽较欧美为淡，展现的却是宗教与世俗观念互渗的奇幻天地。曼古埃尔《想象地名私人词典》曾把《山海经》中的昆仑山、东方朔《海内十洲记》中的玄洲等，视为中国古代文学中地理想象的代表性作品。第三类诗人致力于追求超自然的神秘境界，把想象视为文学的基础、基本动力，诸如中世纪那些充斥着诸如魔法、指环

---

① ［法］加斯东·巴什拉：《梦想的诗学》，刘自强译，生活·读书·新知三联书店1996年版，第249页。

② 同上书，第253页。

③ 同上书，第237页。

④ 同上书，第259页。

以及幽暗的森林意象的荒诞不经的骑士传奇，柯勒律治的“亚洲的暗河”、博尔赫斯笔下名叫“宇宙”的“巴贝尔城图书馆”等。儿童文学中的Imaginary Places（想象地理）也是一种重要的现象，凯塞琳·帕特森《通往仙境之桥》中的“特雷比西亚王国”，黛安娜·W. 琼斯笔下“哈尔的移动城堡”，罗尔德·达尔的巧克力工厂，马克斯兄弟的弗瑞多尼亚国、侏罗纪公园，奇异小镇娇妻镇和罗琳的霍格瓦特魔法学校等。正是它们，使得漫长的人生永远处于新鲜的旅行之中。

作家在文学创作中的地理想象，作为物我交感、主客互渗的产物，文学作品中的地理意象和空间形象实际上是作家以思想和理想表达为动力，以灵感、情感和美感为酵素，对直接或间接经验的地理基因、地理形象及其空间形式进行“合目的性”加工重组的产物。地理想象不只是一种艺术思维方式，而是文学之所以产生和发展的基本方法和根本路径。在中外文学史上的许多作品，如果没有作家的地理想象，则是不可能产生的。在所有的文学作品中，对现实生活的直接描写就成为杰出文学作品的情况，也许只能占到八分之一。也就是说，八分之七的作品都是想象的产物，而在这所有的想象之中，地理想象占有相当大的比重。中国古代具有崇高地位的辞赋，被认为是与地理关系最为密切的一种文体，所以在它们之中，地理想象大量地存在着，并且具有重要的审美价值。中国古代的山水游记，虽然说是作者亲身经历的记录，然而谁也不敢保证这种记录具有历史上的真实和地理上的真实。就是《山海经》这样的世界地理名著与文学名著，它的真实性也是与文学性相统一的。且不说对于山与海的描述是否可靠，其中所存在的种种神奇之物和神秘之象，就足以说明地理想象在其中所发挥的作用。然而，地理想象也是多种多样的，在每一个作家的笔下也各不相同，在每一部文学作品中也都各具形态。更为重要的是，文学作品里的地理叙事，往往与作家地理想象直接相关，同时也与作家身上的地理基因密切相连。因此，“地理想象”作为文学地理学批评理论中的重要部分，作为文学地理学的核心术语之一，是值得我们深入开掘与集中讨论的。根据作家的想象思维对真实地理形象超越和异化的程度，以及虚构和想象等主体性因素的增长幅度，文学作品中的地理叙事必然渐次发生对于现实的地理想象、历史性的地理想象，乃至于超现实的地理想象。这三种面向的地理想象，均是以地理意象和空间形象的审美创造为中心，既囊括了空间上的故乡、异域和乌托邦，又跨越了时间上的现在、过去、未来，能具足古今万方于须臾一念之间，因此构成了文学地理叙事的基本思维形式。尽管从思维主体的精神追求来看，这三重面向的地理想象都受到了作家世界观、人生观和价值观的根本制约，然而，这些“心包太虚，量周沙界”的地理想象，在儒释道哲学、唯美主义、神秘主义、宇宙理想主义、以基督教为代表的宗教伦理等各种形态的观念主宰之下，不仅帮助作家在个人精神旅行中实现了存在的自足，而且推动了现实生活之上的文学世界的更新，创造了意味深长的另一种艺术真实。它们以局部地理意象与作品整体空间形式的创造为媒介，形象地表达了作家对现实世界的某种深刻理解与复杂情感。因此，本文研究地理想象的面向与形式，不仅有助于我们进一步观照文学作品表里虚实的地理叙事层次，呈现言、意、象、境的交融艺术，而且对于探索包括“物感论”在内的作家创作心理机制问题，挖掘文学中的主体性、非理性因素，抑或有所启示。本文的讨论虽然是初步的，然而对于相关的文学理论问题的提出和展开也会有所推动。文学创作中的心理学问题、生理学问题，文学作品中的影像来源问题、影像构成问题，文学作品中作为主体的人和作为客体的物的关系问题，文学作品中的叙事路径与方式问题，所有这些，似乎都可以从文学地理学的角度进行重新思考，并且可以得出与从前不一样的结论。

数字文学地图平台的教学应用研究*

刘永志　唐春兰**

引　言

互联网通信、全球定位系统（GPS）、地理信息系统（GIS）和计算机技术的发展给文学的空间视觉化研究和文学教学提供了技术支持。中国文学地理学的兴起又恰遇西方数字人文研究热潮和人文研究的空间转向，数字文学地图因此成为文学研究的一个热点。①② 全世界目前已经建成了近50个数字文学地图平台，这为文学教学提供了丰富的资源。近年来，我国的文学教学研究在探讨文学阅读教学③④、技术辅助文学教学⑤等方面取得了丰硕的成果，但涉及数字文学地图应用于教学的讨论还不够充分。本文在研究30个

---

* 基金项目：国家社科基金“英国文学在晚清中国的传播和影响”（项目编号：13BZW106）。

** 刘永志：博士，成都理工大学外国语学院英语语言文学教授；唐春兰：硕士，成都理工大学传播科学与艺术学院副教授。

① 梅新林、郭永海：《文学地理学原理》下卷，中国社会科学出版社2018年版，第893—898页。

② 郭方云：《文学地图》，《外国文学》2015年第1期。

③ 邹涛：《从变异学视角谈外国文学阅读教学》，《中外文化与文论》2018年第1期。

④ 林斌：《文学阅读的专业内涵及教学策略——也谈外国文学教学的人文思想渗透》，《外语教学理论与实践》2019年第1期。

⑤ 郝岚：《大数据与世界文学教学》，《中国比较文学》2016年第10期。

数字文学地图教学资源平台的基础上，分析如何将这些数字文学地图平台应用于文学教学并讨论其应用过程中的相关问题。

一　作为教学资源的数字文学地图平台

数字文学地图采用地理学研究中的数字地图方法研究文学，其成果是一种专题地图（the matic map），包含地理基础和专题要素两个层面。地理基础指与自然和人文地理具有模拟关系的数字地图；其专题要素是指文学要素的数据。因此，数字文学地图，就是在数字地图数据库的基础上，利用数字软件，将文学的生产、传播、消费，以及文学文本的地理空间因素、地点叙事等用文本、符号、超链接或 VR、AR 等技术在地图空间中进行表征。这种表征通常具有“绘制深度地图”（deep mapping）的特征，即可视化的、基于多个时间层的，具有多媒体性、多层次性、对话协商性、开放性的地图。①

在 20 世纪 70 年代和 80 年代，由于 GIS 的成本和复杂性，地图技术并没有被广泛地应用于人文学科研究，但从 20 世纪 90 年代开始，地理信息系统首先被历史学家、考古学家、建筑师等人文学家采用，最早出现了“历史 GIS”。莫雷蒂 1998 年出版《欧洲小说地图集》（*Atlas of the European Novel, 1800—1900*），2005 年出版《图表，地图，树图——文学史的抽象模型》（*Graphs, Maps, Trees: Abstract Models for a Literary History*），他将地理信息系统与文学研究相结合，开启了文学史研究的新领域。莫雷蒂的文学地图研究，加上他所倡导的“远读”（distantreading），为数字文学地图研究提供了试金石。但整体来讲，莫雷蒂的早期研究是一种静态文学地图研究。②

① David J. Bodenhamer, “The Potential of Spatial Humanities”, in *The Spatial Humanities: GIS and the Future of Humanities Scholarship*, eds. David J. Bodenhamer, John Corrigan, and Trevor M. Harris. Bloomington: Indiana University Press, 2010, p. 27.

② Barbara Piatti, Hans Rudolf Bär, Anne-Kathrin Reuschel, Lorenz Hurni, and Illiam Cartwright, “Mapping Literature: Towards a Geography of Fiction”, in *Cartography and Art*, eds. William Cartwright, Georg Gartner, and Antje Lehn, Berlin: Springer, 2009, p. 181.

交互式数字文学地图直到21世纪初才出现。2003年“宾夕法尼亚文学地图”（Literary Map of Pennsylvania）上线，2005年众包式的“曼哈顿文学地图”（Literary Map of Manhattan）上线。这两个项目均采用Flash地图界面。2005年以后，由于谷歌地图上线，数字文学地图经过5年左右的技术探索，日趋成熟，并在近十年内建成了近50个在线平台，为文学教学提供了空间视觉化阅读和探索的资源。经逐一研究后，现将建成的可供文学教学使用的数字文学地图平台列表介绍如下。

表1　　国内外重要数字文学地图平台

序号	平台名称	网址	主要特征
1	唐宋文学编年地图（Chronological Atlas of Tang and Song Literature）	https：//sou-yun. cn/MPoetLifeMap. aspx	王兆鹏教授2012—2019年主持完成的国内功能最齐全的数字文学专题地图平台，平台从地理、作家、时间、作品四个维度，再现唐宋时期150多位作家的人生行迹、文学活动和作品生产，现已广泛应用于学术研究和课堂教学
2	学术地图发布平台（Academic Map Publishing Platform）	http：//amap. zju. edu. cn/	2018年徐永明教授主持完成并上线的“学术地图发布平台”，平台利用哈佛大学的CHGIS、CBDB和WORLDMAP作为基础数据资源。已发布至平台的人物群体性数据包括《全宋文》《全元文》《全元诗》《全金元词》等的诗文作者分布，以及明清戏曲家、明清妇女作家、宋代江西文学家、明清云南作家分布等。个体性数据包括多位作者的行迹图与社会关系图
3	宋人与宋诗地理信息系统（Geographical Information Systemof Song People and Song Poetry）	http：//cls. lib. ntu. edu. tw/sung/sung/SMP_ GIS. html	台湾元智大学罗凤珠教授2013年前后建立的我国最早的此类平台，平台在数字地图上加上宋人、宋诗、宋诗语言等三项人文讯息，浏览者输入地名即可在地图上显示其地理位置，并连结该地之宋人、宋诗、宋诗语言。该平台建立了宋人分布地图、宋诗分布地图、宋诗语言分布地图等
4	唐代诗人行吟地图：李白、杜甫、韩愈（Atlas of Tang Dynasty Poets：Li Bai，Du Fu，Han Yu）	http：//cls. lib. ntu. edu. tw/TWSLDH/	罗凤珠教授以李白、杜甫、韩愈三位诗人的作品为主轴，标注作家生平游历地、作品创作地、作品中的地点、作品提及的建筑景点、作家的师友交游地点，并绘制了诗人的行吟路线，加上网站的全文检索与全文索引功能、开放的众包式朗读音视频上传功能，形成多种操作浏览模式

续表

序号	平台名称	网址	主要特征
5	Literary and Cultural Heritage Map of Pennsylvania（宾夕法尼亚文学和文化遗产地图）	http：//pabook2. libraries. psu. edu/palitmap/litmap. html	2003 年上线，持续更新。平台建立了小说、戏剧、报纸、照片和 Flash 地图的数据库，以县为单位展示其作家、作品等内容，网站还链接了丰富的数字图书资源
6	Literary Map of Manhattan（曼哈顿文学地图）	https：//archive. nytimes. com/www. nytimes. com/packages/html/books/20050605_ BOOKMAP_ GRAPHIC/	地图上标注了华盛顿·欧文，托妮·莫里森，兰斯顿·休斯，理查德·怀特等 8 位作家关于 99 个曼哈顿地点的文本描述
7	Mapping the Lakes（绘制湖区地图）	http：//www. lancaster. ac. uk/mappingthelakes	2009 年，“文学 GIS”一词首次被该项目使用，平台绘制了描写湖区观景旅行的两个文本的地图——1769 年秋托马斯·格雷的湖区之旅和 1802 年 8 月塞缪尔·泰勒·柯勒律治的“环湖旅行”，并绘制了两者的比较地图
8	Literary Atlas of Europe：Towards a Geography of Fiction（欧洲文学地图：走向小说地理学）	http：//www. literaturatlas. eu/？ lang = en	平台展现了欧洲小说作品中丰富的虚构景观和城市，呈现了真实和虚构地理环境的复杂叠加状况，建立了交互式的欧洲文学地图集。平台还建设了“以布拉格为背景的小说”“小说中的瑞士中部”“柏林小说与城市地形”等专题
9	Digital Literary Atlas of Ireland，1922—1949（爱尔兰数字文学地图 1922—1949）	https：//www. tcd. ie/tceh/projects/DLAI/	选取 1922 年到 1949 年间塞缪尔·贝克特等 14 位知名爱尔兰作家的作品，从爱尔兰文学、文化、历史和地理的交叉视角建设了视觉化的具有互动功能的文学地图
10	Cultural Atlas of Australia（澳大利亚文化地图）	http：//australian-cultural-atlas. info/CAA/index. php	绘制了 200 多部电影、小说和戏剧的地点位置，可据此设计文学之旅的路线，参观电影景点，研究澳大利亚小说描写的风景和地点
11	Litlong：Edinburgh（文学之城：爱丁堡）	http：//litlong. org	共收录了大约 550 本以爱丁堡为背景的图书文本，地图标注了文本中所提到的地名以及关于每个地名的相关文本
12	Digital Literary Atlas of Wales（威尔士数字文学地图集）	http：//www. literaryatlas. wales/en/	呈现了不同时期 12 位威尔士作家以威尔士为背景的 12 本英语小说文本，还聘请了 12 位艺术家用绘画来解释这 12 部小说的主题和思想
13	Orient North：Mapping Nordic Literary Culture（东北方：北欧文学文化地图 ）	http：//tango. bol. ucla. edu/orientnorth/intro. html	研究文学史和文学作品与具体地点和时间之间的关系，通过可视化空间表征这些关系如何随着时间而变化，设有“丹麦民间传说地图”“易卜生创作地图”“冰岛语手稿地图”等专题

续表

序号	平台名称	网址	主要特征
14	Authorial London（作家之伦敦）	https：//authorial. stanford. edu	城市数字文学地图的代表作，平台展现了从14—20 世纪在伦敦生活和居住过的 47 位知名作家的小说、戏剧、诗歌文本，绘制了这些文本所反映的 823 个伦敦地点的文本地图。读者可从文学、地理和传记的角度来研究和分析这些章节的文体、表达形式、社区情况等，还绘制了作家间的对比地图
15	Literary Map of NYC（纽约市文学地图）	https：//literarymap. nyc/	建立了 406 篇（部）与纽约相关的文学文本库，并将其中描述纽约市地点的文本放在交互式地图上，平台用文图结合的方式讲述纽约的故事，通过空间阅读体验作家对纽约的描写
16	Mapping Shakespeare's London（莎士比亚时期的伦敦）	http：//map. shakespeare. kcl. ac. uk/https：//www. citylab. com/equity/2015/04/an-interactive-map-of-shakespeares-london/390060/	为教授莎士比亚戏剧而建立。莎士比亚的大部分伟大戏剧是在伦敦创作的，平台通过帮助学生阅读莎士比亚时期的伦敦，理解莎士比亚创作这些戏剧的语境，从而加深他们对莎士比亚戏剧的理解
17	Compostela Geoliteraria（孔波斯特拉市的文学地理）	https：//www. compostela-geoliteraria. org/	面向大学生建立的西班牙孔波斯特拉市文学地图平台
18	Mapping Petersburg（绘制圣彼得堡文学地图）	http：//www. mapping-petersburg. org/	建立了“陀思妥耶夫斯基的文学地图”“果戈里的文学地图”等专题地图，展现了城市地点在不同时间被描述的情况
19	Map of Kansas Literature（堪萨斯城文学地图）	https：//washburn. edu/reference/cks/mapping/	是美国华盛本大学（Washburn University）开设的“堪萨斯城文学课”（Kansas Literature course）的学生成果，由选课学生采用众包方式建设。现已建有 155 位作家的文学地图
20	Mapping Dantel（但丁地图）	http://www. mappingdante. com/	绘制了但丁到访过的地点和《神曲》（*Divine Comedy*）描述过的地点地图，平台为文图结合的互动式文学地图
21	Joyce Ways（乔伊斯之路）	https：//www. kickstarter. com/projects/504430587/joycewalk-0	由波士顿学院（Boston College）的乔伊斯迷采用众包方式完成，在平台 iPhone App 的引导下，游客可在都柏林游历《尤利西斯》描写过的地点，浏览或听名人朗读乔伊斯的文本

续表

序号	平台名称	网址	主要特征
22	Mapping A Writer's World（绘制作家的世界）	http：//cather. unl. edu/geochron/	制作了美国 20 世纪初杰出女作家威拉·凯瑟（Willa Cather）的小说、诗歌、散文、信函、演讲、采访、新闻报道等的文图结合地图
23	Mapping *Dubliners*（《都柏林人》地图）	http：//mappingdublin-ers. org/	采用 Google Earth 制作了乔伊斯《都柏林人》中的地点地图和人物活动地图，可帮助研究者和学生探索乔伊斯作品中的地理元素，同时有全文链接
24	Walking *Ulysses*：Joyce's Dublin Today（漫步于《尤利西斯》：乔伊斯的都柏林）	http：//ulysses. bc. edu/index. html	运用地图叙述了斯蒂芬·德达洛斯和利奥波德·布鲁姆在一天之内的旅程，其目的是通过《尤利西斯》中主要人物的感官来增强读者的感受性旅行，展现 20 世纪初都柏林的生活。平台建立了文本地点地图，使用了图片、文本，语音朗读、视频等多种媒体
25	Dislocating *Ulysses*（空间错位的《尤利西斯》）	http：//axchristie. github. io/z-axis/	维多利亚大学 2 位老师为 English 507 课程制作的兼顾文学分析、3D 地图建模和档案研究的平台。依据《尤利西斯》绘制的都柏林三维地图表明，《尤利西斯》这部被认为描写边缘人物的小说，却主要关注都柏林的富裕地区，忽略了贫困地区。这一发现让我们可以再次审视乔伊斯的文化和政治偏见
26	Litmap（文学地图）	http：//barbarahui. net/the-litmap-project/	在 Google 地图上标出了德国著名作家 W. G. 西博尔德的小说《土星的光环》（*The Rings of Saturn*，1995）所提到的所有地点及其叙事文本，其目的是让读者能够从空间上阅读该文学作品
27	Google Lit Trips（谷歌文学旅行）	http：//www. googlelittrips. org/	运用谷歌地图，标注著名文学作品中人物的旅程，为学生创造有趣的空间文学阅读体验。分初中、高中和大学的文学地图项目，现已建立 83 个文学作品地图
28	Story Maps（故事地图）	http：//mappingliterary-history. org/	基于 ArcGIS 的众包式技术写作平台。平台通过组合文本、交互式地图和其他多媒体内容创建给人启迪的拟真式故事
29	Myths on Maps（地图上的神话）	http：//myths. uvic. ca/	读者可以利用平台从空间上阅读希腊神话，通过地图和阅读器，探索希腊神话中地点、事件和人物之间的联系。平台包含全文本，文图结合的浏览阅读模式
30	Sagnagrunnur（民间传说）	http：//sagnagrunnur. com/en/	冰岛民间传说出版物的地理数据库，文图浏览模式，超链接丰富

表1中的数字文学地图平台有国别的、区域的，也有城市的；有作家的，也有作品的；有文学创作的，也有文学史的数字地图。这些文学地图的制作者主要来自大学教师，他们在进行学术研究的同时，又将学术研究成果应用于文学教学，通过开设课程指导学生参与项目制作，或直接将研究成果用于文学阅读和批评教学之中。

二　数字文学地图平台的教学应用方法

将数字文学地图平台应用于教学，是技术促进教学手段、方式和方法改革的必然结果。依托建成的文学地图教学资源，文学教学可以采用沉浸式和辅助式两种教学法。

1. 沉浸式教学法

所谓沉浸式教学法，是指学生在老师的指导下，通过合作或独立自主学习的方式，在建立文学文本等数据库的基础上，运用计算机软件和GIS技术创建基于Web或App的网站和平台，展现文本对空间和地点的描写，探讨空间与文学的关系，从“空时性”（spatial-temporality）角度加深学生对文学文本的理解。这种教学法是“做中学”（learning by doing）的深度沉浸，但鉴于文学地图制作的跨学科性和探究性特征，这种方法通常又有两种模式。一种是教师指导，学生合作分工的协作学习（collaborative learning）模式；另一种是在教师指导下的独立自主学习（autonomous learning）模式。

笔者正带领学生研制成都市的文学地图。我们组织了20名语言文学的学生专门从事文学文本语料的收集、文本地点标注、地点经纬度的数据确定等工作；另外又组织了1名学生从事计算机软件编程，1名学生从事网站设计和制作，1名学生从事GIS技术的应用和开发。20名学生分别收集一个时段的1—2位作家的文学文本以及作家的相关材料。他们通过文本阅读和语料库建设，进一步从地理空间的视角加深了对作家和作品的理解。王兆鹏老师在制作“唐宋文学编年地图”平台的过程中，就组织了100多人的大团队，参与团队的主要是他的研究生和一些本科生。[①] 学生参与平台建设的过程就是在进行研究性、探究性的文学学习。这种探究性的沉浸式学习有别于传统的文学文本细读和对文本所进行的批判性思考，前者的学习通常是多媒体或跨媒体式的阅读和学习，即其学习和研究的内容不仅仅是文本，还包括通过采集或收集作家和作品的相关照片、视频等来进行“远读”（distant reading）式学习，或通过实地考察进行现场学习等，且这种研究性的深度学习成果最终还要展示在平台上，从而进一步巩固了学生的学习和研究兴趣。

协作学习模式也可以利用已经建成的具有众包式的学习平台，如表1中序号为2、27的平台，结合教学内容和教学任务的具体要求，组织学生进行独立自主学习。“学术地图发布平台”就是众包式的，在教学前期，只要通过对学生进行培训，学生在文学学习期间，就可以独立自主地开发和建设平台。通过众包式的建设，该平台已发布400余幅数据地图、800余个图层，其中文学人物群体性数据包括《全宋文》《全元文》《全元诗》《全金元词》等的诗文作者分布，以及明清戏曲家、明清妇女作家、宋代江西文学家、明清云南作家分布等；物群分布数据主要有《四库全书总目提要》、浙江集部著述总目、清代各省集部著述的地理分布、宋慈抱《两浙著述考》等。文学个体性数据包括行迹图与社会关系图，例如李白、杜甫、陆机、陈子昂、王勃、王维、杜牧、苏轼、陆游、汤显祖、龚自珍、曾国藩等。[②] 英语语言文学专业的学生在文学课学习过程中，可以利用“谷歌文学旅行”平台，选定一部自己喜欢的中外文学作品，并依据平台的技术要求，研制其文学地图并上传到系统中。

总之，当老师依据某一文学课程正在建设数字文学平台，或依托已建成的开放式、众包式数字文学平台，就可以采用协作式教学法。目前，我国的数字文学地图平台的种类、数量和规模都还不够，其建设还有待进一步加快

① 邵大为、陈逸云：《〈唐宋文学编年系地信息平台建设〉结项鉴定暨“唐宋文学编年地图”功能介绍》，宋代文学研究微信公众号，2019年5月14日。

② 学术地图发布平台，网址：http://amap.zju.edu.cn/。

速度、加大力度。浙江大学徐永明教授举办的数字人文地图培训班，南京大学高研院数字人文创研中心举办的“空间人文”与地理信息系统（GIS）工作坊，复旦大学历史地理研究所举办的“文学地理研究的技术与视野”暑期学校培训等为提高教师的平台研制能力提供了条件。

2. 文学地图辅助式教学法

所谓辅助式教学法，是指坚持传统文本阅读为主体，以数字文学地图平台为辅助进行文学教学。在运用这一教学法的过程中，教师要检查三原则：学生文本阅读为先导，教师课堂讲解重难点并答疑，学生课外拓展和探索。数字文学地图平台仅用于学生进行课外拓展性探索。“《唐宋文学编年地图》把所有的点都聚集了起来，把一个诗人的一生行藏，一个时代所有诗人的行踪，都汇总到一张地图里，构成一副完整的全景式的文学生态地图。”[①] 浏览者“可从地理、作家、时间、作品四个维度，交错叠加再现唐宋时期多位作家的人生行迹及文学活动”。[②]教授中国古代文学时，老师需引导学生充分利用这个平台，进行课程的拓展学习。学生还可利用“唐代诗人行吟地图：李白、杜甫、韩愈”这个平台，上传分享朗读音、视频，添加学习课件，进行图文数据交互检索，自主浏览探索。[③]

在外国文学的教授过程中，教师引导学生在课外充分利用上表中所列外国文学平台资源，进行文本的空间阅读、探索并思考文学的空间性。教授希腊神话，学生可以浏览阅读“地图上的神话”（Myths on Maps）；教授《神曲》，学生可以浏览阅读“但丁地图”（Mapping Dante）；教授陀思妥耶夫斯基的作品，学生可以浏览阅读“绘制圣彼得堡文学地图”（Mapping Petersburg）；教授莎士比亚戏剧，学生可以浏览阅读“莎士比亚时期的伦敦”（Mapping Shakespeare’s London）；授狄更斯、伍尔夫、艾略特等的作品，学

① 朱人奉：《唐代人去过的地方，为什么比你还多?》，《新周刊》2017 年第 496 期。

② 邵大为、陈逸云：《〈唐宋文学编年系地信息平台建设〉结项鉴定暨“唐宋文学编年地图”功能介绍》，宋代文学研究微信公众号，2019 年 5 月 14 日。

③ 罗凤珠、白璧玲、廖泫铭、范毅军、郑锦全：《唐代诗人行吟地图建构：李白、杜甫、韩愈》，《图书馆学与资讯科学》2014 年第 1 期。

生可以浏览阅读“作家之伦敦”（Authorial London），教授斯科特的作品，学生可以浏览阅读“文学之城：爱丁堡”（Litlong：Edinburgh）；讲授英国浪漫主义，学生可浏览阅读“绘制湖区地图”（Mapping the Lakes）；讲爱尔兰文学，学生可浏览阅读“爱尔兰数字文学地图（1922—1949）”（Digital Literary Atlas of Ireland，1922—1949），讲乔伊斯，“乔伊斯之路”（Joyce Ways）、“《都柏林人》地图”（Mapping Dubliners）、“漫步于《尤利西斯》：乔伊斯的都柏林”（Walking *Ulysses*：Joyce's Dublin Today）、“空间错位的《尤利西斯》”（Dislocating Ulysses）均可为学生所用，并加深学生对文学文本的理解。

三　数字文学地图平台教学应用的两个问题

正确地应用数字文学地图，我们需在认识层面解决两个问题：一是正确地评价数字文学地图的价值，二是要坚守文学文本的本体观。

第一，关于数字文学地图研究的价值问题。曾大兴教授一直主张将文学地理学建设成为与文学史双峰并峙的二级学科，这样就弥补了 21 世纪以前文学空间研究的不足，从而健全了文学这个一级学科。① 文学地理学借助地理学的理论和方法研究文地关系，以便更好地理解人地关系。② 地图是反映地理空间的最重要的工具，科学地理学在 19 世纪中叶建立的三个标志之一就是世界大部分地区已经有了各种测量完成的地图。③ 数字文学地图制作是一种学术实践，其拓宽了我们分析研究文学、欣赏文学、理解文学的知识框架和方式方法。以地图绘制方式思考文学文本的过程，其本身就是一种自我反思的批评实践。虽不一定是最好的方式、方法和实践，但却是与传统不同的，且具有补足功能的实践。文学地图以地理空间为中心并兼顾时间维度，从而具有直观性、可视性和整体性。④ 文学研究的空时性、直观可视化和整

① 曾大兴：《文学地理学概论》，商务印书馆 2017 年版。

② 邹建军：《江山之助》，中央编译出版社 2014 年版。

③ 王恩涌、徐学工：《地理学是什么？》，北京大学出版社 2008 年版，第 18—19 页。

④ Bertrand Westphal，*Geocriticism*：*Real and Fictional Spaces*，trans. by Robert T. Tally Jr.，2011，pp. 9 – 14.

体性开创了文学研究的新方向，释放了与文学相关信息的关联价值，有助于发现新的学术问题和研究视角，有利于文学研究成果的大众化普及和传播，有利于我们从空间的视角思考人与自然环境的关系。

第二，关于坚守文学文本的本体观。虽然数字文学地图从时空维度为我们理解文学提供了新视角，但文学之所以为文学，而不是其他，其根本还在于文学文本。阅读文本所带来的审美体验和想象是其他视觉化艺术无法替代的。文学文本的这种本体性，在读屏、读图的数字化时代显得弥足珍贵。因此，在文学教学过程中，现代技术只是给我们提供了一种多元化的手段和路径，拒绝技术和全面技术化都是不可取的。坚守本位，利用现代技术之长，把它用作理解文学文本的一种辅助手段、方式和路径，应是正确的态度。据此，在讨论数字文学地图平台的教学应用时，我们要始终强调阅读文学文本的重要性。脱离了文学文本阅读，文学教学就丢掉了“西瓜”，迷失了方向，脱离了正轨。

结　语

综观目前我国的文学教学，文学文本阅读仍然是充分的，其不足恰恰在于现代教育技术的应用。在当代文学教学研究中，数字文学地图平台的研制和教学应用是一个值得继续探索的重要方向。王兆鹏教授在研制唐宋文学地图平台的基础上，明确提出了依托数字文学地图平台建设虚拟文学实验室的构想，这是值得期待的。[①] 我们也期待更多的文学教师参与到文学地理学的研究和建设中，创建更多区域的、城市的、作家的中国文学的专题数字地图，为文学教学提供更多的数字文学地图资源。

① 王兆鹏：《今后古代文学研究的可视化趋势》，载《古代文学前沿与评论》，网址：https：//mp. weixin. qq. com/s/BLkzy7p4M8Gk5Rg3FZj4NA，2018－11－10。

地理、空间与文学研究

汴京与苏杭：柳永词中的城市与羁旅及其活动空间的二元书写*

杨　挺**

柳永一生流连最多的城市：一为汴京，二为苏杭①。据薛瑞生校注的《乐章集校注》所附年表测算②，至道元年（995），柳永随父入京，至咸平六年（1003）远游（此一时期在汴京生活共八年）。其后，在江浙、湖南一带漫游两年左右，至景德二年（1005）秋，始归汴京。此后的近三十年，他基本在汴京生活。直至景祐元年（1034）中第，而后外任为官而宦游各地。景祐三年（1036）为余杭县令，至宝元元年（1038）改著作郎授西京灵台令而返京。续之，庆历元年（1041）改太常博士在京差遣。庆历二年（1042）因应制《醉蓬莱》获罪，再次外放。庆历六年（1046）出任苏州，皇祐元年（1050）出任杭州，直到至和元年（1054）方才移任汴京。此一时期任官苏、杭达八年。在汴京和苏杭两处的城市漫游以及宦途奔波中，留

* 基金项目：国家社会科学基金项目“空间诗学视域下的宋代文人行旅与纪行诗研究”（项目编号：18XZW006）。

** 杨挺，成都大学文学与新闻传播学院教授。

① 范成大《吴郡志》引民谚曰：“天上天堂，地下苏杭。”（范成大撰，陆振岳点校：《吴郡志》卷五十，江苏古籍出版社1999年版，第660页）可见，苏、杭并称，由来已久。本文将苏州与杭州，视为一处，并举而论。

② （宋）柳永著，薛瑞生校注：《乐章集校注》（增订本）上编，中华书局2012年版，第582—586页；本文所引柳永词作，除作特殊辨析外，皆出此本。为避烦冗，或只注篇名与页码。

下了他纷繁的足迹和大量的词作。“文学作品中的描述同样涵盖了对地区生活经历的分析。”① 当我们用“场所精神”② 的眼光审视这位 11 世纪大宋王朝治下词人的空间活动时，其词作中蕴含的空间体验与场所认同等问题，复杂而丰富，诱使我们进行深入的探讨。

一 宫城：仰望与回首

柳永长期在京都汴京居住，他深爱这座作为大宋王朝政治权力中心的城市③。其中，宫殿是柳永至为熟悉的建筑④，在其词笔之下，亦得到多种方式的呈现。首先是被远观的宫殿。大中祥符元年（1008），真宗以天书初降而建道场，柳永有《玉楼春》一词颂之⑤。词中写道，夜醮仙乐，一直持续到天明。金銮殿里，霓旗笼罩在一片祥雾之中。此时，万乘之主正屏息静气，倾听仙家秘诀。“卜年无用考灵龟，从此乾坤齐历数”⑥，词人祝愿：从此之后，国运将与天地一样长久⑦。“金殿霓旌笼瑞雾”，在词人笔下，“金”“霓”等专用的色彩⑧，象征着君主至高无上的权力及其一统天下的国运。在《玉楼春》中，我们可以看到同样的装饰手段。此词之中，“凤楼郁郁呈嘉瑞，降圣覃恩延四裔”，建筑形式的繁复与稳固，象征着王朝的富裕永恒，以及四方来朝的国势强盛。醮台清夜，洞天森严。凌晨之时，公宴之

---

① ［英］迈克·克朗：《文化地理学》第 2 版，杨淑华、宋慧敏译，南京大学出版社 2005 年版，第 41 页。

② ［挪］诺伯舒茨：《场所精神：迈向建筑现象学》，施植明译，华中科技大学出版社 2010 年版，第 7 页。

③ 曹志平：《都市的沉沦与挣扎——论柳永的恋都情结及其文化心态》，《浙江师大学报》2001 年第 5 期。

④ 程久培：《宋词中都城书写的空间解读》，硕士学位论文，浙江师范大学，2014 年，第 13 页。

⑤ 刘天文：《柳永年谱及系年词考笺》系此词于大中祥符五年（1012）十月后（巴蜀书社 2005 年版，第 45 页；以下间引此书，或称“刘笺”）。薛瑞生系此词于大中祥符元年（1008）（第 146 页；以下间引此书，或称“薛注”）。

⑥ （宋）柳永著，薛瑞生校注：《乐章集校注》（增订本）上编，中华书局 2012 年版，第 144 页。

⑦ 薛注认为：“柳永其时虽为白衣，但对真宗佞道却持腹诽态度，并在词中未加掩饰地表现出来，实乃难能可贵。为掩饰反讽之意，故多用汉武典。”（第 146—147 页）本文所论，只据柳永词作字面呈现而言，于“腹诽”“反讽”之说，皆未采信。

⑧ ［丹］S. E. 拉斯姆森：《建筑体验》，刘亚芬译，知识产权出版社 2003 年版，第 193 页。

上，萧鼓沸腾。“几行鹓鹭望尧云，齐共南山呼万岁”①，词人将人们的视线引向君王，以展现他的安康与长寿。可以发现，在柳永投献给朝廷的词作之中，“金殿”“华阙”“双阙”“帝居”，这些建筑往往巍峨壮丽，气势恢宏，与至高无上的权力互相阐释。

其次是可以走近的宫殿。在《透碧霄》词中，柳永写道：“月华边。万年芳树起祥烟。帝居壮丽，皇家熙盛，宝运当千。端门清昼，觚棱照日，双阙中天。”② 从起初远望“帝居”，而后走近“端门”，近见“觚棱”，仰望“双阙”。我们可以感受到词人对宫殿的渐次接近。庆历二年（1042），恰逢元宵佳节，普天同庆。词人写下《倾杯乐》词。花丛深密，更漏声声。春天来临，和风布暖。十二都门，光景变换。“耸皇居丽，嘉气瑞烟葱蒨。翠华宵幸，是处层城阆苑。”③ 此时，君王正夜幸翠华宫。“盈万井，山呼鳌抃。愿岁岁，天仗里、常瞻凤辇。”词中表现出对君王巡行路线的追随：都门—复道—飞观—皇居—翠华—鳌山—万井。同时，繁复的宫城体现出某种宏伟而庄严的韵律④。

再次是置于星空笼罩之下的宫殿。柳永在为仁宗而写的祝寿词中，有一首《送征衣》。“璇枢电绕，华渚虹流，运应千载会昌。”⑤ 初写星斗旋转，银河灿烂，气应运和。柳永赞叹皇帝诞生，皇图有继，普天同庆。他祝愿：年年岁岁，嘉节清和，率土称觞。而后他将焦点转向了君王，“彤庭舜张大乐，禹会群方”；朝臣与使臣“鹓行。望上国，山呼鳌抃，遥爇炉香”。在同时期作的《永遇乐》中，“三殿称觞，九仪就列，韶护锵金奏”，“藩侯瞻望彤庭，亲携僚吏，竞歌元首”。⑥ 词人同样让人们的目光向象征皇权中心的宫殿聚集。可以看出，“璇枢电绕，华渚虹流，运应千载会昌”，“璇枢绕

---

① （宋）柳永著，薛瑞生校注：《乐章集校注》（增订本）上编，中华书局2012年版，第156页。

② 同上书，第196页。

③ 同上书，第225页。

④ ［丹］S. E. 拉斯姆森：《建筑体验》，刘亚芬译，知识产权出版社2003年版，第120页。

⑤ （宋）柳永著，薛瑞生校注：《乐章集校注》（增订本）中编，中华书局2012年版，第212—213页。

⑥ 同上书，第216—217页。

电，华渚流虹，是日挺生元后”，这样的表达正显示，柳永将星空作为君王（宫殿）的背景，借以建立起天象与人世的联系[①]。

最后是仰望的宫殿。庆历元年（1041）十一月丙寅，仁宗“祀天地于圜丘，大赦，改元”[②]，柳永作《御街行》词。词中写道，祭天的烟火断灭之时，天上的银河仍然明亮。君王乘坐的宝辇要回转了：端午门的羽卫拥簇在雕栏之下，舜韶六乐率先鼓吹起来；鸡竿高高耸起，鹤书从天而降，君王的恩泽沾霈四宇。“九仪三事仰天颜，八彩旋生眉宇”[③]，此时，群臣仰望天颜，喜色满面。在庆历二年（1042）的秋天，“久困选调”的柳永[④]，应仁宗之制而作《醉蓬莱》词。他一如既往地对君王的活动场所进行铺排。“华阙中天，锁葱葱嘉气”[⑤]，在君王居住的宫殿之中，华阙直插云天，葱葱佳气环绕。正值升平盛世，即使君王万机之身，亦多有闲暇之日。“此际宸游，凤辇何处”，“太液波翻，披香帘卷”。在词中，柳永始终给君王保留着重要的露面场合[⑥]：他将君王安放在皇宫之中，迎接众人瞻仰的目光；或者让君王乘着凤辇，在人们的目送之中，乘夜巡游。

而当柳永离开汴京时，京都城墙则成为他回首京都的目光指向。有《引驾行》词，乃柳永离京前往吴越而作[⑦]。词中写傍晚之时，虹收雨残。长堤败柳，蝉声嘶鸣。词人背对都门，即将远行。“忍回首、佳人渐远，想高城、隔烟树”[⑧]，柳永不忍心回首，因为害怕见到令人心伤的场景：佳人渐远，高城渐没。又有《采莲令》词，乃柳永离京西行漫游而作[⑨]。词中写

---

① ［英］迈克·克朗：《文化地理学》第2版，杨淑华、宋慧敏译，南京大学出版社2005年版，第25页。

② （元）脱脱等撰：《宋史》卷十一，中华书局1985年版，第213页。

③ （宋）柳永著，薛瑞生校注：《乐章集校注》（增订本）中编，中华书局2012年版，第203页。

④ （宋）王辟之撰：《渑水燕谈录》卷八，中华书局1981年版，第106页。

⑤ （宋）柳永著，薛瑞生校注：《乐章集校注》（增订本）中编，中华书局2012年版，第231页。

⑥ ［美］肯特·C. 布鲁姆、查尔斯·W. 摩尔：《身体，记忆与建筑——建筑设计的基本原则和基本原理》，成朝晖译，中国美术学院出版社2008年版，第15页。

⑦ 曾大兴：《柳永宦迹游踪考述》，《广州大学学报》2003年第6期。

⑧ 《引驾行》，（宋）柳永著，薛瑞生校注：《乐章集校注》（增订本）上编，中华书局2012年版，第26页。

⑨ 《采莲令》，（宋）柳永著，薛瑞生校注：《乐章集校注》（增订本）中编，中华书局2012年版，第243页。

道，月华收敛，霜天云淡。西征之客，情苦之时：翠娥临歧，有泪无言。“更回首、重城不见，寒江天外，隐隐两三烟树”。最终，他回头了，但京都的城墙已经不能看见。我们发现，对于柳永来说，“重城”和“高城”，虽然总是被烟树所隔，却是固定不变的方位标①：无论他回首，或者不回首，都标识着京城以及京城的生活。

二　巷陌：沉溺与回忆

刘易斯·芒福德曾经指出：“正是它（大城市）的巨大使得它成为了绝好的藏身之所。在它无穷无尽的街道中，大都市提供了庇护所以躲开探询的目光；本来会成为公共闹剧的放荡在这里只是一种私人的癖好。”② 柳永热爱城市——特别是那些可以让他恣情放纵、沉溺其中的烟花巷陌。大中祥符元年（1008），柳永首次参加科考，不幸败北而归，有《鹤冲天》词抒其怀抱。词中写道，仰视皇榜，曾经有过希望；身处圣明，科考落第，令人如何面对？但词人转念一想：何必要论得论失？何不恣意狂荡？从今以后：“才子词人，自是白衣卿相”③，这是词人身份的自我确认；“烟花巷陌，依约丹青屏障”，那才是他心甘情愿沉溺的地方。大中祥符五年（1012），柳永第二次参加科考，再次败北，有《如鱼水》词写其情怀。落第之后的柳永选择了“共绿蚁、红粉相尤。向绣幄，醉倚芳姿睡”的生活方式④；在此基础上，他才得以“才子词人”“白衣卿相”的角色，参与到城市之中：“笑筵歌席连昏昼，任旗亭、斗酒十千。赏心何处好，惟有尊前。”⑤ 对

① ［法］莫里斯·梅洛－庞蒂：《知觉现象学》，姜志辉译，商务印书馆 2001 年版，第 355 页。

② ［美］刘易斯·芒福德：《城市文化》，宋俊岭、李翔宇、周鸣浩译，郑时龄校，中国建筑工业出版社 2009 年版，第 306 页。

③ （宋）柳永著，薛瑞生校注：《乐章集校注》（增订本）上编，中华书局 2012 年版，第 148 页。

④ 同上书，第 151 页。

⑤ 《看花回》，（宋）柳永著，薛瑞生校注：《乐章集校注》（增订本）下编，中华书局 2012 年版，第 352 页。

于柳永来说，正是城市娱乐的庇护，让他得以栖身其中，让他那受伤的心灵得到安慰。

其实，只有深入小巷，才能发现城市真正的风情。在柳永的笔下[①]，小街斜巷，填充着城市空间；他纵游花馆，留连玉杯；在筵席之上，选得佳人：芳容端丽，情态绰约。“误入平康小巷，画檐深处，珠箔微褰。罗绮丛中，偶认旧识婵娟。”[②] 他选择了巷陌空间，也选择了他的庇护所[③]。从此，倚红揽翠，畅意平生[④]。他甚至想过长相厮守[⑤]。他狂游遍访，最为属意是一个叫虫虫的姑娘。他称赞她：有画难描其雅态，无花可比其芳容；他对她立下誓言：人间天上，唯有两心相同。词人充满歉意地写道：近来漂泊，忽西忽东；纵有幽期暗会，常是分离匆匆；他承诺道：待作个真正的宅院，方得有始有终。刘易斯·芒福德说，大都市具有“作为藏身之所的优点”，它让“不合法的情人”享有方便[⑥]：“金吾不禁六街游，狂杀云踪并雨迹”[⑦]，柳永同样如此；“绮陌红楼，往往经岁迁延”[⑧]，“长是因酒沉迷，被花萦绊”[⑨]，他沉溺其中，心甘情愿[⑩]。

当宦游在外时，柳永对于汴京的巷陌，总是深情回忆。在《洞仙歌》

---

① 《玉蝴蝶》，（宋）柳永著，薛瑞生校注：《乐章集校注》（增订本）下编，中华书局2012年版，第434—435页。

② 《玉蝴蝶》，（宋）柳永著，薛瑞生校注：《乐章集校注》（增订本），中华书局2012年版，第209页。

③ ［挪］克里斯蒂安·诺伯格—舒尔茨：《居住的概念——走向图形建筑》，黄士钧译，中国建筑工业出版社2012年版，第11页。

④ 霍然：《论宋代都市文化与悲剧词人柳永》，《中国石油大学学报》2007年第3期。

⑤ 《集贤宾》，（宋）柳永著，薛瑞生校注：《乐章集校注》（增订本）下编，中华书局2012年版，第408页。

⑥ ［美］刘易斯·芒福德：《城市文化》，宋俊岭、李翔宇、周鸣浩译，郑时龄校，中国建筑工业出版社2009年版，第306页。

⑦ 《玉楼春》，（宋）柳永著，薛瑞生校注：《乐章集校注》（增订本）下编，中华书局2012年版，第357页。

⑧ 《戚氏》，（宋）柳永著，薛瑞生校注：《乐章集校注》（增订本）下编，中华书局2012年版，第249—250页。

⑨ 《凤归云》，（宋）柳永著，薛瑞生校注：《乐章集校注》（增订本）中编，中华书局2012年版，第237页。

⑩ 王筱芸：《“变旧声作新声”——柳永歌词的都市叙述与北宋中叶都市文化建构》，《文学评论》2007年第3期。

中，“笙歌巷陌，绮罗庭院”，有一位女子，恣意雅态，明眸回盼[①]。词人曾与她相识，共结同心，长夜欢余，山盟海誓。正在缠绵时刻，突遇分离。庆历三年（1043），柳永外放苏州，辞别汴京，有《凤归云》词追忆帝里生活：金谷园林，平康巷陌，触处繁华；有位佳人，歌舞皆善。词人曾经纵酒沉醉，四季相伴；而后无奈离别[②]。“花光媚、春醉琼楼，蟾彩迥、夜游香陌”[③]，词人总是想起那些自己喜欢的特殊场景[④]。随后激起他如潮的思绪：浮生之事，转瞬即逝；功名宦途，锱铢而已。

当柳永回到京都，他喜欢骑马穿行这座城市。“过平康款辔，缓听歌声”，他故意放缓了速度；他想要听听那里的歌声；他想要看看，风烛荧荧之处，或有尚未掩闭的香屏。他会想起当年的一位女子：罗绮丛中，轻盈雅态，款步而来……。“遍锦街香陌，钧天歌吹，阆苑神仙”[⑤]，这是柳永对城市风景的由衷赞叹。虽然由于宦途奔波，他已经不再有当年的歌酒情怀了；但昔时的平康佳人，应该依然美丽；当年狂荡而过的街景，重游应该更加美好。

杭州地处东南形胜，原是春秋越国都会。居杭之时，柳永有《望海潮》盛赞之。在词人笔下：烟柳画桥，风帘翠幕；十万人家，高低错落；西湖边上，树绕堤沙，怒涛翻滚[⑥]。词人更将笔触转入市井之中：珠玑罗列，户户充盈，竞显豪奢——这是一座富裕的城市；重湖迭巘，三秋桂子，十里荷花——这是一座美丽的城市；羌管弄晴，菱歌泛夜，钓叟莲娃，玩耍嬉戏；贵人们千骑出行，牙旗高拥；人们乘醉听乐，吟赏烟霞——这是一座快乐的城市[⑦]。在这里，柳永身上潜藏的逸乐性情被再次激活。如在《夏云峰》词

---

① （宋）柳永著，薛瑞生校注：《乐章集校注》（增订本）下编，中华书局2012年版，第424—425页。

② （宋）柳永著，薛瑞生校注：《乐章集校注》（增订本）中编，中华书局2012年版，第237页。

③ 《两同心》，（宋）柳永著，薛瑞生校注：《乐章集校注》（增订本）上编，中华书局2012年版，第121页。

④ ［美］凯文·林奇：《城市意象》，方益萍、何晓军译，华夏出版社2001年版，第72页。

⑤ 《透碧霄》，（宋）柳永著，薛瑞生校注：《乐章集校注》（增订本）中编，中华书局2012年版，第196页。

⑥ （宋）柳永著，薛瑞生校注：《乐章集校注》（增订本）中编，中华书局2012年版，第322页。

⑦ 刘方：《东南形胜：北宋杭州都市景观与文学表达》，《湖州师范学院学报》2008年第5期。

中，他写道，宴堂深深，轩楹正雨，暑气稍敛。彩舟泛游，坐绕清流。疏弦脆管，时时新音。越地女子，兰态蕙心，竞呈妖艳。“筵上笑歌间发，舄履交侵”①，久违的狂欢得到了发泄的时机；“醉乡归处，须尽兴、满酌高吟”，“向此免、名缰利锁，虚费光阴”，令人感到拘束的观念和规范都可以暂时抛却②。

三　芳郊：融入与旁观

J. B. 杰克逊曾经指出，城市公共空间就是“我们与其他人聚集在一起共度时光的地方”。这些地方“充满活力、动感十足，人们买卖并吆喝、交谈且倾听、行走亦观赏，或者仅仅是休息”。这样的空间“有时仅仅是一块空地”，“它们总是充满乐趣”③。柳永笔下的“芳郊”即类似于这样的地方。在《抛球乐》词中，他写道：清明将近，细雨纷纷。大道小巷，柳絮翻飞。池塘边上，碧草如烟，繁花似锦。少女们“丽质盈盈，巧笑嬉嬉，争簇秋千架。戏彩球罗绶，金鸡芥羽”④；少年们“驰骋，芳郊绿野。占断五陵游，奏脆管、繁弦声和雅”。城市的人们纷纷向园林深处聚集，“争抳画轮，竞羁宝马”，“取次罗列杯盘，就芳树、绿阴红影下”。在这一片城市的郊外：“幕天席地”，是属于少男少女们的地盘；“尽醉太平”，此时空间由他们做主。其实，柳永对城市空间的拥有并不止于一般的郊游。景祐元年（1034），历经坎坷的柳永，终于考中进士；虽然他已年届四十八岁，但仍然掩饰不了心中的狂喜。有《柳初新》写其心情：春天来了！层台芳榭，绿娇红姹，争娇斗艳。这一天，殿试刚罢，新进士子，成行如画。“遍九陌、相将游冶。骤香尘、宝鞍骄马”⑤，久违的喜悦与率性的轻狂，自词句

① （宋）柳永著，薛瑞生校注：《乐章集校注》（增订本）下编，中华书局2012年版，第389页。

② ［英］迈克·克朗：《文化地理学》第2版，杨淑华、宋慧敏译，南京大学出版社2005年版，第113—114页。

③ ［美］约翰·布尔克霍夫·杰克逊：《发现乡土景观》，俞孔坚、陈义勇译，商务印书馆2015年版，第23页。

④ （宋）柳永著，薛瑞生校注：《乐章集校注》（增订本）下编，中华书局2012年版，第404页。

⑤ （宋）柳永著，薛瑞生校注：《乐章集校注》（增订本）中编，中华书局2012年版，第165页。

之中倾泻而出。此时的柳永，通过骑行，让身体的运动与时空结合，体验到一种真正的归属感①。

芳郊游冶的气氛也会感染到柳永。在《木兰花慢》词中写道：清明之时，疏雨洗天。众花绽放，春色如画。此时，人们倾城而出，寻芳访胜：雕鞍绀帘，遍布郊外；繁弦脆管，万家竞奏。斗草踏青，触目皆人。人们精心打扮，迎来送往。狂欢之后，郊外路边，遗簪堕珥，珠翠纵横。“欢情。对佳丽地，信金罍罄竭玉山倾。拚却明朝永日，画堂一枕春酲”②，春日芳郊，风景秀丽，游人如织，引发词人纵情人生的态度。而在《尾犯》一词中，“渐东郊芳草，染成轻碧”③。野塘边，春风熙和，游鱼动触，冰澌微裂。春天的气息，和空间的舒缓④，诱发他的感叹：“似此光阴催逼”，反思“图利禄，殆非长策”，最终作“点检笙歌，访寻罗绮”的人生选择。

当柳永游宦之时，这些城市的郊外每每触发他对京都的怀念。柳永有《夜半乐》一词。在词人笔下，艳阳天气，烟细风暖。芳郊明朗，春色浓郁：垂杨绿映，浅桃浓李，燕莺斗语。此时的南陌：红荫之下，翠娥佳人，缓移娇步，恣情玩乐。“念解佩、轻盈在何处”⑤，这显然触发了柳永对京都女子的思念。只是，斜阳入暮，词人只能极目空望。在《内家娇》一词中，词人笔下，疏雨夜来，烟光昼敛。垂柳艳杏，丝软霞轻。处处踏青斗草，人人眷红偎翠。但他没有沉浸于这一片迷人的芳郊春色，词笔一转，写道：“奈少年、自有新愁旧恨，消遣无计”⑥。显然，他想到了帝里风光：此时，正好是携带佳丽，出外踏青的好时节。可惜！无奈！归程遥远，无情阻断；

---

① Tim Cresswell, *Place*: *A Short Introduction*, First published by Blackwell Publishing Ltd., 2004, p. 34.

② （宋）柳永著，薛瑞生校注：《乐章集校注》（增订本）下编，中华书局2012年版，第446页。

③ 同上书，第418页。

④ ［挪］克里斯蒂安·诺伯格—舒尔茨：《居住的概念——走向图形建筑》，黄士钧译，中国建筑工业出版社2012年版，第58—59页。

⑤ （宋）柳永著，薛瑞生校注：《乐章集校注》（增订本）上编，中华书局2012年版，第59页。

⑥ 同上书，第127页。薛注认为，柳永大概作此词于远游第三年春欲归未归之时。

只能独立高原，凝神远望，久久伤怀。

郊外风景可能会引发词人的复杂情绪。在《笛家弄》一词中，郊外依然美丽：西园花发，南陌草熏，韶光明媚①。城市的人们，戏水荡舟，开筵对饮。银塘如染，金堤如绣。如此春意，王孙游妓，携手共游。词人笔调突然一转：对此佳景，触目伤怀。眼前的风景，让词人的思绪飘回到过去的生活：当年的京城，兰堂夜烛，百万赌博；纵意豪饮，一掷千金；笙歌燕舞，寻花问柳。词人词笔再转：不料，欢乐中断，往事难再；只能空自遗恨，望断仙乡。眼前的南陌、记忆的京城，昔时的欢乐、离别的痛苦和回忆的伤感，交织混杂。柳永又有《凤归云》一词，词中写道，秋意已深，西郊雨后，空气凉爽②。此时，陌上夜色阑珊，凉风吹动襟袖。岁末残星，流光未灭。又是晓鸡声断，天色将曙：山路迢迢，渐渐分明。词人感叹，为了功名利禄，光阴虚度。他悔恨：抛弃了白云清泉，碌碌奔竞，壮年虚耗；他渴望：五湖烟浪，一船风月，归老渔樵。此时，柳永虽身处芳郊，而宦途羁旅的厌倦③、人生失意的遗恨，甚至归老江湖的夙愿，都同时涌现。

至于秋天的郊外，更会引发词人的伤感。庆历三年（1043），柳永在苏州，时逢秋季。天晚之时，气象萧索。他乘兴荡舟，引棹东游④。词人感叹：夫差旧国，香径已没，徒有荒丘；夕时繁华之处，皆成云烟。他遥想：夫差当年，空自好战，图取霸业。江山如画，视若无睹；反不如范蠡扁舟归去。如今斜阳暮草，只余万古遗愁；检验前史，赢得空自嗟叹。庆历七、八年（1047、1048）间，柳永再次转任苏州，他写下《西施》一词。词中写道，西施娇艳，举世无双⑤。她善于妩媚，后庭恃宠。正当朝欢暮宴，情意未足之时，越兵渡江而来；乱军混战之中，她以妩媚之态，死于军前。词人感叹：

---

① （宋）柳永著，薛瑞生校注：《乐章集校注》（增订本）上编，中华书局2012年版，第81页。

② （宋）柳永著，薛瑞生校注：《乐章集校注》（增订本）中编，中华书局2012年版，第301页。

③ 刘云霞：《论柳永的羁旅悲秋词》，《内蒙古农业大学学报》2009年第1期。

④ 《双声子》，（宋）柳永著，薛瑞生校注：《乐章集校注》（增订本）中编，中华书局2012年版，第294页。

⑤ （宋）柳永著，薛瑞生校注：《乐章集校注》（增订本）中编，中华书局2012年版，第304—305页。

怨魂无主，西施的游魂或许还在原来的地方徘徊、游荡；如今，在姑苏城外，入夜之时，只有曾经的月光，空自照着那座荒台。在柳永笔下，黍离之悲与人生空幻一并涌现。当柳永身处苏州的郊外时，苏州代表着已经衰亡的帝王霸业和已经化为尘埃的绝代红颜，这令他表现出对这座城市的疏离①。

四　水面：停滞与流动

在城市的景观中，“水面，经常会被欣喜地关注和谈论”②。京都有汴河、金明池等处水景。柳永每以词笔写之，营造出不同场景的“水边的美学”③。如《破阵乐》一词，乃柳永对京都金明池的描写。在词人的笔下，露花倒影，烟芜染碧。金柳随风而动。彩舫龙舟，系在遥岸。千步虹桥，台阶参差，延伸水中。鱼龙之戏，游绕金堤。霁色光亮，倒影水中，犹如蓬莱仙境。“露花倒影，……千步虹桥，……直趋水殿”④，是以水面为背景，陆地为图形⑤；“霁色荣光，望中似睹，蓬莱清浅”，则是天空为背景，以水面为图形；“渐觉云海沉沉，洞天日晚”，再以水面为背景，天空为图形。在词人的笔下，陆地、水面与天空，可以互为背景与图形。

柳永更多写及的是水边送别。如在《雨霖铃》中，他汇聚了几乎所有令人伤感的意象：寒蝉（深秋）、傍晚（日暮）、长亭（送别）、骤雨、烟波、兰舟⑥，由此奠定了一个因送别而伤感的经典空间。词人另有《倾杯》一词，亦写及水边送别。词中写道，送行南浦，离宴殷勤，兰舟凝滞⑦。词人与佳人，黯然销魂，携手话别。临行之时，再三叮嘱：不可忘却，与君深盟；从今音信，全凭鱼雁。比较而言，《倾杯》虽反复写及离别心绪，却无

① ［挪］诺伯舒兹：《场所精神：迈向建筑现象学》，施植明译，华中科技大学出版社2010年版，第168页。

② ［美］凯文·林奇：《城市意象》，方益萍、何晓军译，华夏出版社2001年版，第33页。

③ ［日］芦原信义：《街道的美学》，尹培桐译，华中理工大学出版社1989年版，第155页。

④ （宋）柳永著，薛瑞生校注：《乐章集校注》（增订本）中编，中华书局2012年版，第219页。

⑤ ［日］芦原信义：《街道的美学》，尹培桐译，华中理工大学出版社1989年版，第156页。

⑥ （宋）柳永著，薛瑞生校注：《乐章集校注》（增订本）上编，中华书局2012年版，第18页。

⑦ 同上书，第23—24页。

《雨霖铃》那样的感染力。柳永另有《迷神引》词亦写水边送别。词句初写一片水边春色：红板桥头，秋光入暮。淡月映烟，水波温暖。寒溪染碧，垂杨轻拂。此时，正当离别：携纤手、泪如雨。值得我们深加留意的是词中透露出来的运动感："寒溪蘸碧，绕垂杨路"①，分离之前，词人置身于陆地，感觉到水的流动；上船之后，"波急隋堤远，片帆举"，当他把视线聚焦于堤岸，急速而强烈的运动感经过了他的身体②。显然，这是一种被动的运动感！它自然扩散为命运感："倏忽年华改，向期阻"，让他感觉被人生抛弃；"时觉春残，渐渐飘花絮"，让他感觉被时间（青春）抛弃。由此，词中透露出命运不能自主的虚无感。

苏州的水景更多。庆历三年（1043），柳永外放苏州，作《木兰花慢》词投献地方长官③。词人寻幽访静，于近香径处：莲女钓叟，聚合汀州。晴天之时，吴波练静，千家万户，绿水朱楼。柳永赞叹这位地方长官，曾经状元及第，如今出任苏州，虚位日久，或许因流连名都胜景淹留，包括"兰堂酝酒、画船携妓欢游"的生活方式。皇祐元年（1049），范仲淹知苏州④，柳永作《瑞鹧鸪》迎之。柳永仍然以赞美吴会风流来开启此作：富庶之地，万井千门，雄压他州。处处青蛾画舸，红粉朱楼。此地政事宽简，闲暇较多，继时欢游；上下相效，民风披靡。S. E. 拉斯姆森曾将中国建筑分为庙宇式与园林式两种韵律形式，他说："一种是自由的，另一种是合乎格律的；一种是天然的，另一种是礼仪的。"⑤ 借此以观，柳永笔下，"帝居壮丽，皇家熙盛"⑥ 的汴京近于庙宇式的城市，它是"合乎格律"的，它要求

---

① （宋）柳永著，薛瑞生校注：《乐章集校注》（增订本）上编，中华书局2012年版，第89页。

② ［法］莫里斯·梅洛-庞蒂：《知觉现象学》，姜志辉译，商务印书馆2001年版，第353页。

③ （宋）柳永著，薛瑞生校注：《乐章集校注》（增订本）中编，中华书局2012年版，第239—240页。

④ 刘笺：景祐二年（1035）二月，柳永赴睦州团练推官任，经苏州，拜谒知州范仲淹，献《瑞鹧鸪》（吴会风流）词。时仲淹即将还朝，故词有"旦暮锋车命驾，重整济川舟"，"沙堤路稳，归去难留"之颂（第39—40页）。

⑤ ［丹］S. E. 拉斯姆森：《建筑体验》，刘亚芬译，知识产权出版社2003年版，第126页。

⑥ （宋）柳永著，薛瑞生校注：《乐章集校注》（增订本）中编，中华书局2012年版，第196页。

的是礼仪性的行为；而“青蛾画舸，红粉朱楼”① 的苏州近于园林式的城市，它允许人们的行为是自由的。所以，在柳永笔下，居于苏州的人们，他们“继日欢游”，呈现出美丽而自如的姿态。不过，苏州的水景欢游，并不能挽留词人的心。柳永总是将身在苏州看作一种滞留。《木兰花慢》有云：“棠郊成政，槐府登贤，非久定须归去。”②《瑞鹧鸪》则曰：“旦暮锋车命驾，重整济川舟。当恁时，沙堤路稳，归去难留。”③ 柳永认为他们终将离开此地，归于京城。此数词虽为投谒之作，或亦作者心声流露。

身处吴越之时，柳永笔下水景，多及舟行体验。如《夜半乐》词中，我们可以追随词人“乘兴离江渚”的舟行过程，并感受其间的运动节奏：“渡万壑千岩”，“越溪深处”④，节奏是急速的；而后“怒涛渐息”，“樵风乍起，更闻商旅相呼”，渐趋于平缓；“片帆高举。泛画鹢、翩翩过南浦”则转入平静。其后舟行近岸，只见“酒旆闪闪，一簇烟村，数行霜树”，词人可以从容地观察岸上的风景人情。而后进入平湖之中：“残日下，渔人鸣榔归去”，“败荷零落，衰杨掩映”，还有岸边“浣纱游女”的含羞悄语⑤。在词中，急促—平缓—平静，这些舟行中的波动和韵律⑥，既跌宕起伏，又层次清晰。柳永另有《洞仙歌》，亦写及乘兴泛舟⑦。烟波浩渺，词人乘兴闲泛，向东而去：汀渚之上，蕙兰散香；平畹绿芜，和风轻暖；曲岸垂杨，桃花深圃。三吴风景，水村渔市；芳树之外，酒旗飘举。此词中，我们可以感受到词人与空间的共舞⑧：渺渺烟波—蕙兰汀渚—绿芜平畹—曲岸垂杨—

---

① （宋）柳永著，薛瑞生校注：《乐章集校注》（增订本）中编，中华书局2012年版，第313页。

② 同上书，第296页

③ 同上书，第313页

④ （宋）柳永著，薛瑞生校注：《乐章集校注》（增订本）上编，中华书局2012年版，第47页。

⑤ 吴惠娟：《论柳永词的景语》，《上海大学学报》2002年第3期。

⑥ ［美］肯特·C. 布鲁姆、查尔斯·W. 摩尔：《身体，记忆与建筑——建筑设计的基本原则和基本原理》，成朝晖译，中国美术学院出版社2008年版，第77页。

⑦ （宋）柳永著，薛瑞生校注：《乐章集校注》（增订本）中编，中华书局2012年版，第291—292页。

⑧ ［美］肯特·C. 布鲁姆、查尔斯·W. 摩尔：《身体，记忆与建筑——建筑设计的基本原则和基本原理》，成朝晖译，中国美术学院出版社2008年版，第74页。

桃花深圃—酒旗遥举，它们连接成一段平静而舒缓的舟行乐章。同样，吴地的如画风景与舟行体验亦无法安抚词人游宦之苦，他终究还是难忘京都。《夜半乐》乃有谓："到此因念，绣阁轻抛，浪萍难驻"，"凝泪眼、杳杳神京路。断鸿声远长天暮"[①]；《洞仙歌》亦有云："闲思更远神京，抛掷幽会小欢何处。不堪独倚危樯，凝情西望日边"[②]。

五　远道：离开与回望

"寻找道路是环境意象的最基本功能，也是可能建立感情联系的基础。"[③] 在柳永的笔下，"古道""远道""归路"，牵引着词人的离开与回望，维系着他与京城不可割断的精神联系。天圣八年（1030），柳永即将离开京都[④]，"见岸花啼露，对堤柳愁烟。物情人意，向此触目，无处不凄然"[⑤]，"长安古道"这一条离京远去的道路，意味着与京都以及京都生活的分离。景祐元年（1034）初春，柳永由楚地赶赴汴京[⑥]，有《轮台子》词写行途生活，词中连用"鸡鸣""淡烟""衰草""鸣珂"[⑦]"霜林""栖乌""孤村"[⑧]，使道路书写充满叙事性。"冒征尘远况，自古凄凉长安道"[⑨]，他由此想到自己的过去，"念劳生，惜芳年壮岁，离多欢少"；又想到自己的眼前，"断梗难停，暮云渐杳"，"黯黯魂消，寸肠凭谁表"；再想到自己的

① （宋）柳永著，薛瑞生校注：《乐章集校注》（增订本）上编，中华书局2012年版，第47页。

② （宋）柳永著，薛瑞生校注：《乐章集校注》（增订本）中编，中华书局2012年版，第291页。

③ ［美］凯文·林奇：《城市意象》，方益萍、何晓军译，华夏出版社2001年版，第94页。

④ 刘笺：此词当写于天圣八年（1030），秋初离汴京匹马西行时（第61页）。

⑤ 《临江仙引》，（宋）柳永著，薛瑞生校注：《乐章集校注》（增订本）中编，中华书局2012年版，第290页。

⑥ 刘笺系此词于景祐元年（1034）初春，并认为乃柳永由楚地赶赴汴京途中所作（第77页）。

⑦ "前驱风触鸣珂"，薛本"鸣"作"鸣"。以词人骑行而论，珂当有鸣声，而不当有鸣声，故"鸣"字当误，径改之。

⑧ （宋）柳永著，薛瑞生校注：《乐章集校注》（增订本）中编，中华书局2012年版，第278—279页。

⑨ 柳永词中的"长安"，或实指长安，或代指汴京，不可一概而论。如柳永《少年游》（长安古道迟迟）有："高柳乱蝉栖。夕阳岛外，秋风原上，目断四天垂。"（第245页），词中所写乃西北风貌，可以推知"长安古道迟迟"，实写长安郊外道路。而《临江仙引》中有"上国，去客"（第290页），所写为词人离京的心境，则此词中"长安古道绵绵"，当代指汴京的道路。

未来，“恁驰驱、何时是了”。由此，这条“长安古道”，附着了词人失意人生的遗恨、羁途奔波的迷惘和回归京都的渴望。

庆历六年（1046），柳永转任华州，有《引驾行》词写其出行情景。红尘紫陌，夕阳西下，暮草连天，词人匹马西征。天气新晴，春光明媚；远望花村，小路掩映。词人跃马扬鞭，时过长亭。“新晴。韶光明媚，轻烟淡薄和气暖，望花村、路隐映，摇鞭时过长亭”[①]，明媚春色，反而惹起词人对佳人的魂牵梦绕。在此，“长安古道”成为游子思妇，离别断肠的悲情空间。对于即将离开汴京的柳永来说，岸花、堤柳、斜阳、暮草、轻烟、长亭等，都是“长安古道”中不可或缺的要素，这些意象整体营造出“长安古道”的离别意蕴。

更多的远道，其实在柳永登高望京的目光之中。柳永有《竹马子》词写及漫游鄂州。当时，一叶惊秋，残蝉鸣晚，正是秋天时序。此时，彩虹挂雨，雄风拂槛，烦暑微收。词人凭高伫立，极目远望。“览景想前欢”[②]，京城记忆，恍如眼前；“凭高尽日凝伫”，“极目霁霭霏微”，凝目远望，却又总是那么遥远。“指神京，非雾非烟深处”，京都——词人一切欢乐所系的地方，它在非雾非烟的深处，迷离而遥不可及。柳永又有《曲玉管》词写及宦游关陇。当时，千里清秋，关河萧索，陇首云飞。江日西落，烟波满目，词人凭栏远望[③]。他的思绪再次回到京都：“杳杳神京，盈盈仙子”[④]。他回想：当初多少快乐幽会，不料聚散难期；眼前登山临水，只会惹起平生心事，令他黯然神伤。无论《竹马子》中的“凭高尽日凝伫”，“南楼画角，又送残阳去”，还是《曲玉管》中“忍凝眸”到“却下层楼”，都体现出一种“天涯望断＋却下层楼”的组合体验，也进一步强化了“杳杳神京”的情感指向：“惹起平生心事”“赢得消魂无语”。

---

① （宋）柳永著，薛瑞生校注：《乐章集校注》（增订本）中编，中华书局2012年版，第284页。

② 《竹马子》，（宋）柳永著，薛瑞生校注：《乐章集校注》（增订本）上编，中华书局2012年版，第96页。

③ 姚蓉：《论柳永羁旅行役词的抒情模式》，《湖南大学学报》2008年第1期。

④ （宋）柳永著，薛瑞生校注：《乐章集校注》（增订本）中编，中华书局2012年版，第247—248页。

在柳永的漫游词作之中，总是习惯性设置一条“帝城归路”，它顽强地指向词人魂牵梦绕的京城①。如在《诉衷情近》中，他写道，晚春时节，景致深浓，白昼渐长。榆树的落叶，铺满了闲静的台阶；莲藕的嫩叶，于翠沼中伸出。词人遥望着水边幽径，山崦孤村：闲情悄悄，游人渐少。随着春天的逝去，词人自念：少年风韵不再，自己已渐渐老去②。“追前好”，他总是忍不住追忆那些美好的岁月。但“帝城信阻”，望断天涯，也只有满眼的暮云芳草。又有《临江仙引》写及楚地漫游：在傍晚的渡口，他骑着瘦马，走在平冈之上。西郊秋色，仍有一片横抹的翠绿，映衬着傍晚之时的山体；残叶飘黄，更觉显眼。词人站在高处，极目远望。“指帝城归路，但烟水茫茫”③，那条指向帝城的归路，即使“凝情望断泪眼”，因烟水茫茫，遥不可及。在《倾杯乐》中，词人曾“小檝夜泊，宿苇村山驿”，亦忍不住“望京国”，可惜“空目断、远峰凝碧”④。不过，对于词人来说，“通过想象力……能够感知到那些脚不能到达的场所”⑤。于是，在他的词笔之下，京都又总是清晰可感：“绣阁深沉”“芳容别后”。诺伯格—舒尔茨曾说：“有时，道路引向某一已知的目标，但通常只是提供了一个所期望的方向，然后逐步消失在未知的路程里。”⑥ 柳永正是这样设置他的“帝城归路”的。《塞孤》有曰：“遥指白玉京，望断黄金阙。远道何时行彻。”⑦ “遥指白玉京”是“一个期望的方向”，“远道何时行彻”则是“未知的路程”。《戚氏》之中，“帝里风光好”⑧，表明了“一个期望的方向”；那么“烟水

① ［挪］诺伯舒兹：《场所精神：迈向建筑现象学》，施植明译，华中科技大学出版社 2010 年版，第 53 页。

② 《诉衷情近》，（宋）柳永著，薛瑞生校注：《乐章集校注》（增订本）上编，中华书局 2012 年版，第 92 页。

③ （宋）柳永著，薛瑞生校注：《乐章集校注》（增订本）上编，中华书局 2012 年版，第 109 页。

④ （宋）柳永著，薛瑞生校注：《乐章集校注》（增订本）中编，中华书局 2012 年版，第 269 页。

⑤ ［美］肯特·C. 布鲁姆、查尔斯·W. 摩尔：《身体，记忆与建筑——建筑设计的基本原则和基本原理》，成朝晖译，中国美术学院出版社 2008 年版，第 102 页。

⑥ ［挪］克里斯蒂安·诺伯格—舒尔茨：《居住的概念——走向图形建筑》，黄士钧译，中国建筑工业出版社 2012 年版，第 22 页。

⑦ （宋）柳永著，薛瑞生校注：《乐章集校注》（增订本）上编，中华书局 2012 年版，第 135 页。

⑧ （宋）柳永著，薛瑞生校注：《乐章集校注》（增订本）中编，中华书局 2012 年版，第 250 页。

程何限”，则是“未知的路程”。所以，柳永笔下的“白玉京”“黄金阙”象征着“中心”，它事实上“包含了到达和离开的行动”；而“帝城归路”则属于“道路”，表现出“一种运动的可能性”①。如此这般，“中心”与“道路”的轮毂式结构，在柳永的词作中不断隐现，从而透露出词人对京城的眷恋和对羁途的厌倦②。

六　结语

柳永曾经长期居住于京都，也游宦于苏州、杭州、益州、华州、湖湘各地；他欣赏各地的风景，但又始终无法忘怀京都：那吸引仰望的目光的宫殿、诱使身心沉溺的巷陌，以及在阁楼之中居住的红颜佳人。凯文·林奇说过：“我们不能将城市仅仅看成是自身存在的事物，而应该将其理解为由它的市民感受到的城市。”③ 柳永对宋代城市的书写是世所公认的。李之仪说：“至柳耆卿始铺叙展衍，备足无余。形容盛明，千载如逢当日。”④ 黄裳《书〈乐章集〉后》亦云：

> 予观柳氏乐章，喜其能道嘉祐中太平气象，如观杜甫诗，典雅文华，无所不有。是时予方为儿，犹想见其风俗，欢声和气，洋溢道路之间，动植咸若。今人歌柳词，闻其声，听其词，如丁斯时，使人慨然有感。呜呼！太平气象，柳能一写于乐章。所谓词人盛世之黼藻，岂可废耶？⑤

可见，柳永词不仅记录了一个繁华的时代；对于后来的人们而言，更建构了一个辉煌的时代⑥。诚如陈振孙曾赞扬柳永词：“承平气象，形容曲尽，

---

① ［挪］克里斯蒂安·诺伯格—舒尔茨：《居住的概念——走向图形建筑》，黄士钧译，中国建筑工业出版社2012年版，第21页。

② 梅新林：《中国古代文学地理形态与演变》，复旦大学出版社2006年版，“内容提要”第2页。

③ ［美］凯文·林奇：《城市意象》，方益萍、何晓军译，华夏出版社2001年版，第2页。

④ 《跋吴师道小词》，李之仪撰：《姑溪居士文集·前集》卷四十，《景印文渊阁四库全书》第1120册，台湾商务印书馆1983年版，第580页。

⑤ 黄裳撰：《演山先生文集》卷三五，宋集珍本丛刊本，线装书局2004年版，第64页。

⑥ 丰家骅：《论柳永歌咏太平的词》，《吉林大学社会科学学报》1992年第4期。

尤工于羁旅。”[①] 他看到了柳永的两种主要空间活动：城市漫游与游宦羁旅。经过我们上面的分析，这两种空间活动正是通过柳永的宦途奔走与深情回忆联系起来。概括而言，在柳永一生的游宦中，他归心京都：京都才是他“认识世界的起点和基础”[②]；但由于宦途奔波，他又总是置身于远离京都的羁旅之中。这使得他的空间书写，总是表现出仰望与回首、沉溺与回忆、融入与旁观、停滞与流动、离开与回望等二元模式。

① 陈振孙撰：《直斋书录解题》卷二一，上海古籍出版社 1987 年版，第 616 页。

② ［英］迈克·克朗：《文化地理学》第 2 版，杨淑华、宋慧敏译，南京大学出版社 2005 年版，第 102 页。

“郁孤台”的空间书写与文学传播

李　懿*

从宋代开始，郁孤台这一意象便频频呈现于文人笔端，并且通过苏轼、辛弃疾等的咏唱，以文本传播的形式，成为后世层层积淀的文化标识与历史记忆。目前，学术界对郁孤台书写的研究主要分为两种情况。一是立足于文学视野，以知人论世的方法，结合苏、辛等的生平经历，具体而微地探讨苏、辛等诗词作品中郁孤台所蕴含的文学意蕴与文化精神。二是基于历史文献的角度，考辨郁孤台的地理位置。这些研究的特点是倾向于微观层面的考索，长于细节分析，然而有待深入的理论阐释和整体的系统观照。和以往的研究有所不同的是，温春香、朱忠飞《书写与流传——文化史视野下的郁孤台》① 一文从新文化史的角度，将郁孤台看作一个文本，揭示该文本在不同时期、不同空间的生产过程，并检讨是谁在制造这些文本。该文结合各时代的社会文化背景，通过文学文本分析，简要列举各时代文人对郁孤台的诗词书写，重点解读了苏轼、辛弃疾、文天祥等对郁孤台的文本建构与情感寄托，不过行文对于历代咏唱“郁孤台”经久不衰的内在因由并未深入探讨。本文基于文献考索，拟从空间叙事和历时性的角度，检讨“郁孤台”是如

* 李懿，江西省社会科学院文化研究所副研究员。

① 温春香、朱忠飞：《书写与流传——文化史视野下的郁孤台》，《历史文献研究》第30辑，华东师范大学出版社2011年版，第113—121页。

何成为文人屡屡关注的对象，并描绘勾勒其文化意蕴形成、演变与经典化的过程。

一　郁孤台之盛衰

关于郁孤台的具体位置，是在赣州西北还是西南，学术界对此有不同的看法。胡云翼《宋词选》、中国社会科学院文学研究所《唐宋词选》等唐宋词选本及《古今地名大辞典》认为郁孤台在赣州市西南。吴新雷、唐圭璋、廖小鸿等学者则认为“郁孤台在赣州西北”①。郁孤台不知建于何时，据史料所载，其建筑年代较早可以追溯至唐代，其时李勉任虔州刺史。祝穆《方舆胜览》卷二〇载：“（郁孤台）在丽谯。坤维隆阜，郁然孤起平地数丈，冠冕一郡之形势，而襟带千里之江山。唐李勉为虔州刺史，登临北望，慨然曰：‘余虽不及子牟，而心在魏阙一也，岂令名乎？’改为望阙。”② 郁孤台高峻挺拔，地处江边险胜之地，州官李勉心系京都，故改郁孤台之名为望阙。宋代程师孟赞美郁孤台的孤高超拔之势，诗云：“昔人题此名郁孤，下视百里如平铺。千岩迤逦何独秀，白云蔽亏青骨瘦。尔来一见开心胸，脱然身在蓬莱宫。江南山水尽头处，尽处屏风归北去。”其后，宋代郡守曾慥又分别在南边、北边修筑了郁孤、望阙二台。王象之《舆地纪胜》载“阳为郁孤，北为望阙。望阙郁孤，轩豁于前”③。《明一统志》卷五八、《大清一统志》卷二五四皆载郁孤、望阙二台事。起自宋代，延续至明清、民国时期，郁孤台历经风雨，几度兴废。宝庆三年（1227），聂子述由瑞金徙知赣州府，重建郁孤台，并于次年汇刻了《宋拓郁孤台法帖》。聂子述，字善之，南城人，绍熙元年（1190）进士。据黄德溥等修纂《赣县志》卷七所载，在乾隆四十一年（1777）、道光十年（1831）、咸丰十年（1860）、同治

① 吴新雷：《辛弃疾〈菩萨蛮〉词新解》，《南京大学学报》1980 年第 3 期；唐圭璋：《读词续记》，《文学遗产》1981 年第 2 期；廖小鸿：《郁孤台究竟在何处》，《厦门大学学报》（哲学社会科学版）1984 年第 2 期。

② 祝穆：《方舆胜览》，中华书局 2003 年版，第 356 页。

③ 同上。

九年（1870），知府、知县与邑人合力参与了郁孤台的重建。1933 年，郁孤台毁于兵乱，所幸的是再次得到了修缮。张恺《赣县新志稿》云：“（郁孤台）民初毁于兵，二十二年重建。”①

从明代开始，郁孤台便和“文运”的盛衰起伏联系起来。谢旻《江西通志》云：“明洪武初即台平治，建岭北道署，后徙，改为察院。正德间知府邢珣因议者谓此台秀拔，关一郡文运，迁察院于城西，文笔耸然复旧。嘉靖中汪御史尚宁又加培筑。”②《江西通志》卷一三、清代许鸣盘《方舆考证》卷五六皆称赣州贺兰山又名文璧山或文笔山，即郁孤台是也。宋人赵时逢在台麓之东北建书舍，名一洞天，后废止。明正德庚申，知府何珖移建濂溪书院于其前。崇祯庚辰年，虔抚王之良始迁县学，以书院为明伦堂。康熙庚辰年，观察刘荫枢构亭其上，曰“郁孤台”，并建讲堂尊经阁于山下，左为宣明楼，右为清忠祠，祭祀赵抃与文天祥。同治九年（1870），知府魏瀛再次指出郁孤台的兴废和文化气运紧密相连：“赣邑南粤东闽一大会也，山川之磅礴，人物之峻杰，文章节义之奇异，超卓志不绝书，迄今甲第之衰征，仕籍之淹滞，殆由郁孤台之不复作，而文运因以不振乎！”③在清代，郁孤台既和文运相关，同时又和忠良祭祀有了密切的关系。

二 郁孤台在宋代的空间书写

唐、宋以后，许多声名卓著的文人对郁孤台歌咏不绝，并留下脍炙人口的作品。这些作品的思想主旨与精神意蕴不仅随时代演进有所新变，且有着内在的连贯性。在这些作品中，郁孤台不仅是实体的存在，还凝聚着文人的真情实感，是其心灵慰藉与精神寄托。根据美国后现代文化地理学家索杰（Soja）的第三空间（Third space）理论，郁孤台也类似于这种“第三空

① 张恺：《赣县新志稿》，民国三十五年铅印本，第 144 页。

② 谢旻：《江西通志》卷四二《古迹·赣州府》，《影印文渊阁四库全书》第五一四册，台湾商务印书馆 1986 年版，第 386 页。

③ 黄德溥等：《赣县志》，同治十一年刻本，第 1899 页。

间”，它是客观真实的实体和文人主观想象的产物，兼备绝对空间与相对空间、物质空间与精神空间的特点，同时又超越其中。唐人李勉怀才不遇，遭到宦官李辅国的排挤，遂出知外任。《旧唐书·李勉传》云：“肃宗将大用勉，会李辅国宠任，意欲勉降礼于己。勉不为之屈，竟为所抑，出历汾州、虢州刺史，改京兆尹、检校右庶子、兼御史中丞、都畿观察使。寻兼河南尹，明年罢尹，以中丞归西台，又除江西观察使。大历二年，来朝，拜京兆尹、兼御史大夫，政尚简肃。”① 李勉任职江西时，将郁孤台命名为“望阙”，此举寓含了他对京师和朝廷的怀念。继李勉之后，唐代文人对郁孤台的描写尚不多见，而宋代文人赵抃、郭祥正、金君卿、李昴英、廖刚、刘才邵、彭汝砺、苏轼、苏过、周紫芝、赵蕃、文天祥等则掀起了咏唱郁孤台的热潮，“郁孤台”渐渐成为文学史上极具代表性的地理景观。同时，郁孤台所表征的“文学作品的地理空间”，“是存在于作品中的由情感、思想、景观（或称地景）、实物、人物、事件等诸多要素构成的具体可感的审美空间。这种空间不同于客观存在的自然和人文地理空间，它包含了作者的想象、联想和虚构，但是这些想象、联想和虚构并非凭空产生，而是与客观存在的自然和人文地理空间有着或显或隐的联系”②。

宋人不仅直接对郁孤台的外观形貌进行正面描摹，并且通过反复歌咏，赋予郁孤台丰富的层累性文化意义。郁孤台壮观挺拔、巍峨兀立的气势率先得到了宋人的普遍性歌咏。赵抃《郁孤台》云：“群峰郁然起，惟此山独孤。筑台山之巅，郁孤名以呼。穷江足楼阁，危压斗牛墟。直登四临瞰，众势不可逾。赣川缭左右，庾岭前崎岖。望阙峙其后，北向日月都。人家杂烟木，原野周城郛。烜润或晴雨，明晦或晓晡。春荣夏物茂，秋肃冬林枯。气象日千变，一一如画图。比予去谏舍，乞此养慵愚。事讹得以正，俗瘵得以苏。岁丰盗攘息，狱冷冤系无。熙然与民共，所喜朋僚俱。中淡有琴咏，外喧有歌歈。樽罍有美酒，盘餐有嘉鱼。优游一台上，四序不暂辜。乃知为郡

① 刘昫等：《旧唐书》第11册，中华书局1975年版，第3634页。
② 曾大兴：《文学地理学概论》，商务印书馆2017年版，第143页。

乐，况复今唐虞。”该诗记叙郁孤台孤高耸峙江边，和周遭的楼阁原野形成鲜明的对比，台上之景风光无限，恍若图画。诗歌最后写到物阜民丰和游台之乐。此台的超然独立、“台上景，买无价”（刘克庄《贺新郎·又寄题聂侍郎郁孤台》）、与友人游台赋诗等成为宋代郁孤台屡屡书写的主题。如郭祥正《同蒋颖叔林和中游郁孤台》：“……郁然而孤插天半，乱山却出晴云堆。双溪倒流玉绡贴，万屋蘸碧长城开。扪参历井岂足数，俯栏引手持斗魁。……”金君卿《郁孤台》：“鳞鳞万瓦绕云根，环列诸峰势独尊。屹若灵鳌浮海面，俨如谋将立辕门。赣流东汇龙蛇走，崆阜南来虎豹蹲。乘月偶为逃暑饮，欲扪南斗当清樽。”李昴英《重九游郁孤台和座客韵》：“……壮哉千尺台，虎踞谯之西。枰中十万家，一目城市低。……”赵蕃《郁孤台》：“……郁孤居耸特，望阙漫更张。层台吾家复，壮势江石望。……”廖刚《次韵敏叔郁孤台作》：“一目江天万里开，世间那有更高台。烟云缥缈千山迥，岛屿萦回二水来。爽气直疑侵斗汉，仙风应觉到樽罍。南州已见澄清日，大笔聊从赋早梅。”徐鹿卿《章贡三咏》：“群山涌浪翠周遭，中峙层台气象豪。万里阙庭长在望，定应天眼照孤高。”

宋人描摹郁孤台的篇章，以苏轼和辛弃疾的书写最具代表性，苏、辛为后世的创作树立了范式。聂子述《重建郁孤台上梁文》云：“千骑居上头，节镇素雄于昭信；八境见图画，台观尤盛于郁孤。踞龟首之穹窿，映虎城之突兀。崆峒对耸，章贡交流。自宇宙便有此山，至东坡而增重；与风月之无尽藏，压西江而独尊。骚人墨客，相继吟哦；车辙马迹，争先登览。”① 该文称赞郁孤台地势之险要、风景之隆盛及骚人墨客吟哦之频繁，并对苏轼之作进行高度评价。苏轼一生游宦数地，他曾三次作诗咏唱郁孤台。郁孤台上亦刻录苏轼诗歌，此事见载于周紫芝《章彦溥决狱五羊归登郁孤台得东坡石刻见遗报以小诗》《书郭元寿家叔党书后》。元丰元年（1078）正月至六月，苏轼在尚书祠部员外郎直史馆权知徐州军州事任，因观《虔州八境图》

① 曾枣庄、刘琳：《全宋文》第二九四册，上海辞书出版社、安徽教育出版社 2006 年版，第 402 页。

而作八诗，其七云："云烟缥缈郁孤台，积翠浮空雨半开。想见之罘观海市，绛宫明灭是蓬莱。"苏轼作此诗时并未在虔州，诗人以想象之词勾画了烟雨朦胧之中郁孤台若隐若现如同海市之景。全篇虽为观画而作，其中却包含了深沉的哲思，在苏轼看来，郁孤台乃至虔州八景都不过是空中楼阁、梦幻泡影，那又何须执着于荣辱得失与物我之别！绍圣元年（1049）七月，苏轼赴湖口，八月再贬宁远军节度副使惠州安置不得签书公事，九月度大庾岭，十月抵达惠州，途经虔州而作《郁孤台》诗。开篇"八境见图画，郁孤如旧游"交代创作背景，接下来"山为翠浪涌，水作玉虹流"数句细写郁孤台周边景致。最后四句"故国千峰外，高台十日留。他年三宿处，准拟系归舟"，纪昀评此"不失古格，而时出新意，故佳"。尽管苏轼多次遭罹贬谪，却没有流露出"百年多病独登台"的穷困潦倒之态，苏轼在诗歌结尾表达了渴望思归的愿望。建中靖国元年（1101）正月，苏轼度岭至虔州，四月抵当涂，五月至仪真，六月归毗陵，且以本官致仕。苏轼和前韵，又作《郁孤台》。诗云："吾生如寄耳，岭外亦闲游。赣石三百里，寒江尺五流。楚山微有霰，越瘴久无秋。望断横云峤，魂飞吒雪洲。晓钟时出寺，暮鼓各鸣楼。归路迷千嶂，劳生阅百州。不随猿鹤化，甘作贾胡留。只有貂裘在，犹堪买钓舟。"全诗将苦难的贬谪岭南经历轻描淡写，甚至视此为一场闲游。诗中提及赣石滩险，归途多有艰难险阻，苏轼借用汉代严光"披裘钓泽"的典故，来传达自我的归隐情怀。他的另一首诗《次韵阳行先》用郁孤台韵，抒写赣州人阳孝本的渊博学识和高尚品行，尤其赞扬了阳孝本的隐居不仕。苏轼这几首和郁孤台相关的诗作，不仅实写台之实体形状，更重要的是寄情于景，从郁孤台入手引申出人生哲理，这份超脱与旷达得到后世文人的赞美。苏轼之子苏过和其韵，作《题郁孤台》诗。康与之登郁孤台，与施德初同读苏诗而作《诉衷情令》，并由登台发出物是人非之感。

除苏轼以外，辛弃疾《菩萨蛮·书江西造口壁》一词，将郁孤台推向了文学书写的经典地位，夏承焘、陶文鹏、王水照、王兆鹏等学者皆从不同视角对这首词进行过细致的字句剖析，就“行人泪”指代何人之泪、“西北望长安”与“惜水怨山”的喻指性、“正愁余”究竟为何而愁以及“鹧鸪声”的象征意义等问题提出不少创见。其词云：“郁孤台下清江水，中间多少行人泪？西北望长安，可怜无数山。青山遮不住，毕竟东流去。江晚正愁余，山深闻鹧鸪。”这首菩萨蛮仅 44 字，格制本为小令，却用于表现富有深沉况味的历史事件，不得不令人深思。卓人月《古今词统》卷五评价该词“忠愤之气，拂拂指端”①，梁启超也认为“《菩萨蛮》如此大声镗鞳，未曾有也”②。如果说苏诗对郁孤台尚有景观层面的描摹，那么辛词则几乎没有提到郁孤台本身，且这首词是书于造口壁而非郁孤台。《三朝北盟会编》卷一三五载孟太后事：“金人追至太和县，太后乃至万安县至皂口，舍舟而陆，遂幸虔州。”③《建炎以来系年要录》卷二九亦载此事。王水照先生认为造口是太后舍舟登陆之地，或作为金兵追而折返地，对于理解此词都不重要，“重要的是此处已成为带有某种国耻意义的纪念地”，这也是该词作于造口的内在动因。④ 词中还有一个重要的关注点即“鹧鸪声”的寓意，罗大经《鹤林玉露》甲编卷一云：“盖南渡之初，虏人追隆祐太后御舟至造口，不及而还。幼安自此起兴。‘闻鹧鸪’之句，谓恢复之事，行不得也。”⑤ 辛弃疾一生都坚决主张抗金，斗志昂扬，这与“恢复之事行不得”显然不合。按王先生的理解，文学史上“鹧鸪声”有两意，分别指代离别之苦与南人怀念故土之悲。作为“归正人”的辛弃疾，有北客南来的羁旅感，同时因得不到朝廷的重用而苦闷，对宋廷充满了期待。辛弃疾之后，文天祥登台而赋，创作《题郁孤台》诗：“城郭春声阔，楼台昼影迟。并天浮雪界，盖海出云旗。风雨十年梦，江湖万里思。倚阑时北顾，空翠湿朝曦。”此诗道出奔走飘零、心系宋廷之感，全篇萦绕着爱国精神与阵阵愁

① 沈松勤主编：《唐宋词汇评·两宋卷》第三册，浙江教育出版社 2004 年版，第 2393 页。
② 梁启超：《饮冰室评词》，唐圭璋：《词话丛编》，中华书局 1986 年版，第 4309 页。
③ 徐梦莘：《三朝北盟汇编》（丙），台湾大化书局 1979 年版，第 100 页。
④ 王水照：《我读辛词〈菩萨蛮〉》，《文史知识》2002 年第 3 期。
⑤ 罗大经：《鹤林玉露》，中华书局 1983 年版，第 13 页。

思，不过和辛词相比，该诗字里行间却少了一份历史的沧桑感以及纡余委备的曲折意蕴，其知名度也远不及辛词。

宋人关于郁孤台的文学书写，既包含人物、景观、事件等显性要素，又包括了作者的思想情感等隐性要素。郁孤台“是一个具有物质性、精神性和社会性的多重空间，它既是物质的，又是精神的；既是真实的，又是想象的；既是具体的，又是抽象的；既是实在的，又是隐喻的”①。从赵抃、郭祥正、金君卿、李昴英、廖刚、刘才邵等倾向于纪实，到苏、辛等深厚情感的注入，郁孤台的文学意蕴处于不断地层累与积淀中。海德格尔曾说：“……那些被迫舍弃与本源的亲近而离开故乡的人，总是感到那么惆怅悔恨……”② 苏轼因党争不得不远谪，辛弃疾自己不仅是北客，其笔下的宋廷也因战乱被迫离开故都。在这些特殊的时间节点，在郁孤台这个特定的空间中灌注生存体验和哲思，从而“开启了文学想象的无限创造空间，使文学在抚慰个体生命的同时，企望无限永恒的超越”③。苏、辛作品中的彷徨、愁思、洒脱引起了时代的共振，尤其是辛弃疾将翻天覆地的国鼎之变记载其中，“一个作家只有表达整个民族和整个时代的生存方式，才能在自己的周围招致整个时代和整个民族的共同感情”④，因此赢得了后人的共鸣与景仰。

三　郁孤台书写在明清的传播

明清以降，张以宁、李梦阳、谢榛、顾嗣立、宋荦、曾灿、翁方纲等纷纷撰文，延续和发展了郁孤台的书写传统，创作者的数量明显增多，创作主

---

① 谢纳：《空间生产与文化表征——空间转向视阈中的文学研究》，中国人民大学出版社 2010 年版，第 46 页。

② ［德］海德格尔：《人，诗意地安居：海德格尔语要》，郜元宝译，广西师范大学出版社 2000 年版，第 69 页。

③ 谢纳：《空间生产与文化表征——空间转向视阈中的文学研究》，中国人民大学出版社 2010 年版，第 74 页。

④ 伍蠡甫、胡经之主编：《西方文艺理论名著选编》中卷，北京大学出版社 1985 年版，第 154 页。

题也更加多元化。记叙郁孤台的壮观景致和登台宴会雅集的盛景仍是书写的主要内容，如区大相《登郁孤台冬李开府》、顾嗣立《郁孤台》、宋荦《秋日登郁孤台歌》、丁炜《大江西上曲·郁孤台晚眺》、詹宜伦《郁孤台雅集》、罗大本《登郁孤台》、窦忻《登郁孤台》、杜夔《登郁孤台》、黄建《郁孤台雅集》、钟崇保《郁孤台赋》、钟攀凤《郁孤台赋》等皆是这方面的代表作。

寓情于景以抒发怀古情结是明清文人郁孤台书写的显著特征。苏、辛之作在后世广为流传，在郁孤台书写中缅怀苏、辛与奉和其作便成为文人们新的创作主旨。顾嗣立《郁孤台》“朗咏子瞻诗，十日犹恨少”表达对苏诗的赞美之情。戴云官《郁孤台》称美苏轼等众多文人登台作赋的情景，云：“李勉何年重拜阙，坡仙当日独登楼。江城胜迹堪图画，多少词人着屐游。”此外，还出现了不少赓和苏诗之韵的作品，如翁方纲《试院望郁孤台和东坡韵》、沈均安《郁孤台步东坡韵》、何飞熊《奉和覃溪宫瞻望郁孤台用苏公韵》。后世描写郁孤台时，竭力歌咏苏轼的才华和辛弃疾的气节。清代丁炜《大江西上曲·郁孤台晚眺》云：“……坡老才华，幼安旌节，百代同为客。风流何在，至今蒹露空白。……”此词唱出了文人们的心声，表达了他们对于才学和风节的推崇。明代张以宁赋诗怀念辛弃疾，其诗题甚长，云：“予少年磊隗负气，诵稼轩辛先生郁孤台旧赋《菩萨蛮》，尝慨然流涕。岁庚辰，过铅山先生神道前，有诗云云，见南归纪行稿，后会赣州黄教授，请赋郁孤台诗，复作近体八句，亡其旧稿，因念功名制于数定，材杰例与时乖，自昔不遇若先生者，盖亦多矣。然犹惜其未能知时审已恬于静退，几以斜阳烟柳之词，陷于种豆南山之祸，今二十九年矣。舟过是台，细雨闭蓬静坐，忽忆旧诗，因录于此，见百念灰冷，衰老甚矣云。”张以宁读《菩萨蛮》而浇胸中之块垒，发出怀才不遇之悲慨。其诗云：“郁孤台前双玉虹，一杯遥此酬英雄。风云有恨古人老，天地无情流水东。精卫飞沉沧海上，鹧鸪啼断晚山中。清江不管人间事，烟雨年年属钓翁。”此诗倾吐对辛弃疾的崇敬，特别引用了《菩萨蛮》中“鹧鸪”这个表征离情别恨的意象。

明清文人咏郁孤台以怀古，在具体表现形式上却有所不同。除怀念古人、追和苏辛外，有的文人感叹北宋朝廷的覆亡与不能善待人才的昏聩，如明代夏寅《虔州怀古》云："宋家后叶如东晋，南渡虔州更可哀。母后撤帘行在所，相臣开府济时才。虎头城向江心起，龙脉泉从地下来。人代兴亡今又古，春风回首郁孤台。"清代金德瑛《造口怀古》云："惶恐滩头波浪急，金师追后行将及。太后福薄天犹怜，虎口幸离啜其泣。父兄幽质五国城，臣构视之无重轻。区区老妇虏何用，未必争母如齐顷。截江猛将气如虎，乌珠惊跳庙中鼓。从兹天堑保东南，航海奇谟君莫取。湖山锦绣宫殿开，问安迎使稠叠来。手诏立帝德未报，愿祝慈寿倾金罍。朝廷贬去李伯纪，前此忧辱无言矣。志士悲吟吊鹧鸪，泪滴郁孤台下水。"此二诗述金兵入侵北宋及徽、钦二帝被俘事。有的文人宏观描述时代战乱，并由此兴怀历史兴替的沉浮感与个体的哀愁。李梦阳《郁孤台》："……兵舸尚满眼，绎绎诣饶都。"曾灿《郁孤台吊古》："独上郁孤去，登临思渺然。……笳声生古戍，日影动长旂。血战元黄野，人悲鸡犬年。贺兰瞻兽闼，鄞水夺龙輧。下泽鸣芳雉，行宫泣杜鹃。……玉马闻河瑞，铜人过渭川。兴亡双眼落，忧患一身全。……"张映辰《虔南怀古》："凭高试望郁孤台，此地曾经百战来。楚粤烟岚杯底合，江山远近座中回。泉飞晴日尝疑雨，滩急云阴欲起雷。多少兴衰余感慨，角声吹动夕阳哀。"还有的文人由登台而起思归之念。明代江源《郁孤台次诸公韵》："……眼中人物非前度，槛外江山似昔游。望阙思乡更无限，不堪重上最高楼。"谢榛《郁孤台》："……醉倚南楼望江北，片帆何处是长安。"

宋代以来，在特定的社会历史背景下，郁孤台便渐渐进入文人的视野，受到文学家的频频注目，且经过苏轼、辛弃疾、文天祥等的描绘点染，由物质空间的纪实赋形转向精神空间的托情言志，由个体自述转向朝代更迭，郁孤台的叙事模式更加多样化，其文化内涵也在不断地积累、丰厚，最终超越实体存在而成为文学史上一个经典的文化景观。明清文人承续并拓展了郁孤台书写的创作主旨，创作人数和作品数量明显增多，直至民国、近代时期，郁孤台依旧是骚人墨客喜好吟咏的对象。全文立足文学文本，对宋至明清郁孤台书写的演变脉络略作梳理，至于这种书写对明清文学的深入影响以及在民国以后的具体传播情况，则有待进一步深化研究。

《西湖二集》的空间、结构与记忆*

夏明宇**

古代白话短篇小说自兴起之初，多专注于城市空间书写，“宋元话本主要反映了两宋双城各具特色的城市映像：一是北宋移民追忆中的东京梦华，二是效学汴京气象的临安风貌”。① 随着晚明时期白话短篇小说创作高峰来临，小说叙事空间开始从城市空间向着更广阔的地域伸展开去，呈示出别具匠心的多维空间面相。《西湖二集》以杭州西湖景观为小说集冠名，彰显出晚明小说创作强烈的地理空间意识。《西湖二集》中的“西湖”地理，不仅是小说家营构故事的写实空间，还是钩稽南宋记忆的一个中介物，而小说家在铺陈明代故事时则更多聚焦于广袤的江南地域。周清原在晚明“山雨欲来风满楼”的时局下，以“西湖—江南”地理空间作为回忆之地与叙事场所，“把在场与缺席、感性的当下与历史的过去交织在一起”②，并在“南宋—晚明”时代隐喻的时间伏线之下，隐曲呈现出晚明文人的集体记忆与家国情怀。

---

* 基金项目：国家社会科学基金一般项目“空间视域下的宋元明白话短篇小说研究”（项目编号：17BZW127）。

** 夏明宇，文学博士，上海大学图书馆馆员。

① 孙逊、葛永海：《中国古代小说中的“双城”意象及其文化蕴涵》，《中国社会科学》2004年第6期。

② ［德］阿莱达·阿斯曼：《回忆空间：文化记忆的形式和变迁》，潘璐译，北京大学出版社2016年版，第393页。

一　西湖镜像：南宋记忆与小说家的心景形塑

寓居杭州的晚明文人，多为仕途偃蹇的失意士子。他们远离政治却又对国运格外关切，他们名义上放浪形骸纵情山水，内心里却对东南的倭贼之乱与东北的后金入侵忧心忡忡。周清原自然也是晚明大变局下寂寥不偶而又怀抱高远的一员。湖海士《西湖二集序》中对周清原的人生遭际评论云，“怀才不遇，蹭蹬厄穷”“不得已而借他人之酒杯，浇自己之磊魂”①，可见作序者当为体贴周清原处境与心境的知音。小说家之厄穷潦倒，让他更能够看清世事的本相，而经过他汰选掇拾的历史故事与传闻逸事，也定然投映了作者的心境。

周清原长期居住在西湖之滨，西湖的湖光山色早已熟稔于胸，对于田汝成的《西湖游览志》与《西湖游览志余》等史志也应了如指掌，这为他创作《西湖二集》提供了地理与文本的基础。《西湖二集》与《西湖游览志》《西湖游览志余》等史志在题材上的互文交织，标志着西湖与南宋一道成为明代文人群体的文化记忆。《西湖二集》中有关西湖空间的正面描叙，多为明代以前的历史故事与日常生活，也就是说作者笔下的西湖印象，多源自小说家的心景描画。西湖心景，是小说家穿越时间壁障之后，在历史的账簿中裁剪所得，折射出小说家的地理体验与历史意识。小说集以《吴越王再世索江山》开篇，吴越王是西湖的骄傲，也是支撑杭州人精神世界的神圣英雄。小说不仅讲述吴越王钱镠的风云人生，再现晚唐五代乱世中吴越王的护佑功劳，还讲述钱镠魂魄转世为宋高宗的离奇故事，隐喻南宋偏安江南的历史合理性，小说集中有关南宋的历史记忆由此得以从容展开。

《西湖二集》中的南宋书写，叠映着西湖的旖旎光影，映现了晚明文人的南宋记忆。《宋高宗偏安耽逸豫》追忆宋高宗“耽乐湖山，便是偏安之

---

① （明）湖海士：《西湖二集序》，（明）周清原著，周楞伽整理：《西湖二集》附录，人民文学出版社1989年版，第566—567页。

本”，从此奠定了南宋一朝满足现状的政治基调。西湖的迷人魅力不仅在于其自然景观与人文景观，还因为其内蕴的人文关怀，特别是皇室贵戚游览西湖“与民同乐”，让普通百姓有了与皇帝交集的机缘，从而让其平凡人生具有了“发迹变泰”的可能性，这是西湖风光内在的吸引力所在。如宋嫂鱼羹的故事，就是因为高宗在西湖边与宋嫂的一次偶遇，“太上因是汴京故人，遂召到御舟上访问来历，念其年老，因而凄然有感旧之思，遂命宋五嫂进其鱼羹”。与皇帝的偶然邂逅，让侨寓临安的宋嫂获得了意外的发迹机会。又如《巧书生金銮失对》中怀才不遇的甄龙友，因在天竺寺壁上题咏了观音赞，被入寺进香的孝宗皇帝看到而获得召见，并最终受到皇帝的器重。高宗建都临安之后，经济社会发展迅速，中国社会正经历着“不断城市化”①的巨大变迁，杭州日渐成为一座繁荣富庶的人文之城。晚明小说家对南宋的追忆，正是源于南宋杭州在政治、经济、文化等方面独领风骚的绝代芳华。

南宋偏安西湖之后，面对残缺的领土版图，统治者刻意无视半壁江山的现实，而陶醉于西湖的弹丸之地，导致沉醉风景的上层人士日渐淫靡懦弱，正如时人所讥刺的那样，“东南妩媚，雌了男儿”②，甚至连当政的皇帝也越来越软弱。随着女性、外戚与奸臣走向权力的舞台，南宋的溃败也就不可避免地从内部开始了，《李凤娘酷妒遭天谴》中的宋光宗皇后李凤娘泼辣歹毒，致使光宗、宁宗两朝不得安宁。李凤娘的“酷妒”形象，与西湖阴柔妩媚的旖旎风貌相反相成，恰似西湖被掩盖了的一面镜像，即温婉宁静表象下隐匿着的“酷妒”险恶，这正是小说家西湖心景的痛点所在。南宋统治者被西湖美景所迷醉以及对政权的失控，引发了蒙元入侵，而外夷的威逼则又是南宋一朝挥之不去的心理阴影。《徐君宝节义双圆》叙述了襄阳被元军围困并被占领之后，百姓流离失所的悲惨情景。在乱世中离散的徐君宝与金

① ［美］费正清、赖肖尔：《中国：传统与变革》，陈仲丹等译，江苏人民出版社 1996 年版，第 143 页。

② （宋）陈人杰：《沁园春·记上层楼》（词序），唐圭璋编纂，王仲闻参订，孔凡礼补辑：《全宋词》，中华书局 1999 年版，第 3900 页。

淑贞夫妇，先后逃难到了都城杭州，淑贞为不受元军欺辱自尽于韩世忠旧宅水池中，君宝闻讯后也赴死韩宅，后二人尸体被埋葬于西湖边上。对于这对宋末的乱世夫妻来说，西湖是他们向往的所在，却也是他们的死亡空间。小说家在叙事过程中，隐含着强烈的悲愤情绪，直指南宋朝廷躲在西湖边贪享末日的荒唐一幕："那时正是度宗之朝，奸臣贾似道当国，封为魏国公，权势通天，人都称之为'周公'。他住西湖葛岭之上，日日与姬妾游湖、斗蟋蟀儿耍子，大小朝政，一毫不理。"边境空间的苍凉悲壮，江南国土的惨遭蹂躏，与西湖空间的柔媚奸邪形成了强烈的反讽。《巧妓佐夫成名》中西湖边的妓女曹妙哥如此评论奸臣当道的南宋现状，"如今又是秦桧当权，正是昏天黑地之时，'天理人心'四字，一字也通没有"。面对江南国土沦陷于异族铁蹄的悲剧，小说家将罪责指向了大权独揽、闭塞皇帝视听的奸臣秦桧、贾似道之流，显示出小说家对于南宋亡国的祭悼、感伤与反思。而小说家置身的晚明时局，正遭受着东北后金的威逼，其情形与南宋局势何其相似！周清原流连于西湖之滨，南宋朝廷优游西湖与江南疆土沦陷的史实，于他而言是有着切身之痛的，南宋亡国之镜鉴，映照出晚明隐隐之厄运。

在宋高宗安逸享乐偏安西湖的心理影响下，南宋历代皇帝多安于现状而不思收复失地，在内有权奸误国，外有敌国入侵的背景下，南宋半壁江山最终被元蒙并吞。《会稽道中义士》叙述临安被元军攻陷之后，元僧杨琏真伽发掘南宋诸帝陵寝的一段令人发指的悲惨历史，"宋朝高、孝、光、宁、理、度六帝陵寝在绍兴萧山，杨秃驴专好掘那古时坟墓以取金宝"，可谓是小说家为南宋灭亡而写的一篇沉痛的祭悼文。小说讲述会稽山阴人唐珏不顾个人安危，召集林景熙等江南义士冒着危险收藏宋室陵骨，并将六陵骨殖埋葬于南宋旧宫之下。小说家在行文时难掩悲痛情绪，"从来亡国唯有宋朝最惨"，"元朝真是犬羊禽兽之俗"！南宋一朝命运若此，小说家在叙述这段历史时情绪复杂，包含着无奈、心酸与愤怒。南宋建都于西湖之滨，而宋室陵寝的护佑却得力于绍兴壮士之义举，环拱在杭州周围的江南大地，才是南宋值得依赖的厚土。明人对于南宋的沉重追忆，在《宿宫嫔情殢新人》等小说中还一再被重述。“殷鉴不远，在夏后之世”，小说家以凝重的笔触追叙南宋的兴亡历史，而类似的历史场景又在晚明重现，这正是作家敷衍南宋历史故事的用心所在，潜藏着小说家对晚明命运的忧患关切。

西湖作为万民同乐的公共空间，当然绝非南宋皇室所能独享，它也是平民百姓最爱流连之所。即便皇帝再亲民，但毕竟与老百姓的日常生活还是隔着一层。小说描述南宋皇室在西湖边的出行事迹，其素材多从《西湖游览志余》等史志类书籍中拣择出来，而描叙西湖边平民百姓的日常生活时，则更多出于自我的体验与想象，更能体现底层市民的爱与哀愁。西湖向来是文人墨客迷醉流连之地，才子与妓女的故事尤为吸引读者，也必然是长期流连于西湖的才子周清原所关心的题材。《吹凤箫女诱东墙》中的风流少年潘用中，因善吹箫而打动了一墙之隔的黄府小姐杏春，后二人在西湖边游玩时一见倾心，经过一番曲折后终成佳侣，这是才子佳人在西湖边的浪漫故事。对于西湖边寓居的风流才子，周清原更多的是辛辣的讽刺，揭露他们的丑陋嘴脸，如《巧妓佐夫成名》中从汴京流寓临安的白痴秀才吴尔知等败类。西湖叙事，并非都如才子佳人故事那般缠绵悱恻，更有许多悲情的死亡故事。《月下老错配本属前缘》中的杭州才女朱淑真，因为父母的短视与愚蠢，而被娘舅欺骗所嫁非人，淑真内心冷漠而决绝，不久抑郁而死，为西湖的风情叙事增添了几许压抑之感。同样是西湖边的青春记忆，《张采莲隔年冤报》中的镇江女子张采莲，被好赌的叔叔卖给了临安府人家做丫鬟，后约定与哥哥一起逃走，却在黑夜里误将窃贼认作哥哥，结果被窃贼谋财害命沉尸水底，后采莲亡灵化形为美女，并与窃贼结为阴阳夫妻而得以报仇。这些发生在西湖边的悲情故事，悲凉绝望又发人深省，它是底层百姓苦难叙事的现实倒影。周清原眼中的南宋，没有真正的儒雅风流，只有从里到外发散出的腐败气息。周清原对南宋一朝的文化记忆，映现出晚明文人的心史折光，小说家对西湖往事的悲愤追忆，寓含有南宋灭亡的历史诘问，以及对上层无能、下层荒唐的晚明现实的失望与讽刺。

"地点本身可以成为回忆的主体，成为回忆的载体，甚至可能拥有一种超出于人的记忆之外的记忆。"① 西湖的湖光山色，不仅吸引各地游客沉醉其间，也是各种妖魅、仙女、鬼怪的钟情之地。西湖这个神圣地点所承载的记忆，除了史志笔记等历史文化典籍之外，尚有在正统"记忆之外"的种种民间记忆。从宋元话本小说《西湖三怪记》中的水獭，到《白娘子永镇雷峰塔》中的白蛇等各种妖异，都经常出没于西湖周边，寻找自己喜欢的青年男子，有的出于爱情，有的则为了吃人。总之，形形色色的西湖妖魅，既给人以艳遇的期待，同时也让人备感恐惧。《邢君瑞五载幽期》叙述了北宋时期太原男子邢君瑞在西湖游赏时，偶遇貌美女子前来搭讪，并约定五年后在西湖重见。五年后，邢君瑞果然在西湖的游船上重逢那位女子并一起遁入仙境。《假邻女诞生真子》中的元朝海宁县书生罗慧生，渴慕邻舍方姓女子，不料其心事被潜伏在深山的老狐所洞察，老狐化形为方家女儿与他偷欢并怀孕生子，后慧生到西湖灵隐塔旁抱回老狐产下的孩子。人狐之恋由来已久，并成为历代传说、笔记、小说的重要主题之一。假邻女却生出了真子，让传说显现出亦真亦幻的传奇色彩，给西湖小说平添了多情、奇幻、迷离的想象空间。鲁迅认为"宋代虽云崇儒，并容释道，而信仰本根，夙在巫鬼"。② 宋人信奉巫鬼的民间信仰，必然会影响到当时及后代有关宋代的小说创作，并进而形塑为后人有关宋人精神信仰的心理认同。《西湖二集》中有关巫鬼、神仙、妖魅的西湖叙事，或通过梦境，或通过仙境来达成，不同于神魔叙事的彼岸性空间想象，《西湖二集》中的仙鬼叙事空间，是嵌入现实空间之中的，是现实空间的一个组成部分，使得仙鬼故事具有人间烟火气味，真实性与奇幻性并存。周清原的西湖想象，融个人志趣于集体想象，是落魄士子的处境、情爱、梦想的自我满足，带有小说家精神自传的意味。

周清原对南宋历史的追忆架构完整，从钱镠再索江山而转世为宋高宗

---

① ［德］阿莱达·阿斯曼：《回忆空间：文化记忆的形式和变迁》，潘璐译，北京大学出版社2016年版，第344页。

② 鲁迅：《中国小说史略》，《鲁迅全集》第九卷，人民文学出版社2005年版，第106页。

始，到历经孝宗、光宗、宁宗、理宗等诸代皇帝，直到元军攻陷临安，南宋宗室陵寝被发掘等惨剧发生，感慨深重。上述追忆构成了《西湖二集》的叙事主体，“西湖”空间由此得以正面书写，小说家的良苦用心与怀抱寄托也隐含于此。西湖空间不仅面对帝王敞开，倒映了南宋宫室的繁华与没落，同时它还是普通百姓的流连空间，映现出他们快乐欣喜又辗转辛苦的身影，特别是小说家难以割舍的具有自我身影的文人题材故事，更融合了自怜与自嘲的多重情绪体验。小说家隐居西湖之滨，深受《西湖游览志余》等史志中“幽怪传疑”等水乡巫风的影响，结合自身落魄之境遇，书写出文人书生在仙鬼世界中的心愿满足，描绘出介于真幻之间的西湖心景。这多重影像在西湖边相遇相交又相离，形塑了西湖空间的多维社会属性，而这也正是小说家身世境遇与思想情怀的映射。面对晚明的倾颓时局，周清原虽心系明朝家国，却又对此时局无能为力，只能借南宋一朝的兴衰寄托一己之担忧，“可怜身是眼中人”，他只得如西湖边的普通百姓一般，过着庸庸碌碌的寻常生活。

“明代之患，大略与宋同”①，明代遭遇了与宋代相似的内忧外患，这是明人认同南宋历史的现实依据与心理基础。因此，《西湖二集》中的南宋记忆，其情感是复杂而深隐的，是一种集荣耀与忧伤于一体的心绪体验，折射出流寓西湖的有见识的晚明文人群体，对南宋一朝的历史记忆与对晚明时局的集体焦虑。周清原面对西湖的波光艳影塑造出了三个世界：一个是遥想南宋的政治空间，寄托小说家的家国怀抱；一个是私密的玄想的心理世界，小说家在此获得虚幻的满足；一个是置身其间的现实世界，小说家只能借西湖空间而顾影自怜。在眼中之实物与心中之幻影的摇荡叠映之中，小说家将南宋的记忆投影于西湖水面，南宋与晚明之边界变得模糊不清，甚而互为表里了。

---

① （清）顾炎武著，（清）黄汝成集释：《日知录集释》卷九“藩镇”，栾保群、吕宗力校点，花山文艺出版社 1990 年版，第 430 页。

二　江南何在：晚明文人的地理江南与心理江南

《西湖二集》虽以“西湖”命名，但其叙事的地理空间远非西湖乃至杭州地域所能局限。小说家在建构小说叙事空间时，将西湖设置为圆心与焦点，围绕圆心将叙事空间的外部圈层辐射向广袤的江南大地。随着地理空间由西湖中心向江南边陲辐射，小说的故事时间也随之由南宋向着元代与明代推移，形成了一种时间附丽于空间并随之延展的时空结构美学。这种结构安排，承袭了华夏美学“仰观俯察、远望近察的‘流观’观照方式”①，让小说时空艺术具有了远近、疏密的区隔与呼应的美学意味，使得小说叙事时空比较自由灵动，在时间上由宋元延伸向明代，空间上由西湖向江南广阔地域延展。

《西湖二集》中的江南地理空间层次丰富，既有西湖与杭州为中心的狭义的江南地理，也有宁波、苏州、南京、湖州、徽州等广义江南地域，还有岳州等长江中下游以南一带的泛“江南”地域②，从政治地理来看，涵容了南宋长江以南的大半疆域。在明清鼎革的时代背景下，江南成为晚明文人群体的精神家园，钱谦益在给瞿式耜的书信中写道：“夫天下要害必争之地，不过数四，中原根本自在江南，长、淮、汴京，莫非都会，则宜移楚南诸勋重兵，全力以恢荆、襄。上扼汉沔，下撼武昌，大江以南，在吾指顾之间。

① 韩林德：《境生象外：华夏审美与艺术特征考察》，生活·读书·新知三联书店1995年版，第107页。

② 学界关于“江南”地域范围尚无统一结论，主要有大江南与小江南等不同意见。周振鹤在《释江南》（《中华文史论丛》第49辑）中考察了“江南”一词的演变历史，他认为，江南的内涵是流动变化的，需要从地域、经济、文化等不同维度去理解。广义的江南，历史上包括长江以南的江西、皖南、苏南、浙江乃至长江以北的部分区域，而最狭义的江南，则指太湖流域的苏、松、常、嘉、湖等地区。高逸凡《明代官方文书中的“江南”》（《江苏社会科学》2017年第2期）一文认为，明代官方文书中所提及的“江南”，主要分为专称和泛称两类：所谓专称，是指以“江南”冠名的、具有明确地域范围的特定概念，如“江南十五郡”“江南十府”等，代表了当时社会关于“江南”的一些共识性的概念。与之相对，泛称则没有明确的地域范围，只表达了“某地或某区属于江南”这一层含意，在明代官方文书中，泛称的“江南”虽然大多本身范围模糊，但其具体所涉及的地点却分布广泛，其中有的与上述专称有关，分布在“江南直隶”或“江南十五郡”的范围之内，有的则超出了这一范围，涉及了江西、福建、湖广等地。

江南既定，财赋渐充，根本已固，然后移荆、汴之锋扫清河朔。”[①] 牧斋在分析时局时认为，长江以南富饶的江南地区，乃是恢复中原的根基所在，他眼里的江南即为幅员辽阔的广义江南。同样的，晚明小说家心中的江南也是广义的大江南，只不过江南的中心在西湖。

明代杭州虽然失去了南宋时期的政治光芒，但在晚明文人的眼中却芳华依旧，它依然是物华天宝、富庶文明之所，仍旧是小说家沉醉书写的叙事空间。西湖与杭州对于江南地区的辐射力，潜隐在民间社会与晚明文人心中，小说家在描叙明代历史故事时，叙事空间漂移辐射到了杭州周边乃至更远的江南地域。以朱元璋为首的开国功臣，开创了明初的不朽功业，这是晚明文人向往的一段辉煌历史，周清原在《西湖二集》中毫不掩饰对洪武皇帝的仰慕与赞颂，如“洪武爷即了帝位，改元‘洪武’，四海归心，万国臣服”（《寿禅师两生符宿愿》），“至如我洪武爷、永乐爷这二位圣人，尤与前代帝王不同，真是不世出之帝”（《吴山顶上神仙》）等，更多的歌赞之词则是隐含在历史故事的讲述之中，如《姚伯子至孝受显荣》讲述元顺帝末年严州府桐庐县受到“红巾贼”抢掳劫掠的乱世景象，直到洪武爷完成统一霸业，天下方得安宁，于一治一乱中凸显朱元璋的功劳。小说家对明初辉煌时代的追忆，一方面体现在对洪武、永乐两位君主的歌颂，另一方面还体现在对一大批谋士良将的赞赏，是他们共同开创了大明历史。《忠孝萃一门》讲述明初疆土尚未统一的局势下，朱元璋派遣大将沐英、蓝玉攻破了云南之蒙元残余力量，让大明疆土拓展到了西南边陲。《刘伯温荐贤平浙中》讲述元末明初的动荡混乱时局中，朱元璋善用刘伯温等奇才高人，而得以摧毁蒙元在江南的残余势力。类似故事的叙事空间由南宋叙事的西湖圆心，不断向着明代的江南地域，乃至西南边疆与东南沿海荡漾开去。

《西湖二集》有关西湖与南宋，乃至唐代、元代与明初的历史记忆，其叙事主旨归根结底而言，都或隐或显地指向晚明的现实，只不过前朝故事的

---

① （明）瞿式耜：《瞿式耜集》卷一，《报中兴机会疏》中引钱谦益手书，江苏师范学院历史系苏州地方史研究室整理，上海古籍出版社 1981 年版，第 105 页。

影射指向多含而不露，只有在切近当代的历史叙述中，小说家的家国情怀才显露出锋芒。明朝中期社会矛盾不断加剧，英宗时期的“土木之变”，嘉靖年间的“南倭北虏”，对当时的社会与政治影响巨大，身处晚明的周清原对此应该感同身受，小说集中对于这些历史事件都有所记述。小说家由回忆南宋与明初的历史，切换进入了当下的社会现实。《商文毅决胜擒满四》采用纪实的笔法，铺叙了严州才子商辂在平叛陕西固原土鞑满四之乱中的智谋才华，《胡少保平倭战功》讲述浙江监察御史胡宗宪奉命剿灭倭贼的壮举。因应重大社会危机，小说叙事空间由江南地域，转向危机重重的西北边境地区。《西湖二集》有关明代的历史记忆与故事叙述，明初的荣耀与晚近的焦虑交相呈现，浸透着小说家自豪、郁愤、关切与哀愁等等情感体验。

蛰居西湖之滨的周清原，从记忆中的南宋走向现实中的明代社会时，小说的空间视域也由西湖一隅而迈向更广远的江南地域。周清原的江南书写，既有现实的江南空间，也有想象的江南空间。一个是栖居的江南，这是小说家念兹在兹的寄身沃土，是不容被异族侵占的地理空间意义上的江南大地；一个是流动的江南，这是生活于这片热土的江南士人，为了理想与生活而奔波流动，但凡江南人所到之处，无不闪耀着江南的精神光华。《寿禅师两生符宿愿》中的宋濂成长于浙江金华，为国效力而行走于江浙之间的江南大地。《胡少保平倭战功》中的胡宗宪本是徽州人，赴任浙江抗击倭贼。宋濂与胡宗宪都是江南人，效力的地域大体也在江南地域，这是江南人与江南地理的统一。而另外一些江南人，因为使命在身而离开了生长于此的江南大地，走向西南或西北边陲，让江南精神流播四方。《忠孝萃一门》中的王祎、王绅父子，本为金华府义乌县人，王祎为劝降元朝残余势力，不幸被害而客死云南。《商文毅决胜擒满四》中的商辂为严州府淳安县人，平叛土鞑满四之乱的项忠为浙江嘉兴府人，他们都是杭州周边的江南士人，但其主要行迹却在北国大地。这些离开了江南的江南人的历史叙事，是小说家对人才辈出的江南大地的一种隐性歌赞与现实期待。

与小说家对南宋西湖的追忆方式相似，周清原在想象广袤的江南大地时，不仅再现了元末明初及中叶的历史现实，直接表露他对家国命运的关切，他还通过对仙鬼、神灵等神异故事的讲述，再现江南地理的民间想象，营构出一幅心理江南图景。《救金鲤海龙王报德》中的诸暨才子杨维桢，隐居西湖时偶然放生一条身为龙女的金鱼，后龙女化身为美女竹枝伺候恩人。龙女传说，是古代小说中常见的题材，这与西湖及江南空间水系稠密的地理环境，以及钱塘江与大海相依相偎的地貌特征暗相契合。《祖统制显灵救驾》讲述元大德年间，明州地方发生瘟疫，宋太祖殿前统制祖域的阴魂率领阴兵与瘟疫之鬼大战的故事。《周城隍辨冤断案》中的浙江按察使周新为官正派，断案如神，死后亡灵成为护佑浙江的城隍之神。《宿宫嫔情殢新人》中的明朝男子邹师孟，在会稽山游玩时，无意间走进了南宋宫室陵寝墓地，与宋度宗嫔妃的亡灵相逢，并同女鬼生活了一年。人鬼恋的惊艳、凄迷与惊悚，让江南大地弥漫着奇异的浪漫色调。仙鬼、神灵等民间传说，是宋明以来江南地区普泛化的民间信仰，表达了普通百姓对眷顾人间疾苦的神异力量的企盼。从宋到明，民间信仰在江南大地伏脉深厚，绵延不绝，作为江南民间文化的潜在形态，它是明人对于宋代的“巫鬼”文化的民间回响。《西湖二集》中有关明代历史与神话传说、民间信仰交融而成的小说故事，诸如神异力量的暗中救护，或与美丽女鬼的不期而遇，并非远离现实的虚构叙事，而是基于现实生活的一种心理补偿，也是国势危如累卵的时局之下，江南平民与落魄文人的心理诉求与精神寄托。

相对于以西湖为中心的南宋叙事，《西湖二集》的江南书写，则主要围绕明初与中叶的历史背景而展开。随着明代政治中心由南京迁移至北京，曾经繁盛一时的南宋杭州，早已淡出了彼时的辉煌与显赫。不过，在江南文人的心目中，杭州依旧是江南的中心，依旧对江南地域具有强大的辐射力，只不过这种辐射力是沉潜而不张扬的。面对着国势飘摇的惨淡时局，蛰居于西湖之滨的晚明文人们，内心世界是恓惶而惆怅的，南宋江南国土被蒙元铁蹄践踏的悲惨历史，似乎还在西湖的波光中闪现影像，这份焦虑与担心也就成为周清原创作《西湖二集》的原动力。作为一介书生，小说家对于晚明现实的焦虑与关怀，只能借助历史叙事与文化记忆，来唤醒人们对于西湖与南宋辉煌的追忆，其终极关怀则是江南大地的存亡危机。“什么是文化意义上的‘江南’？这在帝王和地方士子的想象中被赋予了不同的涵义。‘江南’在文人的心目中往往代表着某种固定和封闭的意象，更像是一幅色泽不变的心灵地图。甚至在外虏进占其地时，还会保留着那日渐飘逝的刻板印象。”①因此，出于对家园的坚守与护佑，小说家对江南空间的描叙，不是静态的物华呈现与陶醉赞美，而是动态地呈现其间的种种兵戈扰攘，元末明初的征战导致生灵涂炭的图景，北抗鞑靼南击倭寇的艰危使命，构成了最为写实的江南图景。小说家还瞩目江南名士在大明疆土的迁徙流动，凡是江南人到达的地方，就演变为播扬江南文明展现江南风流的大小舞台，这是一幅移动的江南。此外，小说家对于江南民间传说、民间信仰的想象铺叙中，潜伏着不绝如缕的民间文化与民族精神，构筑了一个与现实世界既相隔离又相连接的心理江南。小说家通过江南现实空间的再现与心理空间的再造，表达了晚明文人坚守江南空间的坚定信念，这对于“蹭蹬厄穷”的一介书生来说，实在是难能可贵的了。

三 隐喻结构与集体记忆

《西湖二集》的作者周清原是晚明杭州一个怀才不遇的落魄书生，当代学者考证认为，周清原在清代顺治初年尚在世②。作为晚明时期亲历亡国之恨而最后沦为满清遗民，长期蛰居西湖之滨的周清原来说，面对晚明的残山剩水，他苦心撰写的小说故事绝非卖弄才情、发泄牢骚那么简单，它不仅是小说家个人意趣的抒发，同时也是杭州人乃至江南人在晚明时期集体记忆的

① 杨念群：《何处是“江南”?：清朝正统观的确立与士林精神世界的变异》（增订版），生活·读书·新知三联书店2017年版，第13页。

② 陆勇强：《此“周清原”非彼“周清原”——〈西湖二集〉作者问题考辨》，《明清小说研究》2012年第1期。

表征。从《西湖二集》的叙事空间结构来看，小说家构建出了一个以西湖为中心、江南地域为附庸的“同心圆”的空间结构，让叙事空间既能聚焦又能发散，体现出别具匠心的空间结构艺术。在描叙西湖空间时，叙事多以南宋记忆为主，追忆发生在此空间的历史往事，而描叙西湖之外的江南空间时，往往多与明代的现实生活发生关联。

黄仁宇在《中国大历史》中论述南宋时，特意设置了“西湖与南宋”①一章，可谓独具慧眼，暗示出西湖对于南宋的隐喻意义。“文化记忆关注的是过去中的某些焦点。即使是在文化记忆中，过去也不能被依原样全盘保留，过去在这里通常是被凝结成了一些可供回忆附着的象征物。”② 周清原选择西湖来为小说集命名，并以西湖作为南宋一朝的地理象征，书写有关南宋历史的文化记忆，西湖可看作南宋在江南大地的文化遗产，也是后人追忆南宋历史之空间起点。西湖在唐前声名不显，其最为辉煌的历史当属南宋一朝，《西湖二集》以西湖为核心叙事空间，故事时间自然多聚焦于南宋时期。除了南宋历史故事之外，《西湖二集》中的历史叙事尚涉及了唐代与元代，但更多的还是明代本朝故事。随着明代的政治中心由南京迁移到了北京，有关明代故事的叙事空间，也随之游离出了南宋故都杭州西湖，转而多聚焦于西湖外围之江南地理空间。总体来看，《西湖二集》以南宋时代的西湖地理空间为主体，明代的江南地域空间为附庸的“南宋—晚明”③ 叙事模式，这是周清原在处理宋代记忆与明代现场、西湖空间与江南地域的一种别出心裁的时空经营策略。

《西湖二集》的时空结构艺术，表层是空间性的，而深入内部则为时间性的，也就是地理空间的时间化。小说空间并非局限于西湖与杭州之实际地

---

① ［美］黄仁宇：《中国大历史》，生活·读书·新知三联书店1997年版，第145—161页。

② ［德］扬·阿斯曼：《文化记忆：早期高级文化中的文字、回忆和政治身份》，金寿福、黄晓晨译，北京大学出版社2015年版，第46页。

③ “南宋—晚明”交相渗透的叙述结构更是士人群体在鼎革之际重建对明末历史反思构架的一种尝试。参见杨念群《何处是“江南”?：清朝正统观的确立与士林精神世界的变异》（增订版），生活·读书·新知三联书店2017年版，第16页。

理，而是既写实又写意，既聚焦又开放，体现出小说叙事空间的多维面相。小说家在设计南宋故事的空间结构时，西湖因其位居政治中心“天然”地被置于小说空间之核心地位，而杭州之外的广袤江南地域，只能作为附庸空间而环拱存在，这样就形成了相反方向的二重作用力，即聚合于西湖“圆心”的向心力与逸向江南“外圈”的辐射力，形塑成为一组相对相倚的“同心圆”地理空间结构。西湖通过空间与时间两个维度向外辐射影响，其辐射力不仅波及南宋江南地理空间，它还穿越了数百年的时间阻隔，成为晚明江南地理叙事空间的隐性“圆心”。小说家在布设明代历史故事的叙事空间时，因为杭州不再是都城，也没有南京的陪都地位，可以说杭州在明代一直是隐身在江南烟雨之中的。政治中心飘移之后，小说家在讲述明初历史故事时，直接描叙西湖空间就比较少，叙事空间多游移于西湖之外的江南空间，直至地貌复杂新奇的东南沿海地带。

随着小说叙事空间由西湖向江南的漂移，周清原也及时从西湖与南宋的文化记忆中突围，关注起置身其间的当朝历史，并以南宋的败亡教训隐喻晚明的危难时局。“‘借宋喻明’变成了清初遗民浇心中鼎革痛楚之块垒的意象表达”[①]，这是晚明文人群体的心理认同与集体焦虑，湖海士在《西湖二集序》中云，“盖前人者，后事之师矣，流芳遗秽，其尚鉴之哉！”[②] 从中可以品读出《西湖二集》的创作旨意，绝非发泄一己之牢骚，而是以史为鉴，表达了作者对时代的关怀与忧虑。小说家将遥远的南宋与当下的明朝史实，并置于西湖这一空间框架之下，自然与人文，历史与现实，敞显又隐晦，交相辉映，波光潋滟，西湖成了连接“南宋—晚明”的空间地标。“因为无法直接抒发胸臆，才有了遗民诗中大量类似‘残山剩水’式的隐语表述。这种悲伤情绪的弥散和抒发最集中表现在‘南宋’与‘晚

① 杨念群：《何处是“江南”?：清朝正统观的确立与士林精神世界的变异》（增订版），生活·读书·新知三联书店2017年版，第24页。

② （明）湖海士：《西湖二集序》，（明）周清原著，周楞伽整理：《西湖二集》附录，人民文学出版社1989年版，第566页。

明清初'这两个特定的'夷夏'交替的鼎革时段中，两者常常发生遥相呼应的微妙关系。"① 若从士人心态与所选择的物象之对照来看，则晚明小说家也与遗民诗人仿佛，他们在选择描叙对象的时候，一样暗含着未能直抒胸臆的隐语。周清原笔下的南宋西湖，不正是晚明"残山剩水"倾颓国势的一种隐喻吗？只有从鼎革变易的时代大变局出发，才能显现出《西湖二集》在选择历史题材时的良苦用心，它也正是晚明时期欲蛰居西湖而不能的文人群体的精神肖像与心灵画图。

晚明文人对于南宋的集体记忆以及"借宋喻明"的时代心理框架，必然影响到《西湖二集》的时空布设与文本建构。在宏观的文本架构布局方面，小说集以南宋与明代的历史故事为主体，从整体上构建南宋对于晚明的隐喻叙事。另一方面，在微观的单篇小说结构之中，也潜隐着"借宋喻明"的时间伏线，小说家利用话本文体结构特征，巧妙设计小说的头回与正话，常见的手法为头回是明代故事，而正话则转入南宋故事，这与"三言""二拍"等惯用的头回讲述前朝故事，正话转入当代故事的套路相反，体现出小说家对"南宋—晚明"时间结构的着意经营。如《巧书生金銮失对》讲述南宋孝宗朝落魄书生甄龙友意外发迹的故事，在正话故事之前，特意先在头回讲述一段明代故事，小说家直接点出明代故事仅仅作为"引子"："在下这一回故事，说'巧书生金銮失对'。未入正回，先说一个意外之变的做个引子。"为了使得"南宋—晚明"时间结构更为直观，小说家还尝试采用亡灵隔代现形等方式，让宋明两代之间能够跨时空接续起来。如《祖统制显灵救驾》讲述宋太祖朝神道祖域的亡灵一直护佑江南百姓，到明初被洪武爷封为"故义士祖公之神"。《宿宫嫔情殢新人》讲述明代书生邹师孟与宋度宗嫔妃的亡灵相遇于会稽山并相爱的离奇故事，行文优雅而感伤，具有浓厚的晚明时局隐喻的况味。宋度宗之嫔妃与明代书生跨越时空的人鬼之恋，是晚明文人对南宋的深切追悼，也是大厦将倾时代危局下的感怀伤逝。

---

① 杨念群：《何处是"江南"?：清朝正统观的确立与士林精神世界的变异》（增订版），生活·读书·新知三联书店2017年版，第27页。

宋明时空穿越叙事，隐喻着小说家深沉的家国情怀，宋代的贤良方正人士之亡灵率阴兵暗中保护江南子民，表露了晚明危局下小说家在国难当头时祈求神明襄助的心愿，而南宋嫔妃的亡灵现形，则隐喻着晚明文人的亡国心绪，是对明代江山面临鼎革变易的伤痛哀悼。

《西湖二集》以南宋一朝作为历史叙事与文化记忆的主体，西湖是勾连历史与现实的空间景观，也是南宋遗留给明人的文化遗迹，而“寻访南宋遗迹更是明末江南士人借景怀旧的经常性举动”①。周清原长期栖居于西湖之滨，在报国无门的窘迫困境下，作为南宋遗迹的西湖成为他“借景怀旧”的现实载体。杭州文人田汝成于嘉靖五年高中进士，后又绝意仕途，隐居于故里西湖之滨，用心结撰而成《西湖游览志》《西湖游览志余》，“是书虽以游览为名，多纪湖山之胜，实则关于宋史者为多。故于高宗而后，偏安逸豫，每一篇之中三致意焉”。② 四库馆臣的评价，准确道出了田汝成写作二志的本意。《西湖游览志》《西湖游览志余》等史志典籍的印行，为晚明时期栖居在西湖边的文人群体，架起了走进南宋记忆的桥梁，周清原在创作《西湖二集》时，自然借鉴了二志的历史典故与文化地理，并向遥远的南宋时代“致意”。如《西湖游览志余》卷一《帝王都会》讲述钱镠的生平经历与神勇故事，附会有历史事实与民间传说的成分，周清原在《西湖二集》第一卷《吴越王再世索江山》中，就以此为底本进行改编，如“临安兵屯八百里了”等精彩片段，小说与史志的叙述几乎一致。《西湖游览志余》卷二《帝王都会》，卷三《偏安佚豫》，卷四、卷五《佞幸盘荒》，卷六《版荡凄凉》，分别记述南宋一朝的政局变迁及其败亡的过程。周清原综合了《西湖游览志余》有关帝王、奸臣、义士、都市生活等素材，在此基础之上开动艺术想象，创作出了《宋高宗偏安耽逸豫》《巧书生金銮失对》《李凤娘酷妒遭天谴》《徐君宝节义双圆》《吹凤箫女诱东墙》《会稽道中义士》

---

① 杨念群：《何处是“江南”?：清朝正统观的确立与士林精神世界的变异》（增订版），生活·读书·新知三联书店 2017 年版，第 28 页。

② （清）纪昀等：《钦定四库全书总目·地理类三》，中华书局 1997 年版，第 956—957 页。

等小说作品，生动再现了南宋一朝波澜壮阔、悲欢离合的历史风貌。晚明文人对于前朝历史，特别是对南宋历史的关注与想象，绝非周清原、田汝成等文人才士之一己想象，而是晚明时代的文人群体对于南宋历史的集体记忆。“从严格意义上讲，具有个体性的，只有感觉，而不是回忆，因为‘感觉与我们的身体紧密相连’，回忆的‘根源’则必然‘存在于我们所参与的不同的群体的思想中’。”① “集体记忆还有一个与群体关联密切相关的特点，即可重构性。可重构性指的是，‘过去’本身在任何记忆中都不能被完全保留，留存下来的只是其中为‘社会在每一个时期中，借助这个时期的参照框架所能重构的’部分。”② 有关南宋的历史记忆，也是晚明文人群体在特定的历史条件下，顺应晚明时代的召唤“框架”进行重构的，“明人则往往自拟于宋，将与后金的对抗，比之于宋与金、元间的对抗……以致在战/和、剿/抚的抉择关头，一再受到来自另一个朝代的提示。既往的历史就这样干预了当此特殊关头的决策，以如此戏剧性的方式介入了现时的政治过程”。③有明一代的现实政治中，南宋始终是统治者参照省视的对象，因而晚明文人对于南宋的集体记忆，也必然受此社会文化心理“框架”的制约与影响，使得小说叙事作品投映了晚明文人的群体心景。

结　语

鲁迅先生认为《西湖二集》“文亦流利，然好颂帝德，垂教训，又多愤言”。④ 郑振铎对《西湖二集》的评判与此相似，“明末平话小说半为劝诫教训，半亦陷于自泄悲愤的渊阱中。清原此作，正足以见当时平话集的风尚”。⑤

---

① ［德］扬·阿斯曼：《文化记忆：早期高级文化中的文字、回忆和政治身份》，金寿福、黄晓晨译，北京大学出版社 2015 年版，第 30 页。

② 同上书，第 33 页。

③ 赵园：《想象与叙述》，人民文学出版社 2009 年版，第 219 页。

④ 鲁迅：《中国小说史略》，《鲁迅全集》第九卷，人民文学出版社 2005 年版，第 208 页。

⑤ 郑振铎：《明清二代的平话集》，《西谛书话》，生活·读书·新知三联书店 1983 年版，第 192 页。

学界前辈对《西湖二集》的批评可谓宏观而精辟，但若从地理空间与集体记忆等时空视域来考察，则能寻绎出鲁迅、郑振铎等先生所未曾留意之处，即晚明白话小说的创作主旨不尽是“劝诫教训”，而是寓含了晚明文人的集体记忆与家国情怀，它也不仅是小说家的“自泄悲愤”，还折射了晚明文人“借宋喻明”的时代心理。《西湖二集》中“南宋—晚明”时间伏线下的集体记忆与时代隐喻，附着于“西湖—江南”的“同心圆”空间结构而得以敞亮，显示出晚明白话短篇小说深婉卓特的时空结构艺术。

堕落的城市空间

——D. H. 劳伦斯笔下的“伦敦”

张　琼*

对于劳伦斯作品中的地方和场所的研究多集中在以其故乡伊斯特伍德为蓝本而构建的矿乡的文化和空间意义上，对作者所塑造的以伦敦为代表的城市形象却缺乏关注。以第一次世界大战为分界点，伦敦在战前无疑是世界的中心城市，劳伦斯称之为“一切冒险的巨大心脏”①，战后其世界中心的地位发生了动摇，世界政治、经济格局的变化和战争的消耗导致了英国的衰退。劳伦斯亲历了这种变化，并透过他在伦敦的现实生活经历洞悉到这种变化对人和社会的影响。劳伦斯以超越阶级、道德和性别的自然的视角来塑造成就了他的名声却又让他避之不及的伦敦形象。一战中英国人浴血奋战的努力是保卫家园的正义之举，英国的胜利是那么的可歌可泣，但在国家这一共同体概念的背后，战争席卷之处的城市和城市中的个人又是什么样的生存状态？雷尔夫在《地方和无地方性》（*Place and Placelessness*）一书中区分并剖析了具有特征和意义的地方和缺乏特征和意义的地方这两种地方，劳伦斯笔下的伦敦是典型的后者。“无地方性既指缺乏有意义地方的环境，也指不认

* 张琼，湖北科技学院人文与传媒学院副教授。

① ［英］D. H. 劳伦斯：《劳伦斯散文》，毕冰宾、姚暨荣译，浙江文艺出版社 2001 年版，第 165 页。

可地方具有意义的态度。它涉及地方最深层的问题，包括断根、失去象征意义、以单一性取代多元性、用概念取代经验。"[①] 劳伦斯透过个人经历，将个体记忆与真实历史融合，以超越阶级、道德和性别的自然的视角切入，探索伦敦这一文学空间和生活在其间的人的心理和精神状态。从战前到战后，作为英国首都的伦敦不仅是时代的地理背景和见证，它也凝聚了劳伦斯的地理感知和情感诉求。

一　劳伦斯的伦敦记忆与空间建构

1908 年劳伦斯大学毕业后在伦敦南郊克洛伊顿的戴维森路学校谋得一个小学助理教师的职位。当时克洛伊顿是伦敦近郊的新兴城镇，与伦敦的交通十分便利，这是他第一次近距离接触伦敦。劳伦斯的才华以出乎意料的速度得到了伦敦文学界的认可，诗歌和小说接连出版。与伦敦文学界的交往一方面激起了他成名的雄心壮志，另一方面很多观念和行为挑战了他清教徒的信仰。从 1908 年初登伦敦文坛到 1912 年与弗里达私奔欧洲，劳伦斯与伦敦首次亲密接触的四年以被英国社会认为不体面的方式结束了。母亲的病故、身染重病而辞职、与弗里达私奔欧洲大陆，一系列生活的变故，导致了劳伦斯情绪上的巨大波动，脾气变得暴躁，对当时的生活感到厌倦，只能暂时退出了让他声名鹊起的伦敦文学舞台。与弗里达私奔后，劳伦斯与英国的关系发生了微妙的变化，由于两人的关系不被当时的英国社会所接纳，除了西纳（劳伦斯的好友爱德华·卡耐特的家），其他的公众社交场合拒绝他们的同行，"在英国，我们多数情况下不能去探亲访友。我确实感到与过去的生活切断了联系——犹如再生"。[②] 1913 年 6 月，弗里达因为孩子的监护问题决定返回英国，而劳伦斯想参加 8 月初妹妹艾达在伊斯特伍德举行的婚礼，所以，尽管不是很愿意，他还是陪伴弗里达回到了伦敦。因为在 1913 年 5 月

① Relph, Edward, *Place and Placelessness*, London: Pion Ltd., 1976, p. 143.

② Lawrence, D. H., *The Letters of D. H. Lawrence*, Vol. ii, ed. George J. Zytaruk and James T. Boulton, Cambirdge: Cambrige UP, 1987, p. 21.

的时候，《儿子与情人》已经在伦敦出版，所以此次他以作者身份在伦敦展开了一些文学社交活动，短暂的停留后又迅速离开前往意大利。

此时的伦敦对于劳伦斯而言充满了诱惑、神秘和希望，“是个十分十分刺激的地方，非常刺激，是一切冒险的巨大心脏”。[①] 伦敦的一切都让他感到新鲜有趣，尽管微薄的收入无情地提醒着他阶级的差别，但他仍然尽情地徜徉在中上阶级知识分子的社会生活场所，比如音乐会、画廊、剧院、歌剧院，当然也包括百货商店和各种文化名流聚集地等。这是一个与伊斯特伍德存在巨大差异的世界，但两者又在劳伦斯笔下产生了奇妙的叠合。小说《白孔雀》中劳伦斯通过一段对伦敦夜晚的灯光的描写展现了这种叠合关系：“直到我亲眼看见闪亮的圆形弧光灯在公路两旁紫红色薄暮中像金色的气泡在滚动时，才见识了紫红色的夜晚那富丽堂皇的气派。城市的夜晚处处都展现着灯火的奇妙世界：明灯把团团金光撒在泰晤士河面上，给不安的黑夜增添了浮动的光彩。洞穴似的伦敦大桥车站进进出出的车灯，好像滚圆闪亮的蜜蜂从黑色的蜂房里飞进飞出，郊区的街灯在树丛中闪动着的柠檬色的光彩。”[②]

电灯是工业革命的成果之一。彼时的英国，只有在伦敦的夜晚才能够体验到辉煌绚丽的灯光晕染下的城市风景。这让伦敦如此地不同于其他市镇，街灯不仅照亮着城市的街道，本身也成了城市的风景。从内瑟梅尔来到伦敦的西里尔把闪着车灯的车辆从大桥下穿过的景象比喻成蜜蜂飞进飞出的蜂巢，让人在不经意间联想到乡村的自然风景。与西里尔的故乡相比，伦敦的工商业更发达，文明程度更高，人们对土地的依赖程度降低。但灯光在这里变成了一条纽带，联系起了乡村与城市，这一刻无关产业、经济和文化，乡村和城市都是自然世界的呈现，伦敦的灯光景观与西里尔记忆中故乡影像的交互融合，显示出的是此刻劳伦斯对城市的认同。小说中西里尔从思乡情切

---

① ［英］D. H. 劳伦斯：《劳伦斯散文》，毕冰宾、姚暨荣译，浙江文艺出版社 2001 年版，第 165 页。

② ［英］D. H. 劳伦斯：《白孔雀》，谢显宁等译，中国文联出版公司 1989 年版，第 400 页。

到“我开始喜欢这座城市了”[①]“我强烈地爱这座城市”[②]的情感表达写的就是是劳伦斯的心声。

在小说《虹》第十五章“狂欢之苦涩”中描写了厄秀拉和斯克里宾斯基在复活节假期同游伦敦的经历。这对恋人喜欢从居住的高层俯瞰城市夜晚灯光照耀下闪亮的街道，街道上有节奏地行驶的汽车，皮卡迪利公园的晨曦，威斯敏斯特大教堂的尖塔，查林克罗斯火车站的火车。这幅图景正是劳伦斯在母亲病重期间，每次凌晨步行赶火车往返克罗伊顿、伦敦和伊斯特伍德之间所看到的伦敦，充满了韵律与美感。可见，劳伦斯在最初接触伦敦时，也被城市物质的繁荣、文化的丰富所吸引，一直以来，他否定的并不是城市本身，而是在城市中生活的人的异化。这种异化一方面导致城市景观出现有悖于人的自然生命力的改变。《白孔雀》第三部第五章中，西里尔和乔治在伦敦听了一位社会主义者的激烈演讲，演讲者“认为整个世界就和伦敦东区一样。而整个东区像一个水已淌干的池子，仅留下水生物在烈日暴晒下的泥浆中挣扎，直到整个城市似乎变成了一个动荡不安的争斗之地，满身污泥的生物失去了生存的环境，在这儿挣扎着”。[③]东西伦敦的划分是工业化和城市化摧毁自然景观的最直接的体现。临近泰晤士河码头的伦敦东区依靠其便利的交通在工业革命时期从农村变成了工业中心，对劳动力的需求让这里成了劳工聚集地，低廉的房价也使东区成为大部分移民在伦敦的首选落脚点，这里工厂林立、污染严重、房屋密集、街道狭窄、鱼龙混杂，是贫困区。而伦敦西区大多为皇家领地，公园、绿地成片，是闲适的贵族生活区。这里的“水”指的既是自然环境的被破坏，又是人与人的联系，保持人们相亲相远的血的关系，在农业社会中，在乡村中，它是在人与大自然的血脉相通中积淀下来的生命力，而在现代社会，在城市中，又该如何实现这种血性本能？劳伦斯尚未找到答案，所以他才一直追寻理想中乌托邦“纳拉尼

---

① ［英］D. H. 劳伦斯：《白孔雀》，谢显宁等译，中国文联出版公司 1989 年版，第 400 页。
② 同上书，第 401 页。
③ 同上书，第 426 页。

姆”的构建。另一方面，从共情的角度而言，作者笔下同样或相似的城市景观会因为作者心理和情感的变化呈现出不同的意义。劳伦斯在小说《虹》中也写到了城市的灯光，城市是囚禁人的本能的牢笼，灯光的意义也随之发生了逆转，沦为制造城市虚假繁荣表象的帮凶：“灯光——城市的制服，是个鬼把戏，走着坐着的人不过是陈列的假人。”① 城市就是用物质满足压抑着人的本能直觉，人变成了提线木偶，被物质牵着鼻子走，完全忽视了源于生命本能的那个自我的存在，而劳伦斯在这里所说的城市的灯光所指的就是虚假的物质的繁荣，看上去光鲜，却无法掩饰内在的空洞，更无法替代人的本能的存在。反观《白孔雀》中对伦敦城市灯光的描写，劳伦斯笔下城市的意义也在发生改变，其原因要归结到他的个人际遇、对现代文明种种弊端和症候的敏锐触及和人类文明进程的悲剧预判。

劳伦斯对伦敦的现实记忆和站在工业英国和农业英国的边界视角促成了其文学作品特别是长篇小说中伦敦这一具有张力的空间构建。在构建过程中，不断融入了劳伦斯对文明转型期城市空间的特征和意义的探索，劳伦斯以其敏锐的直觉，通过文学的方式，具有预见性地洞悉了现代经济学理论中阐释的生产力和资本的关系的规律，颠覆了现有的话语意义，彰显了其后现代文化价值。

二　伦敦空间中的人地疏离

1914 年 6 月劳伦斯和弗里达返回登记结婚，并正式开始他的职业作家生涯。直到 1919 年 11 月他们再次离开英国，在五年多的时间里，劳伦斯经历了两次重大的创伤，那就是小说《虹》的被查禁和第一次世界大战。

1915 年 3 月劳伦斯完成了小说《虹》，1915 年底《虹》因为不利于战时的人生观和性描写被查禁。劳伦斯受到了巨大的打击，不仅是经济上的难以为继，也是从出版社到周围的朋友，没有人为《虹》辩护。1923 年出版

---

①［英］D. H. 劳伦斯：《虹》，黑马译，中央编译出版社 2010 年版，第 404—405 页。

的小说《袋鼠》中，劳伦斯把《虹》被查禁的时间看作伦敦走向毁灭的开始，“一九一五年与一九一六年之交的那个冬天，旧伦敦的精神崩溃了。从某种意义上说，作为世界中心的这座城市算是垮了，变成了一个支离破碎的激情、欲望、希望、忧愁与恐怖的旋涡”。① 此时劳伦斯已经在考虑出国写作和出版作品。

第一次世界大战爆发后，劳伦斯夫妇就被困在了伦敦，出国无望，出版界停业，经济上捉襟见肘。为了降低生活支出，躲避被战争狂热吞噬的伦敦，几经周折，劳伦斯夫妇带着好不容易找身边的朋友凑的一百英镑，启程前往康沃尔。劳伦斯夫妇在康沃尔开荒种菜，艰难度日，却苦中有乐，夫妻和睦，万万没想到噩梦才刚刚开始。行动被监视，寓所被查抄，任何的举动都被怀疑和间谍活动相关，甚至劳伦斯的朋友也被当作特务嫌疑人被拘留和脱衣搜查。1917 年 10 月，劳伦斯夫妇被驱逐出康沃尔，回到伦敦，仍然是无家可归，寄人篱下，还要面对警察随时随地的监视和盘问。“伦敦，战时的伦敦，除了战争就是战争、战争。”② 战时英国的经历都被劳伦斯详尽生动地记录在了小说《袋鼠》的“噩梦”这一章中，曾经轰动伦敦文学界的名人如今却在警察的窥视和偷听下艰难谋生，汉普斯特、肯辛顿广场和麦克蓝堡广场都成了见证，“伦敦的每个人此时都心惊胆战的，任何一个不是狂热可憎的所谓爱国者都提心吊胆。人们处在恐怖统治之下”。③ 离开成了最好的选择，1919 年 11 月当劳伦斯夫妇有机会离开伦敦之后，只在 1923、1925 和 1926 年回来过三次，“他生命中的最后十年半时间，在英国总共待了不到十二周”。④

小说《虹》的被查禁和第一次世界大战期间的遭遇让劳伦斯重新开始思考与伦敦的关系，并将其展现在作品中。劳伦斯在康沃尔期间创作了小说

---

① ［英］D. H. 劳伦斯：《袋鼠》，黑马译，译林出版社 2000 年版，第 247 页。

② 同上书，第 263 页。

③ 同上书，第 283 页。

④ ［英］约翰·沃森：《劳伦斯：局外人的一生》，石磊译，上海书店出版社 2012 年版，第 216 页。

《恋爱中的女人》，1916 年 10 月完稿，在伦敦投稿被退，1920 年在美国出版。这部小说的第五、六、七、二十八章中以庞巴多酒馆为中心，较为集中地描绘了伦敦。庞巴多酒馆是伯金和杰拉德在伦敦相约碰面的地点，这里聚集的是“画家、音乐家、作家——一批食客。还有模特儿，激进的年轻人，他们与传统公开决裂，但又没有特定的归属。他们大多都是些大学生，也有自称独立谋生的女人”。[①] 听说杰拉德是第一次来到庞巴多酒馆，米纳蒂立刻把他定位在艺术家的圈子之外，这种定位本身就说明了生活在这个圈子的人刻意地保持着与其他人的距离，艺术家是他们给这种距离戴上的一顶装饰性的帽子，因为他们需要在这种艺术家的标签中寻找精神的寄托，掩藏其对生命的迷茫。而杰拉德来到这里是因为他对这种生活感到很好奇，希望在这里找到能对自己产生刺激的东西，他对于这些自称独立谋生的女性的判断只有一个标准，那就是“都很放荡吗？”[②]，杰拉德和米纳蒂都是从对方身上寻找欲望的满足，他们在各自的生活中都是用自己的意志征服他人，米纳蒂知道自己无法驾驭杰拉德，所以她的目标从始至终都是海里戴，而米纳蒂对于杰拉德而言也仅仅只是他渴望获得肉欲和精神刺激的工具，因为女人对他而言变得无足轻重导致他依靠女性实现自我解脱的方式受阻，加深了他的空虚和恐惧。

杰拉德对伦敦城充满了寻求刺激的欲望，他的心理反映出的是工业和城市的共同特征就在于展现的都是对物质欲望的满足，“二者就是在这样一种物质的联系中相互吸引着”[③]。这也呼应了第五章中伯金坐火车临近伦敦的心理感觉：“伯金望着窗外的原野，心中感到十分失望。每到临近伦敦时，他都会产生这种感觉。他对人类的厌恶，对芸芸众生的厌恶，几乎变成了一块心病。”[④] 随后，这种情绪被重申，“每当火车驶进伦敦时，我就感到厄运将临。我感到

① ［英］D. H. 劳伦斯：《恋爱中的女人》，黑马译，中央编译出版社 2010 年版，第 54 页。
② 同上。
③ 张琼：《杰拉德之死本质探》，《外国文学研究》2014 年第 2 期。
④ ［英］D. H. 劳伦斯：《恋爱中的女人》，黑马译，中央编译出版社 2010 年版，第 55 页。

那么失望，似乎这是世界的末日”。[①] 接下来，在伯金与杰拉德的一小段对话中，伯金对伦敦的感觉进一步得到体现。

“你是否感到像要进地狱了?”伯金问道。他们坐在这小小的迅速疾行的空间里，看着外面丑陋的大街。

“不。”杰拉德笑道。

“这是真正的死亡。”伯金说。[②]

一直到火车进入伦敦，虽然没有继续直接表达伯金的主观感受，但通过对车窗外伦敦城的描述，仍然是在反复强调这种心理上的不适感：“几分钟后，火车穿行在丑恶的大伦敦市区里了”[③]，“来到伦敦城巨大的阴影中”[④]。失望、厌恶、厄运、末日、地狱、丑陋、死亡、丑恶、阴影等，这一系列情感指向明确的词语清晰地表达出了伯金对伦敦城的价值判断，而杰拉德之所以没有和伯金相似的感觉，那是因为他早已没有了生命力，“预言了以杰拉德为代表的机械时代的人类走向堕落和死亡的命运”[⑤]，传达出了劳伦斯对伦敦城的深恶痛绝。

小说第二十八章中通过戈珍的女性视角再次审视了庞巴多酒馆。戈珍形容庞巴多酒馆是“狭小的、堕落与死亡的缓缓转动的旋风中心”（368），“充满了小阴谋、妒忌和小气的艺术”（368）。海里戴和米纳蒂那帮人高声嘲笑调侃着伯金的信，他们无法理解伯金对生命的探索和思考，他们的浅薄、狭隘和不尊重让戈珍愤怒不已，而杰拉德却不理解戈珍的感受和举动，因为他已经丧失了对生命的感受力，他和酒馆里的人一样理解不了伯金信中所表达的意义，只是当作一个笑话。最终，戈珍逃离了这座城市。

她在伦敦再也待不下去了。他们必须坐早车从查灵十字街火车站离开这儿。他们坐的火车经过大桥时，她透过巨大的铁梁望着桥下的河水叫道：

---

① ［英］D. H. 劳伦斯：《恋爱中的女人》，黑马译，中央编译出版社 2010 年版，第 56 页。
② 同上。
③ 同上。
④ 同上。
⑤ 张琼：《杰拉德之死本质探》，《外国文学研究》2014 年第 2 期。

“我再也不要见到这肮脏的城市了，我就无法忍受回到这地方来。”①

这是一个非常有意思的设定，上一次来到庞巴多酒馆的是伯金和杰拉德，这一次是戈珍和杰拉德。杰拉德追寻的是希望肉体的欲望能刺激自己走向枯竭的生命恢复生命的活力，然而在庞巴多酒馆他并没有得到他想要的。在与戈珍的关系中，戈珍的自由气质吸引了他，他对戈珍的征服欲延续着他的生命力，所以当他发现戈珍逃离了自己的意志控制的时候，选择了自杀。劳伦斯通过戈珍的视角来展现伯金的个人价值，体现了劳伦斯对于妇女独立的深刻见解。

庞巴多酒馆是真实伦敦的缩影，或者说是裹在伦敦光鲜外壳中的腐臭内核，伦敦完全沦为欲望的容器。“个体或群体与社会物理环境之间形成的行为、情感和认知上的联系随着时间的推移，如给人带来愉悦正面的体验……形成人与地方的依附关系……相反，如果与地方之间的联系主要是负面的，则人与地方之间的依附关系无法建立，人与地方疏离。”② 伯金和戈珍对伦敦的疏离与杰拉德的麻木凸显出的是伦敦对于他们的不同意义，伯金和戈珍离开了伦敦去探索和追寻生命的意义，创造自己的世界，而杰拉德的麻木则成为他走向毁灭和死亡的伏笔。

三　伦敦空间的意义缺失

《白孔雀》中乔治就清醒地认识到了传统农耕时代的终结带来的身份的转变：“事实上，我们靠的是卖牛奶，靠的是我给镇议会运货，你不能说这就叫农业。我们是农民、卖奶人、蔬菜水果商和运输承包商的可怜混合物。这行当风雨飘摇呐。”③ 工业革命以来，人们与滋养自己成长的土地的联系越来越薄弱，出现了农业人口非农业化，城市人口规模不断扩张，城市用地

---

① ［英］D. H. 劳伦斯：《恋爱中的女人》，黑马译，中央编译出版社 2010 年版，第 374 页。

② Green，Raymond James，*Coastal Town in Transition：Local Perceptions of Landscape Change*，Collingwood，Australia：CSIRO. Publishing，2010，p. 16.

③ ［英］D. H. 劳伦斯：《白孔雀》，谢显宁等译，中国文联出版公司 1989 年版，第 92—93 页。

不断向郊区扩展，城市数量不断增加，城市社会、经济、技术变革逐渐进入乡村等一系列的城市化现象。随着城市的发展和扩张，伦敦趋向了一种“无地方性”① 工业文明的浸染让地方特性和意义正在消逝，英国其他的地方正变得越来越像伦敦，或者说伦敦变得越来越不像伦敦。

《迷失的少女》中的煤矿小镇沃德豪斯与之前劳伦斯小说中的煤矿小镇明显不同，农业英国彻底从劳伦斯笔下消失，丰富的自然景观与和谐的人地关系只字未提，沃德豪斯正走在城市化的进程中：“沃德豪斯人需要的是一系列趣味低下的小小刺激，某种从诺丁汉或伯明翰传来的粗俗东西会取代一种诺丁汉或伯明翰早已废弃的粗俗东西。”② 可怕的是，这是一种普遍的现象，沃德豪斯只是众多复制品中的一个，“别说在沃德豪斯，甚至伦敦或维也纳的命运女神也只是中层和中下层阶级的一些粗野俗气的女人，她随时准备抬起她那只笨重的脚，把趣味不俗，又非机器生产的、与贱民口味相悖的东西踏个稀巴烂”。③ 低俗审美趣味就像机器量化生产的商品一样被贩卖到每一个城市，工业文明看上去带来了物质的丰富和文化的繁荣，实则是对人的主体性的剥夺。在去意大利之前，爱尔维娜和西西欧来到伦敦办理签证，在伦敦他们住在西西欧表兄圭肖普·卡利法诺家里，圭肖普“因为具有所有整洁诚实的英国美德，外加一种意大利人的精明，而成了一个真正的伦敦人”。④ 西西欧的意大利人身份让他在英国陷入了被怀疑是间谍的危险中，圭肖普“在巴特西已开了家餐馆，是个殷实富有的伦敦意大利人”⑤。两个人都是意大利人，西西欧不愿意待在英国，选择回国，圭肖普则融入了伦敦生活，“接受了英国人的价值标准”⑥，并延续到下一代身上，“他的孩子是英国人”⑦，“英语比

① Relph，Edward，*Place and Placelessness*，London：Pion Ltd.，1976，p. 90.
② ［英］D. H. 劳伦斯：《迷失的少女》，郑达华译，中国华侨出版社 2008 年版，第 4—5 页。
③ 同上书，第 5 页。
④ 同上书，第 266 页。
⑤ 同上。
⑥ 同上。
⑦ 同上。

意大利语讲得更自然”①。初见爱尔维娜时，身为意大利人的圭肖普却并不赞同英国女人爱尔维娜嫁给意大利男人西西欧，在这场婚姻中，“她和西西欧结婚是屈尊下嫁。她失去了她的社会地位”。② 这是一种典型的英国中心主义的思维，这与战争中的英国人的表现如出一辙。在之后的接触中，他身上的伦敦人身份对自我的压抑被爱尔维娜看穿，爱尔维娜身上直面自我的力量击溃了一个英国化意大利人的“英国式的自信”③，挑起了他对自己骨子里的南方天性的正视，“他只能是意大利人”。④ 圭肖普身上英国中心主义的消解反衬了英国人盲目信仰工业文明所导致的身份危机，伦敦成了展现这个危机的场所，圭肖普对西西欧的妒忌是他不敢也不知道该如何去追寻内在自我的心理表现。

工业社会的城市，就像流水线上的产品一样，只有躯壳，失去了灵魂。《查泰莱夫人的情人》中伯顿太太描述了萧瓦特存矿工们到谢菲尔德或诺丁汉这样的城市消费的状况：“上米卡多之类的高级馆子吃茶点，去舞厅跳舞，去看电影，或者去‘帝国’。”⑤ 而《查泰莱夫人的情人》中的萧瓦特街区已经呈现出典型的城市商业的特征：“杂货店里堆着一堆一堆的肥皂，蔬菜店里堆着大黄和柠檬，女帽店里挂着难看的帽子，一个店接着一个店，丑陋，丑陋，还是丑陋。接下来是那个模样吓死人的电影院，外墙装饰是石膏和镀金的，一幅伤感的广告画上写着《一个女人的爱情》片名。”⑥ 物质追逐与享乐成为人们生活的常态，整个社会都陷入拜金主义的泥淖中，其具体体现就是城市特征的被复制，“特瓦萧和伦敦五月市场或者肯辛顿这样时髦高尚的地方何其相似乃尔。眼下只有一个阶级了，那就是拜金阶级，男女都拜金，人们之间唯一的区别就是钱的多少和欲望的强弱”。⑦

① ［英］D. H. 劳伦斯：《迷失的少女》，郑达华译，中国华侨出版社 2008 年版，第 266 页。
② 同上。
③ 同上。
④ 同上。
⑤ ［英］D. H. 劳伦斯：《查泰莱夫人的情人》，黑马译，中央编译出版社 2010 年版，第 106 页。
⑥ 同上书，第 157 页。
⑦ 同上书，第 107 页。

劳伦斯认为“伟大的城市意味着美、尊严和某种辉煌”。[①] 并指出英国城市不像城市的原因就在于工业化毁了它们，“我们一直压抑挫败着自己的群体本能，它可以使我们团结一致，以城里人的姿态而不是乡下人的姿态表现出骄傲和尊严”[②]，他希望在城市中能够出现如同在乡村中让人与人产生联系的血性意识一样的核心凝聚力，“计划一个核心，固定一个焦点，让美好的东西从中放射而出。然后建起高楼大厦来，美丽的大厦，扩展成一个中心城市，把它们装饰得美丽无比”。[③] 而现在的伦敦却让他“感到像一只蜘蛛，让某个人抓住了，被人拉扯着没完没了地织网，织啊织，毫无目的地织，这蜘蛛甚至织的压根儿不是自己的网”。[④]《出走的男人》中阿伦不喜欢在伦敦生活的原因就在于“一方面是因为他厌恶那些满不在乎地提供资助的年轻人，另一方面是厌恶皇家乐团那种按部就班的工作”。[⑤] 阿伦在伦敦的体验与他在两性关系中的压迫感有着本质上的相似，伦敦的生活让他想起自己的故乡和家，因而他选择了继续出走，向不确定性的远方去寻求在灵魂、意识和行动上的独立和完满。城市空间趋向同一，伦敦成了工业时代丑陋城市的模板。物质的繁荣以有机生命的死亡为代价，人们如同行尸走肉一般生存却习以为常，当有人发现并说出了人们所处的困境时，反而遭到社会的嘲笑和陷害。回首伦敦的生活，劳伦斯痛苦地表示：“乏味！乏味！这里的日子是一种巨大的乏味！我没劲！我让他弄得没劲！我的精神没劲！我的生命与伦敦一起乏味！”[⑥] 劳伦斯对伦敦的疏离与他对自己作为一个英国作家的自觉之间的矛盾给他带来了极大的痛苦，却也营造了他独特的艺术境界。

---

① ［英］D. H. 劳伦斯：《劳伦斯随笔集》，黑马译，海天出版社 1995 年版，第 30 页。

② 同上。

③ 同上书，第 31 页。

④ ［英］D. H. 劳伦斯：《劳伦斯散文》，毕冰宾、姚暨荣译，浙江文艺出版社 2001 年版，第 166 页。

⑤ ［英］D. H. 劳伦斯：《出走的男人》，李建译，四川文艺出版社 1988 年版，第 165 页。

⑥ ［英］D. H. 劳伦斯：《劳伦斯散文》，毕冰宾、姚暨荣译，浙江文艺出版社 2001 年版，第 164 页。

文学景观研究

寒山寺与《枫桥夜泊》

曾大兴*

唐人张继的《枫桥夜泊》是一首非常有名的诗。因为这首诗，寒山寺，包括寒山寺钟楼和钟楼里的大钟，都跟着出了名。

一　寒山寺与寒山子

寒山寺，坐落在苏州市姑苏区境内的古运河边上。从苏州阊门出来，往西走十来里，就到了寒山寺。

寒山寺始建于南朝梁代天监年间（502—519），最初叫“妙利普明塔院”，后来才叫寒山寺。

寒山寺是因何得名的呢？有这样一个说法：相传唐太宗贞观年间，寒山子曾经在此居住，因此就叫寒山寺。这是比较流行的一个说法。但是也有人对这个说法表示怀疑。

为了探讨这个问题，还得讲一讲寒山子这个人。

寒山子是唐代的一位诗人，《全唐诗》收录了他的诗312首。他的诗都是用当时的白话写的，不拘格律，直抒胸臆，清新自然，涉笔成趣。早在元代就传入日本和朝鲜。20世纪50年代以后，又被译成日文、英文和法文，

* 曾大兴，广州大学人文学院教授。

在欧美国家的影响超过了李白、杜甫。寒山子的为人也很独特，可以说是“似儒似道又似佛”“非儒非道又非佛”。在民间，人们把他与拾得和尚并称为“合和二仙”；清雍正十一年（1733），朝廷正式封寒山、拾得为“和合二圣”。但是这个人究竟姓甚名谁，无论是正史还是野史，都没有记载。

据有关学者考证，寒山子是咸阳（今陕西省咸阳市）人，大约生于唐玄宗开元十四年（726）。① 早年家境富裕，本人又聪明好学，受过系统的儒家经典教育，热衷于功名，但是运气不佳。他曾经三次参加礼部的考试，终于考上了，有了出身；但是后来连续四次参加吏部的考试，都因其貌不扬，没被录取。用今天的话来讲，寒山子有学历，有学位，但是没有官职。后来由于遭受一系列的家庭变故，兄长败家，父母病亡，妻儿离散，加上仕途无望，寒山子的思想发生了很大的转变，他放弃了儒家兼济天下的理想，不再寻求功名，转而寻求隐逸。

35岁左右的时候，寒山子到了天台翠屏山，过上了一种亦耕亦隐的生活。他在这里重建了家庭，又有了妻儿。在这期间，他曾经两次出门问道和问禅，但时间都不长。寒山子在天台翠屏山生活了30年，后来由于生活贫困，妻儿先后离世，他也离开了翠屏山，到了寒石山。这个寒石山，又称寒岩，在今浙江省天台县西南。

正是到了寒石山之后，他才自号寒山子。寒山子在寒石山的时候，与天台国清寺的丰干和拾得这两位僧人来往较多。丰干是天台国清寺的一位禅师，拾得是丰干捡回来的一个孤儿，后来被安排在伙房里烧火煮饭。在宋人道元所辑《景德传灯录》卷二七里，有一段关于寒山子的记载：

> 天台寒山子者，……以其于寒岩中居止得名也。容貌枯悴，布襦零落，以桦皮为冠，曳大木屐。时来国清寺就拾得，取众僧残食菜滓食之。或廊下徐行，或时叫噪，望空漫骂。寺僧以杖逼逐，翻身拊掌大笑而去。虽出言如狂而有意趣。暨丰干灭后，闾丘公入山访之，见寒、拾

① 何善蒙：《寒山子考证》，《文学遗产》2007年第2期。

天台寒石山

二人围炉笑语。……自此寒、拾相携出松门，更不复入寺。闾丘又至寒岩礼谒，送衣服药物。……闾丘哀慕，令僧道翘寻其遗物，于林间得叶上所书辞颂，及题村墅人家屋壁，共三百余首，传布人间。曹山本寂禅师注释，谓之对寒山子诗。①

自丰干去世，寒山、拾得相携离开国清寺之后，寒山就再也没有去过国清寺了。他一直隐居在寒石山，直到唐文宗大和四年（830）九月十七日去世，享年104岁。②

寒山寺是怎么和寒山子接上关系的？直到今天都是个谜。明朝有一位僧人，叫姚广孝（1335—1418），苏州人，法号道衍，后来做了明成祖朱棣的军师，是明朝有名的“黑衣宰相”。他在永乐十一年（1413）应寒山寺的深谷昶禅师之请，写过一篇《寒山寺重兴记》。他在这篇《记》里说：

唐元和间，有寒山子者，不测人也，来此缚茅以居。寻游天台寒岩，与拾得、丰干为友，终隐于岩石而去。希迁禅师于此创建伽蓝，额曰“寒山寺”③。

① 道元辑：《景德传灯录》卷二七，海南出版社2011年版，第967页。

② 参见何善蒙《寒山、寒山诗与寒山热》（《佛教文化》2006年第5期）及《寒山子考证》（《文学遗产》2007年第2期）。

③ 姚广孝：《寒山寺重兴记》，引自周义敢注《张继诗注》，上海古籍出版社1987年版，第59页。

但是参考当代有关学者的研究成果，他的这个说法存在两个问题。

第一，唐宪宗元和年间（806—820），寒山子已经是80岁以上的老人了，这个时候，他正在天台寒石山隐居，是什么原因使他离开天台寒石山而到苏州枫桥“缚茅以居”呢？

第二，据有关学者考证，早在唐宪宗元和之前，希迁禅师就去世了。[①]一个已经去世的人，怎么可能为后来者修建寺庙呢？

可见姚广孝的这个说法至少在时间上是经不住推敲的，难以让人信服。不过姚广孝的这篇《寒山寺重兴记》有一点还是可信的，这就是明永乐三年（1405），深谷昶禅师募集资金，在寒山寺建殿堂，供奉寒山、拾得、丰干的雕像。

二　寒山寺与枫桥寺

学术界有一种说法，认为唐代的“姑苏城外”并没有寒山寺，只有枫桥寺。

我认为，这个说法是经不住推敲的。

在《全唐诗》中，除了张继的《枫桥夜泊》写到寒山寺，还有韦应物的《寄恒璨》、方干的《途中言事寄居远上人》也写到寒山寺，这三首诗中的寒山寺，都是指姑苏城外的寒山寺。

以韦应物的《寄恒璨》这首诗为例。韦应物于唐德宗贞元四年至七年（788—791）任苏州刺史，人称“韦苏州”。《寄恒璨》这首诗，就是他在苏州刺史任上写的：

心绝去来缘，迹顺人间事。
独寻秋草径，夜宿寒山寺。
今日郡斋闲，思问楞伽字。[②]

① 参见钱学烈《寒山子与苏州寒山寺》，《中国典籍与文化》1998年第3期。

② （唐）韦应物：《寄恒璨》，《全唐诗》（增订本）卷一八八，中华书局1999年版，第1926页。

有人讲，韦应物写的这个寒山寺，不是苏州的寒山寺，而是滁州的琅琊寺；“夜宿寒山寺”的人也不是韦应物，而是滁州琅琊寺的僧人恒璨。

我认为，这样解释是错误的。滁州琅琊寺，又叫宝应寺，并不叫寒山寺。实际情况是，韦应物之前做过滁州刺史，跟滁州琅琊寺的僧人恒璨很要好，这首诗就是他到苏州任刺史之后写给恒璨的。所谓“郡斋”，就是郡守的日常起居之处。意思是说，今天郡斋很清闲，没有公务，于是我就去寒山寺住了一晚。为什么要去寒山寺住一晚呢？就是为了研究佛经，所谓“思问楞伽字”。“楞伽”，就是《楞伽经》。如果“夜宿寒山寺”的人不是韦应物，而是恒璨，那么“今日郡斋闲”这一句跟他又有什么关系呢？难道和尚的起居之处也叫“郡斋”吗？

学术界还有人认为，张继《枫桥夜泊》一诗中的“寒山寺”不是专指某一座寺庙，而是泛指“寒山上的寺庙”，这个说法也是经不住推敲的。在中国古典诗词中，“寒山”“寒江”等都可以泛指，但是说“寒山寺”也可以泛指，似乎没有先例。

张继诗中的“姑苏城外寒山寺”是一个真实的存在，有韦应物、方干的诗为证，这一点是不用怀疑的。需要说明的是，宋代以后，寒山寺还有另外两个名字。

一是“普明禅院”，这是北宋嘉祐年间（1056—1063）仁宗皇帝御赐的名字。

二是枫桥寺，这也是宋代才出现的一个名字。例如宋人叶梦得（1077—1148）的《石林诗话》讲：

> “姑苏城外寒山寺，夜半钟声到客船。”此唐张继题城西枫桥寺诗也。①

宋人范成大的《吴郡志》也记载说：

---

①（宋）叶梦得：《石林诗话》卷中，何文焕辑：《历代诗话》（上），中华书局1981年版，第426页。

普明禅院，即枫桥寺也。在吴县西十里，旧枫桥妙利普明塔院也。①

叶梦得在苏州生活过，范成大就是苏州人，他们的记载是可信的。也就是说，宋代人所讲的枫桥寺，其实就是寒山寺，也就是妙利普明塔院或者普明禅院。

三　寒山寺钟楼与大钟

寒山寺在历史上曾经五次被火烧毁，还有人说是七次。现在我们所看到的寒山寺是清光绪三十二年（1906）重建的。

寒山寺的主要建筑有山门、大雄宝殿、藏经楼、碑廊、钟楼、枫江楼等，黄墙、碧瓦、红柱，绿树掩映，古朴庄重，一派江南园林的风韵。

寒山寺钟楼

寒山寺钟楼是一座木结构的二层小楼，黄墙，碧瓦，六角攒尖顶。这个建筑也是很独特的。

在寒山寺钟楼里，悬挂着一口近两吨重的大钟，有一人高，外围很大，三人才能合抱。

据介绍，寒山寺钟楼的大钟已经不是唐代的那口古钟了，唐代的那口古

① （宋）范成大：《吴郡志》卷三三，择是居丛书本。

寒山寺钟

钟早已失传。明嘉靖（1522—1566）初年，有一位叫本寂的和尚重铸了一口大钟。遗憾的是，本寂和尚铸造的这口大钟后来也失传了。有人说是流入了日本。

日本有一位非常热爱中国文化的诗人和画家，叫山田寒山（1856—1918），自称“中国寒山寺僧”。此人于清咸丰七年（1897）访问中国时，来过寒山寺，他听说钟楼的大钟流入日本后，就回国四处寻找，但是找了很久也没找到，于是他就募集资金，在光绪三十二年（1906）铸造了两口仿唐青铜乳头钟，一口送给寒山寺，另一口悬挂在日本馆山寺。

山田寒山寻钟、铸钟、赠钟的事，在中日文化交流史上是很有影响的，当时的日本首相伊藤博文还专门为此写了一篇文章，名为《赠钟因缘》，文章说：

> 姑苏寒山寺，历劫年久；唐时钟声，空于张继诗中传耳。尝闻寺钟传入我邦，今失所在。山田寒山搜索甚力，而遂不能得焉。乃将新铸一钟赍往悬之。①

① ［日］伊藤博文：《赠钟因缘》，载周义敢注《张继诗注·附录四》，上海古籍出版社1987年版，第69页。

山田寒山赠送的仿唐青铜乳头钟，曾经悬挂在寒山寺大殿右侧，后来收藏起来了。

据《寒山寺志》记载，本寂和尚铸造的那口大钟流入日本的说法，其实是一个误会。明嘉靖三十三年（1554）六月，倭寇进犯苏州，自阊门至枫桥，“焚掠殆遍”。为了抗击倭寇，当地人就把本寂和尚铸造的这口大钟销毁，铸成了大炮。但是许多人不知真相，还以为真的流入日本了。

清光绪三十二年（1906），也就是山田寒山赠送大钟的那一年，江苏巡抚陈夔龙主持重修寒山寺和钟楼，并重新铸造了一口黝黑大钟，钟身高1.2米，钮高0.3米，口径1.082米，重约2吨。这就是我们今天看到的悬挂在寒山寺钟楼里的大钟。

寒山寺也好，寒山寺钟楼也好，寒山寺钟楼的大钟也好，都是很有名的。寺是名寺，楼是名楼，钟是名钟。它们之所以有这么大的名气，主要不是因为寒山子这个人，而是因为唐代诗人张继的《枫桥夜泊》这首诗。

那么，张继是何许人？他是怎么到苏州来的呢？

四　张继的苏州之行

张继，字懿孙，生卒年不详，襄州（今湖北襄阳）人，与著名诗人孟浩然是同乡，但是他的年代比孟浩然稍晚。张继于唐玄宗天宝十二载（753）进士及第的时候，孟浩然（689—740）已经去世13年了。

张继进士及第的第二年，“安史之乱”爆发。为了躲避战乱，张继到了江南。根据他的有关作品所提供的线索来看，他到过今天的南京、无锡、苏州、杭州和绍兴等地。

张继到苏州的时间，是唐肃宗上元二年（761）。就他的作品来看，他游览了苏州的阊门、灵岩山和枫桥等三处地方，写了《阊门即事》、《游灵岩》和《枫桥夜泊》等三首诗。请看《阊门即事》：

耕夫召募逐楼船，春草青青万顷田。

试上吴门窥郡郭，清明几处有新烟?①

“阊门”，就是苏州的西城门。《阊门即事》所写的，实际上就是苏州战乱后的破败景象。不过这个战乱并非“安史之乱”，“安史之乱”只波及黄河以北的河北、河南、河东、关内四道，并未波及江南。这个战乱，是指唐肃宗上元元年（760）冬天发生的“刘展之乱”。“刘展之乱”的起因是：唐肃宗怀疑淮西节度副使李铣和刘展对他不忠，于当年十一月诛杀了李铣，同时密谋诛杀刘展。刘展得知消息，就反了。刘展反了之后，就派部下张景超攻陷苏州。第二年年初，也就是上元二年（761）年初，朝廷派遣平卢军南下，收复了苏州。

张景超攻陷苏州时，已经对这个城市造成了很大的破坏，平卢军到苏州平叛时，又“大掠十余日”，对这个城市造成了更大的破坏，致使名城苏州一派萧条。刘展之败在上元二年（761）二月，张继正是上元二年的春天来到苏州的，他的《阊门即事》所写的就是当年春天的景象。

我们来看看这首诗的内容。

“耕夫召募逐楼船。”所谓“楼船”，就是战船。由于发生战乱，老百姓被强征入伍，“逐楼船”，就是指老百姓被迫上战船作战。

“春草青青万顷田。”耕夫都被迫去打仗了，万顷良田无人耕种，长满了青草，一片荒芜。

“试上吴门窥郡郭，清明几处有新烟。”“吴门”，就是苏州的城门，这里指阊门。“新烟”，是指清明节重新燃起的烟火。因为清明节之前是寒食节，在古代，寒食节要禁烟火三天，到了清明节才重新燃起烟火，所以叫“新烟”。但是由于战乱，城市萧条，人烟稀少，这个时候登上阊门城楼，放眼望去，还有几处“新烟”呢?

张继的这首《阊门即事》，可以说是非常真实地描写了苏州遭遇“刘展之乱”后的残破景象，就像杜甫的《春望》一诗描写长安遭遇“安史之乱”

① （唐）张继：《阊门即事》，周义敢注：《张继诗注》，上海古籍出版社1987年版，第23页。

后的残破景象一样，都体现了诗人的那种忧国忧民的情怀。

从阊门出来往西走十来里，就是枫桥。张继既然已经到了阊门，那么再到枫桥就是情理之中的事了。但是，就作品本身的描写来看，《阊门即事》写的是春天的景象，《枫桥夜泊》写的是秋天的景象，这说明张继到阊门之后，并没有接着到枫桥。也就是说，他到阊门与到枫桥不是同一个季节。

我认为，张继在上元二年（761）的春天可能没有进入苏州城，因为那个时候的苏州城是一片残破景象，也不安全。他可能只是在阊门城楼上看了一下，然后就回到运河的客船上，到了杭州和绍兴。他在杭州和绍兴一直待到那一年的秋天，再由苏州到江宁（南京），最后到了武昌（鄂州）。

正是再次经过苏州的时候，张继游览了姑苏城外的灵岩山和枫桥。我们看看《游灵岩》这首诗的前四句：

> 灵岩有路入烟霞，台殿高低释子家。
> 风满回廊飘坠叶，水流绝涧泛秋花。①

“灵岩”，就是灵岩山。春秋时期，吴王夫差在灵岩山建有离宫，越国向吴王献美女西施，就在这个地方。这里的“台殿”，就是指灵岩山寺，也是南朝梁代建的一座寺庙，在灵岩山顶，春秋时叫馆娃宫，是西施住的一个宫殿。“回廊”，又叫响屧廊，屧，就是木头做的鞋。相传吴王当年让西施等美女都穿上木鞋，走起来“廊虚而响”，因此这条回廊又叫响屧廊。“风满回廊飘坠叶，水流绝涧泛秋花”这两句，写一种历史兴亡之感，但同时也表明，张继来到灵岩山的时间正是秋天。

灵岩山也在苏州古城的西门外，离枫桥只有二十多里路，并不算远。张继游览灵岩山之后，接着再游览枫桥，就是情理之中的事了。

枫桥是一座古桥，始建于何时，不可考。桥下就是古运河，今天叫上塘河。宋人范成大的《吴郡志》记载说：

---

① （唐）张继：《游灵岩》，周义敢注：《张继诗注》，上海古籍出版社1987年版，第30页。

> 枫桥，在阊门外九里道傍，自古有名。南北客经由，未有不憩此桥而题咏者。[①]

枫桥

张继当年游览过的那座枫桥已经不在了，现在我们看到的这座枫桥是清同治六年（1867）重建的。

枫桥与寒山寺近在咫尺。在今天，枫桥与寒山寺、铁铃关和枫桥古镇，同属于枫桥景区。因此我们有理由相信，张继当年是到过寒山寺的，只是没有正面写寒山寺，他重点写的是寒山寺的钟声。

五　从“月落”到“对愁眠”

> 月落乌啼霜满天。江枫渔火对愁眠。
> 姑苏城外寒山寺，夜半钟声到客船。
>
> ——《枫桥夜泊》[②]

先看第一句，“月落乌啼霜满天。”“月落”，表明时间已经是下半夜了。

① （宋）范成大：《吴郡志》卷十七，择是居丛书本。
② （唐）张继：《枫桥夜泊》，周义敢注：《张继诗注》，上海古籍出版社1987年版，第21页。

“月落”之前，光线是明亮的，“月落”之后，光线就暗淡了。正是月落前后光线的明暗变化，刺激了乌鸦，因而啼叫了几声。

乌鸦的啼叫惊醒了诗人。醒来后的第一个感觉是什么呢？是深秋之夜的寒冷，感觉下了霜。有人认为，“霜满天”，是写“秋霜在天空飞舞”。这样理解是错误的。常识告诉我们，只有雪花才在天空飞舞，霜花是不可能在天空飞舞的。霜花是结在地上的。李白《静夜思》：“床前明月光，疑是地上霜。”可见霜花在地不在天。这里的“霜满天”三个字，不是写实，是写一种感觉。在深秋之夜运河边的客船上，寒风吹彻，让人感觉到下了霜。

第二句：“江枫渔火对愁眠。”诗人被乌鸦的啼叫惊醒了，醒来之后又感到寒风吹彻，因此就很难再入睡了。失眠了。失眠中的诗人伸手把船上的小窗户打开，看到了“江枫”，也就是江岸上的在寒风中摇曳的枫树。这里的“江”，其实就是运河。有人讲，既是“月落”，天空必暗，何以得知江岸上的树就是枫树？我认为有两种可能：一是在白天见过，有印象；二是天空虽暗，但江面上有“渔火”，可以借助“渔火”的光线看到。

诗人看到江岸上的枫树之后，再往江面上看，又看到了闪烁的“渔火”。正因为“月落”了，天空比较暗，江面上的“渔火”给人的视觉感受就很鲜明。

诗人一会儿侧头看江岸上的枫树，一会儿又回过头来看江面上的渔火，可以说是辗转反侧。这就是失眠后的真实状态。失眠后的诗人是什么心情呢？可以说，是乡愁油然而生。

所谓“对愁眠”，就是指诗人在运河边的一只客船上，被乌鸦的啼叫惊醒之后，既感到秋夜的寒冷，又面对“江枫”“渔火”，乡愁油然而生，再也难以入眠。清代学者徐增讲：

> 愁眠者，因心中有事，睡不去也。张继襄州人，其游于江南，亦是浪游，必不得意，夜泊于此，又是寒天，归心似箭，所以要愁。①

① 徐增：《而庵先生说唐诗》卷十一，引自周义敢注《张继诗注》，上海古籍出版社1987年版，第64页。

这个解释是很到位的。但是后来有人居然把“对愁眠”三个字拆开，把“愁眠”这两个字解释为附近一座山的名字，说诗人在客船上既对着“江枫”“渔火”，又对着“愁眠”这座山。

这种解释完全是无中生有。据北宋苏州籍学者朱长文的《吴郡图经续记》记载，寒山寺附近并没有一座叫“愁眠”的山，只有一座岝崿山，形状像狮子，因此又叫狮子山。相传春秋时的吴王僚就埋葬在这座山上。哪里有什么“愁眠山”啊？

六　夜半钟声

第三、四句：“姑苏城外寒山寺，夜半钟声到客船。”

“姑苏”，是苏州的别称，因城市西南有一座姑苏山而得名。“姑苏城外”，就是苏州城外。诗人租赁的那只客船，就停泊在“姑苏城外”的枫桥下面，这里离寒山寺很近。

钟声就是从寒山寺的钟楼传来的，诗人在客船上听得很真切。这两句诗，本来是很真实，很生动，很令人回味的，但是在宋代，却引起了争议。

提出批评意见的是宋代著名文学家欧阳修。他在《六一诗话》中说：

> 诗人贪求好句，而理有不通，亦语病也。……唐人有云：“姑苏城外寒山寺，夜半钟声到客船。”说者亦云：句则佳矣，其如三更不是打钟时。①

欧阳修认为，夜半就是三更，三更不是打钟的时候。张继这样写，是“贪求好句”。因为“贪求好句”，不惜违背事实，违背常理。

这个批评就比较重了。问题是，他这个批评对不对呢？可以说，几乎所有的学者都不认同他的意见。例如宋代学者叶梦得、王直方、张邦基、陈岩

---

① （宋）欧阳修：《六一诗话》，何文焕辑：《历代诗话》，中华书局1981年版，第269页。

肖等，都站出来为张继辩护。一直到清代，都有人为张继辩护。综合宋、元、明、清各代学者的意见，主要有四点。

第一，在唐代诗人中，写“夜半钟”的并非张继一人，例如于鹄、皇甫冉、白居易、温庭筠等人，都写过“夜半钟”。这说明在唐代是打“夜半钟”的，张继写“夜半钟声”并没有错。

第二，苏州的寺院，从唐代到宋、元、明、清各代，都打“夜半钟”。欧阳修没有来过苏州，不了解苏州的情况。

第三，所谓“夜半钟”，有的地方有，有的地方没有。苏州也是这样，有的时候对“夜半钟”习以为常，有的时候又觉得很怪异，因此不可一概而论。①

第四，所谓“夜半钟”，并非半夜三更的钟声，而是“三鼓尽、四鼓初”的钟声，② 或者说，是“后半夜”的钟声。③

我认为，第四点意见最值得注意。也就是说，张继写的“夜半钟声”，究竟是什么时候的钟声？据有关文献介绍，寺庙的钟声，主要有四种：

一是斋钟，也就是召唤僧侣进食的钟声；

二是堂钟，也就是号令僧侣作法会的钟声；

三是暮钟，也就是黄昏时候的钟声；

四是晨钟，也就是“破长夜，警睡眠”的钟声。

张继《枫桥夜泊》写的“夜半钟声”，不可能是前三种，只能是第四种，也就是晨钟。

那么，唐代寺院的晨钟具体是在什么时候敲响呢？据有关资料介绍，是在四更结束、五更开始的时候。北宋时更晚，是在五更结束之后。也就是

① 王楙：《野客丛书》卷二六，引自周义敢注《张继诗注》，上海古籍出版社 1987 年版，第 57 页。

② 陈岩肖：《庚溪诗话》卷上，引自周义敢注《张继诗注》，上海古籍出版社 1987 年版，第 56 页。

③ 张邦基：《墨庄漫录》卷九，引自周义敢注《张继诗注》，上海古籍出版社 1987 年版，第 58 页。

说，唐代寺院的晨钟比北宋寺院的晨钟早了整整一个更次。[①]

尽管如此，唐代寺院的晨钟也不是“夜半钟”，而是四更钟。因此，张继诗中的“夜半钟声到客船”这一句，准确地讲，应该是“后半夜的钟声到客船”。

但是，如果写成“后半夜的钟声到客船”，那就不是七言绝句，而是新诗了；那就不是《枫桥夜泊》，而是《涛声依旧》了。因此，张继还是写成了“夜半钟声到客船”。

我认为，张继写“夜半钟声到客船”，主要是强调夜晚听钟时的感受，主要不在写时辰。但是由于受七言绝句的格律限制，不便于写成“后半夜的钟声到客船”，只能写成“夜半钟声到客船”，这是可以理解的。欧阳修抓住“夜半”这两个字不放，认为张继写的“夜半钟”就是“三更钟”，强调“三更不是打钟时”，这就误解了张继。无怪乎宋、元、明、清以来，有那么多的学者站出来为张继辩护。

七　听钟后的感受

有人认为，诗人听到钟声之后，乡愁更强烈了。我认为不一定是这样。我的意见是：诗人听到钟声之后，乡愁应该是有所缓解了。

要真正理解这个问题，还得讲一讲寺院打钟的特点。

钟，既是一件重要乐器，也是一件重要法器。寺院打钟是很有讲究的。《敕修百丈清规·法器章》规定：

> 引杵宜缓，扬声欲长。凡三通，各三十六下，总一百八下。起止三下稍紧。[②]

为什么寺院打钟要打一百零八下呢？有两种说法。

---

① 参见简锦松《唐代时刻制度与张继〈枫桥夜泊〉现地研究》，《唐诗现地研究》，台湾中山大学出版社 2006 年版，第 96 页。

② 《敕修百丈清规·法器章》，引自孙宗文《寺钟琐语——禅林谈艺录之二》，《法音》1987 年第 2 期。

一种说法是，一年有十二月、二十四节气、七十二候（五天为一候），三者加起来就是一百零八，这是一个吉祥数。寺院打一百零八下钟，正好应这个吉祥数，体现了农业社会人们祈盼吉祥、祈盼丰收的愿望。

另一种说法是，佛教认为，人生有一百零八种烦恼，打一百零八下钟，也就是佛教所说的“百八钟”，可以让人清醒，所谓“闻钟声，烦恼清，智慧长，菩提生”。菩提，就是觉悟、顿悟、大彻大悟的意思。

夜闻钟

我们再回到张继的这首诗。应该说，诗人在听到寒山寺的钟声之前，乡愁是肯定有的。所谓乡愁，根据我的理解，“就是人们对于家乡的一种回忆式的情绪体验，包括对亲情、友情、爱情的回忆，对家乡的自然山水与人文景观的回忆，对个人成长经历的回忆等”。[①] 一个人到了一个陌生的地方，对当地环境感到不适，但是又由于某些原因，不能回到自己熟悉的故乡，因此就有了乡愁。

张继为了躲避战乱而漂泊江南，在一个寒风吹彻的夜晚，在“姑苏城外”运河边的一只客船上，被乌鸦的啼叫声惊醒。醒来之后，又看到江面

① 曾大兴：《文学地理学视野中的乡愁》，《文史知识》2017 年第 11 期。

游客来到寒山寺钟楼

上的点点渔火，还有江岸上的摇曳的枫树，所闻所见，都是有些凄清的，怎么会没有乡愁呢？乡愁是肯定有的，所谓“江枫渔火对愁眠”，就是这个意思。但是诗人听到寒山寺钟楼传来的这种舒缓、悠扬而又清晰的钟声，乡愁就应该有所缓解了。因为这种舒缓、悠扬而又清晰的钟声，是可以给人减压的，所谓“闻钟声，烦恼清，智慧长，菩提生”，就是这个道理。

正因为寺院的钟声具有清烦恼、长智慧的作用，而寒山寺钟楼的钟声又非常有名，所以每年到了除夕之夜，就有成千上万的中外游客，不远千里万里，专程来到寒山寺聆听钟楼的钟声。

尤其是日本游客，对寒山寺和寒山寺钟楼的钟声，可以说是到了痴迷的程度。日本人甚至模仿苏州的寒山寺，在东京都青梅市的柚木町，建了一个寒山寺。

在日本的小学语文课本中，还收录了张继的《枫桥夜泊》这首诗。①

① 曹磊：《关于寒山寺及寒山寺诗碑》，《岭南文史》2009 年第 4 期。

位于日本东京都青梅市柚木町的寒山寺

晚清著名学者和书法家俞樾在《新修寒山寺记》一文中说：

> 吴中寺院不下千百区，而寒山寺以懿孙（张继）一诗，其名不独脍炙于中国，抑且传诵东瀛。余寓吴久，凡日本文墨之士咸适庐来见，见则往往言及寒山寺，且言其国三尺之童，无不能诵是诗。①

俞樾罢官之后，在苏州住了40年，他还应邀为寒山寺题写过《枫桥夜泊》诗碑，这也是寒山寺最有名的一块诗碑。他的话是可信的。

如果姑苏城外寒山寺钟楼的钟声不能帮助人们减轻某些烦恼，反倒增添了人们的乡愁，人们又何必舟车劳顿不辞辛苦地来到这里呢？

自从张继的《枫桥夜泊》一诗问世之后，宋、元、明、清各代，都有许多诗人慕名寻访枫桥和寒山寺，写了许多以枫桥和寒山寺为题的作品，有的作品甚至直接使用了《枫桥夜泊》这个标题。每一个以枫桥、寒山寺为题的作品，都会写到寒山寺钟楼的钟声。

① 俞樾：《新修寒山寺记》，载周义敢注《张继诗注·附录四》，上海古籍出版社1987年版，第69页。

日本寒山寺门楼

寒山寺钟楼的钟声，从唐代一直响到今天。这钟声不仅消除或减缓了人们的烦恼，还引起了人们的许多遐想和思考。20 世纪 90 年代初期，著名词曲作家陈小奇借用张继《枫桥夜泊》的词句和意象，写了一首《涛声依旧》，然后交给著名歌手毛宁演唱，可以说是风靡天下。

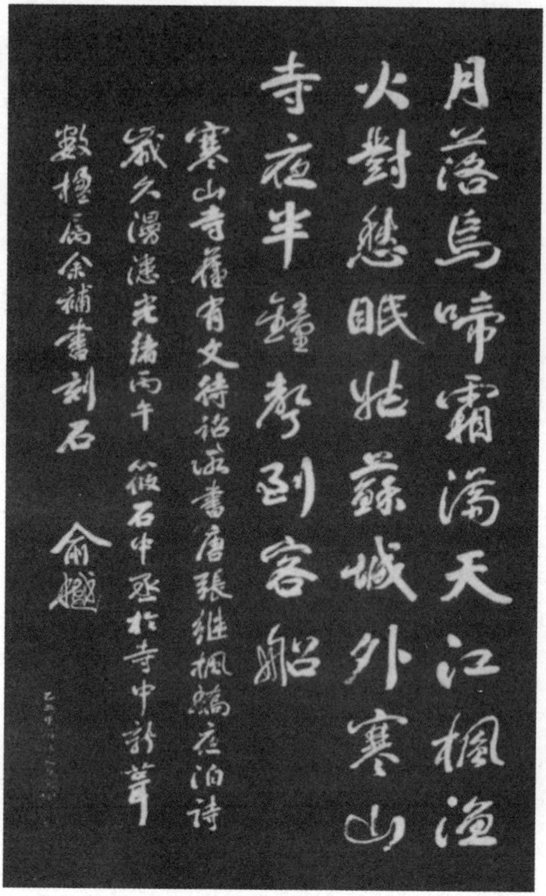
月落烏啼霜滿天江楓漁
火對愁眠姑蘇城外寒山
寺夜半鐘聲到客船
寒山寺舊有文待詔所書唐張繼楓橋夜泊詩
歲久漫漶光緒丙午 筱石中丞於寺中新葺
數椽屬余補書刻石
俞樾

俞樾书《枫桥夜泊》诗碑

曾棨的“八景诗”兼“八景诗”有关思考*

顾宝林**

曾棨（1372—1432），字子启，号西墅，明吉安府永丰县龙潭（今佐龙乡曾家村）人。永乐二年（1404）甲申科进士状元，官至少詹事（正四品），宣德七年（1432）卒，享年61岁，赠礼部左侍郎，谥襄敏。著有《西墅集》等。

曾棨作为明前期台阁文人，其文章大部分属于应制之文，思想情感与审美价值有限。然而曾棨为文应制之余，一些作品也带有文学情感和艺术审美的质素，比如部分诗歌和散文，具有讨论的必要。

若从文学地理视角看，明代是八景和八景诗的繁荣时期，覆盖范围上至京城通邑，下至地方村野，几乎都能见到类似之作和类似命名之景。《曾棨集》① 中也有反映此等风尚的作品，从思想与情感价值而言，这类作品价值不高，但从文学地理和知人论世而言，不无研究价值，可以弥补当前八景诗甚至文学地理研究的不足。

---

* 基金项目：江西省社会科学规划项目“永丰进士状元的传记书写与影响研究”（项目编号：16WX10）；江西省文化艺术科学规划项目“永丰进士状元的家族变迁及状元文化的传播影响研究”（项目编号：YG2016239）。

** 顾宝林，井冈山大学人文学院教授。

① 本文参《曾棨集》，顾宝林点校，江西教育出版社2019年版。

一　曾棨的八景诗与景观

任何作家书写的自然或人文对象，都可能作为文学景观而存在。“所谓文学景观，就是具有文学属性和文学功能的自然或人文景观。”①

曾棨作为明前期的文学侍臣，在他的日常陪护皇帝与文学创作过程中，作有不少写景咏物诗，有的是随时记录咏叹，有的是关注某特定地域或特定对象。这些作品在内容上无一例外均采自然胜迹或人文胜景之地，其中有以组诗形式歌咏某地多处风光的，也有单首描绘某一景象的，作品多采用律诗格式，体制谨严而气象万千，除令人跟着诗人笔端饱览自然与人文盛景之外，也不由得感叹作者的焕然文采。本文讨论的八景诗便是以组诗形式歌咏某地多处风光的作品。

（一）《北京八景》诗

北京作为皇朝帝都之前，一直是中原王朝北方的一个重要关口，它的重重关山不知见证了多少腥风血雨和江山换代，成为帝都京城后，更是成了许多文人墨客歌咏的对象。明代建立后，为了永绝北方边患，成祖朱棣有意迁都北京，并且多次考察北京的周边形势。永乐十二年（1414）朱棣第二次北征，曾棨和其他僚属一同随扈来到北京，闲暇时与翰林邹缉、胡广、杨荣等13人唱和《北京八景》诗，所唱和的八景是琼岛春云、太液晴波、居庸叠翠、玉泉垂虹、蓟门烟树、西山霁雪、卢沟晓月和金台夕照，他们一共作诗112首。参与唱和的画家王绂据诗意绘《北京八景图》，事后同诸诗装裱成卷取名《北京八景图诗》，翰林学士胡广为之作序，对北京八景作了说明：“地志载明昌遗事有燕山八景，前代士大夫间尝赋咏，往往见于简册。”②明昌（1190—1195）是金章宗的年号，也即关于歌咏八景图早在二百余年

① 曾大兴：《文学地理学概论》，商务印书馆2017年版，第233页。

② 胡广：《北京八景图诗序》，《胡穆公文集》卷十二，《四库存目丛书》集部29册，齐鲁书社1997年版，第54页。

前就存在，然而有关的宣传和声势显然不足以彰巨，正如胡序指出唱和背景道："邹缉曰：'昔之八景，偏居一隅，犹且见于歌咏，吾辈幸生太平之世，当大一统文明之运，为圣天子侍从之臣，以所幸而从游于此。纵观神京郁葱佳丽，山川草木，衣被云汉昭回之光。昔之与今岂可同观哉，乌可无赋以播于歌颂。'众咸曰：'然'，遂命曰：北京八景。"① 由此可见此番唱和是为明成祖积极筹备迁都北京所做舆论准备。

《北京八景》诗，从文学地理视角观察，展示的是实体景观与文学景观的合二为一，经过读者的品鉴，实际又留下第三重图景——读者阅读后的文学想象景观。

诗作如何，我们不妨先看第一首《居庸叠翠》：

重关深锁白云牧，天际诸峰黛色流。北枕龙沙通绝漠，南临凤阙壮神州。

烟生睥睨千岩晚，露湿芙蓉万壑秋。王气自应成五彩，龙纹常伴日边浮。②

"居庸"即"居庸关"附近一带关山之处。诗作的前六句都是围绕居庸关的方位、景色铺开歌咏的。首二句从一个比较辽远的视角着眼，描绘了重重关隘的气势与周边诸峰相映成趣的场面，三、四句展示居庸山峰的南北边界，凸显出它是交通要道。五、六句选取两个特定景致片段，呈现居庸景色的不同凡响：一个是烟霞晚生千岩竞秀，一个是露湿芙蓉万壑披秋。末二句高度赞颂居庸一带不仅景致绝佳而且王气聚集，是龙兴之地，发抒对圣天子功业的赞叹，也暗暗迎合朱棣迁都的心理需要。

诗作借助七律的格式，不仅气象宏伟，景致绝佳，而且颔联、颈联对仗工整，音韵铿锵，读罢仿佛有余音缭绕之感。

---

① 胡广：《北京八景图诗序》，《胡穆公文集》卷十二，《四库存目丛书》集部29册，齐鲁书社1997年版，第54页。

② 曾棨：《曾棨集》卷八，顾宝林点校，江西教育出版社2019年版，第139页。

胡广的同题之作与曾棨的略有不同，其组诗名《北京八诗，和邹侍讲韵》，其中《居庸叠翠》这样写道：

军都之山矗居庸，飞崖曲折路当中。白昼千峰阴欲雨，翠屏万叠高连空。

西望洪河底柱小，东接沧溟碣石雄。天非长城限南北，神京永固无终穷。①

写法上与曾棨一样，前六句写景，书写了北京及其周边的雄伟气势；后一句抒情，点出题咏要旨，发抒对北京地势形胜的赞叹，但是与曾棨诗所押韵脚不同。

再看一首《卢沟晓月》：

渺渺平沙接远堤，一川残月石梁西。光连古戍迷鸿影，寒逐清霜入马蹄。

云淡渐随银汉没，烟空微映玉绳低。经过曾此踣仙跸，两度停骖听晓鸡。②

“卢沟晓月”，据明邹缉题王绂《北京八景图》称：“卢沟本桑干河，曰浑河，亦曰小黄河……去都三十里，有石桥跨于河，广二百余步，其上两旁皆石栏，雕刻石狮，形状奇巧。成于金明昌三年，桥之路，西通关峡，南达江淮，两旁多旅舍。以其密尔京都，行人使客，往来络绎，疏星晓月，曙景苍然，亦一奇也，故曰卢沟晓月。”邹缉还有《卢沟晓月》诗：“河桥残月晓苍苍，照见卢沟野水黄。树入平郊分淡霭，天空断岸露微光。北趋禁阙神京近，南去征车客路长。多少行人此来往，马蹄踏尽五更霜。”可见卢沟桥早在金代就是南北进出北京的交通要道，而与之相伴随的“卢沟晓月”也

① 《胡穆公文集》卷八，第583页。
② 同上书，第140页。

同时成为南来北往商旅行人必观的一道风景。历经一千多年风雨后，“卢沟晓月”如今依然是新北京一个著名的景点。

曾棨的这首诗，押韵上与邹缉的不同，写法上与前一首《居庸叠翠》类似。前六句紧扣题目，描写“卢沟晓月”的迷离景致，后两句结合随扈北京驻跸此地的亲身经历，选择“听晓鸡”这个旅途特有的细节，发抒对往事的回忆之情。中间二联对仗稳妥新颖，“光连”四句，刻画了一幅霜打秋月的奇妙图景：卢沟桥在深秋月光的掩映之下，身姿忽隐忽现，显得迷离惝恍；而夜深寒起白露为霜，旅行的马队却还在前行，清脆的马蹄声仿佛要踏破层层霜雾的包裹，不知疲倦地穿行在月光和清霜中。不知何时，云渐渐消散，而天上的清辉已与璀璨的星河浑然一体。随着时间的推移，烟雾迷蒙，夜空更阔，月亮偏西，而群星也已经偏移下坠。

再如《西山霁雪》：

> 岧峣远岫倚苍冥，积素才消拥画屏。霁影高连千嶂白，日华光映数峰青。
>
> 林藏王气樵人识，冰杂泉流野客听。正欲登临穷绝岳，余寒犹恐在岩扃。①

“西山”指北京西郊连绵山脉的总称，是太行山的一支余脉，香山是这一带典型的山峰。前面四句通过精巧的选辑景观意象，为读者勾勒了一幅苍山、远翠、积雪、群峰绚丽多姿的自然图景，而后四句由于人的主体意识的更多介入而使画面更富人气，尽管末尾以“余寒犹恐”的生理体验来凸显西山之高耸状态。

除此以外，北京八景诗，尚有《金台夕照》《蓟门烟树》《琼岛春云》《太液晴波》《玉泉垂虹》五首。曾棨的这八首诗，因为有着亲身经历，所以描写的八种风光既有细致精工的一面，又有文人画意象朦胧的特征，形象

① 《西墅集》卷八，第140页。

地描绘了北京著名风景，同时又为后世北京八景的传播增添了文人的诗意情怀和历史文化色彩。

如果从创作根源看，曾棨的北京八景诗也属于文人间雅集应制的范畴，但是因为书写者诗人的情志不同和彼时的感悟差异，所体现的主体意识还是有别的。比如邹缉的《西山霁雪》这样写道：

> 西山遥望起岧峣，坐看千峰积雪消。素采分林明晓日，寒光出壑映晴霄。断崖稍见游麏迹，深谷仍迷野客樵。应日阳和气回早，登临未惜马蹄遥。

面对雪后巍峨的远山和群峰，邹缉大有一一登临的豪气和底气："登临未惜马蹄遥"，而曾棨仿佛有心有余力不足的感叹："余寒犹恐在岩扃"，这正体现出，面对同一的自然盛景，因为人的主体感受不同，所呈现的心绪还是不同。

（二）江西八景古迹诗

曾棨作为江西一介士子，对于家乡的风光也有独到的书写与感触，主要以南昌风光景点为代表，包括歌咏江西八景的诗歌以及"南昌古迹十咏"，共 18 首。

1. 江西八景诗。"江西八景"又称"南昌八景"，是曾棨游历江西南昌时写下的八首七言律诗，即《西山积翠》《南浦飞云》《徐亭烟树》《滕阁秋风》《铁柱仙踪》《洪崖丹井》《章江晓渡》《龙沙夕照》。

这些组诗在写作命意上与北京八景诗差别不大，但是因为两者观照区域的位置及其地位影响不同，使得诗歌的写作动机及寓意有所不同。

第一首《西山积翠》。此处西山，又名逍遥山，曾名厌原山、散原山，位于赣江西侧，距今南昌市区三十公里左右。因为这座山在南昌市古城之西，故名。西山，山势险峻，峰岭怪石峥嵘，山间流水潺潺，四时葱茏，修竹茂林，鸟鸣山幽，风景非常秀丽，是夏日避暑的好地方，所以人们常称之为“小庐山”。初唐诗人王勃有“珠帘暮卷西山雨”的咏叹；每逢雨后，滕王阁上凭栏，远眺西山，苍翠欲滴，景色如洗，冠以“西山积翠”之名。文学史上关于“西山积翠”的作品不少，如宋吕陶的《登揽秀亭》有云：“亭在西山积翠中，烟岚气象一重重。”① 而《明诗综》收辑高出《允修山林还作此奉问》，诗中有云：“西山积翠抱长安，银海琼泉势郁盘。”② 显然此处的“西山”非曾棨笔下南昌的“西山”，而是泛指，“西山积翠”也仅是诗句中一个描绘山色苍翠的名词，只是后来成了一道专门的风景。

曾棨在诗歌中这样写道：

> 城外青山爽气浮，重峦叠嶂拥南州。四时秀色含云雾，万壑寒光逼斗牛。
>
> 野树迥连空翠合，涧泉长绕画屏流。由来此处多仙境，那得飙车汗漫游。③

全诗写景抒情，前六句从各角度勾画西山的苍翠之色：首二句交代西山的方位及总体样貌，三至六句用对仗、对偶及夸张、比喻等手法，总括西山一年四季都是云雾缭绕、树木郁郁、泉水长流、青翠欲滴之色。末二句赞赏西山为人间仙境，景致极多，值得去品味享受，无须漫无边际地搜寻游览之地。

第二首《南浦飞云》。南浦飞云，表面上看是指江畔沙浦风起云飞的美景，实际上，古诗文中指的是今南昌抚河桥畔南浦园一带的风光。此处古时为南浦驿，有南浦亭，唐时为驿馆，成为官办的送往迎来之所。白居易诗道：“南浦凄凄别，西风袅袅秋，一看肠一断，好去莫回头。”南浦飞云，在唐代已蔚为一景，如王勃《滕王阁序》诗句“画栋朝飞南浦云”就是证明。南浦飞云也由此名气大增，成为豫章古城游览胜地之一。曾棨诗歌写道：

---

① （宋）吕陶：《净德集》卷三五，《四库全书》电子版。
② （清）朱彝尊：《明诗综》卷六三，《四库全书》电子版。
③ 《曾棨集》卷八，第141页。

悠悠片影楚江涯，漠漠轻阴伴钓家。乍逐渚烟笼草色，还随滩月隐芦花。

风吹暝霭收残雨，日绚清晖带落霞。几度雁归迷宿处，数声嘹唳隔寒沙。①

相对前一首，这一首通篇采用对仗的格式，将南浦飞云一带的自然和人文景况描绘得形象生动：江上帆影点点，江畔钓者闪闪，而傍晚烟笼草色、月隐芦花，一阵微风吹过，残雨顿收，落霞满天，几只归来雁因天黑迷了宿处，发出的凄厉叫声划破天际显得格外响亮。此时月光正寂寂，江水正滔滔，寒烟笼罩的沙滩稍顷一切复归于平静。诗作从人文景观到自然风景，从视觉写到听觉，从白天转移到傍晚，多角度展现了南浦一带不一般的风光，俨然一幅多姿多彩的山水画，令人神往不已。

南昌八景诗中有的作品重点不在自然风景而在人文遗迹，带有怀古诗的味道。比如《徐亭烟树》：

东湖老树拂晴云，树里空亭识聘君。莺啭绿阴初过雨，鸦啼凉影半斜曛。

谁悬木榻迎高士，空致生刍吊古坟。千载高风遗像在，令人怀仰抑清芬。②

徐亭，即徐孺子亭，位于市内西湖中，是为纪念东汉末年的名士徐孺子而建的。徐孺子（79—168），名稚，孺子为其号，豫章北沥村人。自幼家境贫寒，但刻苦读书，年轻时就闻名于海内。可他清贫自乐，淡泊自守，既不肯和当时的腐败朝廷同流合污，也不愿苟且于世、随波逐流。他常亲自耕稼，官府多次征辟，皆不出仕。陈蕃、胡广等上流荐举，汉桓帝备厚礼征召，他因不满宦官专权，终不愿为官。时有“南州高士”之美称。《后汉

① 《曾棨集》卷八，第141页。
② 同上。

书》中有他的传。徐孺子谢世后，人们为了纪念这位节操高尚的布衣之士，在他读书垂钓之处立亭纪念。王勃《滕王阁序》中有"人杰地灵，徐孺下陈蕃之榻"也指这段美谈。

诗作的前半部分重在描写徐亭周边景物，而后半部分由建筑物的徐亭联想到人物的徐孺子及其相关典故，表达对这位贤人的崇敬与怀念之情。类似的诗作还有《铁柱仙踪》《洪崖丹井》，不是重在写景，而是叙说一段传说，重在感叹其间的文化意脉。

其余五首诗作，写法上大体与上述类似，均以绚丽多姿的文字描绘了南昌城及其周边旖旎的风光或有关的文化遗迹和掌故，也体现了曾棨七言律诗明丽畅快字如珠玑的高超艺术特色。

关于南昌八景诗，洪武丁丑科（1397）进士王洪也撰有一组八首，如其第一首《西山积翠》：

西山秀出匡庐岑，翠壁万叠苍崖深。长空不尽太古色，乔木自下高秋阴。

半峰日落鸟双度，绝涧月明猿独吟。欲觅洪崖旧隐处，向风一寄瑶华音。①

王洪（1380—1420），字希范，钱塘人。生于明太祖洪武十三年，卒于成祖永乐十八年，终年四十一岁。洪武三十年（1397），时年十八，中进士第。授行人，擢吏科给事中。以荐入翰林。历官修撰、侍讲，为《永乐大典》副总裁。成祖颁佛曲于塞外，命为文；洪逡巡不应诏，为同列所排，不复进用。洪诗文朴雅，亦工骈体。著有《毅斋诗文集》八卷，《四库总目》行于世。从其履历看，曾棨与之有交集。《四库全书提要》有道："曾棨挽洪诗所谓'玉堂分职见孤忠'亦指是事，《明史》盖偶遗也。"

2. 南昌古迹十咏。曾棨另有《南昌古迹十咏》，即《淡台墓》《灌婴

① 王洪：《毅斋集》卷四，《四库全书》电子版。

城》《梅真观》《葛仙坛》《投书渚》《写韵轩》《绳金塔》《浴仙池》《陈陶宅》《苏公圃》。这十首作品虽然也有自然景观的书写，但重在歌咏豫章南昌的人文古迹，分别为墓、城、观、坛、渚、轩、塔、池、宅、圃，每一处古迹都关系到一位历史人物事迹，因而凝结着厚重的历史与文化感，可以作为南昌这个古老城市的历史见证。

比如今日仍然赫赫有名的绳金塔，曾棨的诗作是这样写的：

地藏舍利隐金绳，百尺浮屠试一凭。云里高标惊过客，月中孤影伴残僧。

风传铃铎和朝梵，星绕栏杆杂夜灯。向夕始知临眺久，苍苍烟树入钟陵。①

绳金塔，位于江西省南昌市西湖区绳金塔街东侧，原南昌城进贤门外，始建于唐天祐年间（904—907）。相传建塔前异僧惟一掘地得铁函一只，内有金绳四匝，古剑三把（分别刻有“驱风”“镇火”“降蛟”字样），还有金瓶一个，盛有舍利子三百粒，绳金塔因此而得名。明吴国伦（1524—1593）《绳金塔》诗云：“古塔崚嶒万象蟠，西山如鹫捧危栏。扶筇渐与弥天近，引筏新知觉路宽。双树影回平野暮，百铃声彻大江寒。毫光夜夜凌无极，并作南州斗气看。”绳金塔的形势景致，尤其是它的铃声大作这一特色使其增色不少。

曾棨诗中首二句描写绳金塔的外观及气势，次二句选择白天和夜晚特定景象，刻画绳金塔高标孤客的形象，再次二句抓住风铃声和不灭灯光的特色，凸显绳金塔的不同凡响之处，最末二句发抒观览已久的迷蒙感。

再看《灌婴城》：

章江南面有荒城，千载犹传汉将名。狐宿断垣春草合，鸦啼古堞暮

① 《曾棨集》卷八，第144页。

烟生。

风云暗想精灵聚，茅土长垂竹帛荣。独有离离霜后树，还如赤帜绕行营。①

灌婴城，是南昌有历史记录以来最早的城池。2200多年前，汉高祖五年（前202），刘邦为“昌大南疆”，派御史大夫灌婴（后封颍阴侯）率兵“渡江定郡地”，进驻南昌。灌婴为了建立永久的根据地，在镇守南昌的同时便开始修筑城池，并派一个叫章文的人负责具体设计，在城池周围筑起了六座护卫，其分别为南门、松阳门、皋门、昌门、东门以及北门，连接六门的城墙用夯土筑成，这也是有史料记载的最早的南昌城墙。

诗文中的“灌婴城”成了南昌的代称。如宋代萧立之有句云：“小泊桥南沽斗酒，一街灯火灌婴城”（《赴官舟中》）。这里“灌婴城”仅仅是全诗一句中名词，点出泊舟城池名称，描绘了古城南昌的辉煌夜市。而曾棨诗以“灌婴城”为诗题，说明全诗书写的对象和主题事关灌婴城，“灌婴城”是全诗的核心。首二句点名城池方位和始建城者，三至八句描绘古城景况，点明城池的衰败落寞，令人不由感慨。

再如《陈陶宅》：

乱藤高竹翠交加，此地曾闻处士家。万古诗名垂宇宙，一函清骨闷烟霞。

荒山寂寂啼寒鸟，远树苍苍集暮鸦。唯羡当时心似铁，行云空自拥莲花。②

陈陶（约894—约968），字嵩伯，号三教布衣。或谓鄱阳人（今江西鄱阳），一云剑浦（福建南平）人。早年游学长安，善天文历象，尤工诗。举进士不第，遂恣游名山。南唐时隐居洪州（今江西南昌）西山，吟咏自

---

① 《曾棨集》卷八，第143页。

② 同上书，第144页。

适，终身不仕。马令、陆游《南唐书》均有传。

诗歌开始选择“乱藤”“高竹”点出陈陶宅的偏僻位置，而以“万古诗名”“一函清骨”赞美主人的非凡诗名和气格。五、六句再次描绘陈宅的荒凉与萧瑟状况，而末尾则由衷感叹如此偏僻荒凉之处，主人却能高涛遁世于此，令人不得不佩服主人当时的隐匿避世决心。

南昌古迹十咏中其余诗歌，也都是选择歌咏历史遗迹及其相关人物，流露出一种今昔对比时空迷离的淡淡忧伤，作为景观，其画面大多色彩黯淡，风格显得幽静，仿佛有李贺诗的幽暗孤峭意味，或许是因为咏古之故。

（三）曾棨其他八景组诗

曾棨还咏叹了其他地方的人文古迹与自然风光，如《泰和山八景》以及《磻湘八景》等，无疑为当地自然山水和人文胜迹的影响传播积累了文化素材。

1.《泰和山八景》诗

此泰和山八景，经将诗中所描景观内容与徐霞客《游太和山记湖广襄阳府均州》一文仔细比对，发现“泰和山”即徐霞客笔下的太和山，也就是今天的湖北西南部的武当山。全境有72峰、36岩、24涧、11洞、10池、9井等风景，现存殿宇太和、南岩、紫霄、玉真、玉虚、五龙等六宫，复真、无和二观。

曾棨的《泰和山八景》诗依次是《天柱凌云》《玉虚环翠》《五龙披雾》《九渡鸣泉》《南岩峭壁》《紫霄层峦》《雷动发春》《琼台霁晓》，每诗对应武当山的一个经典景点，如《天柱凌云》：

> 岧峣大岳最高峰，屹若擎天一柱雄。气接金茎分夕露，势同玉笋插晴空。
>
> 危峰半出星辰上，绝顶孤撑雾霭中。不用飙轮周八极，凭虚一览思无穷。①

---

①《曾棨集》卷八，第146页。

天柱凌云，描绘的是武当山天柱峰摩天气势。天柱峰是武当山的最高峰，海拔1612米，明永乐十六年以前称大顶，此后因建金殿于其上，故称金顶。该峰山高雾重，常有云雾环绕，故称之为"天柱凌云"。诗歌头四句从宏观视角描写了天柱峰高可摩天的宏伟气势，五六句再进一步渲染山峰之高，终年与云雾相伴。末一句感叹因峰高令人视野开阔，可以周游八极遐思无穷。

《玉虚环翠》：

玉虚楼观隐仙灵，四面峰峦拥画屏。松迳晚阴山雾黑，芝田春暖野烟青。

瑶台鹤去风声远，石洞龙归雨气腥。遥想云车来往处，碧霄凉冷夜冥冥。①

玉虚，即山上的玉虚宫，是武当山第一大道宫，有殿堂道房2200余间。宫在天柱峰、展旗峰之北，四周山环水抱，形成一个内聚型小盆地。明代武当山地区植被茂密，玉虚宫四周山峦多修竹茂林、杂花野树，故以"玉虚环翠"形容其景观。曾棨诗重在对玉虚宫周边景象描绘，末句也是以想象之笔，刻画玉虚宫观的清冷。

曾棨的武当山八景诗，注意对景观物象的形势刻画，并且在宏观描写之外再善于选择一两个具体的景点作铺写，以便突出描写对象的精彩细节，比如前两首诗的五六句"危峰""绝顶""瑶台""石洞"等，均如是。最末一首《琼台霁晓》："缥缈瑶台绝点尘，凭高霁色望中新。扶桑影动千峰曙，瑶草香生几洞春。松露滴残惊鹤梦，海霞飞散见乌轮。悬知夜礼星辰后，长听金鸡又报晨。"②

在明代诗人中，类似还写过泰和山八景诗的有代表性的如驸马都尉沐

① 《曾棨集》卷八，第146页。
② 同上书，第148页。

昕，撰有《大岳太和山八景》诗，其诗名除了第七首作《雷洞发春》外，其余命题一如曾棨[1]；而洪武时期的进士史谨也有题作《武当山八景》[2]，诗题与沐昕一致。如其第一首《天柱凌云》："诸峰罗立翠莲开，天柱当中冠五台。势插银河逾万仞，顶摩黄鹄倚三台。丹光夜向琳宫出，云气朝从华岳来。我忆凭高望乡国，一杯沧海隔蓬莱。"写法与曾棨诗作几乎一致。

2.《磻湘（洲）八景》诗

磻湘八景，曾棨诗题分别为《磻湘（洲）烟树》《江墅寒泉》《龙潭晚钓》《虎堤春望》《中陵晚翠》《双垅�阴》《墨沼清波》《栎山霁雪》[3]，到底书写的是何方胜迹，由于史料的匮乏一时难以遽断。现查明杨荣《文敏集》有篇《周氏栎阳八咏诗序》云：

> 距吉水邑西几二舍许，当同江之涯有地曰泥田，周氏世居之，而栎阳又其别名也。周氏自唐长庆间由庐陵徙家于此，迨今六百余年。其间以文学科第显者代有其人，蔚然为望族。今国子博士岐凤实其裔也。博士有子曰叙，以明经登永乐戊戌进士第，为翰林编修。父子博学多才并有时誉，可谓世济其美矣。间尝即其所居之胜，命为八景，其一曰《磻洲烟树》，则宋进士泽之读书之所；其二曰《江墅云泉》，则元广福监丞方平之别业，皆周氏之先世也；其三曰《龙潭晚钓》，其四曰《虎堤春望》，其五曰《中陵晚翠》，其六曰《双陇筼阴》，其七曰《墨沼晴波》，其八曰《栎山霁雪》，则皆其居近之胜处也。于是士大夫相与播之歌咏，以彰其胜而来请序于予。……且磻洲江墅又其先世之遗躅庆泽之所存，宴游之所寓，则为之子孙者又得不于此惓惓乎。此余于八景非徒知博士君之能得夫山水之乐，尤足以见其能追慕于前，闻

① 任自垣编撰：《敕建大岳太和山志》卷十五。

② 史谨：《独醉亭集》卷下，《四库全书》电子版。

③ 《曾棨集》卷八，第144—146页。

人以毋忘其旧业于荆榛芜废之余，于乎周氏之子孙何其多贤也。因其请遂为之序焉。①

由杨荣序言可知，吉水泥田人周叙是永乐十六年戊戌科（1418）进士，曾经以其祖宗世居之地为书写对象，赋组诗八首，第一首名《磻洲烟树》，表达不忘先世之功业的敬仰情绪。永乐十六年戊戌科的主考官恰恰就是曾棨，时任侍读学士。由此推测，同为吉安府的周叙与曾棨应该是认识的，而周叙歌咏《磻洲八景》“士大夫相与播之歌咏”之时，曾棨当为其中一个。据明刘球《故奉直大夫兵部职方员外郎周先生行状》一文知“磻洲”是周叙先世宋末周应龙的号②，是故可以推知，曾棨所谓的《磻湘八景》即是应周叙《磻洲八景》所作，对比两人篇名，也几近一样，显然《磻湘八景》当为《磻洲八景》之误。

《磻湘（洲）烟树》：

洲南湘（洲）北树青青，往日吾伊树里听。黛色绕帘吟正宠，绿阴满地醉初醒。

黄鹂隔叶藏金羽，白鸟眠沙映雪翎。最是春来凝□好，半空飞翠晓冥冥。

磻洲，即吉水泥田周氏祖居地，宋末周应龙以之为号。诗歌紧扣“烟树”着笔，写出了磻洲绿树葱茏而富生机之美。一、二句总写磻洲一地无论南北草树茂密，而往昔的读书声（吾伊）就隐藏其间，写出了昔日磻洲静中有声的佳趣。三、四句以夸张手法渲染绿意葱茏、郁郁葱葱的景色之美，人处其间，几可陶醉。五六句选择两只小鸟，暗示磻洲不仅植被茂盛，也是鸟类的自由天堂，以颜色对仗，非常工整突出。倘若说前面六句都是依照磻洲的实景建构一派绿意葱茏、生机勃勃的画面，七八句则是荡开一笔，

① 杨荣：《文敏集》卷十四，《四库全书》电子版。

② 刘球：《两溪文集》卷十三，《四库全书》电子版。

想象磻洲最美的景色还是春天，这灵动之笔打破了读者原先的流连沉思，一下子思维仿佛也变得活跃起来。

再如《江墅寒泉》：

曾闻先世此悬车，别业幽闲乐有余。云气连山常带雨，泉声隔竹自通渠。

春随泱莽穿花早，晚汲清泠沦茗初。此日尚存当代胜，平泉草木遂成虚。

江墅，即泥田周氏先世元广福监丞周方平之别业。周方平（1280—1344），以荐授广福监丞，监改司，留为提举，泰定元年（1324）辞归。至正四年（1344）卒，享年六十五。[①] 诗歌前二句叙述周氏先世在此辞官隐居，筑建别业而颐养天年。中间四句先选择“云气”“泉声”两个特定意象，描绘它常年云雾蒸腾、幽泉暗通的奇妙之景，后指出春天之际别业周边“泱莽穿花”“清泠沦茗”的别有景致和意趣，最后二句感慨春日依然是最美的季节，但江墅的平泉草木已是明日黄花，令人不由遗憾。

曾棨《磻湘（洲）八景》其余的诗作基本上都是抓住某一个独特的对象，或《龙潭晚钓》，或《虎堤春望》，或《中陵晚翠》，或《双垅�阴》等等，书写周边的山水林泉或人文遗迹，传达出一种清幽冷峻的审美意境。

除上述八景诗作外，曾棨尚有《胡氏山居八景》诗。胡氏山居，究竟何处，具体不详，估计也是小地方的别墅，或为曾棨故亲旧友所建。这八首诗歌分别为《芙蓉叠翠》《墨潭澄碧》《燕岗晓日》《濠领寒泉》《石井春耕》《枫林夜读》《钟岫晴云》《沙山霁雪》。[②] 写法与命意和前述类似，本文不赘。

二　曾棨八景诗的特性及八景与八景诗的圈层影响机制

曾棨《西墅集》中写景咏物的诗作当然不仅于此，但是作为组诗出现，

① 王德毅等：《元人传记资料索引》第二册，中华书局1987年版，第632页。

② 《曾棨集》卷六，第114页。

且统一以"八景"命名的诗作，它们的出现当然不是偶然的，在中国文学史或文化史上所具有的作用与意义也是和一般的写景诗有别的。

关于八景诗的产生，徐玉如指出："由八时之景扩展到空间方位上的八方之景，以景观为主要内涵的八景诗就逐渐形成了。"① 至于谁是第一位"八景诗"的践行者，目前学界尚存争议②。若以"八景"词语入诗，则至少在魏晋时期即有以"八景"入诗句的事实。如杨羲"控飙扇太虚，八景飞高清"（《云林与众真吟诗十一首》，其十）。虞信"金华开八景，玉洞上三危"（《入道士馆诗》）。显然，这里的"八景"诗并非本文讨论的"八景"诗。

那么曾棨的八景诗，究竟有何文化特色？它们的产生对于文学地理学有什么值得探讨的价值呢？

（一）曾棨的八景诗是明代八景诗由京畿向地方扩散的产物

北宋若是典型"八景诗"的产生时期，南宋则开始走向扩散与发展，历经元代的过渡，明代则是"八景"文化及八景诗创作的繁盛时期。据不完全检索，宋代有陈著等人创作过"八景诗"，其中尤以"潇湘八景"诗为多，涉及大诗人苏轼、刘克庄、周密等；元代八景诗进一步向地方扩散，如歌咏湖山、嘉禾、澄江、星源、潮居、鉴湖、雪湖、南雄等地八景诗开始出现；同时也开启抒写元大都北京的"八景诗"大门，如陈孚有《咏神京八景》八首、黄仲翁的《香山八景》，等等，《潇湘八景》诗依旧是众多文人的喜好。

明代是"八景诗"创作高涨的重要时期，无论数量还是歌咏地区，都大大超越前代。如歌咏对象除了京师地区，还增添至西林、西湖、汴城、浚

---

① 徐玉如：《八景诗歌的文学地理特点与创作动因：以琅琊八景为例》，《文学地理学》第六辑，中国社会科学出版社 2018 年版，第 189 页。

② 一般认为苏轼据孔宗翰《南康八景图》而成诗八首是"八景诗"的始祖，但也有人指出庞籍才是"八景诗"的最早作者。参刘向斌、李红岩《北宋时期庞籍最早创作"八景诗"考论》，载《榆林学院学报》2011 年第 5 期。

州、羊城、海中、洛社、棠溪、东园、南昌、姑苏、浮丘、壶天、上林、淡然亭、金陵等全国各地，“八景诗”风起云涌，蔚为大观。

明代八景诗的繁荣，是最高统治者大力倡导“八景文化”、鼓吹太平盛世的反映，而《北京八景》诗的出现还是明代前期统治者推行政治意图的宣传产物。

曾棨主要生活在永乐朝时期，而此时初登大位的朱棣雄心勃勃，为了宣示自己的文治武功和继承大统的合理合法性，很需要一班文臣来歌咏圣天子再世的天威与功德。据载：

> 永乐八年二月，上亲征北方，壬戌度野狐岭，至岭山巅召学士胡广等指示山川形势，与语良久，奉制各于马上赋《平边诗》。杨荣有曰：圣主尊居四海安，恐教边裔自相残。上甚喜之。广等谍知彼中布尼雅实哩与其下阿噜台仇杀东西奔遁，亟召荣，谕曰：此中果自相残，汝前日之诗安知不为谶乎。荣下马叩首谢。上喜，命赐羊酒。三月乙未次清水源，水皆苦咸不可饮，人马俱渴。明日营西北二三里许，忽有泉涌出，清澈可爱，命广与荣往观，遣中官以银瓶汲取。上亲尝之，味甚甘美，赐广等饮讫，士马争趋之，皆给足，命曰：神应泉。又明日，应制撰神应泉诗铭。上嘉之，各赐上尊。又尝命诸文学侍从赋青海《天马歌》，修撰曾棨最先成，为上所褒美。①

可见朱棣在迁都北京前，已有号召歌功颂德的倾向。后来为了北部边疆的安定，加之自己的老根据地在北京，朱棣意欲迁都，但是遭到内部一些久居南方高官的抵制。为了平息争议，消弭内部矛盾，朱棣很需要一部分人替他强调北京山川形势的王气和重要性，以之定都，更能使大明江山永固、福泽绵远。于是深知上意的邹缉、胡广等人相互唱和，《北京八景》诗便应运而生。

---

① （明）黄佐：《翰林记》卷十一，《四库全书》电子版。

永乐朝之后，大明各地的“八景”命名纷如雨下，有关的“八景诗”比比皆是，从北京到地方，到处都有这种粉饰盛世、点缀升平的诗作，开启了古代诗歌地理景观文化的新征程。据查，光庐陵吉安一地被人作序的《八景诗》就有杨士奇、刘崧《中溪八景诗序》（庐陵安城，《东里集》卷八，《江西通志》卷137），梁潜《临清八景诗序》（泰和，《泊庵集》卷七），金幼孜《胡氏山居八景诗序》（吉水，《金文靖集》卷七），王直《石潭八景诗序》（永新禾川，《抑庵文集》卷四），《禄冈八景诗序》（泰和禄冈，《抑庵文集》后集卷八），《富溪八景诗序》（吉水富溪，《抑庵文集》后集卷十一），刘球《黄田八景诗序》（安福县北，《雨谿文集》卷十三）等多篇，也正反映“八景诗”创作繁盛状况之一斑。

当然，明代北京等地“八景诗”的出现，从文学传承和文学自身发展轨迹来看，也是对前代八景文学的继承和中国古代山水游记文学吸收发展的结果。

（二）曾棨八景诗意味着人对景观的感知接受强化了主体性的介入

前文已论，曾棨的“八景诗”尽管是明代“八景诗”繁盛表象下的一个影子，甚或具有皇家行政命令下的产物的色彩，然而从文学创作与景观关系而言，恰恰反映了人对外界景观的感知接受更上层楼，是中国千百年山水文化和文学的一个大发展。

毋庸置疑，“八景诗”的对象基本以自然山川为主，加之一些历史遗迹的人文景观。曾棨的“八景诗”也莫不如是，即使在同一组诗中也存在歌咏自然景观与人文胜迹之别，如《江西八景》之一的《徐亭烟树》以及《洪崖丹井》，均含有美丽的人物传说故事。明代八景诗的大量涌现固然有政治的介入因素，但客观上都是歌咏山水文学或咏叹古迹文学的集聚与发展，意味着诗人亲近自然、感知自然、观察自然、审美自然的再现。

不能否认，这些八景诗的创作现场，有的作品并非作者亲临自然山水而后作，就像范仲淹的名篇《岳阳楼记》一样，完全是面临一幅画再加上自己对湖泊的认知印象而打造出来的。八景诗不少作品也配有八景图，就像最为著名的《潇湘八景》，明代不少的《潇湘八景》诗实际上就来自图而非身临其境的产物，然而我们应该相信绝大部分“八景诗”是作者面对真实自然山水的体悟而创作出来的。

前面已涉，曾棨的《北京八景》诗，不是面对八景图的虚构产物，而是与同僚有意识地面对北平雄关要塞指点江山后创制出来的，他们先是面对实体的景观而后才有诗歌，而后才有描绘实体的图画，尽管“八景”之数并非他们的首创，但多少是亲临山水感知景观的结果。“自然是人类存在的基础与条件，没有自然界所提供的条件，就没有人类的生存与发展，更没有人类的文学与艺术作品的产生。因此，诗人、作家对地理的感知是进行文学创作的重要内容，也是从事文学创作最基本的条件。”① 前文已述，曾棨等《北京八景》诗是面临实体的北京山河形势再加以感知想象构建出来的诗歌图景，其间还带有皇命不可违的意识推动，但到了《江西八景》或《南昌古迹十咏》诗篇时，这种个体性的地理感知和文化感知更密切，与当地自然或人文对象接触距离更微小，因为相较北京八景这样的皇城周边的大景致，天下人皆对之充满向往，皆可以尽情歌咏，而江西或南昌的景观代表的圈层尤为具有地域性，它的参与接触感知的作家数肯定与皇城不在一个数量级上，一个对南昌或江西山河形胜没有兴趣或不甚了解的作家是无法完成类似的八景诗书写的。曾棨不同。作为一个从江西走出的状元侍讲、文学写手，他既有诸多的机会参与书写皇朝需要的鸿篇巨制的应制诗文，也有道义为自己的乡梓献上一份开掘八景诗歌新篇章的心意，甚至还可能外带自己的同僚如王洪一起歌咏共享江西的美景风物。

相较传统的山水诗，我们认为八景诗的出现预示创作者在感知欣赏对象时，更多地带有主体性介入，这个介入主要表现不在诗歌的书写方式而是在诗歌对

① 邹建军：《文学地理学批评的四个术语及其内涵简说》，《文学地理学》，中山大学出版社2015年版，第50页。

象和形式，即形式上开始由单篇总体感知向多篇组诗歌咏的形式迈进，更重要的是，在内容上懂得比一般的山水诗更细化，每一篇歌咏一个对象或主题，这种细化的结果无疑体现创作者要付出更多的观察自然、感知对象的时间与精力，如曾棨的《磻湘（洲）八景诗》，因为地理位置的区域限制决定了磻洲八景诗的书写属于小众化或者个体化的创作表现，而这种名气不大的小众化地方要想创制出八景诗歌，作者不深入了解或亲自现场感受基本上是无法胜任的。

前述的王洪撰有《龙潭八景·为曾侍讲赋》，此处“曾侍讲”正是曾棨，而“龙潭”正是曾棨的老家永丰县龙潭乡（今为佐龙乡曾家村）。王洪专门为曾棨老家赋诗八首，一则见二人交往不一般，二则见出作者对龙潭乡的自然人文之熟稔。换言之，作为异乡人的王洪（福建人）要写好这篇龙潭八景诗，必须预先做好不少功课。如第一首《双江流水》：“碧嶂双流合，仙源一派分。珠光回夜月，玉气暖春云。细藻凌波转，芳荪隔渚闻。还闻应人瑞，五色浪成文。”① 曾棨老家龙潭恰恰就是在恩江和泷江二水围绕之地，因此如果对这地形不甚了解的话，是不可能以《双江流水》为诗题的。再者此八景诗最后一首《武城弦歌》：“名家继昔贤，遗教已千年。礼向邹人问，书从孔氏传。横琴清夜月，高咏暮春天。予亦狂歌者，空怀泗水边。”②为什么以“武城弦歌”命题？曾棨与武城有何关系？原来曾棨的远祖是来自山东武城的曾氏，自称武城曾氏，而王洪的诗题明显是歌颂曾棨作为武城曾氏的后裔文脉不断、诗书绵长。所有这些曾家掌故，若不了解，何以能以之命题？因此这也体现出作者的积极性介入，才有如此地域化、个性化色彩的八景诗出台。

（三）曾棨等八景诗具有圈层属性，是地域景观与文学的组合，是一代山水的文化传播与记忆留存

这里所说的“圈层属性”指八景诗对应的八景地域，因分布在不同大

---

① 《毅斋集》卷三，《四库全书》电子版。

② 同上。

小区域，而具有不同的辐射和影响效果，直接导致八景诗也具有不同的接受传播效应。

考察曾棨的四组八景诗，发现所歌咏的对象刚好代表四个层级，依次为帝都圈（《北京八景诗》）—省会圈（《南昌八景诗》）—市地圈（《泰和山八景诗》）—乡村圈［《磻湘（洲）八景诗》］，这四个层级基本代表了传统文学史上所有八景诗的圈层模式。这些圈层因其坐标影响范围不同，其扩散效应基本上依次递减，不过也不能一概而论，毕竟山川形胜的聚集效应不一定完全与所属区域位置大小一致，比如这里的《泰和山八景诗》——歌咏对象武当山，坐落在今湖北地级市十堰市的山，它的自然胜迹和人文风光的价值与影响，很难说比省会南昌的文化胜迹的影响要弱或小。当然我们要论辐射影响力除了和本身景观有关外，还要考虑到交通，从此角度言，古代的南昌无疑要比武当山通畅得多，由此传播的声誉和效应可能更快更广。无论哪个圈层，所歌咏的八景诗都是地域景观与文学的组合，有的甚或还有图画的介入，三者之间的关系大概是实地景观—图画景观—文学景观，或实地景观—文学景观—图画景观。

曾棨的八景诗基本上属于实地景观—文学景观，在书写层面，文学景观不是实地景观的简单机械化复写，而是附加想象的色彩、文学的再现原生景物，正因为八景诗具有这种特性，使它展示给人的无穷想象空间与审美意味，好比宋释居简所谓："少时诵□音尊者《潇湘八景诗》，诗虽未必尽八景佳处，然可想而知其似也。忽展横幅于飞来浓翠间，咏少陵所谓'湖南清绝地'便觉精爽飞越。"① 诗歌自带的想象空间，所蕴含的魅力甚或远超景观本身。八景诗的本质属于文学，无论它是否言不由衷地应景抑或应制、奉承，都是由语言组成的艺术，都是作者感知自然贴近人文思考构建的文学作品。从此特性言，八景诗是一代地理文学的文化积淀，是可镌刻于心脑传之于后世的文化记忆。

① （宋）释居简：《北磵集》卷七。

1. 八景诗是地域景观的传播弘扬媒介

明代张宁曾面对朋友的八景诗感叹道：“嗟夫！天下名山大川固自出于封表，其于偏州曲境之景物，往往因人而显，失其人而不传。涴花以诗显，盘谷以文显，辋川兼画以显，金谷以富显，午桥（裴度的别墅）平泉（李德裕别墅）以贵显，莫不因人得名，然皆不一再传，变迁散落茫不可见，徒使人遗想兴思寄情于文字之余声耳。”①

这段话至少传递三个信息：一则世上名山大川，大多因受朝廷旌表封禅而闻名；二则不少地处偏僻的山川景物仰赖名人而扬声；第三因人而显的景物，往往人走名衰，结果声名不再，只能在文字记载中遥思悬想。

对于第一种成名情形，基本上众所周知，所以作者没有例举，但我们明白，所谓的三山五岳除了本山具备较好的自然景观，但声名显贵基本都有借助皇家登临封禅而增色的，如泰山即是典型。对于第二种，因为地处偏僻小地方，所以小有名气，则是仰赖名人之故。为了说明这个说法，作者连举六例加以佐证。

第一例“涴花”，即浣花，传说唐代女诗人薛涛家在四川成都浣花溪旁，以溪水造十色纸，名“薛涛笺”，又名“浣花笺”。李商隐《李义山诗集·送崔珏往西川》诗：“浣花笺纸桃花色，好好题诗咏玉钩。”所以“涴花”这么一个小众化私人化的地方，皆因薛涛和诗句歌咏而成名。

第二例“盘谷以文显”，“盘古”原本属太行山南部的一个小山谷，“泉甘而土肥，草木丛茂，居民鲜少”（韩愈《送李愿归盘谷序》），这么一个偏僻而寂寂无闻的山谷恰恰也因为大文豪韩愈这篇文章使得世人认识了它。

第三例“辋川兼画以显”，这个稍知古代文学的都知道“辋川”是诗佛王维的别业，而王维又是以诗书画兼通的文人，属于盛唐著名的山水诗人，其实也是山水画家。

第四例“金谷以富显”，“金谷”原本是西晋“太康时期”洛阳一个名

① 《沂阳八景诗文卷序》，《芳洲集》卷十七，《四库全书》电子版。

不见经传的别墅院落，因为聚集了本时期著名的“三张二陆两潘一左”等二十四名作家，以及别墅主人是敢与皇帝斗富的石崇，使“金谷园”无论是“才富”还是“财富”，鲜有其匹，于是声名日隆，扬名于外。

第五、六例“午桥平泉以贵显”，实际上包括两个景点“午桥”与“平泉”，唐代洛阳原本普通的石桥和林泉，因为分别成了宰相裴度和李德裕的私家园林而名气大增，当时有“午桥碧草”“平泉朝游”之盛景，即使传承到宋代，依然是高官贵族的私人别业。

以上诸例子，都是文学与地域景观相得益彰的典型。

自然景观与人文盛景的结合固然是山川河岳、名胜古迹声名大振，使之增色添晖的绝佳途径，但是正所谓，人事有代谢，往来成古今，山川景观的永恒魅力还有赖“经国之大业、不朽之盛事”的文学的传承与弘扬。八景诗作为有意制造的景观组诗，也具备这种功能和效果。一些已经消失的名胜古迹，我们可以依赖八景诗得以窥见昔日的风景荣光，因为这些诗歌就是一代胜水的记忆，也是山水地景风物的传承桥梁。比如曾棨的《磻湘（洲）八景诗》，如今的磻洲八景早已不知消失在吉水的何处历史云烟里，但是阅读曾棨这些组诗，我们依然可以在文字处回味它的山水清音和人文魅力。正如明代文人周纶感叹道：“不见八景胜，惟见八景诗。读诗想清景，宛若逢当时。当时景不得，宇宙恒在兹。何不再题品，名胜作后基。”① 为什么没人再写八景诗了，原因当然是八景不存在了，写诗的客观对象都没了，只能从以前的诗词浮光掠影中感受旧日的八景聊以安慰。

2. 坐标圈层越大的八景诗越有影响力，八景越开放的圈层越有生命力

八景诗是八景山水人文胜迹的书写与印记，也是传统风水景观文化的承载和传播，既如此，什么样的八景诗更有扩散效力？笔者以为，一般而言，八景所在的地标圈层越大，来来往往的游客或其他关注力越多，自然它的文化影响力也越强；相反坐标圈层越小，其所咏涵的八景诗影响力也越弱。

---

① 《王博士继为娄江胜感接待寺八咏序》，引汪砢玉《珊瑚纲》卷十三，《四库全书》电子版。

圈层最高的帝都京师，无论自然风景还是人文建筑，自有特色之处，“京师众大之区，凡山川、疆域、宫阙、观寺、城池、苑囿、仓廪、府库，天下之巨丽大观咸在焉。何往非景？何景非胜？”① 因此京城之所，即使自然风景一般，往往也是集全国无与伦比的人文佳处，自是士民向往的地方，何况向往京城，这里面还夹杂着政治因素或者中国人骨子里浸透的京城情结。来的人多了，自然创作八景诗的机会也多，而观览欣赏八景诗的人相对也多。就像曾棨他们的《北京八景》诗一样，联袂而动，诗画一体，捆绑营销，其传播效果肯定要好很多。而有关的北京八景诗也是层出不穷，甚至以诗引诗，连绵不绝。

而圈层属于末段的八景，如乡间山村小镇和位置偏狭的山谷，则由于地望弱小，又缺少名人聚集的可能，即使偶有人制作八景诗，也因为圈层辐射力不够，人气散淡，大多仅是自娱自乐而已。就像曾棨为吉水磻洲所作的八景诗，仅有王洪一人奉和，还算有点影响，但也仅此而已，此后复归沉寂。

地标圈层大小当然是影响制约八景及八景诗传播效果的重要因素，但也不尽然。有的景观地介于前二者之间，但是它的景观和随之兴起的八景诗却影响甚大并且传承久远，甚至某种程度超越了帝都京城的风光和被歌咏的荣光，典型者如潇湘八景及八景诗。“潇湘八景”代表的地望不是哪一座城市，而是泛指湘江流域，它的景观圈层不是今天的一个地级市或者省级市而是省地内部跨地域的。即使如此，中国大地类似这样的山川又何其多呢，但为什么一个“潇湘八景诗”就如此可以傲视天下八景诗？今人表示困惑，其实古人早就流露出困惑并且给出自己的解释，正如明人唐桂芳《潇湘八景图序》云：“天下奇山水以八景称者多矣，未有如潇湘盛传于世，何也？必其地之胜，得其人之胜，又必其人之胜得其诗之胜，然后三者相资，地与人，人与诗，联辉并著其传于世也，较然不诬矣。”② 原来潇湘八景及其诗

---

① （宋）陈栎：《燕山八景赋考评》，《定宇集》卷十四，《四库全书》电子版。

② （元末明初）唐桂芳：《白云集》卷五，《四库全书》电子版。

出名效果大的根本原因在于“地之胜”“人之胜”“诗之胜”三胜合一，得之于“地利人和诗美”强强联合，三者互相发生作用，相辅相成，相得益彰，形成一个良性互动的影响机制，于是声名大了，效果更佳了。

由上可知，八景诗的影响力、影响效果与地标圈层有关系，但关键还是要地、人、诗“三胜合一”，则如《潇湘八景》诗一样影响力和效果越大。

那么怎样达到三者合一，提高影响力和传播效果？依古代的原始条件分析，“地”是最难以改变的对象，尤其是自然佳境靠天生丽质，本身有吸引力，剩下的就是人和诗了——实质一个条件——人，因诗也是人写的。因此为了提高八景的吸引力必须提高人气、人脉与人望，在地望地标圈层难以扩大的前提下，剩下的只有提高人脉流量一途——尽可能吸引更多的人参观驻足，才可能制造更多的八景诗，从而又吸引更多的人因诗而自觉向往实地探视，实现“地—人—诗”的良性循环。怎么做到？以地引人，以人写诗，以诗又吸引人，八景圈层地要更加对公众开放而不是为一腔私心囿于一地，只有如此，才能实现八景与八景诗以及人之间真正的良性循环。

前述的明人张宁曾说：

> （谢氏居沂阳）二十余世，其间景物益以彰著，至今海内士夫赞咏未已。以诗以文以画以富贵未必皆过彼，而所传独久于彼，将不在其子孙贤否乎。虽然天地之美物，天下人之美物也，彼皆据为园庄治第，私天地之美自用，故易于失守。谢氏八景，如山水如烟春，如柳市云涛朝歌夕照，其所自得者，皆出物表，而在物者，固众人所共有子孙，贤不得夺人以益，不贤不至夺于人以损，而况象贤之多人乎哉，此所以益彰著而未已也。故君子之道为可继也，为可传也，美于物不若美于教，专于家不若溥于众，吾于方顺有冀焉。①

张氏认为世间一切诸如谢氏所居好景数百年之所以长盛不衰，远比诗画

① 张宁：《沂阳八景诗文卷序》，《芳洲集》卷十七，《四库全书》电子版。

所绘流传久远，关键是"虽然天地之美物，天下人之美物也，彼皆据为园庄治第，私天地之美自用，故易于失守"，也就是说天下好景不得私自占用，否则容易失守，迟早走向衰落；要教导子孙后代遵君子之道，天下美物与其被一家所有不如为大众所有，如此才能达到"益彰著而未已"。换言之，即如八景这样的好去处，表面上是造物主的恩赐，是事物的表象，真正能维护景观美景常在的关键还在于培养人，提高人的素质，对于美好的事物有共享之心，不要像一些私家庄园一样，凭一己之私占用，而是向普通大众开放，这样才能吸引更多的人参观游览，提升景观人气，传播景观名气，使八景生生不息，为之歌咏的八景诗歌也极可能常有常新而长盛不衰，但是由于语言描绘景观的有限性和文学表达的空白留给读者的丰富想象性，促使更多的人因诗而慕名前往八景现场。

如在八景诗史上，有名的苏东坡《南康八景》诗其实是根据孔宗翰《南康八景图》而撰成的，依苏轼的文学表达力事后都让人感叹："后得亲览，方知前诗未能道其万一，此不过谓按图不如亲见之，的必不差也。"① 所以诗歌写得再好，都不如身临其境一睹真容，于是八景的人气自然增加了。

由此可见，要使八景圈层更有生命力、影响力，必须持持续开放的心态，提高人的品位，而不是包藏私心，以景观之美中饱私囊，要不断吸引人流，扩大八景的知名度和影响力，这样在开放中又懂得维护，山好水好诗更好，诗更好又会反过来吸引更多的人来现场感受观摩，这样"地—诗—人"的和谐共生场面真正确立，八景和八景诗的生命力由此生生不息。

三　结语

曾棨作为明代前期的进士状元，文才颇高，而他笔下的八景诗是当时八景地理文学繁荣的表现，也体现了一定的文采风貌。八景诗作为传统诗歌中

① 陈栎：《燕山八景赋考评》，《定宇集》卷十四，《四库全书》电子版。

较特殊的一类，既带有山水文化诗的一般特质，但又有所不同。从书写内容看，八景诗以地理景观（自然景观和人文景观）为依托，诗歌的开展一般依赖书写对象的地理（自然地理和人文地理）属性。但是，八景诗毕竟属于诗歌文学，八景诗与八景的关系并非镜子与原像的自然关系，而是在写作方法上更多地带有作者创作的自由，允许虚构与想象，意味着创作者主体身份的介入。一般而言，八景的区位辐射力越小，八景诗作者的个体性介入越强。八景诗往往以组诗命名，诗歌命名方式上呈现模式化、套路化，多以山水林泉、云海雾涛构题。抒情写意上，对物的描绘远远多于主观情感的流露。曾棨的八景诗也不例外，这几乎是八景诗的通例。

八景诗是一代文化的遗存，也是一代山水的文化记忆和传播。一般而言，八景诗的影响力与八景对应的位置圈层有关系，圈层越大影响力也越大，创作的八景诗也越多，而最终要使八景诗和八景长久不衰，便只有持续开放、扩大与包容，使八景与围绕其产生的八景诗以及创作者三者之间的关系（即“地—诗—人”）和谐共生，走向良性循环。

昭君和亲文学景观的双重呈现

——以昭君村、昭君墓、昭君庙为例

刘　洁[*]

众所周知，一个民族的文学往往由两部分构成：一部分是上层的、知识分子阶层的文学，属于精英文学（雅文学）；一部分是社会底层的、平民的文学，属于民间文学（俗文学）。有关汉代昭君和亲的历史，不仅见于古籍野史，而且活跃于雅俗文学之中。在古代诗人的笔下，吟咏昭君和亲的诗歌代代相传，从未间断；在民间大众的口中，传说故事层出不穷，异彩纷呈。

汉元帝时期的昭君和亲，原本在历史记载中文字并不多。据《汉书·元帝纪》载："竟宁元年（前33）春正月，匈奴呼韩邪单于来朝。诏曰：'匈奴郅支单于背叛礼义，既伏其辜，呼韩邪单于不忘恩德，乡慕并礼义，复修朝贺之礼，愿保塞传之无穷，边陲长无兵革之事。其改元为竟宁，赐单于待诏掖庭王嫱为阏氏（yān zhī）。'"① 另据《汉书·匈奴传》载："竟宁元年，（呼韩邪）单于复入朝，单于自言愿婿汉氏以自亲。元帝以后宫良家子王嫱字昭君赐单于。单于欢喜。"②"王昭君号宁胡阏氏，生一男伊屠智牙师，为右日逐王。呼韩邪立二十八年，建始二年死。""呼韩邪死，雕陶莫

---

* 刘洁，西北民族大学中国语言文学学部汉语言文学学院教授。

① （汉）班固：《汉书·元帝纪》册一，中华书局1962年版，第297页。

② （汉）班固：《汉书·匈奴传》册十一，中华书局1962年版，第3803页。

皋立，为复株累若鞮单于。……复株累单于复妻王昭君，生二女，长女云须卜居次，小女为当于居次。”[①] 就是这些简短的史料记载，经过由汉至清历代文人的反复吟咏，以及民众口头的演绎传播，昭君便成为古代和亲事件中最引人注目的代表者。

据不完全统计，目前已知古代文人创作的有关昭君和亲的诗歌有1100多首，近现代咏昭君诗词300多首，另外，还搜集到广泛流传于民间、争说于众口的昭君和亲传说80多篇。雅俗文学中如此丰富的诗歌和传说，无疑为我们提供了大量诸如昭君村、昭君墓、昭君庙等文学景观与文化景观。而且按照文学景观的层级来说，这些景观“既有自然山水，又有人文内涵，更有优质的文学内涵，则是最高的文学景观”[②]。这些文学景观不断地被书写、被改写、被传播、被生新，因而也越来越受到人们的关注。

一　昭君村

据班固《汉书·元帝纪》文颖注中说，昭君“本南郡秭归人”。汉朝的南郡秭归即今天的湖北兴山县。昭君村位于兴山县南部、香溪上游。古时又称明妃村、妃台村，现称宝坪村。唐代至民国以来，人们为纪念昭君在兴山建台立祠。据《宜昌府志·疆域》记载，“昭君台在兴山界中，乡人怜昭君，筑台望之”，并在昭君台上建昭君祠。唐代建昭君院，宋代立有“昭君故里”碑，明代又重修昭君院，清光绪十年（1884）又重立故里碑。这些都足以说明无论是官方还是民间，人们从未忘记和亲异域的昭君，没有忘记昭君为汉匈和平做出的积极贡献。

（一）文人凭吊怀古之地

据现存的咏昭君诗来看，唐宋时期有一些诗人先后来到秭归，他们拜访

① （汉）班固：《汉书·匈奴传》册十一，中华书局1962年版，第3806页。
② 曾大兴：《文学地理学概论》，商务印书馆2017年版，第249页。

昭君故里，寻觅昭君遗迹，并写下相关诗作。唐代崔涂的《过昭君故宅》在睹物思人的同时，高度赞扬昭君为国家“静胡尘”的功绩：“以色静胡尘，名还异众嫔。免劳征战力，无愧绮罗身。骨竟埋青冢，魂应怨画人。不堪逢旧宅，寥落对江滨。”白居易也是唐代较早到过昭君村的诗人，他的《过昭君村》，一边抒发昭君因貌美遭到众妒而出塞的高论，“独美众所嫉，终弃出塞垣”；一边感慨当地因昭君入宫而村女灼面的习俗：“村中有遗老，指点为我言。不取往者戚，恐贻来者冤。至今村女面，烧灼成瘢痕。”此后咏昭君村的诗人多吟及这一风俗：“十二巫峰下，明妃生处村。至今粗丑女，灼面亦成痕。”（宋·王十朋《昭君村》），“村女至今犹灼面，恐教红粉葬胡沙。”（清·德克晋步《昭君村》）但直到清代阮文藻的笔下，才一反前人对此陋俗的单纯叙述，引申为颂扬昭君和亲，视昭君和亲为国之屏障，唱出了时代的高亢之音：“生女不须频灼面，明妃还自汉屏藩”（《昭君村在归州东北四十里》），由此提升了此类诗作的思想境界。

与其他时代相比，清代咏昭君村的诗作数量最多也最耐人寻味。清代诗人或翻山越岭、探古访幽，或吟咏相继，以古伤今。“雾髻烟鬟几叠山，明妃村在此山间”（孙五嘉《明妃村》），“荒村寂寞枕江斜，云是明妃旧时家”（乌拉灵寿《昭君村》）。面对昭君村的青山绿水，古迹遗址，诗人们抚今追昔，感慨万千：“荆门草色几经春，十里江花尚锦茵。试问蛾眉山上月，当年曾见汉宫人。”（《贾三近《明妃村》）“山村寥落径通斜，传说明妃旧有家。想见当年钟毓处，江干孤月照晴沙。”（修仁《昭君村》）诗人们或感慨月圆月缺，时光流逝，江花春草依旧，独不见昭君其人，一种物是人非之感横跨古今；或以貌似平淡的语言出之，实则难掩诗人心头的怅惘与苦涩：寂寞的山乡，传说的旧宅，当年的繁华早已不复存在，唯有千古不变的一轮孤月依旧高悬。于是诗人们将这种怀古的复杂心绪融入诗行：“红颜兔颖描难肖，青冢龙沙怨未伸。世代屡移遗迹在，琵琶休拨暮江滨”（李专《昭君村》）由此可见，代昭君抒悲申怨也成为清代咏昭君村不可或缺的内容。

生时频有梦，死后香魂归。昭君当年无论是闭锁汉宫，还是身处大漠，故乡都成为她魂牵梦萦、插翅难回的地方。古代诗人在回顾历史、追忆昭君时，才清晰地意识到“梦”与“魂”对昭君的重要，于是清代咏昭君村的诗作有不少围绕昭君的“梦”与“魂”而展开：“薄雨匀山黛，村容上晓妆。昭君浣纱处，溪水至今香。波镜秋磨月，岩花晓破霜。紫台应有梦，归佩绕郎当。”（陶澍《昭君村》）“万里和戎不可论，家园回首降荆门。琵琶马上关山月，梦到香溪第几村。”（李星沅《昭君村》）诗人们视通千里，思接古今，无论是汉宫中的良家子还是异域中的宁胡阏氏，昭君都是乡梦遥远，有家难回。直到她完成国之重托、葬身青冢，她的香魂才得以自由地返回故乡：“峡云江月凄清里，应有芳魂返故巢。”（林紱《明妃村》）“和亲人去洗甲兵，巾帼当为一时重。香溪清水走荆门，玉虚洞口空归魂。”（徐志鼎《明妃村》）每每思及昭君的魂归故里，诗人心头那种跨越时空、贯通古今的悲哀便不可遏制：“汉宫遗恨不堪论，故里流传迹尚存。玉质销沉埋紫塞，香魂归去近黄昏。空余易水闻哀咽，难觅湘篁记泪痕。落日停车凭吊处，长堤衰柳绕荒村。”（陈元龙《昭君故里》）“溪流流不尽，万古故乡情。环佩魂空返，琵琶恨莫平。烟凝村树暗，月涌镜台明。谁道关山远，年年青草生。”（王绍钰《香溪明妃村》）遥想残阳晚照的荒村，面对斑驳陆离的古址遗迹，诗人们只有以酒酹奠，以诗抒悲，寄托哀思，表达心迹：“荒山余故里，过客醊清酡。”（恒庆《昭君村》）“琵琶远嫁灵均放，词客年年吊秭归。”（姚莹《秭归（昭君村屈原宅皆在归州北）》）从文学地理学的角度看，峡谷荒村、江滨旧宅，香溪浣纱处、千年的孤月，写入诗中都成为昭君村的文学景观。这些景观或大或小，或远或近，既反映出昭君曾经的生活印记，又表现出历代诗人咏昭君的思想感情、价值观念和审美趣味，昭君村的人文内涵也由此得到丰富。

（二）民众讴歌昭君之乡

与古代文人游历昭君村、发思古幽情不同，作为昭君的出生和成长地，宝坪村有关昭君的传说播于众口，比比皆是。“传说是一个社会群体对某一历史事件或历史人物的公共记忆。”[①] 在代代相继、口耳相传的集体记忆中，昭君是当地百姓的自豪和骄傲，是他们宁静和谐生活的保护神。

据说原来烟墩坪（即宝坪村）穷山恶水，人烟稀少，可自从昭君出生之后，这里变得山绿水清，树茂花开，一派生机勃勃，人们都说这是昭君带来的福气（《宝坪村的由来》）[②]。昭君的父母为她修建了望月楼，昭君在楼上读书作画，弹琴歌舞，刺绣梳妆。至今人们说起昔日的望月楼还如数家珍：“宅前百步，有一个石头垒砌的方形台子，周围长满了石磙子粗的大柏树。台子面对碧蓝碧蓝的香溪河，背靠云缠雾绕的王字岩、稀荒垭；站在台子上朝前远望，正好与十里外的妃台山遥遥相对。”更重要的是，在望月楼的遗址上，“千百年来，每逢中秋佳节，皓月当空，宝坪村里的男女老少就聚集在这里，抬头望明月，低头吊明妃”。[③] 望月楼早已成为村民们怀念昭君、讲述昭君故事的最佳场所。

《楠木井》[④] 讲述昭君为当地百姓寻找水源的故事。据说楠木井在昭君家的大核桃树下，井口以楠木镶边作盖，井水清甜香醇。当初为了这口井，昭君率领村里的众姐妹，赶走霸占泉坑的黄龙，日夜开凿才打出来的。为了保住井泉，昭君曾独上纱帽山，请青龙来镇井；又登峨眉山，寻采楠宝树，以确保井水清澈。最后在仙翁的帮助下，终于将楠木泡在井中，这样村人才有了夏喝清凉消暑、冬饮温热暖身的泉水。《娘娘井》[⑤] 则讲述昭君带领姑娘们打井抗旱、浇灌庄稼的故事。因为岩石坚硬，凿石打井一干就是几年，但她们始终坚持，决不放弃。这种精神感动了七仙女，最终在仙女的帮助下，实现了“凡是井水流过的地方，马上长起了苞谷、柑橘、板栗、苍松、翠竹”的心愿，荒凉的宝坪村从此旧貌换新颜，日子越过越富裕。这些人

① 万建中：《民间文学引论》，北京大学出版社 2006 年版，第 187 页。
② 吴一虹等：《王昭君传说》，甘肃人民出版社 1983 年版，第 1 页。
③ 同上书，第 4 页。
④ 同上书，第 21—27 页。
⑤ 同上书，第 17—18 页。

们津津乐道的故事，在传播中不断生新，从中流露出乡邻们对昭君的感激之情。

在宝坪还有一处充满神奇的文学景观——王字崖①。据说昭君出塞后，宝坪村人用了三年时间，在昭君宅前修了一座“王字宝塔”。自塔建成后，人们每逢过节都要来此祷告，向昭君告慰家乡平安的消息，遥祝昭君在塞外安稳度日。村中的罗财主觉得高高耸立的王字塔压住了他发财的龙脉，便在王字塔对面修了高达十八层的“压王文笔”。正在村人担心“压王文笔”会挡住他们北望昭君的视线，据说是昭君在塞外显灵，将王字塔搬上沙帽山，所以至今在沙帽山的板壁崖上，还留有一个天然的“王”字，人称王字崖。

《绣鞋洞》② 的故事讲述昭君乘船离乡入宫时，在龙潭将浪花打湿的绣花鞋放在山腰的小岩洞内。一对路远未赶上送别昭君的夫妻，便向放绣鞋的洞内投石祷告，祝愿昭君此去平安。之后不久，妻子有了身孕。待孩子满月时，夫妻俩便说出那天在龙潭投石祷告的事，于是人们便说昭君留下绣鞋就是留下秀孩儿。从此，这个小洞被称为“绣鞋洞”，而且越传越神，传说只要向洞内投石子，便无儿得儿、无女得女，生下的孩子也都长得像王昭君。人们都说，“昭君姑娘没有离开我们呀，我们天天都能看到她”，而向绣鞋洞投石子的风俗也就此流传下来。

总之，这些人人乐道的民间传说将昭君的故事融入家乡的山山水水，在村邻们的心中，昭君从未远去。乡邻们满含深情地讲述昭君故事，弘扬昭君舍己为人、兴利为民的美德，将昭君善良无私、坚韧豁达的品格，像种子一样播撒在听者的心田。与此同时，宝坪村的望月楼、楠木井、娘娘井、王字崖和绣鞋洞等文学景观，也深深烙印在大众的心中，吸引着人们纷至沓来，探寻昭君踪迹，缅怀昭君功绩。

---

① 吴一虹等：《王昭君传说》，甘肃人民出版社 1983 年版，第 95—97 页。

② 同上书，第 50—52 页。

二 昭君墓

日本民俗学之父柳田国南在《传说论》中曾说："传说有其中心的"，"传说的核心，必有纪念物。无论是楼台庙宇、寺社庵观，也无论是陵丘墓冢、宅门户院，总有个灵光的圣址、信仰的靶的，也可谓之传说的花坛发源的故地，成为一个中心。"① 青冢作为纪念昭君的核心物，千百年来频繁出现在历代吟咏昭君的诗歌中，而有关昭君坟的传说也是家喻户晓、妇孺皆知。内蒙古自治区是昭君墓传说的中心区。此外，在安徽、山西、甘肃甚至是新疆等地，也流传着青冢的故事和传说，其传播的地域之广、范围之大可见一斑。

从文学地理学的角度来看，青冢既是实体性文学景观，也是可视性的文化景观。作为著名的文学景观，青冢既有能够唤起人们记忆的眼前实物，又存在大量咏青冢的古代诗词，还有以活态方式流布于民众之口的传说故事。作为著名的文化景观，青冢是古代历史的一座丰碑，也是今天内蒙古自治区地域文化的一张名片。历史学家翦伯赞在《内蒙访古》中曾说："在大青山脚下，只有一个古迹是永远不会废弃的，那就是被称为青冢的昭君墓。因为在内蒙古人民的心中，王昭君已不是一个人物，而是一个象征，一个民族友好的象征。""昭君墓已不是一个坟墓，而是一座民族友好的历史纪念塔。"② 这是对昭君和亲历史功绩的高度赞扬，也是对青冢能够成为著名文学景观和文化景观的最好诠释。

（一）青冢的来历及传说

青冢即昭君墓，蒙语为"特木儿乌尔虎"（汉语意为"铁垒"）。据《归绥识略》记载："青冢在归化城南二十里，黑河侧。高十余丈，土色黝然，望之如山。旧说以塞上草白墓草独青，故名。"③ 《南园丛稿》则解释

---

① ［日］柳田国南：《传说论》，连湘译，中国民间文艺出版社1985年版，第26页。
② 翦伯赞：《内蒙访古》，上海《文汇报》1983年10月18日。
③ （清）张曾：《归绥识略》卷十四。

“青冢”之名的由来：“至谓塞外草白，昭君冢草色独青，因名青冢，此殊不然。塞外地多沙，空气缺乏，凡山林村阜，无不黛色横空，若泼浓墨。故山曰大青山，河曰大黑河。昭君冢烟霭濛泷，远见数十里外，故亦曰青冢。附会草青，盖诗人好事之辞也。”① 这些历史记载，为我们提供了有关青冢的地理位置、名称由来和外形样貌等相关情况。据传说，昭君墓在内蒙古和山西北部等地多达十几处，如八拜昭君墓、朱堡昭君墓和伊克昭盟达拉特旗昭君墓等。

民间有关青冢的描述极富想象，充满趣味。满族传说曰：“呼和浩特的昭君坟，座落在大黑河畔上，坟堆高达十余丈，象只上供的寿饽饽，孤零零地簇立在平川上，十分醒目。”或云“昭君坟一日三变：‘晨如峰，午如钟，酉如崟。’这就是说，昭君坟在晨雾缭绕中，好像一座高大的山峰；晌午，好像一座大银钟蹲在那里；日头落时，又像座大蘑菇山长在草原上”。② 而流传于新疆的传说则云：“这坟的式样，每日要三变：当‘日出三竿’，便像仰盂模样；正午便似盖盎；到日落时，又像笠子一般了。”③ 这些传说的所在地距离遥远，但对青冢样貌的描述却有异曲同工之妙。

在《回天宫》传说中，青冢的来历则充满浪漫色彩：昭君奉天帝之命要回天宫去，在升天的过程中，从昭君“头上掉下的一颗绿玉石，闪闪发光，变成了这座山顶的青草和树木，一年四季从不枯黄，这就是今天的昭君坟”。④《昭君活在草原上》的故事则讲述昭君在丈夫去世后，要求儿女陪她回汉地老家探亲，当他们渡过大黑河，来到雁门关，百姓纷纷出关来迎接她。昭君高兴地站在勒勒车上招手，不料从颠簸的马车上跌了下来，她用手指了指大黑河畔，便含笑离开了人间。于是“人们按着她的心愿，把她安葬在大黑河南畔，为她起了坟墓。久而久之，昭君坟也长得山一样高大！有

---

① （清）张湘文：《南园丛稿》

② 佟靖仁：《呼和浩特满族民间故事选》，内蒙古大学出版社 1989 年版，第 102 页。

③ 王世祯：《中国神话事迹篇》，（台北）星光出版社 1981 年版，第 282 页。

④ 巴特尔：《昭君论文选》，内蒙古人民出版社 2004 年版，第 419 页。

人说，胡汉（即昭君的丈夫）的坟有多大，昭君的坟就有多大，夫妻相随嘛！又有人说，昭君坟四季长青的原因就在她思念家乡四季如春的缘故；同时，也表达了她的美好愿望：让塞北也同江南一样秀丽长青！”① 显然传说中昭君的离世以及青冢的来历，都寄寓着人们对昭君的美好想象，那就是昭君生前为汉匈人民的和平生活作出了贡献，死后她还会留在边地，继续护佑两地的生民百姓。

（二）古代文人咏青冢由悲至赞

古代文人咏青冢始见于唐代，目前已知最早将青冢写入诗歌的是唐代诗人常建，他笔下有“汉家此去三千里，青冢常无草木烟”（《塞下曲》）的诗句，此后，李白有“生乏黄金枉图画，死留青冢使人嗟”（《王昭君》），杜甫有“一去紫台连朔漠，独留青冢向黄昏”（《咏怀古迹》其三）的咏叹，白居易、杜牧、胡曾等还留下题为《青冢》的诗作。白居易的《青冢》写尽昭君墓的荒寒阴怨：“上有饥鹰号，下有枯蓬走。茫茫边雪里，一掬沙培塿。传是昭君墓，埋闭蛾眉久。凝脂化为泥，铅黛复何有。唯有阴怨气，时生坟左右。”此后，唐人咏青冢也多沿此哀怨凄伤的情调：“恨为秋色晚，愁结暮云阴”（张祜《赋昭君冢》），“蛾眉一坠穷泉路，夜夜孤魂月下愁”（杜牧《青冢》），“至今青冢愁云起，疑是佳人恨未销”（胡曾《青冢》）。唐代诗人将青冢写得愁云惨淡、魂孤恨结，这种表达方式，正如学者所言：“这些诗人在被称作青冢的昭君墓前，树立了一块抒情的堕泪碑，一千多年来，在这块堕泪碑前，洒遍了诗人的眼泪，题满了诗人的挽歌。”② 在唐代只有张蠙的《青冢》思路开阔，别开生面：“倾国可能胜效国？无劳冥寞更思回。太真虽是承恩死，只作飞尘向马嵬。”诗人将昭君与杨玉环的命运进行对比，在宽慰昭君的同时，肯定她的和亲为报国之举。

宋代已有亲历青冢而作的诗歌，此后历代相续。宋代冯山的《青冢行》

---

① 佟靖仁：《呼和浩特满族民间故事选》，内蒙古大学出版社 1989 年版，第 102 页。
② 巴特尔：《昭君论文选》，内蒙古人民出版社 2004 年版，第 12 页。

为寒食节纪实之作："隔溪青冢高巍巍，砖片露出空余碑。子孙因官往南北，温暖时节无人知。虚有官阶又无食，旧日松楸已荆棘。不及寻常百姓家，泉中却得儿孙力。"诗人一面感叹青冢砖露坟荒的景象，一面为昭君后人游官在外，寒食节不得为之上坟而悲哀。元、明两代访青冢并留有诗作的文人不多，元代耶律楚材有《过青冢次摶霄韵》《过青冢用先君文献公韵》两首，借史抒悲、语气沉重，但未跳出前人替昭君抒悲写恨的传统。明代霍瑛的《青冢吊明妃》则立意高妙，言浅意深："娥眉出塞万家春，不数将军作虎臣。但使此身能报国，何妨恩宠属他人。"诗人赞叹昭君出塞以身报国的高尚行为，颂扬和亲为汉匈带来民乐家和的生活。朱梦炎的《过昭君墓》则由青冢之恨，提醒后人应慎守边疆："汉家往事昭前监，有道应须慎守边。"。

清代有不少诗人因奉使赴边而途经归化城，他们身临其境，访吊青冢，诗歌也写得真实感人，别具特色。耆英在他的《 汉明妃墓》小序中曾说："咏昭君墓者众，睹其墓者鲜。予于戊申之秋奉使丰州，公务既藏，以归城廿里青冢具存，随阶爱堂侍郎驰往一观。"此时来到青冢的诗人也纷纷写下诗作，描述凭吊青冢之所见："昨出雁门关，行宿黑水边。河边穹碑高嵯峨，大书屹立明妃墓，令我吊古双滂沱。"（余正酉《青冢行》）"我从去年守边州，访古一到城南头。暮雨难禁白发感，远山如见翠眉愁。翁仲摧残石马倒，野棠零落胭脂老。漆灯焰尽不知年，可怜惟有青青草。"（方志光《青冢曲》）"平畴千里见崇阿，为谒明妃枉道过。浊酒一杯无处觅，尘衣三拜莫嫌多。芳魂确否留青冢，玉骨曾无委黑波。倘使幽灵终未隔，夜来祈梦看如何?"（富察明义《过昭君墓》）诗人们寻迹而至，一边书写于青冢的所历所见，一边抒发其所思所感。这些纪实性的诗歌不仅反映出清代诗人面对青冢的复杂心绪和情感，而且能够帮助后人了解清代昭君墓的真实情况，同时也扩展了青冢景观的人文内涵。

徐兰在出塞途中到过青冢，他赋诗二首，其纪实性的写法，具有一定的史料学价值："城南耸古冢，颜色独葱青。冢上狮虎踞，冢前杨柳横。疏花点碧瓦，隧路风凄清。红颜怨其下，白草不忍生。土人俗尚鬼，恐惧修当槛。牛羊莫敢践，黄土沾余荣。客有一卮酒，汉水亲酿成。茫茫寒食天，还向龙堆倾……”（《清明日酹青冢》）“谁栽一株柳，万古覆美人。纵非汉时物，约略应千春。春风自东来，叶叶如含颦。长条覆数亩，其下无纤尘。塞外地苦寒，土人恒患贫。木长不过丈，草绿无十旬。扶桑若可攀，不怕摧为薪。此柳得稳卧，无乃有鬼神。”（《青冢前卧柳》）这两首诗前者以平实的语言叙述清明节酹祭昭君的情景。一则使人窥见清初昭君墓的衰颓景象，二则透露出青冢在当地人心中的神圣地位，三则反映出诗人对昭君的缅怀和敬仰。后者则细致描述冢前一株卧柳的姿态，见物思人，由今及古。那株匍匐倒地却依然生机盎然的卧柳，犹如特写镜头，定格在人们的心中。卧柳以它苍老遒劲的形态，似乎在展现昭君身上那种傲岸不屈的精神和为两族和好至死不渝的坚定与执着，而冢前卧柳长存，应是当地百姓崇敬昭君的真实体现。

张鹏翮也到过青冢，据他在《奉使俄罗斯行程录》中记述：“青冢高二十丈，阔数十亩。顶有土屋一间，四壁累砌，藏以瓦瓮。下有古柳一株眠地，中空如船，而枝干上伸，苍茂如虬窠。……冢前有石虎双列，白石狮子仅存其一，光莹精工，必中国所制，以赐明妃者也。绿琉璃瓦砾狼藉，似享殿遗址，惜无片碣可考。”① 这一景况，唐建中在他的诗中也有描述：“自言边地尽飞狐，青冢犹在边西陲。世人但闻图经说，我昔从军亲见之。前临黑河后祁连，黄沙千里胡马速。其地万古无春风，但见白草常离离。一抔独戴中华土，青青之色长不萎。我时往拜值寒食，系马冢前古柳枝。此柳亦疑汉宫物，枝枝叶叶皆南垂。下有无名之石兽，上有无主之荒祠。兽腹依稀青冢字，刻画认是唐人为；祠中络绎献挏酪，碧眼倒地呼阏氏。至今牧儿不敢上，飞鸟绝声马不嘶。”（《题徐芬若从军沙漠路经青冢嘱虞山黄遵古绘图赋诗咏之》）由以上诗歌及记载可知，青冢在清代已呈现荒凉衰颓之势，但当

① （清）张鹏翮：《奉使俄罗斯行程录》，见吴省兰辑《艺海珠尘》卷三，听彝堂藏板。

地百姓对青冢依然敬若神明，碧眼胡儿也时有供奉膜拜，这些都足以说明普通民众并未忘记昭君，昭君依然是他们心中的保护神。

康熙皇帝玄烨巡边曾经过归化城，作有《昭君墓并序》抒发己见，别具一格。其序文曰：“匈奴梗化边陲，自周秦汉唐，无代不有。顷朕于春夏亲统六师，破厄鲁特噶尔丹于克鲁伦河西北，复于秋九月西巡，由张家口出塞，抚察我边鄙。厄鲁特败残之众，降者踵至，其头目来归者，咸予近职，开诚示信、绝无猜疑。冬十月十三日至归化城，为我兵屯戍之所。城南十余里，土阜突然，传为昭君墓，即《志》所云。青冢也。昔有不得志于功名或身遭迁谪，往往托昭君怨而为诗，以写其抑郁。则在当日之怨极而悲，又不知何如。此冢之留兹土，适足为汉讥焉。我国家舆图远大，遐迩诸部落，世世臣属，奔走不暇，凡有驱策，如臂之使指，甘为仆婢而不辞。恒自缅怀前烈，敢不慎修思永。夫昭君墓何足咏也。因之有感于治理，遂成八韵。”这段序文一则言及清代破敌安边、重用降者的策略；二则指出文人士大夫托昭君出塞之事抒一己之怨的写作传统；三则视青冢的存在是对汉朝的讥讽。诗作则云：“南北分天地，存亡见庙谟。含悲辞汉主，挥泪赴匈奴。目睹当年冢，心怀四海图。葆旌巡远徼，藩落效驰驱。欲笑和亲失，还嫌饵术迂。开诚示异族，布化越荒途。漠漠龙沙际，寥寥雁塞隅，偶吟因有触，意独与人殊。”诗歌一边讥讽汉朝的和亲政策，一边展现其安边定国、以诚心感化异族的豪情壮志，身为帝王的心胸和眼界实非一般诗人可比。

清代诗人无论是否到过青冢，他们在吟咏青冢时，大多从昭君和亲效力于国家民族的高度，赞扬昭君的青史名留和千古流芳。彦德的《青冢》作于他镇守绥远城之时，诗歌以其高远的立意，堪称清人青冢诗的佳作：“闺阁堪垂世，明妃冠汉宫。一身归朔漠，数代靖兵戎。若以功名论，几与霍卫同。人皆悲远嫁，我独羡遭逢。纵使承恩宠，焉能保始终。至今青冢在，绝胜赋秋风。”诗人高度赞扬昭君和亲之功，认为昭君和亲安边的功绩与卫青、霍去病抗击匈奴的功劳无异，由此发出羡慕昭君以身报国的心声。此外，其他诗人也有“安刘直继苏卿节，自是穹庐胜掖庭”（叶廷芳《昭君墓和友人作》）、“不共赵家讥祸水，能令虏幕息征尘”（徐树璟《青冢拥黛》）的诗句，这些一反前人咏青冢以悲愁泪恨为常态的写法，代表着清代咏昭君诗的新变。有学者认为，清人这种观念及表述方式的转变，与清朝的社会状况和文化思潮密切相关：“清代经世致用的实学思潮使王昭君也追求才以致用，而公羊学派的重新兴起，那种‘夷狄’可以进而为‘中国’‘诸夏’可以退为‘夷狄’的民族融合观念，也在一定程度上消减了清人的心理压力。故同为异族统治，清人便一反元人的态度，大唱和亲的赞歌。”① 这段话也许有助于我们理解古代文人咏青冢由悲至赞的社会原因。

（三）民众口传昭君坟神奇无限

青冢作为出现较早的著名文学景观，不仅与汉匈历史密切相关，而且与民间百姓的情感密不可分。在民众口耳相传的过程中，青冢的传奇与神奇，随时代的发展历久弥新。

“虚构乃传说的特权。传说中的事件，并不一定是现实中发生过的，传说中的人物也不一定就是现实生活中的人物。”② 民间有关昭君坟的传说，多通过虚构的奇情异事和高度夸张的手法，给听众带来强烈的想象冲击。它们多以离奇曲折的情节和超人间的内容，吸引听众并表达主题，既出人意料又在情理之中，极大地满足了民众的精神和心理需求。《昭君与放羊后生的故事》③ 就讲述了昭君坟的神奇。受哥嫂虐待的放羊后生只有在昭君坟才能得到庇护。放羊后生只要钻进昭君坟的小洞内，不仅可以吃饱睡足，躲雨避寒，还能用洞中的草根草叶治病。

《昭君坟里的家具》和《昭君娘娘借物济贫》都讲述了昭君对百姓“有

---

① 巴特尔：《昭君论文选》，内蒙古人民出版社 2004 年版，第 83 页。
② 万建中：《民间文学引论》，北京大学出版社 2006 年版，第 175 页。
③ 可永雪、余国钦：《历代昭君文学作品集》，内蒙古人民出版社 2004 年版，第 485 页。

求必应”的传奇故事。“古时候，土默川地广人稀，昭君坟周围村庄的人家每逢红白大事时，总要到昭君坟去借办事用的家具。”① 当地的百姓只要在昭君坟南坡的小亭内上香祈祷，便可借到那些原是汉宫里的老古董器具，直至天长日久这些老家具被耗损光，无法再借。《昭君娘娘借物济贫》则讲述一位守寡多年的老婆婆要给独生子娶媳妇，却借不到摆酒席的桌椅，她在昭君坟前哭诉自己的苦衷。第二天她的院子里不但有了桌椅，而且连杯盘碗筷也一应俱全。从此，“三乡五里的贫苦百姓凡遇上难事，都纷纷到昭君坟去求借。而昭君娘娘呢，则是有求必应，灵验无比”。② 这两段有关昭君坟的神奇传说，将昭君对大众的福泽从生前延续至死后，昭君有求必应、无私奉献的精神，也因大众的口碑而千古流传。直到今天，民间仍流传着“昭君坟里的家具——全是古董”“昭君坟里的东西——好借不好还”等俗语。

《金马驹》的故事则以抗日战争为背景，为昭君坟的传说增加了新的时代内容。听说昭君坟里有金马驹，日本鬼子认为这是发横财的好机会，都抢着来挖昭君坟，不料先是在昭君坟受到惩罚，后又在昭君坟前的芦苇丛被游击队一举歼灭。“从此之后，鬼子们再也不敢来昭君坟了，而老百姓却常常远道而来，和昭君坟里的金马驹耍得可痛快哩！”③ 这个传说其实反映出当地百姓的内心愿望，那就是他们希望昭君如同神灵般永远存在，随时能够扶危济困、罚恶扬善，因为老百姓需要昭君这样的救星和保护神。这种与时俱进的传说，充分体现出昭君故事延绵不绝的旺盛生命力。

上述有关昭君坟的神奇传说，以夸张的叙事，非凡的事件，融入民众强烈的爱憎情感和信仰观念，增添了昭君坟传说的艺术魅力。美国著名旅游家布扎克先生在游览青冢后曾感慨道：“我到过世界上一百多个国家，参观过不少帝王陵墓，但从来没有听过人民为一个妇女修了十几座墓。从这事实本

① 佟靖仁：《呼和浩特满族民间故事选》，内蒙古大学出版社 1989 年版，第 103 页。

② 呼和浩特市群众艺术馆：《青城的传说》，内蒙古人民出版社 1989 年版，第 117—179 页。

③ 吴一虹等：《王昭君传说》，甘肃人民出版社 1983 年版，第 120 页。

身就可以表明，王（昭君）是一位伟大的女性，她为人民做出了贡献，人民热爱她。”① 时至今日，青冢作为著名的文学景观，因雅俗文学而荡起的文化情怀，吸引着四面八方的人们跋山涉水到此一游。与此同时，作为供人游览瞻仰的文化景观，青冢早已成为广大民众追忆怀思昭君的必到之处。

三　昭君庙

庙，旧时指供奉祖先、神佛或有功德的人的地方，它与民众的信仰和精神生活密切相关。据《归州志》记载，“明妃庙在州北四十里”，这里的州指归州，“州北四十里”应在兴山县昭君村附近。另外在《明一统志》中也有“乡人为之立庙”之说。唐代诗人李远的《听王氏话归州昭君庙》诗曰：“献之闲坐说归州，曾到昭君庙里游”，可见由汉至唐昭君庙早已存在。但令人遗憾的是，在唐以后的文人咏昭君诗中，很少有人再提及昭君庙，大约像诗人所言“遗庙久倾圮”（清·王大绅《王昭君故里》）的缘故吧。

有人说“传说就是为了信仰而存在，并由于历代的信徒保存传诵到了今天”。② 的确如此，在普通百姓的心中昭君是女神，是他们幸福生活的保护神，所以将昭君庙讲述得有声有色的是民间传说。仅此而言，民间传说的丰富性和生动性，无疑弥补了作家文学之不足。据传言，昭君庙曾出现在两个地方，一是在昭君的老家兴山，二是在内蒙古自治区的鄂尔多斯。

（一）南方安乐的明妃庙

据《香溪孕秀》言，昭君庙又名“水府庙”。昭君在出塞之前，曾回故乡省亲。来到香溪口，她将一只翡翠玉镯投入溪水中，“刹那间，碧绿湛蓝的水面上翻出了绿浪，一座小庙慢慢地浮出水面。庙里立即涌出许多人来，这些人站在庙前向昭君姑娘打拱致敬”。③ 这就是昭君故里充满浪漫色彩的

① 《民族友好纪念塔——访内蒙古昭君墓》，上海《文汇报》1983 年 10 月 18 日。
② ［日］柳田国南：《传说论》，连湘译，中国民间文艺出版社 1985 年版，第 32 页。
③ 邹志斌、蔡长明：《昭君文化丛书·传说卷》，四川美术出版社 2010 年版，第 108 页。

昭君庙的由来。

《明妃庙》的传说则更加精彩。“古时候，兴山人民怀念出塞和亲的王昭君，在县城南边的妃台山上，修造了一座明妃庙。”当地的黄太守横行霸道、鱼肉乡民，欲拆掉明妃庙为自己建造花园。庙里的住持和尚智空借助昭君在当地百姓心中的影响，以昭君在妃台山显灵的计策，智斗黄太守，阻止其胡作非为。此后，“乡亲们把由这以后得到的安乐，全归功于昭君娘娘的保佑，人们到明妃庙去进香，礼拜更勤了”。① 虽然因为年代久远，昔日的明妃庙今天早已荡然无存，但妃台山依然青黛如故，人们在妃台山上还重造了昭君亭，用以寄托对昭君的崇敬和追思之情。昭君的故乡人也依然以她为自豪：“说到昭君是远祖，骄颜喜色上眉尖。”② 昭君及昭君庙凭借着口耳相传的故事，深深地扎根于民间，留存于民众的心底。

（二）北方灵验的昭君庙

流传于北方的《昭君庙》传说，详细描述了昭君庙的位置及建筑风格，作为文学景观具有一定的观赏性和审美价值：“在鄂尔多斯北部，面临黄河的地方，有一座昭君庙。昭君坟南坡半腰，有一座不大的昭君庙，庙是马背脊梁形的，庙顶上盖着黄红色的琉璃瓦，四堵墙用红砖砌成，两扇深红色的木门，迎南而开，显得庄重肃穆。”③ 据当地人传说，这座庙的兴建与昭君显灵、惩凶罚恶、护佑当地百姓有关。善良的人遇到灾难，只要走近昭君坟，一定会得到救助或保护，而恶棍歹人一接近昭君坟，定会受到惩罚，所以四周的老百姓因感恩昭君，祈求保佑，便在昭君坟的旁边修建了昭君庙。

由此可见，昭君庙无论是建在南方还是盖在北方，都是因为当地百姓需要从昭君那里得到支持的力量、精神的慰藉和心灵上的安宁，所以人们才立

---

① 中国民间文艺研究会湖北分会：《湖北民间故事传说集》，湖北省群众艺术馆 1980 年版，第 58—60 页。

② 林干等：《民族友好的使者——王昭君》，内蒙古人民出版社 1994 年版，第 4 页。

③ 吴一虹等：《王昭君传说》，甘肃人民出版社 1983 年版，第 115 页。

庙膜拜，祈求祷告，如同神佛般供奉着昭君。昭君庙早已成为南方与北地人民珍藏和寄托美好心愿的所在。

综上所述，文人笔下的昭君村、昭君墓和昭君庙，或咏史述怀，或纪游怀古，诗人无论是着眼于国家民族的大事，还是有感于个人际遇的小事，多是由昭君村、昭君墓和昭君庙这些实体性景观作为触发点，抒怀言情，寄慨遥深，由此记录下历代诗人的心路历程，并留下令人向往的文学景观。昭君传说作为反映广大民众思想感情的珍贵资料，则以奇幻的景观丰富着人们的视野和想象空间。可以说，这种雅俗文学双重呈现下的昭君和亲文学景观，蕴含着时代政治、民族历史、文化精神、观念信仰、思维方式、民风民俗以及生命意识等方面的深刻意蕴，它们能够“唤起人们对历史、现实、自然和人生的某些感悟，或者追寻”。而且，按照文学景观的理论来看，“景观的形象，在未曾光顾或者登临的人们心里，原是很抽象，或者很模糊的。但是凭借文学的描写，人们会由此而生出丰富的联想或者想象，于是这些景观的形象便在脑海里浮现，变得具体可感。这样就会产生游览的愿望或者打算。优秀文学作品的传播效应、广告效应，超过了世界上任何职业的广告人所做的任何广告”。①从这个角度来说，长期以来存在于雅俗文学中的昭君村、昭君墓和昭君庙等文学景观，除了具有一定的认识价值、教育功能和审美意义之外，在今天还拥有不容忽视的经济价值和经济效益。

---

① 曾大兴：《文学地理学概论》，商务印书馆2017年版，第252页。

论地理景观与文学意象的相互建构关系

——以灞水、白鹿原等地理景观及其相关文学意象为例

刘　宁*

一个地域的自然景观进入作家视野，从而成为作品背景或者叙述对象，其中一些文学意象经由多位作家的书写，或者累世沉积，逐渐会成为蕴含中华文化内涵的典型文学意象，不仅在后世文学中重现，且能继而转化成为一种意绪，或一个具象、一种意蕴寄托。而当这种经典文学意象诞生后，反之会构建新的人文地理景观。自然地理景观与文学意象之间的相互构建关系反映出文学创作中作家受“江山之助”与文学新文化空间影响的辩证关系。本文选取灞水与白鹿原两个地理景观来讨论它们与文人创建的文学意象之间的相互建构关系。

一　灞桥及其衍生的诗歌意象

长安，今之西安，自古有八水环绕之美誉，八水分别是泾水、渭水、灞水、滈水、浐水、沣水、潏水和涝水。渭水、泾水在西安以北，沣水、涝水在西，灞水和浐水则在东。这几条河流中与文学关系密切的恐怕除却沣水，就是灞水了。正是因为历代文人的吟咏，从而使灞桥、灞桥柳、灞桥雪、灞

* 刘宁，陕西省社会科学院研究员。

桥风雪等，早已成为家喻户晓的典型文学意象，而1993年当代著名作家陈忠实出版的长篇小说《白鹿原》，则激活了沉寂千年的白鹿原历史文化。灞水是位于白鹿原之东的长安八水之一，渭河的一条重要支流，原名滋水，春秋时秦穆公为彰显霸功，遂改名为霸水，公元前209年，刘邦在灞桥枳道上受降秦王子婴，将“霸”字改为灞，削弱了原来名字的政治意味。灞水是一条自东向西流的河流，在109公里长的河流两岸分布着蓝田猿人、华胥氏陵寝等遗迹，可谓是一条历史遗迹遍布的文化河流。《三辅黄图》载：“灞水出蓝田谷，西北入渭。浐水亦出蓝田谷，北至霸陵入霸。”① 今天，在浐河岸边是半坡人遗址，5000—6000年前半坡人在浐河边驯化野生谷物、制造尖底陶瓶、人面鱼纹彩陶盆，文明的曙光辉映在浐灞这片古老的土地上。“水出蓝田县蓝田谷，所谓多玉者也。西北有铜谷水，次东有辋谷水，二水合而西注，又西流入泥水。泥水又西迳峣关，北历峣柳城。”② 灞水流经蓝田，蓝田以产我国四大名玉之蓝田玉而闻名，蓝田辋谷水上的辋川是唐朝大诗人王维隐居处。王维在绵延近二十里的山坡和谷道上建造了20处景观，一景写一首诗，结集而成《辋川集》，并丹青绘有《辋川图》。

灞水之上横贯有桥。灞桥初建于秦代，汉、隋、唐、明代有增修，据《三辅黄图校注》：“灞桥来历很古，然而何时初建，尚无文证。王莽地皇三年，即公元二二年发生了灞桥火灾，所以可以肯定西汉时就有灞桥。《水经注·渭水注》云：‘灞水又北迳枳道，在长安东十三里，……水上有桥，谓之灞桥。’据此可知，秦汉时通向东方的大道——枳道通过灞桥而过灞水，灞桥应在汉长安城宣平门东的枳道亭之东，可能在今西安市灞桥区灞河东岸上、下桥子口。今灞桥在西安市东郊灞桥镇西之灞河上，汉灞桥当在今灞桥西北约六公里处的灞河上。”③ 灞桥地理位置汉唐时不同。《类编长安志》记曰：“‘灞桥’方舆记曰：‘汉灞桥，在古长安城灞城门东二十里灞店。南北

① 何清谷校注：《三辅黄图校注》，三秦出版社2004年版，第419页。

② （北魏）郦道元著，陈桥驿校证：《水经注校证》，中华书局2013年版，第437页。

③ 何清谷校注：《三辅黄图校注》，三秦出版社2004年版，第419—420页。

两桥，以通新丰道。汉人送客，至此赠别，谓之灞陵桥，孟浩然骑驴处，隋开皇三年造，唐隆二年仍旧。’”[①] 及至元代，堂邑刘斌修建石桥。“初，灞水适秋夏之交，霖潦涨溢，波涛汹涌，舟楫不能通，漂没行人，不可殚纪，常病涉客。……落成，凡一十五虹，长八十余步，阔二十四尺，中分三轨，傍翼两栏，华表柱标于东西，忖留神镇于南北，海兽盘踞于砌石，狻猊蹲伏于栏杆，鲸头喷浪，鳌首吞云，筑堤五里，栽柳万株，游人肩摩毂击，为长安之壮观。”[②] 作为历史时期关中交通、水利体系中最为重要的基础设施之一，灞桥建修向来受到朝廷、地方官府和民间重视。

从上文所述可见汉、唐、元代都修建灞桥，清时灞桥重大建修工程有5次，规划3次。道光年间杨名飏任陕西布政使期间是清代灞桥修建史上重要的一次大修建。至2004年10月灞河一场大水后，沉没在灞河泥沙里1000年的隋朝灞河桥遗址展现在世人面前，让人们一睹隋唐时期灞桥风貌。灞水流域还有一个很重要的地域是灞上，因为处于从长安到关东的函谷关、武关、蒲津关三道都必须经过的关键位置，历来是兵家必争之地。然而关于灞上的具体位置长期以来却存在很大的争议。很多学人认为灞上在白鹿原上，而据辛德勇考证认为：灞上在白鹿原北端，灞水东边，《史记》中记叙的鸿门宴故事发生在距离灞上四十里的鸿门。灞上是控制长安的重要交通枢纽，地理位置非常重要，故古代设有灞桥驿与滋水驿。

这些围绕灞水而产生的灞桥、灞上，乃至灞城、灞亭等自然、人文地理景观，经过汉唐宋等历代文人吟咏而形成中国文学中经典诗歌意象，反复被吟咏、传颂。这些意象中最初出现的是灞水、灞桥等意象。据不完全统计，在《全唐诗》和《全宋词》中共有灞桥诗60首，灞水诗49首，可见吟咏灞桥、灞水的文学非常兴盛。许浑诗云“瘦马频嘶灞水寒，灞南高处望长安”。[③]

---

① 骆天骧著，黄永年点校：《类编长安志》，三秦出版社2006年版，第190页。

② 同上书，第191页。

③ 彭定求等编：《全唐诗》卷534，中华书局2018年版，第6100页。

骆宾王诗“遨游灞水曲，风月洛城端”。[①] 岑参诗“山开灞水北，雨过杜陵西”。[②]

第二种是灞桥柳。李白词中有“箫声咽，秦娥梦断秦楼月。秦楼月，年年柳色，灞陵伤别”。[③] 韦庄诗云“芳草灞陵春岸，柳烟深，满楼弦管，一曲离声肠寸断”。[④] 灞桥是行人出都城东行的必经之地，当文人来到灞桥折柳赠别，不禁顿感人生契阔、胸中难言之情自然需要借灞桥抒发出来，从李白词到韦庄词可见灞桥咏柳均是在一种离别感受中而产生的凄清孤苦之境。及至晚唐宰相郑綮的名言“诗思在灞桥风雪中驴子上”问世，灞桥诗歌在原有灞桥景观中又出现新的景观元素，这里就是孟浩然骑驴形象加进灞桥风雪之中。宋人程大昌《雍录》有言：“唐人语‘诗思在灞桥风雪中’，盖出都而野，此其始也，故取以言诗也。”[⑤] 自郑綮后，灞桥风雪清寒形象与以孟浩然为代表的贫寒孤苦的诗人形象固定下来，成为后世诗中常呈现的灞桥景观，产生诸如“酸风自咽。拥吟鼻、征衣暗裂。正凄迷、天涯羁旅，不似灞桥雪”[⑥]“又孤吟、灞桥深雪，千山绝尽飞鸟”“寒入吟肩兀自蹇鞍，灞桥风雪几跻攀”等诗句，在此基础上出现第三种“灞桥雪”“灞桥风雪”，以及“灞桥风雪驴子背”诗歌意象。董逌在《广川画跋》中评论《孟浩然骑驴图》时讲：“诗人每病畸穷不偶，盖诗非极于清苦险绝，则怨思不深，文辞不怨抑扬，才能警发人意；要做到‘怨’，做到辞句清苦，搜冥贯幽，非深得江山修葺，诣绝人境，又得风劲霜寒，以助其穷怨哀思，披剔奥窔，则心中落落奇处，岂异出也。”[⑦]“灞桥风雪驴子背”有文人孤独气质与志趣

---

① 彭定求等编：《全唐诗》卷77，中华书局2018年版，第835页。

② 彭定求等编：《全唐诗》卷200，中华书局2018年版，第2068页。

③ 王琪注：《李太白全集》卷5，中华书局1977年版，第322页。

④ 彭定求等编：《全唐诗》卷892，中华书局2018年版，第10073页。

⑤ 程大昌：《雍录》卷7，《宋元地方志丛书》第1册，台湾大化书局1987年版，第250—251页。

⑥ 张炎：《凄凉犯》，《山中白云词》卷7，中华书局1983年版，第3页。

⑦ 董逌：《书孟浩然骑驴图》，《广川画跋》卷2，《中国书画全书》第1册，上海书画出版社1993年版，第822页。

追求，又有在风雪中骑驴老者兴之所至、寻诗觅句的行为，更呈现出一种超越凡尘俗世和功名利禄、淡泊而从容的姿态。至两宋、金元时期，“灞桥风雪驴子背”的诗歌意境越来越丰富，秦观的《灞桥雪》诗云：“驴背吟诗清到骨，人间别是闲勋业。云台烟阁久销沉，千载人图灞桥雪。”[①] 金人李纯甫《灞陵风雪》诗：“蹇驴驼着尽诗仙，短策长鞭似有缘。正在灞陵风雪里，管是襄阳孟浩然。”[②] 孟浩然骑驴风雪中，表现出文人卓然高洁的精神风范，显然灞桥、风雪、驴子、孟浩然已成为诗歌稳定的形象。苏轼词“君不见潞州别驾眼如电，左手挂弓横撚箭，又不见雪中骑驴梦好烦，皱眉吟诗肩耸山。饥寒富贵两安在，空有遗像留人间。”[③] “惟有使君游不归，五更马上愁敛眉。君不是淮西李侍中，夜入蔡州缚取吴元济；又不是襄阳孟浩然，长安道上骑驴吟雪诗。”[④] 秦观的《忆秦娥·灞桥雪》云：“灞桥雪，茫茫万径人踪灭。人踪灭，此时方见，乾坤空阔。骑驴老子真奇绝，肩山吟耸清寒冽，只缘不禁，梅花撩拨。”[⑤] 这首词融入柳宗元《江雪》诗的意境，清寒但别有诗境，表现出一种飘然超拔的精神境界，灞桥风雪与骑驴孟浩然，又有梅花撩拨颇得俊雅之气。

显然，从上文所述，经过苏轼和秦观吟咏，灞桥风雪开始从人物背景走进人们的审美视野。与此同时，两宋时以灞桥风雪或灞桥骑驴为题材的画作也纷纷登场，而唐时王维的《孟浩然马上吟诗图》对“灞桥风雪”题材的绘画创作有一定影响。南宋夏圭的《灞桥诗思图》是非常著名的灞桥风雪图，该图为立轴绢本，淡墨设色，高二尺，宽一尺三分，上有小款二字已残，乾隆三十四年正月御题诗：“驴背风花冷打人，远山忽耸玉嶙峋。谁知了了疏疏笔，郑相诗情正得神。”[⑥] 乾隆的诗仍然落在孟浩然灞桥风雪驴子

① 徐培均校注：《淮海居士长短句》，上海古籍出版社1985年版，第179页。
② 李纯甫：《灞桥风雪》，《中州集》卷4，中华书局1959年版，第222页。
③ 王文诰辑注，孔凡礼点校：《苏轼诗集》，中华书局1982年版，第587页。
④ 同上书，第715页。
⑤ 徐培均校注：《淮海居士长短句》，上海古籍出版社1985年版，第79页。
⑥ 庞元济：《虚斋名画录》卷7，《中国书画全书》第12册，上海书画出版社1998年版，第472页。

背的画境上。今天，对于宋人所描绘的灞桥风雪图许多我们已经无法目睹作品的真容，但是宋人的诗词中常出现吟咏“灞桥风雪图”的作品却是不争的事实。释居简有《灞桥风雪图》诗作，姚兴宗有《雪景四画·灞桥骑驴》诗。这与宋画的兴起，宋代文人审美情趣开始走向清逸俊朗有很大关系。至民国时，灞桥仍是过往文人吟咏的对象，但是那种飘然清逸的风味大大削减了。1935 年侯鸿鉴西北游，历时三月，经苏、皖、豫、陕、甘、青、宁七省，换汽车、火车、飞机、脚窝子等交通工具，过灞桥时，得诗两首：

铁辙辚辚过灞桥，水流曲折望迢迢。
红坊两岸离人泪，碧柳千丝送客桡。
沙白渚清鸿爪印，酒魂剑胆马蹄骄。
须知自古征途远，日近长安意气消。

数千里外漫游客，况自江南独往来。
陇路停车斜日黯，柳堤系马晚风隤。
水分浐灞出蓝谷，迹溯隋唐已劫灰。
何待雪花点驴背，敲窗诗思暗相催。①

这两首诗，第一首灞桥既有眼前所见实景，也有对历史的追思。第二首写诗人从江南而来，叙眼中所见灞桥柳堤，并写浐灞二河出蓝谷，而隋唐历史遗迹早已湮灭，不由想起“诗思在灞桥风雪中驴子背上”的典故来，作家诗兴大发，吟诗以记怀。隋代统一中国南北方，隋文帝迁南方贵族至长安，蓝谷是从南方至长安必经之地，因此，沿途隋唐遗迹较多。民国另一文人项叔翔在他的《四十日旅行散记》里也写到自己所见的灞桥景观：“到灞桥已万家灯火。桥长三百步，有七十二孔，全以石砌成，两端有牌坊题曰：‘东接崤函西通关陇’，此桥是汉代所建，因架灞水之上，故曰灞桥。王莽

① 侯鸿鉴、马鹤天：《西北漫游记·青海考察记》，甘肃人民出版社 2003 年版，第 13 页。

时曾易名为长存桥，宋韩建曾移石碑修理，明代又施修葺。桥西则灞桥镇，唐代称曰杨亭，相传当时长安人士，送东行客至此，必折柳相赠以示惜别，故开元天宝遗事又称灞桥为销魂桥。”① 20 世纪 30 年代，作家张恨水在其《燕归来》第十七回《灞水长桥先民伟大曲江荒草伤近代凋零》中写道：“说话时，汽车已到灞桥镇。迎面一幢高大的牌坊，远远地就可以看到，牌坊正中的匾额上，大书‘灞桥’两字。车子停了，大家都走下车来。车子经陈公干吩咐着，就先行开过去了。这牌坊下，是一道乡店式的市街，很矮的几家店户。可是沿了河岸，有一条小巷向南，倒是不少的矮小店铺。所以在这桥东头，却还看不到什么桥的风景。走过了牌坊，上得桥来，却是豁然开朗的情景。这桥是平式的，约莫有两丈多宽，很长很长的，跨在灞河的两岸上。灞河这条水，由南向北流入渭水去。水质还清，不过这水来自秦岭，满河床里都有浮沙。河水是弯曲着成了好几段，在浮沙中间流着，向北一望，那水直达平原的地平线下。桥附近两岸，有极低的土坝，上面栽了两行杨柳。这时候，正当了柳絮飞花的日子，桥上白雪点子似的柳花，在太阳光里，飘飘荡荡追着人乱舞。这桥虽是长大，却没有栏杆，只是把长条石头，拦在桥两边。赶牲口的，一牛一马合拉的木轮大车，带了布棚子的骡车，断断续续地从桥上过，一切都现出古朴的样子来。”② 张恨水看到的灞桥是“偏西的太阳，由牌坊上斜照过来，对这道长桥，两行疏柳，更是动人的情感。那半空里的柳花，近看是雪，远看是白影子，飞得更起劲。有些落在无声的水面上，看了去，真个是水化无痕，这又可以增加一种趣味”。③

至此，我们已用了很多篇幅描述灞水、灞桥，以及相关的景观。在中国古代诗人尽情对灞水、灞桥，以及由此而派生出的灞桥柳、灞桥雪等中国古典诗歌意象之后，当代著名作家陈忠实在《关于一条河的记忆和想象》中描绘了灞河及其上的华胥镇。在作家笔下，华胥镇原名油坊镇，紧挨灞河北

---

① 项叔翔：《四十日旅行散记（十四）》，见于民国报刊。

② 张恨水：《燕归来》，国际文化出版公司 2013 年版，第 178 页。

③ 同上书，第 179 页。

岸，镇上只有一条短短的街道，但是杂货铺、文具店、铁匠铺、理发店应有尽有，逢到集日，川原岭坡的乡民挑着推着粮食、木柴和时令水果，牵着拉着牛羊猪鸡来这里交易，市声嗡响，热闹无比。如果再沿着灞河顺流而下往西不过十公里，就是中国第一座史前遗址博物馆——西安半坡博物馆。不言而喻，浐灞地区自古以来就是人类休养生息的家园，文明发祥地，从汉时始至当代，这条河流上产生的丰富多彩的文学使灞水从一个具体地理自然景观上升为充满文化意味、浸润深厚民族情感的中国古代经典诗歌意象。

二　从自然地理霸陵原到文本中的白鹿原

隋唐长安城位于从龙首原到秦岭这样一个地理空间上，这个地理空间环境拥有一道梁峁，一片洼地，即我们称为原隰相间的地貌。原是指西北高而平的地。中国的黄土地大致北起宁夏的卫宁平原（中卫与宁夏），毛乌素沙漠以及库布齐沙漠的边缘，南至秦岭，东到太行山，西起日月山这一地带，面积约 30 万平方公里，地理上称为黄土高原。黄土是一种土状堆积物，由西北沙漠和戈壁地区吹来的尘土堆积而成，质地疏松，土性肥沃，不仅有利于原始农耕，而且黄土的柱状节理或垂直节理，容易挖穴构屋，对先民形成定居聚落非常有利，今天黄土高原上的窑洞，以及地坑院都是人们利用黄土这种垂直特性而发明的居住方式。

关中平原是黄土高原的边缘地带，在西安城郊从东至西依次排列着白鹿原、少陵原、神禾原等台原。白鹿原是夹在浐水和灞水之间的黄土台原，大约长 25 公里，宽 6—9 公里，面积 263 平方公里，是西安境内最大的原，跨西安市长安区、灞桥区和蓝田县。荆峪沟将白鹿原分割为南北两部分，左侧南原又称炮里原，原面平缓；右侧北原又称狄寨原，起伏较大，北宋名将狄青曾经在此安营。白鹿原东起点与篑山相接，西至西安，南依秦岭，浐灞两河在两侧流淌，海拔 700—750 米，高出西安 20 多米，地势高昂平展，视野广阔，便于驻军，因此是拱卫西安的重要军事屏障。《三秦记》里记载："周平王东迁，有白鹿游于此，以是得名，盖秦运之象。其原接南山，西北入万年县界，抵浐水。骊山西有白鹿原，原上有狗枷堡。秦襄公时有天狗来，下有贼，则狗吠之，故一堡无患。”① 白鹿原也是西汉皇陵比较集中的一个区域。汉文帝霸陵及其母薄太后陵，其妻窦皇后陵墓均在白鹿原。何清谷在《三辅黄图校注》中载：“水经渭水注云：霸水历白鹿原东，即霸川之西，‘汉文帝葬其上，谓之霸陵。上有四出道以泻水，在长安东南三十里。’霸陵位于西安东郊白鹿原东北隅，灞河西岸，即今灞桥区毛西乡毛窑院北凤凰山，群众称为‘凤凰嘴’。”② 文帝葬在白鹿原东北端，故白鹿原又称霸陵原。薄太后陵寝位于霸陵南，故称南陵，窦皇后陵位霸陵之西。汉唐人吟咏以霸陵原为名的居多。韩琮诗云“霸陵原上多离别，少有长条拂地垂”。③ 也有称为白鹿原的，如李白在《别韦少府》里吟道：“西出苍龙门，南登白鹿原。预寻商山皓，犹恋汉皇恩。”④ 白居易在《城东闲游》写出“宠辱忧欢不到情，任他朝市自营营。独寻秋景城东去，白鹿原头信马行”⑤ 的自在洒脱。而真正让这座原闻名天下的是1993年当代中国著名作家陈忠实出版的小说《白鹿原》，从此激活了沉积千年的白鹿原历史文化。

1985年当陈忠实产生了要写自己生活的这座古原的想法时，第一次以异样眼光来观察自己面前的白鹿原，从而勾画出了一幅白鹿原画面：（这段文字收录在他后来写的《寻找属于自己的句子：〈白鹿原〉创作手记》里）“我临窗而坐，第一次以一种连自己也说不准干什么的眼光瞅住了白鹿原的北坡。坡地上的杂树已披上绿叶。麦苗正呈现出抽穗前的旺势。间杂着一坨一坨一溜一溜金黄的油菜花。荒坡上的野草正从陈年的枯干灰黑的蒙盖里呈现出勃勃的绿色。历经风雨剥蚀，这座古原的北坡被冲刷成大沟小沟。大沟和大沟之间的台地和沟梁，毫无遮蔽地展示在我的眼前，任我观瞻任我阅览。我在沉迷里竟看出天然雕像，有的像奔突的雄狮，有的像平滑的鸽子，

① 刘庆柱辑注：《三秦记辑注·关中记辑注》，三秦出版社2006年版，第97页。
② 何清谷校注：《三辅黄图校注》，三秦出版社2006年版，第430—431页。
③ 彭定求等编：《全唐诗》卷565，中华书局2018年版，第6552页。
④ 彭定求等编：《全唐诗》卷174，中华书局2018年版，第1786页。
⑤ 彭定求等编：《全唐诗》卷436，中华书局2018年版，第4829页。

有的像凶残暴戾的鳄鱼，有的像醉卧的老牛……我此前不知多少回看见过这些景象，而且行走其中，推车挑担或骑自行车不知有几十几回了，春草夏风秋雨冬雪里的原坡和河川，在我早已司空见惯到毫不在意，现在在我眼里顿然鲜活起来生动起来，乃至陌生起来神秘起来。”[①] 这段文字写于 2009 年，是作家追忆 1985 年滋生创作长篇小说想法时再次观察白鹿原自然地理景观时而写，而在从 1985 年至 1993 年《白鹿原》创作中，陈忠实描写的自然地理白鹿原变化并不大。

“从屋顶到坡根的河川，整个原顶自上而下从东到西摆列着一条条沟壑和一座座峁梁，每条又大又深的沟壑统进几条十几条小沟，大沟和小沟之前被分割出一座或十几座峁梁，看去如同一具剥撕了皮肉的人体骨骼，血液当然早已流尽枯竭了。一座座峁梁千姿百态奇形怪状，有的像静卧倒嚼的老牛；有的酷似巍巍独立的雄狮，有的恰如一只匍匐着的疥蛙……它们其实更像是镶嵌在原坡表层的一副副动物标本，只有皮毛只具形态而失丢了生命活力。峁梁山隐约可见田堰层叠的庄稼地。沟壑里有一株株一丛丛不成气候的灌木，点缀出一抹绿色，渲染着一缕珍贵的生机。这儿那儿坐落着一个个很小的村庄，稠密的树木的绿盖无一例外地成为村庄的标志。”[②] 白鹿原这座古原是客观存在的自然地理现象，作家描述出来的是为他感知的白鹿原。自然界中的地形地貌以及土地上的天然植被是不以人的喜好而存在的自然要素，然而当人们面对它们时会采用情感式的应对方式，作家在描写它们时，最初是以景观的形式存在于作家文本中，这里存在一个环境感知的问题。因此，陈忠实写原，也写原边流淌的灞河：“傍晚时分，我走上灞河长堤。堤上是经过雨雪浸淫沤泡变成黑色的枯蒿枯草。沉落到西原坡顶的蛋黄似的太阳绵软无力。对岸成片的白杨树林，在蒙蒙灰雾里依然不失其肃然和庄重。河水清澈到令人忍不住用手撩拨。一只雪白的鹭鸶，从下游悠悠然飘落在我

① 陈忠实：《寻找属于自己的句子：〈白鹿原〉创作手记》，上海文艺出版社 2009 年版，第 6 页。

② 陈忠实：《白鹿原》，北京十月文艺出版社 2008 年版，第 347 页。

眼前的浅水边。……这是新世纪的第一个早春。这是我回到原下祖屋的第二天傍晚。这是我的家乡那条曾经诗家墨客提供柳枝，却总也寄托不尽情思离愁的灞河河滩。此刻，三十公里外的西安城里的霓虹灯，与灞河两岸或大或小村庄里隐现的窗户亮光；豪华或普通轿车壅塞的街道，与田间小道上悠悠移动的架子车；出入大饭店小酒吧的俊男倩女打蜡的头发涂红（或紫）的嘴唇，与拽着牛羊缰绳背着柴火的乡村男女；全自动或半自动化的流水线，与那个在沙坑在箩筛前挑战贫穷的男子……构成当代社会的大坐标。”① 这是作家散文《原下的日子》所描述的生活和所观察到的灞河边生活。“我顺着河堤逆水而上。这是一条自东向西的倒流河。河的南边是狭窄的川地，紧贴着白鹿原北坡的坡根。暮色愈来愈重，原坡上零散的树木已经模糊，坡塄间的田地也已经模糊，只呈现出山坡和塄坎的粗线条的走势，把这个时月里干枯粗糙的丑陋全部模糊起来了，倒呈现出一种模糊里的柔和。我曾经挑着从生产队菜园里趸来的黄瓜、西红柿、大葱、韭菜等蔬菜，沿着上原的斜坡小路走上去，到原上的集市或村庄里叫卖，每次大约可以赚来一块钱，到开学时就装着攒够的学费到城里中学报名了。我曾经跟着父亲到原上的村庄看社火，或秦腔。我曾经和社员一起在原坡上翻地，割麦子。我曾经走过的熟悉的小路和田块都模糊了。我刚刚写完以这道原为载体的长篇小说。这道真实的熟悉到司空见惯的原，以及我给这原上虚构的一群男女人物，盘踞在脑子里也盘踞在心上整整 6 年时间，现在都倾注在一页一页稿纸上，身和心完全掏空的轻松竟然让我一时难以适应。”② 这仅仅是将白鹿原作为一个地理环境，或者说人物活动的背景，作家用眼、用心细细打量，他的长篇小说《白鹿原》以白鹿原为载体，激活沉睡已久的白鹿原，隐喻传统乡土中国，而坐落在白鹿原上的西蒋村是陈忠实祖屋，也是当年作家创作《白鹿原》的地方。

《白鹿原》中的白鹿原是中国传统乡村的一个缩影，于其中我们看到传

① 陈忠实：《原下的日子》，北京十月文艺出版社 2008 年版，第 154 页。

② 陈忠实：《寻找属于自己的句子：〈白鹿原〉创作手记》，上海文艺出版社 2009 年版，第 144 页。

统乡土中国怎样从传统走向现代，以及为此而付出的沉重代价，看到统治乡土中国的乡约怎样瓦解，意识形态怎样分崩离析？《白鹿原》揭示的中华民族秘史恰恰在乡村这个地理空间。

三　地理景观与文学意象的相互建构

毋庸置疑，从一个自然地理景观，或人文地理景观转变为文学意象，需要作家创造，甚至需要诸多作家创造，乃至几代文人前赴后继的努力才有可能将这个自然、人文地理景观创造为一种民族文学或文化意象，而这种意象一旦产生，它又能反过来塑造现实社会空间，创建新的文化地理环境，这种相互推衍的关系是人地关系的深层体现之一。

灞桥在诗歌世界里的动静、兴衰与都城和交通的变化有着极为密切的联系。汉代都城虽在长安，但是当时灞桥方面的文学并不成熟；至魏晋时，南朝文人对远在关中、长安城外的灞水与灞桥只能是追忆；直到隋唐，灞桥作为京城的重要门户，在文学世界里才焕发出勃勃生机，经过众多文人吟咏凝结成典型的民族诗歌意象或文学意象。宋时，关中沦陷，灞桥更多作为一种故国家园的象征出现在宋人的诗词里，加之宋代文化已不及唐文化雍容雄健，灞水流域所形成的文学伤感意味增多。与此同时，北宋张载创立关学，对关中地域的文化产生深远影响，蓝田四吕在家乡创建《吕氏乡约》，这种乡约民俗深远影响后世千年，至清末民初，蓝田大儒牛兆濂的出现意味着千年的关中大地上，文化是深厚儒学影响的，陈忠实恰是秉承了这种关学重礼好义精神，其长篇小说《白鹿原》是这种精神凝聚的体现，白鹿原也从自然地理的原在作家的创造下转化为文化隐喻的原，成为一座真正的文化原。自然，随着时光的流逝，浐灞地区、白鹿原以及和这两个地域密切相关的蓝田许许多多自然地理、人文景观有的改变，有的湮灭，还有的依然存在，那些已经在现实中寻找不到踪迹的自然、人文地理景观，我们却在中国诗词、小说、散文中发现它们的身影，利用这些文献遗存，借助想象重新建构、复原起自然、人文景观当年的样貌，或者我们想象出来的样态，然后一代一代流传下去。所谓“地以一诗传”便是这个意思。

回到我们的议题上来，灞桥今天尚在，西安东郊因为《白鹿原》中创造的“白鹿原”文学意象而创建的新文化景观先后有白鹿书院、白鹿仓、白鹿原影视城等。它们自然是人文地理景观。白鹿书院现坐落在西安思源学院内，是作家陈忠实在世时创建的一所现代书院，是一个专门从事学术研究的机构，成立十多年来出版了《秦岭》杂志，影响广泛，现任山长文艺评论家邢小利辛勤耕耘在陈忠实当年创建的白鹿书院这片土地上。而白鹿书院实际是来自陈忠实的《白鹿原》中所描写的同名书院，小说中这样描写它：“白鹿书院坐落在县城西北方位的白鹿原原坡上，亦名四吕庵，历史悠久。宋朝年间，一位河南地方小吏调任关中，骑着骡子翻过秦岭到滋水县换成轿子，一路流连滋水河川飘飘扬扬的柳絮和原坡上绿莹莹的麦苗，忽然看见一只雪白的小鹿凌空一跃又隐入绿色之中再不复现。小吏即唤轿夫停步，下轿注目许多时再也看不见白鹿的影子，急问轿夫对面的原叫什么原，轿夫说：‘白鹿原。’……四进士全都有各自的著述。四兄弟全部谢世后，皇帝钦定修祠以纪念其功德，修下了高矮粗细格式完全一样的四座砖塔，不分官职只循长幼而分列祠院大门两边，御笔亲题‘四吕庵’匾额于门首。吕氏的一位后代在祠内讲学，挂起了‘白鹿书院’的牌子。这个带着神话色彩的真实故事千百年来被白鹿原上一代一代人津津有味地传颂着咀嚼着。”① 蓝田四吕是北宋著名的关学家，他们在蓝田创立的《吕氏乡约》是治理传统中国乡村的重要民约。至清末民初，蓝田牛兆濂授学于芸阁学舍，小说《白鹿原》中的朱先生即是以蓝田牛才子牛兆濂为原型而创造的一个关学大儒，因此小说中的白鹿书院是有宋代四吕庵的影子，也与牛兆濂讲学的芸阁学舍有关系。白鹿仓旅游园区是依托民国初年大时代背景，以白鹿原地区生活、民俗、精神风貌为文化根基，通过民国时期社会文化的交错和碰撞，展示以关中民俗为核心的多元文化和风俗。现在的白鹿仓是西安人周末、节假日旅

① 陈忠实：《白鹿原》，北京十月文艺出版社2008年版，第18页。

游休闲区。

在现代都市生活郊区是一个令人向往的区域，它代表的是一种新的生活方式，这种生活方式将城市生活和乡村生活很好地结合在一起。那么“只要城市中心区依然保有较为富有人群和较高的文化地位，郊区就会一直在城墙以外，哪怕城墙已不复存在，在比喻意义上也依然是如此。但是在工业革命之后，随着时间的推移，社会经济上的地域梯度已经变得越来越模糊，甚至发生反转”。[①] 处于西安城东郊的白鹿原就日渐重要起来了。它代表着城里人向乡村生活的一个过渡地区，也代表着乡村向城市移动的空间。不言而喻，对于物质生活日益发达的中国人来讲，追求优美的自然环境、寻找新的栖息地，体验乡村生活自然是一种新生活方式了。白鹿仓满足了西安城市人的这种需求。加之，1989 年西安灞桥从山东引进西洋大樱桃，1993 年试种成功后，以其果大、成熟早、味道鲜、经济效益高的优势，成为西安灞桥现代都市农业的支柱产业，形成了西北地区最大的樱桃产业基地及陇海线东段重点的早熟栽培区。如今每年到樱桃成熟季节，白鹿原上摘樱桃就成为城市人周末休闲娱乐的方式之一，人们在园中享受乡村采摘生活，在累累果实、茂密枝叶间，舒畅的空间里感受田园生活的惬意，然后到白鹿仓上体验民国乡村风情，吃关中小吃，这是一种健康而恬淡的生活方式。而小说《白鹿原》正是激活这种乡村文化之根。现在，在西安市蓝田县还建造了白鹿原影视城，它是陕西旅游集团有限公司以小说《白鹿原》和同名电影为文化载体，集影视创作、文化休闲、儿童游乐、精彩演艺为一体的关中民俗文化产业示范基地。白鹿原影视城以此弘扬陕西关中农村民俗文化、打造特色关中休闲旅游目的地。

众所周知，景观是充满生气的，人们修整它、擅用它、争夺它、欣赏它，而对一位作家来讲，要花费很长时间才能了解到它的基本特征，从中获取视觉、听觉和嗅觉的独特感受，久而久之熟悉后，然后对其进行描写，继

① 段义孚：《恋地情结》，商务印书馆 2018 年版，第 341 页。

而提炼出一种意象，而一旦这种意象经由作家精心打造，用心凝聚最终形成一个经典文学意象后便有依靠它进行文化新空间建构的可能性。当然能够创造经典文学意象的必是杰出作家，许多非地理学者就是在文学作品中寻找地理景观与地点的。因为作家赋予地理景观内涵与意义，使地理景观具有主动作用。景观在文学中能够起到隐喻作用，将作家熟悉的景观转变为心灵之国，而一旦这种心灵产物成为经典和稳定的文学意象时，它又会转变为一种景观式绘画或者文化新空间。由灞水而衍生的灞桥意象，继而产生的灞桥柳、灞桥雪，以及灞桥风雪驴子背等景观，是通过唐诗宋诗宋词的反复多人长时间吟咏而创造出的文学意象，这种意象从唐时就转化为唐画以另一种方式存在，宋代后，灞桥风雪图越来越丰富，成为中国山水画的重要题材之一。白鹿原（抑或称为霸陵原）则是在当代作家陈忠实笔下凝聚为一种乡土中国的文化符号，最终转化为一种现实社会的文化空间，如我们上面所述白鹿书院、白鹿仓、白鹿原影视文化城。它们是可视之物，也是由原来作家凝聚而成的心灵之国，成为视觉文化产物。

毋庸置疑，每个成熟的民族都有其象征景观，它们是民族形象构成之一，是维系一个民族思想，记忆与情感交集的一部分，而灞水、灞桥、灞桥柳、灞桥雪、灞桥风雪驴子背、白鹿原，它们从古典诗歌意象到现代小说中的文学意象的发展，正是一个古老的地域不断被作家进行文化创造的体现，反之，白鹿原上一系列文化新空间的存在都充分说明，作家可以进行新文化空间创建，大地上的自然、人文地理景观总是体现着人的意念、精神、情感和审美。

现当代小说中的河流地理景观

蒋林欣*

“河流文学”之所以需要从“文学”“乡土文学”中单独提出作为一个专门的题材或主题来研究，其中一个原因就是这类文学文本首先为我们提供、展示了一派别样的风景，与现代都市文学、小城镇文学或纯粹的村庄文学等有着不同的面貌，独特的自然风景、人文风情，一切事物都浸泡在河水中，散发出一股湿漉漉的气息，吸引着读者。因而我们察考河流的内部风景可先欣赏作家们笔下所描绘的各种较为典型的河流地理景观。从地理上说，河流自身有南北之别、城乡之异、大小之分，相应的河流景观也各有差异，此外有的文本中虽然没有直接出现河流，但出现了不少与河流密切关联的事物，如桥、船、码头、河街等，这些当然也是构成河流地理景观的重要元素。

一　南北之别

纵观中国现当代河流小说文本中的河流地理景观，首先就有南北之别。如果我们对中国的河流进行分类，最明显的无疑就是南北区分，不同地域的河流孕育了不同的文化，而不同的文化又不断强化、积淀、塑造、丰富了不

* 蒋林欣，西华大学文学与新闻传播学院副教授。

同的河流景观、河流特征与河流个性，在文化与地理交互式作用影响的过程中，河流的南北差越异加凸显，兼之阳光、雨水、泥土、气候、植被等诸多自然环境因素的影响，南北河流分别呈现出不同的面貌。概言之，北方的河流，如黄河、渭河、北运河、黑龙江、松花江等，大体上是波澜壮阔的，开阔、大气、豪壮、粗犷。例如黄河是北方河流的典型代表，尽管不同的河段有不同的景观，不同的文学家所观察到、描写到的黄河面貌有别，但总的来说是雄浑的、豪壮的，甚至是暴虐的。现当代小说中写到黄河及其重要支流的主要有萧红《黄河》、王萍草《黄河的海》《泛滥的黄河》、李凖《黄河东流去》、张承志《北方的河》、高建群《大平原》、赵本夫《逝水》《涸辙》等。张承志笔下的黄河就完全展现了作为一条世界大河流的雄姿，小说中的精彩段落很多，仅选几段共赏：

> 他激动地喃喃着，“嘿，黄河，黄河。”他看见在那巨大的峡谷之底，一条微微闪着白亮的浩浩荡荡的大河正从天尽头蜿蜒而来。蓝青色的山西省的崇山如一道迷蒙的石壁，正在彼岸静静肃峙，仿佛注视着这里不顾一切地倾泻而下的黄土梁峁的波涛。大河深在谷底，但又朦胧辽阔，威风凛凛地巡视着为它折腰膜拜的大自然。潮湿凉爽的河风拂上了车厢，他已经冲到了卡车最前面，痉挛的手指扳紧栏板。①
>
> 黄河平稳地向南迅速滑行着，仿佛凸起的水面白茫茫的……河水隆隆响着，又浓又稠，闪烁而颤动，像是流动着沉重的金属。这么宽阔的大峡都被震得摇动啦，他惊奇地想着，也许有一天两岸的大山都会震得坍塌下来。真是北方第一大河啊。远处有一株带着枝叶的树干被河水卷着一沉一浮，他盯准那绿叶奔跑起来，想追上河水的速度。他痛快地大声叫嚷着，他感到自己已经完全融化在这喧腾声里，融化在河面上生起的、掠过大河长峡的凉风中了。②

---

① 张承志：《北方的河》，花城出版社 2009 年版，第 12 页。

② 同上书，第 14—15 页。

黄河正在他的全部视野中急驶而下，满河映着红色。黄河烧起来啦，他想。沉入陕北高原侧后的夕阳先点燃了一条长云，红霞又撒向河谷。整条黄河都变红啦，它烧起来啦。他想，没准这是在为我而燃烧。铜红色的黄河浪头现在是线条鲜明的，沉重地卷起来，又卷起来。他觉得眼睛被这一派红色的火焰灼痛了……而在他年轻的眼睛里，黄河像北方大地燃烧的烈火。对岸山西境内的崇山峻岭也被映红了，他听见这神奇的火河正在向他呼唤。我的父亲，他迷醉地望着黄河站立着，你正在向我流露真情。他解开外衣的纽扣，随即把它脱了下来。①

从这几段描写中我们可以明显地感受到作者激昂的情绪，这是一个热血沸腾的青年眼里、笔下的黄河。值得注意的是，张承志规避了中国文学中将黄河比作母亲的传统，他把黄河比作父亲，说自己是黄河的小儿子，这既因为初见黄河时黄河给予了他父亲般的抚慰，父爱的缺失与寻找在黄河那里得到了补偿，也因为黄河给予了他摒弃平庸、为理想而奋斗的灵感、激情与无比巨大的力量，“他想，你还肤浅，你还太嫩，你还缺少像那些河流一样的、饱经沧桑的生活。但他又想，让那些伟大的哲人去描述北方河流最深刻的一面吧，我可以写这些河的青春。肉体可以衰老，心灵可以残缺，而青春——连青春的错误都是充满魅力的。我就是我，我的北方的河应当是幻想的河，热情的河，青春的河”。② 是的，在千年来的对于黄河的各种文学形式的书写中，张承志的黄河不是最深刻的、最具有文化意蕴的，但他的黄河却是最富有青春特质的，即使他的黄河是父亲，具有父亲的博大、宽广，但这种博大、宽广依然是如同壮年，而非年迈的慈父，这是作者在青春激扬的时代与年纪对人生梦想的激情呼唤与试图超越的努力。

张承志写出了黄河富于青春激情的一面，他把北方河流深刻的一面让与其他哲人，但他意识到河流的“饱经沧桑”，萧红、李準、高建群等写出了

① 张承志：《北方的河》，花城出版社 2009 年版，第 20—21 页。

② 同上书，第 108 页。

黄河的“沧桑”，萧红在抗战环境下所写的黄河：“悲壮的黄土层茫茫地顺着黄河的北岸延展下去，河水在辽远的转弯的地方完全是银白色，而在近处，它们则扭绞着旋卷着和鱼鳞一样……黄河的惟一的特征，就是它是黄土的流，而不是水的流……河里只见了泥沙，所以常常被诅咒成泥河呀！野蛮的河，可怕的河，簇卷着而来的河，它会卷走一切生命的河，这河本身就是一个不幸。”① 在萧红的笔下，黄河是悲壮的，是蜿蜒的、黄色的土流，而这正是战争年代人民困苦生活的底色。李凖在《黄河东流去》的开篇写道：“黄河，从源头的涓涓细水，沿途汇集三十五条主要支流和一千多条溪川，形成了每年约五百亿立方米水量的滚滚洪流，向东方咆哮着奔腾着”，他说黄河是勇敢的、勤劳的、古老的、受难的河流，“她不断地决口、泛滥、改道、淤积，仅在解放前的一百年间，她决口和改道达一百四十九次。咆哮的洪水冲毁村庄，淹没农田，吞噬了无数的生命财产。多少年来，在她的滔滔巨流中，流淌着人们的鲜血、汗水和眼泪”。② 而这本小说所写的正是黄河决堤给人民带来的灾难和痛苦。高建群在《大平原》的开篇也写到黄河的最大支流渭河：“渭河是哀恸的，沉重的，滞涩的，沧桑的。可是话又说回来了，中国北方的哪一条河流不是哀恸的，不是沉重的，不是滞涩的，不是沧桑的呢？它们从来没有欢快过和轻松过。对于它们来说，欢快和轻松的同义词是暴怒和暴戾，是雷霆之怒，是一河亢奋的、足以破坏和毁灭一切的、以十华里宽的扇面从平原上仪态万方地流过的浑浊水流。对于它们来说，也从来没有平静过和平和过。”③ 萧红、李凖、高建群写出了黄河的雄浑、壮观，更写出了黄河的沧桑、哀恸与暴戾，这些品质更与中华民族的命运、形象贴近，更与黄河岸边广大人民的生存相关。

与北方河流相比，南方河流则要温柔、秀丽得多，如长江、金沙江、嘉陵江、湘水、沅水、秦淮河等常常是“山川秀丽，人物多情”，尽管像长江

---

① 萧红：《黄河》，《萧红全集》，哈尔滨出版社 1991 年版，第 285—286 页。

② 李凖：《黄河东流去》，人民文学出版社 2005 年版，第 2—3 页。

③ 高建群：《大平原》，北京十月文艺出版社 2009 年版，第 2 页。

这样的大河在诸多文学文本中不乏刚猛与血性，如郭沫若《初出夔门》中对宜宾城下金沙江与岷江“相互搏击”的壮观场面的描写、李杭育《葛川江上人家》《珊瑚沙的弄潮儿》里所写的葛川江的凶险，那是它们作为大江大河应有的本色。现当代小说中的长江，或刚猛或柔媚，或清秀或污浊，因为不同的河段、不同的支流有着不同的姿态。端木蕻良在《大江》的开篇对长江概貌作了俯瞰式的展示：

> 大江是从星宿海里流泻下来的，它是从烟霭和毒瘴里生长大的，所以它的水流里，也充满了阴险和恶毒。一直到它奔流过七十二个险滩之后，白马滩，滟滪堆，长滩，瞿塘峡，巫峡，牛肝马肺峡，兵书宝剑峡，三十里滩，巴峡……它才平静了，匆匆的奔到海里去……大江就在眼底，一点也不渺远，伸手就可以掬出水来吃的，大江无感觉的流着，一切的滚流都是下意识的，而又白天黑夜奔流不息。湿气从它四面滋长着，炎热从水面上泛起，浊露混腾着。日光斜射在水面，金光四闪，木制的船摇荡着，布的帆影划过……这一切都每时每刻，受了江水的洗濯，益发崭新了。江水每个细泡翻腾上来，又破碎了。破碎之后，成为新的细泡再翻上来。江水是不动的，它非常静穆，大江是静的，但大江是动的。轮船也在动，兵舰也在动，水鸟在飞翔着，而大江在盘旋天上的钢铁的鹰翅之下，看来却像是一条死蛇——从高空向下看。①

这是端木蕻良在抗战时期所写的长江，气势非凡而阴险恶毒，此时的长江笼罩在战争的硝烟里，江水里漂着浮尸，流着人类殷红的血水，上空有敌机轰炸，江面有兵舰，还有为生活而挣扎的纤夫、渔人、舟子，长江无疑也有着黄河那样的沧桑、哀恸与暴戾，然而即便如此，长江依然有着美丽的风韵，有日光斜影，有水鸟飞翔，有可以洗涤一切污秽的江水，长江又是静穆的、博大的、丰富的。在战火纷飞的乱世，长江有如此静美的时刻，太平年

① 端木蕻良：《大江》，中国国际广播出版社2013年版，第2—5页。

月的长江更显得绮丽、优雅，刘白羽《长江三日》里的长江虽然险滩遍布，但丝毫也掩盖不了她的旖旎风光、庄严秀丽、气象万千，作者在同一个文本中，既描写了长江的险，也展示了长江的秀美："两条大江，骤然相见，欢腾拥抱，激起云雾迷蒙，波涛沸荡，至此似乎稍为平定，水天极目之处，灰蒙蒙的远山展开一卷清淡的水墨画……这时，你朝江流上望去，也是色彩缤纷：两面巨岩，倒影如墨；中间曲曲折折，却像有一条闪光的道路，上面荡着细碎的波光，近处山峦，则碧绿如翡翠。"① 作为"长江的女儿"的虹影所写的长江总是肮脏的、污浊的，那主要是由于长江南岸地区作为"城市盲肠"被污染、被遗弃的缘故，以及作为特殊年代有着私生女这种特殊身份的影响，她既写出了长江上的哀痛、阴暗，也写出了长江的美："站在山巅上，听着阵阵松涛声，俯瞰眼前这条中国最大的河流。在山巅看起来，它就如一条柔情蜜意的布带，绕着对岸城中心那个半岛，在朝天门码头与支流嘉陵江汇合，宽宽绰绰继续朝另一个城市流去。行驶的船，使河流摇动出波澜。"② 尽管这种美在她笔下是罕见的，是她想象着历史老师而幻化出的柔情蜜意的投射。相比之下，河流文学中的黄河景观较为统一、单调，而长江景观则具有复杂性、多面性与"复调"特征，究其原因主要在于长江及沿岸风光本身的丰富。雄奇的长江都如此秀美，更不用说湘江、沅水以及其他众多的江南水乡的河流了，如鲁迅《社戏》、废名《桥》、沈从文《边城》《长河》、古华《芙蓉镇》等作品中的河流均独具南方地域特色，呈现出与北方之河别样的风貌。

二　城乡之异

虽说河流具有流动性、媒介性、依存性，通常连接了城市与乡村，要把它们进行城与乡的划分是不容易的，也是不太科学的，但临近城市的河流景

① 刘白羽：《长江三日》，《刘白羽文集》第六卷，华艺出版社1995年版，第174—177页。
② 虹影：《饥饿的女儿》，北京十月文艺出版社2010年版，第136—137页。

观与临近乡村的河流景观确实有着巨大的差异。前者以城为依托，其中就有着多种城的元素，接收、容纳了城市发展的潮流与副产品。例如茅盾《子夜》里写的苏州河、黄浦江景观：“苏州河的浊水幻成了金绿色，轻轻地，悄悄地，向西流去。黄浦的夕潮不知怎的已经涨上了，现在沿这苏州河两岸的各色船只都浮得高高地，舱面比码头还高了约莫半尺。风吹来外滩公园里的音乐，却只有那炒豆似的铜鼓声最分明，也最叫人兴奋。暮霭挟着薄雾笼罩了外白渡桥的高耸的钢架，电车驶过时，这钢架下横空架挂的电车线时时爆发出几朵碧绿的火花。从桥上向东望，可以看见浦东的洋栈像巨大的怪兽，蹲在暝色中，闪着千百只小眼睛似的灯火。向西望，叫人猛一惊的，是高高地装在一所洋房顶上而且异常庞大的霓虹电管广告，射出火一样的赤光和青嶙似的绿焰：Light，Heat，Power！”① 苏州河、黄浦江几乎被城市现代化景观围困，表现了现代文明对河流景观的改变和异化。

20 世纪 40 年代王余杞所写的《海河汩汩流》中的“海河”是华北地区的最大水系，也是我国境内的一条大河，自天津金钢桥到大沽口流入渤海湾，又称“沽河”。如同苏州河、黄浦江一样，海河也充斥着现代化与殖民味：

> 海河像一条死蛇似的躺在桥下。今年冬天的天气虽是和暖，两边浅处依然结了厚冰，只有中间一派水流还在汩汩流着。——像死蛇躺在地下蠕蠕擎动，左不过在那里等死罢了。大大小小的船只，或者冻在冰里，或者沿着水流，乍一看还疑心停在那里，仔细看来才会发现它们居然还在游移。船上也许还有人，却个个都瘦瘪得像鬼影。笼罩着这些鬼影的是满天满河的烟尘。烟尘自巨大的烟囱口上呼吐出来，散布开，散布开，俨然织成一片寒雾。寒雾张挂着，因此叫欲落的夕阳也蒙上一层惨淡。它像要哭，哭自己微弱的光辉，将与大地同归死灭。——真像要归于死灭，一抹红霞渐渐变淡，淡，淡……换来了一派暮霭。而那海河

① 茅盾：《子夜》，《茅盾全集》第三卷，人民文学出版社 1984 年版，第 3 页。

中的流水，仍自永恒地汩汩地流着！①

至于海河两岸，说不得，左一块租界，右一块特区——它的前身仍是租界，那已经欧化得不像是中国人居住的地方了，多可叹呢……只是直到看过海河，一时转过来的观念又变成游移了。——满眼洋楼，屏列在海河两岸，气派非常雄壮。海河如带，上面横跨着金钢桥，金汤桥和万国桥，乃更成为增加气派的点缀。像古时腰带上的雕花宝石一样，腰带的本身是没有多大价值的，装上宝石才立时显得华贵，这就是说海河的气派，也全靠了洋式的楼房和金钢桥来装点，倘若天津市内没有租界，仍然主持在中国人手里，该是怎样一种光景呢？中国地的人只会在腰带上装宝石而不会在海河上面造铁桥，两岸上盖洋房的啊，对不对呢？——凭海河自己来说吧！海河可不言语，只是汩汩流着！②

此时的天津正是各方势力争夺的场所，“租界”“特区”等皆被侵占，海河两岸早已被欧化、洋化、殖民化，很难找到一点中国风味。虹影所写的20世纪60—70年代的山城重庆旁边的长江景观几乎无可愉目，总是散发着腐烂的气息：“两江环抱的半岛是重庆城中心，依山而立的各式楼房，像大小高矮不一的积木。沿江岸的一处处趸船，停靠着各式轮船，淌下一路锈痕的缆车，在坡上慢慢爬。拂晓乌云贴紧江面，翻出闪闪的红鳞；傍晚太阳斜照，沉入江北的山坳里，从暗雾中抛出几条光束。这时，江面江上，山上山下，灯火跳闪起来，催着夜色降临。尤其细雨如帘时，听江上轮船丧妇般长长的嘶叫，这座日夜被两条奔涌的江水包围的城市，景色变幻无常，却总那么凄凉莫测……整个漫长的南岸地区，几乎没有任何排水和排污设施：污水依着街边小水沟，顺山坡往下流。垃圾随处乱倒，堆积在路边，等着大雨冲进长江，或是在炎热中腐烂成泥。”③

---

① 王余杞：《海河汩汩流》，《王余杞文集》上卷，王平明等整理，花山文艺出版社2016年版，第462页。

② 同上书，第469页。

③ 虹影：《饥饿的女儿》，北京十月文艺出版社2010年版，第4—5页。

苏童《城北地带》的香椿树河的内河景观等都是属于城边的河流，这些河流更多地受到城市文明、城市居民生活的重要影响，所谓“现代”的意味十分浓烈，它们的角色主要是服务于城市的发展，除了为城市提供物资输送、水资源等之外，还成了城市垃圾的收留站，成为藏污纳垢的场所，因此这些作家笔下的河流显示出“丑恶”的一面。

与这些临城之河的景观不同的是，临乡之河的河流景观大多数还保持着较为纯粹的自然景象，虽然它们也在后来的发展中逐渐丧失了原始的天然魅力。如鲁迅《社戏》、废名《桥》、沈从文《长河》、茅盾《水藻行》、刘绍棠《运河的桨声》、张炜《芦青河纪事》、莫言《枯河》、贾平凹《浮躁》、罗伟章《大河之舞》等小说中的河流景观都呈现出自然清新的田园风貌，总是与乡村的日常生活相连，与农民、村妇、水手以及各种农村经济作物相关。《社戏》中的河流弥漫着豆麦、水草的清香，月色朦胧在水气里，渔火点点，横笛悠扬，篷船依依，“岸上的田里，乌油油的便都是结实的罗汉豆”[①]。《水藻行》中所写的江南水乡的河流：“弯弯地向西去，像一条黑蟒，爬过阡陌纵横的稻田和不规则形的桑园，愈西，河身愈宽，终于和地平线合一。在夏秋之交，这快乐而善良的小河到处点缀着铜钱似的浮萍和丝带样的水草，但此时都被西北风吹刷得精光了，赤膊的河身在寒威下皱起了鱼鳞般的碎波，颜色也愤怒似的转黑”[②]，河畔有广漠无边的新收割后的稻田，发亮的带子似的港汊在棋盘似的千顷平畴中穿绕着，蕴草丰茂，不知名的水鸟时时从枯白的芦苇中惊飞，偶尔还有一两个女人在敲冰汲水。《运河的桨声》里的北运河景观也不乏静美：“清明节，运河上游的山谷水库放下水来了，太阳光下，白茫茫的，但却是安静地向下流，几只水鸟飞上飞下，捕捉水里的鱼儿。运河岸上青郁郁的杨柳，被河风吹得轻轻摇摆，鸟雀更加嬉闹地歌唱。像婴儿吮吸母亲的乳头，一道道银流，从运河的身体流向干渴的土地里。一条曲曲折折的水沟分两股岔儿，东边流到油脂作物区，西边流到张

① 鲁迅：《社戏》，《鲁迅全集》第一卷，人民文学出版社 2005 年版，第 595 页。

② 茅盾：《水藻行》，《茅盾全集》第九卷，人民文学出版社 1985 年版，第 286—287 页。

顺那一队的玉米地。”① 贾平凹写的州河是“在宽宽的河谷里并不是满满当当，水有时合为一道，蛇样地冲到北岸，空出南岸一堆一堆沙石丘梁，有时又冲到南岸，使南岸的路逼上了峭峭的石崖，而北岸的干涸滩上却新垦了一坑一洼的水田”②。张炜在他早年的那些芦青河系列小说中写出了诗意丰满的芦青河景观，如：“芦青河哗哗流去，好像故意要吵醒两岸那沉睡的村庄……天灰蒙蒙的，星星也疏了。一个小鸟迎着她叫了几声，扑楞着翅膀藏到河边的林子里去……到底是旱季的河，靠堤的地方露出一片白沙，只有河心的水才急急流淌……虽然水面不宽，却清澈得很，那水底五颜六色的卵石再清鲜不过：白的、红的、绿的……河对岸有一个金红的点子在颤动，啊，是朵野花儿，正迎风摇摆呢！”③ 叶蔚林《在没有航标的河流上》故事本身很苦涩，具有悲剧色彩，潇水也是一条十分险恶、吞噬了无数放排人生命的河流，但作者还是展示了潇水纯粹的自然美：

潇水是一条没有任何航标的河流。正因为没有任何航标，使它显示出一种单纯的、质朴的、天然的美，恰如山区那些不事装饰的女子。在它的上游，大部分河道都被夹在两岸的青山之中，好像一条走不完的长廊。它的流水清得出奇，树影映在水面上，连枝杈间的鸟巢都可以看清楚。只要你在潇水上游航行过，一定会产生这种奇异的感觉：天地之间的界限似乎完全不存在了；鸟儿在水底飞翔，鱼儿游上山岗；人呢，根本搞不清自己到底是在水中，还是在天上。周围的一切都是绿的，绿得叫人心醉。唯独在河道的远方，蒙蒙的雾气，荡漾着一抹幽蓝。这蓝色时时召唤你，引诱你，逗起你的无尽遐想。可是你往前走，那幽蓝又变成绿的了；你永远别想到达那个境界。④

---

① 刘绍棠：《运河的桨声》，《刘绍棠文集》卷9，北京十月文艺出版社2001年版，第232页。

② 贾平凹：《浮躁》，译林出版社2012年版，第108页。

③ 张炜：《达达媳妇》，《芦青河纪事》，山东文艺出版社1997年版，第221—227页。

④ 叶蔚林：《在没有航标的河流上》，《叶蔚林作品全集》上卷，湖南人民出版社2012年版，第11页。

诸如此类，乡村的河流总是与乡村世界的一切相关联，蓝天、白云、和风、暖阳、清水，河里游的有鸭子、鱼儿、水草、水鸟，岸边有各种各样的农作物，水边常有洗衣的妇人，一切都带着一股湿润的气息。这是较为原始的、古朴的、与现代文明相距遥远的河流景观，与临城的河景面貌迥异，让人流连、回味，但现代文明正在向乡村扩散、侵蚀，这样的河景正在远离、消失，也许多年以后我们只能从文学描写中、从老照片中想象那些永远逝去的河流地理景观了。

三 大小之分

在中国古代河流文学中，文学家们注重的往往是那些承载了历史文化与民族精神的大江大河，如长江、黄河、渭河、运河、湘江、秦淮河等，均是文化底蕴十分深厚的河流，相比之下，对于小河流的书写就逊色得多，少有名篇佳作，但到了现当代文学中，这一情况发生了很大的变化，虽然大江大河依然是文学家审美观照的重要客体，但众多的小河也成了他们极力书写的对象。

中国是大河文明孕育的国家，历代文学家书写富于历史文化的大江大河既是一种文学、文化传统，也是他们的责任所在，现当代的作家当然遵循了这种文学书写的传统，对那些承载了厚重的历史文化的象征意义的大江大河予以审美观照、大力书写，加上在新的历史语境下出现的文化寻根、文化乡愁等思潮的推动，这种大河书写显得越加热烈。如写黄河的有萧红《黄河》、刘白羽《黄河上》、王萍草《黄河的海》《泛滥的黄河》、李準《黄河东流去》、张承志《北方的河》等；写长江的有陈荒煤《长江上》、丁谛《长江的夜潮》、端木蕻良《大江》、虹影《饥饿的女儿》等，这些文本中的精彩段落已列举不少，既展示出了大江大河的崇高之美、博大之美、浑厚之美，也展示出了河流本身以及河流两岸人民生活、命运的苦难历程。这里还可以举出一段陈荒煤描写的长江："落着细雨的天，江上简直象张起了一口大雾网。浑浊的江水显得更浑浊了，浪似的从江底拥起些黄泥向上翻，只望见黄沌沌的一片。江上看不见什么，无尽无际的是那不断飘洒的柔丝样的细雨。船一只沸水锅子似地发出单调的‘嘟嘟……嘟嘟……’的声音来，象是痉挛地蠕动着……船终于拉了汽笛，窒闷而悠长，恋恋不舍地驱逐了在它周围叫嚣的人物，开动了。岸上的工人好像满意这次的生活而发出欢欣般的呼声；但船上的人们又渐渐平静了。有几只水鸟追随在船尾飞，江上那被渐深的黄昏盖住了的浪头现出灰暗的颜色来，怨诉着什么地流走了。岸上的灯映着凄凉的眼睛，闪晃着，象是蒙了泪滴。”① 像陈荒煤这样的长江书写，侧重的是对长江上船民的生活状态的展现，而不仅仅是传统那种颂歌模式的抒情，他笔下的长江是苦难的容纳，这是战乱时期人民生活的侧影。

现代作家除了注重对大河的书写之外，还注重对各种小河流的描写，只要这些小河曾经与他发生过密切的联系。在现代，由于各种原因，文学家的主体性彰显，他们的人生经验和生活体验与河流密切相关，因而他们除了延续过去文学中书写大江大河的传统之外，更重要的是注重那些与自己的人生密切相关的河流，因而很多小河小溪、湖泊、水淀，不管有名无名，进入了文学家的书写范围。比如沈从文就说过：“我总那么想，一条河对于人太有用处了。人笨，在创作上是毫无希望可言的。海虽俨然很大，给人的幻想也宽，但那种无变化的庞大，对于一个作家灵魂的陶冶无多益处可言。黄河则沿河都市人口不相称，地宽人少，也不能教训我们什么。长江还好，但到了下游，对于人的兴感也仿佛无什么特殊处。我赞美我这故乡的河，正因为它同都市相隔绝，一切极朴野，一切不普遍化，生活形式生活态度皆有点原人意味，对于一个作者的教训太好了。我倘若还有什么成就，我常想，教给我思索人生，教给我体念人生，教给我智慧同品德，不是某一个人，却实实在在是这一条河。”② 很明显，沈从文注重的并非河流的“大”，黄河、长江对于他的性情的陶冶、文学创作并没什么直接的联系，因为它们与他的生活、

① 荒煤：《长江上》，花城出版社 1981 年版，第 1—25 页。

② 沈从文：《湘行书简 · 滩上挣扎》，《沈从文集 · 湘行散记》，北京十月文艺出版社 2008 年版，第 209—210 页。

生命不相关，对于他来说，最重要的是故乡的河，沅水辰河，它们给了他直接的影响。虹影之所以写出了长江的浑浊、肮脏，也是因为长江与她的生命体验相关："江水还是黄澄澄的，长江比嘉陵江更脏，看着热，脚浸入，却是凉爽舒服的。我们住在江边的人，对江水有一种特别的依恋。远离江边的人，欢喜只是一股劲，背过身去，就会把江水忘却。我们住在江边的人，和不住在江边的人，一旦走在同一旅程上，那么，我们总是尽可能地和江水靠得近些走。不住在江边的人，嘲笑我们傻劲，老是拾起石片打水漂。他们说，江嘛，看看就是，江很讨厌，过江过水，耽误时间，误事不说，翻船的话，连命也搭上。但江水就像流在我们的心里，我们生来是江边的人。下坡上坎停息时，总喜欢停下来转过脸去遥望上几眼，看几眼江景，又能爬一大坡石阶。"① 作者说出了远离江边的人与住在江边的人对长江有着不同的情感。

可见，现代作家们更加注重的是个体的生命体验，因而甚至一些细小的、无名的河流也成为他们的书写对象。如孔捷生《在小河那边》里写的小河："到场部一路上要蹚过八次河。实际就是同一条河。它环着山势迂回曲折地流淌，叫人非得一次又一次地蹚过它不可。谁也不晓得这条小河叫什么名字，正如五指山区数不清的大小山峰，世居这里的黎胞苗胞都没想起给它们起名字。人们甚至不知道它从哪里流来，向哪儿流去。"② 鲁迅、王鲁彦、萧红、张炜、贾平凹等所写的河都是故乡的小河流，虽然这些河流在它们所在的地方规模并不算太小，都是故乡的母亲河，但与长江、黄河等那些有名的大江大河还是无法相比的，因此笔者把它们统统归为"小河"。正是这些普通的小河流作为现代作家重要的关注对象，涌现了众多优秀的河流文学作品。如鲁迅《社戏》、废名《浣衣母》《桥》、王鲁彦《桥上》《河边》、茅盾《春蚕》《秋收》《残冬》《水藻行》、沈从文《边城》

① 虹影：《饥饿的女儿》，北京十月文艺出版社 2010 年版，第 135—136 页。

② 孔捷生：《在小河那边》，中国作家协会创研部选编：《黑玫瑰》，时代文艺出版社 1994 年版，第 230 页。

《长河》《三三》、萧红《生死场》《呼兰河传》、孔捷生《在小河那边》、叶蔚林《蓝蓝的木兰溪》《在没有航标的河流上》、古华《芙蓉镇》、张炜《芦青河纪事》《古船》、李航育《最后一个渔佬儿》、贾平凹《浮躁》、周大新《寨河》、苏童《城北地带》《河岸》等。而这些“小河”的地理景观也总是与人们的生存密切相关，生活气息浓郁，如《蓝蓝的木兰溪》里所写的木兰溪：

> 菇母山腹地，有一道清流，人们称它木兰溪。木兰溪象一条蓝色的丝带，挽起两岸错落的村寨，和高高低低的吊脚楼，组成了木兰溪公社。木兰溪公社有密密的杉树林，有肥沃的土地，有丰饶的山产……木兰溪畔，芳草芊芊，杂树成行。春天秧鸡欢唱，夏天野花飘香，到了冬天，相思树反而显得更绿了，把俏丽的倩影，映在水面上……断黑之前，白雪覆盖了四野，山路没有了，小桥模糊了，只见木兰溪的流水，变得格外幽蓝……蓝蓝的木兰溪照样流，水柳长在高岸上，新竹生在山岗上；芳草芊芊，野花飘香。可是，我们美丽而善良的赵双环呢，她在哪里？她在哪里？①

小说中的“我”作为“文革”中的下放知青，到了菇母山区的木兰溪公社，而与木兰溪结缘，并认识了木兰溪畔的明珠赵双环，而像赵双环那样美丽、能干、善良的姑娘却在公社副书记盘金贵的“培养”与个体自由的追求冲突中“堕落”了。作者对木兰溪的描写既充满了乡土气息，又带上了理想化的色彩。再如废名《桥》中写到的史家庄的河流：

> 河本来好，洲岸不高，春夏水涨，不另外更退出了沙滩，搓衣的石头挨着岸放，恰好一半在水……站在史家庄的田坂当中望史家庄，史家庄是一个“青”庄。三面都是坝，坝脚下竹林这里一簇，那里一簇。

---

① 叶蔚林：《蓝蓝的木兰溪》，唐达成主编：《中国新文艺大系 1976—1982 短篇小说集》上卷，中国文联出版公司 1986 年版，第 381—394 页。

树则沿坝有，屋背后又格外的可以算得是茂林。草更不用说，除了踏出来的路只见它在那里绿。站在史家庄的坝上，史家庄被水包住了，而这水并不是一样的宽阔，也并不处处是靠着坝流。每家有一个后门上坝，在这里河流最深，河与坝间一带草地，是最好玩的地方，河岸尽是垂杨。迤西，河渐宽，草地连着沙滩，一架木桥，到王家湾，到老儿铺，史家庄的女人洗衣都在此。①

如同众多的无名小河一样，史家庄的这条河流也没有名字，再普通、渺小不过了，但他却是整个史家庄的灵性所在，没有这河便没有该文本的中心意象“桥”，整个文本的诗性、理想化色彩就会大为逊色，而与这条小河相关联的则是小城门、竹林、浣衣妇、青草、垂杨、木桥等，小桥流水人家，一派梦幻田园景致。

四　因河流而衍生的相关地理景观

除了对河流本身景观的描写之外，还有很多因河流而衍生的地理景观也是现代河流小说着重描写的对象，也是河流的内部风景，如船、桥、河街、河滩、码头、渡口等都是比较重要的地理景观。

桥是与河相关的第一意象，也是文学家们历久不衰的写作主题，废名《桥》、王鲁彦《桥上》、萧红《桥》等都是直接以桥为名的小说，“桥”是这类文本的中心意象。如《桥》中写到的青石桥：“从史家庄这一条路来，小林也未曾走过，沿河坝走，快到八丈亭，要过一架木桥。这个东西，在他的记忆里是渡不过的，而且是一个奇迹，一记起它来，也记起他自己的畏缩的影子，永远站在桥的这一边。因为既是木架的桥，又长，又狭，又颇高，没有攀手的地方，小孩子喜欢跑来看，跑到了又站住，站在桥头，四顾而返。实际上这十年以内发了几次山洪，桥冲坍了重新修造了两回。依然是当

① 废名：《桥》，花城出版社 2010 年版，第 13—64 页。

初的形式。今天动身出来，他却没有想到这个桥，坝上都是树，看见了这个桥，桥已经在他的面前。他立刻也就认识了。”① 这座桥之所以在小林的记忆里“渡不过”，是个“奇迹”是因为他曾与琴子、细竹在此过桥，留下了美好而悲哀的印象。苏童也写到了香椿树街头的和尚桥：

这样他在行走了五分钟左右的时候就看见了和尚桥，正是雀背驮着夕阳的黄昏，和尚桥古老而优美地卧于河上，状如玉虾，每块青石都放射出一种神奇的暖色。而桥壁缝里长出的小扫帚树，绿色的，在风中轻轻摇曳……但是整个少年时代，我几乎天天要从和尚桥上过，从家里去学校。理智地说，过桥人是不应去败坏桥的名声的。站在和尚桥桥头，俯视人来人往的香椿树街，数数梅家茶馆共有多少窗户，想想历史真是莫名其妙的乱七八糟的东西，它虚幻而荒诞，远远不如厕所前的一排红漆马桶真实可靠。②

这是典型的南方水乡的桥，苏州自古就是“人家尽枕河”“水港小桥多”，苏童笔下的和尚桥不仅具有水乡小桥“古老而优美”的姿态，而且与他的香椿树街融为一体，与他文学构筑的南方世界风格协调，有一种腐朽、没落的气息。

船也是因河而生的事物，“船是河流的插图”“没有船只的河流就像一本书，里面只有文字，没有插图”③。有河就有船，在河流文学中，船占据了重要的地位，如周作人写的浙江乌篷船、沈从文写的辰河的船都各具韵味，船的式样、功能繁多。沈从文笔下的渡船、苏童笔下的驳船、李航育笔下的渔船、贾平凹笔下的梭子船，以及张炜笔下颇具象征意味的“古船”等，都构成了文学文本中的河流上的重要景观。如果说桥主要是作为一种审美理想而存在，那么船除了寄寓作者的审美理想之外，还与人们的生存、人

① 废名：《桥》，花城出版社 2010 年版，第 109 页。
② 苏童：《南方的堕落》，《香椿树街故事》，上海人民出版社 2008 年版，第 283—292 页。
③ 王太生：《船是河流的插图》，《中国旅游报》2012 年 5 月 21 日。

物的命运紧密相关，如端木蕻良《风陵渡》里的马老汉，他的那只破船脱胎换骨地修了很多次，几乎每个铆钉都换过，但它就像祖宗传给他的骨血一样，再破也不能毁弃，他不能失去他的船，“他要失去了船，他也就活不了啦，那是他的命根子，他的生产惟一的靠山。他的船是和黄河一块儿生长起来的，有河就得有船”。① 特别是沈从文所写的湘西的船，既是审美对象，又是人物命运的暗示与象征，既展示了湘西世界独特的风情，又承载了下层人民的苦痛与艰辛，如《船上岸上》中对船以及船上人家生活的精细描写：

> 船停在码头边成一队，正如一队兵。大船排极右，其他船只依次来。这是说我们所有下行船一帮。虽然这只是一帮，船就有了四十只，各把船头傍了岸，一个石头堆成的码头也早挤满不能再容别的船舶了。别的船，原有别的帮，也就有别的码头让它们泊岸，不相关……船的头尾全已站了人，凡是日间在篷里呆睡呆坐的，这时全出到舱面来了。各个船上都全在煮饭，在船头，在船尾，无一个不腾起白的烟气。一些煮好了饭的，锅中就炒菜，有油落在锅里炸爆的声音，有切菜的声音。有些用顶罐煮饭，米已熟，把罐提起将米汤倾倒到河中去。又有人蹲在船篷上唱戏。坐在岸边看看天夜了。②

《边城》里也写道：“住在城中较高处，门前一站便可以眺望对河以及河中的景致，船来时，远远的就从对河滩上看着无数纤夫。那些纤夫也有从下游地方，带了细点心洋糖之类，拢岸时却拿进城中来换钱的。船来时，小孩子的想象，应当在那些拉船人一方面。大人呢，孵一窠小鸡，养两只猪，托下行船夫打副金耳环，带两丈官青布，或一坛好酱油，一个双料的美孚灯罩回来，便占去了大部分作主妇的心了。”③ 沈从文对“船”的描写具有典

① 端木蕻良：《风陵渡》，《端木蕻良小说》，浙江文艺出版社 2007 年版，第 164 页。
② 沈从文：《船上岸上》，《沈从文集・萧萧》，北京十月文艺出版社 2008 年版，第 56 页。
③ 沈从文：《边城》，《沈从文集・边城》，北京十月文艺出版社 2008 年版，第 397 页。

型的湘西风味、世情风味、日常生活风味。《边城》中的渡船更是一种富有多重意蕴的象征符号，它既是翠翠、祖父与外界相联系的中介，“有时过渡的是从川东过茶峒的小牛，是羊群，是新娘子的花轿，翠翠必争着作渡船夫，站在船头，懒懒的攀引缆索，让船缓缓的过去。牛羊花轿上岸后，翠翠必跟着走，送队伍上山，站到小山头，目送这些东西走去很远了，方回转船上，把船牵靠近家的岸边”，又是人物命运的象征，它是祖父唯一的财产，也将是翠翠唯一的嫁妆，然而这种原始的、淳朴的自然方式、诗意的甚至是禅宗的境界，注定会在现代文明进程中失败，渡船最终败给了“碾房”就是例证。

码头是船舶、货物、商贾及其他人员往来的聚散之地，具有十足的流动感，河流小说中凡是写到较大河流时基本上都会写到重要的码头，码头是河流与岸上世界的连结点，是静与动的结合。如沈从文《边城》《长河》、虹影《饥饿的女儿》、苏童《河岸》、贾平凹《浮躁》等都对码头情景进行了细致的描写。虹影在《饥饿的女儿》中多次写到重庆一带的长江码头，如母亲 1943 年逃婚到重庆时初见的码头情景：“码头上挤压着接客送客的人：男的西服，礼帽，女的旗袍，高跟皮鞋，烫发，手拿扁担绳子的脚夫，抬滑杆的，兜售叫卖的小贩，带枪的警察。这一切都太新奇了，她一时忘了为什么到这地方来。”① 在此可以窥见那个年代重庆长江码头的风物人情。

沈从文在《长河》题记中明确地说到《长河》的写作就是“用辰河流域一个小小水码头作背景，就我所熟习的人事作题材，来写写这个地方一些平凡人物生活上的‘常’与‘变’，以及在两相乘除中所有的哀乐”。②《长河》的故事主要发生在吕家坪，沈从文详细地写了这个码头的商业繁荣景象：

> 既然是个小小水码头，情形也就和其他码头差不多，凡由辰河出口

① 虹影：《饥饿的女儿》，北京十月文艺出版社 2010 年版，第 80 页。
② 沈从文：《长河》，《沈从文集 · 长河》，北京十月文艺出版社 2008 年版，第 230 页。

的黔东货物，桐油、木材、烟草、皮革、白蜡、水银和染布制革必不可少的土靛青、五倍子，以及辰河上游两岸出产的竹、麻，与别的农产物，用船装运下行，花纱布匹、煤油、自来火、海味、白糖、纸烟和罐头洋货，用船装运上行，多得把船只停靠，在这个地方上“复查税”。既有省中委派来的收税官吏在此落脚，上下行船只停泊多，因此村镇相当大，市面相当繁荣。有几所规范宏大的榨油坊，每年出货上千万桶桐油。有几个收买桐油山货的庄号，是汉口常德大号口分设的。有十来所祠堂，祠堂中照例金碧辉煌，挂了许多朱漆匾额，还迎面搭个戏台，可供春秋二季族中出份子唱戏。有几所庙宇，敬奉的是火神、伏波元帅，以及骑虎的财神，外帮商人集会的天后宫，象征当地人民的希望和理想。有十来家小客栈，和上过捐的“戒烟所”，专为便利跑差赶路人和小商人而准备。地方既是个水码头，且照例有一群吃八方的寄食者，近于拿干薪的额外局员，靠放小借款为生的寡妇，本地出产的大奶子大臀窑姐儿，备有字牌和象棋的茶馆……由于一部分闲钱，一部分闲人，以及多数人用之不尽的空闲时间，交互活动，使这小码头也就多有了几分生气。地方既有财有货，间或就又驻扎有一百八十名杂牌队伍，或保安团队，名为保护治安，事实上却多近于在此寄食。三八逢场，附近三五十里乡下人，都趁期来交换有无，携带了猪羊牛狗和家禽野兽，石臼和木碓，到场上来寻找主顾。依赖盐乡为生的江西、宝庆小商人，且带了冰糖、青盐、布匹、纸张、黄丝烟、爆竹，以及其他百凡杂货，就地搭棚子做生意。到时候走路来的，驾小木船和大毛竹编就的筏子来的，无不集合在一处。①

吕家坪码头如此繁荣、热闹，汇聚了各种工农业商品，也集中了商人、船夫、官员、妓女、闲人食客、盐乡银匠、算命瞎子各色人等，而这个码头还仅仅是个“小小水码头”，只是那么多码头中很普通的一个，可见沅水辰

① 沈从文：《长河》，《沈从文集·长河》，北京十月文艺出版社2008年版，第257—258页。

河流域的风土人情、世态百相。

河街，又是一种因河而生的特色事物，临河而建，方便水运，街面常由石板铺成，既是河流的一部分，又是市区的一部分，上有米市、商行、客栈、运输行、匠铺、吊脚楼人家等，沈从文、古华、苏童、贾平凹等都对河街有着细腻的描写。沈从文在《湘行书简》中有一篇《河街想象》，专写他最喜欢的吊脚楼河街，并明确地表达了他对河街的热爱：“这种河街我见得太多了，它告我许多知识，我大部提到水上的文章，是从河街认识人物的。我爱这种地方、这些人物。他们生活的单纯，使我永远有点忧郁。我同他们那么‘熟’——一个中国人对他们发生特别兴味，我以为我可以算第一位！但同时我又与他们那么‘陌生’，永远无法同他们过日子，真古怪！我多爱他们，五四以来用他们作对象我还是唯一的一人！”① 的确，沈从文是“五四”以来写河街的第一人，也是写得最成功的人，因为河街已经融入他的灵魂深处。在《边城》中，河街无疑是一个十分重要的场所和意象：

> 贯串各个码头有一条河街，人家房子多一半着陆，一半在水，因为余地有限，那些房子莫不设有吊脚楼。河中涨了春水，到水脚逐渐进街后，河街上人家，便各用长长的梯子，一端搭在自家屋檐口，一端搭在城墙上，人人皆骂着嚷着，带了包袱、铺盖、米缸，从梯子上进城里去，等待水退时，方又从城门口出城……这小城里虽那么安静和平，但地方既为川东商业交易接头处，故城外小小河街，情形却不同了一点。也有商人落脚的客店，坐镇不动的理发馆。此外饭店、杂货铺、油行、盐栈、花衣庄，莫不各有一种地位，装点了这条河街。还有卖船上檀木活车、竹缆与锅罐铺子，介绍水手职业吃码头饭的人家。小饭店门前长案上，常有煎得焦黄的鲤鱼豆腐，身上装饰了红辣椒丝，卧在浅口钵头里。②

---

① 沈从文：《河街想象》，《沈从文集·湘行散记》，北京十月文艺出版社 2008 年版，第 176 页。

② 沈从文：《边城》，《沈从文集·边城》，北京十月文艺出版社 2008 年版，第 395—397 页。

就在这条河街上住着船总顺顺，端午时翠翠曾在船总家的吊脚楼门楼上看赛龙舟。古华《芙蓉镇》里的集市就在街后临河那块二三十亩见方的土坪上。贾平凹《浮躁》中的镇街也是河街："镇街在河的北岸，长虫的尻子，没深没浅的，长，且七折八折全乱了规矩……背河的这面街房，却故意不连贯，三家五家了隔有一巷，黑幽幽的，将一阶石级直垂河边，日里月里水的波光闪现其上，恍忽间如是铁的环链。在街上走，州河就时显时断，景随步移，如看连环画一样使任何生人来这里都留下无限的新鲜。"① 苏童笔下的香椿树街也是典型的河街，在《南方的堕落》《舒农》《城北地带》《刺青时代》等文本中都是这条河街上的故事，河街是一条苍白的缺乏人情味的石硌路面，两排是无始无终的破旧丑陋的旧式民房，街上苍蝇飞来飞去、带有霉菌味的空气、出没在黑洞洞的窗口里的那些体形矮小面容委琐的街坊邻居，"水在人家的窗下流，晾衣竿从这家屋檐架到那家屋檐上，总是有衬衫、短裤和尿布在阳光下飘扬，充满人类生活的真实气息"②。他在《舒家兄弟》中写的河街也是如此：

> 在南方，有许多这样的街道，狭窄、肮脏，有着坑坑洼洼的麻石路面，谁要是站在临街或者傍河的窗子边，可以窥见家家户户挂在檐下的腊肉，晾晒的衣物，窥见室内坐在饭桌前吃饭的人以及他们一整天的活动……走到香椿树街来，无法逃避的就是这条河的气息，河就在我们的窗下面流着。我说过它像锈烂的钢铁侵蚀着香椿树街的生活，你无法忽略河的影响，街的岁月也就是河的岁月。③

与沈从文对河街的热爱不同，香椿树街只能使苏童深感厌恶，甚至厌恶南方的生活由来已久，这是香椿树街留给他的永恒的印记，香椿树街是颓废、欲望挣扎、罪恶充斥的精神状态的隐喻和象征。

---

① 贾平凹：《浮躁》，译林出版社 2012 年版，第 1 页。

② 苏童：《南方的堕落》，《香椿树街故事》，上海人民出版社 2008 年版，第 289—290 页。

③ 苏童：《舒家兄弟》，《香椿树街故事》，上海人民出版社 2008 年版，第 237—276 页。

通过对中国现当代小说中的河流地理景观的展示，我们可以更加明晰地看到作为一个大河文明、内陆河流国家的住民与河流之间的天然联系，临河住民的悲欢与忧患，从而也可窥见整个民族、国家的国民性怎样地与大地上的河流血脉相连。王国维在《人间词话》中说："一切景语皆情语"，在作家审美意识观照下进入文学文本的河流很少完全是纯粹客观自然的河流，大多寄寓了创作主体的多重情感、思想等主观因素，如宗教崇拜、隐逸趣味等，更重要的是临河而居的人们的生存状态、休闲娱乐、民歌民谣等所展现出的民俗风情，以及河边男女人物之间或朦胧或悲哀或野性的情爱关系等，都是河流"内部"风景的指涉对象，但这些显然又是另一个话题了，只能另篇论述。

隐藏在风景背后的深层叙事

——论《我的安东尼娅》的景观描写

颜红菲*

薇拉·凯瑟是美国进步时期杰出的地域小说家。她采用内布拉斯加生活题材，讲述西部拓荒者故事，创作主题与美国进步时期的主流话语不谋而合，创作手法上的地域化叙事策略也呼应着当时美国文坛上的地域现实主义，因此，《啊，拓荒者!》一发表，就引起了评论界的热烈反响，获得一致好评。凯瑟一鼓作气又写了《云雀之歌》和《我的安东尼娅》，它们与《啊，拓荒者!》一起，被称为“内布拉斯加”系列，其中《我的安东尼娅》是三部曲中公认艺术成就最高的一部。评论家 H. L. 门肯（H. L. Mencken）赞扬《我的安东尼娅》“不仅是凯瑟自己最好的作品，而且是迄今美国人——不论东部、西部，以前、现在——最优秀的作品”[①]。关于小说的主题，有认为小说将“安东尼娅”作为美国生生不息、生命循环的象征，是一部美国的民族罗曼史。[②] 也有批评家梳理了《我的安东尼娅》与维吉尔《农事

* 颜红菲，南京工程学院外国语学院教授。

① 转引自 L. B. Bohlke, *Willa Cather in Person*, Nebraska: University of Nebraska Press, 1986, p. 22。

② Jr. Miller James E., “My Antonia: A Frontier Drama of Time”, *American Quarterly*, 10.4 (1958), pp. 476 – 484.

诗》的关系，指出这是一首凯瑟版的美国现代田园诗；[1] 还有学者认为，小说“一方面反对美国主流社会同化移民的文化策略，另一方面又不自觉地拥护美国化运动中所信仰的‘百分之百的美国性’”，[2] 是一部饱含帝国意识的小说。上述的论断，无论是帝国意识、民族罗曼史还是美国田园诗，都表明这是一部充满时代感和意识形态倾向的作品，是对西部运动、进步时代的工业化和美国化运动的回应。其他包括女性批评、生态批评、身份批评、后殖民批评等，20世纪几乎所有的批评方法都被运用到对这部作品主题和人物的解读之中，视角多元，新意迭出，在深度和广度上推进了对这部作品的认知和理解。但这些批评美中不足的是，对于意识形态和权力话语的过度阐释而在一定程度上忽视了对作品艺术性的理解，缺乏在诗性层面上的审美体验。本文尝试以景观描写为切入点，将审美经验与意义阐释有机结合起来，以弥补上述批评的不足。《我的安东尼娅》是一部地域小说，表现地方特色的景观描写在文本中大量出现，成为这部小说的重要特征。一般来说，小说中的景观描写常常作为情节发生的背景、作为延缓叙事进程甚至暂停叙事进程来使用，并不参与人物行动和小说情节建构，但《我的安东尼娅》这部作品大量地运用景观进行叙事，赋予景观以塑造人物、推进情节的叙事功能，从而艺术化地呈现了小说的主题。本文拟从文本的景观叙事功能入手，结合文本的具体历史语境，在认同小说对田园理想歌颂的同时，指出这是一部转型时期的田园挽歌，更进一步指出《我的安东尼娅》是作者自我身份的一种影射，回答了美国社会转型时期“诗人何为”的问题。景观的叙事功能在这部小说中具体表现为三个方面：首先，确立可靠的叙事人吉姆，通过吉姆对土地的体验方式建构吉姆想象性认知模式，以此认知模式完成对拓荒者安东尼娅的想象性建构；其次，对应于人物不断的空间位置移

---

① Dahl，Curtis，“An American Georgic：Willa Cather-'s *My ántonia*”，*Comparative Literature*，Vol. 7，No. 1（Winter，1955），pp. 43 – 51.

② 参见许燕《“谁”的安东尼娅？——论〈我的安东尼娅〉与美国化运动》，《外国文学评论》2011年第2期。

动，建构不同情境下的景观与环境，通过对比，推动主人公的不断行走，使小说主题不断深化；再次，通过象征性的景观的分析，讨论作为双刃剑的工业文明对田园诗意的扼杀以及知识分子在转型时期身份所属与责任担当。

一 建构可靠叙事人的体验式景观

这部小说除了继续延续拓荒者主题，在叙事上变得更加完美。凯瑟引入一个明确的叙述人吉姆，将拓荒者安东尼娅置于客体位置之上，自始至终通过吉姆·伯顿的叙事讲述安东尼娅的故事，避免了《啊，拓荒者!》在叙事中被人诟病的结构上的断裂倾向，使故事在固定的视角下被统一连贯起来，建构了一个稳定的叙事框架。这一手法的另一个优势在于，吉姆作为小说第一人称叙事人的视角在叙事中可以成功地避免传记小说对人物成长背景和动机的描述分析，叙事能够根据形象塑造的要求更有选择性，避免陷于自然主义的琐碎和繁重，在这样的小说中，叙事表现出很强的主观性，叙事人的文化修养和社会地位决定着小说叙事的可靠性，叙事人的个人性情和体验的方式影响着小说的风格，表现出特定取向的世界观，因而也决定着小说主人公的塑造。因此，叙事人是否真实可靠决定着故事的可信度，决定着是否能引起读者情感上的共鸣。在《我的安东尼娅》中，从童年到中年，时间跨越40多年，叙述人和主人公一同成长，以至某些评论文章认为这部小说讲的是两个人的成长故事。[①] 事实上，凯瑟此目的是在不断地树立和稳定吉姆·伯顿作为可靠叙事人的地位，凯瑟在跟朋友伊丽莎白·金谈到这部

① 夏洛特·古德曼认为《我的安东尼娅》是一本“男+女双成长小说”，表现为一种循环式的三分结构：男女主人公青梅竹马，在一个伊甸园般的地方长大；进入青春期后，男女分开，男主人公在不断的迁徙和移动中遭遇世界，经历成长，女主人公则留守在家里；多年后他们重逢、相遇，重现童年时代的情形。古德曼认为“《我的安东尼娅》哀叹每个人不可能同时经历安东尼娅的母性之满足和吉姆的男性智性之成就，而凯瑟通过‘双成长小说’这个艺术形式为雌雄同体式的完整提供了可能”。见 Goodman，Charlotte，“The Lost Brother，the Twin：Women Novelists and Male-female Double Bildungsroman”，*Novel*，17.1（1983），p. 37。

小说时，曾做了一个有趣的比喻。她把一个花瓶放在茶桌中央，并移动台灯，使光线更好地照到花瓶上："我要我新小说的女主人公这样——像桌子中央一个珍贵的物品，人们可以从各个角度观看她。"[①] 这件轶事说明凯瑟是借用吉姆的视角来表现安东尼娅的。这也解释为何吉姆一生一直处于不断的迁徙移动之中，从弗吉尼亚到内布拉斯加，从乡村到小镇到城市，最后作为西部一家大铁路公司的法律顾问来回在纽约和西部奔走，吉姆走得越远，空间层次越丰富，眼界就越宽阔，对安东尼娅的认识就越全面、越深入。弗吉尼亚、内布拉斯加、纽约是美国南部、西部和东部经济文化的典型代表，历时性地分别代表着南方种植园经济、西部边疆拓荒精神和现代工业文明，吉姆的行走绘制了一幅美国历史地理地图，景观叙事以表现人地关系的建立来塑造可靠的叙事人，在此背景框架下，吉姆将自己定义为西部人，吉姆对身份的认定暗示着小说叙事的情感倾向和价值判断。在吉姆的叙事中，吉姆是将安东尼娅想象为西部的精神体现来建构自身回忆的，"这位姑娘在我们心中似乎更意味着那片土地"[②]。在这一目的的驱使下，想象力将作为观察和记忆客体的安东尼娅象征化，通过安东尼娅的形象将西部的精神和美丽传达出来。因此，叙述人的真实可靠决定了小说叙事的可靠性，叙述人的观察认知方式内在地决定了人物的呈现方式。

吉姆的西部人身份是在人地关系的体验中建立起来的。吉姆与土地的关系经历了三个阶段，分离—融合—再分离，是一种爱默生超验式的景观体验感知方式：首先，主体进入完全陌生的空间，体验客体带来的迷失感和分离感，在这一阶段中主体从空间中被抹去；接下来，主体逐渐趋近空间，进入空间，体验与空间的情感共鸣，建立地方认同，获得身份归属感；最后，主体再次返回分离状态，但这是主体自觉选择的一种体验方式，客体在此过程

① Woodress, James, *Willa Cather: A Literary Life*, Lincoln and London: University of Nebraska Press, 1987, p. 285.

② ［美］沙伦·奥布赖恩编：《威拉·凯瑟集：早期长篇及短篇小说》（下），曹明伦译，生活·读书·新知三联书店 1997 年版，第 803 页。后文出自同一著作的引文，将随文在括号内标出该著名称首字（"威"）和引文出处页码，不再另行作注。

中被对象化，成为包孕价值和精神的象征整体。在这一过程中，吉姆通过想象力将客体对象升华为精神象征，建立起对西部的地方认同。

小说一开始就让吉姆感受人与土地的分离状态。当吉姆初次进入西部时，面对的是一个茫茫无边、混沌黑暗的荒野：

> 路边似乎什么也看不见；没有篱笆或围栏，没有溪流或树木，也没有小山或田野。如果说有条路的话，在暗淡的星光下我也辨认不出来。那儿除了土地什么也没有，而那种土地压根不是乡村，只是能造就出乡村的原料而已。的的确确，那儿什么也没有，只有土地……我觉得世界已经被留在身后，我们已经越过了人世的边缘，走出了人类的管辖范围。我以前仰望天空时绝不会看不见一道熟悉的山岭衬映着天幕。可这片天空是个完整的苍穹，天幕上什么也没有。我不相信我死去的父母正从那儿向下注视着我；……我甚至把他们的亡灵也留在了身后。……在那样的苍天与那样的大地之间，我觉得自己已被删去，已被抹掉。（威，810）

这段描写是吉姆第一次面对西部的情形，呈现在他眼前的是完全陌生的尚未开发的荒野，土地只是构成乡村的原料，文化载体的缺失表明传统人类秩序的缺席，吉姆在这种环境中无法辨认方向，也不知道自己所在的位置，荒野这一地理意象成为独立于人类意志之外的象征性力量，在这种力量下吉姆体验到自我的丧失。但这种面对荒野的自我的丧失感同时暗示着全新体验的可能性，暗示着主体地位重新确立的必然要求，以及赋予空间以意义的价值诉求。随着时间一天天的过去，吉姆渐渐地融入了草原，用身体体验它内在的生命力："我感受最深的是眼前的景物在动，清新柔和的晨风在动，而且大地本身也在移动，仿佛那片乱蓬蓬的荒草是一个宽阔的藏身之处，下面有一群群野牛正在狂奔，正在狂奔……"（威，816）进一步，吉姆试图超越身体进入更神秘的空间体验："我想径直朝前走，穿过那片红草，越过那道看上去不可能很远的世界的边缘。我身边的清风告诉我世界的尽头就在这里。”（威，816）借助于想象的翅膀，吉姆试图融入其中：“那样一个人就可以飘进天空，飘向太阳，就像那些从我们头顶上飞过、其身影在草地上缓慢移动的草原鹰一样。”（威，816）接着吉姆进一步超越了身体，超越具体的物质经验，西部草原的自然转变为精神意义上的象征，这一过程类似于爱默生的超验主义体验，吉姆融入了宇宙的整一之中。在与自然的统一里，主体重新找回了自我在世界中的位置。

像那些南瓜一样，我也是在阳光下感受其温暖的某种东西，而且我并不希望成为别的什么。我感到了彻底的幸福。也许在死后并成为某个整体的一部分之时，我们就会有那样的感觉，不管那个整体是阳光还是清风，是善良还是知识。溶进某种巨大而完整的存在，那无论如何也是幸福。（威，817）

此时吉姆将自己想象为这片土地的一部分，更确切地说借助这一片土地他与整个世界整个宇宙连为一体，他与土地的关系已经发生了质的改变。西部不再是陌生荒蛮的异质空间，而是“某种巨大而完整的存在”的象征，吉姆自身在与西部的这种关系中获得了身份的归属。在接下来的日子里，草原成为吉姆和安东尼娅的伊甸园，两人的伊甸园并没有堕落，因为吉姆象征性地杀死了那条闯入园里的蛇。小说在高潮之处描绘了一幅西部日落图，我们看下面这段极具情感象征性的文字：

空中没有一丝云，夕阳在金黄而明亮的西天往下坠落。……在某个高地农场上，有人把一架犁竖着留在了地头。残阳正巧慢慢沉到它的后面。被平射的余晖通过距离的作用而放大，那架犁衬着斜阳显得非常醒目，而且刚好嵌在那圆盘之中；犁把、犁托、犁铧——墨黑的剪影衬着熔岩般的殷红。那架被放大的犁成了绘在落日红轮上的一幅图画。（威，975）

这是用吉姆的视角传达出的情感体验，景观导致的最初反应是由壮丽辉煌所带来的心灵震撼，继而是对景观所传递的象征意义的认知。其插入大地的犁的意象与谈话中提到的新出土的西班牙宝剑形成对比。耕犁代替了宝剑，耕耘劳动的西部牧歌代替了刀光剑影的殖民征服，圆盘之中的犁把、犁托、犁铧形成的剪影，像是佩戴在天空中的一枚勋章，太阳的光芒带来了神圣与崇高的体验，“熔岩般的殷红”也象征着炙热的情感，对西部拓荒史的歌颂和升华到此达到顶峰。就这样，小说通过景观描写，将吉姆的认知体验和情感结构传递出来，读者在景观认同中与吉姆达成情感共鸣。

小说在确立真实可靠的叙述人的同时，把这种体验方式放大到主人公的塑造之中。在叙事策略上，对安东尼娅故事的叙述也遵循“分离—融合—再分离”的同一模式。从对生活在洞穴里安东尼娅的陌生（她是波希米亚人，不懂英语），到作为童年伙伴，进一步成为所谓的恋人、妻子、母亲、姐姐之后离开，直至二十年后，吉姆完全超越安东尼娅的身体，将其想象成为一个象征甚至一个符号，成为“适合我们凭直觉认为既普遍又合理的人类最古老的那些概念”，成为“一座蕴量丰富的生命之矿，恰如人类初期各民族那些祖先”（威，1044）。这种同构关系使吉姆用安东尼娅的形象完成了对故乡体验的置换。面对早已不在的家园，吉姆只有以安东尼娅为记忆和想象的核心，为安东尼娅建造一个“家”，他才能在这里找到自己的栖息之地。

二　叙事推进中的情境化景观

《我的安东尼娅》景观叙事的另一大特色是塑造情境化空间，用于推动叙事进程，暗示人物的生存处境，表明人物与环境的关系。凯瑟不提倡为极端写实的自然主义景观描写，推崇托尔斯泰情景交融的写法：“衣服、菜肴及古老的莫斯科宅邸令人难忘的内室总是人们的感情的一个部分，以至两者完全融合起来……变成了经验的一个部分。”[①] 也就是说，当景与

① Willa Cather, *Willa Cather: Stories, Poems, and Other Writings*, New York: The Library of America, 1992, p. 837.

物的描写进入情境之后，便拥有了叙事功能，表明人物的生存状态和相互关系。

最为典型的是宅地景观。小说塑造了一个宅地景观系列，宅地景观的分布需要从小说的整体叙事框架来把握，按空间分布于吉姆行走的不同疆界之中，形成写草原、小镇和城市宅地景观群，每一处宅地的描写，都成为一个典型的意象，紧密地联系着故事中的人物和事件的进程。如草原宅地景观中，吉姆家房屋地理位置反映了他一家在乡下邻居中的地位，内部构造包括日常用具的摆设，无不表明内在的秩序和归属感，与安东尼娅家的洞屋形成鲜明的对比，成为安东尼娅一家梦想拥有的生活具体所指。三十多年后，吉姆重返草原，小说以吉姆的视角对安东尼娅宅地极尽渲染，叙述语言呼应着童年时代的记忆，情景交融之中，安东尼娅的农场成为自己的“家”，自己的精神归宿，对于吉姆定居的纽约，却无一字着笔，有意空缺。

宅地空间的分布也规定着不同人群的生活区间，反映人物之间的社会关系和文化差异，同时，空间关系的变化与社会关系的变化密不可分，社会关系的变化导致人与人之间关系的变化，在重新塑造一种新的共同体的同时，也是对旧共同体的摧毁；在塑造新的情感结构的同时，也是对旧的情感结构的摧毁。对比于草原叙事来说，小镇生活则是另一种空间体验。黑鹰镇是一座精心规划设计的小镇。方格子般的街道贯穿整个小镇，“住宅周围都有白色的栅栏和青翠的庭院”，还有“形状优美的小树”（威，906），整个小镇井然有序，有学校、法院还有“四座白色的教堂”，小镇市民说的是同一种语言，住的是同样的房屋，甚至连篱笆的颜色都是清一色的白色。小镇景观暗示着早期狂飙突进式拓荒生活的结束，开拓进取的西部精神逐渐被保守拘谨的清规戒律所替代。空间上的井然有序代表着秩序和约束开始成为主导，清一色洁白的篱笆和造型优美的小树更是暗示着市民们自以为是的道德优越感和狭隘的等级意识，这种秩序和约束反而把真正的拓荒者隔离在主流社会之外。漫步于夜间的街道，小镇的庸俗狭隘让吉姆刻骨铭心，渴望逃离：

> 镇上其他地方九点以后就不再有灯光。在有星光的夜晚，我常常在那些清冷的长街上徘徊，皱着眉头打量街两边那些正在沉睡的小屋，打量它们那些可御风暴的板窗和有遮檐的后廊。它们是极不坚固的藏身之所，大部分都用易燃的木料草率建成，细细的廊柱也被车床车得遍体鳞伤。然而这些住房虽说全都不结实，可其中一些居然容下了那么多的猜疑、嫉妒和不幸！在这些屋子里延续的生活在我看来是由种种借口和否认构成；由减少炊厨、洗涤和清扫的各种办法以及讨好长舌妇舌头的各种措施构成。这种谨小慎微的生存模式就像是生活在一种暴政之下。人们的言辞、声音和目光都变得鬼祟并压抑。每一种个人情趣和天生爱好都受到谨慎的约束。我认为睡在那些屋子里的人是想像他们厨房里的老鼠一样生活；……各家后院里越堆越高的煤灰炭渣便是生活之消耗过程尚在延续的唯一迹象。（威，957）

小镇日常生活的描述正是巴赫金在时空体小说里提到的“福楼拜的类型”。“这样的小城，是圆周式日常生活时间的地点。这里没有事件，而只有反复的‘出现’。”① 这是一个封闭、单调、刻板的空间，生产出了城里人的狭隘、怯懦和偏见。对比之下使在草原上自由的风里长大的帮工姑娘们在吉姆眼里显得如此卓尔不群。安东尼娅这一群帮工姑娘都寄宿于自己帮工的主人家里，她们在黑鹰镇没有自己的居所，尽管用自己的双手辛勤劳作，却是社会的底层，是外地人、乡下人。黑鹰镇上的小伙子虽然对她们着迷，但依然希望“娶黑鹰镇上的姑娘，然后住进小巧玲珑的新屋，屋里摆上绝不能坐的最好的椅子和绝不能用的彩绘瓷器”（威，945）。小镇生活体现了“浓重粘滞的在空间里爬行的时间。所以它不可能成为小说的基本时间”。像巴赫金指出的那样，“小说家利用它作辅助的时间，它同其他非圆周式的时间系列相交织，或为这些系列所打断。它常常作为相反对照的背景，借助

① 巴赫金：《小说的时间形式和时空体形式——历史诗学概述》，《巴赫金全集》第三卷，白春仁、晓河译，河北教育出版社 1998 年版，第 449 页。

这一背景来映衬事件性强的富于活力的时间系列"[①]。凯瑟具体化了小镇时空体，用其来映衬内布拉斯加的草原时空体，并促使吉姆离开小镇，去寻找新的、能替代田园生活意义的时空体。

逃离小镇的吉姆来到了城市求学，先在林肯后到哈佛，城市生活和求学经历在开阔了他的视野，丰富了他生活阅历的同时，又总是不忘将吉姆的记忆和意识推向西部。西部生活成为城市生活的一个参照，"每当我的意识活跃之时，我意识中的那些早年的朋友也全都活跃起来，并以一种奇特的方式伴随我经历我所有的新的体验"（威，985）。景观描写巧妙地将这种意识融入其中，景观描写成为人物意识活动的投射：

> 我的窗开着，迎面吹来的带有泥土气息的晚风使我懒洋洋的。在夕阳已在那儿坠下的大草原边上，天空蓝得宛如湖泊，湖面上有金色的光点在颤动。朝上望去，在西边清澈明净的苍穹，金星犹如用银链悬挂在天上的一盏明灯——犹如印在旧时拉丁文课本扉页上的那盏明灯，它总是出现在新的天际，在人们心中唤起新的渴望。它当时至少使我想到关上窗户并点亮灯以示回应。我怅然若失地把灯点亮……（威，985）

这是吉姆求学城市的一个普通的初春夜晚，"我的窗"对着"泥土气息""大草原""西边的苍穹"开着，"迎面吹来""懒洋洋"暗示上述西部意象在心理的无意识状态下对"我"的进入，"夕阳已在那儿坠下""金色的光点在颤动"其实是潜意识中的记忆闪光，"在西边清澈明净的苍穹"上的那个"金星"像"印在旧时拉丁文课本扉页上的那盏明灯"，它唤起了"我"的渴望，可是这新的渴望到底是什么"我"暂时还不清楚。但"我""关上窗户并点亮灯"的行为，表明"我"意识到这种潜意识的召唤并打算给予"回应"。这种召唤到底是什么？"我"点灯再读维吉尔，我意识到维

---

① 巴赫金：《小说的时间形式和时空体形式——历史诗学概述》，《巴赫金全集》第三卷，白春仁、晓河译，河北教育出版社1998年版，第450页。

吉尔写《农事诗》的“渴望”，“因为我要活着，我将是第一个把缪斯引进我故土的人”。“我”相信维吉尔的“故土”，“在这儿指的不是一个国家，甚至也不是一个省，而是明乔河畔诗人诞生的那片小小的乡野”（威，985）。作者巧妙地在城市景观中嵌入西部意象，在城市生活图景中折射出西部对吉姆的意义，用维吉尔暗示自己的使命（Burden），吉姆意识到自己的身份和归属，完成精神上对西部的又一次回归：“我自己渺小的过去的那些地方和人们。……它们便是我对新的召唤的全部回答。”（威，984）

吉姆走过了草原、边疆小镇、城市求学、纽约定居，空间位置处于不断的移动中，西部拓荒精神在整个国家中的意义被彰显出来。地理叙事渐进式地安排吉姆由边疆向国家中心城市不断推进，最后再回到西部，情境化多元空间的书写策略帮助凯瑟实现了其创作目的：“我要我新小说的女主人公这样——像桌子中央一个珍贵的物品，人们可以从各个角度观看她。”①

三　作为价值载体的象征性景观

《我的安东尼娅》不仅是美国田园理想的颂歌，也是一首田园生活的挽歌，小说开篇扉页上便是引用维吉尔《农事诗》里的句子：“最好的日子……最先逝去”，暗示出这部小说的主题。在小说中，这句话是在吉姆进入大学求学后，开始反思西部经验对美国意义时所发出的感慨，其背后的语境是美国边疆的封闭以及工业文明在西部的长驱直入，这种历史感在小说的开始便得以呈现，在一辆飞驰于西部平原上的列车上，“我”和吉姆坐在“每样东西都厚厚地蒙上了一层红色尘土的观光车里”，“想起了许多往事”（威，801），最终催生了《我的安东尼娅》。我们说《我的安东尼娅》是首田园诗，是因为作品通过对维吉尔的直接引用，将文本归入美国传统田园叙事的谱系之中。维吉尔的田园诗曾影响了一代代的欧洲人，并漂

① James Woodress, *Willa Cather: A Literary Life*, Lincoln and London, University of Nebraska Press, 1987, p. 285.

洋过海，在以杰弗逊为代表的新大陆缔造者们的心中根深蒂固。维吉尔“在诗中建构了将神话与现实巧妙融合的象征风景（symbolic landscape），这一点与美国经验的关联性更大”。[①] 美国清教诸多隐喻与维吉尔的田园诗相结合，衍化出美国文学中极具象征意义的“花园”“荒野”叙事，“风景的实有性，以及事实与想象的缜密并置，是以新世界为背景的田园诗的一个显著标志”[②]。《我的安东尼娅》的景观叙事也同样烙上了这一标志，鲜明的地域色彩和强烈的象征意义水乳交融，意味深长。在小说结尾处，吉姆拜访安东尼娅，小说以抒情的笔调描写安东尼娅家的苹果园，它的根隐喻（root metaphar）是“花园”叙事。

> 那座果园十分幽寂。它四周围着三道屏障：先是铁丝网围栏，接着是刺槐树篱，最后是那道夏日可阻挡热风、冬天可固定起保护作用的积雪的桑树篱。树篱很高，所以除了树梢上方的蓝天外我什么也看不见，即看不见牲口棚的屋顶，也看不见风车。……整座果园就好像一只注满了阳光的酒杯，我们能闻到树上成熟的苹果。那些欧洲的苹果像用线穿起来的珠子一样密密匝匝地挂满枝头，紫里透红，表面泛着一层薄薄的银光。（威，1036）

这一段景观描写是“现实与神话巧妙融合的象征风景”，体现了田园理想之“美国经验”。但又充满了矛盾和悖论，果园集中了圣杯和伊甸园的双重隐喻。“注满了阳光的酒杯”是一种精神的隐喻，暗示“我”终于找到了生命活力的源头，同时也暗示着肩负“天定命运”的美国人终于在荒野上找到了圣杯，使欧洲的种子在新大陆上结出了累累果实，完成了历史使命。但这个“幽寂”的果园被“铁丝网”、“刺槐”和“起保护作用的桑树”围成“三道屏障”，“我”在其中，满足于对外面世界“什么也看不见”，仿

---

① ［美］利奥·马克斯：《花园里的机器：美国的技术与田园理想》，马海良、雷月梅译，北京大学出版社2011年版，第13页。

② 同上书，第32页。

佛是逃进了远离尘嚣、与世隔绝的庇护所。对于吉姆来说，这个圆形的果园便是世界的中心，是逃避物欲横流的工业化社会的世外桃源。

维吉尔式的田园理想的幻灭在小说第一卷结尾处就暗示了，四季在小说中亦成为隐喻，草原叙事开始于秋天，结束于夏天，象征着“一个周期的结束”①。盛夏的平原一片丰收的景象，但突如其来的暴风雨击碎了吉姆“夏天还长着哩”“干嘛不一直这么好”（威，904）的幻想。

> 闪电刹那间使一切都历历在目地闪现在我们眼前。半个天空积满了黑压压的雷暴云砧，但整个西天却明净如洗：闪电时看上去就犹如一潭洒满了月光的碧波；而乌云斑驳的那部分天空则像大理石铺成的人行道，像某座已注定要毁灭的壮丽的海滨城市的……一团和小船一样大小的乌云孤零零地飘进了那片明净的天空，并继续向西边飘动。（威，904）

闪电犹如神启一般，把世界清楚地展现在二人面前，它被一分为二，成为西部和东部、乡村与城市，西部明净如月光，浩瀚如碧波；东部则乌云斑驳，城市生活如同黑压压的雷暴向西部挤压过来，最终将西边全部占领，这段景观象征性地却又清楚地展现了当时存在于美国社会东西部的城乡之间、农业文明与工业文明之间的价值二元对立关系，西部的田园社会最终以边疆的封闭和工业化进程的推进而全面溃退。也就是凯瑟之后反复提到的“第一个周期结束”。

对于不可逆转的西部变迁，小说以历史循环论的视角意识到其必然性，并回应个体如何在新的社会物质条件下适应环境并改造世界的问题。吉姆对小说命名的修改便是这种应对策略的隐喻，他在《安东尼娅》“前面又添了

---

① 凯瑟在1923年的以《内布拉斯加：第一个周期的结束》为题，高度赞扬了西部开发的历史意义和影响，但同时她也受当时知识界盛行的历史循环论影响，认为美国西部边疆的封闭以及工业文明的入侵，代表着新大陆拓荒时代的结束。参见 Willa Cather，“Nebraska：The End of the First Circle”，*The Nation*，117（1923），pp. 236－241。

个单词，使其成了《我的安东尼娅》”（威，804），“我的”一词的添加，是吉姆成功地通过对安东尼娅叙事的占有完成个人主体身份建构的隐喻。在第四卷结尾，吉姆向安东尼娅宣称她是他的“恋人或妻子”“母亲或姐姐”，“是我思想的一部分”，甚至说“你实际上是我的一部分”，接下来，小说立刻通过一段象征性景观的描写来呈现吉姆自我身份建构的意义。

> 当我们穿越田野朝家里走去时候，坠落的夕阳像个硕大的金球低悬西天。而当落日西悬之际，车轮般大的月亮已升起在东方，灰蒙蒙的银盘带有浅红色的条斑，淡得像个气泡，或者像是月亮的幻影。足足有五分钟，也许是十分钟，那两个发光的天体隔着平坦的大地遥遥相望，停滞在这世界两个相对的边缘。在那种奇异的光照之下，每一棵小树、每一堆麦捆、每一株葵花以及每一丛银边翠，全都引人注目地抬高了身子；田野里的每块泥土和每道垄沟似乎也都明显地向上抬升。（威，1024）

月亮和太阳同时出现在天空的那一刻，象征着融合与统一，这种融合发出“奇异的光”，使田野上的万物得以提升，象征着精神上的圆满和升华，吉姆最终将安东尼娅符号化，作为“既普遍又合理的人类最古老的那些概念”（威，1044），实现精神意义上的融合，从而塑造自己的人格结构，开始投入以铁路为象征的新一轮的“西进运动”之中。

“我的”似乎暗示着这是吉姆个人与新时代的和解方式，但小说套嵌式的叙事结构成功地将吉姆个人体验转换成集体认同，小说“我”讲述吉姆的故事，吉姆讲述安东尼娅的故事。但由于第一个叙事人是“我”，安东尼娅就成了叙述的叙述，故事的故事，手稿“和他送到我手上的基本一样”（威，805）。表明“我”赞同吉姆作为西部精神代言人的身份，这样“我的”便转为“我们的”，西部叙事成为一代人的历史记忆。

此外，小说横贯于西部与纽约的铁路景观也对主题的呈现起着结构性的象征作用。安东尼娅的波希米亚身份是一个巧妙的隐喻，波希米亚既是捷克西部的一个地方的称谓，也特指19世纪巴黎都市的一类知识分子和艺术家。作为地方意义上的波希米亚人居无定所，一生都“在路上”流浪，他们崇尚自由，能歌善舞。而以波德莱尔、库尔贝等城市“浪荡子”为特征的波希米亚人，则是“底层（无产阶级）知识分子”，① 这群人在诸如“伏尔泰”“莫米斯”咖啡馆或者“安德勒尔”“殉道”啤酒馆聚会，② 生成一幅独特的城市文化景观，成为“现代性的公共场景的经验的象征”③。波希米亚空间④意味着在资本主义中心城市地带，存在着一种将资本主义视为对立面的积极的反抗性的文化，存在着一种将艺术与生活合二为一的生活方式，是作为资本主义大都市里的“反空间”或者“第三空间”而存在的。⑤

以安东尼娅为核心，薇拉·凯瑟讲了三个波希米亚人的故事⑥，通过波希米亚的隐喻梳理了新大陆的艺术谱系，绘制了知识分子的身份地图，回答了知识分子在转型时期身份所属和责任担当的问题。三个故事分别暗示了旧

① ［法］皮埃尔·布尔迪厄：《艺术的法则》，刘晖译，中央编译出版社2001年版，第69页。

② 同上书，第88—89页。

③ ［英］阿雷恩·鲍尔德温：《文化研究导论》，陶东风等译，高等教育出版社2004年版，第383页。

④ 纽约的格林尼治村（Greenwich）也在20世纪初成为世界闻名的波希米亚文人聚集地，薇拉·凯瑟本人以及弗兰克·诺瑞斯（Frank Norris）、格莱特·伯格斯（Gelett Burgess）、斯蒂芬·克瑞恩（Stephen Crane）等一批之后享誉美国的小说家在此处度过了一段波希米亚岁月。参见 Albert Parry, *Garrets and Pretenders: A History of Bohemianism in America*, New York: Dover Publications, Inc., 1960, pp. 255 - 280。

⑤ 对于波希米亚主义（bohemia 或 bohemianism），德国的评论家海尔默·克鲁则（Helmut Kreuzer）作了如此的定义：“‘波希米亚（主义）’意味着一种知识分子的亚文化，特别是处于布尔乔亚经济秩序之中的一种亚文化；它由那些行动和企图主要体现在文学、艺术或是音乐方面，行为与态度表现为非布尔乔亚或是反布尔乔亚的边缘群体所组成。波希米亚形成了对那些工业化或正处于工业化社会中自得其所的中产阶级的一种对抗性的补充现象，这些社会提供了足够的个人自由度并允许（对布尔乔亚的）符号入侵。”见 Michael Soto, *The Modernist Nation: Generation, Renaissance, and Twentieth-Century American Literature*, Tuscaloosa: The University of Alabama Press, 2004, p. 96。

⑥ 小说中三个波希米亚人分别是安东尼娅的父亲、流浪诗人以及安东尼娅，前两位分别代表着边疆拓荒运动开始和结束，火车成为拓荒运动的象征性符号。安东尼娅的父亲被同乡所骗，在一个漆黑的深秋的夜晚被火车带到内布拉斯加，无法承受极度的贫穷和鄙陋而绝望自杀，这位波希米亚艺术家最终用欧洲贵族赠送的枪支射杀了自己；另一个故事是进入工业化时代后，一名来自外乡的波希米亚流浪诗人将自己投入收获的脱粒机滚筒里，死在机器之中。安东尼娅成年后则被铁路上的人所骗，被火车带到城市之后又回到内布拉斯加，从铁路的碾压下有尊严地活了下来，成为苹果园的守护者。机器闯入田园一直是美国文学的主题，代表阿卡迪亚式的田园理想被打破，其中尤以铁路为主要意象。

世界的知识分子无法理解应对新世界的严酷现实；新一代的知识人则无法面对机器化大生产对田园诗意生活的扼杀，而代表西部精神的安东尼娅才是波希米亚气质的真正代言人。最后吉姆在与安东尼娅的融合中，成功地将波希米亚身份从内布拉斯加转到了纽约，从农村转到了城市，实现了新时期知识分子身份的转型，而开篇那条连接纽约与西部的铁路作为象征景观，暗示着我和吉姆两个都市波希米亚人所肩负的历史使命。在整个波希米亚深层叙事之中，铁路景观一直作为核心的意象，成为贯穿始终的结构性象征。

结　语

作为一部地域小说，景观描写是表现地域特色的必然而又重要的艺术手段，《我的安东尼娅》则更进一步赋予了景观以叙事功能，用以塑造人物、表达情感、推进叙事、传达意义，极大地丰富了艺术的表现力，使小说形式和内容成为不可分割的有机整体，相互交融、相互阐释、相互生发，形成一种隽永优美、意境深远、意味深长的艺术风格，成为美国文学宝库中一部永恒的经典。

区域文学地理研究

“中原”意象的生成、经典化及其审美蕴涵

陈鹏程*

著名学者朱寿桐先生曾经颇具洞见地指出：“在中国传统的文学表现中，形成传统、历史和经典性思维的艺术成果的空域背景，有塞上，有中原，最突出的则是江南。”① 确实如此，在中国传统文学尤其是诗词创作中，中原和江南、塞上交相辉映，一起作为最具审美意味和艺术张力，频繁出现的空域背景，乃至凝华为经典的空间意象，对中国文学尤其是中国古典诗歌发生了极其深远的影响。鉴于学界对“江南”意象已进行了较为深入的研究，相形之下“中原”和“塞上”这两个空间意象的研究尚不充分，笔者拟从文学地理学的视角对之进行系统探究。本文即探讨“中原”意象的生成及其审美内涵，以就正于方家。

一　“中原”意象的生成、经典化

文学意象归根结底就是文化意象。所谓文化意象，即在特定族群的文化心理中被赋予了特定内涵和意义的物象，包括动物、植物、非生物、自然现象、人造物等。地理实体和地域空间自然也涵盖在内。中原作为一个文化意

* 陈鹏程，天津师范大学文学院副教授。

① 朱寿桐：《江南作为期诣空域的意义销蚀》，《探索与争鸣》2019 年第 2 期。

象就依托于黄河中下游地区这一地域空间。

“中原”作为一个词语最晚在春秋时期就已频频出现于时人言谈之中。《国语·晋语三》载，公元前645年秦晋韩原之战，秦国击败晋国并俘获其君惠公，秦穆公欲杀掉惠公，大夫公孙枝出面劝谏：“耻大国之士于中原，又杀其君以重之，子思报父之仇，臣思报君之雠。虽微秦国，天下孰弗患？”① 在这里，“耻大国之士于中原”意谓在战场上击败晋人，很明显，“中原”是指战争的场所，即原野之中。同样的意思亦见于《左传·僖公二十三年》所载晋公子重耳对礼遇自己的楚成王的郑重承诺：“晋楚治兵，遇于中原，其辟君三舍。”② “治兵”为双方交战的委婉语，相遇的“中原”自然是指战斗的原野。以“中原”指称战场习见于春秋。《国语·越语上》载勾践因被吴所败险致亡国而向越人请罪：“寡人不知其力之不足也，而又与大国执雠，以暴露百姓之骨于中原，此则寡人之罪也。”③ 痛悔自己决策失误而使大批国人死于战场。《诗经》中也屡见“中原”一语，如《小雅·吉日》描写原野中猎物众多：“瞻彼中原，其祁孔有。”④《小雅·小宛》亦有“中原有菽，庶民采之”⑤ 的描绘。凡此足以表明“中原”之语习用于春秋社会，其基本意思就是“原野之中”。也就是说，以今天习惯来表达，“中原”即“原中”。“方位词‘中’＋名词”这一结构在《诗经》中屡见不鲜，如《鄘风·柏舟》有“泛彼柏舟，在彼中河”⑥ 之句，《小雅·正月》亦有“瞻彼中林，侯薪侯蒸”⑦ 之句。这表明，频见于春秋人话语中的“中原”一语和今之习见义无关。实际上，一直到西汉仍是如此。司马相如《喻巴蜀檄》云：“是以贤人君子，肝脑涂中原，膏液润野草而不辞也。”⑧

---

① 韦昭：《国语注》，世界书局1936年版，第114页。
② 杨伯峻：《春秋左传注》，中华书局2009年版，第409页。
③ 韦昭：《国语注》，世界书局1936年版，第221页。
④ 高亨：《诗经今注》，上海古籍出版社2009年版，第252页。
⑤ 同上书，第291页。
⑥ 同上书，第64页。
⑦ 同上书，第275页。
⑧ 张连科：《司马相如集编年笺注》，辽海出版社2003年版，第108页。

《史记·平津侯主父列传》载徐乐上武帝书：“七国谋为大逆，号皆称万乘之君，带甲数十万，威足以严其境内，财足以劝其士民，然不能西攘尺寸之地而身为禽于中原者，其故何也?”① 凡此表明，直至西汉，“中原”主要是作为一个词组出现，意谓原野之中，尚未成为某一特定地理空间的专称，自然也不具备成为文化意象乃至文学意象的基础。

这一情形到魏晋六朝发生了根本性转变。中原逐渐演变成为一个专有名词。正如刘成纪先生所指出：“到魏晋南北朝时期，‘中原’这一名词作为特定地理区域的意义最终变得明晰。”② 肇其端者为诸葛亮《前出师表》：“今南方已定，兵甲已足，当奖率三军，北定中原，庶竭驽钝，攘除奸凶，兴复汉室，还于旧都，此臣所以报先帝而忠陛下之职分也。”③ 应该说，《前出师表》对“中原”一词的运用在“中原”概念演变历程中具有极为关键的意义。我们注意到，正是从《前出师表》开始，“中原”巧妙地吸纳了自先秦以来“中国”一词的内涵。“中国”概念在西周即已出现，周成王时期的青铜器何尊即言：“唯武王既克大邑商，则廷告于天，曰：余其宅兹中或，自之乂民。”按：“或”即“国”。《尚书·梓材》载周公诰命卫君康叔言：“皇天既付中国民越厥疆土于先王，肆王惟德用，和怿先后迷民，用怿先王受命。”④ 两处“中国”意思相同，即商王统治的核心区，也就是王畿之地。《诗经·大雅·荡》云：“文王曰咨，咨女殷商，女炰烋于中国。”“内奰于中国，覃及鬼方。”⑤ 沿袭了这一意思。《诗经·大雅·桑柔》云：“哀恫中国，具赘卒荒。”⑥ 诗中的“中国”系言周天子直接统治的地区。由此可以看出，在西周政治话语体系中，“中国”涵盖的主要范围是作为周王室核心区的黄河中下游一带，同时该词还被赋予了政治权威与尊崇的意

① 司马迁：《史记》，清乾隆武英殿刻本。
② 刘成纪：《关于中原文化的三个基本问题》，《郑州大学学报》2007 年第 6 期。
③ 诸葛亮：《诸葛亮集》，中华书局 1960 年版，第 5—6 页。
④ 周秉钧：《尚书易解》，华东师范大学出版社 2010 年版，第 185 页。
⑤ 高亨：《诗经今注》，上海古籍出版社 2009 年版，第 430 页。
⑥ 同上书，第 440 页。

味。“中国”概念流播之广还与周人将河洛地区视为天下之中的政治地理观念息息相关。《逸周书·作雒解》言周公：“及将致政，乃作大邑成周于土中。城方千七百二十丈，郛方七十里。南系于洛水，北因于郟山，以为天下之大凑。”[①]《史记·刘敬叔孙通列传》中刘敬作了进一步的解释：“成王即位，周公之属傅相焉，乃营成周洛邑，以此为天下之中也，诸侯四方纳贡职，道里均矣，有德则易以王，无德则易以亡。”[②] 其所贯彻的尚中政治理念正如《荀子·大略》所阐发：“欲近四旁，莫如中央，故王者必居天下之中，礼也。”[③] 迄至春秋战国，随着夷夏之辨观念的强化，“中国”被常用以指称整个华夏地区，如《左传·成公七年》载鲁大夫季文子所言：“中国不振旅，蛮夷入伐，而莫之或恤。无吊者也夫!”杨伯峻注曰：“中国，当时华夏各国之总称。”[④]《孟子·梁惠王上》中孟子指出齐宣王的政治野心：“欲辟土地，朝秦楚，莅中国而抚四夷也。”[⑤] 将“中国”与“四夷”对举，“中国”显系指称诸夏。《荀子·王制》言北海、南海、东海、西海珍奇之物皆能为中国所用[⑥]，显然也是称华夏为中国。由上述可知，在先秦时期，“中国”这一概念被赋予了如下内涵：其核心意思是指以河洛为中心的黄河中下游地区；从政治文化和宇宙观的角度来说是天下之中和天子所居；从族群角度言“中国”和华夏族群是同一的关系，是华夏族群的核心区，是华夏族群认同感得以确立的精神圣地。汉人对“中国”的理解依然如此，扬雄《法言·问道》中的一番对话可以代表时人对“中国”一词的看法：“或问：‘八荒之礼，礼也，乐也，孰是?’曰：‘殷之以中国。’或曰：‘孰为中国?’曰：‘五政之所加，七赋之所养，中于天地者，为中国。’”[⑦] 这表明，在汉代人那里，中国就是居于天地之中，推行五常之政，以农耕经济为基

① 《逸周书》，《四部丛刊》景明嘉靖二十二年本。
② 司马迁：《史记》，清乾隆武英殿刻本。
③ 荀子：《荀子》，上海古籍出版社2010年版，第308页。
④ 杨伯峻：《春秋左传注》，中华书局2009年版，第832页。
⑤ 杨伯峻：《孟子译注》，中华书局1960年版，第16页。
⑥ 荀子：《荀子》，上海古籍出版社2010年版，第92页。
⑦ 扬雄：《扬子云集》，清文渊阁四库全书本。

础，以礼乐制度垂范八荒的区域。

实际上，至魏晋时期，“中国”这一内涵依然保持，如王粲《七哀诗》其一云：“西京乱无象，豺虎方遘患。复弃中国去，委身适荆蛮。”① 与此同时，“中原”这一称谓开始逐渐接纳了“中国”一词的内涵，现在能见到的表征这一趋向的最早文献，就是诸葛亮的《前出师表》。这也可被视为“中原”这一文学意象的萌芽。

高明的政治家善于在政治斗争中发掘和利用自己的政治资源。在三国政治博弈中，相对于曹魏和孙吴，蜀汉集团最为重要的政治资源就是作为领袖的刘备的身份，正如《三国志·蜀书·诸葛亮传》中诸葛亮所言“将军既帝室之胄”②，“今曹氏篡汉，天下无主，大王刘氏苗族，绍世而起，今即帝位，乃其宜也”。③ 因此，在曹丕篡汉建魏后，构成蜀汉政权合法性基础、最高政治目标和政权凝聚力的核心元素便是讨伐汉贼兴复汉室，这也是诸葛亮兴师北伐和向后主上《前出师表》的动因。兴复汉室的政治愿景必然具体化为“还于旧都”这一政治地理象征。作为汉室旧都的洛阳承载着皇权正统的政治意味，也表征着统一、秩序的盛世想象。但自诩为两汉正统传人的蜀汉政权面对的却是偏处一隅的政治现实，两者之间的张力无疑强化了蜀汉君臣的痛感。在他们尤其是诸葛亮这样富于智慧和责任感的政治家的心目中，“北定中原”被赋予了深厚的个体生命价值意味。明乎此，方能深刻理解诸葛亮一生执着于北伐曹魏的政治举动，也能对杜甫《蜀相》“三顾频烦天下计，两朝开济老臣心。出师未捷身先死，长使英雄泪满襟”④ 和陆游《书愤》“《出师》一表真名世，千载谁堪伯仲间”⑤ 产生真正强烈的共鸣。正是在这个意义上，“中原”已然成为文化意象和文学意象，并深刻地影响了后世作家。例如陆游《示儿》“王师北定中原日，家祭无忘

① 郁贤皓、张采民：《建安七子诗笺注》，巴蜀书社 1990 年版，第 120 页。
② 陈寿：《三国志》，中州古籍出版社 1996 年版，第 407 页。
③ 同上书，第 408 页。
④ 杜甫：《杜甫诗选读》，黑龙江人民出版社 1980 年版，第 177 页。
⑤ 陆坚：《陆游诗词赏析集》，巴蜀书社 1990 年版，第 167 页。

告乃翁”[①] 中的“中原”意象显然受到了《前出师表》的影响。

经过短暂统一，延至西晋末年，华夏社会发生剧烈变乱，即史书所谓的“五胡乱华”。汉族政权被迫南迁，作为中原核心区的河洛地区沦于异族统治。这对于汉族精英分子来说是难以弥合的心灵之痛。正是在这一历史文化背景之下，承载着汉族精英深厚而复杂的情感体验的“中原”这一文化意象开始广泛流播开来。如《晋书·列传三十二》载祖逖“以社稷倾覆，常怀振复之志”，向晋元帝痛陈“戎狄乘隙，毒流中原”，主动请缨北伐，在得到准许后，“仍将本流徙部曲百余家渡江，中流击楫而誓曰：‘祖逖不能清中原而复济者，有如大江！’”[②] 将收复中原作为自己毕生志业和生命价值实现的形式。在广为流传、极具感染力与穿透力的祖逖叙事中，“闻鸡起舞”和“击楫中流”无疑构成了定格祖逖形象的两个经典情节。特别是后一情节，成为许多文学作品的典故所自，如刘过《上金陵章侍郎》：“便当击楫中流誓，莫使鞭为祖逖先。”[③] 而在这一情节中，“中原”则作为核心意象，渗透着祖逖浓烈的生命激情。再如《世说新语·轻诋》对一代枭雄桓温的经典描写：“桓公入洛，过淮、泗，践北境，与诸僚属登平乘楼，眺瞩中原，慨然曰：‘遂使神州陆沉，百年丘墟，王夷甫诸人不得不任其责！’”[④] “眺瞩中原”的神态动作描写和“神州陆沉，百年丘墟”的语言描写将一个渴望事功，痛惋中土沦陷于异族，富于深刻反思精神的政治家形象刻画得极其生动。参与到恢复中原大业以青史留名成为六朝时期许多奋发有为的政治人物的宏图大志，如《世说新语·豪爽》言“庾穉恭既常有中原之志”，当他成为朝廷重臣终于获准北伐后，其誓师场面颇为壮观，“倾荆、汉之力，穷舟车之势，师次于襄阳，大会参佐，陈其旌甲，亲授弧矢，曰：‘我之此行，若此射矣！’遂三起三叠。徒众属目，其气十倍”。[⑤] 壮烈的场景是北伐

① 陆坚：《陆游诗词赏析集》，巴蜀书社1990年版，第292页。
② 房玄龄：《晋书》，清乾隆武英殿刻本。
③ 刘过：《龙洲集》，清文渊阁四库全书本。
④ 朱奇志：《世说新语校注》，岳麓书社2007年版，第462页。
⑤ 同上书，第324页。

大业主谋者生命活力的展现，而其生命活力源自光复中原的壮志豪情。空间与时间本质上是统一的，河洛地区作为周代礼乐文明和大汉盛世的烙印被视为理所当然的归属于汉族群体，当其被践踏于其他民族铁蹄之下时，汉族精英普遍溢于胸中的是义愤的情绪。丘迟《与陈伯之书》传达的就是这种文化心理：“故知霜露所均，不育异类；姬汉旧邦，无取杂种。北虏僭盗中原，多历年所，恶积祸盈，理至燋烂。”① 当一种物象超越了其自然存在的实际功用而渗透入丰厚的生命意识后其便升华成了文化意象，出现在文学作品中便构成了文学意象。“中原”意象就是如此。魏晋六朝可视为“中原”意象的形成期。

通过以上分析，我们似乎可以得出这样一个认识，即中原意象的流行，和失去“以洛阳为中心，以黄河中下游为展延的原乡区域”② 的汉民族的群体痛苦记忆息息相关。明乎此，我们就会认同这一观点：“中原”这一意象的经典化时期是在中国古典诗歌艺术走上顶峰之后，政治上偏安一隅的南宋。

南宋许多作家在其诗词创作中运用了“中原”这一意象。其中陆游最具典型意义，他屡屡用“中原”意象来抒发生命情怀。例如整首《关山月》传达的是作家痛彻骨髓的一种生命体验，有对上层统治者苟且偷安不思恢复大业的痛斥，有对戍边征人老死边关功业难建的痛惋，而最终统摄于中原之痛，运用中原意象将两个艺术情境之间的张力推向了极致：“中原干戈古亦闻，岂有逆胡传子孙。遗民忍死望恢复，几处今宵垂泪痕。”③ 陆游在这里巧妙地运用中原意象唤起汉族这一族群的共同情感，即中原地区天然的是汉民族的生息之所和精神圣地而不容异族践踏，为了民族生存和尊严而战是应有之义，金人久据中原违背天理。“中原”之于宋金对峙中的汉族民众犹如抗战时期“长城”“黄河”之于救亡图存的中华民族，个中所蕴含的强烈的

---

① 梅鼎祚：《梁文纪》，清文渊阁四库全书本。

② 刘成纪：《关于中原文化的三个基本问题》，《郑州大学学报》2007 年第 6 期。

③ 陆坚：《陆游诗词赏析集》，巴蜀书社 1990 年版，第 94 页。

愤慨与抗争精神喷薄着作家和汉民族的生命活力，同时也是对丘迟《与陈伯之书》中“中原”意象蕴涵的一脉相承。《桃源忆旧人》“中原当日三川震，关辅回头煨烬。泪尽两河征镇，日望中兴运”[①] 也传达了作家对山河沦丧的痛惜和收复故土的期盼。《示儿》更是紧扣临终遗嘱这一生命情境，在理性的“元知万事空”的生命彻悟和情感上的“但悲不见九州同”[②] 这一不能接受的现实之间形成剧烈的张力，表达了强烈的壮志未酬的遗憾和痛苦。在一定意义上，无论是从创作角度而言还是欣赏角度而言，一篇（部）文学作品均可被视为一个有机自足的动态系统。生命活动是这一系统的根本动力，它体现为系列的文学意象。在前两句中，核心意象是“死”和“九州”。最后两句则借助于“北定中原”这一核心意象将作品的艺术震撼力推向了新的高潮，表达了作家心有不甘的痛惋和恢复中原、宇内混一的强烈渴盼。

文学艺术的自由创造这一本质决定了文学意象的延展性，既体现为意蕴的拓展与丰富，也体现为由一母意象滋生出若干子意象，如“雨”衍生出“春雨”“秋雨”“梧桐雨”“芭蕉雨”“寒雨”等意象，“剑”衍生出“拔剑”“挥剑”“埋剑”等意象。中原意象在南宋时期的经典化还体现为它滋生出若干子意象，如“北望中原”这一意象。陆游可谓这一意象的开创者之一。如《北望》一诗“北望中原泪满巾，黄旗空想渡河津”[③]，表达了作家对中原沦陷的深切痛感和朝廷能够北伐抗金的渴望以及对统治集团无心收复中原的失望。《书愤》更是用“北望中原”意象表达了作家将投身收复中原伟业作为自己毕生追求的生命激情，“早岁那知世事艰，中原北望气如山”[④]。诗句凸显了作者的豪情壮志以及在南宋统治者苟且偷安不思进取的现实中理想最终幻灭的痛惋之情。“北望中原”极大地拓展了“中原”这一意象的意蕴，一是“望”这一动作生动地传达了抒情主体内心复杂的情感

① 陆游：《渭南文集》，《四部丛刊》景明活字本。

② 陆坚：《陆游诗词赏析集》，巴蜀书社 1990 年版，第 292 页。

③ 同上书，第 174 页。

④ 同上书，第 167 页。

并加以定格，二是“北”这一方位词独特的文化意蕴，华夏文化以北为尊，位居天下之中，坐北朝南为正统之位，而南宋偏安于南方，“北望”蕴含着浓郁的屈辱感触。陆游之后，“望中原”或“北望中原”的意象屡屡出现于南宋作家笔下。

顺便提及的是，“中原父老”也是由中原意象滋生出来的子意象，大量出现于南宋作家笔下。如杨万里《初入淮河四绝句》其四：“中原父老莫空谈，逢着王人诉不堪。却是归鸿不能语，一年一度到江南。”① “中原父老”构成这首诗歌的核心意象，一是通过北宋遗民对南宋使者倾诉的画面展示了中原人民盼望宋廷光复中原的心情；二是将遗民与一年一度尚能自由南飞到宋室的鸿雁的对照，写出了中原百姓与宋王朝文化血脉被割断的痛苦。南宋末年赵孟頫《岳鄂王墓》更以“中原父老”意象揭示了南宋政权偷安懦弱导致民心尽失乃至“天下中分遂不支”的结局：“南渡君臣轻社稷，中原父老望旌旗。”② 在这里中原父老的绝望和南宋最终衰颓的悲剧命运联系在一起，使中原意象更多地被注入国运感伤、历史兴亡的意蕴，极具艺术感染力。姜夔《永遇乐·次稼轩北固楼词韵》“中原生聚，神京耆老，南望长淮金鼓”③ 则以变体的“中原父老”意象写出了中原百姓翘首企盼南宋军队收复中原的心情。

除陆游外，刘过的诗歌中也屡屡出现“中原”意象。刘过一生志在恢复，正如元人杨维桢《龙洲先生墓表》所言：“屡与时宰陈恢复方略，勇请用兵，谓中原可一战而取。”④《八声甘州·送湖北招抚吴猎》云：“望中原驱驰去也，拥十州、牙纛正翩翩。”⑤《沁园春·古岂无人》云：“中原事，纵匈奴未灭，毕竟男儿。”⑥ 表达了作家渴望将自身人生志业和价值的实现

① 杨万里：《杨万里集》，三晋出版社 2008 年版，第 88—89 页。
② 苏天爵：《元文类》，《四部丛刊》景元至正本。
③ 吴无闻：《姜白石词校注》，广东人民出版社 1983 年版，第 161 页。
④ 潘道根：《昆山先贤冢墓考》，台湾成文出版社有限公司 1983 年版，第 14 页。
⑤ 刘过：《龙洲集》，清文渊阁四库全书本。
⑥ 同上。

投入恢复中原斗争中去的生命情怀。《西吴曲》“乾坤谁望，六百里路中原，空老尽英雄，肠断剑锋冷”① 则在“中原”等意象中充溢了殊深的感慨，表达了面对失去的大片中原故土，英雄空怀壮志却无法实现的幽愤。《夜思中原》“中原邈邈路何长，文物衣冠天一方”② 感慨于作为礼乐文明垂范的中原却沦于敌手的满腔痛苦。《望幸金陵》言：“泰华不易得，天下关中为本根。怀哉金陵古帝藩，千船泊兮万马屯。西湖真水真山好，吾君亦岂忘中原。”③ 用“中原”等意象，表达了对最高统治者振作有为、收复宋室故土的殷切期盼。

此外还有许多作家运用“中原”以抒发生命感怀，如张孝祥《浣溪沙》“万里中原烽火北，一尊浊酒戍楼东。酒阑挥泪向北风”④，将中原意象与凄冷的环境、凄惨的战斗、悲愤无奈的情感杂置在一起，堪称经典。

二　“中原”意象的审美蕴涵

审美性构成了文学艺术的本质。作为文学的核心元素，审美意蕴构成了文学意象艺术表现的基本内涵，是其艺术效能实现的基本途径。“中原”之所以成为中国古典诗歌中的经典意象，是由其根植于深厚的华夏文化传统的丰厚的审美意蕴决定的。具体来说，可以分为如下两个方面。

1. 中原意象的大一统意蕴

大一统意识构成“中原”意象的历史生态基础。一个民族的文学的主题内涵和艺术形态归根结底取决于该民族的文化精神。一个民族的文化精神反映该民族独特的文化品格，受决定于其特定的历史发展轨迹与道路。大一统思想是中华民族核心的文化特色。刘正寅先生对之作过极其精辟的分析：“‘大一统’的思想的起源可追溯至三代，史前史研究表明，中华民族在起

① 陈耀文：《花草稡编》，清文渊阁四库全书补配清文津阁四库全书本。
② 刘过：《龙洲集》，清文渊阁四库全书本。
③ 同上。
④ 张孝祥撰，宛敏灏笺校：《张孝祥词笺校》，黄山书社 1993 年版，第 59—60 页。

源时代即表现出交流与统一的趋势。处在文明前夜的尧舜禹时代，黄河中下游地区已经发展成为一个文明程度高于四方的具有一定凝聚力的核心。夏启废‘禅让’而‘家天下’，建立起中国历史上的第一个王朝。启举行‘钧台之享’，力图使各族听令于己。殷商甲骨卜辞及文献记录已反映出萌芽状态中的一统‘天下’的思想。在文献中，商被称作‘中商’‘大邑商’，又称‘土中’或‘中土’，而四方诸侯称东土、南土、西土、北土，反映了商在当时认识所及的范围内具有突出的核心地位。至西周，这种萌芽期的一统思想得到进一步的发展，其在现实社会中的体现就是《诗经·北山》所说：‘溥天之下，莫非王土；率土之滨，莫非王臣。’而‘天下’就是当时的‘四方’或‘万邦’。”① 刘氏的分析表明，崇尚一统的价值观念构成了中华民族的“基因”，这一观念和黄河中下游地区文明程度高于其他地区从而具备了成为中心的历史地理条件存在着密切关联。著名学者张分田先生也深刻指出：“从《尚书》《诗经》等文献记载的思想材料来看，尽管当时的‘天下共主’尚无力真正实现王权大一统，然而有关的观念却已深入人心。换句话说，王权一统的观念已经先于现实而萌生了。这集中体现在以下几个观念的产生：一曰王者纲纪四方。当时的人们认为，王是天下政长。‘纪纲四方’‘正域彼四方’，故‘四方为则’‘万邦为宪’，天下之人‘罔有不服’。《诗经》中的《棫朴》《玄鸟》《卷阿》《民劳》《采芑》等都有相关的思想。二曰王者富有天下。《诗经·小雅·北山》有一个经典的说法：‘溥天之下，莫非王土；率土之滨，莫非王臣。’天下、四方、万邦的尺土、子民皆为王有，这是与当时天下一家的事实与观念相呼应的。三曰天子至尊，王权至上。《易经·师卦》有‘大君有命，开国承家’。当时的人们普遍认为，诸侯的权力、土地、人民是最高统治者赋予的，地方各级权力都是由王权派生出来的。这就在观念上承认了政治一统。四曰王为天子，代天牧民。在观念上，‘天’的权力无限，‘天下’的地域无边，‘天子’为天下父母，

① 刘正寅：《“大一统”思想与中国古代疆域的形成》，《中国边疆史地研究》2010 年第 2 期。

‘天’把治理‘天下’的一切权力托付给天子。这就为王有天下提供了宗教、哲理的依据。”① 张氏的分析有助于我们更为深刻地理解王权（秦汉以后演进为君主专制）的政治体制、大一统的政治理念和中原、中国、中土这些地理观念的内在关联。大一统思想对中国古代文学作品的主题和艺术形态产生了极为深远的影响，其中就包括“中原”这一文学意象。如前所述，大一统思想产生的历史前提是作为经济和政治文化中心的出现与长期存在，从而增强群体的向心力和凝聚力，而黄河中下游地区则担纲了这一重要角色。基于此，“中原”在华夏民族的文化心理中逐渐积淀成为天下一统的精神符码，被赋予了正统和秩序等社会政治文化内涵。正统和秩序的内涵体现在诸多方面，具体到族群关系上就是夷夏之辨。夷夏之辨观念产生与成熟的基础是先秦时期华夏族群的形成和族群意识的觉醒。“春秋、战国时期，人们用‘华夏’‘诸夏’‘诸华’‘华’等称谓来特意强调华夏族与其他族的区别以及华夏族的一体性时，不仅表明华夏民族已经形成，更主要的是表现出当时华夏民族所具有的民族意识上的自觉。在这种鲜明民族意识中，我们看到当时的华夏民族已属一个自觉民族，看到华夏民族间的强烈的文化一体性……它强烈地表现在与其他民族或部族交往中，人们对于本民族生存、发展、荣辱、安危等方面的关切和维护。”② 自此，作为一种文化心理和政治制度，夷夏之辨贯穿于整个中国传统社会。肇端于先秦，沿袭至两宋，中原一带被视为华夏文明最主要的依托空间，从而具有了浓厚的文化象征意蕴。中原成了汉民族的精神家园，漫长的历史传统使汉族形成这样一种普遍的族群心理，即自己应天然地成为宇宙秩序的核心，通过朝贡和羁縻的政治运作和四夷缔结为一体。在华夏族群传统认知心理中，文化地位和地理位置呈现着紧密的相关性，汉民族居于中心，少数民族处在周边，不容僭越。是否拥有中原，不仅关系着汉民族的兴衰，更关系着汉民族的荣辱尤其是大一统的政治伦理秩序。因此，古代文学中的“中原”意象渗入了汉族知识分子浓厚的大一统意识。

---

① 刘泽华：《中国传统政治哲学与社会整合》，中国社会科学出版社 2000 年版，第 112—113 页。
② 王震中：《从复合制国家结构看华夏民族的形成》，《中国社会科学》2013 年第 10 期。

四海一统、诸夷宾贡被视为太平盛世的重要标志。与大一统意识相联系，“中原”意象还蕴含着作家的盛世憧憬。中国传统社会发展进程呈现出鲜明的历史周期律特征，这一规律已为春秋时人所注意到。《左传·庄公十一年》载鲁国贤大夫臧文仲言：“禹、汤罪已，其兴也悖焉；桀、纣罪人，其亡也忽焉。”① 这表明春秋时人已将历史看成兴亡交替的过程，决定兴亡的关键因素是君主是贤君还是昏君。这一历史观念到战国时人那里有了更为清晰的阐述，将中国历史的进程表述为治乱更替的过程。《孟子·滕文公下》中孟子所言颇为经典：“天下之生久矣，一治一乱。”② 在中国传统政治思维中，乱世对应的政治图景是国家分裂与社会失序，治世对应的政治图景是国家统一与社会和谐。《三国演义》第一回“宴桃园豪杰三结义，斩黄巾英雄首立功”就用极为明晰简洁的语言概括了分裂与统一两种社会情状轮番更替这一中国历史规律：“话说天下大势，分久必合，合久必分。”③ 分即分裂，合即统一。在传统政治愿景中，分合更替最终应该是指向“合”。这就是对太平盛世的憧憬，最高统治中心位居中原是盛世必备景象。因此，从深层说，大一统的政治理想，太平盛世的憧憬，既构成了中原意象生成的政治文化基础，也构成了其最深层的审美意蕴。

2. 中原意象所蕴含的功业意识

人区别于一般动物之处就是对于生命价值的恒定追求，对于精英阶层而言更是如此。人的生命价值是个体价值和社会价值的有机统一。在华夏传统社会，精英群体一个普遍的生命价值取向就是对政治功业的追求。如《左传·襄公二十四年》鲁大夫叔孙豹曾言：“豹闻之：‘大上有立德，其次有立功，其次有立言。’虽久不废，此之谓不朽。”④ 所谓不朽就是精神生命的弘扬，即扬名后世。正如《报任安书》所云：“立名者，行之极也。”⑤ 这

① 杨伯峻：《春秋左传注》，中华书局2009年版，第188页。
② 杨伯峻：《孟子译注》，中华书局1960年版，第154页。
③ 罗贯中：《三国演义》，上海古籍出版社2014年版，第2页。
④ 杨伯峻：《春秋左传注》，中华书局2009年版，第1088页。
⑤ 班固：《汉书》，中州古籍出版社1991年版，第447页。

是中国古代士阶层所追求的生命最高境界，并将之与家国社会伦理有机结合起来，如《孝经·开宗明义章》言：“立身行道，扬名于后世，以显父母，孝之终也。”[①] 建立不世之功便是垂名青史的重要途径。强烈的功业意识构成了传统社会许多士大夫的生命动力。中原意象所赖以盛行的中原沦陷的政治现实往往会使有着强烈责任感和渴望奋发有为的士大夫迸发出火热的生命激情图建千秋功业。辛弃疾《破阵子·为陈同甫赋壮词以寄之》“了却君王天下事，赢得生前身后名”[②] 抒发的就是这种生命情怀。深潜而强烈的功业意识构成了中原意象的重要意蕴。如在陆游的《书愤》一诗中“中原”意象所蕴含的功业意识构成了整首诗歌的内在原动力。“中原北望气如山”凸显了作家青年时期渴望建功立业的生命激情。“楼船夜雪瓜洲渡，铁马秋风大散关”则是在追求不世之功人生理想的激发下，作家充溢着满腔热忱的现实行动。“塞上长城空自许，镜中衰鬓已先斑”则是悲叹年华已老功业未建的现实，壮志未酬和往昔的满怀豪情形成鲜明的对照，从而构成强大的艺术张力。最后用诸葛亮典故，“出师一表真名世，千载谁堪伯仲间”，引其为知音以申明自己的收复中原之志。“中原”意象所蕴含的功业意识对全诗艺术感染力生成的效果不言而喻。中原意象的功业意识和大一统意识浑融为一体，成为诗歌爱国精神的艺术符码。

三　结语

文学是人的生命意识和生命活动的审美展现。文学意象是创作主体以浓郁的生命体验和生命情怀包孕物象而形成的有机体。地理空间作为意象也是如此。任何一个地域空间的认知既有客观的一面，也有主观想象的元素，这是其生成文化意象和文学意象的基础。中原作为古代文学中的一个经典意象，具体地反映了这一规律，是中华民族文化心理和文化传统的有机体现。

---

① 陈鳣：《孝经郑注》，中华书局1985年版，第1页。

② 辛弃疾：《稼轩长短句》，上海人民出版社1975年版，第97页。

《三国演义》对于长江古战场的诗意化书写

——以赤壁之战、猇亭之战为例

王前程*

人物活动和事件发生离不开客观地理空间，讲述人物故事的叙事文学自然也离不开客观地理空间。但文学作品中的地理空间是一种审美空间，“这种空间不同于客观存在的自然和人文地理空间，它包含了作者的想象、联想和虚构，但是这些想象、联想和虚构并非凭空产生，而是与客观存在的自然和人文地理空间有着或显或隐的联系”。[①] 中国古典小说名著《三国演义》对于著名地景“长江”的书写，充分显现了文学地理空间的审美属性。

长江是中国古代最重要的一条南北分界线，是分裂割据时期群雄拼死争夺的焦点。汉末三国时期，曹魏、刘汉、孙吴三大军事集团曾在长江中上游及两岸区域（今湖北省东部至重庆市东北角）发生了两次规模巨大、决定历史走向的关键性战争，即赤壁之战和猇亭之战。赤壁之战、猇亭之战是《三国演义》详尽描写的重点章节，与发生于黄河之滨的官渡之战并称为三国时期“三大战役”。然而，在作家罗贯中笔下，三大战役尤其是赤壁之战、猇亭之战是高度艺术化、审美化的三国战争，而战争发生之地长江则成为再现三国英雄风采、充满诗情画意的战争舞台，与历史上客观存在的古战场有着显著的差异。

---

* 王前程，三峡大学文学与传媒学院教授。

① 曾大兴：《文学地理学概论》，商务印书馆2017年版，第143页。

一　不受地理空间局限的广袤战场

东汉末建安十三年（208）七月，曹操亲率大军南征荆州，荆州牧刘琮投降，刘备率残部逃至夏口、樊口（今湖北武汉市、鄂州市）一带；同年十二月间，孙权与刘备联手在赤壁击溃曹操，曹军退守南郡江陵（今湖北荆州市）一带，是为赤壁之战。蜀汉章武二年（222）正月，为了夺回关羽丢失的战略要地荆州，刘备亲率主力东征伐吴，吴蜀双方对峙于夷道猇亭（今湖北宜昌市境内）一带；同年闰六月，陆逊火烧连营，大败蜀军，刘备仓皇退守白帝城（今重庆市奉节县东），是为猇亭之战（又称夷陵之战）。古今学术界对于赤壁之战、猇亭之战的具体方位颇多争议，但有一点可以肯定，即两场著名战役的主战场均在今湖北省境内的长江及两岸地带。

所谓“赤壁”，即红色的岩壁，它可以指某一块红色岩壁，也可以指一片范围较大的红色江岸。古荆州境内长江及其支流的江岸经浪涛长期冲刷，颜色多呈暗红色，如同烈火焚烧过一样，十分引人注目，民间习称“赤壁”。今江汉间有多处“赤壁”，如黄州赤壁、新洲赤壁、蒲圻赤壁、武昌赤壁、汉川赤壁、汉阳赤壁、钟祥赤壁等，其原因正在此。“猇亭”之名，始见于陈寿《三国志·先主传》，其得名应与刘备有关，可能是刘备设置或更名的一级行政区名，小于乡大于里；也可能是刘备对一处邮亭兼军事瞭望台的更名，吴蜀双方主力对峙于猇亭一带近半年，说明此处地形险要，军事价值较高。罗贯中《三国演义》将赤壁之战定位在东汉荆州江夏郡和南郡境内（今湖北江汉地区）的长江及其北岸，将猇亭之战定位在荆州宜都郡境内（今湖北宜昌市）的长江及其南北两岸，乃是两场名副其实的长江大战。

小说对于赤壁之战、猇亭之战战场大体方位的界定，是以《三国志》等魏晋原始史籍的记载为依据的，但罗贯中从不拘泥于史料记载，纵横捭阖，随心所欲，小说中的战争场景从不受客观地理空间的局限，多用夸张之笔，洋溢着浪漫飞扬的想象力。如第 42 回描写曹操进军赤壁云：“一面发檄遣使赴东吴，一面计点马步水军共八十三万，诈称一百万，水陆并进，船骑双行，沿江而来，西连荆、峡，东接蕲、黄，寨栅联络三百余里。”① 罗贯中为元末明初人，《三国演义》常杂用古地名和今地名，所言“荆、峡”，指荆州（今湖北荆州市）、峡州（今湖北宜昌市）；“蕲、黄”指蕲州（今湖北蕲春县等地）、黄州（今湖北黄州市一带）。小说叙述曹操亲率百万大军水陆并进东征孙权、刘备，其前锋进至黄州、蕲州一带，军营绵延三百余里（相当于今二百二十余里），而后续军队尚在峡州、荆州一带，从峡州至蕲州水路约一千四百里。千里长江沿线均为百万大军驻营扎寨之地。实际上，曹操用于赤壁之战的总兵力远低于一百万。《三国志·诸葛恪传》载诸葛恪作“论”曰：“北方都定之后，操率三十万众来向荆州。”② 诸葛恪是吴国大都督陆逊死后执掌军权的著名大将军，“论”是古代常用于讨论军国大事的一种公文，所言不可以随意虚夸，诸葛恪说曹操南下荆州的总兵力为三十万是可信的。曹操要部署相当的兵力据守襄阳、樊城、江陵、夷陵等军事重镇，其投入赤壁前线的军队不过在二十万上下。唐宋以来，对于三国赤壁古战场的方位多存歧义，影响最大的是“蒲圻赤壁”说和“黄州赤壁”说，而两处“赤壁”水路相距约六百里。罗贯中《三国演义》综合了这两种说法，先将鄂州西山、樊口（今湖北鄂州市市区西北郊）一带作为孙刘联军的大本营，再将黄州三江口（今湖北黄州西至武汉新洲南一带）、黄州赤壁等地作为双方激战之地，后又将蒲圻赤壁江北岸的乌林（今湖北洪湖市境内）、华容道（今湖北监利县境内）等地作为孙刘联军火烧营寨和伏击曹军的阵地，还将位于江陵西北二百余里的夷陵道（今湖北宜昌市至远安县、当阳市一带）作为曹操败兵逃亡之路，使整个赤壁大战的战场绵延一千余里，东抵大别山南麓，西至荆山南麓，横跨整个江汉平原。这个极其广袤的赤壁古战场是不符合历史常理的，在冷兵器时代，士卒行军、粮草运输

① 罗贯中：《三国演义》，人民文学出版社 1979 年版，第 369 页。本文所引小说原文均见此版本，不再注释。

② 陈寿：《三国志》卷六四，裴松之注本，中华书局 2000 年版，第 1057—1058 页。

十分艰难，无论是曹军还是孙刘联军都不大可能部署在如此辽阔的空间里。显然，小说中的赤壁古战场是经过作家刻意夸张、延展的古战场。

小说描述猇亭之战的规模和范围同样存在着明显的夸饰之词。从《三国志》等魏晋史籍记载可知，吴军参战人数为五万，蜀军在十万至十二万之间。而《三国演义》描写孙权将二十余万精兵先后投入战场，刘备则亲率七十五万大军伐吴，同样是一场近百万人的大会战，与历史真相相差巨大。在叙述猇亭之战古战场上，完全无视客观地理空间的限制。第 83 回描写吴将甘宁战死："甘宁见其势大，不敢交锋，拨马而走，被沙摩柯一箭射中头颅。宁带箭而走，到于富池口，坐于大树之下而死。树上群鸦数百，围绕其尸。吴王闻之，哀痛不已，具礼厚葬，立庙祭祀。"富池口，即长江支流富水汇入长江处，位于今湖北黄石市阳新县境内。富池口是东吴著名战将甘宁的封地和驻守地，距离宜昌猇亭一千六七百里，年老患病的甘宁在猇亭身负重伤，是不大可能独自逃到千里之外的富池口的。这并非源于罗贯中对于荆楚地理的无知，而是出于艺术需要（即交代名将甘宁的归宿等），有意对猇亭古战场进行延伸。罗贯中还大刀阔斧地调整、扩展了猇亭之战的战场方位和范围，将数百里长江三峡作为吴蜀大军激战之地。第 82 回写道："先主从巫峡建平起，直接夷陵界分，七百余里，连结四十余寨。"第 83 回又写道："先主自猇亭布列军马，直至川口，接连七百里，前后四十营寨，昼则旌旗蔽日，夜则火光耀天。"是说刘备在长江三峡七百里沿岸设立四十余营寨。"巫峡建平"，指三国时期吴国所置建平郡，辖今重庆巫山县、湖北巴东县、湖北秭归县等地；"夷陵界分"，指夷陵地界（今湖北宜昌市）。刘备连营七百里的描写源自《三国志·文帝纪》："初，帝闻备兵东下，与权交战，树栅连营七百里，谓群臣曰：'备不晓兵，岂有七百里营可以拒敌者乎！'"① 但《文帝纪》并未指明刘备在长江沿岸连营七百里。其实，历史上蜀军前锋占据夷陵城（今湖北宜昌市西陵区西陵峡口附近）后，刘备

① 陈寿：《三国志》卷二，裴松之注本，中华书局 2000 年版，第 59 页。

兵分三路：一路由黄权率江北军进驻夷陵道（今湖北宜昌通往远安、当阳一带的驿道）东北端以防魏军夹击，一路由吴班、陈式率水军驻守夷陵城和西陵峡口以保障长江三峡航道，一路由刘备率主力进驻夷道猇亭（今湖北宜都市与长阳县交界一带，位于江南清江流域）相机夺取宜都城。三路兵马形成一个“凹”形长蛇阵，主攻方向在江南，江北、江中两路兵马以防守为主。从江北夷陵道东北端至西陵峡口再至江南猇亭，道路弯弯曲曲有六七百里之遥（今五百余里）。曹丕认为蜀军跨越大江南北布设了一个七百里长蛇阵，兵力过于分散，又被长江阻隔，首尾不能相顾，实乃犯兵家之大忌，故而批评刘备不懂兵法，“岂有七百里营可以拒敌者乎”？罗贯中无视历史上猇亭之战客观战场方位所在，既依据史籍记录描写蜀军横跨大江南北排兵布阵，又变更刘备主力驻营之地，描写数十万大军于长江三峡沿岸树栅立寨，横占七百里，气势汹汹，大有泰山压顶之威，“江南之人尽皆胆裂，日夜号哭”（第83回）。

毫无疑问，罗贯中通过延展、调整、加工等手段，刻意夸张赤壁之战、猇亭之战规模之巨大、战场之广袤、气势之宏伟，是为了突出这两场战役的重要性、关键性，从而使“三江口周郎纵火”与“陆逊营烧七百里”成为三国战争史上令人惊悚的战争奇观，在广大读者心中留下了极其深刻的印象。

二　不受地形地貌制约的战争场景

《三国演义》不仅随意延伸或变更古战场的地理空间，还不受客观战场地形地貌的制约，虚构了许多精彩纷呈、引人入胜的战争场景。地形地貌是冷兵器时代战争中的重要因素，不同区域有不同的地形地貌，沙漠、戈壁、高原、草地、山丘、平原、湖泊特征各不相同，作战方式亦不尽相同。《孙子兵法·地形篇》云：“夫地形者，兵之助也。料敌制胜，计险厄远近，上将之道也。知此而用战者必胜，不知此而用战者必败。”① 任何成熟的军事

① 《孙子兵法》，见郭化若《孙子译注》，上海古籍出版社1984年版，第178页。

统帅，无论进攻还是退兵，都会根据客观地形地貌来制定合理的作战方案或撤退方案，不观察地形地貌、不知占有地利必将付出重大代价。曹操骄傲轻敌，又不习长江水战，加之对手精明强干，终致兵败赤壁。无论曹操是兵败于黄州赤壁还是蒲圻赤壁，他向西或向西北撤退至荆州南郡郡治江陵县（今湖北荆州市），所经区域均为江汉平原沼泽地。《三国志·武帝纪》注引《山阳公载记》曰："公船舰为备所烧，引军从华容道步归，遇泥泞，道不通，天又大风，悉使羸兵负草填之，骑乃得过。羸兵为人马所蹈藉，陷泥中，死者甚众。军既得出，公大喜，诸将问之，公曰：'刘备，吾俦也。但得计少晚；向使早放火，吾徒无类矣。'备寻放火而无所及。"[①] 华容道即东汉华容县（辖今湖北潜江市、监利县等地）通往江陵等地的驿道，华容县属于古云梦泽逐渐萎缩所形成的低湿平原沼泽区，古夏水斜穿其中。盛弘之《荆州记》卷一《南郡》云："江津东十余里有中夏洲，洲之首，江之汜也。故屈原云：'经夏首而西浮。'又二十余里有涌口，所谓阎敖浮涌而逸。二水之间，谓之夏洲，首尾七百里，华容、监利二县在其中矣。"[②] 所说阎敖，乃春秋楚国大夫，曾任那处（今湖北荆门市境内）长官，巴人叛乱攻击那处，阎敖从涌水逃逸。从《荆州记》记述可知，汉之华容县处在夏水、涌水之间，是典型的水泽淤积形成的平原沼泽地区，河湖密布、杂草丛生是其突出的地形地貌。这样的地形地貌遇到风雨天气，道路泥泞难行，如果敌人追来，一旦发起火攻，后果将不堪设想。但曹操毕竟精通兵法，面对不利形势果断下令羸弱兵士割草铺路，让骑兵、步兵主力迅速通过，虽然损失了不少羸弱兵卒，但终归使刘备追兵放火一无所得。也就是说，历史上曹操在赤壁之战中成功地将其精兵安全撤至江陵城。

然而，《三国演义》不是军事教科书，在罗贯中生花妙笔下，曹操的华容道大撤退变得极其狼狈。平原沼泽区行军最怕风雨交加，但没有高山险谷，并不便于敌方伏击战、阻击战的实施。而《三国演义》第50回却将这

① 陈寿：《三国志》卷一，裴松之注本，中华书局2000年版，第22页。

② 盛弘之：《荆州记》，谭麟点注本，武汉大学出版社1992年版，第17页。

场刘备并无所得的平原追击战描写成了一波三折的山地伏击战：先写曹操带着残兵败将来到乌林一处“树木丛杂，山川险峻”之地，被预先埋伏此处的赵云杀得人仰马翻；接着，描写曹操夺命逃到空间狭隘、山路陡峭的葫芦口，又被预先埋伏的张飞杀得落荒而逃；最后风尘满面、惊魂未定的曹操逃至“地窄路险，坑坎难行”的华容道，却又一头钻进了关羽布设的口袋阵，若非关羽陡生怜悯之心，必将在劫难逃。很显然，这场精彩的“华容道伏击战”，不过是《三国演义》精心设计的高度艺术化的战斗场景，路狭山险的地形地貌实出于罗贯中浪漫的文学想象，与历史上华容道水网密布、芦苇杂草丛生的地貌存在着巨大差异。

小说对于猇亭之战中长江地形地貌的描写更是富于文学想象力。猇亭之战发生在今宜昌市（古称夷陵）境内，但秦汉三国时期夷陵是三峡峡口之城，长江实为南北之天堑，两岸山岩陡峭，长期不通路径，与今天宜昌六七座巨桥飞架南北的现代化交通有着天壤之别（即便如此，宜昌至今仍有多处江岸峭壁如削，无路可通）。郦道元《水经注·江水》记述夷陵长江地貌曰：“袁山松言：江北多连山，登之望江南诸山，数十百重，莫识其名，高者千仞，多奇形异势，自非烟褰雨霁，不辨见此远山矣。……江水又东历荆门、虎牙之间，荆门在南，上合下开，暗彻山南，有门像。虎牙在北，石壁色红，间有白文，类牙形，并以物像受名。此二山，楚之西塞也。水势急峻，故郭景纯《江赋》曰：‘虎牙桀竖以屹崒，荆门阙竦而盘薄，圆渊九回以悬腾，湓流雷呴而电激者也。’”① 袁山松、郭景纯（郭璞）均为东晋名士，都在夷陵做过官或隐居过，十分熟悉夷陵的山山水水，他们对于夷陵长江地貌的描述，多为郦道元所采录。由此可见，古代宜昌长江浪高水急，两岸地形非常复杂险峻，易守难攻，极不利于进攻一方的排兵布阵。

但在《三国演义》中，刘备伐吴大军却能在长江两岸安营扎寨，还可以纵马奔驰。第83回描写刘备大军兵分八路直扑猇亭：“乃引御林军直至

① 郦道元：《水经注》卷三四，陈桥驿校证本，中华书局2007年版，第794页。

猇亭，大会诸将，分军八路，水陆俱进。水路令黄权领兵，先主自率大军于旱路进发”，一路连斩李异、谢旌、夏恂、周平、甘宁等东吴战将，“杀得那吴军尸横遍野，血流成河”。第84回先写刘备“移营夹江，横占七百里，下四十余屯，皆依溪傍涧”，后写陆逊乘夜发起火攻，蜀汉江南、江北营寨火光冲天，刘备在江南御营中得知消息，“急令关兴往江北，张苞往江南，探看虚实”，后又写关兴从江北杀到江南马鞍山下，救得被困多时的刘备脱险，最后在赵云的护卫下逃回白帝城。刘备大军沿江两岸安营扎寨，横占七百里，一声令下，万马奔驰，直扑猇亭，杀得吴军上下“尽皆胆裂”，这不过是罗贯中想象中的长江大战。而小说描写关兴一会儿率兵渡江到北岸，一会儿又渡江杀到南岸，水深浪急滩险的长江如同一条小溪沟，任人自由跨越，这更是罗贯中浪漫情思的飞扬。有学者将文学景观分为两大类型：即实体性文学景观和虚拟性文学景观。“虚拟性文学景观，是指文学家在作品中所描写的景观，大到一山一水，小到一亭一阁，甚至一草一木。”[①]《三国演义》描写赤壁之战、猇亭之战的许多战争场景，实为典型的虚拟性文学景观，具有鲜明的艺术审美特征。

三　三国英雄激情表演的战争舞台

“文学即是人学”，早已成为古今学术界的共识。在叙事文学的地理空间中，人物是最根本、最核心的要素。《三国演义》建构的赤壁古战场、猇亭古战场上，英雄豪杰始终处于绝对中心的位置。罗贯中又是如何评价、如何表现那些身处战争旋涡的三国英雄呢？中外战争文学对于战争从来就存在着两种不同的思想态度与表现方式。一是厌战，认为战争是杀人恶魔，是极其恐怖的，人类应该远离可恶可怖的战争，因而作品着重描写战争的残酷与血腥，表现人在战火中的恐惧心理与厌烦心理。二是直面战争，认为战争固然残酷可怖，但既然战争来临，人就应该勇敢地面对战争而不是消极回避，

① 曾大兴：《文学地理学概论》，商务印书馆2017年版，第233页。

应该义无反顾地去迎战强敌而不是退缩妥协，因而作品着重表现历史英雄的豪情壮志与战斗风采，讴歌人类积极进取、勇于拼搏的伟大精神。罗贯中的基本态度和表现方式明显属于后一种，《三国演义》是一曲典型的英雄之歌，作家在叙述赤壁之战、猇亭之战这两场关键性的历史大战过程中，将千里长江作为广大辽阔的战争舞台，让汉末三国时期几乎所有著名的英雄人物现身于这座巨大的舞台之上，向世人尽情展示其独特的音容笑貌、性格气质、胆识智慧和道德精神。

其一，展现三国英雄独特的性情气质。

作为三军统帅和战争决策者，曹操、周瑜、孙权是赤壁之战的核心人物，刘备、陆逊则是猇亭之战的核心人物。《三国演义》细致描写了他们独特的气质，不仅使其形象栩栩如生，也使故事情节曲折多变，扣人心弦。小说第 48 回设计了一出“曹操横槊赋诗”的场景：大战前夕，天色晴明，月出东山，江水如练，曹操下令置酒设乐于楼船之上，大会士众。曹操情绪高涨，即兴赋诗《短歌行》，高举酒樽，横槊而歌，众人应和，气氛欢畅。不料扬州刺史刘馥指出“月明星稀，乌鹊南飞；绕树三匝，何枝可依”之词乃是“不吉之言”。曹操勃然大怒云：“汝安敢败吾兴！”手起一槊，刺死刘馥，宴会不欢而散。史籍并无曹操在赤壁之战中“横槊赋诗”的记载，扬州刺史刘馥此时已经病逝，不可能跟随曹操南征荆州。罗贯中依据民间传说虚构加工横槊赋诗、刘馥被杀的情节，既表现了一代枭雄的杰出诗才，更暴露了曹操了喜怒无常的独特性情，暗示了赤壁之战失败的结局。第 50 回又依据史籍有曹操过华容道后“大喜”和“哭郭嘉”的记载，精心设计出曹操三次“仰面大笑”招来赵、张、关三将截杀和事后“放声大哭郭嘉”的情节，虽将曹操置于异常尴尬之中，却又使豪迈爽朗、喜怒形于色的一代枭雄形象活跃在舞台之上，令广大读者印象十分深刻。

曹操个性鲜明，周瑜同样如此。《三国演义》总体倾向是“拥刘反曹贬孙”，周瑜是坚定的抗曹派代表人物，是赤壁之战的最大功臣，自然受到罗贯中的充分肯定和赞扬，但他同时又是坚定的排刘派代表人物，因而又被罗贯中大加贬抑。于是，在小说中周瑜既是一个志向远大、谋略出众的军事统帅，同时又是一个肆意破坏吴蜀联盟关系的阴谋家，他多次设计图谋陷害诸葛亮、刘备，如聚铁山劫粮、私约刘备会面、限令孔明造箭、追杀七星坛等，将他塑造成一个心胸狭隘、不能顾全大局的忌才小人。周瑜忌才故事大多出自作家的艺术虚构和加工，从而使一个个性鲜明、内心复杂的吴军统帅形象跃然纸上，同样给读者留下了极为深刻的印象。此外，孙权在反复权衡利弊中的沉稳精细，刘备在失去理性的复仇行动中的狂躁残忍，陆逊在众将轻蔑眼光下的忍辱负重，都得到了成功而生动的描写。在战争舞台上全面展现三国英雄独特的音容笑貌和个性气质，正是《三国演义》赢得广大读者青睐的重要原因之一。

其二，展现三国英雄非凡的胆识智慧。

军事实力是决定战争胜负的重要因素，但谋略智慧更是决定战争结局的关键因素，这是罗贯中最基本的战争理念。因此，《三国演义》特别强调斗智，特别推崇军事将帅们的谋略较量，大量的“妙计”故事均由此而生。曹操、周瑜、鲁肃、庞统、徐庶、诸葛亮等等谋略高手均现身于赤壁之战，“群英会”“草船借箭”“苦肉计”“诈降书”“连环计”“火攻策”等斗智故事精彩纷呈，周瑜骗蒋干、孔明饮酒借箭、周瑜打黄盖、曹操审问阚泽、徐庶一语点破连环计等情节惊心动魄，三国英雄非凡的胆识与智慧得到了淋漓尽致的表演。而在所有施展谋略智慧的高手中，诸葛亮又显得异常出色。他联合周瑜与曹操斗智斗勇，同时又处处提防周瑜陷害，周瑜所有打击曹操的妙计均逃不过他的法眼，周瑜一系列图谋他的阴招又都被他轻松化解。最后，踌躇满志的周瑜遥望江北曹营水寨，“一阵风过，刮起旗角于周瑜脸上拂过。瑜猛然想起一事在心，大叫一声，往后便倒，口吐鲜血。诸将急救起时，却早不省人事”（第 48 回）。原来，万事俱备只欠东风。于是，鬼神莫测的智慧之星诸葛亮亲自出马，登上七星坛祭来一夜东南风：“忽听风声响，旗幡转动。瑜出帐看时，旗角竟飘西北，——霎时间东南风大起。”（第 49 回）诸葛亮以其“夺天地造化之法”，成就了江东周郎一番盖世的功业。历史上诸葛亮不过是吴蜀联盟的牵线人，在赤壁之战中所起的作用十分有限，能征善战、风流倜傥的周瑜并没有把年轻的白面书生诸葛亮放在眼里，那时的诸葛亮实不足以引起周瑜的忌妒。但罗贯中通过大量虚构加工的故事来凸显诸葛亮的特殊作用，让赤壁之战几乎成为周瑜、诸葛亮表演非凡智慧的专场，而诸葛亮则成为这场战争舞台上激情表演的真正主角。

在猇亭之战中，吴军大都督陆逊发挥了关键性的作用。刘备大兵压境，东吴损兵折将，朝野上下一筹莫展，孙权举止失措。当此万分危急时刻，年少书生陆逊登台拜将，统领江东六郡八十一州军马，西入长江三峡险地，以其超凡的智慧令刘备一步步堕入陷阱，最后火烧连营七百里，剿灭蜀军七十万，为吴国扭转乾坤，化险为夷。而陆逊的登台拜将又得益于一人的举荐，这就是谋士阚泽。历史上阚泽只是一个博览群书、精通历数的著名学者，罗贯中对阚泽进行了颠覆性的改头换面，将他塑造成一个见识高远、胆量过人的智勇谋士。他仅出场两次。一次在赤壁之战，冒着被曹操识破而砍头的巨大风险替老将黄盖进献诈降书，以其沉着机灵骗过了曹操老谋深算的盘问，使得诈降计得以顺利实施。一次在猇亭之战，当东吴大厦将倾之际，他力主启用书生陆逊，又遭到众多元老大臣的一致反对，“阚泽大呼曰：‘若不用陆伯言，则东吴休矣！臣愿以全家保之！’”（第 83 回）终于促成陆逊登台拜将，拯救了东吴国运。其实，早在建安二十四年（219）冬，东吴偷袭荆州成功之后，孙权便任命陆逊为宜都太守、抚边将军，负责镇守三峡峡口，不久，又因陆逊战功卓著而升任右护军、镇西将军，进封娄侯。两年之后即蜀汉章武二年（222），刘备大举东征宜都，陆逊时年三十九岁，已是一位从军二十年、战功无数的宿将，自然被孙权提拔为吴军大都督，率部抵御刘备大军，不存在少年书生登台拜将的惊人之举。《三国演义》如此大动干戈加工改造史料，一方面是为了增强故事的曲折性与可读性，另一方面重在说明贤才对于国家的重要性、智慧识见对于战争胜负的关键性，表达了作家进步的人才观、战争观。

自然，罗贯中在猇亭之战中依然不忘突出智慧之神诸葛亮的特殊作用，即“孔明巧布八阵图”。诸葛亮与猇亭之战本无密切关联，民间传闻孔明在白帝城外布设“八阵图”，不过是猇亭之战已经结束之后的事：章武二年（222）秋，吴军乘胜追击刘备至鱼复县白帝城（今重庆奉节白帝城）附近，刘备一方面加强戒备，一方面诏令诸葛亮来白帝城商讨防御之策，所谓“八阵图”当是在鱼复县江滨险厄地带布设的若干防守阵地。《三国演义》第 84 回则将“孔明巧布八阵图”的时间提前了十年，即建安十八年（213）率部入川途经鱼腹浦之时：“诸葛亮入川之时，驱兵到此，取石排成阵势于沙滩之上。自此常常有气如云，从内而起”；“变化无端，可比十万精兵”。当陆逊进入石阵后，立刻迷失方向，无法出阵，最后在孔明岳父黄承彦的引导下才安全脱险。陆逊只得长叹一声而退兵：“孔明真卧龙也！吾不能及！”有智慧者不一定能左右战争胜败，但可以使战争损失降到最低。对于刻画智慧之星诸葛亮而言，“八阵图”故事实为充满诗情画意的神来之笔。

其三，展现三国英雄崇高的精神品格。

曹操发表过著名的“英雄论”：一个人“胸怀大志”又“腹有良谋”，方可称为“英雄”。诚然，战争胜败常常是志向及智慧较量的结果，赢得战争者大多是胸怀大志（远见卓识）、腹有良谋（非凡智慧谋略）的英雄。罗贯中基本认同曹操的英雄观，但他进一步认为英雄又绝不可以成败论，成功不是评价英雄的唯一条件，唯有崇高的人格和伟大的精神才是衡量英雄的绝对标准。

在赤壁之战中，面对曹操百万大军的进攻，孙刘联军固然赢在谋略决策上，但更赢在敢于拼死一战的战斗精神上。小说第 43 回和第 44 回集中描写了孙、刘两大集团的抗战意志和战斗精神。诸葛亮云：“昔田横，齐之壮士耳，犹守义不辱。况刘豫州王室之胄，英才盖世，众士仰慕。——事之不济，此乃天也，又安能屈处人下乎！”表达了蜀汉君臣守义不降的决心。东吴君臣的表现更是令人感奋。周瑜云：“决一死战，万死不辞！”黄盖云：“吾头可断，誓不降曹！”程普云：“吾等宁死不辱！”鲁肃怒对诸葛亮云：“汝教吾主屈膝受辱于国贼乎！”孙权亦奋起大声云：“孤与老贼，誓不两立!”除了张昭等少数懦弱文士主张降曹外，东吴上上下下同仇敌忾，充满自强不息、努力拼搏的积极进取精神。有如此朝气勃勃的将帅谋臣，曹操焉能轻易征服?在猇亭之战中，敢斗强敌的拼搏精神亦集中体现在蜀汉文臣武将身上。小说第84回写蜀汉将军冯习、张南奋力死战，为国捐躯。傅彤被吴军重重包围，往来冲杀，拒不投降，高声怒斥道:“吾乃汉将，安肯降吴狗乎!”最终战死沙场。文士程畿面对吴军蜂拥而至，毫无惧色，部下劝其逃跑，程畿大怒云:“吾自从主上出军，未尝赴敌而逃!”战斗至最后拔剑自刎而死。他们视死如归的战斗精神不仅赢得了敌人的尊敬，更赢得了作家的赞扬:“冯习忠无二，张南义少双;沙场甘战死，史册共流芳”，“至死犹然骂吴狗，傅彤不愧汉将军”，“蜀中程祭酒，……声名万古香”。毫无疑问，在宏大的战争舞台上，三国英雄们集中表现了中华民族自强不息、永不回头的伟大拼搏精神，永远激励着后人奋勇前行。

如果说罗贯中在长江之战的战争舞台上重在表现曹操、周瑜、诸葛亮、孙权、陆逊等杰出政治家、军事家的非凡智慧和伟大精神的话，那么对于关羽和刘备则重在赞扬他们高尚的道德人格。关羽在赤壁之战中出场不多，但《三国演义》第50回特意安排了一场“义释曹操”的重头戏:曹操败走南郡，先后遭到赵云、张飞两支精兵伏击，已是人困马乏、狼狈不堪，结果又在华容道遇上关羽五百校刀手拦住去路，曹操部下万难再战，只得采纳程昱建议，以情动人乞求关羽网开一面。“云长是个义重如山之人，想起当日曹操许多恩义，与后来五关斩将之事，如何不动心?……众军皆下马，哭拜于地。云长愈加不忍。正犹豫间，张辽纵马而至。云长见了，又动故旧之情，长叹一声，并皆放去。”义释曹操故事纯属作家虚构，目的很明确，即凸显关羽的天下义士风范。讲义气、重恩情是一种传统美德，在患难中显得尤为珍贵。关羽私放曹操，固然违反了军令，却体现了高尚的道德人格，正如作者赋诗所赞:“拚将一死酬知己，致令千秋仰义名。”

猇亭之战中刘备是蜀军统帅，在不改变惨败结局的前提下，罗贯中在具体细节上作了大量戏剧性的虚构和加工。首先，改变了战争性质，将刘备夺取战略要地之战改变为复仇之战。历史上关羽失荆州一年半之后，刘备为完善“隆中对策”战略构想而发起猇亭之战，企图夺回荆州战略重地，而小说则描写刘备不听劝阻，执意报关羽被杀之仇，亲率七十五万复仇之师杀奔江东而来。其次，将刘备塑造成一个不爱江山、唯重兄弟情义的仁义之君。赵云等文武大臣极力劝阻刘备东征：“汉贼之仇，公也；兄弟之仇，私也。愿以天下为重。”刘备则固执不从，说道：“朕不为弟报仇，虽有万里江山，何足为贵?”在刘备心里，兄弟之情永远是第一位。再次，让刘备实现了复仇之志，杀尽了仇人。历史上吴将潘璋、马忠是杀害关羽的仇人，糜芳、傅士仁是导致关羽败亡的蜀汉叛将，范强、张达是杀害张飞的仇人，李异、谢旌、朱然等是追杀刘备的急先锋。史籍明载：潘璋、朱然、糜芳、李异等在猇亭之战后还活了许多年，傅士仁、马忠、范强、张达等虽无明确记载，但被刘备杀死的可能性几乎没有。然而，罗贯中不惜颠倒混淆历史，让他们一一“提前毙命”：或被关兴杀死，或被张苞陵迟，或被刘备刀剐，或被赵云刺中，使刘备痛痛快快地满足了复仇的心愿。刘备虽然最终输掉了猇亭之战，却充分显示了难能可贵的道德人格，赢得了仁义之君的千古美名。

作为中国古典历史小说的经典之作，《三国演义》通过扩延地理空间、变更地形地貌、虚构加工故事等手段，将历史上惨烈严酷的赤壁之战、猇亭之战写得有声有色，令人目不暇接。作者罗贯中以其生花妙笔将千里长江化作宏大而独特的战争舞台，让无数三国英雄激情表演于其中，场景激昂悲壮，形象生动鲜活，故事洋溢着诗情画意，集中而深刻地凸显了我们民族卓绝的智慧胆识、高尚的道德情操和伟大的战斗精神，成就了一曲动人心弦、流芳千古的英雄史诗。

陆游《入蜀记》中的体验诗学

田　峰*

中国古代的诗歌品评本来属于相对独立的一类文章，或谓之诗话、诗论、诗品，一般有专门的著作来讨论诗歌的题材、艺术手法、风格、优劣等问题，但是其他的文章中也会涉及这方面的问题，尤其到了宋代，不但出现了诗话①，而且在笔记、游记、序跋、书札等文体中也有大量的诗歌评论，这些评论也是宋代诗学非常重要的组成部分。宋代诗话产生的最初动机是"以资闲谈"，在其他文体中所出现的诗歌评论，其实也具有闲谈的性质，反映着士大夫的学术修养与精神生活。《入蜀记》作为一部行记，虽然其中的诗歌品评不能与诗话等专门的诗歌批评著作相比，但其中对诗歌的体悟与批评也很有特色，值得注意。

一

写景是《入蜀记》的重点之一，其中所引诗歌多为写景所设，作者引用大量的诗歌来表现沿途的景观，这些诗歌一方面准确地写出了眼前之景，

---

* 田峰，天水师范学院人文学院副教授。

① 诗话，作为诗歌批评的一种体裁，本来具有博杂的性质，举凡诗歌鉴赏、风格、源流、订误、趣味等等，无所不包，其中以摘句评论为多，作为书名是从欧阳修的《六一诗话》开始的，而诗话体例的完善与发展也是在宋代。宋代文人诗歌品评风气很盛，这既体现在大量的诗话著作中，也体现在其他的一些文章中。

有利于读者对沿途风光遗迹的深入理解，另一方面这些景观描写为我们重新解读诗歌找到了门径，选择哪些诗歌来塑景本身就包含对诗歌的评价，而且作者在文中对所引诗歌还有直接的体悟与批评，这恰恰反映的是作者在诗学方面的造诣。

陆游在《入蜀记》中对诗歌最为常规的体悟就是每到一处，看到眼前的景观，他总能找到非常契合的诗句进行描写。这种方式在《入蜀记》中随处可见，作者往往用一种简明的判断句来表达自己的观感，我们试举几例：

远山崭然，临大江者，即铜官山。太白所谓“我爱铜官乐，千年未拟还”是也，恨不一到。①

是日风静，舟行颇迟，又秋深潦缩，故得尽见杜老所谓“幸有舟楫迟，得尽所历妙”也。②

岸土赤而壁立，东坡先生所谓“舟人指点岸如赪”者也。③

鄂州楼观为多，而此独得江山之要会，山谷所谓“江东湖北行画图，鄂州南楼天下无”是也。④

水色澄澈可鉴。太白云“楚水清若空”，盖言此也。⑤

自此遂不复有山。太白诗：“山随平野尽，江入大荒流。”盖荆渚所作也。⑥

自公安至此六十里，自此至荆南陆行十里，舟不复进矣。老杜诗云：“买薪犹白帝，鸣橹已沙头。”刘梦得云：“沙头樯干上，始见春江阔。”皆谓此也。⑦

---

① 《渭南文集》卷四五，《陆游集》，中华书局1976年版，第2426页。
② 同上书，第2430页。
③ 同上书，第2431页。
④ 《渭南文集》卷四七，《陆游集》，中华书局1976年版，第2443页。
⑤ 同上书，第2444页。
⑥ 同上书，第2446页。
⑦ 同上书，第2448页。

> 隔江南陵山极高大，有路如线，盘屈至绝顶，谓之一百八盘，盖施州正路。黄鲁直诗云："一百八盘携手上，至今归梦绕羊肠。"即谓此也。[①]
>
> 初冬草木皆青苍不凋，西望重山如阙，江出其间，则所谓下牢溪也。欧阳文忠公有《下牢律》诗云："入峡水渐曲，转滩山更多。"即此也。[②]

这是陆游通过风景来感悟诗歌，通过诗歌来反观风景，是他对宋代诗学"熟参"理论的实践。《沧浪诗话》开篇即云："先需熟读《楚词》，朝夕讽咏，以为之本；及读《古诗十九首》，乐府四篇，李陵苏武汉魏五言，皆须熟读，即以李杜二集枕藉观之，如今人治经，然后博取盛唐名家，酝酿胸中，久之自然悟入。"[③] 严羽认为要对诗歌的体悟达到一定水平，必须对其发展脉络有清楚的把握，远至楚辞，近至李杜，皆需熟读方可。而在另一段论述中，他表达了类似的看法，并提出了熟参的理论，他说："吾评之非僭也，辩之非妄也。天下有可废之人，无可废之言，诗道如是也。若以为不然，则是见诗之不广，参诗之不熟耳。试取汉魏之诗而熟参之，次取晋宋之诗而熟参之，次取南北朝之诗而熟参之，次取沈宋王杨卢骆陈拾遗之诗而熟参之，次取开元天宝诸家之诗而熟参之，次独取李杜二公之诗而熟参之，又取大历十才子之诗而熟参之，又取元和之诗而熟参之，又尽取晚唐诸家之诗而熟参之，又取本朝苏黄以下诸家之诗而熟参之，其真是非自有不能隐者。"[④] 不管是创作还是鉴赏、批评，"熟参"历朝诸家之诗，诗歌的优劣才能显现。严羽的这两段论述，代表了宋人的普遍认识，面对唐诗的巨大压力，宋人只有在精熟前人诗歌的基础上才能有所突破。陆游的认识与严羽极为相似，他说："文章要法，在得古作者之意。意既深远，非用力精到，则

---

① 《渭南文集》卷四八，《陆游集》，中华书局1976年版，第2458页。

② 同上书，第2453页。

③ （宋）严羽著，郭绍虞校释：《沧浪诗话校释》，人民文学出版社1983年版，第1页。

④ 同上书，第12页。

不能造也。前辈于《左氏传》《太史公书》、韩文、杜诗，皆熟读暗诵，虽支枕据鞍间，与对卷无异。”又说：“楚人杨梦锡才高而深于诗，尤积勤杜诗，平日涵养不离胸中，故其句法森然可喜。”[①] 不管作文、作诗，前人作品烂熟于心是基本要求，而且他认为杨梦锡的诗歌之所以“句法森然”，与其平日不断的“涵养”是分不开的。陆游在《入蜀记》中运用前人诗歌信手拈来，不但引用恰到好处，而且还有精彩的点评，这与他熟读暗诵前人诗歌，平日不断涵养密不可分。《入蜀记》这种随手引诗的方式，正是对“熟参”诗歌理论的实践，其实历代给这些山川遗迹作诗的诗人大有人在，为什么陆游独选李白、杜甫、梅尧臣、苏轼、黄庭坚等人的诗歌作为观照景物的句子，而不选一些名不见经传的诗歌呢？我们觉得这其实正是南宋“熟参”诗歌理论在陆游身上的具体体现。“熟参”是诗歌品评的基础，也是诗歌批评最为有效的途径。我们翻阅陆游的《入蜀记》发现其中引用最多的诗人是李白，这不是偶然现象。陆游对李白的诗歌极其熟悉，不仅在创作中学习李白，而且看到眼前之景，关联最多也是李白。陆游对李白之诗情有独钟，钱锺书先生很早就论及了这一点，他说：“放翁颇欲以‘学力’为太白飞仙语，每对酒当歌，豪放飘逸，若《池上醉歌》《对酒歌》《饮酒》《日出入行》等篇，虽微失之易尽，如桓宣武之于刘越石，不无眼小面薄声雌形短之恨，而有宋一代中，要为学太白最似者，永叔、无咎，有所不逮。”[②] 认为陆游学李，虽有瑕疵，但在整个宋代他最似太白。而且钱先生以为陆游是以“学力”学李白之诗的，所谓“学力”即是“熟参”，达到心领神会。事实上，在陆游的诗歌创作中学习李白之处确实很多，如他的乐府、歌行《关山月》《战城南》《妾薄命》《日出入行》《长歌行》《短歌行》《草书歌行》《古意》《对酒》等诗不仅诗题与李白的相同，而且诗歌主题、意脉也颇多相似，甚至李白诗歌中那种恣意挥洒、豪放飘逸的格调也是陆游所效仿的。《入蜀记》中引用李白诗歌近四十处，当朝引用较多的为梅尧臣、王安

---

① 《杨梦锡集句杜诗序》，《渭南文集》卷十五，《陆游集》，中华书局 1976 年版，第 2108 页。

② 钱锺书：《谈艺录》，生活·读书·新知三联书店 2008 年版，第 321 页。

石、苏轼、黄庭坚等人的诗歌。陆游选取这些诗歌并不是随意为之的，正是“独取李杜”、次参“苏黄诸家”诗学理论的体现。陆游所引诸家诗名远扬，“熟参”他们的诗歌是南宋诗坛的风气。

二

陆游除了观眼前之景，随即引诗入文这种最为直接的批评方式之外，他有时借眼前之景还会对所引诗歌作进一步的评价，其中也不乏鲜明的倾向。这可算作是更深一层的诗歌批评，如：

> 是夜，月白如昼，影入溪中，摇荡如玉塔，始知东坡“玉塔卧微澜”之句为妙也。①
>
> 北望正见皖山。太白《江上望皖公山》诗云：“巉绝称人意。”“巉绝”二字，不刊之妙也。②
>
> 惟王文公诗云“盘根虽巨壮，其末乃修纤”，最极形容之妙。③
>
> 泛彭蠡口，四望无际，乃知太白“开帆入天镜”之句为妙。④
>
> 与儿辈登堤观蜀江，乃知李太白《荆门望蜀江》诗“江色绿且明”为善状物也。⑤

《入蜀记》中所引大多诗句可以准确地描摹作者看到的风景，但是能达到“妙”的并不多。“妙”是更高层次的艺术鉴赏，一定是在知识积累和生活积累达到一定程度后才能有这种体会，具有“只可意会，不可言传”的特征。严羽《沧浪诗话》认为宋代诗坛“以文字为诗，以议论为诗，以才学为诗”的风气是诗歌的不幸，所以他以禅喻诗，强调诗道在于“妙悟”。

---

① 《渭南文集》卷四四，《陆游集》，中华书局 1976 年版，第 2423 页。
② 同上书，第 2429 页。
③ 《渭南文集》卷四五，《陆游集》，中华书局 1976 年版，第 2427 页。
④ 同上书，第 2431 页。
⑤ 《渭南文集》卷四七，《陆游集》，中华书局 1976 年版，第 2450 页。

对于写景状物的诗句来说，能够传达常人难以捕捉的景象，便足以为妙。正如苏轼所言："求物之妙，如系风捕影，能使是物了然于心者，盖千万人而不一遇也，而况能使了然于口与手者乎？是之谓辞达。"① 能够状难写之景如在目前，臻于妙境，这是千里挑一，很难觅求的。陆游在书斋中读到这些诗歌，并没什么新奇之感，然当他亲临现场，切身欣赏时，才妙悟到了这些诗句的禅机。如"玉塔卧微澜"之句正是陆游看到月影入溪，在微波中荡漾，顿然理解了"玉塔"原来是喻水中月影，令陆游赞叹不已。"玉塔卧微澜"是苏轼在惠州西湖所写《江月五首》其一中的句子，其诗曰："一更山吐月，玉塔卧微澜。正似西湖上，涌金门外看。"② 查慎行注曰："玉塔即大圣塔，在丰湖上栖禅寺东南。"③ 陆游自认为如果不是看到这一场景，很难读懂"玉塔"之真义。此玉塔非指大圣塔（或曰泗州塔），而是指月影在水中形似玉塔的景象。陆游觉得这句写得妙，就妙在将水中的月影比作玉塔，刘克庄在评价这句诗时说："不知若个丹青手，能写微澜玉塔图。"④ 如果这句真是玉塔倒映在水中的景象，想必刘克庄也不会如此评价。陆游以切身的体会突然领会了"玉塔"之真义，不管这种理解是否是苏轼的本义，但这都为我们理解苏轼的诗歌提供了一种新见。然而，遗憾的是陆游《入蜀记》中的这则材料向来被忽略⑤，"玉塔"在人们心目中理所当然地成了泗州塔。

---

① （宋）苏轼：《答谢民师推官书》，《苏轼文集》卷四九，中华书局1986年版，第1419页。

② （宋）苏轼著，（清）冯应榴辑注：《苏诗合注》卷三九，上海古籍出版社2001年版，第2040页。

③ （宋）苏轼著，（清）查慎行补注：《苏诗补注》，凤凰出版社2013年版，第1211页。

④ （宋）刘克庄著，辛更儒校注：《刘克庄集笺校》卷十二《丰湖三首》其二，中华书局2011年版，第706页。

⑤ "玉塔微澜"今为西湖八景之一，几乎所有介绍这一景点的书都将"玉塔"理解为大圣塔。一些学术著作，对这句诗的理解也一般认为是实体之塔，如周汝昌先生在《红楼梦新证》（增订本）中引曹雪芹《雪霁此些山云韵》中"春城人未着春衣，玉塔微澜半夕晖"一诗时说："我读这一首至此，便觉得这写的是北海的白塔。"（中华书局2012年版，第127页）邓广铭先生在初次校注稼轩词"对玉塔微澜深夜"一句时，也没有注意陆游《入蜀记》中的这条材料，不过在后来的增订本中录入了这条材料，并特别强调了这则材料，校注中说："对玉塔句"苏轼惠州作《江月五首》其一云"一更山吐月，玉塔卧微澜。正似西湖上，涌金门外看"。辛词此句即用苏轼意，谓福州西湖亦似杭州西湖也。"玉塔"非实指某塔，乃指月在水中的倒影而言。查慎行注苏诗，谓玉塔指惠州丰湖之旁大圣塔，非是。陆游《入蜀记》七月十六日："是夜，月白如昼，影入溪中，陆游（转下页）

这就说明，有些诗歌即使反复吟咏，才能再卓绝，也不能尽解其中之味，亲身的体验可能使平时不大明白的一些诗句豁然开朗。李白用“巉绝”形容皖公山之险绝，王安石用“修纤”形容九华山的形状，李白“开帆入天镜”“江色绿且明”等句皆能状景新奇，令人叹服。这正是陆游亲身体验的实证诗学。明人胡应麟认为“诗家妙境”是“神动天随，寝食咸废，精凝思极，耳目都融，奇语玄言，恍惚呈露，如游龙惊电，掎角稍迟，便欲飞去，须身诣其境知之”①。陆游能够体会众诗家的妙境，也是“身诣其境”所得。陆游的这种亲身体验，不仅使他体悟了一些诗句的妙处，而且他还能借这种旅行经验对相同题材的诗歌作出比较。《入蜀记》中对诗歌的比较批评，也是陆游亲身体验的心得，文中时有出现。我们来看几例：

> 二十八日。同章冠之秀才甫，登石镜亭，访黄鹤楼故址。……太白诗云：“谁道此水广，狭如一匹练。江夏黄鹤楼，青山汉阳县。大语犹可闻，故人难可见。”形容最妙。黄鲁直“宵征江夏县，睡起汉阳城”，亦此意。②

这里举了两首诗：一是李白《江夏寄汉阳辅录事》中的诗句，一是黄

（接上页）《入蜀记》七月十六日：“是夜，月白如昼，影入溪中，摇荡如玉塔，始知东坡‘玉塔卧微澜’之句为妙也。”又，元好问《济南杂诗》：“白烟消尽冻云凝，山月飞来夜气澄。且向波间看玉塔，不须桥畔觅金绳。”此均可证知玉塔指月在水中倒影为达诂也［（宋）辛弃疾著，邓广铭笺注：《稼轩词编年笺注》（增订本）卷三，上海古籍出版社1993年版，第312页］。陈振鹏先生增入的这些材料，确实为理解苏诗、辛词中的“玉塔”提供了更为准确的解释。然而莫名其妙的是有学者既看到了陆游《入蜀记》中的材料，也看到了邓书中补入的材料，并表示赞同这种观点，但行文中还是将“玉塔”理解为实体之塔，如李剑雄先生在《缘于性情 出于天然——一部隽永的游记〈入蜀记〉》一文中写道：“苏轼的妙句通过陆游的印证，其意豁然明白，‘玉塔’是形容倒在清澈的溪水中，摇曳拉长的塔影，其形容确实很妙。……邓广铭先生的《稼轩词编年笺注》注辛词《贺新郎》（觅句如东野）中的‘对玉塔微澜深夜’一句时，曾引用苏轼的‘一更山吐月，玉塔卧微澜’两句为证，是。但没有对‘玉塔’的形象作进一步的解释，读者仍未能得确诂。后来此书出版校订本时，陈振鹏先生帮助校阅，补入了陆游《入蜀记》上面的一段描写，其意思便豁然显露，深为邓先生所赞赏。”（载《历史文献研究》总第22辑，华中师范大学出版社2003年版，第383页；又载《中国历史文献研究会成立30周年纪念集》，华中师范大学出版社2009年版，第412页）

① （明）胡应麟：《诗薮·外篇》卷一，上海中华书局1958年版，第126页。

② 《渭南文集》卷四七，《陆游集》，中华书局1976年版，第2443页。

庭坚《十二月十九日夜中发鄂渚晓泊汉阳亲旧携酒追送聊为短句》中的句子。此处所引两处诗都是写江岸相对的两座城市江夏与汉阳之间关系的。前者言长江狭窄犹如一匹白练，江岸两座城市相对，在一方大声说话，另一方都能听见；后者言晚行江夏，早起汉阳，形容二者距离之近。二诗虽然表达的意思一样，但陆游认为李白的诗更为形象生动。

> 犹见黄牛峡庙后山。太白诗云："三朝上黄牛，三暮行太迟。三朝又三暮，不觉鬓成丝。"欧阳公云："朝朝暮暮见黄牛，徒使行人过此愁。山高更远望犹见，不是黄牛滞客舟。"盖谚谓："朝见黄牛，暮见黄牛。三朝三暮，黄牛如故。"①

这里排比了李白和欧阳修的诗歌，还列了谚语。前两首诗皆是借谚语之意进一步的提升，作者在这里虽没有做出主观的判断，但是如果在黄牛峡行走过的读者，看到这两首诗，自有一番体验。

> 二十六日。解舟，过长风沙、罗刹石。李太白《江上赠窦长史》诗云："万里南迁夜郎国，三年归及长风沙。"梅圣俞《送方进士游庐山》云："长风沙浪屋许大，罗刹石齿水下排。历此二险过湓浦，始见瀑布悬苍崖。"即此地也。又太白《长干行》云："早晚下三巴，预将书报家。相迎不道远，直到长风沙。"盖自金陵至此七百里，而室家来迎其夫，甚言其远也。②

这里列举了有关长风沙的三首诗歌，第一首李白的诗歌只是写自己的经历，第二首梅尧臣的诗歌主要是写景，第三首是李白的《长干行》。陆游通过亲身经历对此诗做了注脚。这首诗所描写的是一位妇女思念在长江上游经商的丈夫，而此妇得知丈夫归来的消息，从金陵溯江而上七百里迎接丈夫，

---

① 《渭南文集》卷四八，《陆游集》，中华书局 1976 年版，第 2455 页。

② 《渭南文集》卷四五，《陆游集》，中华书局 1976 年版，第 2429 页。

相对这位妇女的心情而言，这七百里不算远，而陆游认为李白诗中所道的其实正是远。

> 晚过道士矶，石壁数百尺，色正青，了无窍穴。而竹树迸根交络其上，苍翠可爱，自过小孤，临江峰嶂，无出其右。矶一名西塞山，即玄真子《渔父辞》所谓“西塞山前白鹭飞”者。李太白《送弟之江东》云：“西塞当中路，南风欲进船。”必在荆楚作，故有中路之句。张文潜云：“危矶插江生，石色擘青玉。”殆为此山写真。又云：“已逢妩媚散花峡，不泊艰危道士矶。”盖江行惟马当及西塞最为湍险难上。①

这是陆游对西塞山的一段描写，其中作者引用了四首诗。张志和的《渔歌子》（即《渔父辞》）是千古传诵的名句，在唐代《渔歌子》已备受重视，宋以降更是影响很大②，陆游在面对这一景观时，自然会引此词，显然这首词的文化意义是最为主要的。而对李白的两句诗作者只作了“必在荆楚作，故有中路之句”的判断。陆游以为最能为西塞山写真的则是张耒《道士矶》中的两句诗，“插”和“擘”二动词用得尤为恰当，前者说明西塞山的险耸，后者则说明矶的形态，以动写静，确实写出了西塞山的特点。《二十三日即事》中的两句则言江行西塞的艰险。

> 慈姥矶，矶之尤巉绝峭立者。徐师川有《慈姥矶》诗，序云：“矶与望夫石相望，正可为的对，而诗人未尝挂齿牙。”故其诗云：“离鸾

---

① 《渭南文集》卷四六，《陆游集》，中华书局 1976 年版，第 2438 页。

② 张志和的《渔歌子》在当时就盛名一时，颜真卿、陆羽等名流纷纷唱和，共有二十五首《渔歌子》，收在颜真卿所编的《吴兴集》中，后陈振孙“因以颜鲁公《碑述》《唐书》本传以至近世用其词入乐府者，集为一编”，名《玄真子渔歌碑传集录》。“宪宗元和年间，张志和《渔歌子》传至日本，嵯峨天皇及皇女智子内亲王，滋野贞主各有和作 5 首，见夏承焘《域外词选》。宋高宗亦有和作，可见其影响之大。”［见巩本栋《唐五代唱和诗词总集叙录》，载《唱和诗词研究——以唐宋为中心》第二章，中华书局版 2013 年版，第 28 页；又载《西南大学学报》（社会科学版）2013 年第 4 期］关于《渔歌子》的传播和影响还可参看陈耀东《张志和〈渔歌子〉的流传和影响》［《浙江师范学院学报》（社会科学版）1983 年第 4 期］、罗莹《张志和〈渔父〉词在唐宋时期的传播情况考述》（《船山学刊》2007 年第 2 期）、邓乔彬《唐宋渔父词的文人化发展》（《文史哲》2009 年第 1 期）等文章。

只说闺中恨，舐犊谁知目下情。”然梅圣俞《护母丧归宛陵发长芦江口》诗云：“南国山川都不改，伤心慈姥旧时矶。”师川偶忘之耳。圣俞又有《过慈姥矶下》及《慈姥矶山石崖上竹鞭》诗，皆极高奇，与此山称。①

这一处引文是描写慈姥矶的。徐俯以为关于慈姥矶前人尚未有诗传世，且人们只诉说与慈姥矶相对的望夫石所象征的闺中之情，对慈姥矶所蕴含的舐犊之情却视而不见。针对这一说法，陆游举梅尧臣的《护母丧归宛陵发长芦江口》一诗批评徐俯，认为写慈姥矶的诗不是没有，而是徐俯忘记了，而且陆游认为梅尧臣的《护母丧归宛陵发长芦江口》《过慈姥矶下》《慈姥矶山石崖上竹鞭》三诗皆“高奇”，正与此山相称。作者列出的这些诗歌，就是在体验的基础上对前代诗歌的重新认识。就写慈姥矶的诗而言，陆游认为梅尧臣的诗歌艺术水准更高。

李太白集有《姑熟十咏》，予族伯父彦远尝言东坡自黄州还，过当涂，读之抚手大笑曰：“赝物败矣，岂有李白作此语者！”郭功父争以为不然，东坡又笑曰：“但恐是太白后身所作耳。”功父甚愠。盖功父少时，诗句俊逸，前辈或许之，以为太白后身，功父亦遂以自负，故东坡因是戏之。或曰《十咏》及《归来乎》、《笑矣乎》、《僧伽歌》、《怀素草书歌》，太白旧集本无之，宋次道再编时，贪多务得之过也。②

李太白往来江东，此州所赋尤多，如《秋浦歌》十七首及《九华山》、《青溪》、《白笴陂》、《玉镜潭》诸诗是也。《秋浦歌》云：“秋浦长似秋，萧条使人愁。”又曰：“两鬓入秋浦，一朝飒已衰。猿声催白鬓，长短尽成丝。”则池州之风物可见矣。然观太白此歌，高妙乃尔，则知《姑熟十咏》决为赝作也。杜牧之池州诸诗正尔，观之亦清婉可

① 《渭南文集》卷四四，《陆游集》，中华书局1976年版，第2420页。

② 同上书，第2422页。

爱，若与太白诗并读，醇醨异味矣。①

此处所举两则都是有关李白诗歌的问题。第一则所记载的是关于苏轼与郭祥正对于李白《姑熟十咏》真伪问题讨论的一件逸事，苏轼认为《姑熟十咏》不是李白的作品，陆游进一步强调：李白的旧集中没有此诗，宋次道在重新编纂李白集时贪多，致使现有的集子中保存了这一伪作。正因为这一逸事，所以从北宋开始对《姑熟十咏》的真伪问题形成了两种相反的意见，此后对这一问题也屡有争论②。在第二则记载中陆游列举了李白的《秋浦歌》《九华山》《青溪》《白笴陂》《玉镜潭》诸诗，《秋浦歌》中的描写尤令陆游赞叹不已，此诗不仅状池州风物，非常形象，而且在境界上也极为"高妙"。陆游又将《秋浦歌》与《姑熟十咏》作对比，认为后者艺术水准差，应当是赝作。而且他还将《秋浦歌》与杜牧在池州所写的诗歌③作了对比，认为杜牧的诗歌具有"清婉可爱"的特点，与李白的诗歌风格迥异。这种比较是建立在作者亲身体验的基础上的，所以他面对眼前之景尤能深入

① 《渭南文集》卷四五，《陆游集》，中华书局1976年版，第2428页。

② 苏轼在《书李白十咏》中说："过姑孰堂下，读李白《十咏》，疑其语浅陋。见孙邈，云闻之王安国，此乃李赤诗，秘阁下有赤集，此诗在焉。白集中无此。赤见柳子厚集，自比李白，故名赤。卒为厕鬼所惑而死。今观此诗，止如此，而以比太白，则其人心恙已久，非特厕鬼之罪。"（《苏诗文集》卷六七，第2096页）苏轼的判断来自两个证据：一是自己主观方面感觉《姑孰十咏》比较浅陋，另一是通过孙邈之口引用了王安国的说法。陆游在具体感知的基础上，进一步肯定了苏轼的说法。明人胡震亨在《李诗通》卷一中说："其李赤姑熟十咏，……混入者，并改正。"认为是李赤的作品（见《李杜诗通》，顺治七年刻本）明·高棅《唐诗品汇》所收《姑孰杂咏》作者也是李赤。清人延续了这种说法，如王琦以为此诗是"南唐时另有一翰林学士李白"所作（《李太白全集》卷三〇《诗文拾遗》，中华书局1977年版，第1437页）。李白研究专家詹锳先生《李白诗文系年》将《姑孰十咏》列为"存疑之作"（人民文学出版社1984年版，第179页），郁贤皓先生对这十首诗也是存疑［《〈夜泊牛渚怀古〉与〈横江词六首〉考释》，《南京师大学报》（社会科学版）1988年第1期］。当然，历史上认为这组诗的作者就是李白的也大有人在，此处不再赘举。这两种观点的争论发端于苏轼和郭祥正，陆游支持苏轼的观点。争论双方都没有可靠的证据，因此这也成为中国文学史上的一段疑案。

③ 杜牧在池州所作诗歌很多，既有送别诗，也有写景咏怀之作，如写池州风物的诗《题池州弄水亭》《春末题池州弄水亭》《登池州九峰楼寄张祜》《九日齐山登高》《池州春送前进士蒯希逸》《池州废林泉寺》《池州清溪》《游池州林泉寺金碧洞》《题池州贵池亭》《鹭鸶》《研竹》《秋浦途中》《将赴池州道中作》《登九峰楼》《郡楼望九华》《九华楼观景咏叹之作》《九华山》《贵池亭》《清明》等［（唐）杜牧著，吴在庆校注：《杜牧集系年校注》，中华书局2008年版］。

体味李、杜诗歌风格的不同。值得注意的是，对《姑熟十咏》的讨论，是一个文学的公案，仁者见仁，智者见智。苏轼和陆游从诗歌鉴赏的角度出发，都认为《姑熟十咏》浅陋，绝非李白之诗。二人对这两首诗真伪的判断都是通过体悟所得，并没有直接的证据，但这也是传统的诗歌批评方法之一，必须建立在对诗歌文本精熟的基础上。陆游的判断应该受到了苏轼的影响。诗歌的比较鉴赏，可以是一位诗人和另一位诗人的比较，也可以是一位诗人不同作品的比较。陆游在《入蜀记》中对不同诗人同题材诗歌的比较最多，然也不乏对同一位诗人诗歌的比较。这种比较依然是读书经验与实践体悟的结合，因而在批评上更能体现诗论的深度。

三

考证和辨误是诗歌批评的形式之一，历代非常重视对诗歌的考证、辨误。宋代学术发达，诗人在诗歌批评中也很注意对诗歌的考证和辨误。陆游《入蜀记》也有很多诗歌考证和辨误，这些考辨是作者旅行体验和读书经验的结合，故能给人以更大的启发。借助于这种旅行体验，陆游往往能够解决一些读诗时不能解决的问题，这也可帮助读者很好地理解这些诗歌。我们看几例《入蜀记》中的一些考辨：

(1) 过新丰，小憩。李太白诗云："南国新丰酒，东山小妓歌。"又唐人诗云："再入新丰市，犹闻旧酒香。"皆谓此，非长安之新丰也。然长安之新丰，亦有名酒，见王摩诘诗。①

(2) 又有玩鞭亭，亦当时遗迹。唐温飞卿有《湖阴曲》叙其事。近时张文潜以为《晋书》所云"帝至于湖阴察营垒"，当以于湖为句，飞卿盖误读也。作《于湖曲》以反之。②

(3) 老杜《潭州道林》诗云："殿脚插入赤沙湖。"此湖当在

① 《渭南文集》卷四三，《陆游集》，中华书局1976年版，第2411页。

② 《渭南文集》卷四五，《陆游集》，中华书局1976年版，第2425页。

湖南，然岳州华容县及此，皆有赤沙湖。盖江湖间地名多同，犹赤壁也。①

（4）江州至此七百里，溯流，虽日得便风，亦须三四日，韩文公云："盆城去鄂渚，风便一日耳"，过矣，盖退之未尝行此路也。②

以上我们所列举四则就是陆游在《入蜀记》中信手所作的一些考证和辨误。第一则引李白《出妓金陵子呈卢六四首》③ 其二中的句子，又引朱彬《丹阳作》（一作陈存）认为这两首中的"新丰酒"非长安的新丰酒，长安的新丰酒见王维的诗歌中，即《长安行》："新丰美酒斗十千，咸阳游侠多少年。"陈铁民先生在注王维的这句诗时，引用了梁元帝萧绎的一首诗："试酌新丰酒，遥劝阳台人。"④ 其实此诗写南国的新丰酒，非长安的新丰酒，引在此处不恰当。唐宋诗歌中写新丰酒的很多，然现在一些诗歌笺注以及鉴赏作品中屡屡将南国新丰误作长安的新丰，以致以讹传讹。清人王琦在注李白《出妓金陵子呈卢六四首》其二时也辨析得相当明白，他说："梁元帝诗：'试酌新丰酒，遥劝阳台人。'陆放翁《入蜀记》：'早发云阳，过新丰小憩。'李太白诗云'南国新丰酒，东山小妓歌'，又唐人诗云'再入新丰市，又闻旧酒香'，皆谓此地，非长安之新丰也。"⑤ 不难看出，王琦的辨析是借用了陆游的成果。陆游旅行到了此处，专门指出长安的新丰非丹阳的新丰，正是针对诗歌中的误读加以指正，确实难能可贵。

第二则是对温庭筠《湖阴曲》的辨误。温庭筠在《湖阴曲》序中说："王敦举兵至湖阴，明帝微行，视其营伍，由是乐府有《湖阴曲》。而亡其词，因作而附之。"⑥ 从序文可以看出，温庭筠此诗乃是据"明帝视察王敦

① 《渭南文集》卷四六，《陆游集》，中华书局1976年版，第2436页。

② 同上书，第2441页。

③ 李白有六首诗中赞美了新丰酒，有的写南方的新丰，有的写长安的新丰，非唯一处。李白特别在"新丰"前加"南国"似乎有意区别两个地方。

④ （唐）王维著，陈铁民校注：《王维集校注》卷一，中华书局1997年版，第33页。

⑤ （唐）李白著，（清）王琦注：《李太白全集》卷二五，中华书局1977年版，第1437页。

⑥ （唐）温庭筠著，刘学锴校注：《温庭筠全集校注》卷一，中华书局2007年版，第82页。

营伍”一事而作，其直接的史料来源是《晋书·明帝纪》，其中有载：“（太宁二年）六月，敦将举兵内向。帝密知之。乃乘巴滇骏马微行，至于湖，阴察敦营垒而出。”① 但是温庭筠对《明帝纪》中的这句话出现了断句错误，以致将“于湖”作“湖阴”。芜湖县令寄赠张耒温庭筠《湖阴曲》，张耒读之，认为有误，故实地考察，他在《于湖曲》序中说：“顷余游‘芜湖’，问父老‘湖阴’所在，皆莫之知也。然则‘帝至于湖’当断为句。乃作《于湖曲》以遗之，使证其是非云。”② 《于湖曲》正是纠温庭筠之错而作。张耒不仅查阅文献，而且访问乡老，证明温庭筠确系断句之误。陆游显然对张耒的这种实证精神非常赞赏，所以此处专门记录此事。北宋黄朝英对此有详细考辨③，后明人杨慎也记录了此事④。

第三则认为杜甫《潭州道林》中“赤沙湖”应该在湖南岳州华容县，和自己所经过的江州赤沙湖，并非一处，当区别对待。诗歌中的地名应当特别留意，就像我们前面所论述的新丰，也是此类情况。要不是作者亲到新丰和赤沙湖，恐怕也会出现混淆这些地名的情况。

第四则是对韩愈《除官赴阙至江州寄鄂岳李大夫》一诗中“盆城去鄂渚，风便一日耳”两句的辨误。读到此句，陆游觉得即便是顺风，从盆城（江州）到鄂州也不可能一日到达。以他自己在这段路行走的经验来看，从江州之鄂州约七百里，至少需三四日，怎么可能一日到达？陆游由此推断韩

---

① （唐）房玄龄等撰：《晋书》卷六，中华书局1974年版，第161页。

② （宋）张耒：《张耒集》卷三《于湖曲序》，中华书局1990年版，第28页。

③ 黄朝英考辨全文如下：唐温庭筠尝补古乐府《湖阴词》，其序云：“王敦举兵至湖阴，明帝微行，视其营伍，由是乐府有《湖阴曲》，而亡其词，因附之”云云。按前史《王敦传》云：“敦至芜湖，上表。”又云：“帝将讨敦，微服至芜湖察其营垒。”又：“司徒导与王含书曰：‘大将军来屯于湖。’”《明帝纪》云：“敦下屯于湖。”又，《周琦传》云：“王敦军败于于湖。”又，“甘卓进爵于湖侯。”又，王允之“镇于湖”。案《晋书·地理志》，丹阳郡统县十二，有芜湖县。读史者当以帝微行至于湖为断句，谓之微行，则阴察其营垒可知，不当云湖阴也。然则古乐府之命名，既失之矣，而庭筠当改曰《于湖曲》，乃为允当（《靖康缃素杂记》卷三，中华书局2014年版，第21页）。

④ 明杨慎在《湖阴曲题误》中说“王敦屯于湖，帝至于湖，阴察营垒而去。此晋纪本文。于湖今之历阳也，‘帝至于湖’为一句，‘阴察营垒’为一句，温庭筠作《湖阴曲》，误以‘阴’字属上句。张耒作《于湖曲》以正之”（王大厚笺证：《升庵诗话新笺证》卷二，中华书局2008年版，第83页）。

愈没有行走这段路程。但也有人对陆游的这种看法表示反驳，如清人方成珪说："陆游《入蜀记》……按《元和志》：'江州西至鄂州，五百九十三里。'诚非一日可至。然公诗特极言其速，与李太白《早发白帝城》诗'千里江陵一日还'同意。若改作'风便三日耳'，便不成话。陆说似失之泥。"① 陆游是从地理知识的角度来考察这首诗歌的，而方成珪则是从诗歌艺术手法的角度来谈这句诗的。按照地理知识，从江州到鄂州绝不能一日到达，陆游以此来评价韩愈的诗歌，正是以实证进行诗歌批评的一种方法。

陆游《入蜀记》中的一些精到的考辨，多系亲证所得，读罢使我们对一些不太明了的诗歌顿然开豁。下面的两则考证，就有这样的效果。

> 是日早，见舟人焚香祈神，云，告红头须小使头长年三老，莫令错呼错唤。问何谓长年三老，云梢工是也。长，读如长幼之长。乃知老杜"长年三老长歌里，白昼摊钱高浪中"之语，盖如此。因问何谓摊钱，云：博也。按梁冀能意钱之戏，注云：即摊钱也。则摊钱之为博，亦信矣。②
>
> 泉上亦有庞氏祠，然欧阳文忠公不以为信，故其诗曰："丛林已废姜祠在，事迹难寻楚语讹。"又此篇首章云："江上孤峰蔽绿萝。"初读之，但谓孤峰蒙藤萝耳，及至此，乃知山下为绿萝溪也。③

上所引第一则陆游在旅行到了夔州，在江行中对杜甫《夔州十绝句》"长年三老长歌里，白昼摊钱高浪中"两句诗的考证解读。首先是对"长年三老"的解读，"长年三老"是蜀人的方言，意即艄公，陆游亲自询问当地人予以证实。宋代对这句诗的理解就有一定的问题，据宋人赵与时记载，世人在读杜诗时，多以长字为平声，所以专录陆游"长读如长幼之长"的这条记载以纠正之④。陆游又询问了"摊钱"的意思，当地人解释乃赌博之

---

① （唐）韩愈著，（清）方成珪笺证：《韩集笺正》卷二，《续修四库全书》第1310册，据民国十五年瑞安陈氏湫漻斋刊本影印，上海古籍出版社2002年版，第601页。

② 《渭南文集》卷四七，《陆游集》，中华书局1976年版，第2445页。

③ 《渭南文集》卷四八，《陆游集》，中华书局1976年版，第2452页。

④ （宋）赵与时：《宾退录》卷四，上海古籍出版社1983年版，第54页。

意，这才使他对《后汉书》注“意钱”为“摊钱”① 深信不疑。陆游此处的解读，是对杜甫这两句诗最好的注解。钱谦益在注杜甫的这句诗时就用了陆游的这条材料②，一下使诗意明了。

第二则是对欧阳修《和丁宝臣游甘泉寺》中两句诗的解读，以前陆游在读到这一句时，以为绿萝是植物，亲到此地后，才知道原来的理解有误。陆游在《老学庵笔记》中针对韩子苍的错误对欧阳修的这句诗歌也有考证，他说：“欧阳公谪夷陵时，诗云：‘江上孤峰蔽绿萝，县楼终日对嵯峨。’盖夷陵县治下临峡，江名绿萝溪。……予入蜀，往来皆过之。韩子苍舍人《泰兴县道中》诗云：‘县郭连青竹，人家蔽绿萝。’似因欧公之句而失之。此诗盖子苍少作，故不审云。”③ 不光是这一句的解读为欧阳修的诗作了很好的注解，而且陆游在《入蜀记》中对甘泉寺这一段行程的记载对理解《和丁宝臣游甘泉寺》全篇也很有帮助，今人洪本健先生在笺注这首诗时多次引用了陆游《入蜀记》和《老学庵笔记》中的记载④，显然陆游在此地的旅行记录是欧阳修此诗最好的注解。

这种看似琐细的考证，是古代诗学非常重要的部分。陆游以自己广博的知识，或以诗证景，或以景证诗，为我们重新解读一些诗歌提供了很大的帮助。

余　论

陆游对诗歌认识的深化，来自两个方面，一是书本知识，一是实践知识，所谓“读万卷书，行万里路”，前者是间接经验的积累，作者在反复阅

---

① 《后汉书·梁冀传》言梁冀好“意钱之戏”，唐李贤等在注这句话时引何承天《纂文》：“诡意一曰射亿，一曰射数，即摊钱也。”［（刘宋）范晔：《后汉书》卷三四，中华书局1965年版，第1178页］

② （清）钱谦益笺注：《钱注杜诗》卷十四，上海古籍出版社1979年版，第502页。

③ （宋）陆游：《老学庵笔记》卷七，中华书局1979年版，第87—88页。

④ （宋）欧阳修著，洪本健笺证：《欧阳修诗文集校笺》之《居士集》卷一，上海古籍出版社2009年版，第15页。

读前人诗歌的基础上，不断提高自己对诗歌的审美能力，面对眼前之景，作者将描写这些景观的诗句，拿过来反复吟泳，以对这些诗歌作重新解读。后者则是直接经验，作者身体力行，除了不断验证书本上的知识之外，还能获得新的体验。陆游在《感兴》一诗中道："文章天所秘，赋予均功名。吾尝考在昔，颇见造物情。离堆太史公，青莲老先生。悲鸣伏枥骥，蹭蹬失水鲸。饱以五车读，劳以万里行。险艰外备尝，愤郁中不平。山川与风俗，杂错而交并。……故其所述作，浩浩河流倾，岂惟配诗书，自足齐韺韹。"①他以为文章的成功不仅要"饱以五车书"，而且还要"劳以万里行"，并大赞司马迁、李白这种备尝辛苦、体味山川风俗的经历，正是这种体验使他们诗文颇具气象。对诗歌的体验式阐释也是理解诗歌非常重要的手段，古人在品味诗歌时强调反复涵泳，即沉浸其中，不断体味。既要对诗歌文本有准确的理解，更重要的则是突破前人的束缚，以获得突破性的认识。对于写景状物的诗歌来说，要想获得突破性的认识，现场体悟尤为重要。刘勰在评价屈原的诗歌时说："若乃山林皋壤，实文思之奥府，略语则阙，详说则繁，然屈平所以能洞鉴风骚之情者，抑亦江山之助乎？②"刘勰以为山川林泉，是文章的源泉之一，屈原的作品之所以能够独领风骚，山川江河也有相当的帮助。宋代的诗歌批评中也非常讲究"体验诗学"，杨万里就是一个激进的例子，他以为"闭门觅句非诗法，只是征行自有诗"③，闭门读书并不能真得诗之三昧，只有不断的亲近山水才能创作出更好的诗歌，他在诗文中多次表达了这样的看法④。陆游虽然没有像杨万里那么极端，但他同样非常重视征行体验。先前在书本上所得到的知识毕竟是抽象的，能够在现场体会读过的诗句，自然对这些诗歌会有进一步的认识。这些实践也会为诗歌的创作提供

① 《剑南诗稿校注》卷十八，上海古籍出版社 1985 年版，第 1433 页。

② 《文心雕龙注》卷十，第 694—695 页。

③ （宋）杨万里著，辛更儒笺校：《杨万里集笺校》卷二六《下横山滩头望金华山》，中华书局 2007 年版，第 1356 页。

④ 关于杨万里的"体验诗学"，周裕锴先生已在《宋代诗学通论》"乙编第一章"中有论述，可参看（上海古籍出版社 2007 年版，第 127—131 页）。

丰富的经验。陆游认为写好诗歌，并不在于充分掌握诗歌的形式，而在于诗歌之外，正如他在《示子遹》一诗中所言："汝果欲学诗，工夫在诗外。"① 诗歌品格的高低，在于诗人的阅历、见解、才智、学养等。对于山水行旅诗而言，切身的体会就是"诗外功夫"，能使诗歌的艺术水平有很大提升。陆游在他的诗歌中也多次表达这一观念，如他在《题庐陵萧彦毓诗卷后》中说："君诗妙处吾能识，都在山程水驿中。"② 认为萧诗之妙在于"山程水驿"之间。《遣兴》："江山好处得新句，风月佳时逢故人。"③ 美丽的风景能够催生新的诗句。《予使江西时以诗投政府丐湖湘一麾会召还不果偶读旧稿有感》："挥毫当得江山助，不到潇湘岂有诗。"④《夜闻雨声》："我似骑驴孟浩然，帽边随意领山川。"⑤ 凡欲得山川之美，必身临其境。《入蜀记》就是对山川遗迹之美的一次胜览，这次长时间的旅行，不仅使陆游的诗歌创作有了新的面貌，而且他在诗歌理论方面也有了一些新的认识。《入蜀记》往往能将山川遗迹与诗歌结合，相互引发，释疑解惑，其中不乏精到的评论。此作可谓读万卷书、行万里路的典型，对后人体悟诗歌有很好的示范作用。

陆游的诗歌创作先是从学习江西诗派入手的，但是他又不拘泥于此，而是突破规矩，自开格局。蜀中之行，既是一次旅行体验，也是一次诗歌涵泳的过程。这次旅行对陆游的诗歌创作有很大的帮助，他在入蜀途中花费时间一百五十七天，创作诗歌六十余首，与他以前的诗相较这些诗歌别有风貌。这种创作的转向是建立在他对前代诗歌深层的把握和切身体验的基础上的。《入蜀记》中这种看似随意的诗歌品鉴，是陆游诗学重要的组成部分，理当引起重视。

---

① 《剑南诗稿校注》卷七八，上海古籍出版社 1985 年版，第 4263 页。
② 《剑南诗稿校注》卷五〇，上海古籍出版社 1985 年版，第 3021 页。
③ 《剑南诗稿校注》卷四三，上海古籍出版社 1985 年版，第 2693 页。
④ 《剑南诗稿校注》卷六〇，上海古籍出版社 1985 年版，第 2474 页。
⑤ 《剑南诗稿校注》卷六九，上海古籍出版社 1985 年版，第 3847 页。

论梅岭地标文化内涵的生成与变迁

王富鹏*

“地标”这一概念古已有之，主要是指具有地理标志意义的地点。“日月云霞为天标，山川草木为地标。”① “地标铜柱，郡固金城。俗陋而荒，民骄以悍。”② “天列尚书之星，地标光禄之塞。”③ 其中第一条引文中的“地标”一词显然是作为名词使用的，其内涵与现代人所谓的“地标”一词基本一致。围绕着某一地标形成的某些文化现象，我们可称之为“地标文化”。

横亘在中国南部广东广西、湖南江西等省之间的南岭，在古代不仅是阻碍南北交通的一道屏障，更造成了岭南岭北气候、物产、风俗、文化的巨大差异。南岭素称天险，而居江西大余和广东南雄之间的梅关古道和梅岭（又称大庾岭、台岭）则是古代贯通岭南与中原最重要的交通枢纽和关隘。“南安府城西南二十五里大庾岭，磅礴高耸，南接南雄。唐张九龄开凿新路，两壁峭立，中路坦夷，一曰梅岭，以汉将梅鋗得名。鋗从吴芮定百粤，

---

* 王富鹏，广州大典研究中心教授。

① 见（宋）赞宁撰，范祥雍点校《宋高僧传》卷十五《唐杭州灵隐山道标传》，中华书局1997年版，第375页。

② （宋）祝穆撰，（宋）祝洙增订，施和金点校：《新编方舆胜览》卷三九“广西路”之“邕州”条，中华书局1991年版，第712页。

③ （北周）庾信撰，（清）倪璠注，许逸民点校：《庾子山集注》卷十六《彭城公夫人尔朱氏墓志铭》，中华书局1980年版，第1077页。据倪璠注云，此文并非庾信之作，而为初唐人之作。

有功封台侯。台岭即梅岭也。后因鋗将庾胜兄弟居守，又名大庾岭。”[①] 据屈大均《广东新语》记载，梅鋗为越王勾践的后裔，曾据此抗秦。唐开元四年，张九龄主持开凿驿道后，大庾岭变得“坦坦而方五轨，阗阗而走四通，转输以之化劳，高深为之失险”。[②] 因着岭北岭南巨大的差异和其特殊的地理位置，大庾岭无论古今都是中国南部一个重要的关隘和极其突出的地理标志性存在。

随着朝代的更替和社会的变迁，围绕着这一地标式关隘上演了无数的历史和文化事件，这一关隘也由此层积了深厚的文化内涵，形成了独特的地标文化。这一特殊的地标因与故土、家园、朝廷、人物、事件、社会变迁等关联到一起，则生发种种不同的情感内容，形成多种文化现象。地标文化最基本的情感内容即是地域感，因具体事件的触发，地域感则又呈现复杂的内容和多种表现形式。高耸在中国南部的这一天然屏障，造成南北文化的差异及与中原文化的隔离，由此生成“化内”与“化外”的文化认知；大庾岭既阻断南北，又有梅关以通江广，因着历代政治军事的变化，则衍生出相应的关隘文化（有人称之为“关钥”文化[③]）；历代被贬岭南的官员，络绎此地，大庾岭由此又与谪迁文化结下了不解之缘；人们离家日久，难免产生故土之思，大庾岭则成了岭南人在诗歌当中寄托故土之思的家园符号；梅鋗抗秦、庾胜守关、惠能留钵、张九龄开凿驿道等故事则为大庾岭增添了有关的名人文化内容；明末清初朝代鼎革之际，岭南诗人的诗作又为大庾岭增添了与时代世变相关的情感内容，丰富了这一地标文化的内涵。

粤北岁终多晴少雨，昼夜温差较大，夜间低温霜冻，适宜梅花生长。庾岭南北山坡气候差异明显，致有一树梅花“南枝落，北枝开”[④] 之说。这一

---

① （清）谈迁著，罗仲辉、胡明校点校：《枣林杂俎》义集，中华书局2005年版，第341页。

② （唐）张九龄：《开凿大庾岭路记》，屈大均辑，陈广恩点校：《广东文选》，广东人民出版社2008年版，第548页。

③ 莫昌龙：《梅关古道关钥文化内涵探析》，《韶关学院学报》2012年第5期。

④ 见（宋）任渊、史容、史季温注，刘尚荣点校《黄庭坚诗集注》卷三，中华书局2003年版，第135页。

奇特景观更成为诗人的最爱。岭上、道旁多植梅树，故庾岭梅花、梅关古道享天下盛名，以致有人误以为“梅岭”之名由是而得。据不完全统计，仅唐、宋、明三朝，由内地“谪宦”岭南的士大夫文人描写庾岭梅花的诗歌就多达千首。① 天下梅花，庾岭最早。有人以庾岭梅花标示时间，喻示春天将来的信息。如：“梅花开尽杂花开，过尽行人君不来。不趁青梅尝煮酒，要看细雨熟黄梅。”② “清浅风流圣得知，黄昏归鹤月来时。岭头更有高寒处，却是江南第一枝。”③ “孤山千树雪，庾岭一枝春。此日风尘里，披图意转新。”④ “庾岭一枝春信早，龙泉三尺土花斑。”⑤ 也有人以庾岭梅花喻人、比喻人的某些品质。元末明初蓝仁（字静之）《为云壑题雪友墨梅》云：“欧阳笔下开冰雪，竹外横斜见一枝。庾岭独怜春色早，罗浮相忆月明时。山间自伴幽人隐，林下长歌处士诗。老我岁寒频对此，白雪幽壑共心期。”⑥ 张弼《红梅赠翁俭事》云：“庾岭小红梅，风标天下绝。”“铁杆冰姿亦半摧，入门为尔重徘徊。独怜不改坚贞操，依旧寒花冒雪开。”⑦ 这是以庾岭梅花喻人高洁的品格，以迎雪开放的庾岭梅花比喻人不屈的精神和风骨。围绕着庾岭梅花创作的大量文学作品，一定意义上又形成了一种颇有意味的文化现象。总之，数千年来围绕着大庾岭层积了多种形式的文化内涵。笔者于此将对大庾岭地标文化的某些内涵的形成和变迁进行尝试性分析。

---

① 见曾大兴《广东文学景观研究》，《广东技术师范学院学报》2012 年第 1 期。

② （宋）苏轼：《赠岭上梅》，见曾枣庄、舒大刚主编《三苏全书》第九册，语文出版社 2001 年版，第 412 页。

③ （宋）文天祥：《赠南安黄梅峰》，见熊飞、漆身起、黄顺强点校《文天祥全集》，江西人民出版社 1987 年版，第 40 页。

④ （清）释至仁：《题梅》，见杨镰编《全元诗》第四七册，中华书局 2013 年版，第 287 页。

⑤ （元）聂古柏：《万安县邂逅一楼偏高明旧有公略张宪佥和刘素菴一诗用题于左》，（清）顾嗣立编：《元诗选》第三集，中华书局 1987 年版，第 153 页。

⑥ （明）蓝仁：《蓝山集》卷三，《影印文渊阁四库全书》第 1229 册，第 794 页。

⑦ （明）黄仲昭：《南安行台赋古梅》，《未轩文集》，《影印文渊阁四库全书》第 1254 册，商务印书馆 1986 年版，第 548—549 页。

一　化内与化外的界阈符号的形成与消失

受交通条件的限制，对于绝大多数古代先民来说，横亘在中国大陆南部的这道南岭，就是其终生难以逾越的天险。南岭因此也就成了岭南与中原之间文化交流的天然障碍。古代中国的政治和文化中心长期以来都在北方，在以中原文化为主导文化观念的影响下，除了帝王统治的核心地区之外，所有周边地区都被视为戎狄蛮夷。长江流域的荆楚一带在上古时期已被视为“荆蛮”，在人们观念中，五岭以南是更少濡染中原文化的、不折不扣的蛮夷地区、“化外”之地。

岭南地区被称作蛮夷的记载在各类典籍中很多。秦汉时期的南越王赵佗就曾自贬身价为“南越蛮夷大长”。汉高祖“遣楚人陆贾使南越，立尉佗为王。他（佗）者，秦时为南海郡尉，因天下之乱，遂有南越。贾至，尉佗椎髻箕踞见贾。贾曰：‘足下中国之人，亲戚昆季坟墓在真定。今足下反天性，弃冠带，欲以区区之越与天子抗行为敌国，祸且及身矣。’……于是尉佗乃蹶然起坐，而谢曰：‘吾居蛮夷中久，殊失礼仪。’”① 汉高祖死后，吕后举措失当，隔绝歧视南越国，赵佗心怀不满，遂称帝。“文帝再遣陆贾使越。陆贾曰：‘王之昆弟在真定，已使人存问，修治王先人冢墓。愿与王分弃前患，从今已来，与王通使如故。故使贾喻意。’〔而越王乃稽首请为蕃臣，奉职贡，去帝制，因为书谢。自称〕南越蛮夷大长老夫臣佗曰：‘高后听信谗臣，别异蛮夷。故改号聊以自娱，自帝其国，未敢有害于天下。’”② 由这些历史文献的记载可以看出，岭南地区被视作蛮夷，是一个由来已久的事实，人们“化内”与“化外”观念的形成很早，但具体形成于何时，则难以考求。

唐宋时期，有关文献依然习惯称岭南地区为蛮夷。就保存下来的古代诗

① （汉）荀悦撰，张烈点校：《汉纪·两汉纪》上册，中华书局2002年版，第52页。

② 同上书，第95页。

歌文献而言，所谓的“蛮夷”“化外”等概念隋唐之前却不易见，而唐代诗歌文献中倒是很多。这应该与魏晋六朝衣冠南渡、文化中心南移有关。如宋之问《度大庾岭》其二：“阳月南飞雁，传闻至此回……江静潮初落，林昏瘴不开。”① 杜甫诗：“冠冕通南极，文章落上台。诏从三殿去，碑到百蛮开。”② 张籍诗：“椰叶瘴云湿，桂丛蛮鸟声。”③ 张籍与韩愈等人联句又云：“瘴衣常腥腻，蛮器多疏冗。” “蛮器”：此处注曰“南方少数民族所用的器具”。④

在人们的观念当中，古代中国在地域上越向周边，蛮夷的色彩会渐趋加重，这样逐渐地过渡和加重，虽然在一定的区域内不是特别明显，但在某些特别的地方，常常会出现突变的情况。大庾岭由于其特殊的地形、地理位置和历史原因，就成了这样的一个特别的地方。它既是明显的地理分界线，同时在人们的认识当中，又是一个政治上和文化上区隔华、夷，化内、化外的分界线：“庾岭崛起，为华夷界。”⑤

大庾岭居广东南雄与江西赣州之间，地理位置非常重要。其地理位置之所以重要，就是因为它处在既能扼控又能交通中原与岭南的界点上。苏轼云：此处“据江西上流，接南荒之境”；元人伍庠之说大庾县“控广引闽……地虽僻远，而据上流，遏边徼”。⑥ 大庾岭“居五岭之首，为江、广之冲”。“梅关，在南雄府北六十里大庾岭上，东北去江西南安府二十五里，雄杰险固，为南北之噤要。亦谓之横浦关。自秦戍五岭，汉武遣军下横浦关，常为天下

① 见（明）郭棐编《岭海名胜记》卷十五，影印《广州大典》第226册，广州出版社2015年版，第484页。

② （唐）杜甫：《送翰林张司马南海勒碑》，见杜甫著，（清）仇兆鳌注《杜诗详注》卷四，中华书局1979年版，第444页。

③ 见徐礼节、余恕诚校注《张籍集系年校注》卷二，中华书局2011年版，第131页。

④ （唐）韩愈、孟郊、张彻：《会合联句》，见徐礼节、余恕诚校注《张籍集系年校注》卷八，中华书局2011年版，第940页。

⑤ （万历）《南安府志》卷九《地理志》，《影印日本藏中国罕见地方志丛刊》，书目文献出版社1990年版。

⑥ （嘉靖）《南安府志》，见影印《天一阁明代方志选刊续编》，上海书局1989年版，第317页。

必争之处。”[①]“赣之为郡，处江右上游，地大山深，疆隅绣错，握闽楚之枢纽，扼百粤之咽喉。汉唐以前，率以荒服视之。”[②] 以上引述，皆是从梅关扼控交通的意义上来强调其地理位置的重要。梅关扼控南北交通，事实上也造成了梅岭在地理和文化上分割南北、分割中原文化与岭南文化。

梅岭被视为化内、化外，华、夷之分界，始于何时，也许亦如岭南何时被视为蛮夷一样，难以查考。梅岭被视为华、夷之分界，在唐人诗歌中已经较多出现。宋之问被贬岭南，途经梅岭作《早发大庾岭》，诗云：“晨跻大庾险，驿鞍驰复息。雾露昼未开，浩途不可测。嵥起华夷界，信为造化力。”[③] 张说流配钦州，返途作《喜度庾岭》：“东汉与唐历，南河复禹谋。宁知瘴疠地，生入帝皇州……洄沿炎河畔，登降粤山陬。岭路分中夏，川源得上流。”[④] 宋诗明确地说梅岭为“华夷界”，张诗“岭路分中夏”所表达的也是同样的意思。

有人认为“明代的政治制度环境以及赣南地方社会的族群冲突和社会动乱，强化了地方官员及士大夫视岭外与岭内为‘化外’与‘化内’的政治观念，即把大庾岭作为‘华’与‘夷’的文化界标”。“大庾岭梅关作为区分‘华’‘夷’界标的符号象征，一直延续至清代后期。”[⑤] 在官方文献的表述和人们的表达习惯中的确如此，不过，人们的观念是否也是如此呢？

元明之后，随着岭南经济的发展，其政治和文化日益被中原文化同化，其蛮夷的色彩已经逐渐淡化，对于北方人来说，岭南已经不是那样落后得可怕。明代人叶权说：“岭南昔号瘴乡，非流人逐客不至。今观其岭，不及吴越间低小者，其下青松表道，豁然宽敞。南安至南雄，名为百二十里，早起

---

① （清）顾祖禹撰，贺次君、施和金点校：《读史方舆纪要》，中华书局2005年版，第4590页。

② 《重刻赣州府志序》，见（天启）《赣州府志》卷首，《影印北京图书馆古籍珍本丛刊》第32册，书目文献出版社1988年版，第7页。

③ 见曹寅、彭定求、沈立曾等编《全唐诗》，中州古籍出版社2018年版，第288页。

④ （明）郭棐编：《岭海名胜记》卷十五，明万历二十四年刻本，《影印广州大典》第226册，广州出版社2015年版；（明）郭棐、（清）陈兰芝编：《影印岭海名胜记》卷十，《广州大典》第227册，清乾隆五十五年刻本，广州出版社2015年版。

⑤ 饶伟新：《赣南地方文献与大庾岭梅关的文化象征意义》，《古籍整理研究学刊》2000年第6期。

半日可达，仕宦乐官其地，商贾愿出其途。余里中人岁一二至，未尝有触瘴气死者，即他官长可知。何昔之难而今之易也？意者古昔升平，大抵不满百年，即南北阻隔。自南雄达省城，群蛮出没，无他陆路，舟行艰难，往来者少，故山岚之气盛，如大室久虚，即阴沉不可住，况山川有灵气者耶？客子在途，心摇摇多畏恐，触之而病，宜矣。我朝自平广东以来，迨今承平二百年，海内一家，岭间车马相接，河上舟船相望，人气盛而山毒消，理也。"①这段话虽然分析古今之变的道理未必准确，却也道出了不同时代人们之于岭南地区观念的不同，以及发生在明清时期的事实。

事实上明代之后，岭南地区的经济和文化都有高度的发展。如果说唐宋时期岭南人张九龄和余靖、崔与之等人成为当朝政治和文化上的重要人物还是偶然现象，那么明代之后，情况就完全不同了。岭南人在有明一代成为朝中重臣和文化名人的已有很多，丘濬、陈献章、湛若水等就是。文学上，明初和明中叶分别以"南园五先生"和"南园后五先生"为核心的南园诗派已经成为当时全国五大和四大地域诗派之一。明代中期岭南诗人梁有誉为当时文坛影响最大的"后七子"之一。清代之后岭南地区在文学上更出现了足可与中原、江南相抗的诗人群体。其在全国政治和经济上的地位更为重要。

尽管在人们的印象当中岭南早已是"王化"之区，但人们在言语上还是习惯称之为夷、蛮，连岭南人自己也自称南蛮。明代广东顺德人欧大任《晚霁过梅关》云："千峰收积雨，迢递出梅关。日向猿声落，人从鸟道还。中原开障塞，南海控瓯蛮。万国来王会，秋风战马闲。"②清初屈大均《北游初归奉家慈还居沙亭作》："涕泣辞京国，间关出战尘。发肤归父母，薪胆献君臣。逃墨因多难，成仙未是仁。蛮江葭菼外，此日复垂纶。"③陈恭尹《答朱彦则》："民俗雕疲只愿闲，每飞符檄靖诸蛮。著书名在千秋后，

① （明）叶权撰，凌毅点校：《贤博篇》，中华书局1987年版，第41页。

② （明）欧大任：《晚霁过梅关》，见陈永正、杨权、吕永光等编《全粤诗》第九册，岭南美术出版社2008年版，第392页。

③ 屈大均：《屈大均全集》第一册，人民文学出版社1996年版，第218页。

借箸功存五岭间。绮里芝荣谁共采？盖公堂迥杳难攀。何时邂逅嵩台月，卮酒相从一解颜？”① 岭南人习惯上自称南蛮，说明此时所谓的蛮夷这一概念在人们观念当中，往昔政治和文化上的贬意正逐渐消失，大庾岭也逐渐变成了一个纯粹的区割地理空间的概念，作为华夷分界的意义已经消失。

二　逐臣心态的附丽与消失

梅岭不但是一个让人产生诗意想象的空间，也是古代诗人笔下最为悲凉的山岭意象之一。考察历代诗人留存下来的有关诗作，唐人对悲凉梅岭这一意象的创造贡献最大。

隋唐之前留存下来的有关梅岭的诗作，并不像唐人那样写得如此悲凉。北朝诗人陆凯途经梅岭，想起了折梅寄人的典故。折一枝岭上梅花寄予远方的友人，并作《赠范晔》诗：“折花逢驿使，寄与陇头人。江南无所有，聊赠一枝春。”② 诗中表达的是对好友的思念之情。唐人的有关诗作，虽也有友情的表达，但相对于逐臣心态、迁谪之意、生死预期、故土之思的表达，显然不可同日而语。

之所以如此，与唐代把岭南作为官员主要的贬谪之地有关，而梅关又是谪宦的必经之处。“岭路既开，用是如粤，或迁谪岭表者，悉取此道。”③ 出生在北方的官员，突然被朝廷贬谪到陌生、遥远，且被附会成恐怖、可怕的化外烟瘴之地，在仕途挫败感的作用下，当他们登上分割“化内”与“化外”的梅岭之时，其心理的凄凉可以想见。在他们的笔下，梅关是一个带有悲剧色彩的地理标志：孤独、沦落、放逐、离群索居、乡关万里。

唐光宅元年（684），宋之问贬岭南钦州，途经大庾岭，作《度大庾岭》，其一云：“度岭方辞国，停轺一望家。魂随南翥鸟，泪尽北枝花。山

① （清）陈恭尹著，郭培忠校点：《独漉堂集》，中山大学出版社 1988 年版，第 537 页。

② （北魏）陆凯：《赠范晔》，见王运熙等撰《汉魏六朝诗鉴赏辞典》，上海辞书出版社 1992 年版，第 709 页。

③ （嘉靖）《南安府志》，见《影印天一阁明代方志选刊续编》，上海书局 1989 年版，第 31 页。

雨初含霁，江云欲变霞。但令归有日，不敢恨长沙。”① 登上岭头，前面就是所谓的化外烟瘴之地了，这一去不知是否还能生还。不自觉地向着家乡所在的方向再看上一眼，但愿不要埋骨在瘴疠之地。与宋之问同时被贬的还有沈佺期，被贬流放到驩州，在度岭时想起了同时被贬的好友杜审言，作《遥同杜员外审言过岭》：“天长地阔岭头分，去国离家见白云。洛浦风烟无用说，崇山瘴疠不堪闻。南浮涨海人何处，北望衡阳雁几群。两地江山万余里，何时重谒圣明君。”② 岭南乃化外之地，“崇山瘴疠”早已耳闻。前途茫茫，这一贬直到海边，不知是否还能谒见君王。宋之问《早发大庾岭》云：“……歇鞍问徒旅，乡关在西北。出门愁别家，登岭恨辞国……兄弟远沦居，妻子成异域。羽翮伤已毁，童幼怜未识……适蛮悲疾首，怀巩泪沾臆。感谢鹓鹭朝，勤修魑魅职。生还倘非远，誓拟酬恩德。”③ 张说被赦返途作《喜度庾岭》：“见花便独笑，看草即忘忧。自始居重译，天星已再周。乡关绝归望，亲戚不相求。弃杖枯还植，穷鳞涸更浮。道消黄鹤去，运启白驹留。”④ 梅岭作为化内、化外的界标最能触动逐臣迁客脆弱的神经，从而生发迁谪之意、故土之思。眼前这道关隘不但在提醒自己被逐出了朝廷、远离了君王，而且还在提醒自己已远离故土。唐人许浑路过梅岭，其诗虽写到征战，颇有豪气，但仍然极写过岭时的悲凉：“楼船旌旆极天涯，一剑从军两鬓华。回日眼明河畔草，去时肠断岭头花。”⑤ 从唐人开始，在诗人的笔下，梅岭似乎就已经与悲凉的心境结下了不解之缘。

古代岭南的生活条件和医疗条件确实不如北方，毋庸置疑。即使到了经济繁荣的宋代，岭南的生活条件也不是很好。被贬海南的苏轼在给友人的信

---

① 见曹寅、彭定求、沈立曾编《全唐诗》，中州古籍出版社 2018 年版，第 295 页。

② 见（明）郭棐编《岭海名胜记》卷十五，《影印广州大典》第 226 册，广州出版社 2015 年版，第 486 页。

③ 见曹寅、彭定求、沈立曾等编《全唐诗》，中州古籍出版社 2018 年版，第 288 页。

④ 见（明）郭棐编《岭海名胜记》卷十五，《影印广州大典》第 226 册，广州出版社 2015 年版，第 482 页。按：《全唐诗》卷八八，此诗题作《喜度岭》。

⑤（唐）许浑：《南海府罢归京口经大庾岭赠张明府》，见曹寅、彭定求、沈立曾编《全唐诗》卷五三四，中州古籍出版社 2018 年版，第 2757 页。

《与程秀才三首》之一中说道："此间食无肉，病无药，居无室，出无友，冬无炭，夏无寒泉，然亦未易悉数，大率皆无耳"，[①] 由此可见当时岭南的落后。《元城行录》记载古时岭南有"春、循、梅、新，与死为邻；高、窦、雷、化，说着也怕"[②] 的说法。这一民谚很大程度上虽然是出于想象的夸张之词，却如实地表达了古代人对岭南这一陌生地域的恐惧心理，烘托了古时岭南作为化外之地的落后和可怕。唐代张祜的《度大庾岭》诗就透露出了这种恐惧心理："万里南边客，辛勤岭路遥。溪行逢水弩，野店避山魈。瘴海须求药，贪泉莫举瓢。但能坚志义，白日甚昭昭。"[③] 当时岭南落后的医疗条件和迥异于出发地的自然环境，更增强了谪宦心中的生死预期。对于他们来说，翻过大庾岭即进入了化外之地，心中命运的不确定性更加强烈。死多生少的预期，更让他们视前路为畏途。这种生死预期，韩愈被贬潮州时表达得最为凄凉："知汝远来应有意，好收吾骨瘴江边。"[④] 作者刚出长安即预想有生之年，难有生还的希望，侄孙韩湘前来相送，居然想到让他随行为其收拾尸骨。因着这样强烈的生死预期，这座分割化内化外的梅岭难免会强化其逐臣心态。

苏轼为人洒脱豁达，但在过岭时也难免流露出这种悲凉的心境。其《赠岭上老人》云："梅骨霜髯心已灰，青松合抱手亲栽。问翁大庾岭头住，曾见南迁几个回？"[⑤] 建中靖国元年（1101）正月，苏轼遇赦北归，过梅岭遇一被贬流落在此地的老翁。"同是天涯沦落人"的遭遇使他认老翁为知己。一句"曾见南迁几个回"透露了他豁达背后心境的悲凉。《过岭》其二

① （宋）苏轼：《与程秀才三首》，见孔凡礼点校《苏轼文集》卷55，中华书局1986年版，第1628页。

② （宋）马永卿辑，（明）王崇庆解：《元城行录解》，明刻本，见《影印中国古籍珍本丛刊》，2015年，第150页。

③ 见（明）郭棐编《岭海名胜记》卷十五，《影印广州大典》第226册，广州出版社2015年版，第484页。

④ （唐）韩愈：《左迁至蓝关示侄孙湘》，见韩愈著，严昌校点《韩愈集》，岳麓书社2009年版，第136页。

⑤ 见（明）郭棐、（清）陈兰芝编《岭海名胜记》卷十，《影印广州大典》第227册，广州出版社2015年版，第771页。

对这种心境有更为细腻的表达："七年来往我何堪，又试曹溪一勺甘。梦里似曾迁海外，醉中不觉到江南。"① 《过岭寄子由》："投章献策谩多谈，能雪冤忠死亦甘。一片丹心天日下，数行清泪岭云南。"② "山林瘴雾老难堪，归去中原荼亦甘……"③ 杨万里《六月十九日度大庾岭题云封寺》云："梅山未到未教休，到得梅山始欲愁。知道望乡看不见，也须一步一回头。"④ 杨诗对将要过岭，不得不前的心态描画更为形象。

宋代之后，尽管岭南仍然是被贬官员的谪迁之地，但随着岭南经济的发展和南北交流的频繁，岭南虽然在人们的观念和习惯上仍然被视作为化外之地，但在人们心理上所唤起的恐惧感已经逐渐减弱。特别是苏轼在一贬再贬的过程中的作为和他特有的豁达表现，更有效地驱除了人们心理上有关岭南的可怕印象。一句"日啖荔枝三百颗，不辞长做岭南人"不知驱除了多少人对岭南的可怕想象。

宋元之后，随着岭南经济文化的发展以及与中原交流的日益频繁等情况的影响，谪宦过岭之作，其感慨已不如唐人之深。南宋张九成因反对与金国议和，被贬南安军，在岭南生活达十四年，秦桧死后还朝。其《三月晦到大庾》诗云："我登超然台，积雨久不止……十年劳梦想，一夕居眼底。独坐不能去，颓然起深思……归路夫何如，江声寒玉碎。"⑤ 被贬七年之后忽见飞雪，作《十一月忽见雪片，居此七年未尝见也》："……风劲势回旋，飘零蔽遥岑。落此炎瘴地，七年到于今。"⑥这两首诗的基本语调是客观叙述，虽然有欲归去的表达，却没有激烈的情绪宣泄。

---

① 见曾枣庄、舒大刚主编《三苏全书》第九册，语文出版社 2001 年版，第 414 页。此诗（明）郭棐、（清）陈兰芝编《岭海名胜记》卷十题作《度岭寄子由》。

② （宋）苏轼：《过岭寄子由》，见曾枣庄、舒大刚主编《三苏全书》第九册，语文出版社 2001 年版，第 415 页。按：查慎行《初白庵诗评》卷中云："此系子由和诗。"

③ 见查慎行补注《苏诗补注》，凤凰出版社 2017 年版，第 1344 页。查氏认为此诗为苏辙和诗。

④ （宋）杨万里著，王琦珍整理：《杨万里诗文集·南海集》，江西人民出版社 2006 年版，第 260 页。

⑤ （宋）张九成著，李春颖校注：《张九成文集校注》，中国政法大学出版社 2018 年版，第 7 页。

⑥ 同上书，第 9 页。

明代解缙被贬谪广西过大庾岭，想起张九成曾被贬于此，作《重过南安二首》，有云："少年见说张横浦，曾访南安旧谪居"；当想起苏轼遇赦北归并题诗于壁时，心中又生起一丝希望。"庾关北望曙河流，江右江左壮此州。为有东坡两行竹，每看南斗迎谯楼。"在解缙这两首诗中已经几乎看不到逐臣心态了。

总之，元明之后，一些被贬岭南的官员，过岭之作，其逐臣心态已逐渐减弱，唐人过岭时的那种生死未卜、有去无回的恐惧已经基本消失。此时一些诗作流露的心态，也应和了前述明人叶权《贤博篇》记述的情况。至于奉旨南下的官员某些过岭之作的类似感叹，实属诗人套语。清人李栖凤有《过梅岭有怀》："千重云树万重山，叱驭南来不惮艰。庾岭风烟终有异，粤关书札寄南还。旧游亲友俱星散，新过村郊独泪潸。唯有朝廷恩义重，凛遵简命抚南蛮。"[①] 李栖凤（？—1664），字瑞梧，广宁人，本贯甘肃武威，清初大臣。父为明朝总兵李维新。李栖凤早年以诸生身份降后金大汗皇太极，值文馆。八旗汉军制定后，隶镶红旗。顺治元年（1644）授山东东昌道。明年，移上荆南道。三年（1646）任安徽巡抚。六年为广西巡抚。翌年，与尚可喜、耿继茂合军，克雷州、廉州。十年，败李定国于龙顶岗，以功晋兵部右侍郎。十五年，加兵部尚书，总督两广，击败南明永历朝廷将领陈奇策。十七年，加太子少保。翌年，任广东总督，以老乞休。康熙三年（1664）正月卒。李栖凤先升广西巡抚，后又加兵部尚书，总督两广，极得清廷信任，率军攻南明，其"旧游亲友俱星散，新过村郊独泪潸"，显然是为赋新诗强说愁的套语。

一些文人来游岭南，因非贬谪，过岭抒怀，谪迁之意自然不存，其乡国之思，也不再像唐人那样带有生死未卜的悲凉。明代戏剧家汤显祖曾游岭南，过梅岭作《秋发庾岭》："枫叶沾秋影，凉蝉隐夕晖。梧云初晻霭，花露欲霏微。岭色随行棹，江光满客衣。徘徊今夜月，孤鹊正南飞。"[②] 清初

① 政协南雄委员会编：《梅岭古今》附录，政协南雄委员会 1992 年印刷，转引自莫昌龙《梅关古道关钥文化内涵探析》，载《韶关学院学报》2012 年第 5 期。按："泪潸"原为"泪潜"，据文意改。

② （明）汤显祖著，徐朔方笺校：《汤显祖集全编》，上海古籍出版社 2016 年版，第 632 页。

诗人朱彝尊来游岭南作《度大庾岭》："雄关直上岭云孤，驿路梅花岁月徂。丞相祠堂虚寂寞，越王城阙总荒芜。自来北至无鸿雁，从此南飞有鹧鸪。乡国不堪重伫望，乱山落日满长途。"① 无论汤显祖诗中的"光满客衣""孤鹊南飞"，还是朱诗中的"乡国伫望""乱山落日"的意象，表达的都不是被逐天涯难以回还的心态，而只是乡关万里、离群独行的乡国之念。这样的意象，在客子远游之类的诗作中很常见。

三　岭南人家园符号的生成与丰富

在梅岭地标文化的生成过程中，化内化外界阈符号的生成、逐臣心态的表达和以庾岭梅花比方人品、标示时间等文化内涵的生成，主要发生在宋元之前。元明之后，岭南文人逐渐成为梅岭地标文化新内涵生成的主体。

在许多人的诗歌当中，梅岭既是五岭之一的那座山岭，同时又是指代岭南地区的一个地理符号。对于外地人来说，越过去意味着进入化外之地；对于岭南人来说，越过去则是走出岭南的第一步。张九龄是唐代文学史上有重要影响的诗人，被尊为"岭南诗宗"。他给在南海为官的二弟赠诗云："鸿雁自北来，嗷嗷度烟景。尝怀稻粱惠，岂惮江山永。小大每相从，羽毛当自整。双凫侣晨泛，独鹤参宵警。为我更南飞，因书至梅岭。"② 南海离梅岭有相当的距离，但其诗不说南海却说梅岭，显然这里的梅岭指代的是包括南海在内的岭南。宋代岭南人李昴英《子先宗友试兰省送以小诗》云："毫端五色织成章，皎皎清标月照梁。再战文场推定霸，一经书法首尊王。鞭扬庾岭梅花早，梯上寒宫桂籍香。师道自居吾岂敢，所期竹帛远流芳。"③ 李昴英是广州人，诗中"鞭扬庾岭"，表达的是指走出岭南、扬名中原和朝廷的开始。屈大均《屡得友朋书札感赋》之四："名因锡鬯起词场，未出梅关人

① （清）朱彝尊：《曝书亭集》，世界书局1937年版，第34页。

② （唐）张九龄：《二弟宰邑南海见群雁南飞因成咏以寄》，张九龄著，熊飞校注：《张九龄集校注》，中华书局2008年版，第328页。

③ 李昴英：《子先宗友试兰省送以小诗》，见陈永正、杨权、吕永光等编《全粤诗》第三册，岭南美术出版社2008年版，第392页。

已香。遂使三闾长有后，美人香草满禺阳。”注云：“予得名自朱锡鬯始，未出岭时，锡鬯已持予诗遍传吴下矣。”①显然诗中的庾岭、梅关都是指代岭南的一个地理符号。

对岭南人来说，梅岭不但是一个指代岭南的地理符号，还是指代家园的一个地理符号。宋代名臣崔与之，广州增城人，身处剑门遥想家乡，其词《水调歌头·题剑阁》云：“万里云间戍，立马剑门关。乱山极目无际，直北是长安。人苦百年涂炭，鬼泣三边锋镝，天道久应还。手写留屯奏，炯炯寸心丹。对青灯，搔白发，漏声残。老来勋业未就，妨却一身闲。梅岭绿阴青子，蒲涧清泉白石，怪我旧盟寒。烽火平安夜，归梦到家山。”②显然词中的梅岭是指代家园的一个地理符号。元代区子复，号拙翁，南海人。元成宗大德初任象州武仙县县丞。其《公署述怀》诗云：“……先庐风雨待重修，故冢松楸欠封植。每逢寒食倍思亲，翘首东云长叹息。蒲涧清泉想旧盟，庾岭梅花寻故识。他时解印赋归来，社里佯狂会亲戚。”③这里的“蒲涧”“庾岭”都是指代家园的地理符号。唐宋至元，岭南诗人不多，著名者更少，因此其间写及大庾岭的岭南诗人的诗作不多。从这几个梅岭（或庾岭）意象看，显然梅岭是一个带家园意味的地理符号，也是抒写作者家园意识的地理意象。

从明初开始知名的岭南诗人逐渐增多，到清初岭南诗歌创作至于鼎盛。相应地岭南诗人写及梅岭的诗作也日渐增多。黎贞（1346？—1405？），字彦晦，号秫坡，新会人。其《大庾岭寄冯梅窗表弟》云：“自出梅关外，江山非故乡。梦魂不怕远，夜夜到隋冈。”④陈琏（1370—1454），字廷器，号琴轩，东莞人。明太祖洪武二十三年（1390）举人，英宗正统元年（1436），

① （清）屈大均：《屡得友朋书札感赋》，《屈大均全集》第二册，人民文学出版社1996年版，第1349页。

② 见（清）屈大均编《广东文选》，广东人民出版社2008年版，第698页。

③ 见区仕衡《九峰先生集》附录，《影印广州大典》第501册，第770页。

④ （明）黎贞：《大庾岭寄冯梅窗表弟》，见陈永正、杨权、吕永光等编《全粤诗》第十八册，岭南美术出版社2008年版，第291页。

任南京礼部左侍郎。其《送余德禔归羊城》云："君今又南还，谓言忆慈母。朝看庐阜云，暮宿西江雨。行经十八滩，指日度梅关。家山应不远，遥见白云山。"① 显然，两诗中的梅关都是指代家园的地理符号。

明末清初岭南诗人很多，梅岭在他们的笔下，延续并丰富了作为家园的地理符号的内涵。黎遂球（1602—1646），字美周，广东番禺人。天启七年丁卯（1627）举人。与陈子壮等十二位诗人倡复南园诗社，世称"南园十二子"。其诗雄直痛快，高华俊爽，有"粤中李白"之誉（清人温谦山语）。崇祯末诏授兵部职方司主事。乙酉（1645）率两粤水师赴赣，与弟黎遂淇力战死，赠兵部尚书。黎遂球《戊辰生日宿凌江上药上人禅房七夕前二夜也》云："匹马梅关归独迟，经行随处有僧知。人间作客频添岁，天上牵牛又报期。投宿满分供佛饭，染云频写画禅诗。还因夜雨秋江水，坐遍松房话别离。"② 李云龙，字烟客。番禺人。少补诸生，负奇气。走塞上，在袁崇焕幕中参其谋。崇焕死，遂为僧，称二严和尚。明亡，不知所终。著有《雁水堂集》。其《梅关道中》其二云："石林飞磴郁千盘，直上青霄立马看。古木数丛苍霭合，春山一路白云寒。居人每叹长安远，过客时歌蜀道难。临发邮亭回首望，故乡从此隔烟峦。"③ 康熙十年（1671）辛亥，陈子升入黄山青原访熊鱼山、方以智，为方外之游，回程作《往还岭上皆值佛日》："佛日出梅关，逾年佛日还。有怀惟野老，如愿即乡山。衣逐缁流破，鞭垂白马闲。如何卢行者，归路发先斑。"④ 康熙四年（1665）乙巳春屈大均北上，岁暮抵陕西三原，寓城南庆善寺。其《登庆善寺阁》诗云："驻马鄠原下，天晴眺寺楼。池阳城对出，清峪水中流。贯酒乘春兴，听歌散暮

① （明）陈琏：《送余德禔归羊城》，见陈永正、杨权、吕永光等编《全粤诗》第三册，岭南美术出版社2008年版，第381页。

② （明）黎遂球：《戊辰生日宿凌江上药上人禅房七夕前二夜也》，见陈永正、杨权、吕永光等编《全粤诗》第十八册，岭南美术出版社2016年版，第277—278页。

③ （明）李云龙：《梅关道中》，见二严和尚著，李君明点校《岭外洞宗高僧三种》之《啸楼诗集》，广东旅游出版社2015年版，第235页。

④ （明）陈子升：《中洲草堂遗集》，（清）道光二十年伍崇曜诗雪轩校刊本，《丛书集成续编》第151册，第337页。

愁。梅关千万里，归及雁横秋。”① 释函昰《度大庾岭》诗云：“爱雪辞乡国，秋风送马蹄。庾关终古峙，猿狖至今啼。五老人初望，三山日渐西。徘徊下原隰，叠叠白云迷。”② 函可《雪》诗：“相对寂无言，怀人一万里。只在庾岭头，欲折不堪寄。”函可《忆庾岭》：“岭头一步他乡路，夹路梅花送马蹄。却恨当年轻踏过，如何不信鹧鸪啼。”③ 明末清初这几位岭南著名诗人笔下的这几个梅岭意象，不用一一分析，很明显都是指代家园的地理符号，同时也寓含着那个时代难以言说的丰富复杂的情感内容。

承平时期家园虽然距离遥远，却是一个预期可达的归宿；而对于明清鼎革之际奔走在梅岭南北的岭南诗人来说，家园却关联着个人的生死去就。在他们的诗作当中，梅岭作为家园的这一地理符号，其内涵相对于其前显然变得更加丰富。

四　清初梅岭地标文化的新内容

（一）英雄豪情与英雄失路

如果说梅岭在明代之前岭南诗人的笔下主要是一个岭南的地理符号、家园符号，到了明末清初，梅岭在岭南诗人的笔下，除了这既有的内涵之外，又赋予了许多新的内涵。

对于明清鼎革之变局，岭南士人的反应比较强烈。相对其前，岭南诗人笔下有关梅岭意象的诗中也多了一股英雄豪情。韩上桂（1572—1644），字芬男，一字孟郁，号月峰。番禺人。幼颖悟绝伦，日诵万言如宿记。十六岁为诸生，闻西部有边患，慨然有投笔志，于是学击剑驰马，研习天官兵法壬遁之书。时中外用兵，奉命督运饷边，迁建宁同知。明亡，恸哭不食，卒于宁远城。其《获熊诗赠御史顾公》云：“节使东巡拂曙霜，秋风轻洒绣衣裳。江清道出牂牁远，云尽天廻庾岭长。向日鹓鸾腾羽翼，得时鹰隼恣飞扬……已

---

① （清）屈大均：《屈大均全集》第二册，人民文学出版社 1996 年版，第 1512 页。

② （明）释函昰著，李福标、仇江点校：《瞎堂诗集》，中山大学出版社 2006 年版，第 69 页。

③ （明）释函可著，张红、仇江等点校：《函可和尚集》，广东旅游出版社 2015 年版，第 345 页。

静波涛潜海鳄，更弯弓矢射天狼。”其《赠黄斗华》云：“燕赵古称悲歌地，群豪磊落多奇气。感德终酬国士恩，结交讵负平生志。……揭来庾岭恣遨游，草木萧飕览素秋。逢人便欲输情尽，作客岂直为身谋。予虽蠹鱼差任侠，握手相亲盟可歃。浅材竟许轶班扬，壮节竞推齐荆聂。雄剑悲鸣久已藏，因君拂拭露光芒。相携拟向楼兰去，共扫边尘静陆梁。”① 在那个时代，越过大庾岭，奔赴边塞，最能表现岭南士人的英雄气概。何巩道（？—1675），字皇图，号樾巢，香山人。吾驺子。明桂王永历十一年（1657）诸生，荫锦衣卫指挥使。明清鼎革，目睹明室倾覆，常怀复国之思。其《上金鸿胪三首》之二云：“梅岭巍巍半壁存，东西旌旆拥雄藩。总凭妙算持全粤，难怪高名动至尊。临敌不妨游别墅，过庭惟有颔诸孙。千秋善处功名会，悟主封侯在一言。”②

梅岭对于当时南明来说，是阻挡清军南下的要塞，故寄厚望于巍巍梅岭、鸿胪雄藩。陈恭尹《留别诸同人》云：“霏微残月晓风寒，生死交情话别难。入楚客无燕匕首，送行人有白衣冠。舟辞香浦鸿初到，马踏梅关雪渐看。后会不须期故国，中原天地本来宽。”《度大庾岭》：“向风长叹草萧萧，山压重门石气骄。千古霸图俱寂寞，再来行迹尚渔樵。寄书黄木湾何处，走马红梅驿渐遥。欲扫苍厓记名姓，少年时已薄题桥。”③ 永历帝西走，广州已成清军的牧马之地。有志恢复的岭南士人，多逾梅岭以寻机抗清。陈恭尹自比荆轲刺秦，有一去不返之志。

这一时期岭南诗人除了抒写英雄豪情之外，这类诗也常常不自觉地流露出英雄失路之悲。与陈恭尹一样，屈大均在诗中也曾记述自己黄金结客、荆轲刺秦之志。这样的英雄壮举，可泄一时之愤，实际上于事无补。紧接而来诗作流露的即是现实的无奈和英雄失路之悲。屈大均《度梅关

① 见陈永正、杨权、吕永光等编《全粤诗》第十四册，岭南美术出版社 2013 年版，第 692、733 页。

② 见陈永正、杨权、吕永光等编《全粤诗》第二十二册，岭南美术出版社 2017 年版，第 230 页。

③ （清）陈恭尹著，郭培忠校点：《独漉堂集》，中山大学出版社 1988 年版，第 42—43 页。

作》其二云："八度人关逐雁飞，寒门北去暑门归。黄金结客无衣食，白首为家有翠微。天下侯王须漂母，先朝臣妾尽明妃。频来空使梅花厌，未见龙沙一奋威。"①《送鲍子韶还赣州》其一："岭南秋气早，八月已寒衣。处处边笳咽，年年塞马肥。空增沧海戍，不虑白登围。汉使君能任，重来事未非。"② 岭南天气本来长夏无冬，八月有如盛夏。屈大均却说"秋气早"来、"八月寒衣"，这样的主观反应源自当时岭南地区"处处边笳""年年塞马"的现实。这实际上是作者的英雄悲歌。屈大均《送张南士返越州因感旧游有作》其十二："汝度梅关越两秋，乘桴几尽海南头。夜深欲见扶桑日，应上罗浮大石楼。"其十三："英雄泪尽此刀环，我欲浮家镜水间。越女繇来天下白，凭君寄语苎萝山"。③"君行驱匹马，梅岭踏梅红。望望无南雁，依依是北风。徘徊燕市上，慷慨酒人中。自许为鸿鹄，何时奋翼同。"④"乘桴海南""英雄泪尽""浮家镜水""徘徊燕市"云云皆是这种心态的表达。屈大均诗集中这样的诗很多，例举已多。这类诗此前岭南人的诗集中是难以见到的。何绛也是这一时期岭南比较著名的诗人，多次与陈恭尹一起南渡北上。其《四出梅关》云："堪笑劳劳数尺躯，半生空自有眉须。长吟草泽多新恨，四出梅关尚故吾。西去楚云连七泽，东流章水下三吴。山川满目皆惆怅，天下何人是丈夫。"⑤"堪笑""新恨""惆怅"等用字主观色彩更为明显。张家珍与屈大均、陈恭尹一样也经历过岭南丁亥之变。其《送陈缑山还金陵》诗云："对君不作寻常别，底事同销壮士颜。十里离亭折杨柳，一鞭疲马出梅关。时危性命应相假，归去湖山岂等闲。独有天涯翘首处，春云容易泪潺潺。"⑥"疲马梅关"、眼"泪潺潺"、销"壮士颜"等传达的也是这样的心理。明末清初因时局之变岭南逃禅者多能诗文士。曹洞宗

① （清）屈大均：《屈大均全集》第二册，人民文学出版社 1996 年版，第 845 页。
② （清）屈大均：《屈大均全集》第一册，人民文学出版社 1996 年版，第 405 页。
③ （清）屈大均：《屈大均全集》第二册，人民文学出版社 1996 年版，第 1212 页。
④ （清）屈大均：《送客》，《屈大均全集》第一册，人民文学出版社 1996 年版，第 456 页。
⑤ 见陈永正、杨权、吕永光等编《全粤诗》第二十一册，岭南美术出版社 2017 年版，第 635 页。
⑥ 同上书，第 695 页。

天然函昰门下的释今无即是一位成就很高的诗人。其《雨花台逢冯大》之一云："世有奇男子，飘零可奈何。风尘一剑苦，涕泪十年多。榆塞留余策，梅关发浩歌。相逢一相揖，忆别自蓬婆。"① 其中的英雄失路之悲再明豁不过，谁能想到此诗出自释氏之手。

英雄豪情与英雄失路之悲是这一时期岭南诗人作品的最重要的情感内容之一。围绕着大庾岭所书写的这一情感在此前此后的岭南诗人作品中都难以见到。

（二）时代风烟与沧桑之感

梅岭是古代分割华夷的地标，是中国南部的一道天险，也是一道重要的军事屏障。朝代鼎革之际，梅岭往往会扮演非常重要的角色，甚至成为人们心理的一道防线。梅岭就常常触动明末清初岭南士人的神经，成为岭南诗人表达今昔之感的地理符号。

陈邦彦有着杰出的政治和军事才能。在他的策划下，顺治四年丁亥（1647）与陈子壮和张家玉等岭南士人，发起了大规模的抗清行动。虽然最后失败，却达到了作战于东、收效于西的目的，也改写了清军征服岭南的历史。其《梅岭行》一反传统有关大庾岭天险的说法："谁云梅岭高，山椒鸡犬辨鸣号。谁云梅岭险，刘汉丸泥曾不揜。稠叠连峰小径纷，东西百里望如云。悬车束马皆堪度，缀却关门仍有路。轮蹄任辇日交加，领将炎服赴京华。浪夸百二藩南海，岭外较之应十倍。古来守国在人谋，潼关剑阁未云优。君王有道干戈偃，玉帛车书侈壮游。"并注曰："自雄州南下，若韶之浈阳峡、广之中宿峡，皆险狭，仅通舟楫，而大庙峡介韶广之间，铁壁千里，陆路断绝，非轻舟不可上下，此吾郡北门之固也。"② 这显然是以一个军事家的眼光来审视梅关等岭南关隘的。诗作感叹关塞不险，透露出他依据当下的现实对未来在岭南地区有可能发生的军事战守的忧思。

---

① （明）今无和尚著，李君明点校：《今无和尚集》，广东旅游出版社 2017 年版，第 235 页。
② 见陈永正、杨权、吕永光等编《全粤诗》第二十一册，岭南美术出版社 2017 年版，第 234 页。

这一时期类似于陈邦彦以军事家的眼光写梅岭的诗歌不多。较多的是感叹时代风烟、抒写变乱之后的沧桑之感。释函可因入清第一桩文字狱案，被拷几死，后流放东北苦寒之地。之后闻听清军占领广州，想象着发生在这里的一切。其《即事》诗："吴楚东南舞白题，庾关安得一丸泥。三岔河畔羝难乳，五石城中马又嘶。血浸花田新鬼闹，书传沙碛老猿啼。何时重踏曹溪路，只恐禅宫草亦萋。"① 南明军队，梅关不守，清军血洗广州，"血浸花田"，即使曹溪"禅宫"亦成废墟。对他来说更可怕的消息还在其后，其家所在之处被洗劫，家人尽屠。多年之后，其师侄阿字今无，跋山涉水，远赴东北探望，带去了意外的消息，其族弟掌邦尚存，不知是喜是悲。其《和掌邦弟二首》小序云："阿字出塞，简布袋破纸，有二诗，云是予族弟掌邦所寄也。掌邦名宗礼，从楚江入匡谒栖贤，留十余日便辞。欲相访，业八阅月，竟不知飘泊何所。呜呼，投荒以来，骨肉凋残殆尽，乃不意复有掌邦其人，又复能作是语，因和其韵，亦异地埙篪也。"其一云："袈裟一搭是吾忧，万井风烟况未收。早是无家心已断，忽闻有弟泪重流。洞庭波泛孤鸿影，华表霜寒老鹤愁。两地月明遥共望，何时还照合江楼。""早是无家""忽闻有弟"，是何等遭际，方有是语！其二云："空囊墨化苍龙吼，野寺钟残黑雾屯。数代弓裘归马革，十年心胆碎鸰原。急将短铗弹庾岭，莫遣长歌度蓟门。荒垄遗编重拭目，离支树下好招魂。"② 其诗写的是自己的遭际，也是那个时代真正的历史，是最典型的时代风烟。函可本为当地世家旺族之裔，数代簪缨之族，一朝屠戮殆尽。这样的遭际，空门寂灭之说无论多么深刻也难以真正让他了却生死。

相比较其师兄天然函昰诗的情感表达就不会如此震慑人心。其《奉柬制府董公》诗云："忆昔鸾溪绍祖山，时荒分卫荷隆颁。出门倚杖惭僧服，避地移茅入庾关。洪府远闻江路静，孤峰仍逐使臣还。寅缘一望孙弘阁，七

① （明）释函可著，张红、仇江等点校：《函可和尚集》，广东旅游出版社2015年版，第239页。
② 同上书，第278—279页。

载衔恩想象间。"① 诗写因战乱避地梅岭，却只"时荒""避地"能见出时代特点。其《度大庾岭二首》其一云："突兀庾关暗晓昕，人从鸟道入高雯。嵩林秋晚新忧隐，车马骈阗旧见闻。行迈不随尘鞅后，凭高休作海江分。皇天后土知予意，半亩山田且自耘。"② 天然和尚是得道高僧，情感表达含而不露，不过"新忧隐""旧见闻"还是透露出其心中的沧桑之感。"乱后无炊强下山，难忘熟处向庾关。海云旧院曾相约，庐岳新锄且放闲。战伐不争穷发地，行吟偏有荔枝湾。日长睡足观潮上，大树交风到石栏。"③ 虽然乱后无食，被迫下山再向朋友化缘，但还能把人写得闲云野鹤一样"行吟""放闲""睡足"。变乱带给作者的心灵冲击，在这几首诗中几乎被洗尽。尽管如此，其诗还是能明显看出其沧桑之感。

今无是天然函昰的弟子，是海云诗派的中坚，诗歌成就很高。其《春日》云："庾关几度躏旌旗，驿使萧条去马迟。入梦故人惊夜枕，乞油双衲阻归期。海螺雉堞催烽火，香草郊原长乱离。藿食自无廊庙意，不知衰病欲何之。"④ "雉堞烽火""几度旌旗"，寥寥数语活画了时代的风烟。"春帆共挂喜同行，月上迟君望倍明。薄宦久知无别累，孤舟何事滞江程。梅关署冷苔痕厚，浩劫机深道意生。不久亦来寻促膝，莲花社里话三更。"⑤ "梅关署冷"，苍"苔痕厚"，浩劫之后共话沧海桑田、体悟道意佛法。

（三）追怀历史与兴亡之叹

大庾岭、梅关古道居五岭东部、江西大余和广东南雄之间，是交通楚粤之锁钥，故与岭南有关的许多重要人物也都与这一关隘发生了关联，赵佗、梅鋗、庾胜、陆贾、张九龄、惠能、苏轼等就是。后人咏叹梅关，这些人物

---

① （明）释函昰著，李福标、仇江点校：《瞎堂诗集》，中山大学出版社 2006 年版，第 162 页。

② 同上书，第 187 页。

③ （明）释函昰：《偶成》，释函昰著，李福标、仇江点校：《瞎堂诗集》，中山大学出版社 2006 年版，第 156 页。

④ （明）今无和尚著，李君明点校：《今无和尚集》，广东旅游出版社 2017 年版，第 516 页。

⑤ （明）今无：《小塘迟朱廉斋进士不至》，见今无和尚著，李君明点校《今无和尚集》，广东旅游出版社 2017 年版，第 530 页。

亦常常会走到诗人的笔下。与这些人物有关的故事和作品也是构成大庾岭地标文化的重要内容。同是咏叹古人，明末清初的岭南诗人与其前有明显不同，兴衰感叹即是其一。

余靖是北宋时期岭南的重要人物，也是较早用诗写及梅岭的岭南诗人。其《和王子元过大庾岭》云："秦皇戍五岭，兹为楚越隘。尉佗去黄屋，舟车通海外。峭巇倚云汉，推轮日倾害。贤哉张令君，镌凿济行迈。地失千仞险，途开九野泰。安得时人心，尽夷阴险阂。"其《题庾岭三亭诗》之《叱驭楼》云："山巅层搆与云平，贤者新题叱驭名。为要澄清归治道，不辞艰险表忠诚。南枝初见梅林秀，九折遥思剑栈横。若使当时嫌远宦，海隅何得有欢声。"《题庾岭三亭诗》之《通越亭》："行尽章江庾水滨，南逾梅馆（一作'岭'）陟嶙峋。城（一作'域'）中绍祚千年圣（一作'胜'），海外占风九译人。峤岭古来称绝徼，梯山从此识通津。（蔡学士弟兄新砌岭路相接。）舆琛輂赆无虚岁，徒说周朝白雉驯。"[①] "途开九野泰""舟车通海外""梯山从此识通津"等都是肯定赵佗归汉、张九龄凿通梅岭，以及蔡学士兄弟新砌岭路的贡献。

在这方面，明代岭南诗人大抵也是如此。元末明初岭南诗人何真有诗写及梅关。其《洪武四年蒙宣回京钦差回广东收集军士道经梅关谒张公九龄诗》云："提兵昔过梅关北，奉命今还五岭东。古庙尚留朱履迹，旧题羞见碧纱笼。一天云气千山雨，万壑松声十里风。谒罢相祠重回首，蓬莱宫阙五云中。"[②] 元末明初黎贞《梅关行》："兴怀却忆曲江公，建此千秋万祀之奇迹。想当凿石通道时，风云庆会人神依。遂使文明播南海，椎髻桀骜余风改。贤才络绎赴中州，神乐衣冠一都会。"[③] 明初陈琏《过梅关有怀张丞相九龄》："大庾峨峨何壮哉，羊肠石磴荒苍苔。天教此岭限南北，公凿一关通往来。

---

① 见陈永正、杨权、吕永光等编《全粤诗》第一册，岭南美术出版社2008年版，第442、461、462页。

② 见陈永正、杨权、吕永光等编《全粤诗》第三册，岭南美术出版社2008年版，第8页。

③ 同上书，第288页。

听猿林下风日好，驻马林边云雾开。怀人不尽千古意，丹心飞绕黄金台。”① 明初丘濬《过梅关题张丞相庙》诗：“平生梦想曲江公，五百年来间气锺。行客不知经世业，往来惟羡道傍松。”② 明中期理学家湛若水云：“文献凿庾岭，功与九河同；河凿免鱼鳖，岭凿免兵锋。无险不负固，割据无奸雄。”③ 陈复，字养浩，新宁人。明宪宗成化十年（1474）举人。其《过梅岭》云：“山卷虬龙势郁蟠，路高直入彩云端。松声轻杂泉声细，梅影疏笼月影寒。丞相亭台凌碧汉，梵王宫殿倚层峦。骑尘飞出雄关去，遥望中原眼界宽。”④ 欧大任《晚霁过梅关》：“千峰收积雨，迢递出梅关。日向猿声落，人从鸟道还。中原开障塞，南海控瓯蛮。万国来王会，秋风战马闲。”⑤晚明区大相《度大庾岭》：“关河谁设险，道路至今平。花树迷秦戍，风云卷汉旌。梯悬沧海日，楼望尉佗城。慎德今皇事，楼船罢远征。”⑥ 从以上所举诗例可知，从明初到明末的岭南诗人，在缅怀赵佗、张九龄等人的贡献时与宋代的余靖没有太大不同。

有些诗除了肯定赵佗和张九龄之外也会写及惠能和苏轼。梁维栋《梅关怀古》：“庾岭何人倩五丁，张公不负此山灵。千年孔道纡筹策，百代奇勋勒鼎铭。不断车书趋北阙，联翩旌宠下南溟。黄梅亦是传衣钵，水自分流草自青。”⑦ 孙蕡《灵洲》：“金鳌露背出沧溟，撑拄惟应倩巨灵。坡老留题空断偈，德云种柏满幽庭。天寒怖鸽依江渚，夜静灵鼋听塔经。画舫图书催入觐，庾梅关北树青青。”⑧ 陈琏《登梅山阁·山有红梅》：“岁当辛巳腊月暮，高阁凌云试一登。雪里梅花红淡淡，天边松树翠层层。关门疏凿思文

---

① 见陈永正、杨权、吕永光等编《全粤诗》第三册，岭南美术出版社 2008 年版，第 502 页。

② 见陈永正、杨权、吕永光等编《全粤诗》第四册，岭南美术出版社 2008 年版，第 658 页。

③ （明）湛若水：《泉翁大全·归去纪行录》卷八五，转引自莫昌龙《梅关古道关钥文化内涵探析》，载《韶关学院学报》2012 年第 5 期。

④ 见陈永正、杨权、吕永光等编《全粤诗》第五册，岭南美术出版社 2009 年版，第 524 页。

⑤ （明）欧大任：《晚霁过梅关》，见陈永正、杨权、吕永光等编《全粤诗》第九册，岭南美术出版社 2009 年版，第 41 页。

⑥ 见（明）郭棐编《岭海名胜记》卷十五，《影印广州大典》第 226 册，广州出版社 2015 年版，第 485 页。

⑦ 见陈永正、杨权、吕永光等编《全粤诗》第十五册，岭南美术出版社 2013 年版，第 646 页。

⑧ 见陈永正、杨权、吕永光等编《全粤诗》第三册，岭南美术出版社 2008 年版，第 132 页。

献，锡杖飞来记慧能。挂角招提今在否，试将往事叩山僧。”①

明末清初之前颂扬张九龄凿险开道，多有止息烽烟、天下太平之赞誉，如“公凿一关通往来”“岭凿免兵锋”等，而明末清初岭南人写及张九龄等古人则少了这些，多了感时伤世之情。邓云霄，字玄度。东莞人。万历二十六年（1598）进士。授直隶苏州府长洲知县，旋擢南京户部给事中。明亡，不知所终。其《梅关道上古松歌》：“何如岭外冲南斗，粤天浩荡开元后。传闻植自曲江手，嶙峋气节俱不朽。”《度大庾岭 》二首：“古庙风悲唐相树，荒屯月冷汉家营。故乡东望频回首，恨逐飞云片片生。”“分流楚粤中崖坼，异代兴衰入望愁。试向关门占紫气，谁从仙吏识青牛？”② 诗作既肯定张九龄的功业，同时又充溢着太多的感慨。“古庙风悲唐相树，荒屯月冷汉家营”“嶙峋气节俱不朽”“异代兴衰入望愁”等，其中滋味值得品味。梁以壮（1607—?），字又采，号芙汀居士。番禺人。以壮祖在明朝历有宦声，夙有家学。以壮年十一负文字之名，弱冠即有著述，后出岭游历。其《陆贾祠》云：“半檐残祀大夫宫，莫问王雄与帝雄。烟外鹤鸾巢夕下，槛边狐兔入秋中。一围画暗西城雨，五粒星摇特地风。今日梅关仍险隘，何人还说汉时功。”③ 最后一句“今日梅关仍险隘，何人还说汉时功”也是值得玩味之笔。屈大均《徐君自江左来广赋赠》其一：“秣陵城北是花城，花到君家色倍明。黄菊去秋容我摘，白鹇今日逐人迎。秦时梅岭犹天险，汉代崧台亦帝京。凭吊定知纷涕泪，江南人物本多情。”④“凭吊定知纷涕泪”显然源于明末清初这个时代的巨变。越王勾践的后裔梅鋗抗秦之事，以前很少提及，至明末清初，突然较多被人提起，特别是屈大均多次咏及，以及与之相关的台岭、梅花国、庾胜兄弟等。屈大均《梅鋗》三首：“庾岭惟秦塞，台侯是越人。重瞳封万户，

① 见陈永正、杨权、吕永光等编《全粤诗》第三册，岭南美术出版社 2008 年版，第 502 页。

② 见陈永正、杨权、吕永光等编《全粤诗》第十五册，岭南美术出版社 2013 年版，第 134、341—342 页。

③ 见陈永正、杨权、吕永光等编《全粤诗》第二十一册，岭南美术出版社 2017 年版，第 450—451 页。

④《屈大均全集》第二册，人民文学出版社 1996 年版，第 860 页。

句践有孤臣。溳水乡闾旧，鄱阳俎豆新。千秋交广客，欲继入关尘。”（其一）“艰难自梅里，此地奉君王。岂欲兴於越，惟知祀少康。仇从高帝复，名在《汉书》长。食采梅花国，人钦万古香。”（其二）① 其《送曾止山还光福歌》也咏及梅鋗：“梅花将军越王孙，（注曰：‘谓梅鋗’）汤沐正在梅花国。飞扬往日破强秦，沛公项羽资其军。台岭因之号梅岭，梅花万户酬功勋。”② 再如《送人度梅岭》：“天作长城五岭间，雄州缭绕万重山。越王旧治梅花国，秦帝初开大庾关。红叶影中双骑去，白猿声里一人还。乘时自有台侯业，莫使乡愁上玉颜。”③ 其《度梅关作》其一云：“苦恨秦关一道通，人如去雁与来鸿。梅花但为台侯植，锦石难同陆贾封。五岭繇来称塞上，三城久已作回中。越王（注曰：‘谓勾践’）留得多豪俊，战败屠睢最有功。”④ 屈大均为何对梅鋗如此青睐有加呢？“秦”与“清”音相近，故以秦比清，梅鋗抗秦，犹言抗清。

如果沿着时间继续考察，可以发现清代康乾之后，情况又有了变化。有关大庾岭的诗歌其抒情内容与明代之前又出现了相近的现象。三藩之乱平定之后，康熙二十三年王士禛代表朝廷祭告南海，作《大庾岭》：“五岭界百粤，東峤实大庾。西衡北豫章，嵯峨此终古。黄屋敢自娱，僭伪缘秦楚……昨者滇闽乱，此岭烦师旅。我来兵销后，丛薄无豺虎。绝顶眺南溟，波涛如可睹。白云左右飞，危径穿一缕。回首望中原，佳气溢横浦。”⑤ 新城王士禛其立脚之处显然与明末清初的岭南士人不同。清代江南太仓人张衍懿《度梅岭》云：“拔起危峰万仞雄，势临百粤控南中。人从丹壁千盘上，路入青天一箭通。古碣尚留唐相迹，荒祠谁祀越王功。只今四海梯航日，早见征车度晓风。”⑥ 清代中期浙江仁和人杭世骏曾来岭南任粤秀山长，其《梅

① 《屈大均全集》第一册，人民文学出版社1996年版，第552页。

② 同上书，第127页。

③ 《屈大均全集》第二册，人民文学出版社1996年版，第825页。

④ 同上书，第845页。

⑤ 见（明）郭棐、（清）陈兰芝编《岭海名胜记》卷十，《影印广州大典》第227册，广州出版社2015年版，第762页。

⑥ （清）沈德潜：《清诗别裁集》，上海古籍出版社1984年版，第829页。

岭》诗云："绝险谁教一线通，雄关横截岭西东……戍草乱侵萧勃垒，阵云遥堕尉佗宫。荒祠一拜张丞相，疏凿真能迈禹功。"① 乾隆年间浙江人戴文灯的《度梅岭》诗概括了梅岭的史事："乱崖苍苍划地户，中穹一脊雄南邦。是谁凿破混沌界，前有梅鋗后曲江……承平兵革销不用，惟见老树堆空腔。呜呼秦尉窃帝号，一夫足敌九鼎扛。称臣奉贡屈辞说，更历数世非心降。楼船忽见下杨仆，伏波更出湟溪泷……以兹作镇界扬越，南讹平秩功无双。夜投逆旅慰心悸，烧春满注烧瓷缸。浩歌坐见烛花跋，东山远寺昏钟撞。"② 入清既久，诗中王朝一统的心态清晰可见。

以上数首是北方南下文人的诗作，康乾之后，即使是岭南士人的有关诗作，也与明末清初有明显不同。广东顺德人佘锡纯的《谒张文献公庙》："千秋事业知谁继，忠介文康两不如。地启洪荒通日月，功分疏凿一车书。"③ 此诗的内容主要是叙述张九龄的历史功绩。张维屏的《梅岭》："万绿拥关云，云中两界分。山开唐宰相，岭属汉将军。节物看梅子，乡心数雁群。南宗留活水，为断涧边闻。"④ 张维屏是清代中期岭南文坛领袖，同时又是朝廷大员，其诗除了叙述历史人物事迹之外，还有更符合其身份的内容的表达。其《晓度大庾岭 · 庚午》诗："雄关遥矗冻云边，宿雾犹封古道前。五岭屏藩朝北极，百蛮锁钥控南天。时平斥堠锁烽燧，稻获牛羊散野田。绝顶何辞冒霜雪，寒梅春在百花先。"《度庾岭 · 丙子》："岭云岝崿涧泉清，雪外梅花铁干撑。危磴石盘千仞峻，断崖烟锁一关横。时来佗龚夸门户，事过孙卢悔甲兵。今日承平销战垒，翠徽（疑为微）深夜有人行。"⑤显然其诗所透露的心态与明末清初岭南诗人不同。张氏虽为岭南人，其诗中的岭南地域意识并不明显，其叙述角度倒是与其他地区的诗人比较接近。

---

① 见（明）郭棐、（清）陈兰芝编《岭海名胜记》卷十，《影印广州大典》第227册，广州出版社2015年版，第770页。

② 见（清）徐世昌辑《晚晴簃诗汇》，北京出版社1996年版，第1337页。

③ 见（明）郭棐、（清）陈兰芝编《岭海名胜记》卷十，《影印广州大典》第227册，广州出版社2015年版，第770页。

④ （清）张维屏：《张南山集 · 松心诗录》，广东高等教育出版社1994年版，第111页。

⑤ （清）张维屏：《张南山集 · 花甲闲谈》，广东高等教育出版社1994年版，第323页。

沿着时间进行排列比较，可以清楚地发现，明末清初的岭南诗人有关梅岭的诗与其前有明显不同。明末清初的岭南诗人有关梅岭的诗无论是咏叹古人还是抒写英雄豪情，都带有那个时代岭南士人的兴亡感叹。这也是明末清初岭南士人为梅岭地标增添的新的文化内涵。

大庾岭梅关以其独特的地理位置和交通南北的重要作用，成为一个受到特别关注的地点。它由一个纯粹的自然地理空间，因着与其发生关联的政治、军事、文化等事件，成了一个层积着深厚文化内涵的文化地标。每种文化内涵的生成都有其特殊的历史和文化原因，其变迁或消失亦是时过境迁，人、事皆非所致。无论消失与否，它都曾是组成梅岭地标文化的基本内容。

近代岭南报刊小说书写人地关系的空间思维*

梁冬丽**

近代岭南报刊小说多以粤地为背景，讲述粤人的本土、跨地、跨海关系，这种人地关系的形成源于“山—城—水—海”地理空间层次的感知，也是在当时独特的政治、文化语境下生成的景象。

一 人地关系的三种形态

近代岭南报刊小说书写粤人，有工、商、官、妓、留学生、旧科举士人、烟猪等各阶层人物，人与地理关系主要有三种形态：就人与所居环境关系而言，主要有陆上与水岸两种场地，构成了本土市民与市井、水居百姓与水岸关系的第一种状态；向外地拓展谋生场所形成了粤人跨地关系；向外洋拓展生存领域形成跨海关系。

（一）本土原生关系

首先，书写本土市民与市井生活的关系。比较典型的有《短篇小说：

* 基金项目：国家社会科学基金项目“近代岭南报刊小说整理与研究”（项目编号：17BZW018）。

** 梁冬丽，广西师范大学文学院教授。

鬼侦探》[①]，营造了粤地街市富于市民色彩的生存空间。假设主人公为《时事画报》的美术同人罗宝珊，“寓居于西关乐善剧院侧洪安里东闸第一家”，“西关”“剧院”“里闸”空间方位明确，洪安里是“曲折之长弄”，“前后可达通衢”，是热闹之所在，非偏僻之处。两个闸门通达外界，入夜后即关闭东闸，仅在西闸通行，三鼓之后，西闸也关闭，但西闸有阍人值守。里弄中的房屋各有门户，自可关守，亦可开窗透气。两面房屋之间，紧密相连，夜间可以清晰闻见时止时作的“妇子絮絮谈，间作抚作声，或缝衣声，挥扇声”。靠近东闸之处有一土地神龛，龛中有两尊土偶，一个石香炉，地面光如镜子。上连天空之域，可以看到明月照街头。“前后”“东西”“上下”关联，是市民百姓生活的典型居所。“性好奇”的罗宝珊，忍受酷热，连续侦探一月之久，终于将“鬼”捉出。传言一月之久的“鬼”，实际上是夤夜猎艳的偷情男女，他们怕人认出而作了伪装。小说既塑造了罗宝珊光明磊落、探奇之胜者形象，又描画了无知的童仆与迷信传言的市井坊人之徒，还有唯恐不生事、生事唯恐不传播天下的求山票者、神棍者，展现了趣味性、传奇性浓郁的市井面貌。

其次，书写水居百姓与水岸生活的关系。疍民某甲是无赖[②]，其妻衣食不给，被迫带着女儿在城西龙母庙河干泛舟渡客，自谋衣食，却无法摆脱无赖丈夫的纠缠。一日，某甲纠集同党前来抢夺女儿以变卖，甲妻“先令其女从邻舟逃匿”并“对众数甲之非”，从侧面折射出龙母庙河干水口人舟密集的事实。也初呈岭南疍民的生活面貌。《孽缘公案》[③] 这篇小说同样反映了珠江水上从业者的生存状态。花舫主人有“妍妇”叫“大眼转”，“操小舟作生活，恒渡阔少往饮于大沙头，因并以牵头（粤谚谓之扯皮条）为业”，作人侧室的女性还要独立谋生，这在古代中国很是罕见，“恒”字说

① 述者亚剑：《短篇小说：鬼侦探》，《时事画报》1907 年第 20 期。以下引自梁冬丽、刘晓宁整理《近代岭南报刊短篇小说初集》（凤凰出版社 2019 年版）的篇目，不再一一说明。

② 《夫也不良》，《安雅书局世说编》1901 年 11 月 1 日。

③ 忏痴随笔：《短篇小说：孽缘公案》，《中外小说林》1907 年第 15 期。

明其业之稳定，“小舟”“艇”是陆上与花舫、河南与珠江北岸往来的便捷工具。大眼转的女儿润好，“生长珠江”，可是出淤泥而不染，拒绝“阔少”的游语调戏，虽“往来于东濠谷埠，依然是云英未嫁身也”。可是如此洁身自好的水上少女，并没有看到希望的曙光，根本无法从“将婚蜑族”的命运中抽离。润好说过，她“阅人多矣”，“纨绔少年，性情轻薄，既不易谐白首。马齿稍长者，非室有狮子吼，则濯濯童山，浓髯似戟”，说明轻薄之人不足以托终身，稳重的家中又可能有妒悍的正室，那些才貌不济的又令人无法忍受，所以润好“念早灰矣”，少年而深知水生、水居居民婚姻之不易，惆怅之情郁结在这样一个向洁而生的珠江少女内心深处，怪不得时常感叹：“儿不愿浮家泛宅，终年如蓬飘海上，亦复何味?”浮家泛宅、蓬飘海上的生存状态是什么滋味，可以想象。从润好结局亦可看到水居少女之苦味人生：被贪财之母与恶棍设计，嫁（实际为妾）给一个有“季常之癖的痴男”，其母亦因此死于非命，其有关联者松天秋月主人林某也为之丧命，润好亦莫知所终。润好等水上居民，不仅要承受官府的压榨，还得遭受来自陆上大腹贾及其妻子、朋友的迫害，生活不易，但依然想方设法周旋、远害，品性坚韧，展现了不幸的水居百姓生活面貌。

再次，书写了复杂的粤地人群关系。粤地各类人群往往混居，总体上是以粤地土著为主要人物，以寄粤者辅之，兼及陆上居民与水上居民，中国居民中混杂着外国居民。《安雅书局世说编》的23篇类小说中，粤人多生活于广州市内，城西富室及其妾与妾弟（《勇爷私逃》），新晋秀才与妻、舅（《烦恼秀才》），来自东莞而在省城从业的画工（《导淫孽报》），贫病交加无以度日的夫妻（《夫妇道苦》），多情的老翁与校书（《老尚多情》），其他如佣于杂货店者、饮于珠江被狮吼者、收字纸者、偷儿者、炫富贵者、妓者诸色人等，当然也有周边城市新会荷塘乡某孀妇与儿、媳和殇儿（《殇儿救母》）等其他人物，多记录了他们在城里、珠江中的故事。众多广州城内土著之民，互相关系，互相纠缠，综合折射出粤地各色人等的各种各类生活情态。又联结上宦粤、寄籍粤地之人，如黄祖荫本浙人，流寓于粤之琼州

（《唯一趣报有所谓》之《天涯恨》），陆玉璜投靠在粤省的伯父（《唯一趣报有所谓》之《巾帼魂》），到广东放官账的苏州人（《农工商报》之《广东忠信商家袁友信小传》），从扬州之役中逃难于此的沈酣（《中外小说林》之《沈醉生》），宦粤或在粤待用的官员江宁徐伟之、黔人刘荣业（《振华五日大事记》之《骗骗》），寄籍广东番禺的湖南纨绔儿（《南越报附张》之《纨绔儿》）。有到粤垣以研究中国人吸食鸦片状况的轩士，以及寄居羊垣八年、精熟省话及客家语的佐治（《南越报附张》之《群鬼会》），到香港品尝过美食的西人巫士功（《砭群丛报》之《乌托邦豪杰》）。粤地之内，有不同城市的人员会集；又以粤地之人，将各地寄粤之人混于一体，粤俗被接受、认同，又随粤人或寄粤者回省而扩散到全国。土著居民与寄粤者、水上居民与陆上居民、中国居民与外国居民之间，互相融合、互相交流、互相冲突，构成了以珠江水陆生活为典型环境孕生出的典型群像。

（二）跨地互动关系

典型的粤地报刊《香港少年报》《唯一趣报有所谓》《时事画报》《南越报》等所载小说，大多数以广州、香港为书写中心，其他城市向广州—香港聚拢、集中，而广州—香港亦辐射岭南各域，双向交流。互动密集的粤地，至少有南海、新会荷塘乡、佛山、东莞、花县、香山、大良、龙川、惠州、顺德勒楼、番禺、博罗、西樵、广海、铁城、凤城、新宁、三水、温塘乡、虎门、冈州、天河横江、汾江、禺山县、乌石、潮阳、石岐、恩平、鹤山、龙门等广东各地，有海口、儋州、崖门等海南各域，还有容县、桂林、梧州、江州、廉州、合浦、滕县等粤西城市。《廿载繁华梦》与《宦海潮》，综合描绘了从粤地运动至北京政治核心、到上海商业中心之人的生命轨迹，又描摹了北京政治中心、上海商业中心南来的各路官宦、商人、胥吏、骗子等，粤人与外省人员交会之后，互相交联、纠缠。

首先，以粤地人物活动场所变换及升迁运程的移动，勾连其他各地人物的活动，将人物置身于立体交叉的区域网络中。《宦海潮》中的张任磐，因姻亲利宗岳到了山东，结识了刑名老夫子钱东若，利宗岳更加重用张任磐，缘此结识了山东巡抚丁敏诚，被推荐到侯爵曾文泽身边任参赞，出使俄罗斯；又因为救了李相而得到重用，通达于政治外交的核心之地北京，融入了上层官僚的生活圈。该书以张任磐为线索，一路北上，牵扯出所关联的人物群体：以利宗岳、丁敏诚、曾文泽、李龙翔为大结点，中间还穿插着钱东若、银屏、李文炳、李连锡、李贵、利宗泰、廖成锦、赵小环、翁和甫、潘同荫、盛子仪、洪稚园与赛金花等一批批恶棍、官痞、娼妓、奸吏、“清官”等人物，透过各人的兴衰成败，展露官场、商场、娱乐场的生存状态。在地理空间结构方面，则是粤地之广州与香港和上海为北上或南下线路的核心地点，以北京为方向、为目标地。

其次，通过粤地普通人的行动线索透露一定的哲理思想。普通富贵子弟，亦可随时从粤地走向外省，如许宝玉因与相爱之人陆月珠闹矛盾，发生误会，“由附近姻娅中物色”而无踪影，即“乘轮出香港，经福州，泊海上”，“欲寓小三马路”①，行程紧凑，路途清晰。人物活动空间以粤地为始发点，是自由婚姻希望的起点；经数地后到达上海，遇到专制婚姻的父亲，又成为失望的终点；最终回归本土，被迫娶由父母、媒妁决定的妻子，又是在婚姻绝望时燃起新希望的新起点。许宝玉经历身心考验之后，决定去澳门寻找“感情导师”计伯，在南环这里相与交流，计伯壮其“影响社会与报命祖国”的决心，欣然应允所请。并与之“观风，漫游马交石，长啸襟海楼，兼驰车前山寨，小憩于亦圃”，题诗而回。随后，许宝玉选择了刺杀民贼的行为来实现人生价值。频繁的地点变换，与密集的空间位置转移，颇有屈原“吾将上下而求索”的真理味道，同样有上天入地的空间感。

（三）跨海互动关系

人物行动路线是连接两点或多点的线性空间，近代岭南报刊小说描画粤

① 亚父：《艳情小说：佳人泪》，《唯一趣报有所谓》1905 年 7 月 20 日至 28 日。

人的海外活动线路，编织成海外活动的立体网络。

首先借男女之情，将家国事业置于国际空间中书写，能量充沛。广州人运兴，曾在谷埠结识妓女绿意，后到新加坡游历时遇到朋友陈氏，二人相约到新山即古柔佛国游玩，并预约某妓伴行，二人相见，正是绿意。到新山后宿于某码头，二人倾心吐实，哀感“痛饮焚屋之下、清歌漏舟之中，无所谓爱国思想”的亡国现状。归国之后，运兴依旧从事笔政，以尽呼吁“民族主义”的天职；而绿意则以女流刺杀一民贼为救国纪念[①]，遂不知所踪。这篇小说将近代爱国青年男女的活动空间置于国际视野中观测，先是广州谷埠，再到南洋新加坡、新山，再归国，国内与国外之间，随人物行程而变换、交替，在归国之后又兼叙南洋事，可谓视野广阔而能运筹千里，借此纵横国内外的活动展现近代青年男女暗潮汹涌的救国救民思潮。而流寓于粤之琼州的黄祖荫[②]，为母舅复仇之后，由海口乘船逃往南洋，得朋友资助去日本贩卖新书，其行程也非常清晰：“出石叻，即日附邮船向日本。数日抵长崎，次经马关、神户，乃履横滨，换坐火车直到东京，税居客栈。”事情办妥，即时起程回到吉隆，时常感念妓女删粉慧眼相爱之侠情，又到日本游学。在国内惩治酷吏，到南洋遇知音自救，去日本见识新风尚而志于家国事业，这篇小说也是通过人物行程展现人物的苦难生活，并在苦难中如何奋起的历史。

其次，以寓言故事的人物行程展现粤人开眼看世界的经过，地界广阔而阅历丰富。《短篇小说：戆旅行》[③] 写广东花县的夏振天，生有戆性，曾佣于佛山某店，某天懵懂出行，昏迷醒来之后，发现自己已在船上，正抵达省城。即佣于某轮船，入德京柏灵，之俄国，又到瑞士，再到英京伦敦，这才归国。这篇小说以寓言的方式，布设广东人到欧洲的游历活动，空间广延性达到极限，其目的不是写人物的神奇经历，而是借一个蒙昧的线偶，将当时

① 《民族小说：情侠》，《中国日报》1907 年 9 月 9 日。
② 亚斧：《政治小说：天涯恨》，《唯一趣报有所谓》1905 年 7 月 31 日至 8 月 7 日。
③ 止戈：《短篇小说：戆旅行》，《珠江镜》1906 年 6 月 7 日。

中国人开眼看世界、亲历外洋新见识的人物串于一身，寄以夏振天之名。同样，《冒险小说：片帆影》[①] 主人公黄汉生也是一个理想的化身，他出洋游历，先到香港，寓于某栈，到新嘉坡，途经东竺、西竺，即古活佛国，又到缅甸仰光，途经一个化外之地的天然海岛，又回到新嘉坡，挈全家到山巴（园口）居住，从此定居海外。即将粤人闯南洋的冒险经历浓缩为一个小说人物。

再次，通过外交官政商活动的视角写上层官员开眼看世界的体验，更为全面而深刻。《宦海潮》中的张任磐受命"出使美、日、秘大臣"，在京领命之后，到天津搭轮船，经上海，回香港，后到佛山祭祖。事毕再回香港，先坐船到日本横滨，与驻地领事盘桓，再乘火车进东京，游览上野、芝山等名胜，又访拜维新时日本著名的德川将军之墓，于是一路"望洋观景"，便到达旧金山埠，历经波折与侮辱，总算入关，在冈州会馆、宁阳会馆筵宴了以广东新宁、新会、开平、恩平四县人为多的华商。终于坐上去华盛顿的火车，路上不断被工党为代表的美国人刁难，在洛士炳冷，参观加拿大分界的飞瀑，抵达诗家谷，才到华盛顿，再到纽约，游览博物院。美事未毕，又到法国巴黎游历、日斯巴观斗牛，才回美国，又去秘鲁，再回美国，事毕回国。回京后虽然被参奏，但并未被扳倒，反而"兼佩七个银印"。《宦海潮》在讲述人际关系时，实现了跨地区性、跨国性的超空间想象。张任磐的活动空间不止在国内纵横，还延展到俄罗斯、日本、美国、法国、德国、西班牙，其中在法、德之时，又勾连上近代著名外交人物洪钧、赛金花为原型的洪云（字稚园）、赛金花驻德公使夫妇，以及驻德公使夫妇与俄罗斯暗杀党纠缠不已的关系。可以推测的是，近代广东得风气之先，粤地人物在当时有引领风潮的气概，以粤人张任磐的发迹史牵动京粤两地官场的活络，也是一种成功的结撰方式。

---

① 伯：《冒险小说：片帆影》，《中外小说林》1908 年第 8 期。

二　“山—城—水—海”的空间层次

人地关系形态的三种表现，源于“山—城—水”这三个地理要素组成的立体空间有层次性，这种空间感有疆域意识，构成独立的生存整体；以城市，特别是广州、香港为中心点，通过水路及东南部分沿海浅岸，发散粤人的活动场所，于是有了粤人跨地关系的依托空间，而使这个独立的生存整体有了外界交流的途径；在本土的一体空间中，因着靠海、通洋的自然要素，又将这生息自足、自成一体的疆域空间向海外延展，描绘了粤人的跨海互动关系，因而将“山—城—水”的思维意识发散成具有世界性、环球化的“山—城—水—海”地理空间结构，人在这个层次分明的网络中生息。

“山”主要指广州白云山，或亦及海南五指山，但五指山的描写仅有《唯一趣报有所谓》的两三篇小说涉之。“山”是“山—城—水—海”空间体的支撑点、承重点。近代岭南报刊小说写粤人时不时会“上山”，多为游玩与散心，如“吾”与自欧洲归来的拙公，即“相与作白云之游”①，识英雄的徐柔女小姐也游白云山②，但几乎没有上山“修炼”“归隐”的士人行为。白云山变成时人遣怀的处所，兼有养性释怀的功能。可上山已经不是主流，水上生活才是热闹繁华的。

“水”指珠江，旁涉其支流“西江”“香河”。珠水是粤人生活的重要环境，具有生产生活及娱乐与交际功能，是“山—城—水—海”空间体的脉络，伸展体。《廿载繁华梦》中，周庸祐设立的“谈嬴社”就在珠江边上的龙母庙附近，离谷埠不远。然而，近代岭南报刊小说书写珠江自然环境时，往往只有寥寥数语，如“珠江春夜，明月在水”③ 这样的概叙，或是融入人文气象：“时清风习习，月印波心，画舫兰桡，往来如鲫，红颜翠袖，

---

① 拨弦：《短篇小说：如是观》，《时事画报》1912 年第 2 期。
② 斧：《短篇小说：附骨疽》，《香港少年报》1906 年 12 月 20、21 日。
③ 述奇：《短篇小说：骗上骗》，《时事画报》1907 年第 6 期。

翩翩欲仙。既而锣鼓喧天，鸣声聒耳。”① 将风、月与波心映衬，极是妙境，但在这妙境下活跃的却是聒耳的锣鼓声，令人陶醉的也不是这空灵的月夜波心，而是那些画舫美妓。要找到纯粹描写珠水自然环境的文字不多，倒是浓墨渲染作为“风月”场所的珠水是如何的绵腻，谷埠、东濠、大沙头、鹅潭、花舫这样的意象多入小说，随处是“珠江月夜，雅宴流连，固翩翩裙屐”“谷埠笙歌，连宵达旦，备极一时韵事”② 这样的文字。广州某生新补学官，即时有人招“饮于珠江”，“携妓纵酒”，竟与妻弟发生冲突③。连在画舫上做过校书的商人妾氏，也作“珠湄之游”，“领略珠江风月”④。性情倜傥的张生见时局困迫，放弃人事，竟与二三良友“跌宕其间”⑤。

“云山珠水”之间，有一座宜居城市广州。得天独厚的广州有“负山含海”之势要，成为“山—城—水—海”地理空间层次中的灵魂中枢。《廿载繁华梦》⑥ 即通过人物视角来表达这样的空间感：

> 他（周庸祐）的村乡唤做大坑，离城不远，不消一日，早到了羊城。但见：负山含海，比屋连云，果然好一座城池；熙来攘往，商场辐辏，端的名不虚传！（《廿载繁华梦》第一回）

从佛山村乡出来的人物，向城市进发，着眼所见即是“负山含海”的自然地理布局，“负山含海”的山水要素使之成为宜居城市，为周庸祐在农村无所作为而到都市广州开创新天地埋下种子：环境天成，地质好，地理优越。正是云山珠水的和谐统一，才造就了“熙来攘往，商场辐辏”的人文特点。自然天成的城市环境与繁密的人口，促成商品经济的繁盛，商业贸易场所集散有序，进一步透露出这座城市经济贸易历史悠久，商业思想深厚，

---

① 亚斧：《义侠小说：闷葫芦》，《唯一趣报有所谓》1905 年 11 月 20 日至 12 月 2 日。
② 忏痴随笔：《短篇小说：情天石》，《中外小说林》1907 年第 11 期。
③ 《烦恼秀才》，《安雅书局世说编》1901 年 8 月 16 日。
④ 《负痴情》，《安雅书局世说编》1902 年 1 月 1 日至 3 日。
⑤ 忏痴随笔：《短篇小说：情天石》，《中外小说林》1907 年第 11 期。
⑥ 小配撰：《近事小说：廿载繁华梦》，《时事画报》1905 年第 7 期至 1907 年第 26 期。

与名相实，绝不虚传。凭此可以想象，广州城值得骄傲的要素有：依山傍水的地理环境，人口密集的人文特点，影响远大的商业传统。依山傍水是后两个特点形成的基础条件，后两个因素是依山傍水的必然结果。“云山珠水”风水理念被感知。

“云山珠水”延展开来，交织着“襟江带海”的海洋空间理念。“海”指可由广州、海口、香港通向的海域及其彼岸之地理范围。“海”是“山—城—水—海”空间体中神秘的未知领域，有无限的开发能量。“终南捷径”变成“出洋游学”，不唯功名，“即为利禄计，亦捷径也”①。又如“余”在夏季某日，曾与二三友人游白云山，在能仁寺附近看到了旧时同学，这个同学“自东京归，道经上海”，逗留数月，才抵粤，抵粤的途径是从海上坐轮船而来②，这才是引人瞩目的经历，是在“襟江带海”自然条件下近代化交通线路开拓捷径的结果。因此，海外谋生，海外留学，海外游历成为粤人提升的途径。

“山—城—水—海”几个要素互为联络，互相沟通，互相作用，互相促进，是构成粤人三种人地关系向聚的地理要素。可以看到，人居城中，可上山，可下水，可出海，自由纵横，出入其中。人是地理之生灵、魂魄，地理是人之肌理骨肉，人地和谐，则生灵繁茂，而肌理骨肉康健。这正是近代岭南报刊小说书写人地关系空间思维的理想状态。

三　人文、政治空间异变带来的耻辱感

然而，在当时特殊的政治、文化语境之下，这种理想的人地关系被严重破坏。在航海技术的支持下，海洋时代到来，西方列强强势入侵，粤地空间发生异变，人地失和，浊水横流，恶人横行。殖民势力扩张的路线，正好与粤人开拓海外事业的途径相向：航海而来，潜入珠水，破城而入，强行上

① 伟：《记事小说：樱花梦》，《广东日报》1905年7月28日。

② 彰武：《写情小说：情侠》，《珠江镜》1906年5月27日至6月5日。

山；由此渗透内地，或沿浅海海岸继续北上，霸占商业中心上海，直指政治中心北京。由列强入侵中国的空间地理走势，深深感知着其所带来的人文、政治空间异变激发的耻辱感。

（一）海外：工商受虐之所

靠山山倒，这里的山不再是自然的白云山，而是有政治寓意的清政府。原来“闯南洋”“工美洲”曾意味着勇敢无畏，有冒险开拓精神，可在彼时则变为屈辱，因为清政府无能，无法替他们伸张。

在内，出现了像《烟猪》[①] 所写的投机者陈十三，虽是“宦裔”，但却依赖欺骗手段，设计将大量中国男性贩卖到国外，俗称卖猪仔。鸦片倾销使中国白银大量外流而造成国力削弱的事实不用赘述，再而像《安雅书局世说编》的《琉璃世界》所痛陈的“商于三佛兰昔士哥者，十数年”之商人被鸦片消磨了商业意念，“芙蓉城”使其“平日创业成家”之心置之脑后，工商思想被腐蚀，触目惊心。

在国外，则出现了像在美经商三代、历百年的老华工李荣那样的惨史，在苛刻的美禁华工条例中，华工备受虐待，无法得到公平、公正待遇，美国能够肆无忌惮地卸磨杀驴，完全是因为当时中国国力太弱。广东新宁人氏李荣七十四岁，到美国从业已经六十年。叙其家族在美为工历史，实际上正是广东人旅美做工的缩影：“先父李洪自美国华盛顿开国时，已自航海来美，父子相继，在美已百年。”甚至李荣已在美娶妻生子的事迹也与历史相符，至于“美人开国，没一事不靠华人之力，从前开采矿务，采伐森林，垦辟荒芜，统通是靠华人的。因是美人自畏山岚瘴气，又利我华人工值较廉，就请华人到来，做他的开荒牛马”，本是两相情愿、互惠互利，但李荣声言悲惨事件发生的根源在于，这时“中国没什么工艺安置国人，就令国人要流离异国”，再沉痛谴责美人“商场盛了，工人多了”，“就把我华人来驱的

---

① 述奇：《烟猪》，《时事画报》1907 年第 15 期。

驱，虐的虐”，因此“恼我们中国做官的没点子心肝，替我们华侨争点气”（《宦海潮》第廿二回）。

曾经使粤人自豪的海外工商历史，变成了血泪的控诉。美人对华工由原来的“依靠”“欢迎”变成驱赶、虐待，其国际地位可谓“一落千丈”[①]，“海”途渺茫。

（二）珠江：浊水横流之地

珠水是粤人生活的重要环境，但纵览近代岭南报刊小说，沉迷在珠江上的男子，唯纵情声色，不谈国事。正如小说所言，“虽拨西江之水，莫涤斯耻”[②]，同样，“决珠江之水，不足以湔其羞”[③]。“珠江夜月”的美好不再。七夕之期，粤省水灾，波及银河，牛郎织女，只能望洋兴叹。人间所养之牛尽宰以作牛扒，而织女所织之布被强行用于“赈灾”，二人相会，有沧海桑田之叹。省港风飓之尾，竟将牛郎之老牛吹过河，将牛郎吹到欧洲，将织女吹至美洲，永无见期[④]。省港空间被自然灾害侵蚀的同时，也为人祸所笼盖，悲剧气氛笼罩其间，已无和谐宜居的影子。珠江边上，时“有客由港来省”，于是某协戎派侦探在轮船上侦探人客[⑤]，无能、无耻的侦探形象出现在珠水轮船上；当然，香港也在海滨建设木屋，一旦省轮泊岸，截下乘客行李，一一穷搜，那些凶悍的烟缉捕，有印人，有华人[⑥]。人地失和，正在加剧。

《时事画报》的小说《警警警》[⑦]，以白描手法，绘制了珠江江面上一

---

① 《半星期报》有《离奇小说：一落千丈》（署名：治惧），盛赞广东恩平人谢允及其族兄谢佳，二人在美利坚加罅宽尼埠经营矿业，富于鲁滨逊式的冒险精神，但暴富的光鲜历史背后却有无限辛酸血泪，寓意“一落千丈”。见 1908 年第 1—12 期。

② 耀：《近事小说：淫贼》，《社会公报》1907 年 12 月 27 日至 30 日。

③ 业：《短篇小说：孽》，《中外小说林》1906 年第 6 期。

④ 劳人：《短篇小说：明日黄花之七夕谈》，《时事画报》1908 年第 16 期。

⑤ 劳人：《短篇小说趣致小说蠢侦探：轮船》，《时事画报》1909 年第 7 期。

⑥ 哲：《戒烟小说：烟缉捕》，《广东戒烟新小说》1909 年第 9 期。

⑦ 喆：《近事小说：警警警》，《时事画报》1908 年第 2 期。

场“声势浩大”的捕“盗”行动图。其时，一河两岸，如蚁集的群舟往来其间，这是远景布设。有一只可容三四人的小艇，不时巡逻、检查群舟，这是近景布设。这时候，听到水巡官徐士龙严厉地呵斥“可疑”的舟船，给人刚正不阿的错觉，这是特写镜头。又用简洁的语言，放大巡兵连贯一气的动作，“拿”“锁”“搜”，仅三言而绝不多用一字，干净利落，这是专门追踪的连续动态画面。几个变换的视角参与讲述，使白描的珠江水面有了层深感。为首领者命令干脆，为随从者执行有力，似乎要向人讲述严吏精兵守卫珠江水面安全的丰功伟绩，但实际上却是欲抑先扬，果敢的首领、迅捷有效的形象在结尾处被彻底颠覆，因为这是徇私枉法、虎狼般的官吏。到了晚上，官吏与巡兵热烈地讨论如何分配白天的“战利品”，却发现战利品太多了，“沽之”“半充赏”之后尚有余不少，又“瓜分”之，还不能尽行处置，不用亲眼所见，就能想象这帮官吏到底刻剥了多少财物。言简而意未尽，尾声运用反讽的手法，简略概写“珠江春暖，何可虚负”的情节，揭露官吏用剥夺来的余资，尽购花地之烟花（买妓寻欢）以作乐的残酷。由白天的珠江、及暮的珠江，写到“至夜”的珠江，地点不变，时间在变，人物行为在变，人物品性在这变化当中不待言而原形毕露。“大放烟花”四字，给人浓烈的哀感，似为“无力买田聊种水，近来水面亦收租”（范成大《夏日田园杂兴十二绝》其十一）的再现。珠江，在这篇小说中便具有了典型环境的意义。可以想象，在徐士龙这种巡吏的魔爪下讨生活，会是什么样的局面。甚至有良人女子主动要求丈夫将自己卖到“水面蓬寮之下乘烟花地”作皮肉生涯“以为快”① 的，人性扭曲如此，灵魂龌龊如此，唯与浊水同流。

浊水横行，物欲泛滥，折射到小说中，或化为寓言，或化为幻象，成了“香海车尘”。从濠镜（澳门）而来的“天生尤物”，“假道向香河小住”，“中华酒店”的文学形象，“西餐”的供应，“长安市上，花枝任过客同攀”“郑庄”② 等文字，色欲氛围浓郁，冲击人心。“水”路不通。

---

① 耀：《讽世小说：猛回头》，《中外小说林》1908 年第 6 期。

② 过来人：《短篇小说：香海车尘》，《国民报》1910 年 7 月 23 日。

（三）租界：楔入中国心脏的钝器

海洋域外的拓展，给中国岭南输送了新风气，使广东成为“得风气之先”的宝地。但同样给中国殖入最早的租界，致使政治空间异变，进一步引发中西冲突。殖民势力强行楔入粤地空间，香港租界与广州沙面租界的杵立，打破了空间的纯粹性，无疑正抓住了时代痛点，悲愤之情油然而生，特别是看到沙面一带，“连水面都归他管，不准华船停泊，要先去问洋人讨了人情纸，方可暂时寄椗”，痛心地指出“这也是喧宾夺主之现象”①。殖民思想甚至驯化了香港、广州二城的民心，如周庸祐竟厚颜无耻地声称：“俺在香港的时候，多过在羊城的时候。我是向受外人保护的，难怪我要帮助外人。”（《廿载繁华梦》第二十回）“受外人保护”成为傲慢的资本，周庸祐骨子里的优越感膨胀，令人寒心。香港与广州，是西风的入口，又是东风的出口，一方面，西方事物由海入水，由水上城、进山，沿海又一路北上福建、上海、天津、北京等地，逐渐渗透内地，在这过程中，混杂着原生粤地重商文化、传统中原文化与资本主义殖民文化的气息，在接触交融中产生碰撞，引发了冲突。清政府的统治权力也受到冲击，此时“香港已属英人管辖，两国所定的条约，凡捉人拿犯，却不似今日的容易。所以傅成到了这个所在，倒觉安心，便寻着亲朋好住些时”（《廿载繁华梦》第一回），傅成有恃无恐，凭借的是英人之势力，因为香港是由英人管辖的租界，以英国法律体系管治社会，独立于清政府的治理体系之外，殖民法律文化在香港得到维护，清政府传统的法律精神在香港失去话语权。“城”已失落。

山倒、海渺、水塞、城失，原来的“山—城—水—海”空间层次秩序紊乱，人居所依托的理想空间已受损，理想中的自然地理被打破，人地关系失和，深入粤人内心的耻辱感渗透到近代岭南报刊小说中去。于是，生出了重构可自新的地理空间层次关系的理念，这个问题将另文论述。

---

① 古之伤心人：《亚东潮》，《砭群丛报》1909年第3期。

四　人地关系书写的意义

考量近代岭南报刊小说讲述人地关系的空间思维，联系当时特殊的政治、文化语境，实际上能更好地梳理其历史、社会、文化思维，能更好地理解作者的时代情感。在空间位置组织、地域文化传承和城市形象塑造中，助推良好社会人文氛围的形成。粤地地域文化或粤人的精神品质传播到粤地之外，到京城，到国外；塑造了勇于探索、敢于承担的粤人形象，粤人形象的这些特质，也是整个近代中国呼唤的品质：开拓创新精神。至少在粤地这片天空下，有了这样的意识与思维，并以实际行动寻求强国富民之路，以赢得世界地位。同时也批判了这个时期人性之丑陋，或揭露官场之腐败，这既是岭南的陋质，也是整个近代中国的恶疾。特定的时代背景与特定的历史环境，是塑造典型人物的基础，用此理论考察具有岭南地域特色的人地关系，并不过时，相反，这才使其时代特色、历史意义得以彰显，才能立体化地投射出近代岭南报刊小说的区域性、近代性、国际性本质。

首先，独特的“山—城—水—海”空间网络突出了粤地具有地域性的空间感。大量本土作家投入小说创作，并发表在粤地报刊中，使得叙述视角发生了巨大的转变，由古代非岭南人想象岭南蛮荒及异方风物，变成了写实的人、物、事之相互关系，珠水船家、陆上街市、骑楼风情，在山城水海中摇曳，给人浓郁的家园感、地方感。这种形象跃然纸上，贯注着家国情怀，令人至今读来还有时代感。近代岭南报刊小说以广州—香港双城为中心，勾连岭南各域，甚至北京、上海，直到海外，广州与香港两座城市、省会广州与广东其他各地之间，岭南与中国其他各地、岭南与海外各地之间往来交替，使其交流空间具有了多维性。近代广州、香港作为南方城市，依凭靠海、通洋的地理优势，形成极大的吸附力，同时也有极强的辐射力，使人的活动空间具有广延性。

其次，在勾勒鲜明的“山—城—水—海”的地理空间层次时，散发出对当时社会、政治空间深重的忧患意识。粤地居民借用“山—城—水—海”

的地理优势，扩散着有独特的水陆居所环境中形成的重商、务实传统，但在殖民活动不断扩张的形势下，无论是上层社会还是底层百姓，均在吸食鸦片、卖猪仔的恶雾中负重前行，同时还要承受巨大的外交屈辱带来的经济后果。见微知著，彼时的岭南情势，无疑正是当时中国的普遍国情。

再次，正确评估了广州、香港在彼时的国际形势，并认清了广州、香港的国际地位。香港是西方殖民势力在中国割去的肥肉，将其培植成蚕食中国内陆的牢固据点，触角伸到广州，向其他地方蔓延。基于香港的港口优势，客观上成为中西商品贸易的集散点，香港便由一个渔村逐步迈进东方最重要港口城市的历史，正因为如此，香港又成为中国留学、外交的重要中转站。大凡出洋留学，驻守外洋官吏出海，必经香港，再行出海。这种形势与地位又是中国当时的国际形势与国际地位。如果说北京是当时的政权中心、上海是后来居上的商业中心的话，那么，香港与广州则是最早的国际中心，是最早的东方港口，是最早可以自由联络东西方的港口城市，成为现代“北上广”格局的早期形态。

国际视野

从文学地理学的角度解读韩国大邱之空间

郑羽洛　全雪莲*

一　地域学与地域空间

最近，地域学逐渐成为韩国学界的热点。地域学是以特定地域为中心而形成的多样学问，它包括文史哲以及医学、工学等近代所有的学科。对地域学的关注，基本上是为了对应以中央为中心的学问权威。同时，也是为了确立地域的正体性并复原学问生态。因此，地域学具有两种含义。第一，依据地域所具的特殊性来把握地域的正体性。第二，在韩国全国的范围内确立地域所具有的普遍性。

地域学是近代的产物。随着资本主义的发展，在"发展为主"这一系统的作用下，逐步形成了中心与周边的等级，随之产生的副产物便是地域的问题。事实上，近代以后人和物资源丰富的地域成了中心地段，中心与周边的等级已经形成。因此，地方地域被疏远了。因中心部的膨胀和周边部的贫困形成的近代资本使得地域有了新的自觉。对于韩国来说，是首尔中心主义。从世界来说，是美国中心主义。这些主义搅乱了学问生态界。如今，我们不能再默认如此之现状。

* 郑羽洛，韩国庆北大学国语国文系教授；全雪莲，韩国庆北大学国语国文系博士。

地域学也是微观史的产物。20 世纪后期，韩国学界随着对文学领域关注的扩大，逐渐接触到了历史学界的新潮流——微观史、新文化史。这样的学术潮流区别于国家主义或民族主义所推崇的近代历史态度，它更关注少数人的日常和他们的内心世界。① 因此，我们开始挣脱出以中央为中心的近代谈论方式，继而探讨文化具有的复合性、多样性、总体性。这也避免了疏忽主流文学史或曲解文学史的前辙，同时也为地域文学注入了新的生机。

地域学重视“脚踏地”。脚踏地指自己脚踩的大地，所以其又指自身所生活的地域空间。一个人虽然会跨地域生活，但也在一定的地域出生、长大、娶妻、生子，等等。这些日常与其地域的自然环境和社会环境息息相关，所以人们经历斗争与和解、欢乐与愤怒、价值与挫折的同时也创造了地域文化。文学是反映相关文化的载体，所以，地域文学是载有地域文化的重要资具。正是考虑到这点，我们需要关注地域的空间、文学与文化。这里所说的空间具有文学生成空间的技能。

人间均受时间和空间的支配，人间和时间，以及空间构成了“三间论”。② 三间论与三才论一样，在理解人与世界这一论题上被重视并运用。以人间为中心，可以考察时间和空间的变化。以时间为轴，可以考察人间和空间的变化。以空间为中心，可以考察人间和时间的变化。就像过去和未来一样，时间是可以上下流逝的。空间如同此地和彼岸一样，可以左右窜动。时间的流逝和空间的变化是为了理解人间，所以讨论时空，归根结底是为了理解人间。

为了理解文学生成空间，我们需要考虑文学地理学。文学地理学不单是“文学 + 地理学”，更是“文学地理 + 学”的概念。地理是地理空间乃至地

① 关于文学与微观史关系的论述请参见白承锺的《汉文学与微观史的华丽碰撞》[《东洋汉文学研究》第 24 辑，（韩国）东洋汉文学会 2007 年版]。

② 关于三间论，请参见郑羽洛的《德川书院，阐明敬义学的文化发电所》[《德川书院》，（韩国）韩国学中央研究院出版部 2018 年版]。

理环境，所以文学地理学主要探讨地理环境对文学的影响或地理环境在文学上的体现。关于文学与地理空间，中国广州大学的曾大兴教授进行了深入探讨。曾大兴教授将文学地理学定义为文学与地理环境的关系，并揭示其研究的内容为：文学与地理环境的关系，作家的地理分布，文学作品的地理空间，文学的接受与扩散，文学景观，文学区，等等。①

人在时间和空间内存在。以此来看，文学研究可以以时间为基础，也可以以空间为基础。前者可称为文学史，后者便是文学地理学。如此看来，文学地理学是作家所具有的空间感性之产物。曾大兴教授认为空间感性是作家的地理思维和文学思维的统一体。其结果，文学地理学便可以认为是探寻对文学影响巨大的地理空间和作家的文学反映的学问。这不仅在“韩国”或“岭南”等地域单位上有所体现，而且在“岭南楼”或“观水楼”等具体景观上也有具体的体现。作家用感性认知空间，其认知用美的构造被创作出来。

地域学排斥“中心与周边”“西洋与东洋”等二分法的思考模式，因为“中心”和“西洋”也无外乎一个地域。地域学也不认同“近代与前近代”“文明与自然”等对立模式，因为不管哪两项，都是一边接受一边否定。我们在接受和否定的过程中，便会将我们踩着的脚踏地理解为文学的主要生成空间。我们应该摸索地域间的联系，并且揭示出共存和相生的发展模式，因为学问生态界会因此而复原。

二　大邱空间的文学地理学探究

韩国大邱以大邱盆地为中心，分为北部山地、南部山地、中央洼地。北部山地是以八公山丘形成的环状山脉，南部山地以西南的琵瑟山为主峰，前山丘和最顶山丘，以及龙池山丘相连接。中央洼地属于大邱盆地的盆地床，琴湖江一边向北流，一边与南川、栗川、不老川、桐华川、新川、八莒川、

① 曾大兴：《文学地理学概论》，商务印书馆 2017 年版，第 3—4 页。

达西川、伊彦川等合流，最终在达西区巴湖洞附近流入洛东江。考虑到大邱的此种地理情况，本文试图以文学地理学对大邱盆地、北部山地、南部山地、中央洼地进行论述。

首先，关注于大邱盆地的代表作为徐居正（1420—1488）的《大邱十咏》，即："琴湖泛月""笠岩钓鱼""龟亩春云""鹤楼明月""南沼荷花""北壁香林""桐寺寻僧""橹院送客""公岭积雪""砧山晚照"。吴翻（1592—1634）等人对十景进行过次韵诗的创作与论评，但是这十景中的每一景都是重要的文学景观。我们仅以达成馆东侧的琴鹤楼为例进行分析。

序号	作家	作品	出处
1	金宗直（1431—1492）	"和兼善送郑学谕致韶之大丘"	《占毕斋集》卷1
2	鱼得江（1470—1550）	"琴鹤楼有得呈主人崔允孙，比安县监朴亨幹"	
		"琴鹤楼"	
		"琴鹤楼呈主人崔允孙"	
3	金克成（1474—1540）	"大邱琴鹤楼次韵"	《忧亭集》卷3
4	俞泓（1524—1594）	"次大丘琴鹤楼韵。奉太守朴公元"	《松塘集》卷1
5	许震童（1525—1610）	"琴鹤楼赠南岳"	《东湘集》卷4
6	具凤龄（1526—1586）	"送朴直讲之任打城承侃"	《柏潭集》卷4
7	权文海（1534—1591）	"偶吟"	《草涧集》卷1
8	姜沆（1567—1618）	"长沙馆别成吏晋善"	《睡隐集》卷1
9	姜锡圭（1628—1695）	"送庆尚都事沈汝器枰"	《聱齖斋集》卷3

琴鹤楼为大邱邑知军事琴柔于1425年营造。根据金铫的《琴鹤楼记》中的记载，琴柔执政之时，邑内有琴湖之名，楼似鹤在飞舞，故而得名"琴鹤"。姜进德形容琴鹤楼时说道："地大人居密，楼高眼界明。"① 如上所示，自朝鲜初期开始，文学景观琴鹤楼就激发着作家们的想象力，并一直

① 《新增东国舆地胜览》卷26，《大邱都护府》。

持续到朝鲜末期。并且，上表的调查只不过是其中一部分而已。琴鹤楼适于远眺四方，也容易引起旅人的客愁。

鱼得江曾写下诗篇：“维岭东南路，州治是阙中。楼观六州尽，湖受万源穷。公岳云生白，倻山日入红。倩谁描画得，卷却与俱东。”① 此诗首联交代了大邱的位置，颔联和颈联描绘了在琴鹤楼观赏到的近景和远景，尾联写了作者的心境。由此可见，琴鹤楼作为文学景观毫不逊色。楼位于“州治”之中，在楼上可以观赏到各郡邑、琴湖江、八公山、伽倻山等风景。具凤龄也描绘到：“公岳翠摇轩户满，新川光衬几楹多。”② 在大邱，类似琴湖楼的景观不在少数。以此来看，我们可以将大邱看作一个巨大的文学生成空间。

其次，北部山地的代表八公山。八公山是守护国家的山神信仰之地和个人修炼之地，它也创造出了与桐薮大战相关的传说故事。在壬辰倭乱之时，大邱人隐匿于此，召集义兵抗击倭寇，以此被称为“护国之山”。在战争与治愈的过程中，八公山形成了佛教的药师信仰。又如崔兴岦写的《游八公山记》，先儒们通过游山来领悟仁智之意。再如漆谷村等村落分布在八公山脚下，八公山增加了一层日常空间的色彩。特别值得关注的是《三国遗事》中《心地继祖》有关桐华寺的缘起传说故事，此传说反映着大邱文化的原型。其主要叙事段落摘录如下：

1. 真表律师在俗离山吉祥寺召开向永深传达佛骨简子的果证法会。

2. 在八公山修炼的新罗第41代宪德大王的儿子心地也参加了果证法会。

3. 法会结束后，两个佛骨简子跟随心地返回八公山。

4. 心地将佛骨简子归还永深，但佛骨简子一直跟随心地。在得到永深的许可后，心地将佛骨简子插在头上返回了八公山。

---

① 鱼得江：《灌圃诗集》，《琴鹤楼》。

② 具凤龄：《柏潭集》卷4，《送朴直讲之任打城承侃》。

5. 八公山的山神迎接永深，它们伏在岩石上接受正戒。

6. 心地和八公山神一起将佛骨简子向西扔去，并在着落点创立了桐华寺。

新罗宪德大王的儿子心地在15岁时脱俗并在八公山修炼佛道。上面叙事段落讲了“真表—永深—心地”传达佛骨简子的过程，心地将真表律师视为“祖”而接受其精髓创立了桐华寺。《心地继祖》中还有一段话对于理解八公山和大邱地域十分重要。[①] 山神代表着当时的传统信仰，心地代表着佛教信仰。佛教的传入，往往伴随着牺牲，比如新罗的“异次顿殉教”。但是，八公山的情况却与之相反。因为八公山的山神们带领着仙子迎接佛骨简子和心地，并且心地坐在高高的岩石上，山神们在岩石下面接受正戒。我们通过这些记录，可以发掘八公山的文化原型。即传统信仰和佛教信仰的会通精神以及接受正戒的秩序意识。我们可以把会通精神和秩序意识看作大邱精神的原型。

再次，南部山地的代表琵瑟山。琵瑟山是一座横跨庆尚北道清道郡北面和大邱市达成郡嘉昌面、玉浦面、瑜伽面的山。其在儒教的层面来看是以理学和忠义为基础的，这是因为其山下有被称为朝鲜道学鼻祖的金宏弼（1454—1504）和供奉金宏弼的道东书院。壬辰倭乱之时率先起义抗争的郭再祐（1552—1617）和金忠善（1571—1642）等也是在此地活动的人物。

从佛教的角度来看，琵瑟山可以看作“一然之山”。1227年，22岁的一然僧科及第，他最早出任的地方便是琵瑟山宝幢寺。之后，一然相继在琵瑟山妙门庵和无住庵任职。在1249年，一然离开琵瑟山，在南海的定林寺、开京的禅月寺、宁日的吾鱼寺等地任职。在一然离开琵瑟山15年后，59岁时重返琵瑟山仁弘社。纵观一然在琵瑟山的经历，其第一次在琵瑟山任职

---

① 一然：《三国遗事》卷4，《心地继祖》，“地顶戴归山，岳神率一仙子，迎至山椒，引地坐于岩上，归伏岩下，谨受正戒。地曰：今将择地奉安圣简，非吾辈所能指定，请与三君，凭高掷简以卜之。乃与伸等陡峰巅，向西掷之”。

22年，第二次在琵瑟山任职13年。当时，一然在琵瑟山收集传说故事并收录在《三国遗事》。

1. 罗时有观机、道成二圣师，不知何许人，同隐包山。机庵南岭，成处北穴，相去十许里，披云啸月，每相过从。成欲致机，即山中树木，皆向南，而俯如相迎者，机见之而往。机欲邀成也，则亦如之，皆北偃，成乃至，如是有年。①

2. 今山中尝记九圣，遗事则未详，曰：观机、道成、搬师、楪师、道义、子阳、成梵、今勿女、白牛师……搬音般，乡云雨木，楪音牃，乡云加乙木。此二师久隐岩丛，不交人世，皆编木叶为衣，以度寒暑，掩湿遮盖而已。②

通过以上文献，我们可以知道在琵瑟山隐居者有九人，他们都是与自然会通之人。观机和道成有以树送情的能力，搬师和楪师以树叶为衣，同样展示了与自然的会通性。因此，一然也说道："尝闻枫岳亦有斯名，乃知古至隐伦之士，例多逸韵如此，但难为踏袭。"③ 这可以说是人为了与自然会通达到原始的合一而做出的努力和结果。

最后，琴湖江和洛东江为中央洼地。琴湖江流入洛东江的区域非常开阔，以至形成湖水，人们称之为"西湖"。④ 其沿岸有孤山书堂、研经书院、泗阳书院、龙湖书院、仙槎斋、伊江书院、伊洛书堂、琴岩书堂等书堂或书院，还有峨洋楼、小有亭、狎鹭亭、洗心亭、花树亭、唤惺亭、黄氏同源阁、观鱼台、浮江亭、牙琴亭、暎碧亭、霞鹜亭等楼亭。其中小有亭的建造者有些争议，但是朴仁老到访此地并作《小有亭歌》，因此小有亭名声大震。

---

① 一然：《三国遗事》卷5，"避隐"第八，"包山二圣"。

② 同上。

③ 同上。

④ 因联想到位于中国杭州西边的西湖，以及交汇处西边有琴湖江，所以命名为"西湖"。郑逑的弟子都圣俞作有"西湖舟行赋"。

小有亭目前认为是于1561年由蔡应麟建造的，但是目前只存有狎鹭亭。狎鹭亭内侧墙壁上挂有草书书写的匾额，上面记录了其周边的情况。《小有亭歌》也将亭子的位置与周边景致进行了形象化。在1617年9月4日，郑逑从东莱温泉沐浴归来的路上，与其弟子和蔡应麟的儿子蔡先吉、庆尚监事尹暄等在小有亭共进午餐并停留半天。

洛东江与琴湖江本身就是文学创作的对象，江心也是船游的空间。再有，朝鲜时代诸多先儒沿江创作九曲诗歌，如：都锡珪的《西湖屏十曲》、俞成圭的《云林九曲》、申圣燮的《卧龙山九曲》等。关于两江代表的诗会有：郑逑的观鱼台船游、徐思远和张显光等郑逑弟子23人于1601年3月23日举办的琴湖江诗会①。由此来看，以琴湖江和洛东江为中心形成的感性空间成了理解大邱文化创作的重要窗口。

大邱是一个文化空间，也是一个充满活力的文学生成空间。类似大邱十景的十景诗、八公山和琵瑟山传说故事中反映出的大邱文化原型、在琴湖江和洛东江形成的讲学文化和诗会文化等。而这些空间都是理解大邱的学术文化和空间感性的重要突破口。以此，以文学地理学来探究是一个非常重要的方法。

三　关于大邱空间研究的展望

近代文学的研究人员以对地域的深刻认识为前提来保证其学问领域。文学创作界也创立《分断时代》和《人的文学》等来凸显地域学的性质。与此相比，古典文学的研究人员只是在个人的层面来研究地域人物和地域作品。虽然大邱市或各区也在收集整理其地域的传说故事和文化遗产等，但这些也比较单一。考虑到此点，运用文学地理学的方法重新探讨大邱的空间是有必要的。

静止不动的是山，流逝不止的是水。八公山和琵瑟山静止不动，洛东江

---

① 琴湖江诗会后，留有《琴湖同舟咏》。

和琴湖江流逝不止。歌唱和记录大邱的作家们因这山水而激发起空间感性，在山水间的书堂和楼亭也成了他们主要的创作对象。就像前面提到的一样，僧侣一然用会通的视角审视八公山和琵瑟山，他传达了传统信仰和佛教信仰的会通，也传达了人和自然的会通。洛东江和琴湖江也是如此。在朝鲜时代，先儒们跨越江河进行退溪学和南冥学的会通，沿着江河进行岭南学和畿湖学派的会通。会通是两种要素的碰撞从而产生新的秩序和文化，所以会通不同于单纯的疏通。

大邱文化的会通性在《蓬山浴行录》中有很好的体现。《蓬山浴行录》记录了郑逑于1617年从琴湖江边泗阳书院出发前往东莱温泉沐浴的过程。我们需要关注的是，花潭学的继承者尹孝全（1563—1619）出入郑逑门下的事情。郑逑离开东莱温泉后，途经梁山、庆州、永川之后返回大邱。尹孝全于8月28日派人问安，9月1日在庆州的奴谷川边设帐幕迎接郑逑。他亲自前往向郑逑进献果品和午宴，款待至极。尹孝全还一直陪郑逑到永川。

> 1. 黄昏，观村家举灯后，以肩舆下山，入寓仙桃观。观在衙内，盖府尹为奉亲新创，故名以仙桃。主尹，待先生极其诚敬，亲执弟子之礼。①
>
> 2. 黄昏投宿于道川郑湛氏之庐，郑宗胤子长，孙瀣叔浩，郑弘道景中，朴点圣与，朴文孝伯顺，郑继道行可，成以直汝方，来谒。府尹，奉先生讲论，夜深而罢。②

通过以上资料，我们可以得知尹孝全敬执弟子之礼并跟随郑逑进行讲论。以此来看，我们可以确认花潭学和寒冈学的会通。尹孝全别过郑逑后，还通过书信请教疑难问题，甚至还两次前往泗阳书院拜访请教郑逑。1619年，尹孝全在庆州官衙去世，郑逑在为其作的祭文中写道：“尤谨于

---

① 《蓬山浴行录》1617年9月1日条。

② 《蓬山浴行录》1617年9月2日条。

礼，惧不克遵。公不鄙我，有疑必询。我惭谀闻，无以倾困。情义日亲，切切訚訚。”①

正祖年间制作的《达句长轴》也体现了大邱地域文化的会通性。1783年，李德懋、成大中、洪元燮、李秉模、郑持淳等首尔官员和在地方活动的文人金得厚、元得鼎等互相唱和，并作成诗轴《达句长轴》。在洪元燮的序文中可以得知诗轴创作的过程。我们通过其序文可以发现官员和儒士、首尔文人和地方文人之间诗才的会通。洪元燮形容道：“此事百年天一与。”成大中的儿子成海应在其行状中写道：“峤南盛事。”

关于地域学研究的历史已经很长，但针对在大邱这一空间里生成的古典文学的正式探讨还没有起步。所以我们提出这样的问题，将“大邱”视为文学生成空间，并用文学地理学的视角去深入研究。

① 郑逑：《寒冈集》卷12，《祭尹庆州孝全文》。

鹤菴申圣燮的《卧龙山九曲歌》所反映的空间形象与其文化意蕴

曹有泳　金东演*

一　序论

对于朝鲜朝的先儒来说，武夷山是他们尊崇的朱子生活和学问的象征。朱子在武夷山营建武夷精舍，顺着溪流经营武夷九曲并创作了《武夷棹歌》，这些都成了朝鲜朝先儒的追求。因此，他们仿效朱子，在自己的藏修处建造精舍，并在周边溪谷设定九曲。他们在这种环境下进行讲学和修养，他们的这种生活方式用多样的艺术形式来具体表达。其中，视觉艺术“九曲图”① 和语言艺术“九曲诗歌”② 是比较典型的。由此可见，朝鲜朝的九曲文化虽然始于朱子的武夷九曲和《武夷棹歌》，但是朝鲜朝的先儒因地制宜而创造出了特有的文化。

九曲文化始于朝鲜朝中期的士林派，而这种文化一直持续到近世。这种时间跨度是值得我们关注的。目前，我们可以查到最早记录朝鲜朝九曲文化

---

* 曹有泳，韩国国立庆北大学国语国文系 BK21PLUS 事业团签约教授。

① 关于朝鲜朝九曲图的研究，尹珍英的《朝鲜时代九曲图研究》（硕士学位论文，韩国精神文化研究院，1997 年）和尹俊英的《关于九曲图的产生和技能》（《考古美术》1981 年第 151 期）是其中的代表。

② 九曲诗歌包括汉文九曲诗和韩文九曲诗。

的文献是15世纪后期岭南密阳朴龟元（1442—1506）的文集，他营建了姑射九曲。16世纪后期，李珥（1536—1584）营建高山九曲并创作《高山九曲歌》。之后，九曲便开始以畿湖地域为中心多方面地展开了。朝鲜朝后期，岭南地域的九曲文化有了进一步的发展。与此同时，朱子性理学的影响逐渐减弱，这种情况一直持续到进入近代社会的20世纪初期。

本文探讨的鹤菴申圣燮（1882—1959）的卧龙山九曲是20世纪初在岭南地域营造的，其文集中记有《卧龙山九曲歌》[①]。目前，通过文献可以确定的大邱地域九曲有：聋渊九曲、云林九曲、守南九曲、卧龙山九曲，这些九曲都是依托大邱的名山名水而营建的。其中，申圣燮的卧龙山九曲是最晚营造的。因此，卧龙山九曲和《卧龙山九曲歌》在地域文化史上具有重要的意义。

本文旨在通过探讨卧龙山九曲和《卧龙山九曲歌》来把握大邱地域的九曲经营和九曲诗歌创作的实际情况。具体来说，本文主要考察《卧龙山九曲歌》所反映的空间形象和其中蕴含的作家意识。相信通过这样的分析，可以理解朝鲜朝九曲的文化力量。

二 申圣燮的卧龙山九曲经营

申圣燮的籍贯是平山，其为高丽开国功臣申崇谦的后代。申圣燮于1882年出生，在当时的大儒宋浚弼（1869—1943）门下修学。他自幼熟读圣贤之书，非常刻苦。在为人处世上，总是恭敬谦虚。申圣燮虽然家境贫寒，但在接待宾客时毫无怠慢，他一直奉承“孝友”持家。韩日合并后，世道大变，申圣燮返乡后便与世俗之人不再交往，只与志同道合之人游览山水。在其晚年，致力于培养后学并编著箴铭。申圣燮于1959年去世，享年77岁。可以说，申圣燮一生生活在乱世中。

因日帝占领，国家处于危难之际，申圣燮一直坚持儒家的出处观。孔子

---

① 申圣燮：《鹤菴先生文集》卷1，《诗》。

说过："天下有道则见，无道则隐。"① 朝鲜朝先儒将这一出处观与现实相结合，从而成为他们生活的标准。当然，申圣燮也不例外。他看到自己的国家被掠夺，毅然选择隐居。他所经营的九曲也有当时先儒的影子。②

亢尘离俗入山遁
心事效来太古人
房头迎月怀诗旅
壁畔藏书诵圣人
柳阴深处隐闲人
室中勤习春秋节
箕子乾坤守分人③

1925年，44岁的申圣燮移居庆尚北道漆谷郡黄鹤山南部的上枝洞。他建筑漆田书斋，并在此度过了余生。如此来看，上面的《山村幽居》一诗应该写于移居上枝洞之后。首联写作者离开俗世，效仿太古人到山中隐居。颔联和颈联描写了隐居之人的朴素生活，尾联强调了守住春秋节义。申圣燮在最后提到箕子，这是有实际意义的表述。殷朝的箕子将中华之道传入朝鲜半岛，因而受到无比尊崇。申圣燮借箕子隐喻当时的朝鲜。箕子的守道便是当时儒生们的自我认识。

鹤菴高卧有何成
梦得羲皇太古情
山月横窗凉竹簟
松风吹户奏琴声
阅书圣迹还多觉

---

① 《论语·泰伯》。

② 在日帝强占期，接受性理学的知识人大概选择了两条路。其一，高举春秋大义和节义精神而积极进行独立运动。其二，守护儒家之道而隐居山水。

③ 申圣燮：《鹤菴先生文集》卷1，《诗·山村幽居》。

种药春田自足生
谁谓如吾无一事
观鱼前水洗心清[①]

此诗也是申圣燮隐居之后所作。首联写其通过隐居获得了中国古代圣王羲皇氏之心，这种心境是忘却俗世而得到清闲的境地。因此申圣燮想要强调的是，可以通过隐居于山水之间获得圣人之心。领联和颈联对这样的心境有具体描写，如：山月、琴声、阅书、种药……这种生活不拘泥于人的欲望，可以说是秉承天性的太古人的生活。尾联再一次强调了隐逸山水并非无意义之举。如上所示，申圣燮通过隐居山水洞察天理，通过阅读经书学习圣人，其最终要坚守自身的本性。申圣燮追求的学问陶冶和心性修养可以说是朝鲜朝知识人的典范。特别是在近代转换期这一特殊历史背景下，申圣燮营造卧龙山九曲并创作《卧龙山九曲歌》这一举动便很容易理解。

申圣燮经营的卧龙山九曲是在大邱市西面的卧龙山和琴湖江下流设定的。卧龙山是海拔 300 米左右的小山，因山的形状似卧龙，所以很早人们便称之为卧龙山。[②] 再者，卧龙山对大邱达成郡玉浦邑出身的申圣燮来说是再熟悉不过的了。所以，卧龙山九曲应该是其移居漆谷之前设定的九曲。

朝鲜朝的文士仿效朱子在武夷山水间设定九曲，他们也在朝鲜的山水间营建九曲并创作九曲诗歌。朱子在武夷山逆流设定九曲，朝鲜朝的九曲也大多类似，属于逆流营造的九曲。朱子设定的武夷九曲和创作的《武夷棹歌》有着重要蕴意，特别是第九曲“别有天”[③]，因为它可以用修养论来诠释儒家的理想之地。逆流而上，有寻求“源头”之意，这也是恢复人间本性之意。人最初的本性如同源头之水清澈纯净，就像水的下游被污染一样，人也会受外界环境和欲望的影响而迷失本性。就像朱子的《观书有感》里将人

① 申圣燮：《鹤菴先生文集》卷 1，《诗・鹤菴元韵》。
② 《大邱邑志》，“卧龙山在府西十里，下有玉渊，龙出其渊，故世以为名”。
③ “九曲将穷眼豁然，桑麻雨露见平川。渔郎更觅桃源路，除是人间别有天。”

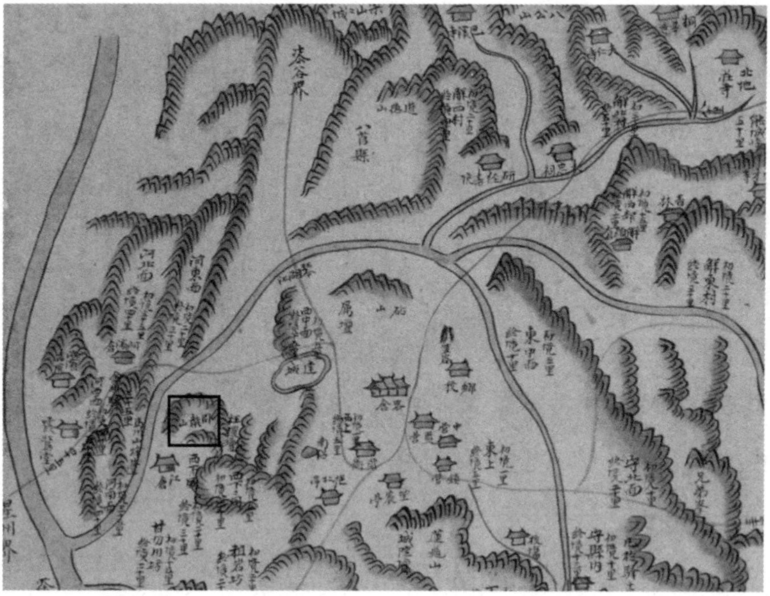

朝鲜朝后期《海东地图（大丘府）》：左下画框处为卧龙山

心比喻成方塘一样，人需要不断地进行涵养才可以保证上天给予的纯洁本性。寒冈郑逑在其诗中说道："源头自由难言妙，拾此何须问别天。"他认为九曲并不单是一个乌托邦，而是完善人间道德的媒介。

但是，韩国的九曲园林中，还有许多运用不同方式设定的九曲。比如，韩国不仅有九曲，还有七曲和五曲。还有顺流而下设定的九曲，这与朱子逆流而上的方式截然不同。其结果是，属于外来文化的九曲文化传到朝鲜半岛后，文士们因地制宜并结合自己的情感形成了本土的九曲文化。

申圣燮的卧龙山九曲与朱子的九曲在设定方式上是不同的，他没有逆流而上的设定，而是顺流而下的设定。以此来看，申圣燮的卧龙山九曲属于"变格型"九曲。[①] 韩国"变格型"九曲的代表有：权相一（1679—1760）

① 在九曲园林的设定中，接受朱子设定方式的称为"正格型"九曲，与朱子设定方式不同的九曲称为"变格型"九曲，在一个九曲中同时出现朱子方式和其他方式的称为"复合型"九曲。（郑羽洛：《关于庆北九曲申报世界遗产的提议》，《白头大干九曲文化的世界文化遗产申报方案研究》，庆尚北道，2015 年，第 130—138 页）

的清台九曲、弘良浩（1724—1802）的牛耳九曲、卢性度的烟霞九曲等，这些九曲大部分是朝鲜朝后期营建的。因此，韩国的九曲文化到了朝鲜朝后期逐渐成熟，其设定方式也与朱子不同。这说明了当时知识人根据不同地形和兴趣设定多样的九曲，从而形成了不一样的九曲文化。卧龙山九曲也是在这种背景下设定的，所以具有文化价值和特殊意义。

如前所述，卧龙山九曲以卧龙山和琴湖江下流为背景而设定。但是，从第一曲到第九曲的名称不传，所以我们很难把握其具体情况。庆北大学金文基教授根据申圣燮文集上所记录的九曲诗试着推测各曲的名称，本文依据金文基教授的成果将卧龙山九曲的名称和位置整理如下。

	名称	现位置
第一曲	泗水	大邱北区泗水洞泗阳书院一带，现在琴湖江卧龙大桥周边
第二曲	松涛	大邱达成郡多斯邑坊川里与漆谷郡枝川面龙沙里之间
第三曲	海浪	大邱达成郡多斯邑朴谷里与坊川里之间，现海娘桥一带
第四曲	龙头	大邱达成郡多斯邑朴谷里与锄斋里琴湖江一带
第五曲	鹤林	大邱达成郡多斯邑朴谷里与锄斋里、世川里琴湖江一带，弓山一带
第六曲	溪月	大邱达成郡多斯邑达川里与世川里琴湖江一带，以前可止岩一带
第七曲	白石滩	大邱达成郡多斯邑世川里与伊川里琴湖江一带，以前伊江书院一带
第八曲	仙槎	大邱达成郡多斯邑伊川里与世川里琴湖江一带，仙槎津一带
第九曲	晴川	大邱达成郡多斯邑世川里与梅谷里琴湖江一带，现在世川桥一带

卧龙山九曲是顺着琴湖江下流而设定的九曲。从卧龙山顶俯瞰卧龙山九曲的话，可能会认为其是依据自然景观而设定的。但是，其间的人文景观和哲学思维是与自然景观有机相结合的。申圣燮在日帝强占期隐居山水之间，专心研习朱子性理学。考虑到他所处的时代背景，卧龙山九曲也可以说是时代背景和个人指向相结合作用的产物。

三　《卧龙山九曲歌》的空间形象

《卧龙山九曲歌》包含序诗在内共有七言绝句10首，是对《武夷棹歌》次韵而创作的。

卧龙山上住仙灵，
下有琴湖曲曲清。
何日鱼郎来此地，
棹歌和唱武夷声。①

此诗为《卧龙山九曲歌》的序诗，我们可以看出其积极地接受《武夷棹歌》。特别是起句和承句仿效《武夷棹歌》序诗“武夷山上有仙灵，山下寒流曲曲清”。由此可见，武夷山和卧龙山相对照，寒流和琴湖江相对照。但是，其后半部与朱子截然相反。《武夷棹歌》中呈现了鱼郎的模样，而申圣燮却要寻求鱼郎。卧龙山的清净和美景，以及不被世人所知的信息便呈现在眼前。同时，鱼郎象征着贤人，序诗表达了申圣燮渴望贤人到来的愿望。

一曲源头上一船，
双双飞鹭下长川。
江天漠漠天将暮，
月入平沙更散烟。

卧龙山九曲第一曲为“泗水”。此地是郑逑晚年营建泗阳精舍培养大邱文人的地方。之后，在 1651 年建造泗阳书堂，里面供奉着郑逑和其高第李润雨（1569—1634）。1694 年，泗阳书堂移建漆谷。但是，泗水仍然留下了圣贤的足迹。因此申圣燮在“一曲诗”的起句便说一曲是源头，后半部分充分运用感觉性诗语描写了一幅美好的景象。但是，其诗语所蕴含的意义并不轻松。诗中说的“源头”指的是郑逑，源头流水指郑逑的学问在大邱广泛传播。诗中描绘的“江天漠漠”指性理学逐渐丧失影响力的社会环境。结句中“月入平沙更散烟”表明了申圣燮对性理学的肯定认识。因此，“一曲诗”隐喻了当时的时代背景以及恢复性理学的愿望。

---

① 申圣燮:《鹤菴先生文集》卷 1，《诗 · 卧龙山九曲歌》。

二曲层层奇绝峰，
千秋不变守前容。
爽风佳景今如许，
万壑松涛翠几重。

此诗描绘了卧龙山第二曲“松涛”。申圣燮与层层山峰相遇，遥望着松涛。山峰和松林历经岁月却不变换容颜，作者旨在说明大自然的不变性。换句话说，虽然随着时间的变化外部面貌会发生变化，但内在的真理或天理如同山峰和松林一样永不变化。

三曲我观渔夫船，
闲中忙世不如年。
春回万树芳如此，
朝露消阳堪自怜。

卧龙山九曲的第三曲是“海浪”，作者休闲地望着钓鱼的渔夫，甚至忘记了世界和年纪。但是，清晨的露水在傍晚便消逝了，事物存在的有限性触动了作者的心弦。在时间的长河里，包括人在内的万物都存在有限性。申圣燮在“三曲诗”中通过自然现象阐释了人的本质。

四曲龙头两角岩，
芝花兰叶碧氍毵。
鸢飞天畔何时到，
鱼跃澄清泗水潭。

第四曲为“龙头”，在此可以看到卧龙山有像龙头的岩石。诗的前半部分描写了龙头岩与周边的花草，后半部分呈现了“鸢飞鱼跃”的诗歌境界。鸢飞鱼跃原本出自《诗经》，但在《中庸》里另有其意。它通过自然的物象来象征天地万物内在的天理，因此申圣燮通过展示“鸢飞鱼跃”来表现天理流行的儒家理想空间。

五曲山幽地僻深，
鹤鸣高座老松林。
人生若得如斯志，
兴入此中辅本心。

第五曲为“鹤林”，幽静的松林有鹤飞入，如此清净。在这里产生的兴趣是恢复人因欲望而污染的本性，此诗便旨在通过在山水间产生的自然兴趣来完善人格。以此来看，此诗凸显了性理学修养论的思维。

六曲水流古清湾，
萍风溪月两相关。
欲寻真趣徘徊立，
世外忘机意自闲。

此诗描绘了“溪月”，通过运用水上的微风和月亮描绘了物外闲寂的审美形象。再有，作者通过游览来寻找纯真的旨趣，这是为了说明忘却机心便可得到闲适。这种表达和李贤辅的《渔父长歌》中所说的“我心随处自忘机”是相通的，都意味着无限的精神自由。

七曲云林白石滩，
彷徨濯足洗心看。
登临忽忆山灵事，
巨壑风生拂面寒。

卧龙山第七曲描绘了一幅云林和石滩的美景。在这般美景里，作者以“濯足”来比喻洗去人心上附着的人欲。先儒们洗漱并非只是意味着清洁身体，屈原的《渔父辞》写道：“沧浪之水清兮，可以濯吾缨。沧浪之水浊兮，可以濯吾足。”“濯足”蕴意着出处观，也表示着修身的妙理。所以，作者的意识指向是通过“濯足”来去除本心的污浊，通过溪谷的风来感受清净之气。

八曲风前云雾开，
骚人玩客渡湖洄。
此山奇绝高如许，
尘世醉人不上来。

八曲为“仙槎”，仙槎津风光秀美，自古便是文人墨客船游之地，此诗也在写骚人玩客往复琴湖江的场面。但是，这些文人墨客只是单纯地游览取乐，并没有发现卧龙山隐藏的绝景。

九曲次观眼豁然，
白云录岫对晴川。
卧龙若得如珠宝，
任意飞登九万天。

卧龙山九曲的最后一曲是“晴川”，此处豁然开阔，青山和白云与琴湖江相得益彰，别有韵味。申圣燮在最后一曲赋予了深刻的蕴意。卧龙如果得到如意珠的话可以飞上云霄，但至今仍然俯卧在大地。卧龙经常被比喻为生不逢时而隐居的卓越人物，具有代表性的便是在隆中的诸葛亮。因此，在当时的时代背景下，申圣燮无法出仕而不得不隐居，这也是对其自身处境的比喻。不仅如此，也象征着儒家之道衰退的现实。但是，申圣燮坚信琴湖江泗水的源头还在不断地涌水，只不过其光泽暂时被隐藏起来而已。作者坚信总会云开雾散，卧龙腾空在九万云霄之时。其结果，申圣燮的现实认识和指向意识在最后一曲中被含蓄地形象化。

四　结论：卧龙山九曲与《卧龙山九曲歌》的文化意义

申圣燮是生活在急速变化的社会环境中而坚守性理学的人物，他经营卧龙山九曲可以说有一种必然性。朝鲜朝的九曲文化是朱子性理学世界观的文化实现形态，从这一点来看申圣燮设定九曲更是有一种必然性。其经营的九曲在大邱西侧的卧龙山和琴湖江下游，与武夷九曲不同的是，卧龙山九曲是从“源头”顺流而下式的设定。申圣燮的指向意识通过《卧龙山九曲歌》而被具体化。整体作品反映了以性理学思维而构建理想空间，作者的现实认识和其指向意识被蕴含在其中。

申圣燮的卧龙山九曲和《卧龙山九曲歌》不仅丰富了朝鲜朝的九曲文化，其也是近代转换期传统知识人的性理学价值观和现实认识的文化产物。在此，将其文化意义进行概述。

第一，卧龙九曲和其九曲诗在继承大邱地域九曲文化传统上具有一定意义。根据目前的调查，大邱的九曲共有聋渊九曲、云林九曲、守南九曲、卧龙山九曲四处。其中，聋渊九曲与寒冈郑逑的门人崔东集（1586—1661）有关。崔东集的五世孙崔兴远（1705—1786）建造聋渊书堂，八世孙崔孝述（1786—1870）创作了《聋渊九曲》。之后，禹成圭（1830—1905）设定云林九曲。到了近代转换期，申圣燮营造卧龙山九曲。可以说大邱的九曲一直持续到近世。特别值得注意的是，大邱地域的九曲大部分与郑逑有密切关系，这与其他地域的九曲有着一定的差异。申圣燮的卧龙山九曲也是以郑逑的学问为基础的，其九曲可以说继承了大邱九曲文化的传统。

第二，申圣燮的卧龙山九曲和九曲诗如实地反映了近代转换期传统知识人的思维方式。申圣燮是朝鲜末期出生并研习性理学的人物，所以他通过性理学来理解当时的社会变革。因此，他也以性理学为依据固守其生活方式。在探索当时知识人的思维方式和行为方式上，申圣燮的卧龙山九曲和九曲诗具有一定意义。

第三，申圣燮的卧龙山九曲和九曲诗是在 20 世纪初完成的，从时间上来说也具有一定意义。其九曲与其他朝鲜朝的九曲在表面上来看并无较大区别，但从这一特殊时期来看，卧龙山九曲充分反映了当时知识人的思考。因此，申圣燮的卧龙山九曲与其他守旧文化不同，是具有现实意义的。

硕博论坛

阳关玉关的地理歌咏

周梦梦*

“依山筑城，断塞关隘”①，历史上通常依助自然地形等条件，在交通要塞建筑关隘、屯田驻军，以防御外敌入侵和管控过往行人商旅等。阳关与玉门关即是依山筑城、把控交通，于战略防御等方面发挥举足轻重作用的著名关城。始设于汉武帝征服河西走廊后“列四郡，据两关”时期的阳关与玉门关，作为历代两关诗歌创作的物质源泉，不仅具有“相对确定”② 的地理空间，同时也具有较为稳定的文化空间。历史上两关区域并非始终是中央政权疆域的边界，其军事要隘和丝路要口等作用并非一直存在，但其虚拟的文学形象却具有永恒的意义。两关诗人们在进行文学创作时，不仅考虑两关具体的地理环境及特征，更多的是将自身的生命体验和对时代的理解融入两关地理空间的书写之中，因而可以说两关诗歌兼具自然地理景观与人文地理景观的双重作用。作为汉代以来歌咏边塞之诗人们钟爱的吟咏对象，两关诗作数量、思想意蕴和艺术水平远超其他关城，其所氤氲的情思和不断丰富的情感内涵承载着时人珍贵的历史记忆，更成为后人缅怀古

* 周梦梦，西北民族大学博士研究生，河南工程学院讲师。

① （南朝梁）萧子显：《南齐书》卷三八《萧景先传》第十九，中华书局1972年版，第662页。

② 玉门关地理位置随着朝代更替、中原王朝军事战略需要、少数民族势力强大与衰落、生态环境渐趋恶化等原因而历经几次变迁。

人的精神文化宝库。

一　阳关玉关地理认知

地理基因作为两关诗人较为稳定的属性，是诗人们对两关一带地理环境进行地理感知的基础，而历代两关诗人对两关区域地理状况的感知，又因各自地理基因的不同，使其文学书写带有不同的特点，二者共同促成了诗人们对阳关与玉门关的地理歌咏。需要指出的是，比起两关诗歌所绵延的漫长历史，阳关与玉门关真正发挥作用的时间并不长，更多的诗人将其作为一种精神文化符号进行沿用。诗人们对两关区域的地理认知，不仅源于汉代以来亲历异域文人将士们真实的生命体验，更多的是对先前两关诗人于诗歌中所构建的“文学地理空间”的认知。

（一）阳关玉关地理基因

所谓“基因”，分为自然基因和文化基因，而“地理基因”则属于文化基因的一部分。作家地理基因的形成，一方面是上代（先天）的遗传；另一方面是本人长期（特别是青少年时期）的地理感知，共同形成了作家的地理基因。这一“地理基因”会伴随其一生，现实生活中会因环境而产生某些变化，但作家的基因却异常活跃，对作家具有极为重要的影响。[①] 地理基因作为诗人们进行诗歌创作最根本的出发点和潜在资源，以沉潜于诗人无意识中的独特个体地理经验去审视新的地理环境，在新的思维与表达方式，新的审美心理作用下，进行新的审美选择，并进一步融入诗人特定环境下的特定情绪，创作出具有独特地理和生命体验的主观性、个性化的诗歌作品。[②]

阳关与玉门关作为汉唐时期重要的西北关隘要口，其气候、水文、土

① 此观点受中国文学地理学会会长曾大兴老师的指导与启发，在此表示真挚的感谢。

② 参见邹建军《文学地理学批评的十个关键理论术语》，《内江师范学院学报》2015 年第 1 期；杜雪琴《文学“地理基因”释义》，《武陵学刊》2013 年第 1 期。

壤、植被等区域环境都与内地大相径庭。出生、成长，常年生活于内地的诗人来到这里，面对相隔遥远的地理空间和迥然不同的地理环境，自然产生或新奇或排斥或无法适应的多样感受，反而激发了诗人们的创作活力，引起了诗人们的创作欲望。由此，诗人们的地理基因即会在无意识中被唤起，在无形的对比中早已成为新的创作资源，进一步运用于新的地理书写中，从而使两关诗歌在众多诗人笔下焕发出生生不息的活力，形成更为丰富奇特的审美特质。由此，要想从根本上把握诗人们对两关的地理歌咏，就有必要以两关诗歌创作主体的地理基因为出发点，探讨两个地理空间，两种地理环境，两类地域文化下产生地理文化“差异性”的深层因素。

而要真正把握两关诗人群体的地理基因，首先要确定两关诗歌创作主体，了解其整体的文化背景。无论从两关诗歌的分析，抑或相关诗人的占籍对照，能够生于西北、长于西北、文化底色形成于西北的诗人极少，大多数两关诗人主要出生、成长和活动于内地，却与两关一带地理文化空间相距较远。对于两关所在的地域空间，两关诗人多是以外围文化圈的身份主体进入，某种程度上，这些诗人是可以代表两关诗歌创作主体的。此外，由于两关实际存在的时间较短而两关诗歌绵延的时间很长，亲赴两关一带感受过两关区域地理环境的诗人较少，而在两关诗歌中以虚拟方式进入两关区域地理空间的诗人众多，因此本文所指的“感受或进入两关一带地理空间”并不局限于实际到过，更多是以想象方式进入和感受的。但无论是通过实际体验还是借助想象，无论是实际地理分野还是诗人们心中的分界，都不会影响也不会改变两关诗歌创作主体的文化身份和地理基因属性。

那么两关诗歌创作主体长期生活的地理空间与两关区域地理空间的差异性具体有哪些？首先是自然和人文地理环境的差异性。无论是地理位置、关城建构及建筑群落、气候条件与水域资源、地质结构与土壤植被，还是军事交通与商业贸易、宗教文化与艺术交流，两关区域地理环境均与内地有巨大差异。地理环境的差异，造就了“地理基因”的差异性，反过来形成了文学地域性的生成，并进一步融入文人们的创作。

那么，地理环境的差异性以怎样的方式影响进行两关诗歌创作的诗人呢？所谓“经济基础决定上层建筑”，不同地理环境造就了不同的生产方式，进而浸入区域文化之中，进一步影响人们的生活方式、思维方式甚至审美选择，当诗人们进行创作时，这种由地理环境引起的文化、思维、审美差异，则以一种潜在因素融于作品。邹建军教授在阐释“地理基因”时，同时提到了“文化基因”：“是由于特定的、长远的文化传统而形成的……不同的民族有不同的文化传统。”① 钟扬认为：“‘地理基因’在一般情况下是属于文化基因的，它深深地刻上了文化的烙印，存在于人的无意识之中，导致了文学的地域差异。”② 深受以农耕生活占主导地位的农耕文化影响，长期居于内地的人们因为对土地的重视，使其形成安土重迁的思想，性格上保守稳重、和平自守，生活上相对平静安逸，比起西北边地民族偏重游牧生活影响下豪放粗犷、彪悍外放的风格要含蓄温婉得多。两关诗人以“中原”为参照物的环境评价体系，使他们以过客身份踏入或通过想象方式进入两关一带完全不同的地理和文化区域时，本身就带有对“异乡”环境极其强烈的挑剔感。再加上两关区域气候恶劣多变、荒蛮苦寒的自然环境和战争频发、生死无常的人文环境，以及异于内地的生活方式，无论在视觉上还是在心理上均会产生巨大冲击，引起诗人们的不适，甚至恐惧、逃避、排斥和抗拒。由此地理基因所影响的文化基因，文化基因所包含的地理基因则无不通过两关诗歌表现出来。

无论是突出文人将士赶赴两关的艰辛，抑或反衬不畏生死、不惧严寒，于边关杀敌报国、建功立业等英雄豪情，两关诗人均不惜笔墨大力渲染边塞的边远与苦寒，荒凉与凄苦，不仅使两关诗歌多带有一种悲凉的色彩，更造就了其悲壮崇高的美。当然，并非所有的诗人都是以排斥心理着力描绘甚至夸大两关区域恶劣苦寒的地理环境，一部分诗人则以新奇和欣赏的眼光审视广袤辽远、

① 邹建军：《文学地理学批评的十个关键理论术语》，《内江师范学院学报》2015 年第 1 期。

② 钟扬：《地理如何在文学中发挥作用——关于文学地理学再思考》，《名作欣赏》2017 年第 9 期。

险峻雄奇、壮美阔大的地域空间，描绘这里雄浑壮阔的地理环境和绮丽多姿的异域风情。由此，地理基因作为两关诗人进行诗歌创作最根本的出发点和最基本的创作资源，在两关区域地理环境的刺激下，以带有独特自我风格的思维方式、语言特点、审美选择、价值取向融入自我的情绪波动，在两关的书写中进一步创造新的“地理”，从而呈现出了丰富多彩的两关诗歌。

那么带有自身独特地理基因的作家是如何感知新的地理环境的？也就是说是什么架起了地理环境与作家的桥梁？这就涉及文学地理学学者提到的“地理感知”。

（二）阳关玉关地理感知

曾大兴教授在谈到地理环境与文学的关系时指出：“文学与地理环境之关系的形成，必须以文学家为中介，即地理环境只能通过文学家的地理感知来影响文学作品的创作。”① 也就是带有特定地理基因的诗人们，通过对描写对象的地理感知，结合自身独特的文化背景、个性气质、写作风格、情绪心境等作用于两关诗歌的审美创造。“地理感知”是两关诗人进行两关诗歌创作必不可少且极为重要的一环，其不仅包括两晋南北朝、唐代时期亲赴两关一带的切身体验和感触，也包括历代未到过两关的诗人们通过史书典籍、文学作品等方式获得的两关地理环境的文化认知，且随着两关诗歌的发展，更多的诗人开始倾向于两关的象征意义，而非实际的地理环境感知。它是客观存在的地理景观与环境在作家头脑中的折射，是作用于地理环境与作家之间的有力桥梁，也是地理环境与认知主体审美创造和文学表达的必经环节。根据两关实际地理状况和创作主体的文化表达倾向，暂从三个方面分析两关诗人的地理感知。

1. 自然地理感知

两关区域与内地自然环境的典型差异，是诗人们地理感知的源泉。诗人

① 曾大兴：《文学地理学的六个研究方法》，《中文论坛》2017 年第 1 期。

们对两关周围自然环境进行专门且详尽描述的内容虽然不多，但却是历代众多两关诗歌无法忽视、必不可缺，亦被常常提到的地理基础，在一定程度上影响甚至决定了之后人们对两关自然环境的整体印象和认知。诗人们眼中的两关是中原与西域的分界，亦是自然地理环境的分野，“关内”与“关外”无论在气候条件、水域资源，还是在地质结构、土壤植被等方面都存在巨大差异，这一差异是诗人们对两关区域地理环境最基本、最直观的整体性地理感知。

两关诗人们对两关区域自然地理环境的感知，首先是对其“边远”地理位置的整体认知。这样的认知主要源于两关本身与中央政权统治中心区域相隔甚远的实际距离，以及古代交通不便、交通工具不发达的现实状况。汉唐时期，由于中央王朝的边疆策略，许许多多的文人将士因国家用兵政策和自身对功名的渴望，千辛万苦来到边远、陌生的环境，生命的无法预测、功名的无法预知、远离亲友的无奈都深藏心底，长途跋涉、远离家园的各种不适使再豪迈乐观、昂扬自信的诗人也会产生无限感慨。对于长期深居内地的诗人而言，这样的距离早已超出了他们所能认知的地域和心理范围，因而他们多以“万里”“杳”“遥”“天衢”“近天”“绝域”等形容两关及其所在区域。其次是对恶劣苦寒、满目荒凉地理环境的整体认知，这一认知是两关诗歌中渗透的最主要、最典型、最常见的地理认知。经过“万里”跋涉，文人将士们最先接触和感知到的，即是两关一带的地形地貌与气候环境。这里昼夜温差极大，年平均气温极低，冬季酷寒难耐，春季迟迟不来，秋季寒气早到，夏季异常短暂，常年干旱少雨，风大沙多……因而在众多诗人笔下，我们常常能感受到这里刺骨的寒风、逼人的寒气、漫天的黄沙、满目的沙碛，以及连天的白草与一望无际的荒野和沼泽，这样难以磨灭的印象和感触，为诗人们对两关区域苦寒荒凉的自然地理环境认知奠定了基础。再次是对两关区域辽阔无边、雄浑壮美自然环境的感知。相比内地，两关及其所在的西北边塞都具有这样的特征，关城是“孤独”的，人烟是稀少的，草原是广阔的，山是连绵的，沙碛和沼泽是一望无际的，一切的景与物结合起来都给人一种无法用语言穷尽的辽阔、雄壮、浑厚、瑰丽之感，那种新奇的感受和强烈的震撼感是长期驻守内地“家园”的诗人们所从未感受到的。虽然这一认知在两关诗歌中所呈现的内容不多，但却为诗人们对两关一带地理环境认知增添了别样的色彩，使其呈现出更为多样的特征。

然而同样的自然环境在不同时代、不同心境诗人笔下整体的感知倾向也会有所差异。由于唐前人们对西北边塞区域地理环境认知的局限性，两关诗人多是以逃避、畏惧的心态，从宏观角度展现对两关自然环境的整体感知。而唐代昂扬豪迈的时代氛围中，文人们极其强烈的功名意识，促使他们多以乐观自信的笔触描写战争，同时直抒胸臆地表达建功立业、誓死报国的决心和志向。唐代两关诗人笔下，那悬远荒僻、苦寒恶劣的自然环境已经成为烘托他们英勇无畏、热烈崇高爱国精神的底色。由于宋代“重文轻武”的用兵政策，以及疆域缩小、国力衰微的政治背景，已经废弃且不再是宋王朝统治疆域的两关区域，成为宋代诗人只能在梦中、想象中奔赴的战场，诗人对两关的书写，寄寓着对汉唐辉煌的缅怀和对自身与国家当下处境的感叹。由此，诗人们对两关区域自然地理环境的认知，在继承前人基础上，又增加了更为浓重的凄凉悲苦色彩。而清代国家统一、疆域辽阔的时代背景下，诗人们多以欣赏的眼光审视西域自然环境，两关作为具有深厚历史文化意义的经典边关意象，也同样增加了明丽多姿、雄奇壮美的底色，被诗人进一步“感知”与书写。

2. 人文地理感知

两关区域的自然环境给予诗人们视觉和心理上的冲击是强烈和巨大的，而其人文地理环境给诗人们带来的震撼力则更为多样和持久。阳关与玉门关作为人们由西域进入中原的重要关口，是中原诗人眼中最西北的人文分界，包含着诗人们对其在军事、政治、经济、交通、文化、宗教、风俗、艺术等多方面的人文地理认知。

诗人们对两关人文地理环境的认知，首先，最为典型和重要的是对其作为战争防御与进攻险关要隘之军事政治作用的认知。汉唐时期，北方以游牧为主的少数民族由于生产生活之需常试图侵扰内地，而中原王朝或出于防卫之需或通过开疆拓土扩大统治区域，亦时常发生冲突。就两关本身而言，其作为国家大力用兵西北边塞战略下征战频繁的军事要地，具有重要的战略地位。于两关诗人而言，两关特别是玉门关象征着国家的大门，守卫好这个大门才能隔绝外族侵扰，才能保证国家边境最基本的和平与安宁，而诗人自身或笔下的兵将之所以亲赴或以想象方式“来到”此地，也多是带着抵御外族、保家卫国、建功立业的初衷。他们最为关注的即是民族之间的征战，这样的边战认知造就了无数杰出的诗人与众多优秀的诗篇。两关诗人详细描写边地征战，叙述艰苦的征戍生活，表达积极乐观的心态和崇高热忱的爱国之情，同时也渗透着战争的残酷无情、戍守生活的孤独凄凉、远离家园的浓浓乡愁、生离死别的愁苦无奈、边战不止的声声抵抗、军事战争的理性思考等，这些情感无不以战争为背景进行阐发和深化，使两关诗歌充满着浓郁的战争色彩，和在此基础上形成的功名意识与爱国之情。

其次，是对其作为汉唐丝绸之路南道上，中原通往西域关隘要口经贸交通作用的认知。这一认知虽然在两关诗歌中并没有以最突出的方式呈现，但却是阳关、玉门关最早、最基本的关隘职能，是诗人们对两关始终无法忽略的人文地理认知。作为汉唐时期曾辉煌一时的丝路交通要口，其重要作用使中原的丝绸、瓷器、茶叶以及各种先进生产技术纷纷西传，而西方各种奇珍异宝、水果植被，各样文化艺术，多种宗教思想等源源不断引进，开阔了人们的视野，也丰富了内地的经济文化生活。因而即使两关被废置后的漫长岁月，诗人们仍然于诗歌中不断提及两关在丝绸之路上的重要作用，回味其过去曾有的辉煌。

再次，是对两关所代表的整个西域地区与内地截然不同的民风民俗与异域风情的认知。这一认知并非诗人们对两关区域实际的人文地理认知，毕竟两关自其设立起即不适合人们聚居和生活，何况两关被废置后这里更不可能成为人民安居乐业的家园。两关诗歌，特别是玉门关诗歌中描写边地民风民俗和异域风情的内容，基本都出于清代诗人笔下，曾经的两关区域已经成为祖国疆域的一部分，成为人们眼中西域极具代表性的地理景观。因而这些诗作中，玉门关则多作为西域的代称而存在，诗人们对其异域风情的描绘渗透着国家大统一环境下无比的自豪与喜悦。此外，此时的两关诗作中也更多出现了“胡笳”“羌笛”等具有异域色彩的乐器，虽着墨不多，却同样是清代两关诗人人文地理感知的一部分。

位于西北边陲的阳关与玉门关恰似在内地与边关架起了一座桥梁。它们将两个具有完全不同人文特征的地理空间连接起来，促进了汉唐时期西域与中原经济贸易、文化艺术、宗教思想等的交流与沟通，也碰撞出了亲赴两关真切体验抑或坐守“家园”地理想象的历代众多文人，在全新地理环境中绵延不绝的创作灵感和充满诗意的火花。

除了以两关区域实际人文环境为基础形成的人文地理感知，亦同样包含着与两关相关的著名英雄，具有代表性的典故以及典型的历史事件等。以最为典型和著名的“班超”为例，其名、其事以及围绕班超形成的典故等，都是历代两关诗人所熟知和不断引用的内容。班超戍守西域三十余年激励着诗人们不畏生死、为国尽忠，其立功封侯鼓舞着诗人们驰骋疆场、建功立业，其年老之时“但求生入玉门关”的真切渴望，成为无数不得归乡诗人寄寓乡愁的心灵栖息之地。而这些都是以“班超”其人其事为底色，形成了两关诗人人文地理认知的一部分。这些被典型化了的人物与事件作为两关诗人人文地理认知的重要组成部分，早已超越了两关区域实际的地理环境，成为一种被历代诗人所熟知和不断确认的具有象征意义的精神文化符号，体现了两关文化认知的独特性。

此外，两关诗人也会从已有的两关诗作获得相应的认知。自两关诗歌产生以来，两关意象在众多诗人笔下逐渐滋生着越加丰富和新奇的情感，后来的诗人则在两关诗歌学习基础上，形成对两关意象新的认知。诗人们在此基础上结合自身独特的体验和感触不断强化和丰富着两关意象的内涵。因而，某种意义上，两关诗人对两关意象的人文地理认知亦是一个不断发展和深化的动态进程。

3. 文化地理认知

两关自汉武帝时期于西北边塞设立，逐渐成为人们认知边塞与中原的自然地理分界。随着汉代以来王朝疆域的伸缩，两关的地理意义可能有所减弱，但其文化意义却在两关诗歌中不断得到确认和强化。诗人们对两关这一地理空间的认知，不再局限于实际的地理分界，而将其作为一种具有典型特征和标志性意义的人文地理分界符号。“关外”是游牧民族及其形成的粗犷豪放之文化氛围，“关内”则是农耕民族长期生活和深受儒家思想影响的文化区域。正是在这样整体文化地理认知的基础上，形成了诗人带有强烈主观色彩的文化表达。

两关诗人对阳关、玉门关的文化地理认知即包括对两关所“分隔”的具有各自典型特征的农耕文化与游牧文化的认知，也包含对两关文学作品中氤氲的思家恋阙、思亲念友、建功立业等具有典型性和普遍意义之情思的认知。无论是诗人自身还是其笔下的主人公于无意识中，都将所描写的或所“身处”的阳关、玉门关与长期居住、亲人所在的“家园”相对立。他们不远万里、奔赴战场，忍受别离与相思之苦，为的是抗击外敌、守卫家园，而迫使兵将们远离家乡、身处异域的根本原因，则多源于民族之间纷繁的冲突。由这些战争引发的情思除了亲赴战场兵将们复杂的感受，还有亲人们对赴边征战将士别离的伤情与不舍，对身处边关征战将士的担忧与思念等多样的情感，由此也使众多的两关诗歌中不免渗透着对外族明显的对立情绪。

此外，与内地迥异的地理环境，使以汉民族建立政权为正统自居的不少两关诗人在其文化认知中即将外族视为野蛮残暴、文化落后的“胡虏”“蛮夷”等。自汉至清代的漫长时光，这种冲突不仅是政权的对立，从根源上更是两种文化之间的对峙。只是这种冲突与对峙并非始终保持剑拔弩张甚至朝着愈演愈烈的趋势发展，而是根据各朝代实际政治军事状况与政策的差异有所不同。以国力强大、国土辽阔、思想开放的唐代（特别是盛唐）为例，比起明显的“华夷之辨”之对立情绪，众多诗人以全新的眼光审视这些边关征战，以昂扬自信的姿态面对中原政权与外族的冲突。面对两关及其所在的西北边塞，他们以汉代如班超、卫青、霍去病等著名英雄为榜样，将边关战场视为实现人生理想的舞台，向往着也自豪于能够在边关战场上策马驰骋、挥洒热血、大破敌军。而宋王朝由于长期与辽、西夏、金、元对峙，其正统地位受到严重打击，众多爱国诗人也因之产生更为强烈的敌对情绪。两关诗人则多以两关特别是玉门关意象引入诗中，以怀念汉唐时期的强大与辉煌，渴望奔赴战场，早日收复旧山河，恢复国家的统一。至清代，疆域辽阔，西域和平统一，诗人们深挚的热爱包含两关区域的广阔土地，歌颂着西域的和平安宁，面对西方侵略者，各民族则相互团结共同抵御外敌，守护共同的家园。

总之，两关诗歌正是带有内地文化系统相应之地理基因的诗人们，对两关一带地理环境之自然地理感知、人文地理感知、文化地理认知等主观感知和文化表达的产物。其以两关关隘本身及其周围的地理位置、自然人文环境为基础，不仅反映了诗人眼中两关一带的地理环境，也折射了不同诗人面对这一现实或想象中的景观及地理环境所产生的不同环境认知。

二 阳关玉关诗歌创作①

自然、人文因素结合作家的潜意识，作家长期生活之地的自然地理环境与文化特征，形成了固有的地理感知、文化认知、审美观念和价值取向，而边塞陌生化的自然人文环境给予感官和思想上的冲击，激发了诗人的好奇心与求知欲，在特殊的时代环境中，于特有的边关情结指引下，促使诗人进行创作，并将这种感知反映于作品中。历代两关诗人对阳关、玉门关历史文化意蕴于继承中不断发展的文学书写，使两关这一人文景观的文学意义远远超过了其实际意义，造就了阳关与玉门关诗歌无论从质还是

① 说明：对于诗歌的搜集尽量求全、求实，但由于需要查阅的资料繁多而时间有限，因而本文尽量以从具有代表性的总集、别集、选集及其他相关资料检索具有代表性的阳关、玉门关诗歌为目标；文中同一首诗如若被两本及以上书目同时收录，为防止重复，在诗歌统计时，以作家作品实际情况取一书为据，其他为参考；作者为无名氏者在做数量统计时暂算作一人。

量上均远超其他关城。

据粗略统计，有关玉门关内容的诗歌《先秦汉魏晋南北朝诗》[①] 中载16首，其中北魏时期1首，北周诗歌2首，南朝宋1首、陈3首、梁9首；据《全唐诗》[②]、《全唐诗补编》[③]、《历代咏玉门诗词选》[④]、敦煌遗书共统计出隋唐玉门关诗至少为112首，作者至少为74人，其中敦煌写卷中发现的两首诗歌胡梧桐（P2672）和从军行（P2555）的作者均为无名诗人；据《全唐诗》和《全唐五代词》[⑤] 共统计玉门关词4首，作家3人；据《全宋诗》[⑥]《元诗选》[⑦] 共统计宋代玉门关诗至少146首，作家至少为71人；据《全宋词》[⑧] 共统计宋代玉门关词53首，作家40人；据《全辽金诗》[⑨]《全金诗》[⑩] 共统计金代玉门关诗7首，作家7人；据《全元诗》[⑪]《元诗选》《元好问全集》[⑫] 共统计元代玉门关诗至少为114首，作家至少为72人；据《全金元词》[⑬] 共统计金代玉门关词4首，元代玉门关词7首，作家共10人；据《全元散曲》[⑭] 共统计元代玉门关曲13首，作家10人；据《全明诗》[⑮]《牧斋初学集》[⑯]《列朝诗集》[⑰]《明诗综》[⑱]《御选宋金元明四朝诗》[⑲]

---

① 逯钦立辑校：《先秦汉魏晋南北朝诗》，中华书局1988年版。

② 彭定求等编：《全唐诗》，中华书局1979年版。

③ 陈尚君辑校：《全唐诗补编》，中华书局1992年版。

④ 刘常生编著：《历代咏玉门诗词选》，甘肃文化出版社2010年版。

⑤ 曾昭岷等编撰：《全唐五代词》，中华书局1999年版。

⑥ 北京大学古文献研究所编：《全宋诗》，北京大学出版社1999年版。

⑦ （清）顾嗣立编：《元诗选》，中华书局1987年版。

⑧ 唐圭璋编：《全宋词》，中华书局1965年版。

⑨ 阎凤梧、康金声主编：《全辽金诗》，山西古籍出版社1999年版。

⑩ 薛瑞兆、郭明志编纂：《全金诗》，南开大学出版社1995年版。

⑪ 杨镰主编：《全元诗》，中华书局2013年版。

⑫ （金）元好问著：《元好问全集》，山西人民出版社1990年版。

⑬ 唐圭璋编：《全金元词》，中华书局1979年版。

⑭ 隋树森编：《全元散曲》，中华书局1964年版。

⑮ 章培恒主编：《全明诗》，上海古籍出版社1990年版。

⑯ （清）钱谦益撰，钱曾笺注，钱仲联点校：《牧斋初学集》，上海古籍出版社1985年版。

⑰ （清）钱谦益撰集，许逸民、林淑敏点校：《列朝诗集》，中华书局2007年版。

⑱ （清）朱彝尊选编：《明诗综》，中华书局2007年版。

⑲ （清）张豫章等奉敕编：《御选宋金元明四朝诗》，中国国家图书馆藏，《景印文渊阁四库全书》第1437—1444册，台湾商务印书馆1986年版。

《嘉峪关古诗词释读》[①]《历代咏玉门诗词选》共统计明代玉门关诗96首，作家78人；据《全明词》[②] 共统计明代玉门关词22首，作家21人；据《清诗别裁集》[③]《牧斋有学集》[④]《王船山诗文集》[⑤]《顾亭林诗文集》[⑥]《吴梅村全集》[⑦]《渔洋山人精华录集释》[⑧]《敬业堂诗集》[⑨]《小仓山房诗文集》[⑩]《瓯北集》[⑪]《两当轩集》[⑫]《惜抱轩诗文集》[⑬]《曾国藩文集》[⑭]《藏山阁集选辑》[⑮]《北郭园诗钞》[⑯]《窥园留草》[⑰]《剑花室诗集》[⑱]《后苏龛合集》[⑲]《三州辑略》[⑳]《清诗选》[㉑]《清代西域诗辑注》[㉒]《西北文学文献》[㉓]《嘉峪关志》[㉔]《历代西域咏边诗研究》[㉕]《清诗纪事》[㉖]《岳容斋诗集》[㉗]《林则徐新

① 胡杨编著：《嘉峪关古诗词释读》，甘肃人民美术出版社2014年版。

② 饶宗颐初纂，张璋总纂：《全明词》，中华书局2004年版。

③ （清）沈德潜选编，吴雪涛、陈旭霞点校：《清诗别裁集》，河北人民出版社1997年版。

④ （清）钱谦益撰，钱曾笺注，钱仲联点校：《牧斋有学集》，上海古籍出版社1996年版。

⑤ （清）王夫之：《王船山诗文集》，中华书局1962年版。

⑥ （清）顾炎武著，华忱之点校：《顾亭林诗文集》，中华书局1983年版。

⑦ （清）吴伟业著，李学颖集评标校：《吴梅村全集》，上海古籍出版社1990年版。

⑧ （清）王士祯著，李毓芙、牟通、李茂肃整理：《渔洋山人精华录集释》，上海古籍出版社1999年版。

⑨ （清）查慎行著，周邵标点：《敬业堂诗集》，上海古籍出版社1986年版。

⑩ （清）袁枚著，周本淳标校：《小仓山房诗文集》，上海古籍出版社1988年版。

⑪ （清）赵翼著，李学颖、曹光甫校点：《瓯北集》，上海古籍出版社1997年版。

⑫ （清）黄景仁著，李国章标点：《两当轩集》，上海古籍出版社1983年版。

⑬ （清）姚鼐著，刘季高标校：《惜抱轩诗文集》，上海古籍出版社1992年版。

⑭ （清）曾国藩著，梧桐整理：《曾国藩文集》，海潮出版社1998年版。

⑮ （清）钱秉镫：《台湾文献史料丛刊（第8辑）藏山阁集选辑》，台湾大通书局1987年版。

⑯ （清）郑用锡：《台湾文献史料丛刊（第8辑）北郭园诗钞》，台湾大通书局1987年版。

⑰ （清）许南英：《台湾文献史料丛刊（第8辑）窥园留草》，台湾大通书局1987年版。

⑱ （清）连横：《台湾文献史料丛刊（第8辑）剑花室诗集》，台湾大通书局1987年版。

⑲ （清）施士洁：《台湾文献史料丛刊（第3辑）后苏龛合集》，台湾大通书局1984年版。

⑳ （清）和宁：《三州辑略》，嘉庆十年修旧抄本（影印），台湾成文出版社1968年版。

㉑ 福建师范大学中文系古典文学教研室选注：《清诗选》，人民文学出版社1984年版。

㉒ 星汉：《清代西域诗辑注》，新疆人民出版社1996年版。

㉓ 甘肃省古籍文献整理编译中心编：《中国西北文献丛书二编》第五辑《西北文学文献》卷六，线装书局2006年版。

㉔ 《嘉峪关志》编纂委员会编：《嘉峪关志》，甘肃人民出版社2011年版。

㉕ 薛宗正：《历代西域咏边诗研究》，新疆人民出版社2017年版。

㉖ 钱仲联主编：《清诗纪事》，江苏古籍出版社1987年版。

㉗ （清）岳钟琪：《岳容斋诗集》，清道光孙氏古堂书屋刻本。

疆诗文》[1]《历代西域屯垦戍边诗词选注》[2]《嘉峪关古诗词释读》《历代咏玉门诗词选》《历代西域诗钞》[3]《历代西域诗选注》[4]，共统计清代玉门关诗至少160首，涉及作家83人；据《吴梅村全集》《两当轩集》《纳兰词笺注》[5]共统计清代玉门关词4首，作家3人。由此，历代玉门关诗至少651首，词至少94首，曲至少13首。

据《先秦汉魏晋南北朝诗》共检索魏晋南北朝阳关诗5首，作家3人；据《全唐诗》《全唐诗补编》《敦煌诗集残卷辑考》[6]共检索唐代阳关诗41首，作家26人，其中4首作者为敦煌佚名诗人，暂算作一人；据《全唐诗》共检索唐五代阳关词2首，作家2人；据《全宋诗》《宋诗纪事》[7]共检索阳关诗130首，作者80人；据《全宋词》《全宋词补辑》[8]共统计宋代阳关词166首，作者103人；据《全辽金诗》《全金诗》共统计阳关诗至少10首，作家至少8人；据《全元诗》《元诗选》共统计元代阳关诗至少81首，作家至少56人；据《全金元词》共统计金代阳关词7首，元代阳关词20首，作家共19人；据《全元散曲》共统计元代阳关曲48首，作家至少23人，其中无名氏作10首，暂算作一人；据《全明诗》《列朝诗集》《明诗综》《历代咏玉门诗词选》共检索阳关诗至少20首，作家至少19人；据《全明词》共统计明代阳关词59首，作家43人；据《清诗别裁集》《渔洋山人精华录集释》《敬业堂诗集》《小仓山房诗文集》《瓯北集》《刘大槐集》[9]《惜抱轩诗文集》《赤崁集》[10]《三州辑略》《德荫堂集》[11]《后苏龛合

① 周轩、刘长明编注：《林则徐新疆诗文》，新疆大学出版社2006年版。
② 星汉、王瀚林选注：《历代西域屯垦戍边诗词选注》，新疆人民出版社2001年版。
③ 吴蔼宸选辑：《历代西域诗钞》，新疆人民出版社1982年版。
④ 《历代西域诗选注》编写组编：《历代西域诗选注》，新疆人民出版社1981年版。
⑤ （清）纳兰性德著，张草纫笺注：《纳兰词笺注》，上海古籍出版社1995年版。
⑥ 徐俊纂辑：《敦煌诗集残卷辑考》，中华书局2000年版。
⑦ （清）厉鹗辑撰：《宋诗纪事》，上海古籍出版社2008年版。
⑧ 孔凡礼辑：《全宋词补辑》，中华书局1981年版。
⑨ （清）刘大櫆著，吴孟复标点：《刘大櫆集》，上海古籍出版社1990年版。
⑩ 孙元衡：《赤崁集》，台湾省文献委员会1994年版。
⑪ （清）阿克敦撰：《德荫堂集》，清嘉庆二十一年那彦成重刻本。

集》《林则徐全集》《历代西域诗钞》《历代西域咏边诗研究》《祁韵士新疆诗文》[①]《清代西域诗辑注》《嘉峪关古诗词释读》，共统计清代阳关诗至少35首，作家至少18人；据《后苏龛合集》《两当轩集》《茗柯文编》[②]《王船山诗文集》《曝书亭集》[③] 共统计清代阳关词至少5首，作家5人。由此，历代阳关诗至少322首，词至少259首，曲至少48首。

阳关、玉门关诗歌于历代分布情况，具体如下。

时代 作品数	玉门关诗	玉门关词	玉门关曲	阳关诗	阳关词	阳关曲
魏晋南北朝	16			5		
隋唐五代	112	4		41	2	
宋代	146	53		130	166	
金代	7	4		10	7	
元代	114	7	13	81	20	48
明代	96	22		20	59	
清代	160	4		35	5	
小计	651	94	13	322	259	48
	758			629		
总计	1387（其中11首同为阳关玉关诗歌）					

根据对阳关与玉门关诗歌的不完全统计，可以发现历代玉门关诗创作远远超过阳关诗的创作数量，而历代阳关词与元代阳关曲的创作数量则近乎玉门关词与曲的三倍。笔者认为这与诗人对两关的地理歌咏、两关意象的文化传播以及诗体自身特征有重要关系。相比隋唐及以后两关诗歌作品而言，无论是“质”还是“量”，魏晋南北朝两关诗歌均处于萌芽时期，其多作为地理意义上的西北边关以及人们心中国家的大门，或“出”或“入”，其差异并不明显。而至唐代，两关诗歌因王之涣的《凉州词》与王维的《渭城曲》得名，阳关与玉门关也因这两首诗而相继被越来越多的文人传唱。比起

① 修仲一、周轩编著：《祁韵士新疆诗文》，新疆大学出版社2006年版。
② （清）张惠言著，黄立新校点：《茗柯文编》，上海古籍出版社1984年版。
③ （清）朱彝尊撰：《曝书亭集》，国学整理社1937年版。

《凉州词》中以“春风不度玉门关”表达玉门关的荒僻与苦寒、统治者的昏聩与腐败、将士们的幽怨与悲凉、作者的同情与无奈，《渭城曲》更多的是表达抽象的离别之意，其多以“曲”的形式被广泛传播。相比于诗体的形式，词与曲更利于表达诗人那种肝肠寸断、柔肠百转、依依不舍与绵绵的相思之情。

可以说，阳关与玉门关不仅是地理意义上的西北边关、丝绸之路的交通要口、经济文化交通的桥梁、守护国家的大门、古代兵将行军驻扎之地，更映射着人们的情感、思维、观念、价值、理想等精神世界，包含着各朝各代诗人，通过对两关的文学书写所赋予的乡情、爱情、友情、亲情、爱国之情等丰富的情感内涵。

三　阳关玉关情感内涵

本文选录历代具有代表性的两关诗歌（包括诗、词、曲）1376 首①，题材内容丰富多样。历代诗人对两关的文学书写，从基于关隘要口本身的地理位置、自然环境、风俗民情、商业贸易、文化交流、人员往来、边关征战到由此引发的对家乡妻子与亲友的思念与眷恋，对征行别离的不舍与伤情，对走上战场的想象与向往，对建功立业的信心与期望，对战争胜利的渴望，对国家和平的期许，对英雄豪杰的热切赞颂，对国家现状的思索与忧虑，对边防政策与平叛一统的建议与评价，对开发西域、建设边疆的巨大热情……隐含于诗人内心的“阳关情”与“玉关情”，激发一代代诗人以多样方式在一首首两关诗歌中倾诉衷肠，于感人至深的文学书写中拨动着无数中华儿女的心弦。

自汉代设立，阳关、玉门关意象从未离开过诗人视野。随着朝代的更替，其所蕴含的思想意蕴和艺术特征，在延续前代基础上，又增加了新的时

① 检索到的历代阳关、玉门关诗歌数量总和为 1387 首，因 11 首同为阳关、玉门关诗歌，因而在总数中减去 11，故为 1376 首。

代因素和诗人独特的生命体验。由此，阳关与玉门关诗所积淀的文化底蕴不仅越来越丰富，且于每个朝代均能释放独特光彩。无论是对两关自然人文环境整体感知的描绘，抑或诗人自身情感的叙写与寄寓，诗人们总是在前代诗人两关文学书写的基础上，结合时代环境与自身感触，在无意识中将更为丰富、深刻的情感融入两关意象之中。由于篇幅有限，而两关诗歌数量众多，内涵丰富多样，因而笔者在深入分析两关诗歌思想意蕴的基础上，试图从纵向朝代的更迭与横向意蕴空间的延展着手，暂从阳关玉关文化意蕴历史积淀的角度解读两关诗歌的情感内涵。

（一）从荒远边关到谪戍别离

以玉门关为例，作为奇异苦寒的边塞绝域，诗人对玉门关地理环境的描写并不是一蹴而就的。由于诗歌自身发展与诗人知识储备、个人经历，及对玉门关地理认知等各方面的局限性，玉门关意象在魏晋南北朝诗人笔下多作为边远之地被引用，如北魏温子昇的“路出玉门关，城接龙城坂”，① 北周庾信的“玉关道路远，金陵信使疏”，② 南陈江总的“遥闻玉关道，望入杳悠悠”③ 等。

魏晋南北朝作为玉门关诗歌发展的酝酿期、萌芽期，并没有以玉门关为主题的诗作出现，某种意义上，“玉门关” 只作为“边塞地理意象”，以地理名称表达某种思绪。唐代诗人在魏晋南北朝玉门关意象边远之意的基础上又增加了苦寒内涵，如初唐骆宾王的“玉关寒气早，金塘秋色归”，④ 林宽的“接影横空背雪飞，声声寒出玉关迟”，⑤ 许浑的“客醉瑶台曙，兵防玉塞寒”，⑥ 同时亦出现了营造玉门关一带荒凉氛围的诗作，如唐代岑参的

---

① 《凉州乐歌》，《先秦汉魏晋南北朝诗 · 北魏诗》卷二，中华书局 1988 年版，第 2221 页。

② 《寄王琳诗》，《先秦汉魏晋南北朝诗 · 北周诗》卷四，中华书局 1988 年版，第 2401 页。

③ 《陇头水二首（之二）》，《先秦汉魏晋南北朝诗 · 陈诗》卷七，中华书局 1988 年版，第 2568 页。

④ 《秋晨同淄川毛司马秋九咏 · 秋露》，《全唐诗》卷七八，第 850 页。

⑤ 《闻雁》，《全唐诗》卷六〇六，第 7004 页。

⑥ 《看雪》，《全唐诗》卷八一四，第 9162 页。

“酒泉西望玉关道，千山万碛皆白草”，[①]戎昱的“出户望北荒，迢迢玉门关”。[②]宋代之后玉门关虽退出历史舞台，但却在文学的国度大放异彩，诗人们虽不再极尽详细地渲染玉门关悬远荒寒的自然环境，但却作为边塞绝域的代称纷纷出现在诗人的笔下，其数量更为繁多，如宋释道璨的“太耐冰霜老玉关，北风满面不知寒”，[③]李曾伯的“自拥琱旗运阃筹，星霜四历玉关秋”，[④]元代虞集的“玉关积雪高，十里百盘摺”，[⑤]明代顾文煜的“锦瑟夜调冰作柱，玉关晓度雪沾衣”。[⑥]当诗人们描写极度苦寒时，自然而然就想到以玉门关一带的自然环境为喻。由于国家现状和诗人自身的际遇，他们很难以欣赏的眼光审视边塞环境，而玉门关意象也常常与冰冷的词语相连。

时至清代，诗人笔下的玉门关意象，已不全是曾经华夏文化认知中距离中原遥远政治地理观念中的“荒服”之地，国家统一、民族团结、疆域辽阔的时代氛围中，诗人们褪去过多的心理负担，以愉悦的心情欣赏，以轻松的笔触描绘绮丽多姿的边塞风光，感受西域异于内地的风土人情。可以说，此时的玉门关已经不是实际地理意义上的嘉峪关石关峡、敦煌小方盘城或安西双塔堡附近的古玉门关，而是和包括新疆在内的广大西域地区连接在一起，作为泛指而存在，其中昂扬的是诗人们在统一盛世下前所未有的自信，如王树枏的“雪消金满谷，风度玉关春。万里笙歌夜，千年战伐尘”，[⑦]常钧的“万里平沙开瀚海，一屏晴雪莹天山。高城月落飞羌笛，又见春光度玉关”[⑧]等。由此，我们可以大致勾勒出诗人笔下玉门关自然环境描写的发展脉络，即从魏晋南北朝时期边远“边塞地理意象”，到唐代荒凉苦寒的西北雄关，再到宋代之后边塞绝域的代称，至清代绮丽多姿的边塞风光和异于

① 《赠酒泉韩太守》，《全唐诗》卷一九九，第2059第。
② 《苦哉行五首（其五）》，《全唐诗》卷十九，第233页。
③ 《题信国墨梅》，《全宋诗》卷三四五五，第41177页。
④ 《代饯蜀阃赴召乐语口号》，《全宋诗》卷三二四三，第28694页。
⑤ 《雪岭盘车图》，《全元诗》第二六册，第241页。
⑥ 《白雁》，《列朝诗集》甲集第十九，第1971页。
⑦ 《赠游西域日本友人》，刘常生：《历代咏玉门诗词选》，甘肃文化出版社2010年版，第322页。
⑧ 《题敦煌古寺》，和宁：《三州辑略》卷八《艺文门》，第303页。

内地的风土人情。玉门关是历史上存在时间短暂的地理坐标，更多的是氤氲诗人们情思的文化意象。

无论是汉唐时期发挥重要作用，抑或逐渐退出历史舞台，诗人们对玉门关的认知始终未曾停止。从班超“唯愿生入玉门关”希望中夹杂苦涩意味的企盼，到王之涣“春风不度玉门关”荒凉寥落的地理感知，再到清代和瑛“春度玉门关外满”对西域和平宁静的赞美，展现了漫长历程中国家走过的艰难岁月和最终迎来的“春天”。历代诗人将对玉门关的认知写进诗中，引领人们不断认识玉门关，铭记如战士一般默默守卫祖国的西北边关。

诗人眼中地理位置悬远、自然环境苦寒的边塞绝域“阳关”“玉门关”，扩大了诗人与两关的空间距离，也疏远了心灵距离。对于受儒家传统思想影响的传统士人而言，西域始终是距中原遥远，与实现政治理想所要借助的政治权力相去甚远的地方，两关对于诗人们而言不仅是地理意义上“关口”，更是分隔两种社会文化系统的节点。诗人们离开内地，进入两关所在的地理文化区域，不免有因理想失落而产生的落寞情绪，由此使两关特别是“玉门关”成为许多清代诗人倾诉、排遣郁闷感伤的情感空间。书写诗人们这一心境的玉门关诗歌中最为典型的，即是清代诗人表达谪戍被贬失落无奈心绪的诗作，如清代庄肇奎《无题》：“更有何人不断魂，春风如梦了无痕。瘴云粉黛凋金齿，塞草琵琶度玉门。”① 等。

阳关、玉门关与内地无论是地理上的分界还是文化上的分野，都使得那些将要赴边征行的人感到恐惧。于他们而言，所要踏上的是一条完全陌生、异常遥远的路途，将要面对的不仅是难以忍受的艰难与苦寒，更要直面无法预知的死亡。当诗人自己或亲友即将赶赴“近天”的阳关或“杳杳”的玉门关征战戍守时，那不知何时再能相见、不知是否还能相见的悲凉与伤感自然无以言表。唐代诗人开启了两关诗歌的这一主题，如唐代著名诗人杜甫即以阳关意象突出友人将赴之地的边远、路途的艰难和别离的

① 刘常生：《历代咏玉门诗词选》，甘肃文化出版社2010年版，第242页。

伤感，如《送人从军》："弱水应无地，阳关已近天。今君渡沙碛，累月断人烟"。[①] 唐代两关诗人们也会以真挚的祝福和由衷的赞美表达对将行之人的美好祝愿和深深嘱托，如李华的"都护征兵日，将军破虏时。扬鞭玉关道，回首望旌旗"。[②]

事实上，这一主题的两关诗中，传播最为广泛、影响最为深远的是王维的《送元二使安西》，"劝君更尽一杯酒，西出阳关无故人"[③] 中的深情使人们感同身受，备受感动，于是谱写成《阳关曲》（《渭城曲》《阳关三叠》）配乐演唱。只是此时以《阳关曲》表达别离伤情的只有晚唐五代李商隐的《赠歌妓》《饮席戏赠同舍》。而《阳关曲》不仅是李商隐笔下的离别之曲，也被白居易等人书写为筵席上的劝酒之歌，引人惆怅的悲愁之曲，遥寄相思的心灵寄托，如白居易的"相逢且莫推辞醉，听唱阳关第四声"，[④] 张祜的"不堪昨夜先垂泪，西去阳关第一声"，[⑤] 崔仲容的"渭城朝雨休重唱，满眼阳关客未归"[⑥] 等。

宋代诗人继承了唐代诗人开拓的这一主题，同时在其基础上继续延展阳关诗的意蕴空间。首先是诗歌数量的增加、内涵的延伸，特别是以《阳关曲》表达送别离情的诗作于此时蔚然成风，表达方式纷繁多样。诗人们借《阳关曲》回忆离别又企盼相逢，感叹相遇太难而别离太久，他们在送别的筵席上，在那难舍的分别之时，在离别之人离开之后凝望背影唱那《阳关曲》，更有诗人竟不能听那离别之曲，他们无语凝噎只能默默垂泪，将饯别的酒一饮而尽。而离别虽有不舍，但并不尽是灰暗的心情、无尽的悲伤，他们或因即将离别之人所去的地方是实现功业之地或日思夜想的家乡，或虽无可喜之事但却以乐观的心态面对离别，以真切的祝愿给予祝福。其次，宋代

---

① 《送人从军》，《全唐诗》卷二二五，第2425页。
② 《奉使朔方，赠郭都护》，《全唐诗》卷一五三，第1589—1590页。
③ 《送元二使安西》，《全唐诗》卷二七，第394页。
④ 《对酒五首（其四）》，《全唐诗》卷四四九，第5066页。
⑤ 《听歌》，《全唐诗》卷五一一，第5844页。
⑥ 《赠歌姬》，《全唐诗》卷八〇一，第9011页。

诗人也开拓了新的主题，他们开始以《阳关曲》表达报国之志，如北宋苏辙的“懊恼嘉荣白发年，逢人依旧唱阳关。渭城朝雨今谁听，砑鼓跳踉一破颜”。[①] 除了借《阳关曲》抒发多样情思，宋代不少诗人也开始将丰富的情感寄寓《阳关图》。王维的《渭城曲》被画家入画传播，也给阳关诗注入了新的生命力，诗人们将以李公麟等人所作的《阳关图》引入诗中，以更为形象的方式描写画中所寄寓的别离相思，书写画中隐含的适意与从容和别后的悲愁与相思，如楼钥“离觞别泪为君倾，行李匆匆欲问程。不用阳关寻旧曲，图中端有断肠声。画出阳关古别离，萧疏柳质不胜悲。行人顾叹离人泣，柳下渔翁总不知”。[②] 此外，宋代阳关诗中也出现的大量的“阳关酒”意象，其中所蕴含的是离别的不舍、临别的祝福，对友人的赞美和内心孤独苦闷的感叹，如胡仲弓的“才到离亭泪满衣，云山千里梦相随。石州一曲阳关酒，窨约归来是几时”，[③] 胡宏的“朔塞烟云封赤县，阳关杯酒绝青塘。无才空自忧当世，不宰应难怨彼苍”[④] 等。

从唐代诗人因阳关、玉门关荒远苦寒而于诗中寄寓的浓浓离愁，到宋代《阳关曲》的广泛传唱与被大量引入诗歌，至“阳关图”与“阳关酒”意象的产生与大量被引用，诗人们以深情的笔触不断积淀着两关意象的历史文化意蕴，拓展着两关意象的情感空间。

（二）从军事重地到爱国情思

作为汉唐时期战争防御进攻的军事重地，诗人对玉门关的描写大致经历了借玉门关意象表达边关战事的想象，边关战事的真实感受，边关征战之地的代称，战争胜利的喻指，边防政策的赞扬与批评、建议与评价之发展过程。魏晋南北朝诗人多以第三人称的方式借玉门关意象叙写边塞战事，只是

---

① 《戏题三绝（其一）》，《全宋诗》卷八七一，第 10141 页。
② 《题汪季路太傅所藏龙眠阳关图》，《全宋诗》卷二五四二，第 29434 页。
③ 《送友人》，《全宋诗》卷三三三五，第 39807 页。
④ 《和王师中》，《全宋诗》卷一九七二，第 22102 页。

他们对边关战事的感受并不是亲身经历所得，而是通过想象和刻意描绘获得的，如梁代虞羲《咏霍将军北伐诗》[①] 对霍去病北伐匈奴之事的描写，梁代吴均《战城南》[②] 对贰师将军李广利伐大宛战争的描写等。唐代诗人纷纷走上边塞，玉门关诗中的边战描写多为真实感受，对汉代战事的描绘亦更为真切生动、震撼人心，如骆宾王《从军中行路难》[③]、贺朝《从军行》[④] 等。宋代玉门关虽已不再是军事重地，但其已作为边关征战之地的代称，随手拈来般被诗人们引用以描写争战之事，如宋白的“春满天颜两眉喜，玉关新有捷书来”，[⑤] 王镃的“马嘶经战地，雕认打围山。移成腰金印，将军度玉关”[⑥] 等。元明时期，诗人们在继承前代玉门关诗作基础上，又将玉门关作为战争胜利的喻指引入诗中，如贝琼的“已来肃慎通沧海，更却呼韩闭玉关。使者旌旗分道出，将军部曲凯歌还”。[⑦] 清代，诗人们站在前人“肩膀”上，开始更为理性客观地评价国家边防政策。有对边饷不足的现实问题给予具体建议，对国家消极的防御政策给予理性批评，对不畏艰险、保家卫国边将们的壮举大力赞扬，如季开生的《玉门感兴四首》[⑧]；有对征战而死将士们的同情，对朝廷不合理用兵政策的抨击，对战争早日结束的企盼，如董凤三的《塞下曲》[⑨]；有对清军平叛的赞美和歌颂，如纪昀的《平定回部凯歌十二首（其九）》[⑩]，爱新觉罗·胤禛的《己酉夏南甸大阅》[⑪] 等。作为“征战历史名地”的玉门关身上积淀了无数诗人的情思，后代诗人往往隐含着前代玉门关诗歌中的压力和心理负担，当人们看到或是想到它时，并不仅仅

---

① 《先秦汉魏晋南北朝诗·梁诗》卷五，中华书局1988年版，第1607—1608页。
② 《先秦汉魏晋南北朝诗·梁诗》卷十，中华书局1988年版，第1720页。
③ 《全唐诗》卷二五，第349—350页。
④ 《全唐诗》卷一一七，第1180—1181页。
⑤ 《宫词》，《全宋诗》卷二〇，第281页。
⑥ 《塞上曲》，《全宋诗》卷三六〇八，第43199页。
⑦ 《次韵方文敏秋兴》，《全明诗》（第三册）卷一〇一，第660页。
⑧ 刘常生：《历代咏玉门诗词选》，甘肃文化出版社2010年版，第225—226页。
⑨ 同上书，第311页。
⑩ 同上书，第238—239页。
⑪ 同上书，第231页。

将其作为一个冰冷的地理名词，而是氤氲着前代诗人们的复杂情思，这些均是历史传承的结果。

两关区域是汉唐时期战争频发之地，也是兵将们的戍守之所。由此，这一地理空间同样沉淀着众多关心国家边关战事，甚至亲自参与征战兵将文士们的复杂情思。隋唐诗人们最早以昂扬自信的姿态将建功立业的壮志、誓死报国的决心、奋勇杀敌的豪情挥洒于一首首阳关、玉门关诗歌中，那字里行间流露的不畏死亡、不惧离别、舍身为国的爱国之情让人动容，如隋代虞世南的“誓将绝沙漠，悠然去玉门”，[①] 唐代李白的“从军玉门道，逐虏金微山”，[②] 李峤的“夕摈金门侧，朝提玉塞前”。[③] 但能够建立功勋、功成名就的文人毕竟是少数，更多的诗人心中郁结着功名未就、壮志难酬的苦闷与无奈，这一部分政治失意之作则多出于晚唐诗人之手，如李士元的“悔上层楼望，翻成极目愁。路沿葱岭去，河背玉关流”。[④] 两关诗歌发展至宋代，虽然由于国家盛衰的变迁、国力的衰弱，盛唐诗人那种自信昂扬、热情豪迈的气势已随之减弱，但宋代诗人继承了唐代两关诗歌中氤氲的爱国之情，表达了立功报国、收复失地、恢复统一的强烈渴望。许多诗人借象征汉唐盛世辉煌的阳关与玉门关，在今昔对比中表达国土沦丧的悲痛。他们虽不能走上边塞为国征战，但却始终关心着边关战事，在梦中、想象中将自己幻化成为国征战戍守的将士，为国家的统一和强盛贡献自己的力量，他们宁愿“人老玉关”，战死沙场，如陆游的“老矣犹思万里行，翩然上马始身轻。玉关去路心如铁，把酒何妨听渭城”，[⑤] 吴泳的“晚计作堂应未晚，闲居成赋恐难闲。云昏八表边烽息，须得伊人护玉关”[⑥] 等。元代之后，诗人们沿着唐宋诗人开创的这一主题，继续将对功业的渴望或失落，对誓死报国的豪情或

① 《出塞二首（之二）》，《全唐诗》卷三六，第471页。
② 《从军行二首（之一）》，《全唐诗》卷一六五，第1710页。
③ 《戈》，《全唐诗》卷五九，第708页。
④ 《登单于台》，《全唐诗》卷七七五，第8785—8786页。
⑤ 《塞上曲》，《全宋诗》卷二一五七，第24708页。
⑥ 《寿范洁斋四首（其三）》，《全宋诗》卷二九四三，第35069页。

壮志未酬的伤怀，对穷兵黩武用兵政策的控诉和忧国忧民的悲慨诉诸两关。清代国家强盛、西域统一的背景下，更多的诗人以新的方式将那赤诚的爱国情思寄寓玉门关意象。许多镇边将帅、朝廷官员或随军幕僚等出于对西域由衷的热爱，对西域文化的认同，愿意去西域开发边疆，建设和改造西域，爱国之情洋溢于字里行间，如萨迎阿的“桃杏花繁溪柳间，雨余如笑见青山。极边自古无人到，便说春风不度关”，[①] 纪昀的“藁砧不拟赋刀环，岁岁携家出玉关。海燕双栖春梦稳，何人重唱望夫山”[②] 等。

无论是作为汉唐军事重地的阳关与玉门关，还是宋元明代诗人用以缅怀汉唐辉煌的汉唐旧地，抑或清代成为国家版图一部分的西域疆土之代称，阳关、玉门关随着朝代的变迁而兴盛或衰落，始终不变的是诗人于两关意象中寄寓的爱国赤诚。后代诗人在继承前人成果基础上，结合时代背景，以多样的方式抒发内心复杂的情思，使阳关、玉门关所积淀的思想意蕴不断丰富，不断延展。

（三）从国门喻指到乡愁闺情

位于敦煌西北的小方盘城是最远的“玉门关”，亦是国家在西北设立的最具典型意义的“国门”。于人们眼中，“出玉关”相当于离开中原踏入异域，而“入玉关”则象征着进入中原踏进了回家的大门。南朝诗人最早将对玉门关这一最直观最本质的认知写进诗中，如南宋鲍照的“戍军入玉门，士女献壶浆”。[③] 无论是维护中原和平的军队胜利归来进入玉门关回到中原，还是将外族侵扰者赶出“玉关”以恢复和平，都将“玉门关”作为国家的大门。唐代诗人在继承前代玉门关意象作为国门喻指的基础上，进一步将“玉门关”作为和平的象征，因为“国门”安宁才能从根本上保证国家边境

---

① 《用〈凉州词〉原韵》，《心太平室诗抄》附《再出玉门草》，见甘肃省古籍文献整理编译中心编《中国西北文献丛书（二编）》第五辑《西北文学文献》卷六，线装书局 2006 年版，第 317—318 页。

② 《典制》，《清代诗文集汇编（第三五四册）·纪文达公遗集》，第 595 页。

③ 《建除诗》，《先秦汉魏晋南北朝诗·宋诗》卷九，中华书局 1988 年版，第 1300 页。

的稳定，如唐太宗李世民的“胡尘清玉塞”①、袁朗的“玉关尘卷静”②、杨凭的“玉关边上幸无他”③ 等。宋元明代诗人们虽然没有继续拓展前代玉门关作为国门喻指、和平象征的文化意蕴，但却在其基础上以更为多样的形式不断推动玉门关诗歌的发展进程，如宋代诗人田锡的“浮云护玉关”④、李廌“玉门不关障无候”⑤、张耒“玉关橐驼通万里”⑥、王珪“两班齐贺玉关清”⑦、王之望“玉关柝静边烽息”⑧，真德秀“榆关玉塞静无尘”⑨、戴复古“风清玉塞尘”⑩，元代韩性“玉关万里无甲兵”⑪，元末明初袁华“玉关沉榹野无尘”⑫ 等，诗人们或以“玉门不闭”“云护玉关”“玉关清”“玉关柝静”“玉塞无尘”等多样形式表达和平安宁之意，或结合玉门关周围祥和、安宁氛围的营造喻指国家的太平，大大拓展了玉门关诗歌的意蕴空间。清代，随着国家疆域的扩展，阳关与玉门关及以西的大片土地已经成为祖国版图不可分割的一部分，因而更多的诗人开始借两关描绘西域的昌平繁荣与讴歌国家的统一大业，如洪亮吉《自乌兰乌素至安济海，雪皆盈丈，十余日不见寸土，因纵笔作》：“南庭北庭幕已空，阳关玉关门不闭。二千余年方拓壤，三十六国皆请吏。”⑬ 曾国藩《岁暮杂感》：“缁尘已自沾京雒，羌笛何须怨玉关。”⑭ 等。

玉门关于人们眼中之所以作为国门的象征，除了祖国西北疆域的边界，还在于玉门关是汉唐时期丝绸之路上经济贸易、文化交流、人员往来的关隘

① 《饮马长城窟行》，《全唐诗》卷一，第 3 页；卷二〇，第 240 页。
② 《赋饮马长城窟》，《全唐诗》卷二〇，第 432 页。
③ 《边情》，《全唐诗》卷二八九，第 3296 页。
④ 《塞上曲》，《全宋诗》卷四三，第 474 页。
⑤ 《谢公定所宝蕃客入朝图贞观中阎立本所作笔墨》，《全宋诗》卷一二〇二，第 13600 页。
⑥ 《萧朝散惠石本韩干马图马亡后足》，《全宋诗》卷一六五，第 13145 页。
⑦ 《宫词》，《全宋诗》卷四九六，第 5998 页。
⑧ 《和制帅》，《全宋诗》卷一九四三，第 21710 页。
⑨ 《金国贺正旦使人到阙紫宸殿宴致语口号》，《全宋诗》卷二九二二，第 34856 页。
⑩ 《寄建康留守制使赵用父都丞侍郎二首（其一）》，《全宋诗》卷二八一六，第 33538 页。
⑪ 《上云乐》，《全元诗》第二一册，第 61 页。
⑫ 《题任月山圉人调马图》，《全元诗》第五七册，第 344 页。
⑬ 吴蔼宸：《历代西域诗钞》，新疆人民出版社 1982 年版，第 148 页。
⑭ 《曾国藩文集・诗词》，第 101 页。

要口。只是根据对汉唐时期玉门关诗歌的整理与分析，并未发现有对玉门关作为丝路要道重要作用的书写。最早对玉门关极为重要与特殊地理位置的描绘，始于已经不再成为疆域一部分的宋代，如曹勋的“巧辟轩窗面面风，坐收骏足玉关通。渥洼汗血供龙驭，尽在凭栏指顾中”，[①] 陆游的“风雷传号临春水，貔虎移军过玉关”，[②] 杨万里的“帝遣唐朝第一人，玉门关外赐金银”，[③] 龚开的“赤骥驮僧去玉关，换他白马载经还”[④] 等。自宋代之后越来越多的诗人书写着玉门关在丝绸之路上的重大贡献和辉煌历史，如元代张庸的“玉关不闭通西极，天马几度来重译”，[⑤] 丁复的“楼兰失国龟兹墟，玉门无关但空址。蒲萄逐月入中华，苜蓿如云覆平地”，[⑥] 元末明初于立的“大宛直在玉关西，万里风沙八骏蹄”。[⑦] 玉门关与其所在的丝绸之路已经慢慢湮没在历史中，而历代诗人通过玉门关意象，不断让人们重温这条道路上曾经的辉煌。

“欲觅封侯仍未得，却令羞见玉门关。”[⑧] 唐代敦煌佚名诗人笔下，玉门关已经被拟人化为家乡的亲人。这样的思想并非诗人的凭空想象，而是有一定的文化认知基础。因为玉门关作为国门的象征，身在玉门关外希望抗敌报国、建功封侯的诗人常常东望那玉关之内，因为那里就是自己最为熟悉的家乡，是同样期盼自己功成名就、早日归乡的亲人所在之地。这样的情感最早源于汉代戍守西域三十年班超“生入玉门关”[⑨] 之企盼，从此“玉门关”被打上了思乡盼归的烙印，成为无数文人将士谪守望归的寄托。魏晋南北朝诗人继承这一情思，虽未出现真正意义上的思乡之作，但却借景物描写寄寓

---

① 《绿绮七咏（其二）》，《全宋诗》卷一八九五，第 21186 页。

② 《闻虏政衰乱扫荡有期喜成口号》，《全宋诗》卷二一六九，第 24617 页。

③ 《送王成之中书舍人使虏》，《全宋诗》卷二二九三，第 26328 页。

④ 《自题临昭陵什伐赤马图》，《全元诗》第四册，第 158 页。

⑤ 《送阐仲猷上人使日本》，《全元诗》五十四册，第 91 页。

⑥ 《题百马图为南郭诚之作》，《全元诗》第二十七册，第 373 页。

⑦ 《题陈闳画唐人呈马图》，《全元诗》第四十五册，第 397 页。

⑧ 《从军行》，敦煌遗书 P2555；刘常生：《历代咏玉门诗词选》（作者应为无名氏非戎昱），第 82 页。

⑨ 《后汉书》卷四七《班梁列传》第三七，第 1583 页。

思乡之情，为唐代的思乡盼归之作奠定了基础，如南陈江总的“遥闻玉关道，望入杳悠悠”，① 一个“人”字让我们仿佛看到一个常年别离故土的戍卒，站在征戍之地凝望那玉关之东通向家乡的道路。于人们眼中，作为汉朝控扼西部边塞门户的阳关同样与家乡相对，与浓浓的乡情相连。较早将阳关写入诗歌的是南北朝诗人庾信，如“阳关万里道，不见一人归。唯有河边雁，秋来南向飞”。② 由于阅历的局限，南朝众多诗人多未到过边塞，他们隐含思乡之情的诗作不仅为数不多且多想象之作，而更多的宫体诗人则将相似的情思，寄寓思念于“玉门关”征戍丈夫的闺妇们。他们拟代闺中女子，观照其细腻的相思，同时从侧面反映了男子边战生活和对妻子的思念，使得冰冷战争环境下给人温暖的一丝温情更加感人。除了南朝诸首表达闺妇思夫之情的诗作，北周的庾信也将这一情思寄寓阳关意象，如《燕歌行》③。

自唐代始，诗人们继承魏晋南北朝诗人于两关寄寓的思乡闺怨之情，不仅作品数量大大增加，且意蕴更为丰富、方式更为多样、情感更为饱满。诗人们开始大量借用班超“生入玉门关”的深情守望比喻自己，引用隔断梦魂的阳关寄托情思，将思乡之情寄寓那飞舞的黄沙、轮台的明月、肠断的笛曲、东归的大雁，使那痴情的守望形象生动，真切感人，如胡曾的“半夜帐中停烛坐，唯思生入玉门关”，④ 骆宾王的“莺啭蝉吟有悲望，鸿来雁度无音息。阳关积雾万里昏，剑阁连山千种色”。⑤ 此外，诗人们不仅写自己，写戍边征战的将士们，也将同情的笔触给予汉代为了国家和平远离故土的昭君，写她离开家乡的无奈和不舍，写她遥望故土不能归的绝望和伤怀，如李白“一上玉关道，天涯去不归”。⑥ 唐代诗人丰富的不仅是阳关、玉门关意

---

① 《陇头水二首（之二）》，《先秦汉魏晋南北朝诗·陈诗》卷七，中华书局 1988 年版，第 2568 页。

② 《重别周尚书诗二首（其一）》，《先秦汉魏晋南北朝诗·北周诗》卷四，中华书局 1988 年版，第 2402 页。

③ 《先秦汉魏晋南北朝诗·北周诗》卷二，中华书局 1988 年版，第 2352 页。

④ 《玉门关》，《全唐诗》卷六四七，第 7425 页。

⑤ 《畴昔篇》，《全唐诗》卷七七，第 835 页。

⑥ 《王昭君（二首之一）》，《全唐诗》卷十九，第 213 页；卷一六三，第 1691 页。

象中蕴含的思乡之情，更有家中闺妇思念征戍丈夫的思夫之情。他们在魏晋南北朝表达闺怨的两关诗歌基础上，将对丈夫的爱与愁寄寓春日的美景中，融于秋夜的捣衣声中和天气转凉之时的深深担忧之中，如刘希夷的“目极千余里，悠悠春江水。频想玉关人，愁卧金闺里”,[①] 李白的“长安一片月，万户捣衣声。秋风吹不尽，总是玉关情”,[②] 崔湜的“落絮缘衫袖，垂条拂髻鬟。那堪音信断，流涕望阳关”[③] 等。唐代诗人对魏晋南北朝两关乡愁闺怨之作有主题的继承和意蕴的丰富，也有新的开拓。以玉门关之思乡之情为例，诗人们不仅思念那一片生于斯长于斯的故土，更牵挂家中深爱的妻子，他们通过玉门关意象表达对妻子深深的愧疚和相思，如卢照邻的“影移金岫北，光断玉门前。寄书谢中妇，时看鸿雁天”。[④] 宋代诗人笔下，两关意象又加入了诗人思乡得归的喜悦，诗人们不仅欣喜于自己能够得归，也以同样的心境祝贺或祝愿友人得以归乡，这一开拓给两关诗歌思乡之作增添了较为积极和轻松的色彩，如蔡戡的《东归喜而有作》[⑤]、苏辙的《和子瞻新居欲成》[⑥]。元代两关诗人在前代诗人创作成果基础上，又增加了家乡友人对征戍知音的思念，家乡父母对征戍儿子的挂怀和家乡弟弟对征戍兄长的问候，如马清泉的“曾指长安是日边，将军今入玉门关。岂知介子十年别，只恐终军两鬓班”,[⑦] 张翥的“不愿汝学班定远，不愿汝学马相如。定远生不入玉关，相如死不还成都”[⑧] 等。

自汉代班超将对回乡的渴望寄寓玉门关以来，两关诗人在继承前代开拓的诗歌意蕴空间基础上，不断丰富和深化着阳关、玉门关意象乡愁闺怨、思亲念友之情思，使其所包含的亲情、友情与乡情真切丰满，塑造的形象生动

① 《春女行》,《全唐诗》卷八二，第 881 页。
② 《子夜四时歌·秋歌》,《全唐诗》卷二一，第 264 页。
③ 《折杨柳》,《全唐诗》卷十八，第 190 页；卷五四，第 663 页。
④ 卢照邻:《关山月》,《全唐诗》卷一八，第 192 页；卷四一，第 512 页。
⑤ 《全宋诗》卷二五八七，第 30067 页。
⑥ 《全宋诗》卷八六六，第 10076 页。
⑦ 马清泉:《赠贾右之知府》,《全元诗》第六十六册，第 242 页。
⑧ 张翥:《古促促辞》,《全元诗》第三四册，第 122 页。

感人。

“阳关”“玉门关”作为地理坐标，经过历代文人的共同努力，以丰富多样的形式和艺术表现方式，成为意蕴深邃、耐人寻味的文学意象，充满了历史感与文化感。两关意象随着两关诗歌的发展和诗人们对意象本身认识的深入，逐渐以一种不断丰富的文化积淀于两关诗歌中被作为虚指意义加以运用，成为包蕴多样情感类型的文化符号而具有永恒的象征意义。可以说两关诗歌所蕴含的意蕴已经远远超过了关隘本身，其已成为一种边塞文化的表征，承载着历代诗人的丰富记忆，留给读者不同的文化感知。阳关与玉门关意象作为诗人们多样情思的切入点，其所呈现的广阔独特之诗性空间和丰富宝贵之两关文化，必将作为一个经典，随着时代的发展不断延展。

当代中国文学地理学研究的本土逻辑

卢建飞*

20世纪80年代以来，结构主义、精神分析、原型批评、新批评、接受美学、西方马克思主义批评等西方文论的强势介入，一方面促成了中国文学研究更多元化、更富活力；另一方面又造成了中国文学研究普遍“失语”的症状。为了解决中国的“失语症”，中国学者积极探索具有本土属性的话语体系，例如比较文学变异学、文学人类学、文学地理学、文学伦理学等。近年来，文学地理学已经成为中国文学研究的重要方法之一。但是，有个别学者认为地理批评从属于空间批评，是空间批评的一个组成部分，将文学地理学归附于西方空间理论的知识谱系，否定其中国本土话语属性的合法性，企图动摇中国文学地理学的学理基础。因此，厘清中国文学地理学的思想逻辑根源，明晰当前中国文学地理学研究范式及其术语体系的本土逻辑，对纠正这种错误观念以及建构中国本土话语体系有重要意义。

一　文学地理学的发生、发展及其逻辑起点

文学地理学的提法最早见于康德的《自然地理学》：“它（地理）时而叫做自然地理学，数学地理学、政治地理学、时而叫道德地理学、神学地理

* 卢建飞，华中师范大学硕士研究生。

学、文学地理学或者商业地理学。”① 不过，康德所提及的文学地理学概念与当今以文学为中心的文学地理学研究千差万别，因为西方的“文学”概念特指“文学艺术作品”（Literature）是在19世纪初浪漫主义时期才逐渐形成的②。因此，康德的文学地理学概念实际上指向与自然地理学概念相对的人文地理学。西方文学地理学原生于“地理环境决定论”。早在古希腊时期，便有了“地理环境决定论”的原初形态，古希腊哲学家柏拉图提出“海洋决定论”，认为人类的精神生活与海洋息息相关；亚里士多德提出“气候决定论”，称气候、地理环境、土壤、水文等自然地理因素会直接影响民族性格和社会构成；1748年，孟德斯鸠《论法的精神》论述了法律与地域气候的关系，认为人的性格、嗜好、心理、生理特点的形成与人所处的环境或气候有密切的关系，因而不同环境中的民族有不同的精神风貌和性格特点。③ 而针对地理环境与文艺的关系，法国玛法蒙台尔、德国赫尔德、法国斯达尔夫人等相继提出气候环境影响文学的观点。其中，以斯达尔夫人和丹纳的学说影响较大。斯达尔夫人在《论文学》中，将以荷马为代表的南方文学和以莪相为代表的北方文学作为研究对象，观照两者之间的异同，并通过气候地理环境因素探讨南北文学差异的根源。④ 丹纳《艺术哲学》从“种族、时代、环境”着眼，他指出任何一件艺术品的产生都与种族、时代和环境这三个要素相关。如果要了解作家和艺术作品，就必须追寻其创作和生活的时代精神和风俗概况。基于此，丹纳指出种族、时代、环境是决定文学的基本原因。⑤ 自1945年美国约瑟夫·弗朗克发表《现代小说的空间形式》以来，文学空间问题开始受到关注。20世纪70年代后空间批评愈演愈烈、流派纷呈，出现了“空间转向”，大量论著诞生，如亨利·列斐伏尔的

---

① ［德］康德：《自然地理学》，李秋零译，载《康德著作全集》第9卷，中国人民大学出版社2003年版，第162页。

② ［英］彼得·威德森：《现代西方文学观念简史》，钱竞等译，北京大学出版社2006年版，第33页。

③ ［法］孟德斯鸠：《论法的精神》，张雁深译，商务印书馆1961年版，第227—231页。

④ ［法］斯达尔夫人：《论文学》，徐继增译，人民出版社1986年版，第145—152页。

⑤ ［法］丹纳：《艺术哲学》，傅雷译，人民文学出版社1986年版，第4—7页。

《空间的生产》、米歇尔·福柯的《他者的空间》、爱德华·索雅的《第三空间》、加斯东·巴什拉的《空间诗学》、莫里斯·布朗肖的《文学空间》等。空间理论爆炸式的增长促成了文学地理学空间研究的转向，地理批评在借用空间理论资源的过程中形成并发展。可以说，当代西方文学地理学是基于空间理论而建构起来的理论体系。英国学者迈克·布朗（Mike Crang）在《文化地理学》中探讨了文学与地理的内在关系，指出“作为一种文学形式，小说具有内在的地理属性”。[①] 法国学者波特兰·维斯法尔（Bertrand Westphal）借用吉尔·德勒兹、大卫·哈维、爱德华·苏贾等人的后现代地理学理论，在《地理批评：真实与虚构空间》一书中提出“时空性”“越界性”“指涉性”三个文学地理学概念，并以此为基点试图建构起文学地理学批评的理论体系；同时，他明确指出文学地理学的研究对象是文本如何对地理空间进行建构与想象。[②] 而美国学者罗伯特·塔利（Robert Tally）借鉴詹姆逊的认知绘图理论，并结合后现代空间理论和人文地理学理论，在《地理批评与经典美国文学》中提出了“文学制图”概念，以此阐释作家创作的生成过程，并区分广义和狭义的地理批评。[③] 2009 年，法国学者米歇乐·科洛（Michel Collot）到北京师范大学演讲，在此次讲座中他指出了当前西方文学地理学研究的三个重要范畴，即文学地理学研究、文学地理学批评和地理诗学。[④] 总的来看，当代西方文学地理学的发生、发展离不开两个关键的逻辑基础，即“地理环境决定论”和“后现代空间批评学说”，这是当代西方文学地理学的思想渊源与学术逻辑基点。

反观中国，首先提出文学地理学概念的是梁启超，他在《中国地理大势论》（1902）一文中提到“‘文学地理’随‘政治地理’为转移”，涉及

---

① ［英］迈克·布朗：《文化地理学》，杨淑华等译，南京大学出版社 2005 年版，第 39—40 页。

② Bertrand Westphal, *Geocriticism: Real and Fictional Spaces*, Trans: Robert Tally, New York: st. Martin's press, 2011.

③ Robert T. Tally, *Geocriticism and classic American literature*, faculty Publications-English, 2008, p. 14.

④ ［法］歇乐·科洛：《关于文学地理学的演讲》，http://video.chaoxing.com/serie_400001067.shtml。

"文学地理"概念。① 有学者认为这一概念来源于西方，可能是受康德地理学概念的影响。② 而后，刘师培在《南北文学不同论》（1905）一文中指出，中国南北地理环境的不同造成地方人性的迥异，进而影响了南北文学的不同风格，同时还表明"此说本之那特硁《政治学》诸书"③。同时期聚焦文学与地理关系的研究还有王国维的《屈子文学之精神》（1908）、顾颉刚的《孟姜女故事研究》（1924）、汪辟疆的《近代诗派与地域》（1934）等，他们推动了近代中国文学地理学的发展。在20世纪80年代中后期，学者们重新聚焦文学的地域性问题，开启了当代文学地理学的研究之路，以金克木的《文艺的地域学研究设想》（1986）、章培恒的《从〈诗经〉、〈楚辞〉看我国南北文学的差异》（1989）为典型代表。90年代后，袁行霈、严家炎、杨义、曾大兴、陶礼天等学者进一步推进中国文学地理学研究，文学地理学相关论著激增。进入21世纪以来，由于文学地理学研究的论著、论文日益纷繁，学术界将此类相关的研究逐步统一到"文学地理学"这个名称下，并多次召开专题学术研讨会。④ 2011年首届中国文学地理学研讨会的成功举行，标志着中国文学地理学研究进入文学地理学学科建设阶段。至此，中国文学地理学呈现出体系化的研究态势。

值得注意的是，由于早期梁启超、刘师培等人的思想受西学东渐影响，空间批评、西方的文学地理批评与当代中国文学地理学批评兴起、发展的时间重合，且国内当代文学地理学者曾大兴在《文学地理学概论》中提出文学地理学研究的理论基础是"人地关系"，强调地理环境对作家作品的影响，以及邹建军提出文学地理学的研究对象是"地理空间"的论断，使得部分学者产生了当代中国文学地理学归属于西方空间理论谱系的错误认知。不可否认，西方空间批评理论确实对中国文学理论、空间研究以及文学地理

① 梁启超：《中国地理大势论》，载《饮冰室合集》第2册，中华书局1989年版，第87页。

② 钟仕伦：《概念、学科与方法：文学地理学略论》，《文学批评》2014年第4期。

③ 刘师培：《南北诸子学不同论》，载劳舒《刘师培学术论著》，浙江人民出版社1998年版，第135页。

④ 陶礼天：《略论文学地理学的过去、现在和未来》，《文化研究》2012年第12辑。

学产生了的影响，但是，将当代中国文学地理学视为西方的知识谱系和理论根源的观点，忽略了中国文学地理学研究的悠久历史传统及其背后发生的逻辑起点，即“天人合一”思想根源。

在人与世界的关系中，西方从柏拉图哲学起便存在主体与客体、现象与本质、理性与经验“二元对立”的逻辑形式，而中国始终把“天人合一”视为根本的思维方式。汤一介先生认为，天人合一学说不仅是一根本性的哲学命题，而且构成了中国哲学的一种思维模式。[①] 所谓天人合一，是指“天”与“人”的同体、同源、同构。中国人认为人与天不是割裂对立的，天与人相通、相感与相类，二者有机关联、相互依存。人由天地所生，因而人要服从自然的普遍规律。“天人合一”作为中国古代先哲“究天人之际”的基本思路，它不仅影响了中国古代的政治观、伦理道德观，同样也深刻影响了中国古代的文学艺术。首先，“天人合一”影响文学本体论。刘勰的《文学雕龙·原道第一》指出：“文之为德也大矣，与天地并生者何哉!”[②] 开篇即阐明了“文”乃天地之道的自然体现。刘勰所指的“文”，泛指人类生活包括文学在内的各类文化现象。他接着提出：“人文之元，肇自太极幽赞神明，易象惟先。”[③] 指明“文”源自“太极”，在《易经》的卦象首显。王少良认为《易传》思想包含天人合一的本体观念，刘勰将其应用到人文创始的观点上。[④] 因此，从文学的原生性来看，文学与“天”“地”“人”同源同构，这规定了文学的圆融互通性，即与地、天、人的相互交感和审美交融。其次，“天人合一”影响文学审美观。“天人合一”使古代人认为人与自然是同样的，万事万物都是息息相通的，处在一个统一的生命体中，即《庄子·齐物论》所谓的“天地与我并生，万物与我为一”。宗白华曾说：“中国人由农业进于文化，对于大自然是‘不隔’的，是父子亲

① 汤一介：《论“天人合一”》，《中国哲学史》2005 年第 2 期。
② （南朝梁）刘勰著，范文澜注：《文心雕龙》，人民文学出版社 1958 年版，第 1 页。
③ 同上书，第 2 页。
④ 王少良：《本原哲学与〈文心雕龙·原道〉的文学本原论》，《文艺评论》2013 年第 12 期。

和的关系，……它内部的音乐，诗，表现在具体而微的器皿中，一个鼎要能表象天地人。”①

因此，中国的审美形成以“人情”与“物态”相通相融的审美思维方式，构成了中国文学美学最高的艺术境界即“文道合一”。在文学本体论和审美观的影响下，中国的文学创作形成了典型的“感物说”，即文学创作与自然地理的内在相关——主客互动、物与我相融。陆机《文赋》中“遵四时以叹逝，瞻万物而思纷。悲落叶于劲秋，喜柔条于芳春”，② 钟嵘的“气之动物，物之感人，故摇荡性情，行诸舞咏”，③ 即阐述人受时节、万物触动而生发文学创作之思。同时，刘勰《文心雕龙·物色》提出“春秋代序，阴阳惨舒，物色之动，心亦摇焉”，此与陆机、钟嵘观点一致，而后指出“然屈平所以能洞监风骚之情者，抑亦江山之助乎！”④ 他们共同强调创作中自然与人的内在关联，即创作活动是人与自然的交融过程，文学创作过程其实是“天人合一”的具体表征，“天人合一”是艺术触发、构思、创作之源。

在中国天人合一的思维逻辑下，古代人尤其关注人—地（自然）关系之下人—地—文的关联，即在人的审美观照下，审视自然、环境、地理与文学的本体、创作、审美、功用、传播、接受的文学活动关系。在此基础上，文学活动的地域性问题便受到了关注。从周人采集《诗经》，汇编整理成“十五国风”来看，先秦时期人们就意识到了文学的地方性和文学风格的地域差异性问题。除《诗经》外，屈原的“楚辞”也具有浓烈的楚地风姿。司马迁在《货殖列传》有提到“南楚好辞”⑤，《屈原列传》中提到宋玉、

---

① 宗白华：《艺术与中国社会》，载《宗白华全集》第2卷，安徽教育出版社1994年版，第412页。

② 郭绍虞：《中国历代文论选》第一册，上海古籍出版社1979年版，第170页。

③ 同上书，第312页。

④ （南朝梁）刘勰著，范文澜注：《文心雕龙·物色》，人民文学出版社1958年版，第693—694页。

⑤ （西汉）司马迁：《史记·货殖列传》，浙江古籍出版社2000年版，第1545页。

唐勒、景差等楚辞作家群[1]。作为中国诗学（文学）的双源头，《诗经》《楚辞》可谓地理性文学的奠基之作，此外杨义还认为，“经史、文史的耦合和神话具有地理思维”[2]。古代文学艺术创作具有地理性的特征，因此古人也积极在探索文学地域性问题的根源。班固在《汉书·地理志》说道：“凡民函五常之性，而其刚柔缓急，音声不同，系水土之风气，故谓之风；好恶取舍，动静亡常，随君上之情欲，故谓之俗。”[3] 同时，他指出风俗直接影响文学的风格和气质，“天水、陇西，山多林木，民以板为室屋。及安定、北地、上郡、西河皆迫近戎狄，修习战备，高上气力，以射猎为先，故《秦诗》曰：在其板屋。又曰：‘王于兴师，修我甲兵，与之谐行。’”[4] 可知，自然地理影响地方风俗进而构成了文学体裁和风格的地域性。此后，中国古代以地域性为轴心进行了长期的文学地理研究实践，产生了地方性的诗集研究、地方性的理论专著，出现了体系性的探索人地关系的专著如《文心雕龙》等。因此，中国文学地理学研究很早就已经出现并且一直延续，而中国文学地理学的思想源头和逻辑起点是基于“天人合一”下对文学创作、文学地域性问题的整体观照。与西方地理环境决定论、后现代空间批评学说的文学地理逻辑不同，“天人合一”关系视域下的人—地—文互渗圆融关系才是中国文学地理学发生的原生逻辑。只有厘清这个基本前提，中国文学地理学研究才有深厚的本土根基，才能更好地接纳和融会西方文学地理学的成果，促进当代中国文学地理学的发展。正如洪治纲所言：“只有深刻理解并把握了我们的‘根’，才能让那些适合嫁接到我们‘根’上的‘枝’焕发出勃勃生机。”[5]

二　个案·整体·理论的研究范式

中国文学地理学在近些年的发展中，逐渐形成了个案·整体·理论多重

① （西汉）司马迁：《史记·屈原列传》，中华书局1959年版，第2491页。

② 杨义：《文学地理学的渊源与视境》，《文学评论》2012年第4期。

③ （东汉）班固：《汉书·地理志》，周振鹤编著：《汉书地理志汇释》，安徽教育出版社2006年版，第493页。

④ 同上书，第496页。

⑤ 洪治纲：《中国当代文论建构的路径》，《文艺争鸣》2018年第4期。

建构的研究范式，即以作家、文本为中心的个案研究，以宏观文学活动为视野的整体研究和以学科理论建构为核心的理论研究。从个案到整体再到理论研究，都不是线性的、割裂式的研究，每一类研究都能在一定程度上促进文学地理学的拓展和深化，同时又都具有内在的关联和自身的独特价值。

第一，个案研究。个案研究是以个别作家、文本为中心的研究。与传统社会历史视野下研究作家思想、艺术、影响等不同的是，文学地理学的作家研究将重心放置在作家与地理的时空关系上，通过作家的地理基因、地理思维、地理感知、地理记忆、地理经验、地理想象，观照作家静态或动态的生存空间和创作空间，绘制作家生活、旅行与文学创作所在地的文学地图，以作家与地理的互动关系为问题域，探索作家—地理—文学之间的内在关联，进而思考作家生产的艺术作品的艺术品格、风貌等审美属性，以地理为中介形态阐释人—地—文的互构内容和活动空间。当前，利用互联网技术手段，采用数学计量、数据统计法进行作家文学地图汇编，实际上就是运用作家—地理—作品空间关系的思维逻辑，来展开作家的个案研究，形成以作家为中心的互文性研究。例如王兆鹏的《唐宋文学编年地图》，即以诗人行迹为中心绘制年代、地方、作品、作品景观等的诗歌数据库。文学地理学的文本个案研究，是以文学文本为中心，对文本内部的某些文学地理性现象进行阐释和剖析，从中发现新的问题，获得某种文学价值和文学规律，这类研究实际上就是邹建军所提出的以文本为本位的“文学地理学批评”。文本个案研究通过文学地理学的视野对具体的文学文本进行细致解读。例如，早期章培恒的《从〈诗经〉、〈楚辞〉看我国南北文学的差异》一文，实际上就是典型的文学地理学文本研究。2011 年至今，个案研究的成果较为显著。例如，单篇论文有陈小芒《杨万里〈江西道院集〉中的地理纪行诗》[①]，李俏梅《“文学地理”建构背后的宏大文化理念——以莫言笔下的“高密东北乡”为例》[②]，

① 陈小芒：《杨万里〈江西道院集〉中的地理纪行诗》，《江西社会科学》2013 年第 3 期。

② 李俏梅：《“文学地理”建构背后的宏大文化理念——以莫言笔下的“高密东北乡”为例》，《广州大学学报》（社会科学版）2014 年第 7 期。

丹珍草《嘉绒藏区自然地理与阿来文学创作》①，陈晓辉《弗兰克·莫莱蒂的三重文学空间观》②，廖文华、陈小芒《白居易江州诗文的多重地理空间建构》③，等等。论著方面有邹建军、胡朝霞《文学地理学视野下的易卜生诗歌研究》④，马晶《抗战时期重庆戏剧文学的文学地理学研究》⑤，庄文泉《文学地理学批评视野下的劳伦斯长篇小说研究》⑥。这些成果显示出当前文学地理学个案研究涉及面广的特质，涉及古代文学、现当代文学、少数民族文学、外国文学等多个学科领域，囊括小说、戏剧、诗歌等多种文类。文学地理学理论与文本个案研究已十分成熟，研究视野也在跨学科运用中不断拓展和延伸，形成更大的文学地理学研究空间。个案研究的广泛运用，除了悠久的学术历史积累外，其原因还包括个案研究具有鲜活力、生动性和深入性的特点，以及文本研究的“文学性”归属。当代文学地理学发展的困境之一在于学科定位的模糊性和多重性，即地理学本位、文学本位或双重本位的矛盾。文学地理学的文本研究实际上以实践的姿态宣示了文学文本研究的不可缺乏，证实了文学审美研究是文学地理学研究的核心问题，突出当前文学地理学研究中的“文学性”问题的重要性。个案研究的发展也与它跟理论之间的互动性息息相关。从理论出发最终回到理论是当代西方文艺理论引入中国后文学研究的怪异现象，以理论谈理论缺乏阅读的可信度和现实价值。由此而言，文学地理学学科理论的建构离不开文本批评的实践道路，批评实践才是证明理论合法性的最有力证据，是理论走向批评实践具有多种可能性的关键依据。以邹建军《作为一种批评方法的文学地理学及其实践意义——以〈海上夫人〉为个案》一文为例，他从易卜生名剧《海上夫人》出发，探讨其中的地理空间建构问题，进而深入思考文学地理学批评的六种具体操

---

① 丹珍草：《嘉绒藏区自然地理与阿来文学创作》，《民族文学研究》2015 年第 5 期。

② 陈晓辉：《弗兰克·莫莱蒂的三重文学空间观》，《西北大学学报》（哲学社会科学版）2016 年第 3 期。

③ 廖文华、陈小芒：《白居易江州诗文的多重地理空间建构》，《江西社会科学》2017 年第 5 期。

④ 邹建军、胡朝霞：《文学地理学视野下的易卜生诗歌研究》，世界图书出版公司 2013 年版。

⑤ 马晶：《抗战时期重庆戏剧文学的文学地理学研究》，中国文联出版社 2015 年版。

⑥ 庄文泉：《文学地理学批评视野下的劳伦斯长篇小说研究》，中国社会科学出版社 2017 年版。

作方式、文学地理学批评的多种可能性，实现了文本与理论的融会。因此，文学地理学个案研究的文本批评实践向度，避免了理论脱离文学经验而造成的结构性危机，从而实现了理论与批评的双向互动与融合。

第二，整体研究。整体研究是指超出具体的、个别性的作家与文本的整体研究和外部研究，从宏观的整体性视野探讨地理与作家、地理与作品、地理与传播、地理与接受等问题，具有实证性、概况性（数据统计）的研究特征。具体而言，当代文学地理学的整体性研究主要集中在作家的地理空间分布和流动，地域文学的概况、演变及整体艺术风貌，自然或人文地理环境与地域文学产生、发展的关系，地方性、地域性的文学史叙述等方面，其成果主要以论著的形式呈现。关于文学家的地理分布研究，曾大兴早在20世纪90年代中期便通过扎实的史料考据研究出版了《中国历代文学家之地理分布》（1995），不过，区域文学研究是整体研究最显著的特点，也是当代文学地理学研究的一个扎实学术板块。例如，严家炎主编的《20世纪中国文学与区域文化丛书》（1995），前期和后期陆续出版了吴福辉《漩流中的海派小说》、朱晓进《“山药蛋派”与三晋文化》和刘洪涛《湖南乡土文学与乡土文化》等十部区域文学研究的系列论著。当然，这套丛书的研究不能涵盖由庞大自然文化区域板块构成的中国文学，其中，比严家炎更早探索地域文学的有90年代初甘海岚的《北京文学地域特色研究》（1990），还有陈建华的《十四至十七世纪中国江浙地区社会意识与文学》（1992），樊星的《当代文学与地域文化》（1997）等。进入21世纪后，古代文学的区域研究成为一块学术热土，例如李玫的《明清之际苏州作家群研究》（2000），胡阿祥的《魏晋本土文学地理研究》（2001），李浩的《唐代三大地域文学士族研究》（2002），景遐东的《江南文化与唐代文学研究》（2005），戴伟华的《地域文化与唐代诗歌》（2006）等。由此可知，当代文学地理学的区域文学研究更多地集中在古代文学、现当代文学领域，探讨地域性作家群与当地文化、文学之间的内在关联，试图呈现出某一地域文学的整体风貌和特征。除此之外，在文学地理学的视角下，也产生了大量的地方性、地域性文学史论著，地方性的如王文英主编的《上海现代文学史》（1999），陈伯海、袁进的《上海近代文学史》（2000），邱明正的《上海文学通史》（2005），王卫华的《淮安文学史》（2011），郑炜明的《澳门文学史》（2012），孙占鳌等人的《酒泉文学史》（2015）等。区域性的研究如萧云儒的《中国西部文学史》（1989），陈书良的《湖南文学史》（1998），杨世明的《巴蜀文学史》（2003），王勇、徐文军的《山东文学史》（2011），等等。从当前的研究来看，一方面，文学地理学整体研究的宏观视角，既突破了个案研究带来的局限，又获得了整体的意义，不仅以实证的史料研究展现文学的历史地理真相，并在文学地理学的视野下探索地方性区域性文学、文学史叙述，这避免了国家层面文学史的单一时间向度及其对地方地域文学特性的忽略，同时重新发掘了地方、地域文学的独特魅力与价值。另一方面，基于中国地域的气候、文化、历史、经济、政治等复杂多样性而形成丰富、独特的地域文学，并由此产生了与当代西方特别是美国地域主义批评不同的研究路径和方法，彰显了当代文学地理学研究的本土特性和本土价值。大量论著成果也表明了当前文学地理学整体研究的热度和深度，预示着当代文学地理学研究的重要趋向。

第三，理论研究。文学地理学的理论研究起步较晚，而且体系不够完善和成熟。由于文学地理学学科建设的紧迫性，学界对文学地理的基础理论即学科属性、研究对象、研究方法、研究意义四个层面进行了集中深入的研究。首先，学科的属性问题。当前来看，学者关于文学地理学学科属性有多种说法，交叉学科、边缘学科或与文学史并重的二级学科，同时文学地理学也蕴含着批评方法的性质。例如，在20世纪90年代末，陶礼天认为文学地理学是一门边缘学科，是归属于人文地理学的子学科。①曾大兴则主张文学地理学是中国语言文学一级学科的下属二级学科，可以推动建设成为与文学史双峰并峙的学科。②胡阿祥认为文学地理学是历史地理学的

---

① 陶礼天：《文学与地理——中国文学地理学略说》，北京大学出版社1998年版。

② 曾大兴：《文学地理学研究》，商务印书馆2012年版，第14页。

分支学科①，等等。而部分学者将文学地理学视为一种批评方法，如杨义在《文学地理学会通》总论中阐述文学地理学的本质、内涵和方法，及其与民族、中华文化等关系，把文学地理学作为“会通之学”，从方法论的角度发掘文学地理学的价值意义。② 其次是研究对象。研究对象框定了一门学科的范畴、边界、领域和知识体系，是一门学科成立的基本前提。梅新林很早便对文学地理学的对象提出自己的观点，他将文学空间研究作为文学地理学研究的重心，仿照艾布拉姆斯文学四要素加上传播接受环境，界定“作家地理、作品地理、描写系列、传播地理”的四重“地理”层序，由此揭示这四层维度下文学活动的规律和意义。③ 后来他进一步将文学地理学提炼总结为四个研究领域，即断代文学地理研究、文人群体活动空间研究、区域文学地理研究、城市文学地理研究。④ 与梅新林文学空间活动研究不同的是，曾大兴着眼于文学—地理之间的内在互动关系，指出了文学地理学的研究对象就是文学与地理的关系。⑤ 曾大兴的“关系说”强调了地理环境与文学要素之间的互动研究，寻求文学—地理之间的对话、互动、联系、特点等多重关系，并作出合理的阐释。邹建军借用韦勒克文学的内部研究和外部研究概念，强调了文学地理学既要注重内部研究，也要注重外部研究，通过二者的有机结合可以解决更加广泛的问题。⑥ 由于文学地理学注重从地域、地方等空间要素观照文学问题，因此边缘性的文学价值被重新估量，边疆少数民族文学重获新生，如汪文学等就强调了文学地理学的研究对象是地域性文学，研究地域环境与文学活动之间的互动影响关系。⑦ 再次是方法论研究。方法

---

① 胡阿祥：《魏晋本土文学地理研究》，南京大学出版社 2001 年版，第 173 页。

② 杨义：《文学地理学会通·总论编》，中国社会科学出版社 2013 年版，第 3—208 页。

③ 梅新林：《中国文学地理学导论》，《文艺报》2006 年 6 月 1 日。

④ 梅新林：《文学地理学的学科建构》，《华中师范大学学报》（人文社会科学版）2012 年第 4 期。

⑤ 曾大兴：《文学地理学研究》，商务印书馆 2012 年版，第 1—2 页。

⑥ 邹建军：《文学地理学的内部研究和外部研究问题》，《关东学刊》2017 年第 9 期。

⑦ 汪文学：《边省地域与文学生产——文学地理学视野下的黔中古近代文学生产和传播研究》，上海古籍出版社 2016 年版，第 17—18 页。

论无疑是21世纪以来文学地理学探索和发展的重要组成部分和必不可少的环节。没有带来新的研究方法，那么一门新的学科建设就缺乏创造性和创新的动力。因此，学者们对文学地理学方法论进行新的尝试，也形成了自己方法论研究的独到之处。例如，杨义认为文学地理学需要接通“地气”，为此他提出文学地理学的三条研究思路：整体性思路、互动性思路以及交融性思路。① 梅新林受到杨义的“重绘中国文学地图”的启示，提出了“场景还原”“版图复原”的“二原”论②。后增加“精神探源”一说，形成“三原”论。曾大兴在《文学地理学概论》中提出了系地法、现地研究法、空间分析法、区域分异法、区域比较法和地理意象研究法六种文学地理学研究方法。③ 邹建军基于文本研究的文学地理学批评，指出扎实的个案研究才是建立文学地理学批评的主要路径。④ 戴伟华提出文学地理学的微观与宏观研究等。⑤

最后，学科意义研究。文学地理学以建设学科为目标，它的存在和发展有其独特的价值。曾大兴在《文学地理学概论》一书中总结道：“文学地理学作为一门新兴学科，之所以受到人们的普遍关注和欢迎，是因为无论就文学欣赏、文学创作、文学批评来说，还是就学科来讲，或者就环境的保护与优化以及地方认同来讲，它都有非常重要的意义。”⑥ 当然，当前对文学地理学的基础理论尚未达成真正的共识，许多理论观点也没有获得统一的说法。不过，学者们多年来借助本土传统资源、西方理论资源以及跨学科资源等，在宏观或微观层面对文学地理学理论进行探讨、反思和建构，不断弥补文学地理学的理论缺陷和理论盲点，今后文学地理学理论建设将会进

① 杨义：《文学地理学的信条：使文学连通“地气”》，《江苏师范大学学报》（哲学社会科学版）2013年第2期。

② 梅新林：《文学地理学的学科建构》，《华中师范大学学报》（人文社会科学版）2012年第4期。

③ 曾大兴：《文学地理学概论》，商务印书馆2017年版，第303—330页。

④ 邹建军：《江山之助：邹建军教授讲文学地理学》，中央编译出版社2014年版，第27页。

⑤ 戴伟华：《中国文学地理学中的微观与宏观》，《华南师范大学学报》（社会科学版）2016年第2期。

⑥ 曾大兴：《文学地理学概论》，商务印书馆2017年版，第17页。

一步提升和完善。

结　语

探析当代中国文学地理学研究的本土逻辑之所以重要，首先是因为它能确定文学地理学的中国本土属性，其次是因为在文学地理学的理论体系尚未完全建成之时，贸然将当代文学地理学研究界定为“西学”，可能会误导青年学者或相关研究者的文学地理学研究，或许误用、套用西方空间批评来盲目代替中国文学地理学研究，甚至会将中国文学地理学推向边缘化，造成学科的存在危机。因此，明晰当代中国文学地理学研究的本土逻辑，以期学者能在此基础之上将文学地理学研究向前推进，实现中国文学地理学的本土话语体系建构。